Für dich, Mutter

Kurz und einfach ist der Pfad der Spekulation,
aber er führt uns nirgendwo hin; lang und
beschwerlich ist der Weg des Experimentes,
aber er lässt uns die Wahrheit erkennen.
Galen, 216 n. Chr.

Heute kann man seine Irrtümer entdecken
und morgen ein neues Licht auf genau das werfen,
was man heute für sicher hält.
Moses Maimonides
1185 n. Chr.

Man lebt durch den Geist,
alles andere ist sterblich.
Andreas Vesalius
1564 n. Chr.

1

1888, Barcelona, Port Vell.
In der Nähe der Lazaretomole

Nachdem er die Schemen zum dritten Mal betrachtet hatte, fluchte der alte Mann mit zusammengebissenen Zähnen. Um ihn herum herrschte Stille, eine Stille, die nur von den Schlägen des Wassers gegen den Bootsrumpf unterbrochen wurde. Windböen peitschten den Regen gegen das Boot und durchnässten die Plane, die die Tabakkisten bedeckte. Zu dieser frühen Morgenstunde waren der Alte Hafen und der Kai in Nebel getaucht, und die vor Anker liegenden Boote und die Gebäude der Werften bildeten darin nur ein paar Tupfer. Das Ufer war kaum zu erkennen, und so dicht zwischen den Wellenbrechern des Hafens zu fahren, war sehr riskant. Doch das hatte er nun schon hunderte Male getan, und das würde er noch weitere Male so halten. Das allein beunruhigte ihn nicht. Das ungute Gefühl, als lastete ein Stein in seinem Magen, rührte von der Gewissheit, dass am Ende dieser Nacht irgendetwas verdammt schiefgehen würde.

Der Wind frischte schon wieder auf und brachte noch mehr Bewegung in das Wasser. Der Alte ließ die von zahllosen Falten umgebenen Augen über sein Boot schweifen, vom Bug, wo sein Sohn döste, zum Baumwollsegel, das gut am Mast festgemacht war und sich aufblähte. Mit geübten Griffen zog er an der Leine, und als er befriedigt feststellte, dass sich das Segel mit Luft füllte, vertäute er sie an der Holzbeting. Er ballte die Fäuste, und seine Finger, die in Wollhandschuhen steckten, protestierten wie alte Taue. Ungeachtet seiner dicken Kleidung kroch ihm die Kälte in die Knochen. Er seufzte. Die Arbeit fiel ihm von Tag zu Tag schwerer, bald würde er das Boot nicht mehr führen können. Er spürte, dass er die Jahrhundertwende nicht mehr erleben würde, und wohl auch nicht diese Wunderwerke, über die alle Welt sprach. Was gingen ihn diese verdammten Maschinen an? Welcher Irre konnte denn lärmende Apparate den kräftigen Armen eines Mannes vorziehen? Er spuckte ins Wasser und zog das Steuer um ein Viertel herum.

Den Montjuic ließen sie Backbord, und allmählich zeichneten sich die Umrisse der Stadt ab, die zuvor unsichtbar im Nebel gelegen hatte. Der alte Mann lenkte sein Boot ganz in die Nähe der Lazaretomole, an den Kai, an dem man ihn mit seiner Fracht erwartete, vor möglichen Beobachtern von der Burg und auch vor den Dampfschiffen verborgen, die zu dieser Tageszeit die Gewässer befuhren.

Die Strömung trieb sie in Richtung der Felsen. Er umklammerte die Pinne, um den Kurs zu korrigieren, doch plötzlich wurde er auf eine Bewegung auf der Wasseroberfläche aufmerksam. In der Nähe des Hafenbeckens war der Nebel nicht ganz so dicht, und er konnte in der Gischt den Wellenbrecher erkennen. Ein paar Meter weiter, zwischen Hölzern und Takelageresten, trieb ein großes Bündel. Doch plötzlich war es vom Meerwasser bedeckt und verschwand. Der alte Mann schnalzte mit der Zunge und wartete ab. Es wäre nicht das erste Mal, dass ein Handelsschiff einen Teil seiner Ladung verlor. Ein Glücksfall für den Finder.

Die Zeit verstrich, und er gestand sich zähneknirschend ein, dass seine Sinne ihm einen üblen Streich gespielt hatten. Gerade wollte er das Boot aus der Strömung nehmen, als er ein Plätschern vernahm. Der Gegenstand kam auf einmal wieder hoch und schaukelte nun auf den Wellen einige Faden näher. Der alte Mann musste so breit lächeln, dass er seine schwärzlichen Zähne zeigte, und er steuerte mit der Pinne. Als er das Fundstück erreichte, stellte er fest, dass es eine Eichenkiste war, so groß wie ein Weinfass. Die gestempelten Marken auf dem Holz zeigten ihm, dass die Kiste aus Frankreich kam. Sie war noch bestens verschnürt, und das war wichtig: Das Wasser hatte die Ladung nicht verderben können.

Franzosen transportierten normalerweise Porzellan, edle Stoffe und Spirituosen. Egal was, jede Handelsware würde einen ordentlichen Gewinn bringen. Er machte die Pinne fest und sah wieder zu seinem Sohn.

»He! Aufstehen! Nimm dir den Bootshaken!«

Der Junge blickte ihn verständnislos an, doch dann sah auch er die Kiste, die neben ihnen trieb. Taumelnd richtete er sich auf und wühlte unter der Bank, schob ein Fischernetz und ein paar Taue zur Seite, bis er die lange Stange mit dem Eisenende und dem spitzen Haken gefunden hatte. Er befolgte die Anweisungen seines Vaters und bekam zuletzt mit der Stange eine der Schnüre an der Kiste zu fassen. Der alte Mann hantierte inzwischen selbst mit einem Haken und zog an der anderen Seite. Nach und nach gelang es ihnen, ihre Beute zum Boot zu ziehen. Dann machten sie sich daran, sie an Bord zu hieven.

»Los! Vorsichtig … Heiliger Himmel!«

Die spitzen Finger einer Hand krallten sich in den Arm des alten Mannes. Wie gelähmt starrte der Alte sie ungläubig an, während ihn das Gewicht ins dunkle Wasser zu ziehen drohte. Doch bevor er reagieren konnte, brachte eine Welle das Boot ins Wanken, und die gespenstische Erscheinung verschwand vor seinen Augen, als hätte es sie niemals gegeben.

Der Junge rannte über das Deck und riss das Tuch von der Schiffslaterne. Im Licht war deutlich zu sehen, dass neben der Kiste ein Wesen trieb, das sich unter allergrößten Mühen über Wasser hielt, indem es sich an die Schnüre klammerte. Anstelle seiner Augen klafften zwei dunkle Höhlen. Sein Gesicht verzerrte sich zu einer grotesken Grimasse, als es zu sprechen versuchte, doch es brachte nur ein unverständliches Stammeln hervor, gefolgt von einem Stöhnen. Das Wesen schien der Brandung keinen Moment länger trotzen zu können.

Nach kurzem Zögern wies der alte Mann seinen Sohn an:

»Achte darauf, die Kiste ruhig zu halten.«

Der Junge rührte sich nicht vom Fleck. Fahlbleich konnte er seinen Blick nicht von dieser Kreatur wenden. In dem Augenblick wurden sie durch eine Welle von ihr getrennt.

»Zum Teufel, Junge!«

»Vater, sind … Sind Sie sicher?«

Die Kiste versank allmählich.

»Komm schon!«

Der Junge nahm wieder die Stange in die Hand und rammte den Haken ins Holz, sodass er die Kiste gegen das Boot stemmen konnte. Sein Vater klemmte seine Füße unter die Bank, um einen sicheren Stand zu haben, und packte mit beiden Händen den Arm, den ihm das Wesen entgegenstreckte. Er fühlte sich kalt und glitschig an. Der alte Mann schloss die Augen, holte tief Luft und zog mit aller Kraft.

Das Wesen rollte über das Deck, bis es auf dem Rücken zu liegen kam. Der alte Mann hatte beinahe einen Fischschwanz erwartet, doch der Körper besaß tatsächlich Beine. Er war nackt, hatte keine Körperbehaarung, und die Haut war so bleich, dass sie durchsichtig schien. An seinem Unterleib zeichneten sich schwärzliche Ränder einer schrecklichen Wunde ab. Der Junge musste bei dem Anblick an die geschuppten Fische in der Auktionshalle denken.

Der alte Mann näherte sich zögernd, beugte sich vor und betastete auf der Suche nach einem Lebenszeichen den Rumpf. Er erschauderte, als er noch weitere Wunden entdeckte, die quer über den Brustkorb verliefen. Er drückte leicht dagegen, und seine Hand versank mit einer Leichtigkeit im Fleisch, als wäre es Butter. Ein ekelerregender Gestank strömte aus dem Inneren.

Der alte Mann wankte davon und stürzte zwischen die Tabakkisten, er konnte sein Entsetzen nicht beherrschen. Sein Sohn eilte ihm zu Hilfe, und aneinandergeklammert betrachteten sie die übel zugerichtete, reglose Gestalt.

»Vater, was haben wir uns da an Bord geholt?«

»Bei Gott, ich habe keine Ahnung.«

Plötzlich zuckte ein Leuchten durch den Körper, und unter der Haut schien eine Zeichnung auf, die dem Geäst eines Baumes glich. Nach einem kurzen Flackern verschwand das Licht so schnell, wie es aufgetaucht war. Vater und Sohn bekreuzigten sich im gleichen Atemzug.

I

Rückkehr

Vierundzwanzig Tage vor der Eröffnung
der Weltausstellung

2

»Das ist alles für heute, meine Herren.«

Auf die Ruhe im Hörsaal folgte plötzlich Lärm, als die Studenten von den Sitzbänken aufstanden. Der junge Hochschullehrer am Rednerpult suchte seine Papiere zusammen, steckte sie in seine Aktenmappe und blickte den Studenten auf ihrem Weg zum Ausgang nach. Er wollte ernst wirken, doch sein Lächeln verriet ihn. Damit endete seine zweite Woche als Dozent an der Universität, an der er selbst erst vor wenigen Monaten sein Studium abgeschlossen hatte.

Er ging zu einem der hohen Fenster des Hörsaales. Draußen hing der Himmel voller dunkler Wolken, doch anders als sonst vermochte das Grau der Umgebung sein Glücksgefühl nicht zu trüben. Ein langer, gewundener Weg hatte ihn bis zu diesem Pult geführt, und, verdammt, diesen Platz hatte er sich verdient. Er ließ seinen Blick über die Gebäude des Hofes schweifen. Fast hätte er zufrieden geseufzt, als er hinter seinem Rücken seinen Namen rufen hörte.

»Professor Amat!«

In der Tür wartete ein Student.

»Ja, bitte?«

»Entschuldigen Sie bitte, Herr Professor, Sir Edward möchte Sie sehen.«

»Ich komme gleich.«

Wie gut sich das anhörte. Professor. Professor und Mitglied des Magdalen College, eines der renommiertesten Colleges der University of Oxford. Er vertrat Professor Brown, der leider wegen seiner Gicht ausfiel, aber das schmälerte keineswegs sein eigenes Verdienst. Sicher würde er bald eine eigene Stelle erhalten. Die Gelegenheit hatte sich ergeben, und er gedachte nicht, sie verstreichen zu lassen. Er packte seine Sachen und verließ unter den neugierigen Blicken der Studenten den Hörsaal, in dem er in diesem Trimester den Altgriechisch-Unterricht abhalten würde.

Draußen, im Freien, ordnete er seinen Talar. Regen, gepaart mit einem eisigen Wind, prasselte auf den Hof nieder. Es war schon Ende April, doch es war nach wie vor kalt. Er eilte über den ungepflasterten Weg und nahm bewusst die Geräusche wahr, die aus den Hörsälen drangen und durch das ganze College tönten. Die Vorlesungszeit hatte ihren Höhepunkt erreicht. Er ließ die Kapelle, in der gerade der Chor probte, rechter Hand liegen und schritt durch den Torbogen in einen Innenhof, der von efeuüberwucherten Gebäuden umgeben war. Ohne zu zögern, nahm er den Kiesweg, der die Gartenanlage diagonal teilte. Er wurde durchnässt, doch das machte ihm nichts aus, er fühlte sich so wohlgemut, dass er sich beherrschen musste, nicht vor Freude loszuhüpfen.

Walter hielt ihm die Tür auf, sobald er ihn kommen sah. Der alte Mann war eine Institution im College. Die Studenten spaßten, er wäre schon seit der Gründung der Universität als Pförtner tätig, was jedoch unwahrscheinlich war, da diese mehr als vierhundert Jahre zurücklag. Dennoch, beim Anblick des rosinenartig verschrumpelten Körpers und des faltigen Gesichts fragte man sich, ob das Gerücht nicht einen wahren Kern barg. Der alte Mann war bestens für seinen Kleinhandel bekannt, schließlich konnte er Tabak, Likör und andere Delikatessen zu einem angemessenen Preis beschaffen. Selbstverständlich war solcherart Handel im College verboten, weshalb Walters Geschäfte florierten.

»Mr Amat … Oh, entschuldigen Sie bitte« – das aufgesetzte Lächeln war verräterisch –, »Professor Amat …«

Daniel nickte und grüßte zurück. Er wusste, Walter schätzte ihn, obwohl der alte Mann ihn für einen »verfluchten Ausländer« hielt, zumindest hatte er ihn so bei ihrer ersten Begegnung tituliert.

»Mr Walter, wie geht es Ihnen heute Morgen?«

»Vermutlich nicht so gut wie Ihnen. Es ist teuflisch kalt, und mir tun alle Knochen weh.«

»Ich glaube, mit einer Jodlösung ginge es Ihnen bestens. Ich kann Ihnen auch einen hervorragenden Arzt empfehlen.«

Der Pförtner setzte eine beleidigte Miene auf.

»Für wen halten Sie mich? Ich gehe doch auf meine alten Tage nicht zu einem Quacksalber.«

Daniel lächelte.

»Sir Edward erwartet mich.«

»Selbstverständlich, Professor, nur zu! Hinauf mit Ihnen! Lassen Sie sich bloß nicht von einem siechen Greis aufhalten, der bald das Reich der Lebenden verlässt.«

Daniel konnte nicht anders, er lachte schallend.

»Danke, Mr Walter. Vielleicht benötige ich später noch eine Flasche aus Ihren Beständen.«

»Mal sehen, was ich tun kann.« Walter versuchte eine resignierte Miene aufzusetzen. »Ich kann Ihnen aber nichts versprechen.« Er machte kehrt und verschwand vor sich hin murmelnd im Dunkel der Pförtnerloge.

Auf seinem Weg nach oben war Daniel in Gedanken bei den berühmten Professoren, die diese Treppenstufen vor ihm betreten hatten. Schnell war er im ersten Geschoss angelangt. Die Tür des Rektorenzimmers am Ende des kurzen Flures war angelehnt. Daniel klopfte vorsichtig an. Eine Stimme bat ihn herein.

Das Arbeitszimmer des ehrwürdigen Rektors war schlicht. Der Teppich auf dem Fußboden stieß wie eine Welle an den Schreibtisch, der den Raum beherrschte, und an den Wänden zogen sich Bücherregale aus Nussbaum entlang. Im Hintergrund links, zwischen zwei Ohrensesseln, prasselte ein Feuer in einem Kamin im viktorianischen Stil, über dem ein Gemälde der Schlacht von Bannockburn prangte. Daniel kannte das Arbeitszimmer nur allzu gut. Er hatte viele Stunden darin verbracht, von denen einige zu den glücklichsten zählten, an die er sich erinnerte. In seinen ersten Jahren hier war der Rektor sein Tutor gewesen, und mit der Zeit war aus der anfänglichen Freundschaft fast so etwas wie eine Vater-Sohn-Beziehung geworden.

»Lieber Mr Amat, bleiben Sie doch nicht in der Tür stehen.«

Mit seinen über fünfzig Jahren – ersichtlich an den Augenschatten und dem glatten Haar, das sich eindeutig auf dem Rückzug befand – hatte sich Sir Edward seinen gutmütigen Gesichtsausdruck bewahren können. Der in den erlesensten Intellektuellenzirkeln hoch angesehene Historiker besaß ein beträchtliches Renommee als Redner. Vor zehn Jahren war der Experte für Klassische Sprachen, also das Fach, das Daniel nun lehrte, nach dem Tod seines Vorgängers zum *President* aufgestiegen, zum Rektor – wie er sich lieber bezeichnete.

»Und, wie ist es Ihnen heute ergangen?«, erkundigte er sich.

Daniel versuchte seine Gedanken zu ordnen, aber er konnte sich einfach nicht konzentrieren. Er fühlte sich gleichermaßen euphorisch und bedrückt.

»Hm ... Großartig, Sir Edward.«

»Das freut mich sehr. Wie Sie wissen, setze ich hohe Erwartungen in Sie.«

»Danke, Sir, ich hoffe, ich habe Ihr Vertrauen verdient.«

Der Rektor wischte den Zweifel mit einer Geste weg und verlagerte das Gewicht auf seinem Sitz hin und her, um es sich bequemer zu machen.

»Wann sind Sie noch einmal nach Oxford gekommen? Vor sechs Jahren?«

»Vor fast sieben Jahren.«

»Sieben! Wie die Zeit vergeht, unglaublich.« Er kniff die

Augen zusammen. »Ich weiß noch, wie Sie frisch aus Barcelona angekommen in dieser Tür standen.«

Daniels Miene verdüsterte sich. Der Rektor schwelgte ungeachtet seiner Reaktion weiter in Erinnerungen.

»Ja. Sie waren nach den Regengüssen in der Nacht völlig durchnässt und hatten nichts weiter als einen Koffer dabei. Ihre ersten Worte waren vollkommen unverständlich, und Ihre Erscheinung … Mein Gott, einfach furchtbar! Einen Moment lang hatte ich sogar das Gefühl, ich müsste die Polizei rufen, haben Sie das gewusst?«, fragte er und lachte los.

Daniel schüttelte den Kopf.

»Ich habe mich stets gefragt, aus welchem Grund Sie hierhergekommen sind. Sie sind diesbezüglich immer sehr diskret gewesen.«

»Sie wissen selbst, dass Oxford als die beste Universität der Welt gilt. Ganz einfach, ich wollte hier studieren.«

»Ja, ja, gewiss.« Sir Edward richtete sich in seinem Lehnsessel auf. »Jedenfalls steht fest, dass Sie schon seit langer Zeit nicht mehr dieser jugendliche … Aus Ihnen ist ein richtiger Mann geworden mit einer brillanten Zukunft.«

»Das hoffe ich, Sir.«

»Aber natürlich, Mr Amat«, verkündete der Rektor enthusiastisch. »Sie haben Mr Brown in diesen zwei Wochen mehr als zufriedenstellend vertreten. Das ist auch der Grund, weshalb ich mit Ihnen reden wollte.«

Sir Edward legte vor seinen nächsten Worten eine Pause ein.

»Ihre Befähigung steht außer Frage. Sie haben all unsere Erwartungen übertroffen. Gestern fand die monatliche Versammlung der Mitglieder des Fachbereichs statt. Dabei haben wir unter anderem einstimmig beschlossen, Ihnen für das restliche Studienjahr eine Stelle im Fach Klassische Sprachen anzubieten. Wie finden Sie das?«

Daniel war tief ergriffen. So schnell hatte er nicht mit dem

Angebot gerechnet. Angesichts der Reaktion seines Schützlings wurde Sir Edwards Lächeln immer breiter.

»Nun, was halten Sie davon? Nehmen Sie an oder nicht?«

»Selbst... Selbstverständlich, Sir. Natürlich. Das ist ... Das ist ja fantastisch! Ich bin Ihnen sehr dankbar, Sir.«

»Unsinn. Dieses Angebot ist allein das Ergebnis Ihrer eigenen Anstrengungen. Sie haben einen Einsatz gezeigt, der uns alle verblüfft hat, und zwar ohne jede Ausnahme. Ich habe selten jemanden erlebt, der so begabt ist wie Sie.«

Der Rektor stand auf und ging zu einem Tablett mit Getränken. Er schenkte großzügig zwei Gläser Brandy ein.

»Ich glaube, auch meine Tochter wird sich über diese Nachricht freuen, meinen Sie nicht?«, sagte er schmunzelnd. »Allein der Gedanke, dass Sie bald mein Schwiegersohn werden, freut mich. Bekanntlich werden wir heute einen ganz besonderen Abend feiern. Ihre Verlobung zu verkünden, stimmt mich froh. Alexandra ist alles, was ich noch habe. Sie werden Sie glücklich machen, da bin ich mir sicher.«

»Ich liebe Ihre Tochter.«

Der Rektor nickte zufrieden. Er reichte Daniel ein Glas und flüsterte:

»Aber ich warne Sie, nicht dass Sie mir später noch Vorwürfe machen. Alexandra ist, genau wie ihre Mutter, ein großartiges Geschöpf. Sie ist schön, sie ist begabt, sie ist gut auf das Führen eines Haushaltes vorbereitet, aber ... Sie hat dieses unerträglich impulsive walisische Temperament«, verkündete er augenzwinkernd. »Wales ist schließlich das Land der Drachen!«

Beide lachten schallend. Daniel schätzte diesen Mann sehr, der bald sein Schwiegervater sein würde. Er hatte ihn in größter Not aufgenommen. Ohne Erklärungen einzufordern, hatte er ihm sein Wissen und seine Freundschaft angeboten. Als Daniel meinte, alles verloren zu haben, hatte Sir Edward ihm eine neue Chance geschenkt. Niemals würde er sich für all das revanchieren können, was er von ihm erhalten hatte.

»Lassen Sie uns anstoßen, Mr Amat, auf die Enkel, die Sie mir schenken werden!«

Die Gläser klirrten, und Daniel befeuchtete höflichkeitshalber seine Lippen. Dann stand er auf und ließ sein Getränk fast unangetastet auf dem Tisch stehen.

»Sir Edward, vor dem Dinner heute Abend muss ich noch einige Dinge erledigen. Wenn Sie gestatten, ziehe ich mich zurück.«

»Selbstverständlich, das hätte gerade noch gefehlt. Die Gerüchte sind bis zu mir gedrungen, dass Ihre Gefährten für Sie eine gewisse Feier ausrichten. Keine Sorge, meine Lippen sind versiegelt! Doch eines rate ich Ihnen, kommen Sie bloß nicht auf die Idee, zu spät zum Essen zu erscheinen! Sonst bringt Alexandra Sie noch um.«

Sir Edward lachte belustigt und geleitete Daniel zur Tür.

»Ah.« Er hielt inne. »Fast hätte ich es vergessen. Warten Sie einen Moment.«

Er ging wieder zum Schreibtisch zurück und suchte zwischen den Papieren, bis er mit triumphierender Miene einen senffarbenen Umschlag in die Luft reckte.

»Diese Nachricht ist heute Morgen für Sie angekommen.«

»Eine Depesche? Für mich?«

»Ja, so ist es. Sie wurde in Barcelona aufgegeben.«

Daniel nahm den Umschlag aus der Hand des Rektors entgegen. Dabei ließen ihn seine Nerven im Stich, und er strauchelte beinahe. Doch dem älteren Mann entging Daniels Verstörung, und so konnte er die Depesche schließlich unauffällig in die Manteltasche stecken.

»Wenn Sie erlauben, lese ich sie später. Ich muss noch viel erledigen.«

»Ja, nur zu.«

Daniel eilte hinaus und lief so schnell, wie es seine zitternden Beine zuließen.

In seinem alten Zimmer ließ er sich auf den Stuhl fallen. Der Studienabschluss, die Vertretung für Professor Brown und die Verlobung mit Alexandra, alles hatte sich so überstürzt, dass er nicht einmal Zeit für den Umzug gefunden hatte. Seine Truhen warteten in einer Ecke. Er musste noch die Bücher und einige Kleidungsstücke einpacken. Doch im Moment war das alles für ihn belanglos. Die Euphorie vom Morgen war verschwunden. Das unverhoffte Stellenangebot und die bevorstehende Heirat schienen zum Leben einer anderen Person zu gehören. Er blickte auf den kleinen Umschlag, der auf dem Schreibtisch auf ihn wartete.

Wie war das möglich? Nach so langer Zeit?

Wie so oft in den vergangenen sieben Jahren fasste er mit einer unbewussten Geste in den Nacken. Seine Finger fuhren über die verhärteten Narben, die das Feuer für immer und ewig in seine Haut gebrannt hatte. Beinahe hätte er gelacht. Wie naiv war er doch gewesen, als er gedacht hatte, alles könnte mit Vergessen enden. Eine schlichte Depesche genügte, um diese Hoffnung zunichtezumachen.

Er stand vom Stuhl auf, nahm den Umschlag in die Hand und riss ihn auf. Darin steckte ein rosafarbenes Blatt Papier, das in der Mitte gefaltet war. Er strich es mit zitternden Fingern glatt. Ohne tatsächlich zu lesen, überflogen seine Augen die filigrane Schrift, bis er sich so weit beruhigt hatte, dass er seinen Blick fokussieren konnte.

Sieben Jahre waren mit einem Schlag weggewischt.

Er ließ die Hand sinken und lehnte sich gegen den Fensterrahmen. Zu seinen Füßen verschwand die Grünanlage des College in dem stetigen dunklen Regen. Nach all den Jahren hatten sie ihn gefunden. Zwar hatte er gewusst, dass dies früher oder später eintreten würde, aber er hätte nie für möglich gehalten, dass es auf diese Weise geschehen würde. Er fragte sich, ob er nun irgendeinen Schmerz oder Kummer fühlen sollte, aber er spürte nur Wut und Schuld. Er schloss die Augen, drückte die Stirn gegen das Fenster und versuchte Herr über die Beklemmung zu werden, die in ihm anwuchs. Zuerst verkrampften seine Kiefer, dann verhärtete sich sein ganzer Körper. Der Schmerz zuckte wie ein Peitschenhieb durch die alte Narbe. Er knüllte die Depesche zusammen und warf sie weit von sich. Erst dann kamen ihm die Tränen.

3

Schnarchen erfüllte die Kammer. Trotz des Lakens, mit dem das Fenster notdürftig verhängt war, drang Tageslicht ins Zimmer – ein typisches Zimmer in einer Absteige in El Raval. Ein Quartier, üblicherweise nur für eine befristete Zeit, um sich aufs Ohr zu hauen, winzig, kaum belüftet, mit fleckigen Wänden, so gut oder schlecht wie jedes andere. Der Mieter dieser Unterkunft wohnte nun schon seit fünf Monaten hier.

»Bei Gott und allen Heiligen!«

Ein hässlicher Mann mit auffällig hervorquellenden Augäpfeln schälte sich aus den Decken. Verwirrt sah er sich in der Kammer um. Als er einen Fuß auf die Holzdielen setzte, sackte er auf den Strohsack zurück, hielt sich den Schädel und fluchte in gedehnten Lauten, als wäre seine Kehle voller Sand.

»Wein aus dem Elsass! Und eine Beule!«

Brummend torkelte der Mann aus dem Bett. Er richtete seine schmächtige Gestalt auf und wankte unsicher und nur unter Mühen zu dem Tisch, der ihm auch als Schreibtisch diente. Mit der Hand fegte er einen Haufen alter Zeitungen und bekritzelter Blätter zur Seite, bis er endlich mit einem triumphierenden Schrei eine schwere Messinguhr in die Luft hielt. Er öffnete den Deckel, doch als er feststellte, dass die Zeiger fast schon auf Mittag standen, war seine Benommenheit schlagartig verschwunden.

»Das kann doch nicht wahr sein! Es kann nie im Leben so spät sein!«

Nur mit der Unterhose bekleidet lief er durch das winzige Zimmer. Ununterbrochen vor sich hin fluchend, füllte er die

Waschschüssel auf und spritzte sich energisch kaltes Wasser ins Gesicht. Doch der Schmerz hinter der Schläfe ließ einfach nicht nach, und er tauchte den ganzen Kopf in die Schüssel. Zitternd trocknete er sich mit dem Zipfel einer Decke ab, und binnen einer Minute hatte er Hose, Hemd und Stiefeletten angezogen. Er nahm einen Schluck aus der Kaffeetasse auf dem Tisch, was er sofort bereute. Der Kaffee war kalt und schmeckte wie abgestandenes Wasser. Ihm fiel ein, dass er den Kaffeesatz schon vier Mal verwendet hatte. Er griff zum Strohhut, nahm das karierte Jackett vom Bügel und ging aus dem Zimmer. Auf der Treppe richtete er sich die Fliege.

»Señor Fleixa!«

Ein Mann mit einer gewaltigen Wampe versperrte ihm den Weg und musterte ihn zornig aus zusammengekniffenen Augen. Er stank nach Knoblauch, was nicht gerade hilfreich war, um den Kater zu vertreiben.

»Ah, Señor González! Ich habe gerade an Sie gedacht. Wie geht es Ihrer werten Frau Gemahlin?«

»Sie schulden mir drei Monatsmieten! Ich setze Sie demnächst vor die Tür!«

»Drei Monate? Wie kann das angehen? Also, machen Sie sich keine Sorgen, mein Freund. Ich erhalte bald ein paar Außenstände für einige Kurzmeldungen, dann begleiche ich umgehend diese lächerliche Schuld. Sie wissen, wir als renommierte Journalisten haben gewisse gesellschaftliche Verpflichtungen, und dann hatte ich auch noch ein paar unvorhergesehene Ausgaben.«

»Ich kenne Ihre gesellschaftlichen Verpflichtungen zur Genüge. Letzten Monat haben Sie mir genau das Gleiche gesagt.«

»Das muss ein Missverständnis sein. Ihre Gattin war so liebenswürdig, mir Aufschub zu gewähren.«

»Jacinta? Wann haben Sie mit ihr gesprochen?«

»Gestern Mittag.«

»Aber gestern ist sie doch zur Mittagsmesse gegangen ...«

»Dann war es eben danach. Hören Sie nicht weiter auf mich. Sie können sich nicht vorstellen, wie vergesslich ich manchmal bin.«

Die Miene des Zimmerwirts wurde misstrauisch. Fleixa begriff, dass es wohl nicht sonderlich klug gewesen war, Jacinta in diese Angelegenheit zu ziehen und die Abmachung zu erwähnen, die sich nach ihrer leidenschaftlichen Begegnung am Vortag ergeben hatte. Das ganze Viertel wusste, dass Señor González begriffsstutzig war, aber womöglich ahnte er allmählich doch, welche Hörner ihm seine Frau zuweilen aufsetzte. Jedenfalls musste Fleixa die Sache so schnell wie möglich beenden. Rechts von González ergab sich eine Lücke, und er schlüpfte hindurch, noch ehe der Zimmerwirt reagieren konnte.

»Warten Sie einen Moment!«

Fleixa stellte sich taub und stürmte die Treppe hinunter.

»Ich verspreche Ihnen, Ende des Monats bezahle ich«, rief er, sobald er unten angekommen war.

Als er durch die Haustür auf die Straße trat, verfolgten ihn noch immer die Beleidigungen des Señor González.

Gut in sein Jackett gehüllt, schritt er zügig aus. Fäulnisgeruch strömte durch das Viertel. Das Gedränge in El Raval war üblich, seit dort vor Jahren Fabriken gebaut worden waren und sich die engen Straßen mit Einwanderern aus ganz Spanien füllten, die von der steigenden Nachfrage nach Arbeitskräften angezogen wurden. Trotz allem wohnte Fleixa gern in El Raval, denn dank der vielen unterschiedlichen Menschen war dies ein Ort voller Leben. Wasser rann wie ein Bach über die Pflastersteine, die Kanalisation konnte nicht all den Regen aufnehmen, der seit Tagen fiel, und die Straßen wurden zu Schlammgruben. Fleixa blickte abwechselnd zum Boden und zum Himmel.

»Wenn es weiter so regnet, werden wir eines Tages noch zu einem Hafen. Was für ein Frühlingsende!«

Er kam am Lebensmittelhändler vorbei, der gerade einen

Eimer auf die Straße leerte, und an ein paar Kohlehändlern, die ihre Karren vor sich herschoben und dabei unverhohlen eine Gruppe Frauen anstarrten. Der Journalist grüßte die Frauen, wie stets. Trotz der Kälte waren sie nur leicht bekleidet und suchten Schutz in einem Hauseingang. Eine der Frauen, an deren Hals ein Kind mit völlig zerzausten Haaren hing, löste sich aus der Gruppe und ging auf Fleixa zu.

»Dolors hat dich gestern Nacht gesucht, du Schlitzohr.«

»Hallo, Manuela! Was hast du denn angestellt? Heute Morgen kommst du mir besonders hübsch vor.«

Die Frau strich sich durchs Haar und bedachte ihn mit einem Lächeln, das ihre Zahnlücken offenbarte. Der tiefe Ausschnitt gab den Blick auf ihre üppigen Brüste frei, an die sie das schlummernde Kind presste. Ihr Atem stank nach Schnaps und Zwiebeln, und der Geruch von verbranntem Holz umgab sie.

»Ich weiß nicht, wie du das siehst, Schatz, aber wenn du genug von ihr hast, kannst du zu mir kommen.«

Nun lächelte Fleixa.

»Komm, sei ein braves Mädchen und sag ihr, dass ich sie heute Nacht besuche.«

Manuela schnaubte und strich sich über den Rock, dann machte sie auf dem Absatz kehrt und ging zu ihren Gefährtinnen zurück.

Fleixa verließ die Gasse in Richtung Ramblas, die zu dieser Tageszeit sehr belebt waren. Mit Obst und Gemüse beladene Karren auf ihrem Weg zum Markt La Boquería, Pferdeomnibusse und die Straßenbahn der Linie Plaza de Cataluña mit ihrem Bimmeln machten sich den Platz streitig mit Ammen, Streichholzverkäuferinnen, Blumenhändlern, Zeitungsjungen und Müßiggängern. Fleixa hielt sich nicht weiter auf, er bog in die Calle del Pi ein und erreichte nach ein paar Minuten den Sitz der Zeitung.

Den *Correo de Barcelona* gab es nun seit elf Jahren. Seither war es dem Blatt gelungen, sich einen Platz unter den wichtigsten Tageszeitungen der Stadt zu erobern. Jeden Morgen riefen die Zeitungsjungen seinen Namen aus, neben dem *Diari de Barcelona* mit monarchistischer Gesinnung, der *La Vanguardia* der Liberalen oder dem kürzlich gegründeten *Noticiero Universal*, der sich unabhängig gab. Die anspruchsvollen Zeitungsleser in Barcelona gierten nach Nachrichten, und dank der Tageszeitungen waren sie bestens informiert. Der Sitz des *Correo* nahm die vier Geschosse eines altertümlichen Gebäudes im gotischen Stil ein. Das in Stein gehauene Eingangsportal verlieh dem Gebäude die ehrwürdige Note, die den Besitzer der Zeitung befriedigte. Kaum hatte Fleixa das Portal durchschritten, begrüßte ihn der Pförtner mit dem abfälligen Tonfall, den er bei allen Angestellten der Zeitung verwandte, mit Ausnahme des Chefredakteurs.

»Señor Fleixa, Sie sind spät dran.«

»Serafín, Nachrichten haben keinen Zeitplan.«

»Das erzählen Sie mal Señor Sanchís! Ich habe bis hier unten gehört, wie er Ihren Namen gebrüllt hat.«

Don Pascual Sanchís war der Chefredakteur des *Correo de Barcelona*. Niemand konnte sich daran erinnern, wann er das letzte Mal gelächelt hatte. Vielleicht an dem Tag, an dem Josep Llanera über die kompromittierende Liebesaffäre von Stadtrat Rusell berichtet hatte und auf der Straße drei Auflagen verkauft worden waren. Die Rauchschwaden ließen das Büro des Zigarrenliebhabers wie ein Auslandsbüro der *Times* erscheinen. Wenn er sie nicht gerade rauchte, kaute er auf einer imposanten Montecristo herum, die stets in seinem Mundwinkel hing. Sanchís war dafür berüchtigt, die Zeitung mit eiserner Hand zu leiten, und dies war auch der tatsächliche Grund für den Erfolg des *Correo de Barcelona*.

Besorgt stieg Fleixa die Treppen hoch. Die Lage war schlecht, wenn Sanchís schon nach ihm suchte und noch dazu verärgert war. Noch übler stand es, wenn er erfuhr, dass er mit dem versprochenen Artikel immer noch nicht weitergekommen war.

Aber war es etwa seine Schuld, dass sich sein Informant nicht blicken ließ? Drei Abende hintereinander war er vergeblich zur vereinbarten Zeit in die Taberna de Set Portes gegangen. Beim letzten Mal hatte sich die Sache etwas kompliziert. Um sich die Zeit zu vertreiben, hatte Fleixa getrunken und einige Partien Karten gespielt. Er hatte verloren. Davon überzeugt, dass ihn das Glück nicht zwei Mal am selben Abend im Stich lassen würde, war er mit der Straßenbahn zur Pferderennbahn gefahren, wo er die nächsten fünfzehn Duros verlor ... Dazu kamen noch die sechzig Duros, die er der Negra schuldete, einer berüchtigten Wucherin. Sie war die einzige Person gewesen, die sich bereit erklärt hatte, für ihn zu bürgen, und nun steckte er in einem ordentlichen Schlamassel. Die Zeitung würde ihm keinen weiteren Vorschuss gewähren. Diese Möglichkeit hatte er so weit ausgereizt, dass er ohnehin für den Rest des Jahres gratis arbeiten müsste.

Schnaufend erreichte er das Stockwerk mit der Redaktion. An der Tür liefen ihm ein paar Männer aus der Druckerei über den Weg, die ihn grüßten. Er beachtete sie nicht weiter und ging in das Büro, das er sich mit einem Kollegen teilte. Auf seinem Schreibtisch, von dem unter den Papierstößen und den Staubschichten der letzten Wochen fast nichts mehr zu sehen war, lag ein Paar großer Schuhe, dessen Besitzer sich hinter der Morgenausgabe verschanzte.

»Guten Tag«, grüßte Fleixa und ließ sich auf seinen Stuhl fallen.

Von der anderen Seite der aufgeschlagenen Zeitung kam eine fröhliche Stimme.

»Sieh an, Don Bernat Fleixa höchstpersönlich! Was für eine Ehre, dass er sich in der Redaktion blicken lässt.«

»Red keinen Unsinn, Alejandro!«

Alejandro Vives leitete seit vier Jahren das Ressort Politik. Der Journalist war lang wie eine Straßenlaterne und hatte kleine Augen, und alle witzelten, dass seine beachtliche Nase schneller bei einer Nachricht war als sein Hirn. Es war stets bestens gelaunt, selbst wenn er sich mit Fleixa unterhielt. Im Großen und Ganzen war er der Einzige, der ihn ertrug.

»Na, schon wieder eine harte Nacht?«

Fleixa versuchte den Sarkasmus seines Kollegen einzuschätzen. Alejandro las einfach weiter und ließ sich nicht aus der Ruhe bringen.

»Ja, sie war etwas schwierig«, gab Fleixa schließlich zu. »Wie geht es Sanchís heute?«, fragte er, um schnell das Thema zu wechseln.

»Ich glaube, er hatte vor ein paar Minuten Sehnsucht nach dir.«

»Gut, dann soll er sich noch weiter nach mir sehnen.«

Während Fleixa in den Schubladen seines Schreibtischs Tabak suchte, warf er einen flüchtigen Blick auf die Zeitung, die Alejandro vor sich hielt, die neueste Ausgabe des *Correo.* Plötzlich riss er verblüfft den Mund auf, und auch seine Augen wurden immer größer, als er die Kurzmeldung las.

> Am letzten Wochenende wurde ein Mann gefunden, der im Hafen im Wasser trieb. Er hauchte sein Leben aus, als ihn im Morgengrauen zwei Fischer entdeckten, die dem Unglückseligen nicht mehr helfen konnten. Der Tod ist, wie aus den gleichen Quellen verlautet, auf einen unglücklichen Unfall zurückzuführen, der sich in der Nähe der Lazaretomole ereignete. Die Polizei hat ein Verbrechen ausgeschlossen, weshalb den Familienangehörigen gestattet wurde, über die sterblichen Reste zu verfügen. Anscheinend handelt es sich bei dem Toten um einen renommierten Arzt, dessen Identität jedoch nicht preisgegeben werden soll. Die Trauerfeier und die Beisetzung finden heute um 12.00 Uhr auf dem Montjuic-Friedhof statt.

Unter der Nachricht stand der Name Felipe Llopis.

»Verdammt noch mal, was ist aus meiner Reportage geworden?«

Fleixa lief schnurstracks durch die Redaktion zum Büro des Chefredakteurs. Auf dem Weg begegnete er einigen Kollegen, die sich ihre belustigten Mienen verkniffen, als sie ihn vorbeieilen sahen. Bestimmt wussten sie schon, dass sein Artikel durch diese Kurzmeldung ersetzt worden war. Das brachte ihn noch mehr in Rage. Ohne sich mit Anklopfen aufzuhalten, stieß er die Glastür auf, die unter der Wucht von der Wand zurückprallte. Hinter einem Tisch voller Druckfahnen und Fernschreiben sowie Ausgaben der Konkurrenz saß ein Mann, der so dick war, dass sein Büro zu klein schien. Er blickte auf, und als er den Redakteur erkannte, kniff er die Augen zusammen und runzelte die Stirn.

Fleixa fragte beleidigt:

»Warum hast du meinen Bericht nicht gebracht?«

»Der Tod von hundert Hühnern auf den Bauernhöfen von Sants ist natürlich unbedingt einen Aufmacher wert«, erwiderte eine sanfte Stimme hinter seinem Rücken.

Ein junger Mann, mit einem makellosen Anzug bekleidet, saß lächelnd in einem Sessel. Felipe Llopis trug sein blondes Haar stets mit Öl geglättet, und Schnauzbart und Kinnbart waren so sorgfältig gestutzt, dass sie wie ein Dreieck auf seinem länglichen Gesicht lagen. Sein elegantes Auftreten brachte alle Stenotypistinnen der Redaktion in Wallungen, und sein Charme hatte ihm in seiner Zunft ein gewisses Renommee als gewandter Journalist eingebracht. Niemand wusste, wo er seine Nachrichten hervorzauberte (vor allen anderen Kollegen!). Genau aus diesem Grund hatte der *Correo* ihn vor weniger als einem Jahr von der *La Campana* abgeworben. Für Fleixa war Llopis ein vollkommener Schwachkopf.

»Mann Gottes, Llopis, ich habe schon gesagt, dass hier etwas zum Himmel stinkt.«

»Das muss an dir oder an deinem ekligen Jackett liegen, werter Freund.«

»Hör mal …«

»Ruhe!«

Sanchís' dröhnende Stimme hallte von den Glasscheiben wider. Die übrigen Redaktionsmitglieder gaben vor weiterzuarbeiten, doch tatsächlich waren alle gespannt, was in dem Büro vorging. Der Chefredakteur wandte sich an Llopis.

»Felipe, lass uns später weitersprechen. Und mach die Tür zu, wenn du gehst.«

Der junge Reporter verabschiedete sich von Sanchís mit einer geschmeidigen Geste, und als er an Fleixa vorbeikam, schnalzte er mit der Zunge und zwinkerte ihm zu. Fleixa sah ihm nach und ballte dabei die Fäuste so fest, dass er die Fingernägel spürte. Sanchís deutete auf einen Stuhl.

»Verdammte Scheiße! Pascual, was hat das zu bedeuten, dass du mir den zugesagten Platz wegnimmst?«

»Setz dich und halt den Mund!«

Der Journalist nahm widerwillig Platz und überhörte geflissentlich die zweite Aufforderung.

»Warum steht der Mist von diesem Buchstabenklauber in meiner Nachrichtenspalte?«

»Zuallererst, das ist meine Spalte und nicht deine, so wie der ganze Rest dieser verdammten Zeitung. Dieser Buchstabenklauber, wie du ihn nennst, bringt mir schließlich Neuigkeiten. Und was treibst du in der Zeit?«

»Ich habe bald die Informationen zusammen, von denen ich dir erzählt habe. Ich bin ganz nah dran. Die Nachricht wird einschlagen wie eine Bombe.«

Der Chefredakteur schüttelte den Kopf, sodass sein Doppelkinn im Takt bebte. Fleixa musste bei dem Anblick an diese hässlichen englischen Hunde denken.

»Wie lange kennen wir uns schon?«, fragte Sanchís.

Fleixa zuckte die Achseln.

»Verflixt, du machst es mir wirklich nicht leicht. Du tauchst zu Unzeiten auf, arbeitest, wann es dir gerade passt, und seit

Wochen bringst du mir nur belanglose Geschichten.« Der Chefredakteur bedachte Fleixa mit einem fast mitleidigen Blick. »Wir kennen uns jetzt schon seit Jahren, aber so habe ich dich noch nie erlebt. Sieh dich doch einmal an! Deine Kleidung, diese verquollenen Augen. Du stinkst! Hast du wieder gespielt? Wie hoch sind deine Schulden inzwischen?«

Fleixa schwieg.

»Ich will es dir ganz offen sagen, ich überlege, dich zu ersetzen.«

Der Chefredakteur deutete auf das Redaktionsbüro. »Llopis trägt teure Anzüge und spielt den feinen Pinkel. Ja, er ist ziemlich eingebildet, aber er riskiert jeden Tag etwas. Er geht an die richtigen Orte, er schnüffelt wie ein Spürhund herum, und er liefert mir genau das, was ich haben will: Nachrichten! Es ist gar nicht so lange her, da hast du das auch getan. Das hier ist eine Tageszeitung, und wir Zeitungsleute leben davon, Neues zu bringen. Sieh dir doch mal Barcelona an. In ein paar Tagen wird hier die Weltausstellung eröffnet. Die Stadt ist im Wandel. Die ganze Welt ist im Wandel, und Leute wie Llopis wissen, wo es langgeht.«

Fleixa musste schlucken.

»Gib mir noch etwas Zeit.«

Sanchís schüttelte erneut den Kopf, wobei die Fleischmasse seines Gesichtes bebte. Dann holte er deutlich vernehmbar Luft und verschränkte seine behaarten Hände im Nacken. Bis er weitersprach, ließ er so viel Zeit verstreichen, dass sich der ganze Zigarrenrauch zu setzen schien.

»Ich weiß, ich werde es noch bereuen … Ich gebe dir eine Woche, sieben Tage. Keinen einzigen mehr. Dann treffe ich eine endgültige Entscheidung, ist das klar?« Er zeigte zur Tür. »Jetzt raus mit dir! Und um Himmels willen, nimm endlich einmal ein Bad!«

Fleixa stand auf, und auf seinem Weg durch die Tür konnte er den Chefredakteur noch brummen hören.

»Eine Tageszeitung, verflucht noch mal, das hier ist eine verdammte Tageszeitung!«

Das Klappern der Schreibmaschinen und das Raunen der Gespräche nahmen den gewohnten Rhythmus wieder auf. Fleixa sah, dass Llopis von einem Haufen junger Redakteure umringt wurde. Als er sich beobachtet fühlte, hob er herausfordernd das Kinn. Als Antwort zeigte Fleixa ihm den Mittelfinger und kehrte ihm den Rücken.

Auf dem Rückweg zu seinem Schreibtisch schrillte eine Alarmglocke in seinem Kopf, was aber nichts mit Llopis und dem Streit zu tun hatte. Er fluchte lautlos. Auf einmal hatte er das Gefühl, als wäre ihm im Verlauf der letzten Stunde etwas entgangen, etwas Wichtiges, irgendein Detail. Doch er kam nicht darauf. Er schnaubte verzweifelt. Der Kater der letzten Nacht war ihm auch nicht gerade beim Grübeln behilflich.

»Wie ist es dir ergangen?«, erkundigte sich Vives, als er in das gemeinsame Büro zurückkam.

»Es hätte schlimmer sein können.«

Sein Kollege saß immer noch zurückgelehnt auf seinem Stuhl und las in der Zeitung. Auf einmal leuchtete bei Fleixa ein Lämpchen auf. Er beugte sich über den Tisch und suchte zwischen seinen Notizen.

»Wie spät ist es?«, fragte er.

»Wieso? Was ist mit deiner Uhr? Hast du sie wieder ins Leihhaus gebracht?«

»Verdammte Scheiße, sag mir endlich, wie spät es ist«, brüllte Fleixa.

»Es ist fast eins, wa…?«

Die Papierstöße wirbelten auf, als Fleixa aus der Redaktion rannte.

4

Der Montjuic-Friedhof bot sonst eine herrliche Sicht auf das Meer, doch nicht an diesem Tag. Die Glocken der Kirche von Poble Sec hatten gerade zwölf Uhr Mittag geschlagen, aber der Himmel war fast nachtdunkel. Die Marmorgrabmäler im Regenkleid schimmerten im Schein der Blitze auf. Heilige, Engel und Madonnen beweinten die Wut des Himmels und wurden lebendig, sobald Daniels Blick auf sie fiel. Er fasste sich an die Nasenwurzel und schloss die Augen. Nach der langen Anreise aus Oxford war er erschöpft.

Er verlagerte das Gewicht, um bequemer zu stehen, und unter seinen Schuhen knirschte der Kies, als würde er auf einen Teppich aus Kakerlaken treten. Der Trauergottesdienst war nur kurz und ohne großen Pomp verlaufen, was seinem Vater zweifellos gefallen hätte. Man hatte ihn aufgefordert, ein paar Worte an die Trauergemeinde zu richten, doch Daniel hatte das abgelehnt. Er dachte an den Mann mit den eleganten und feinen Manieren zurück, der nach dem Tod seiner Frau für ihn zu einem Fremden geworden war. Die Medizin hatte die Lücke gefüllt, die sie hinterlassen hatte und die danach das Familienleben bestimmte. Es war ihm, als könnte er noch die strenge Stimme hören, deren Echo von den Wänden im Haus widerhallte und Stille einforderte, damit der bedeutende Mann ungestört arbeiten konnte. Ruhe, immer diese Ruhe, die nur unterbrochen wurde, um seine Söhne an ihre Hausaufgaben oder an ihre Zukunft zu erinnern, die durch ein unausweichliches Schicksal bestimmt zu sein schien: seinem Beispiel zu folgen und herausragende Mediziner zu werden, noch bessere Mediziner.

Er hatte es nicht geschafft.

Daniel sah zu einem anderen Grab, das dahinter lag. Das war die Ruhestätte seines Bruders. Unbewusst strich er mit der Hand über die Narben im Nacken. Er biss sich auf die Lippen und konzentrierte sich auf das Gefühl der Erleichterung, das ihm der Regen vermittelte, dabei wusste er sehr wohl, dass selbst diese Sintflut nicht ausreichte, um seine Albträume fortzuspülen. Er beobachtete die wenigen Trauergäste. Um das ausgehobene Grab reihten sich einige lederne Regenschirme, und darunter standen dicht beieinander vier Männer, die dem Anlass entsprechend lange schwarze Mäntel sowie Filzzylinder trugen, ehemalige Kollegen seines Vaters. Ihnen allen war der teilnahmslose Gesichtsausdruck der Menschen gemein, die schon den Tod von vielen anderen erlebt hatten.

Auch ein Vertreter der lokalen Behörden war zugegen, ein Sekretär der Stadtverwaltung. Schließlich und endlich hatte sein Vater stets die besten gesellschaftlichen Beziehungen gepflegt. Die Beerdigung des herausragenden Mediziners und Professors Don Alfred Amat i Roures war keine Nichtigkeit, auch wenn bei dem Unwetter der Beamte bald eine Ausrede vorbringen würde, um sich schnell zu verdrücken.

Rechterhand, etwas abseits, hatten sich vier oder fünf Studenten eingefunden. Unter dem Sturzregen gingen sie unbehaglich auf und ab, drückten ihre Mäntel fest an sich und suchten wohl, wenn auch offensichtlicher, nach einem Vorwand für ihr Gehen. Daniel meinte einen Flachmann kreisen zu sehen.

Insgesamt zählte er nicht mehr als ein Dutzend Trauergäste, wenn er die beiden Totengräber dazurechnete, die sich mit den nassen Hanfseilen unter dem Sarg abmühten. Ein aufopferungsvolles Leben zum Wohle der Medizin, nur um unter einem Haufen Erdreich zu enden, umgeben von einer Ansammlung fremder Personen. Der Sarg gelangte mit ruckartigen Bewegungen, die keineswegs feierlich klangen, nach unten, bis ein Platschen anzeigte, dass er am Grund angekommen war. Währenddessen betete der Pfarrer – unter dem Schutz eines Regenschirms, den ein durchnässter Messdiener hielt – mit feierlicher Stimme einen Psalm aus dem Buch Salomo. Die Totengräber zogen die Seile wieder hoch, und die letzten Worte des Pfarrers verloren sich in dem Geräusch der Seile, die gegen das Holz schrammten. Daniel beugte sich vor und kratzte eine Handvoll klumpige Erde zusammen, die er ins Grab warf. Der Aufschlag auf dem lackierten Eichensarg war überall auf dem Friedhof zu vernehmen. Daniel war selbst überrascht, dass sein Vater nicht aus dem Sarg stieg, um ihn zu tadeln, weil er so einen Lärm verursachte. Nun kamen die Schaufeln zum Einsatz, und alle hatten es mit dem Abschied eilig. Zu dem Regen war noch ein eisiger Wind hinzugekommen, der vom Meer hochstieg. Es gab gewiss angenehmere Orte als den Montjuic-Friedhof, um den Nachmittag zu verbringen.

Zuerst kamen die wenigen ehemaligen Kollegen, die dem Verstorbenen die letzte Ehre erwiesen hatten, auf Daniel zu und kondolierten ihm. Besonnene Mienen, mitleidvolle Worte und die Würdigung der Verdienste seines Vaters. Was für ein großer Mediziner, was für ein unermüdlicher Kämpfer für die Interessen der Wissenschaft … Eine endlose Reihe ewig gleicher Lobeshymnen, die Daniel vernahm, ohne sie zu hören. Er nickte und schüttelte automatisch Hände, doch den Blicken wich er aus. Dann kam der letzte der Professoren näher, auf einen Gehstock gestützt. Er hatte keinen Regenschirm dabei und trug zu seinem Schutz nur einen Hut, von dem das Wasser über seine Augen troff.

»I-i-ich möchte Ihnen mein aufrichtiges B-b-beileid ausdrücken. W-w-wirklich, ich bedaure den T-t-tod Ihres Vaters s-s-sehr.«

Daniel bedankte sich, reichte dem Trauergast die Hand und sah sich nach dem Nächsten in der Reihe um. Doch der Mann ging nicht weiter, er räusperte sich und flüsterte in abgehackten Sätzen weiter.

»M-m-mein Name ist Joan G-g-gavet. Ich bin gewissermaßen ein F-f-freund Ihres V-v-vaters gewesen.«

Daniel nickte desinteressiert.

»I-i-ich hoffe, n-n-nach all den Jahren stellt Ihre Rückkehr nach B-b-barcelona für Sie wenigstens eine gewisse B-b-befriedigung dar.«

»Das kann man nicht sagen. Tatsächlich erlebte ich, kaum am Bahnhof angekommen, einen kleinen unangenehmen Vorfall.«

»W-w-was sagen Sie da?«

»Ach, eigentlich nichts«, erwiderte Daniel, der es schon bereute, das Thema überhaupt angeschnitten zu haben. »Diebe haben mein Gepäck gestohlen. Der eine Koffer enthielt zwar nur Kleidungsstücke sowie einige persönliche Gegenstände, aber die sind schwer zu ersetzen.«

»H-h-herrje, das tut mir aber l-l-leid.«

»Danke, es ist nicht so wichtig. Außerdem beabsichtige ich ohnehin nicht, lange in Barcelona zu bleiben.«

»Ach, n-n-nein?« Der Mann wirkte enttäuscht. »Das ist aber sch-sch-schade, sonst hätten wir Gelegenheit gehabt, u-u-uns ein wenig zu u-u-unterhalten. Aber es hat mich sehr g-g-gefreut, Sie begrüßen z-z-zu können.«

Nach den Worten duckte sich dieser kuriose Mediziner und zog im Regen von dannen.

Auch die übrige Trauergesellschaft löste sich auf wie eine Schar Raben, die davonflattert. Daniel wollte es ihnen gleichtun, doch dann wurde er auf eine jugendliche Gestalt aufmerksam, die still neben dem Grab stand. Ihre Miene wirkte so bedrückt, dass Daniel Mitleid mit dem jungen Mann spürte. Nach allem gab es einen Menschen, der seinem Vater aufrichtige Wertschätzung entgegenbrachte. Der junge Mann sah auf und richtete seine mandelförmigen Augen auf Daniel. Plötzlich veränderte sich sein Gesichtsausdruck, als bereute er, mehr als notwendig preisgegeben zu haben. Er zog den Kragen des Mantels hoch, um sein Gesicht zu verdecken, und verschwand schnell auf dem Pfad.

Als das Raunen der Gespräche der Lebenden verstummt war, war nur noch das Ächzen der Schaufeln zu hören, die das Erdreich anhäuften. Daniel atmete tief ein und füllte seine Lunge mit Luft, die die Feuchtigkeit des Meeres enthielt. Nach einem letzten Blick zog er den Zylinder tief ins Gesicht und wollte auch aufbrechen, doch plötzlich umfing ihn der Duft von Jasmin wie eine Liebkosung. Auf der anderen Seite des Pfades erspähte er vor dem wolkenverhangenen Himmel die Silhouette einer schwarz gekleideten Gestalt neben einer Zypresse.

Daniel fragte sich, ob es eines dieser Trugbilder wäre, die einen Friedhof bevölkern. Er näherte sich ganz langsam dem Bild, als befürchtete er, es könne sich auflösen. Die Frau hob ihr Kinn und lächelte Daniel durch den Musselinschleier an. Sie schürzte die Lippen und beobachtete ihn mit ihren Augen, die noch genauso grün waren, wie Daniel sie in Erinnerung hatte. Sie trug Spitzenhandschuhe, mit der rechten Hand hielt sie den Regenschirm, und mit der linken presste sie den Persianermantel schützend an sich. Das pechschwarze Haar war hochgesteckt, nur eine Strähne hatte sich gelöst und zitterte im Wind. Daniel blieb wenige Schritte vor ihr stehen. Sie sahen sich lange an und erwogen, wie fremd sie einander im Laufe der Jahre geworden waren. Schließlich ergriff die Frau das Wort.

»Señor Amat.«

Daniel erwiderte ihre Begrüßung mit einer Verbeugung. Es fiel ihm unglaublich schwer, seine zitternde Stimme zu beherrschen.

»Irene. Das ist sehr … liebenswürdig, dass Sie gekommen sind.«

»Ich habe Ihren Vater sehr geschätzt. Seiner Beerdigung beizuwohnen, war das Mindeste, was ich tun konnte.«

Daniel musterte sie genau, er suchte nach den Spuren der

jungen Frau, die er in der Vergangenheit gekannt hatte. Abgesehen von ihrer Stimme schien sie unverändert. Sie hatte ihren karibischen Zungenschlag abgelegt, klang ernster. Aus der Handtasche zückte sie ein Spitzentaschentuch, hob den Schleier und wischte sich über die Augen. Die Bewegung dauerte kaum länger als ein Wimpernschlag, doch sie reichte, um deutlich zu erkennen, dass sie Mulattin war.

»Es ist viel Zeit vergangen«, brachte Daniel hervor.

»Zu viel Zeit.«

»Wie geht es …?«

»Mir geht es hervorragend, danke für Ihr Interesse.«

Sie blickte nach links. Unterhalb vom Eingang zum Friedhof wartete ein Mann in einem Kutscherumhang. Einen Moment lang drückte die Miene der Frau Besorgnis aus, doch sie fand sofort die Fassung wieder, nur ein kurzes Zittern ihrer Hand beim Verstauen des Taschentuchs verriet sie.

»Ich muss gehen.«

Daniel wollte sie aufhalten, doch er wusste nicht, was er sagen sollte. Auch sie schien diese letzten Worte zu erwarten, doch da sie nicht ausgesprochen wurden, drehte sie sich um und ging den Pfad hinunter. Erst jetzt lief er ihr aus einem Impuls heraus nach und fasste sie am Ellbogen. Dabei kam er ihr so nahe, dass er die Wärme ihres Körpers spürte. Erinnerungen überschlugen sich in seinem Kopf, und der Friedhof um ihn herum schien sich aufzulösen. Da fiel ihm auf, dass sie ihn durch den Schleier feindselig anstarrte. Doch erst ihre Frage riss ihn aus seiner Starre.

»Was fällt Ihnen ein?«

»Ich hätte mich mit Ihnen in …«, sagte er ohne nachzudenken.

»Aber Sie haben es nicht getan, und vielleicht war es auch besser so.«

»Ich würde Sie gern treffen, ehe ich wieder abreise.«

»Das geht nicht. Nicht mehr.«

Sie riss sich von seiner Hand los und lief weiter.

Daniel folgte ihr mit dem Blick, er beobachtete, wie sie auf dem Weg verschwand, von den Zypressen vor dem Regen geschützt.

Wieder allein, betrachtete Daniel ein letztes Mal den Ort, an dem sein Vater nun ruhte, dann begab auch er sich auf den Weg zum Friedhofseingang. Die Begegnung mit Irene hatte ihn erschüttert. Wie dumm! Wieso war ihm nicht vorher der Gedanke gekommen, dass sie anwesend sein könnte? Ihr Anblick hatte in ihm Gefühle geweckt, die er längst vergessen geglaubt hatte. Wieso nahm ihn das nach so langer Zeit noch mit? Er führte nun ein neues Leben, hatte eine Heirat in Aussicht und noch dazu die renommierte Stelle eines Professors. Er hatte die Zukunft, die viele anstrebten. Irene stand für die Vergangenheit. Eine Vergangenheit, die abgeschlossen war.

Bevor er die Straße erreichte, unterbrach ein Keuchen seine Gedanken.

»Señor Amat? ... Dieser verdammte Regen!«

Ein nicht gerade großer Mann in einem karierten Jackett mit Fliege und mit einem Strohhut auf dem Kopf, durch den das Wasser tropfte, verbeugte sich nach Atem ringend vor ihm. Die beschlagene Brille war verrutscht und gab den Blick auf seine hervorstehenden Augen frei. Der Mann blinzelte und versuchte sich das Wasser aus dem Gesicht zu wischen, und sein Lächeln ließ den Schnauzbart zu einer albernen Grimasse verrutschen. Daniel konnte sich nicht daran erinnern, den Mann während der Trauerfeier gesehen zu haben.

»Kenne ich Sie?«

Der Mann reichte ihm seine nasse Hand.

»Ich heiße Bernat Fleixa. Hier ist meine Karte.«

Daniel nahm sie behutsam entgegen. Als er die Rückseite las, zog er die Augenbrauen hoch.

»Journalist?«

»Ja, Señor, vom *Correo de Barcelona*.«

»Was wollen Sie von mir?«

»Mich einen Moment mit Ihnen unterhalten, wenn Sie nichts dagegen haben.«

Daniel gab ihm die Visitenkarte zurück und ging einfach weiter.

»Ich wüsste nicht, worüber ich mit Ihnen reden sollte.«

Fleixa heftete sich bis zum Friedhofsausgang an Daniels Fersen.

»Also, eigentlich geht es eher um etwas, was ich Ihnen sagen kann. Wissen Sie, dass Sie Ihrem Vater wie aus dem Gesicht geschnitten sind? Natürlich viel jünger.«

»Sie haben ihn gekannt? Ah, natürlich, ganz bestimmt«, erwiderte Daniel ironisch, ohne stehen zu bleiben.

»Dr. Amat und ich, wir hatten eine gewisse Vereinbarung. Eigentlich …«

»Sehen Sie, Señor Fleixa.« Daniel drehte sich abrupt um. »Wenn Sie tatsächlich Umgang mit meinem Vater gepflegt hätten, dann wüssten Sie, dass er Journalisten verabscheute. Für ihn waren Zeitungen nicht mehr als plumpe Pamphlete, die die übelsten Verleumdungen veröffentlichen. Seiner Meinung nach sollten anständige Leute nicht einmal ein Wochenblatt in die Hand nehmen. Mit einem Vertreter Ihrer Zunft hätte er kein Wort gewechselt.«

»Aber mit mir hat er nicht nur geredet, er hat sogar den Kontakt zu mir gesucht.«

Daniel seufzte, all die Empfindungen der letzten Zeit hatten ihn gänzlich erschöpft. Die anstrengende Reise, die Bestattung, Irene … Er wollte nur noch ausruhen, einige Stunden am Stück schlafen und dann wieder den Zug zurück in sein wahres Leben nehmen.

»Bitte geben Sie mir eine Minute«, bat Fleixa. »Wenn Sie mich angehört haben und es dann immer noch wünschen, werde ich Sie nicht mehr belästigen.«

Daniel gab keine Antwort, sondern ging schneller.

»Warten Sie! Sie begreifen es nicht. Ihr Vater und ich, wir waren verabredet, aber er ist nicht erschienen. Man hat ihn daran gehindert.« Der Journalist senkte die Stimme und sah sich misstrauisch nach allen Seiten um. »Señor Amat, ich glaube, Ihr Vater wurde ermordet.«

5

Das *Europa*, eines der vielen Cafés in den Arkaden der Plaza Real, war in den letzten Jahren Mode geworden. An diesem Nachmittag waren jedoch nur einige Tische besetzt. Zwischen den Rauchschwaden der Zigarren diskutierte eine Gruppe Stammgäste die neuen Abgaben auf Getreide.

Daniel und der Journalist hatten sich an einem Tisch etwas abseits niedergelassen, sie schwiegen, während der Kellner ihre Getränke servierte. Als sie endlich allein waren, ergriff Daniel das Wort.

»Señor Fleixa, zuallererst, warum sollte ich Ihnen vertrauen?«

»Weil Ihr Vater das auch getan hat. Hören Sie …«

»Nein, jetzt hören Sie mir einmal zu! Nicht dass Sie mich missverstehen. Dass ich hier bin, widerspricht den simpelsten Regeln des gesunden Menschenverstands. Ich kann mir nicht vorstellen, dass jemand den Tod meines Vaters herbeiwünscht. Das ist für mich einfach nicht nachvollziehbar. Ich gebe Ihnen fünf Minuten, um mir alles zu erklären. Danach gehe ich durch diese Tür, und Sie werden mich nie wiedersehen.«

»Das scheint mir verständlich«, meinte Fleixa. Er trank den Absinth aus, den der Kellner vor ihn gestellt hatte, und räusperte sich. »Vor etwa drei Wochen erhielt ich in der Redaktion eine Nachricht von Ihrem Vater. Er forderte mich darin auf, ihn unverzüglich in der Kirche von San Miguel del Puerto zu treffen.«

Daniel nickte. Das war typisch für seinen Vater, dass er eine Einladung so formulierte, als wäre sie ein Befehl.

»Sprechen Sie weiter.«

»Wir haben uns für den nächsten Tag verabredet. Während unserer Unterhaltung sah er sich ununterbrochen nach allen Seiten um, und manchmal hörte er sogar mitten im Satz auf. Er redete sehr hastig, so als wollte er unser Treffen so schnell wie möglich hinter sich bringen. Ich schien ihm nicht sonderlich zu gefallen, und irgendwie fand er auch diese fast heimliche Form unserer Begegnung nicht gerade angemessen. Aber offensichtlich suchte er Diskretion, denn sonst hätte er mit mir ein Treffen in der Zeitung oder in der Universität vereinbart. Fest steht, kaum saßen wir auf den Kirchenbänken, hat er mir ohne weitere Erklärungen diese Papiere übergeben.«

Fleixa legte einen grauen Aktendeckel auf den Tisch, der mit Lederbändern verschnürt war.

»Was ist das?«

»Das frage ich mich auch«, erwiderte der Journalist, der nun die Knoten löste und den Aktendeckel aufschlug. »Ihr Vater erzählte mir, dass er seit einiger Zeit an einer Studie über die hygienischen Verhältnisse in den Elendsvierteln der Stadt arbeitete. Er hatte schon seit Monaten Daten zusammengetragen und in La Barceloneta Dutzende Untersuchungen vorgenommen. Ich weiß nicht, ob Sie den Teil der Stadt überhaupt kennen. In den letzten Jahren hat sich La Barceloneta sehr verändert. Es haben sich dort einige Bau- und Abrissfirmen niedergelassen und auch das Stahlwerk La Maquinista Terrestre y Marítima sowie das Gaswerk La Catalana de Gas. Das Viertel ist sehr dicht bevölkert, viele Familien aus ganz Spanien sind auf der Suche nach Arbeit dorthin gezogen. Ihr Vater berichtete mir, dass es bei der Studie darum ging, den Zusammenhang zwischen den unsäglichen Lebens- und Arbeitsbedingungen der Leute und den Krankheiten herauszufinden, unter denen sie litten. Dieses Dossier ist das Ergebnis seiner Untersuchung.«

Daniel verbarg seine Überraschung nicht. Es war merkwürdig, dass sein Vater aus eigener Initiative so eine Herausforderung gesucht hatte. Als Mediziner hatte er die Reichen und Mächtigen von Barcelona behandelt, für einige Persönlichkeiten war er sogar Leibarzt gewesen, er hatte beste Beziehungen zum Großbürgertum der Stadt unterhalten und gemeinhin mit seiner gesellschaftlichen Stellung geprahlt. Solche Dinge aufzuzeigen, würde ihm nicht viele Sympathien einbringen.

»Mein Vater hat niemals …«

»Genau«, stellte Fleixa fest. »Selbstverständlich war das nicht gerade eine Aufgabe, um Ruhm einzuheimsen, ganz im Gegenteil. Doch Ihr Vater hat sich für diese Aufgabe sehr engagiert, zumindest konnte ich das aus der Lektüre dieser Papiere schließen.« Er unterbrach seine Ausführungen und bestellte, fast schreiend, noch einen Likör. »›Und was soll ich mit den ganzen Papieren anfangen?‹, habe ich damals Ihren Vater gefragt. Ich bezweifelte sehr, dass meine Zeitung Interesse daran hätte, sich mit den bedeutendsten Unternehmern von Barcelona anzulegen, von denen einige außerdem noch Anteilseigner des *Correo* sind. Doch Ihr Vater sagte mir, dies sei nur ein Teil der ganzen Angelegenheit.«

Daniel zog die Augenbrauen hoch.

»Als er in La Barceloneta mit seinen Recherchen begann«, erläuterte der Journalist weiter, »konnte er, wie nicht anders erwartet, diverse Todesursachen feststellen. Vor allem gab es Arbeitsunfälle, aber auch Infektionen wegen des unsauberen Wassers, Räude, Lungenentzündung, Tuberkulose … und Hunger. Für diese armen Leute gehört der Tod zum Alltag, und Ihr Vater hat das wochenlang aufgezeichnet. Mit der Zeit hat er sich immer intensiver mit seiner Studie befasst. Er stellte Hygieneregeln auf, forderte das Rathaus auf, Maßnahmen für die Wasserversorgung und die Kanalisation zu ergreifen, behandelte die Kranken persönlich, und er bezahlte sogar ihre Medikamente aus der eigenen Tasche. Als Gegenleistung schenkten ihm die Bewohner ihren Dank und ihr Vertrauen.«

Fleixa leerte das zweite Glas, dann sprach er weiter.

»Eines Abends offenbarte ihm ein alter Zimmermann, den Ihr Vater behandelt hatte, eine Geschichte. Anscheinend ging das Gerücht um, das Böse hätte die Macht über La Barceloneta an sich gerissen. In den letzten Wochen waren nach Sonnenuntergang junge Frauen auf ihrem Rückweg aus den Betrieben oder von irgendwelchen Erledigungen auf unerklärliche Weise verschwunden. Dann wurden vier oder fünf Tage später ihre Leichen gefunden, in einem grauenhaften Zustand. Sie hatten kein Blut mehr, und ihnen fehlten einige Körperteile. Doch für den größten Schrecken sorgte die Tatsache, dass die Leichen gewaltige Bisswunden zeigten und das Fleisch um die Wunden verbrannt aussah. Ihr Vater erzählte weiter, der alte Zimmermann selbst sei zutiefst entsetzt gewesen und habe ihm erklärt, dass die Bewohner aufgrund der Tatenlosigkeit der Behörden auf eigene Faust Nachtwachen organisiert hätten, um den Mörder zu ergreifen. Doch alle Bemühungen waren vergeblich. Nach wie vor verschwanden junge Frauen. Die Familien hielten nachts ihre Töchter hinter Schloss und Riegel und beteten darum, dass der Dämon sie nicht holte. Selbstverständlich glaubte Ihr Vater kein Wort, für ihn beruhte die Geschichte auf dem Aberglauben des Zimmermannes. Er vergaß die ganze Sache, doch eine Woche später ließ man ihn morgens in der Früh rufen. Es war wieder eine Leiche aufgetaucht, deren Zustand wirklich außergewöhnlich war.«

»Was meinen Sie mit außergewöhnlich?«

»Ihr Vater wollte nicht ins Detail gehen. Ich hakte mehrfach nach, denn das war immerhin ein wichtiger Punkt für einen Artikel, und schließlich erklärte er sich bereit, mir das bei unseren nächsten Treffen zu erläutern … Treffen, die aber leider nicht mehr stattgefunden haben.«

Fleixa orderte den nächsten Absinth.

»Tatsache ist«, nahm er dann den Gesprächsfaden wieder auf, »dass dieses Opfer eine sehr junge Frau war, fast noch ein Mädchen. Señor Amat, als Ihr Vater mir davon erzählte, war er immer noch außer sich. Er hatte die Polizei rufen lassen, und man brachte die Leiche in den Leichenschauraum. Ihr Vater hoffte, mithilfe der Obduktion dem Urheber der abscheulichen Morde auf die Spur zu kommen. Doch leider konnte er sie nie durchführen.«

»Nein? Warum?«

»Die Leiche der jungen Frau ist noch in derselben Nacht verschwunden.«

»Das kann doch nicht wahr sein!«

»Ihr Vater konnte es auch nicht fassen. Der Obduktionssaal liegt im Keller, er hat nur einen Eingang, und der wird die ganze Nacht von einem Gehilfen bewacht. Der Mann, der an dem Abend Dienst hatte, sagte aus, er habe sich nicht vom Fleck bewegt und niemand sei dort erschienen.«

»Vielleicht hat der Mann gelogen. Aber ich gehe davon aus, dass die Behörden dann das Heft in die Hand genommen haben, oder?«

»Anscheinend hat man Ihren Vater relativ herablassend behandelt. Man stellte sogar in Zweifel, dass die Leiche sich je dort befunden hätte. Man kann auch nicht gerade behaupten, dass die Kollegen von der Universität ihn sonderlich unterstützt hätten.«

Daniel stellte sich die Enttäuschung seines Vaters vor. Früher hatte doch ein Wort von ihm genügt, und schon hatte sich alles seinem Willen gefügt. Anscheinend hatte sich in den Jahren seiner Abwesenheit wirklich einiges verändert.

»Dr. Amat vertraute mir schließlich an, dass er die Polizei verdächtigte.«

»Die Polizei? Das ist doch absurd.«

»Vielleicht.« Der Journalist zuckte mit den Schultern. »Mit seiner Studie hatte er in gewissen Kreisen großes Unbehagen ausgelöst, und Ihr Vater war davon überzeugt, dass man erst einmal Gras über die Sache wachsen lassen wollte. Doch er ließ sich dadurch nicht aufhalten. Er begann eine neue Untersuchung, und das hier ist das Ergebnis.«

Fleixa schob ein Blatt Papier über den Tisch, das scheinbar genauso aussah wie die anderen. Daniel erkannte sofort die sorgfältige Handschrift seines Vaters. Er holte tief Luft, verscheuchte die Gedanken, die ihn anfielen, und begann zu lesen. Es war eine Aufstellung von Namen mit Anmerkungen, und neben diesen Daten stand eine Spalte mit Ziffern.

»Eine Liste?«

»Er hat sie wohl recht lange geführt. Ich kann mir vorstellen, dass es nicht einfach war, von den verschreckten Bewohnern von La Barceloneta Informationen zu bekommen. Er hat es einzig seinem Ruf zu verdanken, dass er sie erhielt.«

»Aber was bedeutet das?«

»Aufgrund diverser Zeugenaussagen erhielt Ihr Vater die Angaben zu Namen und Alter der verschwundenen jungen Frauen, zum Datum, an dem die Toten gefunden wurden, sowie Details über den Zustand der Leichen.«

Daniel zählte sechzehn Zeilen und sah ungläubig auf.

»Nicht zu fassen, oder?«, flüsterte Fleixa.

Daniel las die Aufstellung noch einmal durch. Eine junge Frau mit Namen Gracia Sanjuán hatte man mit verstümmelten Beinen gefunden; bei einer anderen, Adela Reig, waren die Augäpfel aus den Höhlen entfernt; bei Sara Fuster fehlte ein Arm. Das erste Opfer hatte man im Januar entdeckt, das letzte zwanzig Tage vor Daniels Ankunft in Barcelona. Das jüngste Opfer war gerade mal fünfzehn Jahre alt gewesen. Plötzlich lastete das Blatt Papier schwer in Daniels Hand. Zitternd griff er nach seinem Glas. Er nahm einen Schluck Wasser und versuchte den Brechreiz zu unterdrücken, der in ihm hochstieg.

»Was hat es mit den Ziffern auf sich?«, wollte er wissen.

»Das sind die Koordinaten.«

»Koordinaten?«

»Genau. Sie bezeichnen die Fundorte der Leichen. Die meisten Frauen tauchten in der Kanalisation der Stadt auf, oder sie trieben im Port Vell im Wasser.«

Nun herrschte Schweigen. Daniel erfasste schlagartig, warum dieser Journalist argwöhnte, sein Vater wäre nicht bei einem Unfall ums Leben gekommen. Sieben Jahre lang hatte er nun keinen Tropfen Alkohol angerührt, doch in dem Moment hätte er liebend gern das feurige Brennen in seinem Inneren gespürt. Dennoch hielt er sich zurück. Er griff wieder nach dem Wasserglas und leerte es in einem Zug. Für ihn schmeckte es nach Blut.

Der Journalist lehnte sich indes behaglich auf seinem Stuhl zurück. Die fünf Minuten waren längst vergangen, und Daniel machte offensichtlich keinerlei Anstalten aufzubrechen.

»Wir vereinbarten bei unserem Gespräch, dass ich kein Wort veröffentlichen würde, solange Ihr Vater keine weiteren Beweise hätte.«

»Was für Beweise?«, fragte Daniel.

»Ihr Vater wusste, dass diese Liste unvollständig war. Er meinte, er könne den oder die Urheber dieser grausamen Verbrechen aufspüren und dann mit meiner Hilfe anzeigen. Ich habe dann nichts mehr von ihm gehört, bis letzten Montag. Da erhielt ich eine Nachricht, die offensichtlich in aller Eile geschrieben worden war. Er hatte anscheinend gefunden, was er suchte, und wollte mir alles berichten.«

»Was hat er herausgefunden?«

»Leider ist Ihr Vater nie gekommen, obwohl ich drei Abende hintereinander am verabredeten Treffpunkt auf ihn gewartet habe.«

Daniel wusste nicht recht, was er von der ganzen Sache halten sollte.

»Es war ein Unfall. Das hat man mir zumindest gesagt«, hielt er schließlich entgegen.

»Eine Frage, hat man Ihnen gestattet, die Leiche Ihres Vaters zu sehen?«

»Nein«, musste Daniel zugeben. »Man riet mir ab, sie sagten, das Wasser hätte seinen Leichnam furchtbar entstellt.«

»Ja, Ihr Vater hat vermutet, dass die Obrigkeit die Sache vertuschen will«, begann Fleixa, »also haben sie es mit seinem Tod nicht anders gemacht.« Er sah über Daniels Schulter hinweg und senkte die Stimme. »Señor Amat, bei dieser Sache spielen viel höhere Interessen eine Rolle, als Sie sich vorstellen können. Viele der jungen Frauen waren Fabrikarbeiterinnen. Wenn die Morde in der Öffentlichkeit bekannt werden, könnte das für die frisch gegründeten Gewerkschaften einen erheblichen Zulauf bedeuten. Vielleicht ist das sogar die Gelegenheit, um zum Streik aufzurufen. Die Stimmung in der Stadt ist in letzter Zeit ziemlich aufgeheizt. Die Arbeiter fordern bessere Arbeitsbedingungen und sie fangen an, sich zu organisieren. Die Fabrikbesitzer haben die Polizei und die Guardia Civil auf ihrer Seite und noch eigene Einheiten, die sie anwerben, um die Proteste niederzuschlagen. Man munkelt sogar, dass sie selbst bewaffnete Banditen bringen, um die Arbeiter zu Gewalt aufzuwiegeln. Die Konfrontationen sind unausweichlich. Der Zivilgouverneur will das um jeden Preis verhindern und übt Druck auf das Rathaus aus, aber die Stadtverwaltung ist voll und ganz mit den Vorbereitungen für die Weltausstellung beschäftigt. Man weiß nicht, ob die Bauarbeiten rechtzeitig zur Eröffnung fertig werden, und ein Streik wäre fatal, ganz zu schweigen von den internationalen Auswirkungen. Begreifen Sie die Folgen?«

»Aber warum erzählen Sie mir das alles?«, fragte Daniel nach.

»Ich will den Exklusivbericht.«

»Was für einen Exklusivbericht?«

»Das habe ich mit Ihrem Vater so vereinbart. Sehen Sie«, Fleixa beugte sich vor, »ich glaube, wir können uns gegenseitig helfen.«

»Wie das?«

»Sie haben Zugang zu den persönlichen Gegenständen Ihres Vaters. Irgendwo muss es noch Aufzeichnungen über das geben, was er herausgefunden hat.«

Daniel zögerte. Die ganze Geschichte war so außergewöhnlich … Was davon war wahr? Was war gelogen? War es möglich, dass sich sein Vater diese Verschwörung nur ausgedacht hatte? Wenn ja, warum? Auf einmal begriff er. Wie naiv war er doch gewesen, sich von der fantastischen Geschichte mitreißen zu lassen. Er unterdrückte ein bitteres Lachen. Für einen Moment hatte er doch tatsächlich vergessen, was für einen Charakter sein Vater hatte. Beinahe hätte er vor lauter Frustration mit der Faust auf den Tisch geschlagen.

»Es tut mir leid, ich muss Sie enttäuschen, Señor Fleixa, aber ich fürchte, das Ganze ist nur eine Märchengeschichte. Wissen Sie, mein Vater war kein gewöhnlicher Mensch, er war absolut fähig, sich zu seinem eigenen Nutzen die passenden Finten auszudenken. Sie wüssten das, wenn Sie ihn so gut gekannt hätten wie ich. Er war ein großer Manipulator. Es tut mir leid, Sie sind nur ein weiteres Opfer seiner Ränkespiele.«

»Warum sollte sich Ihr Vater das alles nur ausgedacht haben?«

»Keine Ahnung, und es interessiert mich auch nicht«, antwortete Daniel, stand auf und nahm Mantel und Hut.

»Bitte, gehen Sie nicht!«, rief Fleixa und erhob sich auch. »Ich weiß, die ganze Geschichte klingt unglaubwürdig, ich hatte ja anfangs die gleichen Zweifel. Aber ich habe die Behauptungen Ihres Vaters überprüfen können.«

Daniel zögerte.

»Kommen Sie morgen Abend mit mir mit, und ich werde Ihnen beweisen, dass alles stimmt, was ich Ihnen erzählt habe.«

Daniel blieb neben der Tür stehen, er sah zur Decke des Cafés und atmete tief ein und aus. Am liebsten hätte er auf der Stelle diese verdammte Stadt verlassen und wäre nach Oxford zurückgereist. Der Tod seines Vaters bot ihm die Gelegenheit, sein vorheriges Leben endgültig hinter sich zu lassen. In England wartete seine Verlobte auf ihn, sein geliebtes College und seine Vorlesung. Er seufzte. Dieser Journalist wirkte sehr überzeugt. Vielleicht sollte er ihm die Chance geben, die Geschichte ein für alle Mal aufzuklären. Dann hätte er alles nur Erdenkliche unternommen und könnte mit ruhigem Gewissen abreisen. Anderenfalls würde er sich fragen müssen, ob an der Sache doch etwas Wahres sei, und die Zweifel würden ihn niemals loslassen.

»Also gut. Ich verschiebe meine Abreise um ein paar Tage.«

Er hatte das Gefühl, als lächelte der Journalist.

»Großartig! Sie werden es nicht bereuen. Hier, ich gebe Ihnen meine Hand darauf.«

Daniel schlug ein.

»Morgen, um elf Uhr nachts, erwarte ich Sie im Hafen, gegenüber des Muelle de la Fortuna. Ziehen Sie etwas Dunkles an, etwas Unauffälliges, Sie verstehen schon. Ah! Sie müssen unbedingt den Arztkoffer Ihres Vaters mitbringen. Können Sie das ermöglichen?«

»Ich denke, das ist kein Problem, aber warum …«

»Vertrauen Sie mir einfach.«

6

Eine Gestalt lief ohne zu zögern durch den Gang mit den Regalen. Das im Halbdunkel liegende Labyrinth wurde einzig durch eine Petroleumlampe erleuchtet. Ihre Flamme, von den Glasgefäßen auf den Regalbrettern reflektiert, ließ flüchtig die grotesken Formen erkennen, die darin schwebten. Hunderte Behältnisse verdeckten, fein säuberlich aufgestellt, die Wände wie Reihen eines schweigenden Heeres.

Das letzte Exemplar hatte sich am besten entwickelt. Es machte Fortschritte. Nach all der Zeit …

Der Mann mit der Maske betrat einen sechseckigen Saal. Ein durchdringendes Bienensummen übertönte alle anderen Geräusche. Die Kälte und die Feuchtigkeit waren hier noch intensiver. Er spürte unter seinen Füßen das vertraute Beben des Wassers, das einige Meter unterhalb des Bodens strömte, und wie schon so oft stellte er sich vor, dass er selbst von einem Wasserfall umspült wurde. Er wich dem vergitterten Schacht auf der rechten Seite aus. Der Schimmer des Wassers zeichnete einen welligen kobaltblauen Kreis auf das Mauerwerk der Decke. Neben einer mit Metall ummantelten Säule, die sich in den Bögen der Decke verlor, blieb er stehen. Als er die Lampe näher daran hielt, spiegelte sich das Licht auf der Oberfläche. Er hob die Hand und strich behutsam über die Kupferplatte. Obwohl er Handschuhe trug, spürte er die Wärme, die von ihr ausging, als wäre sie die Haut eines lebendigen Wesens. Ein gurgelnder Laut drang aus seiner Kehle, er lehnte die Stirn an und flüsterte vor sich hin.

Mit Bedauern löste er sich wieder von der Säule und lief bis zur Mitte des Saales. Er stellte die Lampe auf einem Beistelltisch ab und drehte den Hahn ganz auf. Das Licht fiel auf den Marmorblock, der vor ihm lag. Man hatte den Tisch vor zwanzig Jahren aus einem einzigen Block geschlagen. Er war so lang wie ein Erwachsener, und mit der leicht ovalen Form sah er wie ein riesiger flacher Teller aus. Drei ineinander verschlungene Säulen mit Drachenköpfen trugen sein gewaltiges Gewicht. Die Rundungen harmonierten perfekt mit der Klarheit der geraden Linien des Werkes. Dem Künstler war es gelungen, dem Marmor Leben einzuhauchen.

Der Maskierte strich mit der Hand über die glatte Oberfläche. Die Finger folgten den Rinnen, über die die Körperflüssigkeiten seiner Opfer strömten, ehe sie in der metallischen Öffnung in der Mitte abflossen. Er spürte in den Fingerspitzen die Energie, die von dem Stein ausging, und ließ sich von der Wahrnehmung dieser Kraft mitreißen. Plötzlich zuckte seine Hand, so als hätte ihn ein Stromschlag getroffen. Er wich einige Zentimeter zurück, wobei er die ganze Zeit dem Tisch seine Bewunderung zollte, und langsam, ganz langsam entkleidete er sich.

Er begann mit den Lederhandschuhen. Bedächtig legte er sie auf den Beistelltisch und nahm sich dafür alle Zeit der Welt. Die Ordnung war wesentlich. Ordnung bestimmte jede einzelne seiner Handlungen. Dann legte er Jackett und Weste ab, faltete sie mit einer einfachen Handbewegung und platzierte beide sorgfältig neben den Handschuhen. Er löste den Knoten seiner Fliege und knöpfte sein Hemd auf, das schließlich genauso akkurat gefaltet wurde. Mit einer einzigen Handbewegung streifte er Hose und Unterwäsche ab, die ihren Platz neben der übrigen Kleidung fanden.

In der Kälte verströmte sein nackter Körper Dunstschwaden. Als er ins Licht trat, zeigten sich rings um seine Taille Male wie Astlöcher an einem verkrüppelten Baum.

Er stützte sich auf beide Hände, um auf den Tisch zu steigen, und legte sich auf ihn. Bei der Berührung seines Rückens mit dem eiskalten Stein schloss er die Augen und spürte, wie sich die Poren seiner Haut zusammenzogen. Aus seinen Narben wich die Spannung, und auch der Schmerz ließ nach. Mit jeder Sekunde verlangsamte sich sein Atem. Er war gewahr, wie sich die Schläge seines Herzens entfernten, bis sie kaum noch vernehmbar waren. Dann, wie so oft, begann alles.

Zuerst spürte er die Anwesenheit derjenigen, die sich in der Vergangenheit in genau dieser Lage befunden hatten, den Geist der von den Friedhöfen entwendeten Leichen, die ihre ewige Ruhe dem Fortschritt der Wissenschaft überließen. Eine nach der anderen zog in einer unendlichen Abfolge von Erinnerungen vorüber. Er fühlte ihre matte Kraft, die Überbleibsel ihrer verlorenen Vitalität, die seinen Schmerz beruhigten. Ein Stöhnen entfuhr seinen Lippen. Sein eigener Körper verhärtete sich, als er die Präsenz der nächsten Körper witterte. Die neue Essenz des Lebens ergoss sich wie eine Kaskade über jeden einzelnen Zentimeter seiner nackten Haut. Diese Körper hatten nichts mit den vorherigen gemein. Ihre Anwesenheit war fast physisch spürbar und verströmte einen so heftigen Energiefluss, dass sich seine Sinne ausschalteten. Die jungen, gerade der Pubertät entwachsenen Frauen, die noch lebten, wenn sie auf dem kalten Stein zum Liegen kamen. Der Verstand dieser Mädchen hatte noch nicht ausgesetzt, und ihre Herzen pochten verzweifelt bis zum letzten Moment, in dem ihr Blut in die Mitte des Tisches abfloss und der Marmor ihre Körperwärme absorbierte. Wie eine Welle wuchs die Wollust in ihm an, und sein Körper bäumte sich unter einem qualvollen Orgasmus auf, bis er aufschrie, um danach wieder reglos und erschöpft auf dem Tisch zu liegen. Dann, erst dann ließ der Schmerz völlig nach, und er konnte an sie denken. Seine Stimme übertönte nun, von Keuchen unterbrochen, das Bienensummen.

»Bald, sehr bald, werden wir wieder vereint sein.«

Das Notizbuch

Achtzehn Tage vor der Eröffnung
der Weltausstellung

7

María Lluch sah man ihre dreißig Jahre nicht an. Sie wirkte zwar nicht so jung und exotisch wie die vielen anderen jungen Frauen aus den Kolonien in Übersee, die man in Barcelona sah, doch auf den Straßen in El Raval hatten ihre stattliche Oberweite und ihr immer noch straffer Körper dafür gesorgt, dass sie jeden Tag eine warme Mahlzeit einnehmen konnte, ohne sich sonderlich anstrengen zu müssen. Das war allerdings, bevor sie so viel abgenommen hatte. Ein Zimmer als Zuflucht vor den kühlen Nächten am Ende des Spätfrühlings zu finden, war alles andere als einfach gewesen. María musste jeden Tag für die paar Reales kämpfen, mit denen sie sich durchschlagen konnte. Es war ein hartes Leben, doch es war genauso hart wie das von abertausenden Menschen in Barcelona, und María ertrug es stoisch. Klagen führten schließlich nicht viel weiter.

An diesem Nachmittag lag sie mit geschlossenen Augen da. Ihre Gesichtszüge wirkten entspannt, nichts schien ihre Ruhe stören zu können. Plötzlich stellte sich ein Schatten zwischen sie und das Licht. Es war ein Mann. In seinem Blick war einen Moment lang ein gewisses Mitleid zu erkennen. Dann streckte er urplötzlich den Arm aus, und in seiner Hand funkelte eine scharfe Klinge auf. Das Messer zischte durch die Luft und versank in Marías Brustkorb. Mit größter Präzision schlitzte der Mann ihren Unterleib auf. Danach stieß er noch zwei Mal mit dem Messer hinein, jeweils von der Mitte ausgehend. Die Schnitte im Fleisch zeichneten ein riesiges Y in den Leib, und ihre Brüste hingen zu beiden Seiten hinunter.

María schrie nicht. Niemand rief um Hilfe. Ganz im Gegenteil, ringsum war ein anerkennendes Raunen zu vernehmen, bis die tiefe Stimme des Mannes ertönte, der sein Werkzeug immer noch in der Hand hielt.

»Meine Herren, ich bitte Sie, ein wenig Ruhe! Wie Sie sehen konnten, ist der Schnitt mit fester Hand durchzuführen, in der Form eines großen T oder Y, wie hier. Dadurch können wir nun den Thorax entsprechend öffnen. Säge, bitte.«

Der Assistent reichte das angeforderte Instrument an, während die Anwesenden im Halbrund der Tribüne schwiegen. An dem Tag hielt Dr. Manel Martorell, einer der bedeutendsten Chirurgen Kataloniens, die Anatomievorlesung. In seinem strengen dunklen Anzug, der nur durch eine Lederschürze geschützt wurde, stand er im Anatomiesaal des alten Real Colegio de Cirujano, dem Sitz der Medizinischen Fakultät.

Das Licht der riesigen Deckenlampe erhellte alle Winkel des schönen Saales. Den ovalen Grundriss und die klassizistische Ausstattung hatte der Architekt Ventura Rodríguez vor über einem Jahrhundert entworfen. Seitlich lagen die beiden Eingänge, die Studenten und Dozenten gleichermaßen nutzten. Vier Reihen ansteigender Marmorbänke mit granatroten Sitzkissen bildeten die weitläufige Tribüne, die nun voll besetzt war. Ganz unten, ebenerdig, waren die hochlehnigen Holzstühle platziert, die exklusiv dem Lehrkörper der Universität vorbehalten waren. Auf den übrigen Bänken saßen Studenten im letzten Studienjahr, und ganz oben nahmen die Studenten Platz, die dieser Vorlesung beiwohnen wollten, auch wenn sie für ihr Studienjahr nicht auf dem Programm stand. Die Sektionen waren öffentlich und zogen ein großes Publikum an.

Dies war ein außergewöhnlicher Tag, denn nur selten stand ein weiblicher Körper für Studienzwecke zur Verfügung. Der Geruch nach Karbolsäure vermischte sich mit dem der neben den Eingängen und dem Seziertisch aufgestellten Räuchergefäße. Ein süßlicher Duft, wie von einer verfaulten Frucht, gemahnte dennoch die Anwesenden daran, dass sich der Tod mit einem schrecklichen Geruch manifestiert. Auf der Steinbank in der ersten Reihe tuschelten einige Studenten miteinander.

»Habt ihr das gesehen? Der Alte hat immer noch eine sichere Hand«, meinte einer von ihnen.

Unterdrücktes Gelächter kommentierte die Bemerkung. Den Mittelpunkt der Gruppe bildete ein junger dunkelhäutiger Mann mit braunen Augen und geglättetem Haar, den Kinnbart nach der Mode der Romantiker getrimmt, der sich unbeteiligt auf die Holzbalustrade stützte. Die Scherze seiner Kommilitonen ließen ihn gleichgültig, witzige Bemerkungen, die nicht von ihm selbst kamen, waren für ihn ohne Belang.

»Und, was sagst du, Fenollosa? Wir gehen noch einen Wein trinken, kommst du mit?«

Der junge Mann ließ sich zu keiner Antwort herab, er verfolgte konzentriert die Arbeit des Professors am Leichnam der Hure. Die Blässe der Frau schien mit dem Marmor eins zu werden. Trotz der Rinnen, in denen das Blut und die übrigen Körperflüssigkeiten der Leichen abfließen sollten, waren auf den Sägespänen auf dem Fußboden einige Tropfen zu erkennen, die sich wie granatrotes Wachs verfestigt hatten.

»Sehr schön, meine Herren, wer von Ihnen kann mir nun etwas über die Todesursache dieser Frau sagen?«

Niemand schien sich angesprochen zu fühlen, und Dr. Martorell verzog das Gesicht.

»Meine Herren, muss ich Sie daran erinnern, dass Sie Chirurgen werden wollen? Nicht mehr und nicht weniger.« Er hielt inne und beobachtete die Studenten mit festem Blick. »Sie möchten ganz offensichtlich Teil der bedeutenden Medizinertradition dieser Universität werden. Dazu bedarf es einer unbestrittenen Begabung, aber es ist fraglich, ob viele der hier Anwesenden darüber verfügen, wenn überhaupt jemand. Aber vielleicht täusche ich mich zumindest bei einem oder zwei von Ihnen.«

Der junge dunkelhäutige Mann stand auf, woraufhin das Raunen auf den Rängen anschwoll.

»Wenn Sie gestatten, Herr Professor, ich denke, ich kann Ihre Frage beantworten.« Der Stimme war eine gewisse Arroganz anzumerken. »Allein beim Betrachten des Magens, den Sie mit so großem Geschick entnommen haben, können wir erkennen, dass sich die Falten der Magenschleimhaut geglättet haben. Das liegt bestimmt an dem Ulkus, den wir gesehen haben. Es handelt sich höchstwahrscheinlich um einen malignen Tumor, was eine pathologische Untersuchung bestätigen könnte. Und dieser hat, im Verbund mit dem nicht gerade gesunden Lebenswandel der Frau, zu deren Tod geführt.«

Martorell tauchte seine vom Blut roten Hände in die Waschschüssel, die ihm ein Assistent reichte.

»Sehr gut, Señor Fenollosa. Ihre Diagnose stimmt Wort für Wort mit dem Lehrbuch überein.«

Eine Welle von Beifall und Bravo-Rufen aus der Gruppe, die um den jungen Mann saß, toste durch den Anatomiesaal.

»Bitte, meine Herren, ich bitte Sie um ein Mindestmaß an Seriosität, schließlich ist das hier keine Stierkampfarena«, rügte sie der Mediziner.

Als endlich Ruhe eingetreten war, sagte er: »Schade, dass die Patientin erst sterben musste, um Ihre Worte zu bestätigen, Señor Fenollosa.«

Nun war im Auditorium ein Räuspern zu vernehmen.

»Ja?«

Zwei Reihen über Fenollosa meldete sich ein junger bartloser Mann, dem die Brille fast von der Nase rutschte.

»Ja, haben Sie noch etwas hinzuzufügen?«

»Ja, Señor.«

Die helle Stimme klang nervös, so als würde der Student schon bereuen, überhaupt die Hand gehoben zu haben.

»Gut, dann spannen Sie uns nicht weiter auf die Folter, denn sonst enden wir noch wie die Señorita hier.«

Nun lachte das komplette Auditorium schallend, und der Student wurde rot. Fenollosa beobachtete ihn von seinem Platz aus. Es war doch allbekannt, dass es nichts zu erwidern gab, wenn er etwas gesagt hatte. Was zum Teufel bezweckte dieser Idiot?

Der junge Mann stand auf und räusperte sich erneut. Allmählich wurde der Professor ungeduldig.

»Ja, bitte?«

»Señor, ich habe mich gefragt, ob wir auch eine Diagnose hätten wagen können, ohne den Körper zu öffnen.«

»Weiter!«

»Ich denke, die supraklavikuläre Lymphadenopathie links, die man bei der Frau sehen kann, ist eindeutig. Aufgrund dieser Schwellung können wir auf ein intraabdominelles Leiden schließen. Es hätte auch eine Drüsengeschwulst oder ein Tumor im Kopf oder in der Kehle sein können, doch dann gäbe es am Hals noch weitere Schwellungen. Bestimmt litt sie an Erbrechen, Magenschmerzen und an Anämie. Ihrem Zustand nach zu urteilen, hat sie wahrscheinlich über mehrere Wochen hinweg Gewicht verloren.«

Dr. Martorell betrachtete den jungen Mann mit wachsendem Interesse. Seine Erklärung zeugte von praktischen Kenntnissen, die unter Studenten nicht sonderlich verbreitet waren, auch nicht im letzten Studienjahr. Mit einem kaum verhohlenen Lächeln wandte er sich an Fenollosa.

»Sehr gut! Anscheinend traut sich endlich einmal jemand außer Ihnen, seine Meinung zu äußern. Also, lassen Sie uns die Gelegenheit nutzen. Wer von Ihnen beiden möchte mir nun erklären, welches medizinische Vorgehen bei der Behandlung dieser jungen Frau indiziert gewesen wäre?«

Fenollosa spürte alle Augen auf sich gerichtet, schließlich konnte der Sohn des Mediziners Dr. Fenollosa gar nicht weniger brillant sein als sein inzwischen emeritierter Vater. Das war Studenten wie Professoren bekannt. Jeder Beitrag von ihm schien dies zu bestätigen, doch vor allem sein eigener Vater erinnerte ihn stets daran – als wäre das überhaupt vonnöten.

Er stand nun gemächlich auf, wobei er den anmaßenden Studenten mit Blicken durchbohrte. Hinter ihm wurde geflüstert.

»Gib's ihm, diesem Jüngling!«

»Zeig ihm, wer hier den Ton angibt!«

Fenollosa zog die Pause theatralisch in die Länge. Er richtete die Schöße seines Jacketts. Endlich wandte er sich an das Auditorium und deklamierte mit fester Stimme:

»Ich gehe davon aus, die effizienteste Behandlung der Frau hätte darin bestanden, ihr durch eine partielle Gastrektomie ein kleines Stück Magen mitsamt dem Tumor zu entfernen und den Rest mit dem Duodenum zu verbinden.«

Der Professor nickte zur Bestätigung, und die Kommilitonen spendeten tosenden Applaus.

»Aber, Señor …«

Die sanfte Stimme des unbekannten jungen Mannes brachte das Gebrüll zum Verstummen.

»Ja, bitte?«, fragte Martorell.

»Der Kommilitone hat gewiss recht. Doch möglicherweise ist ihm entgangen, dass die Technik, die er gerade beschrieben hat, inzwischen überholt ist. Dr. Billroth, der dieses Verfahren eingeführt hatte, hat es schon vor drei Jahren weiterentwickelt.«

»Ah!«, rief der Professor. »Sehen Sie sich in der Lage, uns zu belehren?«

»Selbstverständlich. Billroth schlägt vor, dass eine Anostomose zwischen Magen und Jejunum hergestellt und das Duodenum blind gelegt wird, wodurch größere Resektionen möglich werden. Wir sollten auch beherzigen, dass Krönlein vor weniger als einem Jahr die Verbindung des Magenquerschnitts mit dem Jejunum durchgeführt hat, und zwar mit einer End-zu-Seit-Anastomose und vor dem Kolon, was die Aussichten auf Genesung erheblich verbessert.«

»Sehr gut, junger Mann …«

»Doch«, unterbrach der Student den Dozenten, »das entspricht nicht ganz Ihrer Fragestellung.«

»Und was ist Ihrer Meinung nach die korrekte Antwort, wenn man das erfahren darf?«

Der Professor wirkte amüsiert. Aus den Ausführungen des Studenten war die Nervosität gewichen. Mit seiner Erklärung gab er nun den Ton im Auditorium an, das aufmerksam lauschte. Einige Studenten begannen sogar mitzuschreiben.

»Am besten hätte man gar nicht eingegriffen, denn es war absolut unwahrscheinlich, dass man dieser Frau das Leben hätte retten können. Der Virchow-Lymphknoten beweist das Vorhandensein von Metastasen und das fortgeschrittene Stadium der Krankheit. Deshalb wäre es unsere Pflicht gewesen, der armen Frau eine unnötige und äußerst schmerzhafte Operation zu ersparen und sie stattdessen mit Medikamenten zu versorgen, um ihre Schmerzen zu lindern und ihre Seele zu erleichtern.«

Dr. Martorell sah ihn anerkennend an.

»Zweifellos ein überaus brillanter Beitrag.« Mit theatralischer Geste wandte sich der Professor wieder an Fenollosa. Er war richtiggehend in seinem Element. »Irgendwelche Einwände? Wie wäre es mit einer geistreichen Erwiderung?«

Der junge Mann schwieg und biss sich auf die Lippe. Seine Gefährten ermunterten ihn, die vorgebrachten Argumente zu entkräften, doch dieser wusste, dass die Ausführungen des anderen Studenten jede Widerlegung erübrigten. Er ballte die Fäuste auf dem Geländer, dass die Fingerknöchel weiß wurden.

»Nein, Señor, dem ist nichts hinzuzufügen.«

Nun war um ihn herum ein enttäuschtes Raunen zu vernehmen. Der Professor wandte sich an den anderen Studenten, der sich wieder gesetzt hatte.

»Junger Mann, dürften wir Ihren Namen erfahren?«

Der Student stand nervös wieder auf, die vorherige Selbstsicherheit war gewichen.

»Ja, Señor. Mein Name ist … Pau, Pau Gilbert.«

»Hervorragend, Señor Gilbert, herzlichen Glückwunsch! Meine Herren«, fuhr Dr. Martorell fort, diesmal an alle im Auditorium gewandt, »das meine ich, wenn ich Ihnen sage, dass Sie die Dinge gut oder richtig gut machen können. Halten Sie sich nicht nur an die medizinischen Lehrbücher. Die Grenzen der Wissenschaft legen wir selbst fest. Strengen Sie Ihr Gehirn an, so Sie denn eins haben«, sagte er abschließend mit Blick zu Fenollosa.

Wieder brach das Halbrund in schallendes Gelächter aus, und die Vorlesung war damit beendet.

Nach und nach verließen die Zuhörer die Tribüne und unterhielten sich über den Vorfall. Fenollosa stand, umringt von seinen Getreuen, in einer Ecke und beobachtete, wie der junge Student, der ihn der Lächerlichkeit preisgegeben hatte, aus dem Hörsaal hastete, einen Packen Bücher fest gegen die Brust gedrückt.

Pau Gilbert verfluchte sich unablässig selbst, während er mit gesenktem Blick durch den Flur hastete. Er wollte niemandem auch nur den geringsten Vorwand bieten, ihn aufzuhalten, um über seine Wortmeldung zu sprechen. Was für eine Dummheit! Wo hatte er nur seinen Kopf! Er hatte alles riskiert, nur um den Beweis anzutreten, dass … Ja, welchen Beweis? Für seine herausragende Intelligenz? Dafür, dass sein Wissen das der blöden Kommilitonen übertraf und sogar das, was man sie in dieser verdammten Fakultät lehrte? Er schnaubte und schüttelte den Kopf. Ja, Bescheidenheit gehörte wahrlich nicht zu seinen Tugenden, das wusste er sehr wohl, aber dieser Fenollosa war so etwas von eingebildet und gemein. Er ärgerte sich andauernd über dessen arrogante Beiträge und diese Besessenheit, alle stets daran zu erinnern, wessen Sohn er war. Seine Freunde prahlten mit seinen Wortmeldungen wie die Opernliebhaber mit Wagner-Opern im Liceo. Verzogene Söhne aus wohlhabenden bürgerlichen Familien, die das Leben auf die leichte Schulter nahmen. Seine eigene persönliche Situation war keineswegs so auskömmlich. Er war hier, um das Studium als Chirurg abzuschließen, und darum ging es, um nichts anderes. Ja, er würde es schaffen, doch für dieses Ziel durfte er keine albernen Fehler begehen oder auf sich aufmerksam machen. Ja, er konnte es erreichen und unbeschadet aus der Sache herauskommen. Er lief noch eiliger und versuchte so schnell wie möglich aus dem Blickfeld der anderen zu entschwinden.

Fenollosa unterband mit einer rüden Handbewegung die Gespräche seiner Freunde.

»Weiß jemand, wer dieser Gilbert ist?«

»Ich habe gehört, dass er mitten im Studienjahr gekommen ist«, stellte ein hochgewachsener junger Mann fest. »Von irgendeiner Universität im Ausland.«

»Anscheinend sucht er keinen Anschluss. Ein schräger Vogel«, meinte ein anderer.

»Es heißt, er hätte beeindruckende praktische Kenntnisse.«

»Aber er ist doch noch ein Jungspund …«

»Ja, ein Jungspund, der Professor Segura schon gezeigt hat, wie man eine Wunde ordentlich schließt.«

»Professor Segura kriegt nicht einmal die Beine seiner Frau zusammen.«

Schallendes Gelächter. Doch Fenollosa konnte nicht lachen. Er sah Pau Gilbert nach, bis die Gestalt am Ende des Flures verschwunden war.

8

Der Nebel, der vom Hafen aufstieg, hatte den Muelle de la Fortuna ausgelöscht und die Pflastersteine vom Paseo de Colón verschluckt und drang nun immer tiefer in die Nachbarstraßen. Daniel holte tief Luft. Er knetete seine Hände und trampelte auf den Boden der Kutsche, um die Kälte zu vertreiben, und sah nun schon zum dritten Mal auf die Uhr. Vor fünf Minuten hatte ihn der Fahrer gefragt, ob sie tatsächlich noch warten wollten. Daniel überlegte allmählich, ob es nicht Unfug gewesen war, auf die Verabredung mit dem Journalisten einzugehen, als er plötzlich auf dem Bürgersteig Schritte vernahm. Sekunden später glitt der schmächtige Körper von Bernat Fleixa aus dem Schatten.

»Guten Abend, Señor Amat.«

Der Journalist nahm neben ihm Platz und betrachtete ihn wohlwollend. Daniel trug einen schlichten grauen Wollmantel, der über die Knie reichte und das Hemd und die dunkle Hose verdeckte. Grobe Stiefel vervollständigten seine Aufmachung. Außerdem hatte er den Arztkoffer seines Vaters dabei, so wie es der Journalist gewünscht hatte. Fleixa war so extravagant wie üblich gekleidet. Nachdem er dem Kutscher die Adresse zugeflüstert hatte, setzte sich der Wagen knarrend in Bewegung. Die beiden Männer schwiegen. Sie ließen den Paseo de Colón mit seinen majestätischen Gebäuden hinter sich und bogen in die Plaza del Palacio ein. Beim Bahnhofsgebäude der Estación de Francia fuhr die Kutsche durch eine ungewöhnlich ruhige Straße in Richtung Meer. Als sie die Calle de Ginebra erreichten, hielt die Kutsche an.

»Was ist los?«

»Tut mir leid, Señores, ich fahre bis hierher und nicht weiter.«

»Aber …«, wollte Daniel einwenden. Doch Fleixa legte ihm eine Hand auf den Arm und forderte ihn auf auszusteigen.

Während sie in der dunklen Straße weitergingen, wendete hinter ihnen die Pferdekutsche und verschwand.

»Warum haben Sie mich zurückgehalten?«

»Das hätte zu nichts geführt. Zu dieser Nachtzeit fahren sie nicht nach La Barceloneta. Wir müssen eben ein paar Schritte gehen, aber es ist nicht weit, und der Spaziergang wird uns guttun.«

Vor ihnen erhoben sich Gebäudeblocks, die nahezu militärisch in Richtung Meer ausgerichtet standen. Salzgeruch durchdrang die feuchte Luft. Dieser Teil der Stadt war weniger beleuchtet als der Paseo de Colón oder die Ramblas, hier zeichneten nur vereinzelt Gaslaternen ihre gelblichen Kreise auf den Boden. Die Gebäude standen so dicht beieinander, dass Daniel bezweifelte, ob die Straße bei Tage mehr Licht erhielt. Auf vielen ungepflasterten Abschnitten waren die Gehwege schlammig, als wäre dies schon der nahe gelegene Strand.

»Wohin gehen wir?«, fragte Daniel.

»Wir haben eine Verabredung«, antwortete Fleixa ohne anzuhalten.

»Tun Sie nicht so geheimnisvoll, wen treffen wir?«

»Einen Bekannten Ihres Vaters. Er war für seine Studie sehr wichtig.« Angesichts Daniels zweifelnder Miene erklärte er: »Er ist sozusagen der Bürgermeister dieses Stadtteils.«

»Kennen Sie ihn?«

»Nicht richtig. Ehrlich gesagt, ich weiß nicht einmal, ob er uns tatsächlich empfängt. Hoffentlich reicht Ihr Verwandtschaftsgrad aus.«

»Und wenn nicht?«

Plötzlich tauchten aus der Dunkelheit zwei Männer auf, die direkt auf sie zusteuerten.

»Ich glaube, wir haben gleich die Antwort auf Ihre Frage.«

Der größere und recht korpulente Mann hatte eine sehr dunkle Hautfarbe und eine krumme Nase. Belustigt schaute er von einem zum anderen. Daniel musste beim Anblick der toten Ratte schlucken, die der Mann am Schwanz festhielt. Wortlos umkreiste sein kleiner rundlicher Gefährte Daniel und Fleixa. Seine Miene war so teilnahmslos, dass Daniel davon ausging, dass er an einer geistigen Behinderung litt. Als der Mann sich beobachtet wähnte, bedachte er Daniel mit einem Lächeln, das seine verfaulten Zähne freigab. In seiner linken Hand hielt er achtlos eine Eisenstange. Die beiden Männer stanken, als kämen sie geradewegs aus der Kloake, und Daniel schloss, dass dies wahrscheinlich zutraf.

»Wer seid ihr?«, fragte der Mann mit der Ratte.

Fleixa antwortete mit ruhiger Stimme.

»Wir suchen Vidal. Wir werden erwartet.«

Der Mann tat so, als denke er darüber nach. Er verlagerte sein Gewicht von einem Bein auf das andere, und die Ratte in seiner Hand schaukelte hin und her.

»Ich kenne keinen Vidal. He, kennst du hier jemanden, der so heißt, Manco?«

Der Gefährte schüttelte den Kopf, ließ Daniel aber nicht aus den Augen. Er öffnete und schloss die Hand, als wolle er das Gewicht der Stange abschätzen.

»Wie ihr seht, kennen wir ihn nicht.« Er zuckte theatralisch mit den Schultern. »Jetzt sind wir dran, nicht wahr, Manco? Denn die Frage ist ja, wer seid ihr und was habt ihr hier verloren?« Bei seinen letzten Worten zeigte er auf seine Umgebung. Daniel dachte schon, die Ratte würde gleich losfliegen. Noch bevor der Journalist antworten konnte, kam er ihm zuvor.

»Ich denke, das geht Sie nichts an.«

Mit einem Satz stand der Mann direkt vor Daniel und rückte mit seinem pockennarbigen Gesicht immer näher.

»Ach nein? Ihr seid in unser Gebiet gekommen, und dafür

müsst ihr bezahlen … Warte, eure Kleidung … Seid ihr von der Polizei? Ja, ihr stinkt regelrecht nach Polizisten, was meinst du, Manco?«

Der andere Mann bleckte wie ein Tier die Schneidezähne. Daniel wich instinktiv einen Schritt zurück.

»Weißt du, mein Kumpel mag keine Polizisten. Als er noch klein war, haben sie ihn einmal verhaftet und für drei Nächte ins Gefängnis gesteckt. Dort in der Amalia haben sie ihn sich ordentlich vorgenommen. Seitdem ist er ein bisschen …«

»Du sollst uns hier nicht die Zeit stehlen. Einen Vidal lässt man nicht warten«, fiel Fleixa ihm ins Wort. Der Journalist reichte dem Schläger nur bis zum Kinn, doch das schien ihm nichts auszumachen, so als wüsste er, dass ihnen nichts zustoßen würde. Daniel war sich nicht ganz so sicher. Er machte sich auf einiges gefasst, denn für ihn lief die Sache auf einen Streit mit üblen Folgen hinaus.

Fleixa flüsterte dem Mann schnell etwas ins Ohr. Dieser richtete sich schlagartig auf und musterte Daniel von Kopf bis Fuß. Sein Blick verharrte auf dem Arztkoffer, und seine belustigte Miene verschwand. Er hob die Hand mit der Ratte und zeigte hinter sich.

»Das dritte rechts. Das Haus mit dem grünen Vorhang. Manco, lass sie durch«, wies er seinen Gefährten an.

Daniel wagte sich erst umzudrehen, als sie die beiden Männer hinter sich gelassen hatten. Ihr Ziel war ein Feuer hinter einer Mauer. Der Größere nahm einen Ast vom Boden und spießte die Ratte darauf. Daniel beschloss, dass es besser war, nicht mehr hinzusehen.

»Was haben Sie ihm gesagt?«, flüsterte er dem Journalisten zu.

»Ich habe ihm gesagt, dass Sie Arzt sind und dass Vidal Sie erwartet.«

»Aber ich bin kein Mediziner!«

»Ja, aber das kann er nicht wissen.«

»Das war alles?«

»Wenn in diese Gegend ein Arzt kommt, ist das der pure Luxus. Die Leute hier werden völlig vernachlässigt, wissen Sie? Natürlich hat das funktioniert.«

»Ach, deshalb sollte ich den Arztkoffer meines Vaters mitbringen.«

»Ja, den erkennen hier alle wieder.«

»Wenn sie ihn geöffnet hätten! Er ist leer.«

Statt einer Antwort zuckte Fleixa nur mit den Achseln.

Kaum waren sie bei dem Haus angekommen, das man ihnen gewiesen hatte, kamen einige Männer aus den nächstgelegenen Eingängen und umstellten sie. Daniel spürte, wie schwielige Hände seinen Körper ungeniert abtasteten. Der Kerl, der ihn filzte, ergötzte sich an Daniels Unbehagen, er pflanzte sich nur wenige Zentimeter vor Daniel auf und grinste breit. Sofort war Daniel von Gestank umnebelt, einer Mischung aus Schweiß, Fisch und Alkohol. Als die Männer mit dem Ergebnis ihrer Untersuchung zufrieden waren, schoben sie den Vorhang zur Seite, der als Tür diente, und forderten sie wortlos auf hineinzugehen.

»Lassen Sie mich reden, ja?«, bat Fleixa.

Sie gelangten in eine Stube mit einer niedrigen Decke, in der ein halbes Dutzend Gaslampen Licht spendeten. Ein Tisch, ein Lehnstuhl und drei wackelige Stühle stellten das gesamte Mobiliar dar. Die Luft war zum Schneiden, denn in einem steinernen Kamin loderte ein kräftiges Feuer.

Plötzlich ging eine Tür auf, und ein Mann, der nicht einmal einen Meter groß war, kam mit kurzen Schritten auf sie zu.

Manel Vidal schien die Hitze im Raum zu genießen. Er steckte in einem beigefarbenen Cut, den man mit ein paar Stichen notdürftig an seine Statur angepasst hatte. Ein lila Halstuch verschwand unter den Falten seines Doppelkinns. Zwischen seinen kaum sichtbaren schmalen Lippen steckte eine Zigarre. Er inhalierte den Rauch und blies beim Ausatmen die Backen auf wie ein Kleinkind. Die Augen waren hinter einer Brille mit blauen Gläsern versteckt.

»Nehmen Sie Platz, meine Herren.« Sein Flüstern klang, als käme es aus der Tiefe eines Gewässers.

Vidal machte es sich mit seiner Zwergenstatur in dem Lehnsessel bequem, den ihm einer seiner Männer hinrückte. Daniel stellte fest, dass sich jeder, der dem hohen Sessel gegenübersaß, gezwungenermaßen in einer niedrigeren Position befand. Eine Greisin mit einem schwarzen Schultertuch stellte eine Flasche mit verwässertem Wein und ein paar Gläser sowie zwei Stücke Brot und ein wenig ranzigen Käse auf den Tisch. Dann verschwand sie so lautlos, wie sie gekommen war. Niemand machte Anstalten, sich einzuschenken.

Vidal verschränkte seine kleinen Hände und wartete ab.

»Señor Vidal, mein Name ist …«

»Bernat Fleixa, Reporter vom *Correo de Barcelona*. Sie müssen sich nicht bemühen, ich kenne Sie. Man hat mir Ihre Artikel vorgelesen. Interessant. Zuweilen sogar brillant, großartiger Stil. Manchmal etwas geschwätzig, aber das können Sie sich leisten, denn Sie wollen ja nur eine Reaktion provozieren. Allerdings sollten Sie Ihre übermäßige Verwendung von Adjektiven überprüfen, für meinen Geschmack wirkt Ihr Stil dadurch etwas überladen.«

Fleixa stand der Mund offen, er wusste nicht recht, ob er sich durch diese Beurteilung geschmeichelt oder beleidigt fühlen sollte.

»Uff, wenn Sie mir ge…«

»Und Ihr Freund ist …?«, fiel ihm der Zwerg schon wieder ins Wort, während er erneut an seiner Zigarre sog.

»Ich bin Daniel, Daniel Amat.«

Sofort saß Vidal senkrecht in dem Lehnstuhl. Sein Tonfall klang vorsichtig.

»Sind Sie zufälligerweise mit Dr. Amat verwandt?«

»Ich bin sein Sohn.«

»Er hat niemals seine Kinder erwähnt.«

Daniel verzog das Gesicht. War sein Vater so weit gegangen, jegliche Erinnerung an seine Existenz auszulöschen? Hatte er sich dermaßen für ihn geschämt? Nervös rückte er hin und her, diese verdammte Hitze machte ihm allmählich zu schaffen. Was hatte er hier verloren? Warum nahm er nicht den nächsten Zug in Richtung Paris? Er war selbst überrascht, als er sich rechtfertigen hörte:

»Ich bin vor einiger Zeit ins Ausland gezogen. Mein Vater und ich hatten in den letzten Jahren ein sehr distanziertes Verhältnis. Ich bin nur wegen seiner Beerdigung nach Barcelona gekommen.«

Vidal verharrte in Schweigen, er stieß nur einen Rauchfaden aus seinen schmalen Lippen hervor.

»Vater und Sohn sollten niemals Feinde werden. Was ist passiert?«

»Das ist alles sehr lange her.«

Schweigen. Sogar Fleixa sah ihn neugierig an.

»Es hat einen … einen Unfall gegeben. Dabei sind mehrere Menschen umgekommen. Mein Vater hat mir die Schuld daran gegeben.«

Vidal schnalzte mit der Zunge und legte auf eine kuriose Art den Kopf schräg.

»Ah! Sie tragen also eine schwere Bürde. Es ist schon merkwürdig, wie die Menschen, die wir am meisten lieben, oftmals die Personen sind, die uns den größten Schaden zufügen. Aber man hat nur einen Vater. Sie dürfen sich glücklich schätzen, Señor Amat. Sie hatten zumindest das Glück, ihn zu kennen – und ihn zu hassen. Mein Vater, ein dummer Fischer, verstieß mich bei meiner Geburt, er ließ meine Mutter und mich einfach sitzen. Ich habe niemals wieder etwas von ihm gehört, aber ich gebe ihm keine Schuld. Tun Sie das auch nicht.« Er rekelte sich in dem Lehnsessel. »Einen geliebten Menschen zwei Mal zu verlieren, das kommt nicht häufig vor. Ich spreche Ihnen mein Beileid für diesen doppelten Verlust aus. Dr. Amat war ein guter Mann.«

Daniel nickte nur, er wusste nicht, was er darauf sagen sollte.

»Das ist auch der Grund, warum wir hier sind«, schaltete sich nun Fleixa ein. »Wir vermuten, dass sein Tod kein einfacher Unfall war. Vielleicht können Sie uns weiterhelfen.«

Vidal sog erneut an seiner Zigarre, ehe er darauf antwortete.

»Selbstverständlich war es kein Unfall.«

Daniel stützte die Hände auf den Tisch.

»Dann …«, wollte Fleixa nachhaken.

»Der Herr Doktor hat für seinen Mut bezahlt. Der *Gos Negre* hat ihn zu sich geholt.«

Er spuckte plötzlich in seine Hand und fuchtelte vor seinem Gesicht herum, während er etwas in Romanes flüsterte. Die anderen Männer brummten in sich hinein.

»Der *Gos Negre*?«, fragten Daniel und Fleixa wie aus einem Munde.

»Pst, man darf seinen Namen nicht laut aussprechen. Jeder in La Barceloneta könnte von ihm erzählen, doch die Münder sind vor Angst versiegelt. Das ist ein alter Fluch. Der *Gos Negre*, der Schwarze Hund, ist ein verfluchter Geist, halb Hund, halb Dämon. Es heißt, Luzifer persönlich habe ihn zum Wächter der Höllenpforten bestimmt. Aber sein Herr lässt ihn alle einhundertelf Jahre frei. In den mondlosen Nächten steigt er aus dem Meer, um seine schwarze Seele zu befriedigen. Allein sein Auftreten kündigt den Tod an. Nichts kann ihn aufhalten, nichts kann seinen Hunger stillen. Er ist ein Ungeheuer mit glühenden Augen und einem riesigen Feuerschlund, das Menschen verschlingt.«

»Wollen Sie damit sagen, dass mein Vater von einem … von einem verhexten Hund umgebracht wurde?«

Daniel stieß beim Aufstehen in seiner Wut den Stuhl zu Boden.

Sofort packten ihn von hinten ein paar kräftige Arme und pressten ihn gegen den Tisch. Kaum eine Sekunde später spürte er in seiner Benommenheit eine Messerklinge an seiner Kehle. In Erwartung des Stichs erstarrte er, doch es kam nicht so weit. Auf Geheiß von Vidal ließen die Männer Daniel mit der gleichen wortlosen Entschlossenheit wieder frei, mit der sie ihn gepackt hatten. Fleixa beobachtete mit dicken Schweißtropfen auf der Stirn und mit aufgerissenem Mund die Szene. Daniel setzte sich und versuchte Luft zu holen.

»Wissen Sie, Señor Amat, meine Männer sind sehr um meine Sicherheit besorgt«, erklärte Vidal mit einem angedeuteten Lächeln. »Entschuldigen Sie bitte ihren Überschwang.«

Daniel räusperte sich und rieb sich die schmerzende Schulter.

»Nein, Señor Vidal, ich bitte Sie meinerseits um Verzeihung. Ich hatte einen Moment lang vergessen, dass ich in Ihrem Haus nur zu Gast bin.«

Der Zwerg nahm die Entschuldigung mit einem Nicken an.

»Verstehen Sie bitte meine Unruhe«, sprach Daniel weiter. »Mein Vater ist gestorben, und ich muss die Wahrheit erfahren.«

In der Stube wurde es sehr still, man hörte nur noch das Knistern des Feuers. Bedächtig hob Vidal die Hände und nahm die Brille ab. Seine Pupillen waren so durchscheinend wie verwässerte Milch. Der gefürchtete Herrscher über das Glücksspiel, den Schmuggel und die Prostitution in La Barceloneta, der Mann, der in diesem Teil der Stadt nach Lust und Laune einen Aufstand anzetteln oder niederschlagen konnte, war blind.

»Die Wahrheit hat viele Gesichter«, sagte er. »Sie müssen sehr gut aufpassen mit dem, was Sie wollen. Bringt ihn her!«, befahl er seinen Männern.

Auf der Stelle kam ein Mann in den Raum, der einen sieben- oder achtjährigen Jungen hinter sich herzerrte. Der Junge trug einen knielangen Wollkittel, der in der Taille von einem Gürtel zusammengehalten wurde und dessen lange Ärmel seine dürren Arme verbargen. Eine Mütze bändigte mühselig sein zerzaustes dreckiges Haar, vermutlich das reinste Läusenest. Daniel stellte überrascht fest, dass er zu seinen Lumpen ein Paar exquisite Schnürstiefel trug. Der Mann fegte die Mütze des Kindes zu Boden. Der Junge hob sie wieder auf und warf seinem Häscher einen herausfordernden Blick zu, setzte sie aber nicht wieder auf. Misstrauisch beäugte er einen der Anwesenden nach dem anderen. Beim Anblick Daniels zog er die Augenbraue hoch, doch dann schaute er wieder so feindlich drein wie beim Betreten der Stube.

»Das hier ist Guillem, ein wirklich kluger Kerl. Er lebt im Hafengebiet, in der Nähe der Kais.« Vidal schnalzte mit der Zunge. »Er kennt sich in der Kanalisation mit ihren unterirdischen Gängen gut aus, und er hat Ihrem Vater als Führer gedient. Guillem ist der Letzte, der Dr. Amat lebend gesehen hat.«

»Weißt du, wer mein Vater gewesen ist?«, fragte Daniel.

Der Junge sah ihn an und presste die Lippen zusammen. Vidals Mann kniff ihn fest in den Arm, damit er etwas sagte.

»Ja«, brachte er schließlich so mühsam hervor, als hätte man ihm die Zunge herausgerissen.

Daniel lächelte Guillem zu, um sein Vertrauen zu gewinnen.

»Du hast ihm geholfen?«

Der Kleine nickte.

»Am Anfang habe ich mich geweigert. Ich dachte, er wollte … Ich dachte, er wollte nur das Gleiche wie die anderen.«

»Die anderen?«

»Andere Männer mit teurer Kleidung und viel Geld wie der Herr Doktor. Die du für ein paar Reales in ihrer Pferdekutsche auf eine Spazierfahrt begleiten sollst. Manchmal schenken sie dir auch ein Butterbrot.«

Daniel durchzuckte ein Schauder.

»Aber er war keiner von denen, er wollte wirklich nur, dass ich ihn führe, und er hat mir diese Schuhe geschenkt.« Guillem deutete stolz auf seine Füße.

»Wohin hast du ihn gebracht?«

»Er hat sich für die Abwasserkanäle interessiert, wir sind drei oder vier Mal dort gewesen.«

»Wann hast du ihn zum letzten Mal gesehen?«, wollte Fleixa wissen.

Der Junge zählte an seinen dreckigen Finger nach.

»Vor acht Tagen. Er war sehr aufgeregt und hat nicht viel geredet. Wir waren wie sonst auch unterwegs, aber diesmal wollte er noch weiter. Ich habe ihm gesagt, dass das nicht geht, denn dort ist es gefährlich. Man darf nicht dorthin. Niemand wagt das. Er hat nicht auf mich gehört und ist nicht wiedergekommen.«

Daniel versuchte, die nächste Frage zu formulieren, doch Vidal ruckte mit dem Kopf, und der Junge wurde hinausgeschleift.

»Señor Amat, Ihr Vater wollte uns unterstützen. Sie sehen ja selbst, wie es hier ist. Er hat lange Zeit den Kranken geholfen, in den letzten Wochen hat ihn sogar ein Assistent begleitet. Er hat uns Medikamente geschenkt, und er hat den einen oder anderen Unglückseligen auf diese Welt gebracht. Er ist für uns ein Wohltäter geworden, ein Freund. Als wir ihm von dem Fluch erzählten, wollte er uns nicht glauben, bis er die Leiche des Mädchens mit eigenen Augen gesehen hat. Aber auch danach hat er sich geweigert anzuerkennen, dass der *Gos Negre* sich seine Opfer greift, wann und wie er will. Ihr Vater hat alles unternommen, um eine andere Erklärung zu finden. Wir haben versucht, ihn davon abzuhalten, aber er hat immer weitergeforscht und schließlich mit seinem Leben bezahlt … Vielleicht sogar mit seiner Seele.«

Der letzte Satz schwebte in der Luft.

»Glauben Sie im Ernst, dass all diese Morde das Werk von einer Art Dämon sind?«, fragte nun Fleixa.

Daniel spürte, dass aus den Worten seines Begleiters eine Mischung aus Ungläubigkeit und Furcht sprach. Vidal richtete seine leeren Pupillen auf den Journalisten.

»Señor Fleixa, es geht nicht um das, was ich glaube. Hier, in diesem Stadtviertel, hat Gott uns vor sehr langer Zeit im Stich gelassen, also ist es nicht weiter verwunderlich, dass die Bestie hier ihre Opfer reißt, wenn es ihr gefällt. Sehen Sie sich doch um, das hier ist ihr Zuhause.«

Dann wandte er sich mit leerem Blick an Daniel.

»Junger Mann, ich habe Ihren Vater sehr geschätzt, und aus genau diesem Grund gebe ich Ihnen den gleichen Rat wie ihm.« Vidal hielt inne, um den Rauch der Zigarre auszustoßen. »Hören Sie auf, etwas zu suchen, dessen Tragweite Sie nicht kennen. Halten Sie sich aus dem heraus, was Sie niemals verstehen werden. Kehren Sie in Ihr Leben zurück, und löschen Sie dieses verdammte Stadtviertel aus Ihrem Gedächtnis.«

9

Als sie das Haus verließen, schien der Mond zwischen den Wolken zu schweben. Auf ihrem Rückweg durch die leeren Straßen schwiegen sie. Nach der schwülen Luft in Vidals Stube stach die Meeresluft wie Kristalle in ihre Wangen. Starr vor Kälte schlugen sie die Kragen hoch und zogen die Hüte tief ins Gesicht.

Am Ende läuft alles auf einen absurden Aberglauben hinaus, dachte Daniel. Zweifelsohne hatte sein Vater sich von diesen fantastischen Geschichten mitreißen lassen, und seine Senilität hatte für den Rest gesorgt. Er hatte den Verstand verloren und sich auf die Suche nach einem Mörder begeben, den es nur in seiner Fantasie gab. Entweder hatte seine Obsession zu dem tödlichen Unfall geführt – so wie es die Polizei behauptete –, oder eines seiner Abenteuer in diesem Elendsviertel hatte ein übles Ende genommen. Damit war die Sache erledigt, und er konnte nach England zurückkehren. Er hatte alles Erdenkliche unternommen und konnte zufrieden sein, dennoch wurde er das Gefühl nicht los, gescheitert zu sein. Er sah zu dem Journalisten, der bedrückt neben ihm ging, und stellte fest, dass dieser Fleixa genauso enttäuscht zu sein schien wie er selbst.

Sie überquerten die Calle de San Juan in Richtung der Plaza de la Fuente, um am Paseo de San Carlos eine Droschke zu nehmen. Als sie an der Kirche von San Miguel vorbeikamen, hörten sie hinter einem hohen Stapel mit leeren Fischkisten plötzlich ein Geräusch.

»He, wer da?«

Ein Schatten glitt von der Mauer des Gebäudes weg und verschwand.

»Das ist dieser verdammte Bengel von Vidal!«, stellte Fleixa offenkundig erleichtert fest.

»Bestimmt will er Geld von uns haben.«

An der nächsten Ecke stand Guillem vor ihnen, von einigen leeren Fischkisten wieder halb verdeckt. Mit großen Augen beobachtete er Daniel. Dieser winkte ihn näher, doch der Junge betrachtete ihn mit größtem Ernst und wahrte Abstand.

»Hast du keine Angst, um diese Zeit allein unterwegs zu sein?«, fragte Daniel.

»Nein«, antwortete der Junge und überlegte kurz, »die Magie des Doktors beschützt mich.«

»Was für eine Magie meinst du?«

Der Junge runzelte die Stirn.

»Sind Sie wirklich der Sohn vom Doktor?«

»Ja, das bin ich, ich gebe dir mein Ehrenwort.«

Daniel öffnete seine Hand und zeigte eine Real-Münze. Guillem kam mit einem Satz aus seinem Versteck hervor, packte die Münze und schlüpfte wieder hinter die Kisten.

»Wenn Sie wollen, zeige ich es Ihnen«, sagte er und wies auf Fleixa. »Er kann auch mitkommen.«

Guillem ging die Gasse hinunter, ohne ein Wort zu reden. Daniel zuckte nur die Schulter, als wollte er sagen: »Warum nicht?«

Die beiden Männer folgten dem Jungen. Nach einer Weile hatten sie die engen Gassen hinter sich gelassen und kamen zu einer breiten Promenade, wo das Meer gegen die Kaimauer donnerte. Der Junge hatte sie zu der alten Mole des Hafens geführt. Einige Gaslaternen beleuchteten den Paseo Nacional, doch ihr Licht reichte nicht zu den großen Handelsschiffen, den Paketbooten und den Dutzenden Fischerkähnen, die im Schatten der Dunkelheit auf den Wellen schaukelten und den Sonnenaufgang erwarteten.

Ohne zu zögern lief Guillem über den menschenleeren Paseo, doch kaum am Rand des Hafenbeckens angelangt, war er mit einem Satz verschwunden. Besorgt rannten Daniel und Fleixa ihm nach und erwarteten schon zu hören, wie sein Körper auf dem Wasser aufschlug. Doch als sie sich über die Kaimauer lehnten, entdeckten sie eine steinerne Treppe, die bis zum Wasser reichte.

»Gehen Sie da hinunter?«, fragte Fleixa.

»Ich glaube, uns bleibt nichts anderes übrig, oder?«

Der Junge war inzwischen mehr als die Hälfte der Treppe hinuntergestiegen und kaum mehr zu sehen. Die abgenutzten Stufen waren sehr schmal und voller Moos, es war nicht einfach, nicht auszurutschen. Je tiefer sie stiegen, umso intensiver wurde der Geruch nach Salz. Daniel befürchtete, sie würden geradewegs im Wasser landen. Auf der letzten Stufe blieben sie überrascht stehen: Guillem war verschwunden.

»Wo ist der Mistkerl abgeblieben?«, rief Fleixa.

Plötzlich hörten sie einen Pfiff. In der Mauer gab es eine fast mannshohe Öffnung, die von oben nicht einsehbar war und durch die ein Rinnsal ins Meer abfloss. Der Junge saß am Rand und erwartete sie mit ungeduldiger Miene. Als er sicher war, dass die beiden Männer ihn gesehen hatten, stand er auf, schob ein paar Holzplanken zur Seite und zauberte eine verbeulte Blechlampe hervor, die zwischen losen Backsteinen versteckt war. Er zündete sie an, und ihr Licht erhellte die Tunnelwände. Dort hatte anscheinend jemand mit einem spitzen Gegenstand ein Wort in die Mauer geritzt: *Vivitur*.

»Soll das die Magie sein?«, fragte Daniel.

»Das hat der Doktor für mich gemacht«, behauptete Guillem mit großem Ernst.

»Gibt es noch mehr Zauberwörter wie das hier?«

»Ja.«

»Kannst du sie uns zeigen?«

Der Junge presste unentschlossen die Lippen zusammen, doch dann nickte er wieder und ging in das dunkle Loch hinein.

»Das wird irgendein Scherz sein«, meinte Fleixa.

»Sie können auch hierbleiben, wenn Sie wollen.«

Daniel kletterte zum Eingang des Tunnels hoch und folgte dem Schatten des Jungen, der sich im Licht der Lampe die Wand entlangschlängelte. Der Stollen war relativ niedrig, sie mussten sich beim Gehen ducken. Sie wechselten mehrfach die Richtung, und ihr Weg führte sie durch unterschiedliche Gänge. Dabei hörten sie stets das Rauschen des Wassers und das schrille Fiepen der feisten Ratten, die vor ihnen Reißaus nahmen. Der Ölgeruch der Lampe konnte den allgegenwärtigen Gestank kaum mindern. Nach einigen Minuten hatte Daniel die Orientierung komplett verloren. Ohne seinen kleinen Führer hätte er nur schwer wieder herausgefunden. Doch er ließ sich seine Unruhe nicht anmerken und hüllte sich fester in seinen Wollmantel, ein erfolgloser Versuch, die Feuchtigkeit zu vertreiben, die sich in der Kleidung festsetzte. Hinter sich hörte er den Journalisten vor sich hin brummen. An einer Gabelung blieb der Junge stehen und hielt seine Lampe vor einen Pfeiler, wo auf einem Stein ein Wort geschrieben stand: *Ingenio.* Unbeirrt bog der Junge hier ab, und nach einigen Metern mündete der Abwasserkanal in eine Kaverne, die viele Meter hoch war. An ihrem Ende öffnete sich ein Tunnel, und der Stollen ging weiter. Fleixa schnaufte beim Betreten der Kaverne und stolperte. Daniel seufzte erleichtert, als er sich endlich wieder aufrichten konnte, und lächelte über den fluchenden Journalisten.

»Um Himmels willen! Das stinkt ja bestialisch. Was wollen wir hier?«

»Wir folgen den Zeichen, die mein Vater hinterlassen hat.«

»Verdammt noch mal, sollen die irgendeinen Sinn ergeben?«

»Ich glaube, es ist eine Art Botschaft. Aber ich weiß noch nicht, was sie bedeutet, deshalb müssen wir bis ans Ende weitergehen.« Daniel beschwichtigte ihn: »Keine Sorge, es fehlen nur noch drei Worte.«

»Woher wissen Sie das?«

»Pst! Nicht so laut«, bat Guillem schnell. »Das ist das Gebiet der Sammler.«

»Erzähl keine Märchen, Junge!«

Guillem bedachte den Journalisten mit einem Blick, als halte er ihn für einen Idioten.

»Wer sind die Sammler?«, wollte Daniel wissen.

»Bloßes Geschwätz. Sie wissen doch, dass wir in dieser Stadt sehr dazu neigen.«

Auf Daniels fragenden Blick hin gab der Journalist schließlich unwillig Auskunft.

»Es heißt, dass im Untergrund von Barcelona seit Jahrzehnten einige Leute vor sich hin vegetieren. Bettler, entwurzelte Menschen, verfolgte Verbrecher, die sich lieber in der Kloake der Stadt verstecken, als sich der Justiz zu stellen. Mit der Zeit sind es immer mehr geworden, und es heißt, dass sie inzwischen so etwas wie eine Gemeinschaft mit ihren eigenen Gesetzen bilden. Sie sammeln alles, was in der Kloake landet und noch irgendwie verwertbar ist, daher der Name. Manche Gerüchte besagen, dass sie bei Anbruch der Nacht aus den Gängen der Kanalisation hervorkommen und unvorsichtigen Menschen auflauern, die dann … schlichtweg verschwinden. Es heißt auch, dass sie mit dem Fett handeln, das sie aus den Leichen gewinnen. Für mich sind das alles nur Ammenmärchen, um kleine Kinder zu erschrecken. Können Sie sich vorstellen, dass hier ein menschliches Wesen überleben kann?«, fragte der Journalist schließlich.

Guillem runzelte die Stirn.

»Ich lüge nicht.«

»Wieso kennst du dich hier so gut aus?«, wollte Daniel von ihm wissen.

»Früher habe ich mit meinem kleinen Bruder auf der Straße gelebt. In einem Winter hat es viel geschneit, und es war sehr kalt, wir hatten nichts zu essen. Da sind wir hinuntergestiegen, und die Sammler haben uns aufgenommen. Sie kennen sich in der Kloake aus, sie kommen ohne Licht darin zurecht, besser als die Ratten. Die Abwasserkanäle durchziehen ganz Barcelona. Man kann von einem Ende der Stadt zum anderen gehen, ohne dabei gesehen oder gehört zu werden. Wir Kinder waren die Einzigen, die sie an die Oberfläche schickten, wir mussten für sie Essen beschaffen. Die meisten von ihnen kommen jahrelang nicht nach oben und werden schließlich irre. Mit der Zeit verkraftet man das Sonnenlicht gar nicht mehr. Aber als mein Bruder am Fieber gestorben ist, bin ich abgehauen.« Der Junge machte eine Pause und sah zu der im Schatten liegenden Decke hoch. »Es wird regnen. Wir müssen uns beeilen.«

Ohne ein weiteres Wort sprang er von dem Stein auf, auf den er sich gesetzt hatte, und lief vor ihnen in den Stollen.

»Was soll das schon wieder heißen?«, fragte Fleixa Daniel.

Die Antwort des Jungen hallte von den Wänden der Kaverne wider.

»Wenn es regnet, überfluten die Kanäle.«

Die beiden Männer sahen sich beunruhigt an.

»Sollten wir dann nicht besser umkehren?«

Doch Guillem gab keine Antwort, und die Kaverne, nun ohne jegliche Lichtquelle, lag im Dunkeln.

»Ich glaube, uns bleibt nichts anderes übrig, Fleixa. Der Junge hat die einzige Lampe.«

Sie folgten dem Jungen durch den Stollen. Der Gang verlief etwa einhundert Meter abschüssig, dann schwenkte er nach rechts. Fleixa meinte schon den Donner zu hören, der das Unwetter ankündigte, und bat nochmals umzukehren. Doch sie liefen weiter. So entdeckten sie an den nächsten Kreuzungen des Stollens noch zwei weitere Worte, die mit unregelmäßigen Strichen in die Wand gekratzt waren: *caetera* sowie *mortis*. Als sie einen anderen Gang betraten, hörten sie ein Summen. Prüfend legte Daniel eine Hand an die Wand und spürte ein leichtes Vibrieren. Er wollte nach der Ursache des Geräusches fragen, da wurde es so ohrenbetäubend, dass er mit seinen Begleitern kein

Wort mehr wechseln konnte. Einen Moment später nahmen sie wieder einen anderen Stollen, und das Geräusch ebbte ab, bis es schließlich ganz verstummte.

Ein gutes Stück weiter blieb Guillem stehen und beleuchtete ein neues Wort, das in die Wand geritzt war: *erunt.*

»Das ist das letzte Wort«, stellte Daniel fest und näherte sich der Inschrift.

»Woher wissen Sie, dass keines mehr folgt?«

»Diese Worte bilden zusammen einen Satz: *Vivitur ingenio caetera mortis erunt.*«

»Was ... Was heißt das?«

»Man lebt durch den Geist, alles andere ist sterblich«, übersetzte Daniel.

»Wenn ich das verstehe, soll man mich hängen.«

Daniel erwiderte nichts. Er trat nachdenklich näher an die Wand.

»Was ist hinter diesem Gang?«, fragte er Guillem.

»Noch mehr Gänge.«

Daniel betrachtete die groben Striche, die sein Vater in einen Backstein geritzt hatte. Er versuchte zu erfassen, was dies zu bedeuten hatte. Diese Worte waren eindeutig an ihn gerichtet, doch er konnte sich ihren Sinn nicht erklären. Warum hatte sein Vater gewollt, dass er hierher käme? Der alte Herr hatte nichts ohne einen bestimmten Grund unternommen. Er strich mit den Fingern über den Stein und grübelte. Plötzlich gab der Stein etwas nach, und feiner Sand rieselte zu Boden.

»He, komm mal mit der Lampe her!«, bat er Guillem aufgeregt.

Der Mörtel hatte an dieser Stelle eine andere Farbe als in der restlichen Wand und war leicht wegzukratzen. Fleixa gab ihm einen Bleistift, mit dem er hastig in den Fugen stocherte, bis der Stein ganz frei lag und Daniel ihn aus dem Mauerwerk lösen konnte. Danach nahm er dem Jungen die Lampe ab und hielt sie vor die Öffnung. Daniel meinte, am Ende des Hohlraums einen

Gegenstand zu erkennen, doch er war sich nicht ganz sicher. Er legte den Wollmantel ab und krempelte die Ärmel hoch, dann langte er mit einem Arm in die Öffnung. Doch er erreichte den Gegenstand nicht. Daniel streckte sich unter Mühen, und schließlich streiften seine Fingerspitzen etwas Raues. Mit letzter Kraft packte er es und zog es hinaus. Das Licht der Lampe fiel auf ein kleines Päckchen.

»Der Doktor hat gesagt, Sie würden es finden«, stellte der Junge fest.

Auf dem Rückweg kamen sie viel schneller voran. Guillem sagte nichts mehr, sondern sah nur immer wieder zur Decke und trieb sie zur Eile an. Nach einer Zeit, die ihnen trotz der Hetze ewig vorkam, befanden sie sich wieder am Zugang zu dem Stollen, durch den sie die Kanalisation betreten hatten. Sie stiegen die Stufen am Kai hinauf, und sobald sie oben angekommen waren, sogen sie begierig die frische Luft des Hafens ein. Nie zuvor hatte Fleixa sich so über den Anblick des bewölkten Himmels über Barcelona gefreut. Die ersten Tropfen fielen auf die Promenade, dann wurden es binnen Sekunden immer mehr. Sie suchten vor dem Regenguss Zuflucht in einem Torbogen. Erst da bemerkten sie, dass Guillem lautlos wie eine Katze in den Gassen verschwunden war.

10

Nach einigen Tassen Kaffee fixierten Daniel und Fleixa immer noch das Päckchen, das mitten auf der glänzenden Marmortischplatte recht fehl am Platz schien. Der Gegenstand, rechteckig wie eine Zigarrenkiste, war von einem dreckigen Tuch umhüllt. Die beiden Männer hatten sich vor dem Unwetter, das über die Stadt hinwegfegte, in ein Café in der Nähe der Universität geflüchtet. Hier saßen sie nun schon einige Zeit und versuchten, das klamme Gefühl aus den unterirdischen Gängen loszuwerden. Daniel sah zu dem Journalisten, der ihm gegenüber ungeduldig auf den Tischrand trommelte. Schließlich holte er tief Luft, rückte die Brille zurecht und machte sich daran, das letzte Vermächtnis seines Vaters zu öffnen.

Es war keine einfache Aufgabe. Die feuchte Luft unten in der Kloake hatte die verschiedenen Schichten fest miteinander verklebt, und der Stoff, ein alter Verband, war hart geworden und hatte sich zu einem Block versteift. Beim Lösen der Schichten roch es immer stärker nach abgestandener Luft.

»Was für ein Gestank!«, flüsterte Fleixa und nahm einen Schluck Likör.

Nach einigen weiteren Minuten unter den nervösen Blicken des Journalisten konnte Daniel den letzten Rest des Verbandsstoffes abziehen. Dann hielt er eine zierliche Schmuckschatulle in Händen. Daniel schluckte. Seine Finger nestelten am Riegel, bis er ihn schließlich beiseiteschieben konnte. Als er den Deckel anhob, schien neben dem Hauch eines alten Parfums auch ein Seufzen zu entweichen. Eine Perlmuttfigur, die eine

Tänzerin in einer Pirouette darstellte, stand inmitten leerer Fächer.

»Das kann doch nicht wahr sein!«, schrie Fleixa auf. »So ein ekliger Spaziergang durch die Kloake von Barcelona für nichts und wieder nichts?«

Daniel kümmerte sich nicht um den aufgebrachten Journalisten. Ihm stand die Verblüffung ins Gesicht geschrieben, und unverhofft blitzte eine Erinnerung auf. Seine Augen schimmerten vor Rührung. Er legte seine Finger um die winzige Tänzerin und drehte sie drei Mal um ihre eigene Achse nach links. Eine Spieluhrmelodie erklang, und die Figur drehte sich im Tanz. Fleixa zog die Augenbrauen hoch, während das Lächeln seines Gefährten immer breiter wurde.

Sobald die Musik aufhörte, hielt die Tänzerin inne. Nun legte Daniel wieder seine Finger um die Figur, doch diesmal drehte er nur einmal nach rechts und zwei Mal nach links. Statt der Melodie ertönte nun ein Klacken, und der Boden unter der Figur sprang auf und gab den Blick auf ein verstecktes Fach frei.

»Meine Mutter hat dieses Schmuckkästchen sehr geliebt«, erklärte Daniel nur.

Er zog vorsichtig an der Lade und legte sie auf den Tisch. Vom Boden des Kästchens, das ganz mit Samt ausgeschlagen war, nahm er ein Notizbuch mit einem schwarzen Einband. Nach einem kurzen Blickwechsel mit dem Journalisten löste Daniel den Knoten des Lederbandes, mit dem es verschnürt war, und schlug das Notizbuch auf. Das Papier war von erlesener Qualität, und abgesehen von ein paar Feuchtigkeitsflecken war es in einem hervorragenden Zustand. Die Seiten enthielten in feinsäuberlicher Schrift notierte Aufzeichnungen. Auf dem Deckel stand ein Name: Dr. Frederic Homs.

»Das sieht wie ein einfaches Notizbuch aus«, meinte Fleixa etwas enttäuscht.

»Ich habe früher schon einmal solche Hefte gesehen«, berichtete Daniel. »Mein Vater benutzte sie für seine Forschungsergebnisse. Man schreibt in sie wie in ein Tagebuch. Ich verstehe nur nicht, warum er das Notizbuch eines anderen Mediziners so unglaublich aufwendig versteckt. Mal sehen, ob uns der Inhalt etwas darüber verrät.«

Sie begannen mit der Lektüre.

Notizen zum Rekonvaleszenzprozess meiner Gattin
Luisa Homs
Tag: 19. Dezember 1885
Anmerkung II-a: Bei einer ersten Untersuchung werden bei der Patientin folgende Symptome festgestellt: Kein Fieber, reichlich Stuhlgang, weißlich und mit kleinen Körnern. Puls alle zwei Stunden gemessen, jedes Mal sehr schwach. Blutdruckmessen zeigt eine manifeste Hypotension, Resultat des Flüssigkeitsverlustes. Behandlung vorgenommen.

»Seine eigene Frau!« Fleixa unterbrach die Lektüre. »Sie war wohl sehr krank.«

»Sie hatte sich mit Cholera infiziert.«

Fleixa sah überrascht auf. Daniel erklärte, ohne den Blick vom Heft zu lösen:

»Mein Vater hat meinem Bruder und mir jahrelang jeden Morgen die Symptome einer Krankheit vorgestellt. Wenn wir frühstücken wollten, mussten wir zuerst herausfinden, über welche Krankheit er sprach und wie man sie behandelt. Wenn wir das nicht taten oder eine falsche Antwort gaben, mussten wir an dem Tag ohne Frühstück zur Schule gehen. Ein recht effizientes System, das kann ich Ihnen versichern.«

Tag: 22. Dezember 1885
Anmerkung VI-b: Die Patientin verbrachte einen Teil des Jahres (bis zum Monat September) in Valencia bei Familienangehörigen. Zwischen Juni und Juli kam es in der Stadt zu einem heftigen Choleraausbruch, den man anscheinend dank

der Bemühungen von Dr. Jaime Ferrán in den Griff bekam. Zum ersten Mal wurden Impfungen verwendet, um Menschen gegen eine bakterielle Erkrankung zu immunisieren. Es handelt sich dabei um einen enormen wissenschaftlichen Fortschritt. Leider haben einige Kollegen dies in Zweifel gezogen. Was unseren Fall betrifft, so wurde die Patientin später durch den Bazillus infiziert.
Es sind zunehmend Dehydrierung und Muskelkrämpfe zu beobachten. Die Patientin zeigt zudem Apathie und ist zeitweise geistig verwirrt. Behandlung fortsetzen.
Nicht vergessen, Dr. Ferrán zu konsultieren.

Die nächsten Seiten berichteten über die Anstrengungen von Frederic Homs, eine Behandlung für seine Frau zu finden. Einige seiner Beobachtungen waren durch chemische Formeln der komplizierten Experimente ergänzt, die der Mediziner durchführte. Je mehr Daniel las, umso deutlicher wurde, dass die Behandlung zu keinem positiven Ergebnis geführt hatte. Der Mediziner hatte bei seinen Bemühungen eine große Beharrlichkeit gezeigt, war jedoch einem Erfolg nicht näher gekommen. Mit der Zeit waren seine Anmerkungen weniger formell formuliert, und die Verzweiflung über sein Scheitern war überdeutlich herauszulesen.

Tag: 10. Januar 1886
Anmerkung XVII-d: Liebe Luisa, ich muss dich um Verzeihung bitten. Seit deinem Aufenthalt in der Klinik haben mich Kummer und Angst in das schlimmste Chaos gestürzt. Diese letzten Wochen sind zu den längsten meines Lebens geworden. Allein die Möglichkeit, dass uns das Unheil trennen könnte, bringt mich um den Verstand. Ich schwöre dir, ich werde mit meinen Bemühungen nicht nachlassen, bis ich ein Mittel finde. Vertrau mir, Liebling.

Tag: 13. Januar 1886
Anmerkung XXII-a: Ich habe eine gute Nachricht: Unser geschätzter Amat unterstützt mich. Während alle anderen aufgeben und sich darauf beschränken, mir ihr Mitgefühl auszusprechen oder den Umgang mit mir meiden, arbeitet unser Freund mit der gleichen Leidenschaft wie ich. Ich schöpfe wieder Hoffnung.

Tag: 16. Januar 1886
Anmerkung XXXV-e: Liebe Luisa, ich bin in die Bibliothek umgezogen, um besser arbeiten zu können. Manchmal denke ich, mein Platz sollte an deiner Seite sein, neben deinem Bett, anstatt Stunde um Stunde mit Büchern und Experimenten zu vergeuden. Ich bin mir jedoch sicher, du weißt, dass ich das zu deinem Wohl tue und dass ich eine Behandlung für deine Krankheit finden werde, selbst wenn ich dabei meine Seele verliere. Hab Kraft!

Allmählich gestalteten sich Homs' Aufzeichnungen eher zu unbeantworteten Briefen an seine Ehefrau. Dabei schwankte er zwischen größter Niedergeschlagenheit über jeden Fehlschlag und überschwänglicher Euphorie, sobald er irgendein positives Ergebnis erzielte.

Tag: 21. Januar 1886
Anmerkung LX-b: Heute habe ich eine wichtige Entdeckung gemacht. Wenn mich mein erschöpfter Verstand nicht trügt, habe ich etwas herausgefunden, was jenseits unserer kühnsten Träume liegt. Ich weiß nicht, ob ich es glauben kann, und ich möchte dir auch keine falschen Hoffnungen machen.

Tag: 23. Januar 1886
Anmerkung LXIV-c: Je mehr Fortschritte ich mit meiner Forschung erziele, umso mehr bin ich davon überzeugt, dass das

Liber octavus von Vesalius die einzige Option ist, die uns noch bleibt.

Tag: 29. Januar 1886
Anmerkung LXVII-f: Liebling, heute war ein furchtbarer Tag. Ich habe mit unserem geschätzten Freund gestritten. Als ich ihm meine Entdeckung offenbarte, war er genauso enthusiastisch wie ich. Wir können nicht nur eine Lösung für deine Krankheit finden, Liebling, wenn unsere Vorhersagen zutreffen, wäre dies die bedeutendste wissenschaftliche Entdeckung dieser Epoche. Aber gestern Abend kam es zu einem erbitterten Streit. Amat will nicht mehr weitermachen. Er hat fürchterliche Worte ausgesprochen, er beschwor Gott und beschuldigte uns des Frevels, den wir an der heiligen Ordnung der Dinge begehen. Ich muss zugeben, dass ich für einen Moment kopflos wurde und ihn schwer beleidigt habe. Vielleicht habe ich sogar unsere Freundschaft aufs Spiel gesetzt, aber das ist mir egal. Der Vorfall hat mich darin bestätigt, dass meine Mission eine einsame ist. Wenn es eine Chance gibt, darf ich mich nicht vom Weg abbringen lassen, und wenn es der Weg des Teufels ist.

Daniel und Fleixa forschten in den folgenden Aufzeichnungen nach der Entdeckung, die Homs meinte gemacht zu haben und die ihm die Feindschaft mit Daniels Vater eingebracht hatte. Doch die Anmerkungen des Mediziners enthielten in keiner Zeile Details der Entdeckung, so als wollte er sie geheim halten, sogar vor sich selbst. Die Notizen der folgenden Tage legten nahe, dass sich die Misserfolge für Homs häuften, und seine Aufzeichnungen wurden wirrer.

Tag: 3. oder 4. Februar 1886
Anmerkung ?: Habe heute vergessen zu essen und weiß nicht mehr, wann ich zuletzt geschlafen habe. Weiß nicht genau,

welcher Tag heute ist. Tag und Nacht verschmelzen für mich zu einem einzigen Zyklus. Habe mir eine tiefe Schnittwunde zugezogen, als ich einige Drähte zum Bersten brachte, denn ich hatte vergessen, einen Brenner auszuschalten. Problem beim Verteilen der Leichen, und die chemischen Verbindungen, die ich für die Experimente benötige, halten mich auf. Ich bin davon überzeugt, dass dies kein Zufall ist, und das ist am schlimmsten: Amat sabotiert mich. Ja, du hast richtig gelesen, Liebling, unser enger Freund – zum Teufel mit ihm – verhindert, dass ich eine Lösung für deine Krankheit finde. Kannst du dir so ein schändliches Verhalten vorstellen? Er hat mit dem Verwaltungsrat der Klinik gesprochen und hetzt alle gegen mich auf. Der Rektor hat mich aufgesucht, er macht sich Sorgen um meinen Zustand. Als wüsste ich nicht, dass es ihm nur darum geht, meine Fortschritte und Entdeckungen auszuspionieren. Sie wollen nur die Früchte meiner Arbeit an sich reißen, aber das wird ihnen nicht gelingen, ich werde nicht zulassen, dass sie den Sieg davontragen. Eher breche ich mit ihnen. Sollte Gott etwas gegen das haben, was ich gerade tue, so wie Amat behauptet, dann muss ich eben auch mit Gott brechen, wenn es nötig ist.

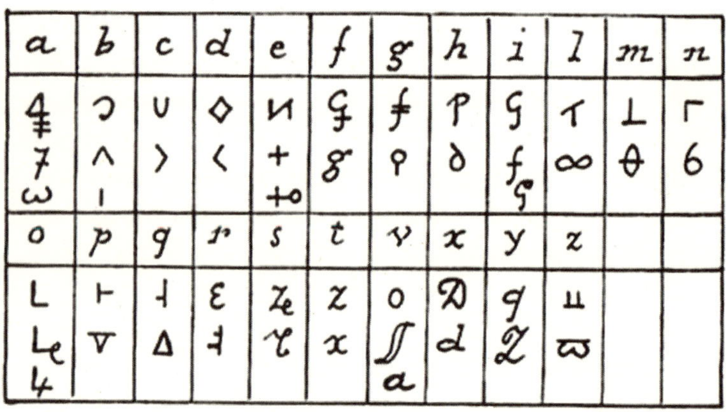

»Was hat diese Tabelle zu bedeuten?«, fragte Fleixa.

»Ich kann es Ihnen nicht sagen. Bestimmt ist das eine Äquivalenztabelle für seine Experimente.«

Dann folgten einige leere Seiten und schließlich die letzten Aufzeichnungen.

Tag: unbekannt
Anmerkung ?: Liebling, ich fühle mich erschöpft, meine Stirn ist heiß. Ich habe Halluzinationen, ich meine dich neben mir zu sehen, mit sorgenvollem Blick wegen meines bedauernswerten Zustandes. Ich weiß zwar, dass dies nicht möglich ist, schließlich liegst du seit einigen Tagen im Koma, doch dein Anblick begleitet mich hier im Labor, und ich tröste mich mit der Vorstellung, an deiner Seite zu sein.

Tag: unbekannt
Anmerkung ?: Ich habe abgenommen, und zwar reichlich, wenn man bedenkt, dass ich meine eigenen Rippen sehen kann und dass meine Hände Krallen gleichen. Ich weiß, mein Erscheinungsbild entspricht eher dem eines elendigen Bettlers als dem eines Mediziners und bringt meine Kollegen in Verlegenheit, aber das macht mir nichts aus. Zur Hölle mit ihnen allen! Liebling, bitte entschuldige meine Ausdrucksweise, aber die Unruhe erfasst meinen Geist, und mir kommen furchtbare Worte über die Lippen. Ich verliere die Nerven, wenn es mir nicht gelingt, das letzte Geheimnis meiner großartigen Entdeckung zu lüften. Ich weiß, dies ist der Weg. Ich spüre es. Er ist da, er ist zum Greifen nah. Ich bin Schritt für Schritt genauso vorgegangen, wie es im Buch steht, ich habe eine Anweisung nach der anderen strikt befolgt, doch ich muss irgendetwas falsch gemacht haben.

Tag: unbekannt
Anmerkung ?: Habe die letzten vier Tage kaum geschlafen,

vielleicht sollte ich ein wenig ruhen; aber ich kann jetzt nicht rasten. Nicht jetzt, nicht so kurz vor dem Ziel.

Das waren die letzten Sätze in dem Notizbuch.

»Steht nicht mehr darin?«

Daniel blätterte einige unbeschriebene Seiten weiter und schüttelte den Kopf.

»Warum hat Ihr Vater das Notizbuch aufgehoben?«

»Offen gestanden habe ich keine Ahnung.«

»Vielleicht«, mutmaßte der Journalist, »hat es mit seiner Studie zu tun.«

Daniel klappte das Heft zu und seufzte.

»Nun«, setzte der Journalist mit neuerlicher Begeisterung an, »als Nächstes müssen wir diesen Dr. Frederic Homs finden und ein paar Worte mit ihm wechseln. Was meinen Sie?«

»Es tut mir leid, Señor Fleixa, aber ich beabsichtige nicht, der Sache weiter nachzugehen.«

»Was sagen Sie da?«

Daniel vermied es, den verblüfften Journalisten direkt anzusehen. Er hatte, zum Guten oder zum Schlechten, eine Entscheidung getroffen.

»Die Nachforschungen meines Vaters belegen, dass es irgendeine Verbindung zwischen ihm und den furchtbaren Morden an den jungen Frauen geben muss. Daraus folgt auch, dass sein Tod keinem einfachen Unfall geschuldet ist. Ich danke Ihnen für Ihre Hilfe, aber ich werde gleich morgen die Angelegenheit der Polizei melden.«

»Sind Sie von Sinnen? Warum meinen Sie, dass man Ihnen mehr Glauben schenken sollte als Ihrem Vater?«

»Ich verstehe Ihre Verärgerung, aber das ist eine Sache der Behörden. Den Mörder zu fangen und vor Gericht zu bringen, das übersteigt unsere Fähigkeiten.«

»Aber …«

»Es tut mir leid«, fiel Daniel ihm ins Wort. Er war schon aufgestanden und streckte eine Hand aus, die der Journalist verwirrt drückte. »Señor Fleixa, unser Abenteuer ist beendet. Am Donnerstag nehme ich den Zug nach Paris und reise nach England zurück. Es war mir eine Freude, Sie kennenzulernen. Noch einmal herzlichen Dank für Ihre Hilfe.«

11

Pau lief so schnell es nur ging zum Hospital. Das Studienjahr ging zu Ende, demnächst standen die Prüfungen an, und bei allen lagen die Nerven blank. Die Professoren zeigten sich von ihrer strengsten Seite und nutzten jeden Vorwand, um den Studenten zusätzliche Aufgaben aufzubürden. Bei all den Vorlesungen und praktischen Kursen hatte er kaum mehr Zeit zum Lernen und noch weniger für diese Angelegenheit. Doch hier galt keine Ausrede, und das wusste er.

Er lief den Korridor entlang, ohne die altehrwürdigen Porträts der ehemaligen Mediziner des Colegio de Cirujano eines Blickes zu würdigen, und trat auf die Straße. Nach einem kurzen Gruß zu einem Kommilitonen betrat er das Krankenhausgebäude. Er hastete durch den mit Orangenbäumen bepflanzten Innenhof und nahm auf der Steintreppe gleich zwei Stufen auf einmal. Auch durch die tadelnden Blicke der beiden Klarissen, die ihm gemessenen Schrittes begegneten, ließ er sich nicht irritieren. Je höher er kam, umso größer wurde seine Hoffnung. Inzwischen müsste ein Ergebnis sichtbar sein. Doch plötzlich schlug seine Stimmung in Besorgnis um. Wenn es nicht funktioniert hatte, hätte er ein gewaltiges Problem. In der Nähe des Gebäudeflügels für die weiblichen Patienten bog er in einen Flur ab, der zu einem Innenhof mit einer Galerie führte. Er blieb unter den Arkaden stehen und vergewisserte sich, dass ihm niemand folgte. Jetzt, zur Mittagsstunde, waren im Hospital nicht so viele Menschen unterwegs, und man konnte eher unbemerkt bleiben, aber er wollte sich nicht darauf verlassen.

Mit gesenktem Kopf eilte er durch den Teil des Innenhofs, der am besten vor neugierigen Blicken geschützt war, und richtete sich erst wieder auf, als er die Galerie auf der anderen Seite erreicht hatte. Deshalb konnte ihm nicht auffallen, dass jemand von einem Fenster im zweiten Geschoss des Gebäudes seine Schritte beobachtete. Als er sich in Sicherheit wähnte, blieb er in einer Ecke vor einem Tor stehen. Er holte einen Schlüsselbund aus seiner Tasche und öffnete das Tor. Sobald er eingetreten war, schloss er hinter sich ab, aber so vorsichtig wie möglich, damit das schmiedeeiserne Schloss keinen Laut verursachte. Pau lehnte sich gegen die Tür und atmete die Luft aus, die er angehalten hatte. Dann nahm er den kurzen Gang zu der Halle, in der ihm der vertraute Geruch von Reinigungsmitteln entgegenschlug. Durch ein großes Fenster zur Straße drang die Mittagssonne. An den Wänden standen haufenweise verrostete Sprungfederrahmen und ein Dutzend Körbe mit schmutziger Bettwäsche. Hinten, im Schatten gelegen, gab es eine Tür, vor der ein zugedecktes Tablett und saubere Laken bereitstanden. Er nahm beides an sich, klopfte vorsichtig an die Tür und ging hinein.

Eine Dreiviertelstunde später kam Pau wieder heraus. Er warf einen Haufen Dreckwäsche in einen Korb und stellte das nun leere Tablett auf seinem vorherigen Platz ab. Auf der Hut vor etwaigen Beobachtern eilte er zurück durch den Flur und den Innenhof mit der Galerie. Im Garten des Hospitals traf er einige Patienten, die bei einem Spaziergang die wenigen Sonnenstrahlen zu erhaschen suchten. Auf der Treppe zum Eingang des Colegio konnte er endlich lächeln.

»Sie hat angeschlagen«, wiederholte er immer wieder für sich, gleichermaßen gerührt und erleichtert.

12

»Wissen Sie, Ihr Vater ist an den Folgen eines tragischen Unfalls gestorben. Das ist alles.«

Zufrieden, die Dinge ein für alle Mal klargestellt zu haben, rekelte sich Inspektor Sánchez hinter dem Schreibtisch. Der korpulente Mann schürzte die Lippen und spuckte in den Napf zu seinen Füßen. Seine Hände – speckfaltig wie die eines Säuglings – gestikulierten wild in der Luft herum, wenn sie nicht gerade in der Papiertüte nach dem nächsten Lupinenkern stocherten. Die Stupsnase und die winzigen Äuglein wirkten in seinem breiten Gesicht fast fehl am Platz. Als sein Gegenüber nicht reagierte, versuchte der Inspektor es mit einem Lächeln, doch mangels Gewohnheit entgleisten seine Gesichtszüge zu einer grotesken Grimasse. Daniel ließ sich von dem herablassenden Tonfall des Polizisten nicht beirren.

»Diese Dokumente beweisen, dass es eine Serie von bestimmten Ereignissen gibt. Zumindest wird damit seine Todesursache infrage gestellt.«

»Nun gut. Das ist eine starke Behauptung, wenn Sie mir diese Formulierung gestatten.«

Daniel überreichte dem Inspektor den Aktendeckel mit allen Dokumenten seines Vaters. Er hatte allerdings entschieden, ihm das Notizbuch des Dr. Homs nicht auszuhändigen, denn er konnte sich selbst noch keinen Reim darauf machen, wie es in das Gesamtbild passte.

»Sie behaupten, dass Ihr Vater an diese Information gekommen ist, indem er auf eigene Faust Nachforschungen angestellt hat.«

»Ja, das habe ich Ihnen vorhin erklärt.«

»Die Unterlagen sind sehr interessant, aber sie ändern nichts an den Fakten. Ganz im Gegenteil, sie könnten unseren Verdacht erhärten.«

»Was sagen Sie da?«

»Es ist doch offensichtlich. Die Auflistung der Verbrechen entstand eindeutig in einer Phase von Angstzuständen. Sie ist doch der Wahnvorstellung eines Mannes entsprungen, der unter Obsessionen litt«, stellte der Inspektor fest. »Offenkundig stand Ihr Vater zum fraglichen Zeitpunkt kurz vor einem Nervenzusammenbruch. Sehen Sie, ein paar Wochen vor seinem tödlichen Unfall wurde Señor Amat bei uns vorstellig. Haben Sie das gewusst? Er zeigte mir genau diese Unterlagen und wollte uns damit beweisen, genauso wie Sie jetzt, dass es einen Zusammenhang zwischen den Todesfällen gibt. Aber er konnte keinen Beweis dafür erbringen. Warum nicht? Schlicht und ergreifend, weil es keinen gibt. Es gibt keinen mysteriösen Mörder, der durch die Stadt zieht und wahllos Leute umbringt. Gott steh uns bei, was für ein krankes Hirn kommt denn auf so etwas?«

»Aber …«

»Bitte nehmen Sie es mir nicht übel.« Der Inspektor machte eine beschwichtigende Geste. »Ich nehme an, die Tatsache, dass Sie beide seit … wie lange keinen Kontakt hatten? Sechs Jahre? Sieben? Sie wurden per Depesche von seinem Tod benachrichtigt … Ich verstehe ja, dass das für Sie ein äußerst harter Schlag gewesen sein muss. Immerhin war er Ihr Vater.«

Trotz der Kälte in dem Büro spürte Daniel, wie sein Gesicht mit einem Mal glühte. Er versuchte sich zu beherrschen und sich zu vergegenwärtigen, warum er hierhergekommen war. Anscheinend war seine Anwesenheit diesem Inspektor lästig, er wusste nicht, warum. Er konnte sich des Eindrucks nicht erwehren, dass man ihn loswerden wollte. Das Verhalten von Inspektor Sánchez forderte ihn zum Gehen auf, aber so einfach wollte Daniel es dem Polizisten nicht machen.

»Wollen Sie mir weismachen, dass es die Leichen gar nicht gibt?«

»Doch, nein, ja, selbstverständlich gibt es diese Leichen.«

Daniel verstummte verblüfft. Der Inspektor warf sich den nächsten Lupinenkern in den Mund, bevor er zu einer Erklärung ausholte. Plötzlich klopfte es, und in der Tür stand ein Bürogehilfe mit einem Dossier in der Hand, das unterschrieben werden sollte. Der Inspektor kümmerte sich in aller Seelenruhe um das Anliegen, ohne Rücksicht auf Daniels Ungeduld zu nehmen. Erst als der Mann gegangen war, sprach er weiter:

»Señor Amat, in unserer Stadt kommen solche Fälle andauernd vor. Wir haben inzwischen fast eine halbe Million Einwohner. Streitigkeiten sind an der Tagesordnung, und manchmal leider auch ein paar brutale Todesfälle. Sie können alle Listen dieser Welt zusammenstellen, die toten Frauen, die Ihr Vater in diesen Unterlagen aufführt, sind eindeutig ... sagen wir es einmal so ... Frauen, die ihren Lebensunterhalt nicht gerade auf vorbildliche Weise bestritten haben. Eine Tracht Prügel von ihrem Zuhälter, ein hitziger Freier, ein Gerangel um ihren Standort auf dem Straßenstrich ... Dann noch der ganze Klatsch und Tratsch.«

Daniel versuchte, nicht an die fünfzehnjährige Streichholzverkäuferin zu denken, die auf der Liste seines Vaters stand, und auch nicht an die zwanzigjährige Ladenhilfe. Er hatte sich unbewusst starr aufgerichtet, und ein stechender Schmerz fuhr ihm durch die Narben am Hals.

»Wie erklären Sie sich den Zustand der Leichen?«

»Señor Amat, Wasser und Tiere können einen Körper wirklich übel zurichten. Sie müssten einmal erleben, was ein paar hungrige Ratten mit einem ordentlichen Stück Fleisch anfangen.«

Das polternde Gelächter des Inspektors hallte von den Bürowänden zurück. Als ihm auffiel, dass Daniel weder lachte noch lächelte, schwieg er und stocherte wieder seufzend in der Tüte.

»Wissen Sie, Barcelona ist eine Stadt voller Mörder, Prostituierter und Anarchisten. Ich habe genügend besorgniserregende

Angelegenheiten, um die ich mich kümmern muss. Es geht zum Beispiel das Gerücht, dass sich gerade einige Arbeiter zu einer Art Verein zusammenschließen, den sie die *Unión General de Trabajadores* nennen wollen. Können Sie sich so etwas vorstellen? Aber Sie müssen sich keine Sorgen machen, wir sind das Bollwerk gegen zivilen Ungehorsam, wir sind die Barriere, die Chaos, Anarchie und Raub eindämmt. Wir sind die Kraft, die für die Sicherheit der Bewohner sorgt. Wir verstehen unser Handwerk.«

»Ich habe nicht das Gefühl«, entgegnete Daniel, der sich nun doch von seiner Wut mitreißen ließ. »Ich denke vielmehr, dass Sie absolut nichts unternommen haben, um die Sache aufzuklären. Sie haben die Morde an den jungen Frauen sofort vertuscht, indem Sie, was wirklich mehr als diskutabel ist, auf deren sozialen Status verweisen. Sie haben aus dem Tod meines Vaters einen harmlosen Unfall gemacht, denn alles, was der Wirklichkeit näher käme, wäre für Sie nur eine Komplikation.«

»Aber Señor Amat!« Inspektor Sánchez verzog seine wulstigen Lippen und setzte eine missbilligende Miene auf. »Sie sollten sich mit Ihren Behauptungen etwas zurückhalten und mehr Dankbarkeit zeigen. Schließlich haben wir uns nur wegen der Einflussnahme gewisser Persönlichkeiten dafür eingesetzt, den guten Ruf Ihres Vaters zu retten.«

Daniel meinte seinen Ohren nicht zu trauen. Er überlegte, worauf der Polizist anspielen könnte.

Der Inspektor stand mit Mühen von seinem Stuhl auf, der erleichtert ächzte, und ging zur Tür.

»Ich habe Sie eigentlich nur aus Rücksichtnahme auf Ihre Trauer empfangen. Meine Zeit ist zu kostbar, um sie mit Schwachsinn zu vergeuden. Wissen Sie, ich mache Ihnen ja keine Vorwürfe. Ich verstehe, dass der Tod Ihres Vaters Ihre Nerven etwas angegriffen hat. Als Zeichen für meine guten Absichten behalte ich die Unterlagen hier.« Bei den Worten riss er Daniel den Aktendeckel aus den Händen. »Ich gebe Ihnen mein Wort, wir werden der Sache noch einmal nachgehen.«

Er unterbrach sich, um die Reste eines Lupinenkerns auszuspucken und deren feuchten Flug zu beobachten. Das Häutchen streifte den Napf und landete auf dem Fußboden. Er sah verärgert zu Daniel auf.

»Señor Amat, was hält Sie noch in Barcelona? Am besten reisen Sie wieder nach Hause.«

Nach dem Abschied von Inspektor Sánchez nahm Daniel eine Droschke zum Colegio Mayor. Wegen der Weltausstellung waren alle Hotels der Stadt belegt, und der Rektor der Universität hatte nicht zugelassen, dass Daniel in irgendeiner Pension Unterkunft nahm, sondern hatte ihm für die Zeit seines Aufenthaltes in Barcelona die ehemaligen Räumlichkeiten seines Vaters zur Verfügung gestellt.

Daniel gab sich dem Rattern der Kutsche hin und dachte über das Gespräch nach. War diese Sache doch nur ein Hirngespinst seines wahnhaften Vaters, gespeist von den abergläubischen Geschichten der Leute? Wollte der Inspektor damit andeuten, er hätte sich das Leben genommen? Nein, Daniel traute seinem Vater so eine Tat nicht zu. Sein Stolz hätte nicht zugelassen, eine Handlung zu begehen, die für ihn eher eine Sache von Feiglingen war. Doch inzwischen waren viele Jahre vergangen, und Daniel war über all die Veränderungen nicht auf dem Laufenden. Je mehr er andere Personen über seinen Vater urteilen hörte, umso mehr überkam ihn das Gefühl, sie sprächen von einem Unbekannten.

Schließlich erreichte er das Colegio Mayor, das Gebäude der Universität, das neben der Medizinischen Fakultät lag. Daniel bezahlte den Kutscher und ging hinein. Er grüßte den Pförtner, der in seiner Loge saß, und machte sich auf den Weg zu seinem Zimmer. Er freute sich darauf, sich ein wenig Ruhe gönnen zu können. Seit seiner Ankunft in Barcelona hatte er nicht gut geschlafen. Die Müdigkeit und die Aufregung ließen ihn schon seit Tagen nicht mehr klar denken. Er würde versuchen, wieder zu Kräften zu kommen, und am nächsten Tag eine Entscheidung fällen.

Es war schon spät, und auf dem Flur, der zum Wohntrakt führte, begegnete er niemandem. Als er vor der Tür zu seinem Zimmer stand und den Schlüssel hervorholen wollte, hielt er instinktiv inne. Die Tür war nur angelehnt, dabei konnte er sich sehr wohl daran erinnern, sie beim Weggehen abgeschlossen zu haben. Er trat ein und unterdrückte einen Schrei. Die Schubladen der Kommode waren auf den Fußboden umgekippt. Hemden und Anzüge lagen in einem völligen Durcheinander auf dem Teppich. Doch man hatte nicht nur den Inhalt seiner Koffer auf den Boden geworfen, sondern sogar noch das Futter aufgerissen. Selbst die Matratze war der Länge nach aufgeschlitzt, und die Baumwollfüllung hing wie die Eingeweide einer obduzierten Leiche heraus.

Als er zum Tisch sah, musste er feststellen, dass das Schmuckkästchen verschwunden war. Daniel durchsuchte vergeblich das ganze Zimmer: Die Diebe hatten es gestohlen. Er ertastete seine Tasche, wo er erleichtert das Gewicht des Notizbuchs fühlte. In letzter Minute war ihm der Gedanke gekommen, es zu dem Gesprächstermin mit dem Inspektor mitzunehmen. Etwas sagte ihm, dass die Urheber dieses Chaos – wer auch immer sie sein mochten – das Notizbuch suchten. Fleixa hatte recht: Es musste einen besonderen Wert haben, auch wenn sie den Grund dafür noch nicht erfasst hatten.

13

Fleixa genoss die Wärme, die von Dolors unter den Bettlaken ausging. In dem Eisenofen war das letzte Stück Holzkohle schon vor einiger Zeit verglüht, und das Zimmer war eiskalt. Vorhänge filterten das Licht der Straßenlaternen. Es war noch Nacht, aber er konnte nicht schlafen. Nach dem Gespräch mit Vidal, dem abenteuerlichen Gang durch die Kanalisation und der Lektüre des Notizbuchs von Dr. Homs brodelte es in seinem Hirn. Wieder und wieder fragte er sich, ob Dr. Amat ihn getäuscht hatte. War das Ganze nur das Hirngespinst eines wirren Geistes? Seine innere Stimme sagte ihm, dass dem nicht so war. Er hatte viel für diese Geschichte riskiert, und wenn an der Sache nichts dran war, würde sein Renommee als Reporter den nächsten Rückschlag erleiden – was dieser Llopis bestimmt ausnutzen würde, um seinen Platz in der Redaktion einzunehmen. Fleixa schloss die Augen, die Sache mit den Morden ging ihm nicht aus dem Kopf. Es war nicht zu übersehen, dass Daniel Amat etwas verbarg. Bei ihrem Gespräch mit Vidal waren ihm einige Fragen gekommen. Was war vor sieben Jahren passiert? Warum war Daniel Amat aus Barcelona geflohen und nach England gezogen, ohne je wieder mit seinem Vater zu sprechen? Was war sein Geheimnis? Fleixa liebte Fragen ohne Antworten, er witterte hinter Daniel Amats Fassade die nächste gute Geschichte. Enttäuscht fiel ihm wieder ein, dass Daniel gegen seinen ausdrücklichen Widerstand beschlossen hatte, der Polizei das Notizbuch zu zeigen. Das wäre der Schlussstrich unter der Geschichte, und er könnte nur noch eine Kurznachricht über die Verbrechen schreiben, vielleicht sogar eine ganze Spalte, aber alles würde nur auf Vermutungen fußen. Der Journalist benötigte einen besseren Grund, um sich in der Redaktion für die investierte Zeit zu rechtfertigen. Noch ein Problem, als hätte er nicht schon Schwierigkeiten genug.

Seit mehreren Tagen kursierten in El Raval Gerüchte. Es hieß, man sei hinter ihm her. Er hatte im Can Tunis einen ziemlichen Batzen Geld beim Pferderennen verloren, und die Frist für die Rückzahlung seiner Schulden war schon vor Wochen verstrichen. Die Negra stand noch dazu im Ruf, unerbittlich gegen die Kundschaft vorzugehen, die sich nicht an ihren Teil der Vereinbarungen hielt und kein Geld für die Rückzahlung hatte. Noch dazu forderte nun auch der Zimmerwirt die überfälligen Monatsmieten ein, und anscheinend konnte er nicht mehr mit dem Aufschub rechnen, den ihm die Ehefrau von Señor González eingeräumt hatte. Fleixa war nichts anderes übrig geblieben, als bei Dolors Zuflucht zu suchen. Sie hatte sich bereit erklärt, ihn für ein paar Nächte aufzunehmen, wofür sie allerdings erst einen Freier fast mit Fußtritten vor die Tür setzen musste.

Fleixa drehte sich auf die Seite und betrachtete das Gesicht der Frau, die neben ihm lag. Auch wenn sie bestimmt über dreißig Jahre alt war, im Schlaf sah Dolors wie ein kleines Mädchen aus.

Sie hatten sich vor drei Jahren kennengelernt. Fleixa hatte kurz zuvor einen Artikel über den Raub der Einnahmen der Firma Barcelona Tramways geschrieben. In den Überfall waren mehrere Arbeiter, aber auch der Direktor sowie ein Stadtrat verwickelt gewesen. Es war ein großer Skandal, und seine Artikel waren in aller Munde gewesen. Wochen später, als er eines Abends aus dem Zeitungsgebäude kam, überfiel ihn ein Trupp Schläger, die ihre Gesichter verhüllt hatten. Sie verabreichten ihm gerade eine ordentliche Tracht Prügel, als plötzlich Dolors auftauchte und ein solches Gezeter veranstaltete, dass die Männer das Weite suchten. In seinem erbärmlichen Zustand – er war fast bewusstlos und hatte eine grässliche Schnittwunde im Unterleib – hatte sie ihn mit zu sich nach Hause genommen. Allein bei der Erinnerung an den Vorfall durchfuhr ihn ein Schauder, und er betrachtete im Gegenlicht seine Hände, so als müsse er sich vergewissern, dass sie noch zu ihm gehörten. Dolors hatte seine Wunde verarztet und war auch nicht von seiner Seite gewichen, als sein Körper am nächsten Tag im Fieberwahn wie ein Aal zitterte. Sie hatte dafür gesorgt, dass er literweise ihren Kräuteraufguss trank, sie hatte seinen Verband gewechselt und ihm kalte Wickel gemacht, bis die Temperatur sank. Fleixa war eine ganze Woche lang pflegebedürftig gewesen. Als er sie fragte, warum sie sich um ihn kümmerte, hatte sie nur mit den Achseln gezuckt und ihm zugelächelt. Seither sahen sie sich regelmäßig, und zuweilen verbrachten sie auch die Nacht zusammen, wenn sie nicht anschaffen ging. Mit der Zeit schien dies eine perfekte Abmachung zu sein. Schließlich war Dolors die Person, die sie war, und Fleixa hatte nicht die Absicht, sich zu binden.

Ein Geräusch unterbrach seine Gedanken. Die Prostituierte betrachtete ihn aus schläfrigen Augen. Ein Gähnen kam aus ihrem halb offenen Mund.

»Kannst du nicht schlafen?«

»Nein«, sagte Fleixa, »ich muss nachdenken.«

Er sah ihr zu, wie sie sich unter den Bettlaken bewegte. Im Zwielicht konnte er erahnen, wie ihre geschwungenen Lippen ein Lächeln formten und wie ihre safranfarbigen Locken zerzaust auf dem Kopfkissen lagen. Der Journalist schrak auf, als er die Hand der Frau spürte. Sie lehnte ihren Kopf an seine Schulter.

»So viel nachdenken scheint dir nicht zu bekommen. Heb es dir für morgen auf. Komm, rück näher. Es ist kalt.«

Fleixa gehorchte.

14

Daniel wachte früh auf. Er hatte schlecht geschlafen, schon wieder. Nach dem Gespräch am Vortag mit Inspektor Sánchez und nach der Sache mit dem durchwühlten Zimmer hatte er mehr Fragen als Antworten. Ganz offensichtlich beabsichtigte die Polizei nicht, die Todesursache seines Vaters aufzuklären, und eine Anzeige wegen des gestohlenen Schmuckkästchens wäre bestimmt genauso nutzlos. Beim Ankleiden beschloss er, mit dem Dekan zu sprechen.

Das Hospital de la Santa Creu war in einem stattlichen gotischen Bauwerk untergebracht. Vor vierhundert Jahren mit dem Ziel errichtet, die verschiedenen Krankenhäuser der Stadt unter einem Dach zusammenzufassen, war daraus im Lauf der Zeit dank der mannigfachen Umbauten ein Gewirr von Gängen, Krankensälen und Treppenhäusern geworden. Die Nähe des Hospitals zum alten Real Colegio de Cirujano war ein großer Vorteil, denn so war für die Medizinstudenten in Barcelona seit mehr als einhundert Jahren der Praxisbezug auf eine besondere Weise gegeben. Als Resultat konnte sich die Stadt einer großen Anzahl herausragender Mediziner rühmen.

Ein Pfleger, der mit einem Verbandskasten unterwegs war, erklärte ihm, dass Señor Suñé sich in der Ruhestation aufhielt. Daniel bedankte sich für den Hinweis, betrat den Innenhof mit dem Säulengang und ging zum nächsten Geschoss hoch.

Dr. Luis Suñé y Molis kniete vor einem Jungen. Sein Haar war in die Stirn gekämmt, um die Geheimratsecken zu kaschieren, die sein mittleres Alter verrieten. Ein Lächeln umspielte seine Lippen unter dem gepflegten Schnauzbart. Der Junge steckte in einem grauen Kittel, so wie alle Krankenhauspatienten. In dicken Strömen liefen ihm Tränen über die Wangen. Eine Hand des Mediziners ruhte auf der Schulter des Jungen, und Daniel konnte die letzten Worte des Arztes verstehen, als er näherkam.

»Sor Inés wird dich begleiten. Du musst nur ordentlich essen, viel in die Sonne gehen und jeden Tag einen Spaziergang machen. Dann kannst du in ein paar Tagen wieder nach Hause.«

Bestürzt betrachtete Daniel den voluminösen Verband am Bein des kleinen Patienten: Ihm fehlte der linke Fuß. Der Junge, immer noch mit Tränen in den Augen, lächelte dem Arzt zu. Mithilfe seiner Krücke ging er in Begleitung einer Klarisse in den Gang und verschwand. Dr. Suñé sah ihm nach. Er seufzte und stützte sich beim Aufstehen schwerfällig auf seine Knie. Erst dann bemerkte er Daniel.

»Señor Amat.« Sein zunächst überraschter Gesichtsausdruck wurde ernst. »Man hat mir heute Morgen von dem Einbruch berichtet, dem Sie gestern Abend zum Opfer gefallen sind. Bitte nehmen Sie meine Entschuldigung an, ich kann es mir nicht erklären. So etwas ist hier noch nie vorgekommen. Ich gehe davon aus, dass man Sie sofort in anderen Räumlichkeiten untergebracht hat. Ist alles recht so?«

»Ja, vielen Dank. In der Tat würde ich Ihre großzügige Gastfreundschaft gern noch ein paar Tage länger in Anspruch nehmen. Anscheinend hat mein Vater einige Dinge hinterlassen, die noch erledigt werden müssen.«

»Selbstverständlich. Sie können so lange bei uns bleiben, wie es nötig ist.«

»Ich würde gern mit Ihnen sprechen.«

Dr. Suñé sah ihn neugierig an. Er rief eine Klarisse herbei und trug ihr auf, bestimmte Krankenzimmer herzurichten.

»Ehrlich gesagt habe ich nur wenig Zeit«, sagte er an Daniel gewandt, »aber wenn Sie möchten, können wir miteinander sprechen, während ich meinen Rundgang mache.«

Beide Männer betraten einen Korridor. Unterwegs wurde Dr. Suñé mehrfach angehalten, mal stellte man ihm eine Frage, mal unterrichtete man ihn über den Stand einer Angelegenheit. Der überaus besonnene Mann erteilte genaue Anweisungen und fand mit Entschiedenheit Lösungen für die Probleme, die man ihm schilderte.

»Hier werden wir etwas Ruhe haben«, stellte er fest, als sie in einen Bereich gelangten, der ein wenig abseits lag. »Sagen Sie, worum geht es?«

»Wie Sie wissen«, begann Daniel, »herrschte zwischen meinem Vater und mir über einen langen Zeitraum eine gewisse Distanz. Jetzt, bei meiner Rückkehr nach Barcelona, habe ich ein paar Dinge über ihn herausgefunden, die … Ich weiß nicht, wie ich mich ausdrücken soll. Es ist, als ob ich ihn nie gekannt hätte.«

»Ich habe Ihren Vater stets sehr geschätzt«, sagte Suñé. »Er war einer meiner Professoren. Alle haben seine enorme Begabung bewundert, sowohl als Arzt als auch als Forscher. Aber nach jenem schrecklichen Ereignis vor sieben Jahren ist Ihr Vater nie wieder der Alte geworden.«

Daniel forderte ihn auf weiterzusprechen.

»Ihr Vater hat kurz nach Ihnen Barcelona verlassen. Er hat dann im Ausland gelebt, ich glaube in Wien und Prag. Diesbezüglich war er nicht sonderlich mitteilsam. Nach zwei Jahren war er wieder da. Am Anfang schien es, als hätte er sich von dem Schicksalsschlag erholt, er wirkte nahezu verjüngt. Er hielt seine Vorlesungen ab, er befasste sich mit seiner Forschung, er hat sogar seine Praxis wieder eröffnet. Eine Zeitlang ging alles gut, doch dann begann er mit dieser Studie über Hygienebedingungen. Am Anfang betrachtete er das wohl eher als einen reinen Zeitvertreib, doch dann war er wirklich mit Leib und Seele bei der Sache, bis zur physischen und psychischen Erschöpfung. Wir haben versucht ihn zu warnen, aber es war sinnlos. Nach kurzer Zeit brach er zusammen. Die Kollegen, die ihm helfen wollten, hat er ziemlich unwirsch abgewiesen. Sie wissen ja, wie er war.«

Ja, das wusste Daniel. Sein Vater konnte sehr unangenehm werden.

»Mit der Zeit schien er sich wieder zu erholen, doch dann zeigte er merkwürdige Verhaltensweisen. Ohne jede Vorankündigung verschwand er spurlos für ein paar Tage, er wandelte nachts durchs Colegio oder er machte auf seinem Zimmer komplizierte chemische Experimente. Er entwickelte ein Interesse für immer abstrusere Fragestellungen, und allmählich verlor er jeden Bezug zur Wirklichkeit. In der Phase haben ihm dann seine Kollegen und Freunde den Rücken gekehrt.«

Der Dekan schluckte.

»Er hatte mehrere Nervenzusammenbrüche, und schließlich sah ich mich genötigt, ihm Laudanum zu verschreiben, damit er wenigstens etwas Schlaf fand. Doch er litt unter wiederkehrenden Albträumen, bei denen er nach Ihnen und Ihrem Bruder rief.«

Daniel nickte niedergeschlagen.

»Mein Bruder ist bei dem Brand ums Leben gekommen.«

»Ja, ich weiß. Die Erinnerung an den Abend hat Ihren Vater regelrecht gefoltert.« Suñé atmete tief ein, so als würden ihm die nächsten Worte noch schwerer fallen. »Er hat die Brandkatastrophe immer wieder nacherlebt. Doch diese abenteuerlichen Geschichten von den Morden haben ihn dann völlig um den Verstand gebracht. Er hat nach einem Dämon gefahndet, der … Also, den er eigentlich in sich selbst trug. Nein, er ist nicht wegen einer Verkettung tragischer Umstände gestorben.« Der Dekan legte eine Hand auf Daniels Schulter. »Es tut mir leid, aber ich bin davon überzeugt, dass sich Ihr Vater das Leben genommen hat.«

»Das kann nicht sein. Mein Vater …«

»… war ein herausragender Mediziner und ein großartiger Mensch«, fiel ihm der Mann ins Wort. »Was zwischen Ihnen beiden vorgefallen ist, gehört der Vergangenheit an. Was meine Person angeht, so behandle ich seinen Tod als einen Unfall. Wir sollten ihn in ehrenhafter Erinnerung behalten, das hat er verdient.«

Daniel geriet ins Grübeln. Sollte an den Mutmaßungen doch etwas dran sein? Hatte sein Vater den Verstand verloren? Aber dann … Warum hinterließ er ihm dann das Notizbuch von Dr. Homs? Oder war das nur ein weiterer Beweis für seinen Wahnsinn?

Die beiden Männer ließen die Ruhestation hinter sich und betraten einen anderen Trakt des Krankenhauses, in dem mehr Treiben herrschte. Ärzte diskutierten mit ihren Assistenten, Klarissen, meistens zu zweit und makellos weiß gekleidet, waren in den Gängen unterwegs. Auch ein Grüppchen Studenten mit einem Professor als Wortführer tauchte hinter einer Ecke auf und ging an ihnen vorbei. Daniel entdeckte in der Gruppe den jungen Mann, der auf dem Friedhof an das Grab seines Vaters getreten war.

»Können Sie mir sagen, wer dieser Student ist?«, fragte er den Dekan.

»Welcher?«

»Der Letzte, der mit der Aktentasche unter dem Arm.«

»Ach, Pau Gilbert. Ein brillanter Student, aber bei seinen Kommilitonen nicht sonderlich beliebt. Er war der letzte Assistent Ihres Vaters.«

Daniel sah dem jungen Mann nach, bis die Gruppe am Ende des Korridors verschwunden war. Dann begleitete er Suñé zu einem länglichen Saal. Ein Dutzend Spitzbögen stützten die Holzdecke, dazwischen waren Fenster eingelassen, die das Tageslicht hereinließen. An den Seiten standen dicht an dicht fünfzig Eisenbetten, und im Hauptgang konnten sich die Ärzte zwischen den Krankenbetten frei bewegen. Einige Bettstätten waren durch weiße Vorhänge getrennt, was den Patienten eine gewisse Privatsphäre gewährte.

»Das ist der Santa-Maria-Saal im Tramuntana-Flügel«, erklärte der Arzt. »Es ist der Männertrakt, die Frauen befinden sich im Sant-Josep-Saal. Ihr Vater hat hier viele Stunden zugebracht.«

Daniel stellte fest, dass alle Betten belegt waren, sogar auf dem Fußboden lagen einige Strohsäcke. Der Arzt erriet seine Gedanken.

»Wir sind restlos überfüllt«, gestand Suñé ein. »Die Lage ist heikel, sogar noch schlimmer als damals vor drei Jahren bei der Choleraepidemie. Gott sei Dank können wir in einigen Jahren in das neue Hospital umziehen. Man hat uns am Fuß der Montaña Pelada ein Grundstück zur Verfügung gestellt, und ich hoffe …« Er hielt mitten im Satz inne und zeigte auf eine Person. »Sehen Sie, das ist Dr. Gavet, einer unserer besten Ärzte. Ich werde Sie miteinander bekannt machen.«

Daniel erkannte in dem Mediziner den stotternden Herrn wieder, der ihn auf dem Friedhof angesprochen und ihm kondoliert hatte. Er saß am Bett eines Patienten mit einem Kopfverband. Der Mann unterstrich seine Rede mit wilden Gesten, und Dr. Gavet versuchte ihn zu beruhigen. Das Licht der Nachttischlampe fiel auf das Gesicht des Arztes, und für einen Moment kam es Daniel vertraut vor, aber er wusste nicht, warum.

»Dr. Gavet leistet hier eine herausragende Arbeit«, riss der Dekan Daniel aus seiner Grübelei. »Er ist schon im Morgengrauen bei der Arbeit und geht erst spät in der Nacht. Viele Patienten verdanken ihm buchstäblich ihr Leben. Der Mann, den er gerade versorgt, ist einer von drei Arbeitern, die man gestern Nacht nach einem Unfall auf dem Gelände der Weltausstellung zu uns gebracht hat. Seine beiden Kollegen sind heute Morgen ihren Verletzungen erlegen.«

Daniel beobachtete, wie Gavet den Patienten tröstete, der an Quetschungen litt und sich vor Schmerzen krümmte. Mithilfe einer herbeigerufenen Krankenschwester gab er ihm ein Beruhigungsmittel. Als er aufsah, erkannte der Arzt den Dekan, und nach ein paar Worten zu dem Patienten kam er näher. Er schien außer sich zu sein.

»V-v-verdammt, Suñé, das ist u-u-unglaublich. Diese Männer a-a-arbeiten zu lange ohne Pa-pa-pause. Das darf man nicht z-z-zulassen. Das ist nun der dritte U-u-unfall in dieser Woche auf der B-b-baustelle des Elektrizit-t-t-tätswerks.«

»Beruhigen Sie sich, Sie wissen doch, außer unserer Arbeit hier können wir nicht viel ausrichten. Kennen Sie Señor Amat?«

»Wir sind uns auf dem Friedhof begegnet …«, sagte Daniel.

Gavet nickte und ging einfach weiter, unablässig vor sich hin brummend.

»Bitte, haben Sie Verständnis für seinen Ausbruch, er ist ein sehr engagierter Arzt, und ich muss ihm sogar recht geben. In den letzten Wochen haben wir viele Patienten versorgen müssen, die sich auf der Baustelle der Weltausstellung Verletzungen zugezogen haben«, erklärte Suñé. »Die meisten Unternehmer halten nicht einmal die minimalen Sicherheitsvorkehrungen für ihre Arbeiter ein, sie sagen, das sei Zeitverschwendung. An allen Ecken und Enden fehlen Arbeitskräfte, und alles hat höchste Dringlichkeit. Die Eröffnung steht ja kurz bevor. Also«, sagte er mit erschöpfter Miene, »Señor Amat, Sie sehen ja, ich habe viel zu tun. Ich muss mich jetzt um meine Angelegenheiten kümmern. Ich hoffe, ich konnte Ihnen behilflich sein.«

»Ja, Señor. Danke für die Zeit, die Sie mir geschenkt haben. Doch bitte gestatten Sie mir eine letzte Frage.«

»Ja, nur zu, worum geht es?«

»Was können Sie mir über Dr. Frederic Homs sagen?«

Suñé sah auf und runzelte die Stirn.

»Warum interessieren Sie sich für Homs?«

»Im Nachlass meines Vaters habe ich mehrere Bücher gefunden, die ihm gehören«, log Daniel. »Anscheinend waren sie miteinander befreundet.«

»Ja, das ist richtig. Sie sind mehrere Jahre lang eng befreundet gewesen. Doch dann kam es zu Spannungen zwischen den beiden.« Auf Daniels fragenden Blick hin sprach Suñé weiter: »Sehen Sie, Homs hatte den Lehrstuhl für Chemie und er war ein anerkannter Anatom. Seine Obduktionen waren bei den Studenten sehr beliebt. Er war auch ein Jahr lang für die Bibliothek zuständig und hat dort eine beachtliche Arbeit geleistet. Er verschaffte sich allmählich großes Ansehen, doch dann erkrankte seine Frau schwer. Ich weiß nichts über die Einzelheiten, aber das war in etwa zu der Zeit, als die Freundschaft mit Ihrem Vater zerbrach.«

»Wissen Sie, wo ich ihn finden kann?«

»Señor Amat, was genau haben Sie vor?«

»Ganz einfach, nach all der Zeit, in der ich nichts von meinem Vater gehört habe, würde ich gern mit einem Menschen sprechen, mit dem er in diesen letzten Jahren freundschaftlich verbunden war.«

»Leider kann er das höchstwahrscheinlich nicht.«

»Warum?«

Suñé sah Daniel verärgert an.

»Sehen Sie, das ist eine heikle Angelegenheit. Als Homs erfuhr, dass seine Frau an einer schweren Krankheit litt, vernachlässigte er seine Vorlesungen und auch seine Verpflichtungen im Krankenhaus. Wochenlang stürzte er sich Tag und Nacht in die Erforschung einer Heilmethode.«

»Was ist passiert?«

»Er ist gescheitert, seine Frau ist gestorben.«

Daniel musste sich eingestehen, dass er Mitleid mit Homs hatte. Aus den Aufzeichnungen im Notizbuch konnte man leicht die abgöttische Liebe herauslesen, die der Arzt für seine Frau empfunden hatte. Die Ohnmacht und der Kummer über ihren Verlust mussten furchtbar sein.

»Ist Homs noch an der Fakultät?«

»Nein.« Suñé schüttelte den Kopf. »Homs hat sich bei diesem ungleichen Kampf gegen den Tod aufgerieben. Er hat den Tod seiner Frau nicht verwunden und den Verstand verloren. Das ging so weit, dass eines Nachts mehrere Ärzte vom Krankenhaus, darunter auch Ihr Vater, Homs daran hindern mussten, an einem Jungen eine Sektion vorzunehmen.«

»Was ist daran so außergewöhnlich?«

»Der Junge lebte noch.«

Daniel verstummte.

»Dr. Homs ist seit eineinhalb Jahren Patient im Sanatorium Nueva Belén.«

15

Lluïsa lief, so schnell es ihre Beine zuließen. In der menschenleeren Straße hallte das Klacken ihrer Absätze auf dem Pflaster so laut wie der Stock des Nachtwächters. Es war so spät geworden! Die Dreizehnjährige lernte bei der Näherin der Familie Pons, die in einem herrschaftlichen Stadtpalais am Paseo de Gracia wohnte. In letzter Minute hatte Doña Herminia ihr noch aufgetragen, das Ballkleid von Leonor, der ältesten Tochter, zu ändern. Normalerweise erledigte Señora Adela solche Arbeiten, doch die war wegen einer Grippe schon seit drei Tagen bettlägerig. Die schwierige Aufgabe, gepaart mit Lluïsas fehlender Erfahrung, hatte ihr einige Stunden Extraarbeit und mehr als den einen oder anderen Rüffel eingebracht. Zum Glück war es ihr schließlich doch gelungen, das Kleid zur Zufriedenheit der Herrschaft fertigzustellen.

Als sie an der Plaza de Cataluña ankam, war es schon nach neun Uhr. Ein Ladenbesitzer sagte ihr, dass sie die letzte Straßenbahn gerade verpasst habe, also blieb ihr nichts anderes übrig, als zu Fuß nach Hause zu gehen. Sie schnaubte bei dem Gedanken an den langen Weg, der noch vor ihr lag, bevor sie endlich zu Hause am warmen Kohleofen sitzen konnte. Das war durchaus nicht das erste Mal, dass sie den Heimweg zu Fuß zurücklegte. Einige Wochen lang hatte sie die zwanzig Céntimos für den Fahrschein gespart und lieber das Geschehen in den Straßen genossen. Am besten gefielen ihr die Ramblas mit den eleganten Damen und den vornehmen Herren, die sich in offenen Kutschen zu den Vorstellungen im Liceo oder im Principal fahren ließen. Auch das Markttreiben in La Boquería, die vielen Kunden in den Geschäften und die hell erleuchteten Cafés mit all dem Lärm hatte sie genossen. Sie hatte die Gerüche und die Farben in sich aufgesogen und sich von dem unaufhörlichen Kommen und Gehen der Passanten mitreißen lassen. Lluïsa war nicht oft aus ihrem Stadtviertel herausgekommen, und sie arbeitete erst seit wenigen Monaten im Haushalt der Familie Pons. Barcelona war für sie eine faszinierende Welt, die es zu entdecken galt.

Doch an dem Abend war Lluïsa nicht nach Flanieren zumute. Es war schon Nacht, und es lag Regen in der Luft. Die Geschäfte und Kioske hatten die Rollläden hinuntergelassen, und nur in wenigen Cafés waren die großen Fenster noch erleuchtet. Mit der freien Hand zog sie den Schal fester um die Schultern. Es war wirklich sehr kalt, und sie konnte es sich nicht erlauben, auch nur einen Tag wegen Krankheit zu fehlen. Sie musste zur Arbeit gehen. Die zwanzig Reales, die sie jede Woche erhielt, bedeuteten für ihre Eltern, die selbst in Sants stundenlang an den Webstühlen schufteten, eine große Hilfe.

Ihre Schritte führten sie vor die Casa Figueras, das Nudelgeschäft. Dort gefiel ihr die Skulptur an der Ecke besonders gut. Lluïsa selbst hatte keinen Ahnung von diesem Modernisme, doch bei der Familie Pons hatte sie die Hausherrin sagen hören, dieser Baustil würde sich in der Stadt durchsetzen und gleichermaßen für Bewunderung und Spott sorgen. Lluïsa verstand kaum etwas von diesen Diskussionen, sie hätte nur zu gern die Haltung und den Blick dieser steinernen Bauersfrau an der Ladenecke gehabt.

Sie trat vom Bürgersteig auf die Straße und überquerte die Rambla de San José. Erste kleine Tropfen fielen auf die Fahrbahn und auf die Markisen der Geschäfte, das Vorspiel des Wolkengusses, der sich am Himmel schon ankündigte. Lluïsa wich den ersten Pfützen aus und begab sich in das Stadtviertel Born mit seinen engen Gassen. Unterwegs zündeten Nachtwächter die Gaslaternen an, die mit ihrem gelblichen Licht die Straßen erhellten. Lluïsa hatte, so lange sie denken konnte, sich selbst verteidigen müssen, und deshalb war sie stets auf der Hut. Barcelona war großartig, aber die Stadt konnte sich unachtsamen Menschen von ihrer brutalsten Seite zeigen, vor allem jetzt, da der *Gos Negre* in den Straßen sein Unwesen trieb. Sie zwang sich zu einem Lächeln, um die Beklemmung abzuschütteln, die die Geschichte in ihr auslöste.

Dieser Fluch war das bevorzugte Gesprächsthema beim Küchenpersonal. In den verschiedenen Versionen, die sich teilweise widersprachen, erschien der *Gos Negre* in den dunkelsten Nächten, und zwar in Gestalt einer riesigen Bulldogge mit braunem Fell. Andere behaupteten, der Hund wäre pechschwarz. Die Augen der Bestie funkelten wie glühende Holzscheite, und aus dem Schlund käme das Fegefeuer. Ein Stallbursche hatte berichtet, dass seine Pfoten sogar auf Steinen Spuren hinterließen. Es hieß, der Schwarze Hund hätte schon mindestens ein Dutzend junge Frauen umgebracht und seine geballte Wut auf furchtbare Weise an ihren Körpern ausgelassen. Lluïsa glaubte solches Geschwätz nicht, für sie waren das nur die Fantasien des männlichen Personals, um sich an die Dienstmädchen heranzumachen.

Schließlich erreichte sie den menschenleeren Paseo de Don Carlos. El Toril linker Hand war ein einziges Grau, die Stierkampfarena war kaum zu erkennen. Plötzlich prasselte der Regen gewaltig. Von seiner Vehemenz überrascht, überlegte Lluïsa, unter einer Arkade Schutz zu suchen, bis der Regen nachließ, doch die Aussicht auf eine heiße Brühe zu Hause war stärker. Sie war müde, ihr durchnässtes Kleid klebte an ihrem Körper, und sie zitterte vor Kälte. Wenn sie noch länger wartete, würde sie sich bestimmt verkühlen. Es war nicht mehr weit bis nach Hause, also drückte sie den Schal so fest wie möglich an sich und lief zwischen den eng stehenden Häusern weiter.

In diesen Straßen des Stadtviertels konnte man schon die Nähe des Meeres spüren. Die Luft roch nach Salz, und der Dunst war so dicht, dass die Sicht nur wenige Meter betrug. Zwei Männer, die einen Handkarren vor sich herschoben, kamen an Lluïsa vorbei und verschwanden hinter einer Straßenecke, ohne die junge Frau zu beachten. Plötzlich versagte die Flamme der Gaslaterne. Sobald es kälter wurde, kam der Nachtwächter gar nicht auf die Idee, bis hierher zu gehen und die Straßenlaternen zu überprüfen. Wie auf Verabredung erloschen nun auch die Laternen in der nächsten Umgebung. Lluïsa ging unbeirrt weiter, in ihrem Viertel gehörte ein Ausfall der Gasversorgung ebenso zum Alltag wie im Liceo die Skandale.

Als sie kurz stehen blieb, um sich den Schuh fester zu binden, hörte sie plötzlich zu ihrer Überraschung hinter sich Schritte, die aber eine Sekunde später verstummten. Bis zu dem Moment hatte sie nur ihren eigenen gehetzten Atem vernommen. Aber jetzt war sie sich sicher, Schritte gehört zu haben. Sie hielt inne und wartete ab, doch sie konnte nur noch die Wellen am Strand und den Wind vernehmen, der durch die Fensterläden der Häuser pfiff. Lluïsa ging weiter, verspürte aber ein unbehagliches Kribbeln im Bauch. Hier, in diesen menschenleeren düsteren Straßen, schienen die Geschichten über den *Gos Negre* doch nicht so albern zu sein. Als sie an einer Taverne vorbeikam, an der die Rollläden hinuntergelassen waren, hörte sie wieder Schritte und noch dazu einen keuchenden Atem. Diesmal bestand kein Zweifel. Lluïsa machte sich noch kleiner, sie schritt schneller aus, und an jeder Ecke, die sie hinter sich ließ, sah sie sich argwöhnisch um. Auf einmal war ihr Kopf voller Bilder von einer riesigen Bulldogge, die sie verfolgte. Plötzlich durchschnitt ein Geheul die Luft. Lluïsa brauchte keine weiteren Gründe, um loszurennen. Die nächsten Straßen überquerte sie im Spurt. Ihre Flucht führte sie vor die verschlossenen Türen eines Lebensmittelgeschäftes. Der Atem stand ihr deutlich sichtbar vor dem Mund. Sie hatte den Schal verloren, und ihr Haar hatte sich gelöst und fiel ihr lang über den Rücken. Doch sie nahm hinter sich kein

Geräusch mehr wahr. Immerhin schien es ihr gelungen zu sein, mit diesem Manöver ihren Verfolger abzuhängen, wer auch immer es sein mochte. In dem Moment stürzte sich ein Schatten auf sie.

Lluïsa fiel zu Boden. Abwehrend hielt sie die Arme hoch, krümmte sich und trat mit den Füßen, während sie um Hilfe rief. Erst allmählich begriff sie, dass sie gar nicht angegriffen wurde, und hörte auf zu schreien. Sie machte die Augen wieder auf. Sie hatte nur einen umgestürzten Stapel leerer Kisten vor sich, und eine Katze floh erschrocken die Straße hinab.

Lluïsa hätte am liebsten gelacht, doch ihr war zu kalt. Elvira und Mercedes, die zwei jungen Dienstmädchen im Hause Pons, würden am nächsten Tag schon ihren Spaß haben, wenn sie ihnen von dem Schrecken berichtete, den sie auf dem Heimweg durchlebt hatte. Sie war doch tatsächlich überzeugt gewesen, der *Gos Negre* hätte sich auf sie gestürzt! Wie dumm sie war! Wieder bei Kräften, bog Lluïsa in die nächste Straße ein. Die lag zwar völlig im Dunkeln, doch das bereitete ihr keine Sorge mehr, dies war schon ihre Straße, und sie benötigte kein Licht, um ihre Haustür zu finden. Lluïsa dachte daran, wie verärgert ihre Mutter wegen des verlorenen Schals sein würde. Ach, ihr würde schon eine Ausrede einfallen. Mit einem Lächeln holte sie aus ihrer Tasche einen langen Schlüssel hervor. Sie seufzte. Schon konnte sie den Duft der Brühe riechen, die auf dem Feuer stand, sie meinte sogar zu hören, wie zwei ihrer Brüder miteinander stritten. Sie steckte den Schlüssel ins Schloss und setzte einen Fuß über die Schwelle, die spärlich von einer Wachskerze beleuchtet wurde. Dabei fragte sie sich, ob Josep noch wach war, ihr jüngster Bruder, zu dem sie sich besonders hingezogen fühlte.

Ihr blieb nicht einmal Zeit zum Schreien. Ein Schatten packte sie am Kleid und zerrte mit außergewöhnlicher Kraft an ihr. Lluïsa versuchte sich am Türgriff festzuhalten, der jedoch ihren klammen Fingern entglitt. Ein Schlag ins Gesicht betäubte sie. Sie spürte einen Stich, dann wurde ihr ganzer Körper von Wärme durchströmt. Kraftlos brach sie im Eingang zum Innenhof zusammen. Oben konnte sie das erleuchtete Fenster ihrer Wohnung erkennen, dahinter die Silhouette ihrer Mutter, die anscheinend Ausschau hielt. Ihre Familie wartete auf sie. Lluïsa wollte um Hilfe rufen, doch sie bekam den Mund einfach nicht auf. Sie konnte kaum einen klaren Gedanken fassen. Der Angreifer zerrte wieder an ihr, und ihre Füße zeichneten Furchen in den feuchten Lehm. Ihr fielen die schweren Lider zu, doch sie nahm noch wahr, wie man sie von ihrem Haus wegschleifte. Ihre Wangen wurden feucht, doch das spürte sie schon nicht mehr.

Das Sanatorium Nueva Belén

Fünfzehn Tage vor der Eröffnung der Weltausstellung

16

Daniel kam aus dem ehemaligen Palais des Marqués de Cintadilla, das man zum Telegrafenamt umgewidmet hatte. Die Depesche aufzusetzen, war ihm keineswegs leicht gefallen. Eine ganze Stunde hatte er versucht, eine überzeugende Erklärung für seine verzögerte Rückkehr nach Oxford zu formulieren, doch schließlich hatte er entschieden, nicht zu viele Details preiszugeben. In dem repräsentativen Eingang des Gebäudes zog er den Hut tief ins Gesicht, dann lief er zügig über die Explanada de Urquinaona, wo die Pferdedroschken an einer Haltestelle warteten. Die Fahrt führte ihn über die Ronda de San Pedro, wo sie den Weg von Landauern, Berlinen und auch der überfüllten Straßenbahn der Ringlinie kreuzten. Zwischen den Fahrzeugen drängten sich unzählige Passanten in den Straßen. Barcelona war ein einziges Gewimmel von Menschen aller gesellschaftlichen Schichten, die zu den Fabriken, den Märkten oder den exklusiven Cafés unterwegs waren. Doch Daniel hatte für all das Treiben keinen Blick übrig, er dachte nur über den Besuch nach, den er sich vorgenommen hatte.

Die Droschke fuhr den Paseo de Gracia hinauf, überquerte die Bahngleise der Strecke nach Tarragona und bog dann in die Calle Mallorca ein, wo die Bebauung nicht so dicht war und zwischen den Neubauten noch Grundstücke brachlagen. Ihr Ziel war nach wenigen Minuten erreicht. Daniel stieg vor einem eleganten Stadtpalais mit weißen Mauern und Schieferdach aus. Angesichts des Wachstums der Stadt hatten sich die wohlhabenden Bewohner ihre neuen Häuser weit entfernt vom ungesunden Stadtzentrum errichten lassen, wobei das aufstrebende Bürgertum einen bestimmten Baustil bevorzugte, den Modernisme. Renommierte Architekten entwarfen Gebäude, wie man sie nie zuvor gesehen hatte. Irenes Ehemann sah dagegen für diese Architektur keine Zukunft und hatte sein Stadtpalais nach Vorgaben planen lassen, die sich weitestgehend von dieser scheinbar flüchtigen Mode unterschieden. Daniel betätigte den Türklopfer und wurde von einem schmächtigen Mädchen mit großen Augen und olivefarbener Haut empfangen. Es sah zu Daniel hoch, musterte ihn von Kopf bis Fuß und fragte schließlich mit einem charmanten Lispeln:

»Guten Tag, Señor, was wünschen Sie?«

»Guten Tag«, grüßte Daniel zurück. Er nahm den Hut ab und übergab dem Mädchen seine Visitenkarte. »Ich würde gern die Señora sprechen, mein Name ist Daniel Amat.«

Als Daniel das Haus betrat, musste er unumwunden den Luxus bewundern, der darin vorherrschte.

Das Vestibül war sehr viel geräumiger und aufwendiger ausgestattet als selbst für eine Familie in dieser gesellschaftlichen Position üblich. Lange, schwere Vorhänge aus Stoffen aus den Kolonien hingen vor den bodentiefen Fenstern. An den Wänden prangten opulente Gemälde, und auf einer prächtigen Louis-Seize-Kommode standen dicht gedrängt zahlreiche Vasen und Skulpturen im klassischen Stil. Allein einer dieser Gegenstände entsprach seinem Jahresgehalt in Oxford. Dr. Suñé hatte ihm freundlicherweise die Adresse dieses Hauses vermittelt. Der Dekan hatte ihn auch über Irenes sieben Jahre zurückliegende Heirat mit einem erfolgreichen Industriellen aus Barcelona informiert. Für sie alle war die Zeit weitergegangen, und Irene hatte selbstverständlich geheiratet. Er selbst hatte sich doch auch ein neues Leben aufgebaut und war verlobt. Warum störte ihn das so sehr? Daniel hatte das Ende des Vestibüls noch nicht erreicht, als das Dienstmädchen wieder auftauchte.

»Die Señora bittet darum, sie zu entschuldigen, Señor Amat. Sie ist unpässlich und möchte niemanden empfangen.«

Daniel wusste es zu schätzen, dass die junge Frau die Ausrede so unverblümt vorbrachte. Sie wusste sehr wohl, dass die Señora den Besucher nur loswerden wollte.

»Übergeben Sie ihr das hier, und richten Sie ihr aus, dass ich erst gedenke, das Haus zu verlassen, nachdem sie mich empfangen hat.«

Das Dienstmädchen war von Daniels rüdem Tonfall etwas verwirrt, doch es nahm die Schatulle aus seinen Händen entgegen und gehorchte. Nach kurzer Zeit kehrte die junge Frau wortlos zurück und führte den Gast durch einen Flur zu einem gemütlichen Lesezimmer. Als Daniel eintrat, verschwand eine Kinderfrau in Begleitung eines kleinen Mädchens hinter einer Tür. Noch bevor er darüber nachdenken konnte, hielt ihn die Szene gebannt. Irene saß auf einem Schaukelstuhl, die geöffnete Schatulle lag auf ihrem Schoß, und sie strich mit den Fingern über die Kamee. Sie sah zu dem großen Fenster, doch ihr Blick wirkte verloren. Das Licht der untergehenden Sonne drang noch durch die Scheiben und streichelte ihre Haut, zog sich aber allmählich zurück, so als wollte es sie mitnehmen. Daniel räusperte sich. Irene wandte sich zu ihm um, und mit dem letzten Lichtschimmer verschwand auch der Zauber des Augenblicks. Sie trug ein tailliertes grünes Kleid mit hochgeschlossenem Kragen und langen Ärmeln, die weit über das Handgelenk reichten, und an ihrem Hals hing ein Sankt-Georgs-Medaillon. Um die Augen und auch um die Mundwinkel erkannte Daniel die Spuren der Zeit, die ihm bei ihrer vorherigen Begegnung entgangen waren. Er fragte sich, wie seine Erscheinung auf Irene wirkte. Als sie aufstand, fiel Daniel ein violettes Mal an ihrem Handgelenk auf. Sie zog blitzschnell den Ärmel darüber, und der blaue Fleck verschwand.

»Ihre Unverfrorenheit verblüfft mich.«

Irene begleitete ihre Worte mit einem eisigen Blick. Daniel war keineswegs überrascht, ihr Hass war mehr als berechtigt. Doch ihn so unvermittelt zu spüren, ließ ihn sich unbehaglich fühlen.

»Ich bitte Sie, meine Entschuldigung zu akzeptieren. Ich werde die Stadt bald wieder verlassen und hielt es für meine Pflicht zu kommen.«

»Sie hätten diese Mühe nicht auf sich nehmen müssen.«

»Ich wollte sie Ihnen persönlich überreichen. Ich weiß, welchen Wert sie für Sie hat.«

Statt einer Antwort deutete Irene nur ein Nicken an. Daniels Erinnerung reiste zu dem Moment zurück, als sie ihm diesen Achatstein mit dem Vogel geschenkt hatte. Das lag sieben Jahre zurück, ein ganzes Leben. »Es ist dein«, hatte sie damals gesagt und mit ihrem Lächeln ihre bebenden Lippen überspielt. »Es ist ein Tocororo. Weißt du, wenn man diese Vögel in Käfigen hält, sterben sie vor Kummer.« Das waren ihre letzten Worte gewesen, bevor es zu dem Unfall kam, der sie für immer trennen sollte. Irenes Stimme holte ihn in die Gegenwart zurück.

»Danke.« Sie schloss die Schatulle und musterte ihn kalt. »Was stellen Sie sich als Gegenleistung vor? Etwa … Vergebung?«

Daniel musste sich räuspern, erst dann konnte er antworten.

»Nein, ich glaube nicht, dass Sie mir verzeihen können.«

»Du bist gegangen.« Irene hob die Stimme. »Du bist einfach verschwunden. Was hast du erwartet?«

»Ich weiß es nicht. Nichts. In Wahrheit, ich habe nicht gedacht, dass ich dich noch einmal wiedersehe.«

»Keine Nachricht, in all den Jahren …« Irene presste die Schatulle so fest zusammen, dass ihre Finger bleich wurden.

»Ich habe damals gedacht, es wäre das Beste für dich.«

»Das Beste für mich?« Sie lachte schrill.

Die Unterhaltung hatte sie einander näher gebracht, ohne dass sie es bemerkten. Daniel nahm den Jasminduft wahr, den ihre Haut verströmte, und das zunehmende Pochen in ihrer Brust. Oder war es sein eigenes Herz, das so raste? Irenes Gesicht war wutverzerrt. Daniel wollte den Blick abwenden, aber er konnte nicht, er war von ihrer Schönheit fasziniert. Unwillkürlich trat er einen Schritt vor und streckte eine Hand aus. Irene zuckte bei der Berührung zusammen. Mit einer heftigen Bewegung riss sie sich los und wandte Daniel den Rücken zu. Ihre Wangen waren rot angelaufen.

»Warum bist du gekommen?«

Daniel wusste, dass seine Antwort die Situation nur noch schlimmer machte.

»Ich wollte dich ein paar Dinge über meinen Vater fragen.«

Überrascht fuhr Irene zu ihm herum. Daniel sprach weiter. Auch wenn er damit das Wenige riskierte, was sie noch miteinander verband, er musste es wissen.

»Als ich die Depesche mit der Nachricht von seinem Tod von dir erhielt …«

»Ich habe dir keine Depesche geschickt. Wie sollte ich? Ich wusste nicht einmal deine Adresse.«

Daniel war verblüfft. Wenn nicht Irene, wer hatte ihm dann die Depesche geschickt? Die Nachricht hatte Irenes Namen getragen. Jemand, der von ihrer Verbindung in der Vergangenheit wusste, hatte sich für Irene ausgegeben. Aber woher kannte dieser Unbekannte seine Adresse? Und warum? Warum wollte er, dass er nach Barcelona zurückkehrte?

»Was willst du über deinen Vater wissen?«, unterbrach Irene sein Grübeln.

»Im Krankenhaus hat man mir gesagt, dass du ihn oft gesehen hast.«

»Ja, das stimmt. Nach der Rückkehr von seiner Europareise hatte ich das Gefühl, ich sollte ihn besuchen. Dein Vater ist zu mir stets sehr liebenswürdig … Aber wieso ist das jetzt noch von …?«

»Ich beschäftige mich mit den Hintergründen seines Todes.« Daniel beschloss, ehrlich zu sein. »Es war kein Unfall, ich glaube, man hat ihn ermordet.«

Irene schlug die Hand vor den Mund. Eine Sekunde lang nahm ihr Blick einen merkwürdigen Ausdruck an, so als wäre sie von der Nachricht nicht überrascht.

»Sag bitte«, sprach Daniel weiter, »hat mein Vater dir etwas Außergewöhnliches berichtet, wenn du ihn besucht hast?«

»Nein, eigentlich nicht. Aber er wirkte in seinen letzten Wochen besorgter als sonst. Ich habe das auf seine Arbeit zurückgeführt. Er war sehr mit seinen Studien beschäftigt, du weißt ja, dass er dann sogar das Essen vergaß. Wenn wir uns gesehen haben … Dann war er sehr schnell wieder der Alte. Aber« – Irene runzelte die Stirn – »fünf Tage vor seinem Verschwinden, da gab es einen Vorfall. Ich habe ihn am Abend besucht, und er lag mit völlig durchnässter Kleidung in seinem Zimmer auf dem Fußboden. Ich habe um Hilfe gerufen, und dann kam ein junger Mann hinzu. Der sagte, er wäre sein Assistent, also der Assistent deines Vaters.«

»So ein schlanker junger Mann mit feinen Gesichtszügen?«

»Ja, genau. Zu zweit haben wir deinen Vater ins Bett verfrachtet. Nach ein paar Minuten fing er zu stammeln an und wälzte sich hin und her. Er schien zu träumen und auch im Traum zu sprechen, aber alles, was er sagte, ergab keinen Sinn.«

»Was hat er gesagt?«

»Ich konnte nur einige wenige Worte verstehen. Irgendetwas von einer Suche, die Gott verboten habe, und dann ging es noch um einen verfluchten Hund. Nach ein paar Stunden ist er aufgewacht und hat mich um Wasser gebeten. Er hatte sich wieder beruhigt und versuchte mir die Sorge zu nehmen. Er meinte, das läge alles nur an seiner Überarbeitung. Als dieser Assistent für einen Moment hinausging, packte dein Vater mich am Arm und flehte mich an, alles zu vergessen, was ich gehört hätte. Dann murmelte er noch deinen Namen und fiel wieder in einen tiefen Schlaf. Ich habe ihn ruhen lassen und bin gegangen. Das war das letzte Mal, dass ich ihn gesehen habe.«

Daniel versuchte sich gerade einen Reim auf den Vorfall zu machen, als die Türen des Lesezimmers mit einem Schlag aufgestoßen wurden, dass die Wände bebten. Ein Mann stürmte in den Raum. Irene eilte ihm beflissen entgegen und nahm seinen Arm.

»Guten Abend, Liebling. Ich glaube, du kennst Señor Amat.«

»Werter Freund, was für eine Überraschung, Sie wiederzusehen!«

Daniel nahm die Begrüßung gar nicht wahr, so verblüfft war er. Bertomeu Adell, einziger Sohn einer reichen Familie aus dem Ampurdán, hatte sich in den vergangenen sieben Jahren sehr verändert. Er war frühzeitig kahl geworden, und die Haut hatte einen fahlen Farbton angenommen. Auch hatte er früher keinen Schnauzbart getragen, doch der hochmütige Gesichtsausdruck war der gleiche wie damals, als sie noch Freunde waren. Alles an dem Mann strahlte Reichtum aus: der maßgeschneiderte Cut, die goldene Uhrkette an der Weste, die blank polierten italienischen Stiefeletten und auch der Spazierstock aus Elfenbein, den er wie einen Stoßdegen vor sich her schwang. Der Hausherr sah sich forschend um. Adell hatte zu der Clique gehört, die bei allen Festivitäten und Theaterpremieren dabei war, als die Giné-Schwestern nach Barcelona gekommen waren. So hatte Daniel auch Irene und Ángela kennengelernt. Er selbst hatte sie mit Bertomeu bekannt gemacht. Adell hatte stets der jüngeren Schwester den Hof gemacht und offensichtlich sein Ziel erreicht.

Daniel reichte ihm die Hand, doch sein alter Freund nahm sie nicht zur Kenntnis, sondern fasste seine Gattin um die Taille und zog sie an sich. Irene zuckte bei der Berührung zusammen.

»Sie sehen ziemlich gut aus.«

»Ah ja, danke«, brachte Daniel mit einer kleinen Verbeugung hervor. »Ich bin erfreut, Sie zu sehen, aber ich wollte Sie nicht stören. Ich wollte gerade gehen.«

»Aber nein«, entgegnete der Industrielle. Er ließ von Irenes Taille ab und packte seine Frau nun am Ellbogen. »Sie dürfen keinesfalls schon gehen. Ihr Besuch in meinem Haus ist mir eine unverhoffte Freude.«

Daniel fiel auf die Schnelle keine Ausrede ein, notgedrungen ließ er sich zu einem der Sessel geleiten. Adell warf den Spazierstock beiseite und setzte sich ihm gegenüber.

»Irene, schenk uns zwei Cognac ein!«

Die Frau nahm von einem Beistelltisch ein kleines Silberglöckchen in die Hand.

»Ich werde Juana rufen.«

»Nein.« Adells herber Tonfall stand im Widerspruch zu seinem Lächeln. »Ich habe dich aufgefordert!« Er verdrehte die Augen und wandte sich Daniel zu. »Sind Sie verheiratet?«

Daniel schüttelte den Kopf.

»Ah. Wissen Sie, was für ein Glück Sie haben? Frauen bereiten einem wirklich Kopfzerbrechen, mein Freund. Andauernd muss man ihre Stimmungswechsel ertragen, ihre Launen … Sie sind wie kleine Mädchen, schwach von Verstand und Geist. Einfach nicht überlebensfähig ohne den Schutz eines Mannes. Was würden sie nur ohne uns tun?«

Irene wich Daniels Blick aus und ging zu einem Teewagen, auf dessen gläserner Platte einige Flaschen und Gläser standen. Sogleich war das Klirren von Kristall zu hören. Daniel entging nicht, dass Irenes Hände zitterten.

»Versuch einfach, nichts kaputt zu machen, meine Liebe.«

»Ich hätte lieber …«, setzte Daniel an.

»Möchten Sie etwas anderes trinken? Ah, natürlich Whisky! Ein Glas vom besten Whisky für unseren Freund Daniel, Irene«, wies er seine Gattin an. »Auf den Inseln trinkt man so etwas, nicht wahr? Kein Problem. Ich habe mehrere Kisten von einer Destillerie in Schottland kommen lassen, die erst vor Kurzem gegründet wurde, Glindich oder Glenfiddich … Ach, egal, ich denke, Sie haben ohnehin noch nicht von ihr gehört, und den Namen kann kein Mensch aussprechen. Ich habe überlegt, in das Unternehmen zu investieren, aber ich habe mich noch nicht entschieden.«

»Danke, ich möchte lieber nichts. Ich trinke keinen Alkohol.«

Adell starrte Daniel mit offenem Mund an.

»Sie trinken keinen Alkohol?«

Der Brustkorb des Industriellen bebte vor Lachen, während er immer wieder auf die Armlehne schlug, die vor dem entsetzten Daniel fast zu bersten schien. Allmählich beruhigte Adell sich wieder. Er zückte ein Taschentuch und tupfte sich die feuchten Augen. Dann seufzte er tief, nahm das Glas, das Irene auf den Beistelltisch platziert hatte, und trank einen Schluck.

»Lass uns allein.«

Irene ging wortlos zur Tür. Als sie hinter ihrem Mann vorbeiging, konnte Daniel in ihrem Blick ein Flehen erkennen, wusste es aber nicht zu deuten.

»Es ist ganz schön viel Zeit vergangen, nicht wahr?«

»Ja, sehr viel Zeit.«

»Was machen Sie beruflich?«

»Ich lehre an der Universität, ich habe in Oxford mein Studium abgeschlossen.«

»Schön, nicht alle sind dazu prädestiniert, Mediziner zu werden.« Der Industrielle streckte sich in dem Sessel und schwenkte einige Male den Cognac im Glas, bevor er weitersprach. »Was mich betrifft, ich habe Medizin nur studiert, weil meine Eltern darauf bestanden haben. Sie dachten, der Arztberuf bringe ein gewisses Renommee mit sich, und ich wollte sie nicht enttäuschen. Am Anfang war es mir egal, aber mit der Zeit war ich selbst überrascht, wie hochinteressant … Ah!« Adell kniff die Augen zusammen. »Das Leben eines Menschen in der Hand zu haben, ist ein berauschendes Gefühl. Ohne es zu merken, verwandelte ich mich in einen exzellenten Studenten. Keine Spur mehr von diesem Nichtsnutz, an den Sie sich bestimmt noch erinnern. Ich habe mich sehr verändert, werter Freund.«

»Also sind Sie Mediziner?«

»Ah, nein. Aus mir wäre bestimmt ein großartiger Arzt geworden, zweifellos. Aber leider musste ich mich nach dem Tod meines Vaters um das Familienunternehmen kümmern. Ich habe im letzten Studienjahr abgebrochen.«

»Schade.«

»Keineswegs. In Wirklichkeit war es ein großes Glück.« Er

erforschte Daniel mit seinem Blick. »Bitte sagen Sie mir frank und frei, warum sind Sie zu uns gekommen?«

»Ich wollte mich bei Ihrer Gattin dafür bedanken, dass sie sich um meinen Vater gekümmert hat.«

»Natürlich, selbstverständlich. Meine Frau ist sehr wohltätig. Sie geht mit ihrer Zeit sehr … sehr großzügig um. Zu sehr, für mein Dafürhalten. Der Platz einer Ehefrau ist zu Hause, wo sie sich um ihren Mann und um ihre Kinder zu kümmern hat.« Adell nahm den nächsten Schluck Cognac. »Schrecklich, der Unfall Ihres Vaters. Tod durch Ertrinken im Hafen. Mein Gott! Ich habe übrigens einige böswillige Kommentare gehört … Wie soll ich es milde formulieren? Anscheinend durchlebte Ihr Vater gerade keine gute Phase. Schade, dass er sich gezwungen sah, das Ganze auf so tragische Weise zu beenden.«

»Was sagen Sie da?« Daniel saß schlagartig aufrecht im Sessel.

»Ach, es sind ja nur Gerüchte. Geschwätz. Sie wissen ja selbst, wie provinziell diese Stadt ist.«

Daniel spürte, wie seine Halsmuskeln sich vor Empörung so sehr anspannten, dass seine Narben schmerzten. Wie war es diesem Mann gelungen, Irene zu heiraten? Er hatte Irene als eine wagemutige und ausgesprochen selbstständige Frau in Erinnerung. Sie hatte zahlreiche Verehrer verschmäht, bevor sie sich ineinander verliebten, und niemals hätte Daniel sich vorstellen können, sie an der Seite eines solchen Mannes zu sehen. Während seiner Abwesenheit hatten sich viele Dinge auf eine Weise verändert, die er nicht begreifen konnte. Aber darüber stand ihm wohl kein Urteil zu, musste er erbittert feststellen. Adell betrachtete ihn belustigt.

»Und, wie finden Sie Barcelona nach Ihrer Rückkehr?«

»Sehr verändert.«

»Ach, das ist doch nichts im Vergleich mit dem, was in England geschieht. Ja, dort geht man die Dinge wirklich ernsthaft an«, meinte er. »Wir hier dulden eine schwache Regierung. Die Politiker vergeuden ihre Zeit mit ewigen Diskussionen, dabei braucht das Land jetzt eine starke Hand. Was kann man denn von einem Liberalen wie diesem Sagasta auch erwarten? Sind Ihnen schon diese Krawalle zu Ohren gekommen? Andauernd gibt es irgendwelche Unruhen. Die Arbeiter sind alle Faulenzer und Verbrecher. Diese verdammten Gewerkschaften haben uns gerade noch gefehlt, so wird das doch nichts mit dem Fortschritt. Undankbares Pack. Wir geben ihnen Brot und Unterkunft und … wie entgelten es uns diese Schufte? Na, sagen Sie schon, wie?«

Daniel bezweifelte, dass seine Antwort den Mann zufriedenstellen könnte, also zuckte er nur mit den Schultern. Adell schwadronierte immer lauter.

»Gott sei Dank gibt es wenigstens noch einen Hoffnungsschimmer: uns, die Unternehmer! Wir riskieren unser Kapital und unsere Ehre, damit dieses verdammte Land weiter funktioniert. Ohne Männer wie uns wäre diese Stadt nichts, rein gar nichts.«

»Ich denke, dass jeder nach seinem Vermögen einen Beitrag zum Fortschritt leistet.«

Adell ging auf die Entgegnung nicht ein, er stand auf.

»Daniel, sehen Sie es sich doch einmal mit eigenen Augen an. Es wäre mir eine große Ehre, wenn Sie das Elektrizitätswerk besichtigen würden, dessen Direktor ich bin. Die Bauarbeiten auf dem Gelände der Weltausstellung stehen kurz vor dem Abschluss.«

»Ich denke nicht, dass ich …«

»Unsinn, ich bin mir sicher, dass Sie dieser Tage Zeit dafür finden. Sie werden überrascht sein.«

»Gut, ich …«

»Abgemacht«, entschied Adell. »Aber jetzt muss ich leider noch einige Dinge erledigen. Ich bin ein beschäftigter Mann, wirklich, ein viel beschäftigter Mann.«

So plötzlich dem Abschied nähergekommen, stand Daniel auf und drückte die Hand, die Adell ihm reichte. Er war erleichtert, dass dieser Besuch nun beendet war, und begab sich mit einer Ruhe zur Tür, die seinem tatsächlichen Gemütszustand bei Weitem nicht entsprach. Das Dienstmädchen erwartete ihn, um ihn zum Ausgang zu begleiten. Irene ließ sich zum Abschied nicht blicken. Im Vestibül begegnete er einem Besucher, der gerade das Haus betrat.

»Señor Gavet, Sie hier?«

Der Arzt schien besorgt, er grüßte ihn mit einem kaum vernehmlichen Flüstern.

»Guten Abend, Señor A-a-amat.«

»Ist etwas passiert, wofür Ihre Dienste vonnöten sind?«, erkundigte sich Daniel.

»Oh, n-n-nein, nein. Dies ist nur ein ein ein … Routinebesuch. Ich bin der L-l-leibarzt der Familie A-a-adell. Bitte e-e-entschuldigen Sie mich. Ich bin spät dran.«

Daniel trat zur Seite, um dem Arzt den Vortritt zu lassen. Dann schritt er über die Türschwelle ins Freie. Die frische Luft konnte das Unbehagen, das er in seinem tiefsten Inneren verspürte, nur wenig besänftigen. Er hatte gehofft, dass es ihm nach dem Besuch bei Irene besser ginge, dass er einige Fragen hätte klären können und dass er auf irgendeine Weise … Was erlangen könnte? Ihre Vergebung? War es das, was er gesucht hatte? Er wusste es selbst nicht. Stattdessen zermürbte ihn das Gefühl, dass er Irene schon wieder ihrem Schicksal überließ. Sein Besuch war ein Fehler gewesen. Er wollte gerade eine Droschke rufen, als er plötzlich hastige Schritte hinter sich hörte. Als er sich umdrehte, wäre er beinahe mit Irenes Dienstmädchen zusammengestoßen. Völlig außer Atem überreichte ihm die junge Frau ein gefaltetes Blatt Papier und eilte nach einer kurzen Verbeugung genauso schnell davon, wie sie gekommen war. Daniel ging noch einige Meter weiter, ehe er das Blatt mit der kurzen Nachricht glättete und las.

Falls Dir noch etwas an mir liegt, vergiss alles und reise zurück nach England.

Daniel verwarf die Idee, eine Pferdedroschke zu nehmen, und ging stattdessen die Straße hinauf. Ihn überkam auf einmal das Bedürfnis, sich zu bewegen. Seit seiner Ankunft schien alle Welt nur auf seiner Abreise zu bestehen. Jetzt auch noch Irene. Doch je mehr die anderen auf seine Rückkehr nach England drängten, umso stärker wuchs in ihm das Bedürfnis zu bleiben. Die ganze Angelegenheit war weit von einer Aufklärung entfernt. Allmählich war er davon überzeugt, dass sein Vater ermordet worden war, und es überraschte ihn, als er begriff, dass er erst ruhen würde, wenn er den Schuldigen gefunden hatte.

17

Fleixa spazierte wohlgemut zum Sitz der Zeitung. Er hatte am Tag zuvor mit Sanchís gesprochen, und der Chefredakteur hatte ihm missmutig noch ein paar Tage Aufschub gewährt. Anscheinend kam Llopis auch nicht voran, und dessen letzter Artikel war nur ein Aufguss gewesen, bei dem sich dem Chefredakteur die Nackenhaare aufgestellt hatten.

Am nächsten Tag war er mit Amat für einen Besuch des Sanatoriums Nueva Belén verabredet. Der junge Mann hatte beschlossen, seine Abreise zu verschieben, und er schien bereit, zumindest noch ein paar Tage weiterzuforschen, um das Geheimnis zu ergründen, das sich hinter der ganzen Geschichte verbarg. Dieser Amat erinnerte Fleixa an sich selbst in dem Alter. Er lächelte. Dolors würde ihn verspotten. Sie würde ihn rührselig nennen, und das mit Fug und Recht. Dann fiel ihm das Treffen mit Vidal wieder ein, und bei der Erinnerung daran verschwand sein Lächeln. Er wollte herausfinden, was es mit diesem Unfall auf sich hatte und wie es zu dem Zwist zwischen dem jungen Amat und seinem Vater hatte kommen können. Es war gewiss furchtbar, bei einer Feuersbrunst einen geliebten Angehörigen zu verlieren, doch sein Instinkt sagte ihm, dass mehr dahinter steckte. Amat war Fragen diskret ausgewichen, doch Fleixa dachte gar nicht daran, es dabei zu belassen. Er war schließlich Journalist. Der Arbeitstag hatte noch einige Stunden, und die galt es zu nutzen.

Er ging durch das Portal des *Correo de Barcelona*, und nach dem üblichen Geplänkel mit dem vorwurfsvollen Serafín ging er nicht zum Redaktionsbüro hoch, sondern nahm die Treppen hinunter in den Keller. Nach zwei Windungen war er in einem muffigen Korridor angelangt. Ohne zu zögern, ging er weiter, ließ die Druckerei der Zeitung hinter sich und blieb schließlich vor einer bordeauxroten Tür stehen. In der Mitte der Tür hing ein winziges Metallschild mit der Aufschrift *Archiv*. Jemand hatte mit einem Pinsel ergänzt: *Bitte nicht stören*.

Das Archiv der Zeitung war eine nahezu legendäre Abteilung, um die zahlreiche Konkurrenzblätter den *Correo* beneideten. In dem Winkel im tiefsten Inneren des Gebäudes wurden sorgfältig alle Tageszeitungen, Wochenzeitungen, Magazine und alle sonstigen Druckerzeugnisse aus Barcelona und dem Rest des Landes der letzten zehn Jahre archiviert. Außerdem sammelte man hier unveröffentlichte Artikel, interne Berichte sowie Unterlagen, die die Redaktion verwendet hatte. Darüber hinaus beherbergte das Archiv noch eine Spezialbibliothek mit mehreren tausend Bänden. Wenn es um Fragen zur Geschichte der Stadt Barcelona ging, war dies für alle eine moderne Ausgabe der Bibliothek von Alexandria. Hierher schickte man auch gern die Neulinge an ihrem ersten Tag, damit sie einmal den Mann erlebten, dem man die Verantwortung für die Archivalien übertragen hatte: Enric Curumillas.

Fleixa klopfte mehrmals gegen die Holztür, dann erst drehte er den Knauf. Als er die Tür aufstieß, schleifte diese über die Bodenfliesen, und ihm schlug eine Woge abgestandener Luft entgegen. Fleixa war sich sicher, dass nicht einmal eine vertrocknete Mumie sich hier wohlfühlen könnte.

»Wer da?«, fragte eine Stimme.

»Ich bin's. Bernat Fleixa.«

»Kommen Sie nur, immer dem Licht nach.«

Fleixa gehorchte und tappte durch einen dunklen Gang voller Schränke bis zu einem Schreibtisch, den eine Öllampe erhellte. Hinter Stapeln von Aktendeckeln und Ordnern saß ein dürrer Mann mit einer Glatze, blank wie ein Stecknadelkopf. In dem Moment reckte er seinen Ziegenbart hoch und bedachte Fleixa durch die Lesebrille mit einem sichtlich verärgerten Blick. Über seine Hemdsärmel hatte er schwarze Ärmelschoner gestreift, und seine Hände, von Adern wie das Ebrodelta durchzogen, lagen über dem aufgeschlagenen Buch, in dem die Zugänge verzeichnet wurden. Zwischen seinen feinen Lippen klemmte eine erloschene Zigarette. Der Archivar war dem Tabak zugetan, jedoch rauchte er niemals in den Räumlichkeiten des Archivs.

»Was zum Teufel wollen Sie hier? Ich habe viel zu tun.«

»Ich sehe, ich bin immer willkommen, Curumillas«, erwiderte Fleixa. Er zog ein Päckchen aus einer Jacketttasche, das er auf den Schreibtisch warf. »Ich habe Ihnen ein wenig Schnitttabak mitgebracht, von dem guten.«

Der alte Mann murrte etwas in sich hinein, doch er streckte die Hand aus, und der Tabak verschwand blitzschnell in einer seiner Taschen. Dann richtete er erneut seinen lustlosen Blick auf Fleixa. Das Licht der Lampe warf einen Schatten, der jede seiner Bewegungen zu begleiten schien.

»Also gut, was wollen Sie?«

»Ich brauche alles, was über das Feuer im Haus der Familie Amat veröffentlicht wurde. Das liegt mehr oder weniger … sieben Jahre zurück, im Mai oder im Juni einundachtzig.«

»Am 20. Mai.«

Fleixa sah den alten Mann überrascht an.

»Nicht, dass Sie auf kuriose Gedanken kommen«, kam Curumillas ihm abfällig zuvor. »Erst kürzlich wollte jemand anders genau die gleichen Akten haben.«

»Ach ja?«, fragte Fleixa. »Wer?«

»Sie kennen ebenso gut wie ich die Vorgabe der Zeitung: Ich bin bei Anfragen zur Diskretion verpflichtet. Das bisschen Tabak hilft da auch nicht viel weiter.«

»Wissen Sie was, Curumillas? Kürzlich hat mich die göttliche Vorsehung doch tatsächlich in die Fonda del Turco getrieben …«

Der Archivar versuchte seinen Schrecken zu überspielen und kniff nur misstrauisch die Augen zusammen. Fleixa tat so, als habe er nichts bemerkt, und redete weiter.

»Diese Lasterhöhlen sind einfach schrecklich. Diese Gestalten, die auf den dreckigen Pritschen neben den winzigen Kohlebecken lungern … Der betäubende Nebel, der alles überzieht … War es nicht Ovid, der einmal geschrieben hat: ›Jetzt erscheinet die Nacht, mit Mohn bekrönet die sanfte Stirn; es folgt ihr nach schwärzlicher Träume Gebild‹?«

Fleixa schwieg absichtsvoll und ergötzte sich an dem Anblick des Archivars, dem die Farbe aus dem Gesicht gewichen war.

»Aber all der Rauch und das Dunkel in der Fonda haben mir bestimmt nur einen bösen Streich gespielt. Sie können sich nicht vorstellen, wen ich meine dort gesehen zu haben, wie er dalag, eingerollt wie eine Schlange vor einer der Pfeifen …«

»Fleixa, Sie sind ein alter Halunke.«

»Ja, das bin ich, das hat meine Mutter auch schon immer gesagt. Also, wenn Sie nicht wollen, dass ich die Geschichte weitererzähle, dann verraten Sie mir doch, wer die Unterlagen haben wollte.«

Der alte Mann beugte sich über seinen Schreibtisch.

»Lassen Sie mich einmal nachsehen …«

Der Archivar zog eine Schublade auf und holte daraus ein Heft mit einem festen Einband hervor. Zunächst schlug er es an der Stelle auf, die mit einem grünen Lesezeichen markiert war, dann blätterte er schnell einige Seiten zurück. Fleixa betrachtete die Spalten, in denen gewissenhaft Datum, Anfrage und Name des Archivbesuchers vermerkt waren. Curumillas fuhr mit seinem tintenbefleckten Finger jede einzelne Zeile nach, bis er unter einem Namen innehielt.

»Ja, hier, das ist erst ein paar Tage her …«

Der Journalist reckte den Hals, um den Namen zu erkennen, doch der Archivar hatte die Antwort schon parat.

»Felipe Llopis.«

Fleixa richtete sich erschreckt auf. Verdammt noch mal, dieser Mann schien ihm immer einen Schritt voraus zu sein.

»Ich kann mich an den jungen Kollegen noch gut erinnern.« Der Archivar sah von dem Buch auf und verzog abschätzig die Miene. »Er spielte sich als der große Reporter auf. Kaum ist er hier, da niest er mir schon in meine Dokumente. Und dann beschwert er sich auch noch über den Staub und den Dreck hier, können Sie sich das vorstellen?«

Ohne Fleixa die Gelegenheit für eine Antwort zu geben, klagte er weiter: »Er hat mich herumkommandiert, als wäre ich irgendein Druckereigehilfe. Ich sollte ihm die Information ›lieber früher als später herbeischaffen‹! Und dann war er plötzlich wieder weg. Er hat sich nicht einmal bedankt, sondern ist stocksteif hier herausmarschiert, als würde er einen Misthaufen riechen.«

»Und, hat er sie bekommen?«

»Wie bitte?«

»Ob er die Unterlagen bekommen hat?«

»Für wen halten Sie mich?«

Fleixa lächelte wieder, er mochte den alten Mann. Er stand zwar im Ruf, ein ewiger Nörgler zu sein, und pflegte ein paar zweifelhafte Steckenpferde, doch Enric Curumillas war die wandelnde Chronik von Barcelona. Dass dieser Mann beschlossen hatte, sich bei lebendigem Leibe in dem Loch begraben zu lassen, ging nur ihn etwas an. Immerhin behauptete er, dass er zwischen Papieren und Büchern ein glücklicher Mensch sei. Fleixa kam sich fast schon schäbig vor, als er ihn belog.

»Wissen Sie, Llopis und ich, wir arbeiten zusammen an einem Artikel, und wir benötigen diese Unterlagen. Der junge Kollege ist noch nicht so lange beim *Correo*, er kennt einfach nicht die Gepflogenheiten, deshalb hat er wohl vergessen, mir zu sagen, dass er die Akten hier schon angefordert hat. Ich werde mit ihm über Ihre Klage sprechen, und ich bin davon überzeugt, dass er sich entschuldigen wird. Doch da ich jetzt schon einmal hier unten bin, zeigen Sie mir doch, was Sie für ihn gefunden haben. Wenn Sie es für richtig halten.«

Der Archivar musterte den Besucher durch seine verstaubte Lesebrille. Schließlich stand er seufzend von seinem Stuhl auf, nahm die Lampe vom Tisch und gab ihm ein Zeichen.

»Kommen Sie mit.«

Der alte Mann ging gebeugt, und Fleixa folgte ihm dicht auf den Fersen. Rechts und links des Ganges taten sich Dutzende Reihen von Regalen auf. An jedem Regalbrett, dessen Holz im Lauf der Zeit von Firnis und Staub nachgedunkelt war, hing ein Schild mit einer komplizierten Kombination von Buchstaben und Ziffern, ein Code, den nur Curumillas verstand.

»Die Gänge sind nach Jahren, Monaten und Tagen geordnet. Die Papiere lagern nach dem Datum sortiert in Archivschachteln und Aktenordnern. Dann unterscheidet man noch, ob es sich um Bücher, Zeitungen, Zeitschriften, Magazine, Flugblätter oder andere Druckerzeugnisse handelt.«

Der alte Mann war so stolz auf sein Organisationssystem für das gewaltige Archiv, dass er es jedem Besucher bis ins letzte Detail erläuterte, selbst wenn die betreffende Person schon seit Jahren für den *Correo* arbeitete und die Ausführungen zur Genüge kannte.

An einer der Regalreihen bogen sie ab. Nun wurde es im Magazin so eng, dass sie sich seitlich hindurchzwängen mussten. Curumillas kam trotz seiner gebückten Gangart schnell voran, und der Journalist musste sich sputen, um nicht zurückzubleiben.

»Hier haben wir es.«

Fleixa sah sich um, er versuchte zu erraten, woran der Archivar erkannte, wo er sich gerade befand. Der alte Mann ging über seine Verwirrung einfach hinweg, er reichte ihm die Lampe und zog eine Leiter heran. Dann stieg er schwerfällig hinauf und suchte auf dem obersten Regalbrett, während der Journalist wartete.

»Hier, nehmen Sie.«

Eine relativ schmale Pappschachtel fiel in Fleixas Arme.

»Ist das alles?«

Der alte Mann stieg mühselig die Leiter hinunter. Aus seiner Stimme klang unverhohlene Ungeduld.

»Zwanzigster Mai achtzehnhunderteinundachtzig. Feuer im Anwesen der Familie Amat. Hier finden Sie alles, was darüber veröffentlicht wurde: Zeitungsmeldungen, Berichte der Polizei sowie der Feuerwehr und auch noch die Todesanzeigen der Verstorbenen. Es gibt weniger Informationen als üblich, anscheinend hat man versucht, das Ganze herunterzuspielen. Sie wissen ja, wie es läuft, sobald die Sache ein wenig undurchsichtig ist, kommen sie mit ihrem Geld und mit ihren Beziehungen, und alle schweigen.«

Curumillas nahm die Lampe aus dem Regal.

»Sie können sich bei meinem Arbeitsplatz damit befassen.«

Nach dem Rückweg aus dem klaustrophobisch engen Gang wies der Archivar Fleixa einen Tisch zu und verschwand. Fleixa machte es sich auf einem Stuhl bequem, justierte den Hahn der Gaslampe so, dass es heller wurde, und machte sich an die Untersuchung der Archivschachtel.

Darin fand er ein halbes Dutzend Aktendeckel. Er legte sie vor sich auf die Tischplatte und nahm sich aufs Geratewohl eine Mappe vor, die einige Zeitungsausschnitte seiner eigenen Zeitung enthielt. Der Bericht stand unter Lokalnachrichten.

Furchtbares Feuer zerstört das Anwesen der Familie Amat

Barcelona, 20. Mai 1881

In der Nacht hat das Unglück eine schwarze Seite in das Geschichtsbuch dieser Stadt geschrieben. Ein entsetzliches Feuer, dessen Ursache noch unbekannt ist, ist im Haus der Familie Amat ausgebrochen und hat das Bauwerk vollständig vernichtet. Bei dem schrecklichen Ereignis sind zwei

Personen zu Tode gekommen, und mehrere Personen wurden erheblich verletzt.

Don Alec Amat Muria, Sohn des angesehenen Dr. Alfred Amat i Roures, sowie Señorita Ángela Giné Roser, die aufgrund eines tragischen Zufalls im Haus zu Besuch weilte, sind in den Flammen umgekommen. Höchstwahrscheinlich erstickten sie an den Rauchschwaden. Auch Don Daniel Amat Muria, Bruder des Toten und Verlobter der verstorbenen Señorita, erlitt einige Verbrennungen und stand kurz vor dem Ersticken, doch er wurde verletzt ins Hospital de la Santa Creu gebracht. Derzeit sind noch keine Einzelheiten über seinen Zustand bekannt, aus dem Krankenhaus heißt es, er sei ernst.

Don Romualdo Gulata, von Beruf Schreiber, der zur Zeit des Unglücks an dem Haus vorbeikam, berichtete, dass es aussah, »... als hätte man mitten auf der Straße einen Ofen geöffnet«.

Das Haus hat trotz des heldenhaften und unermüdlichen Einsatzes der Feuerwehrbrigaden bis in den frühen Morgen weitergebrannt.

Besonders tragisch ist der Umstand, dass die Eheschließung von Señorita Ángela Giné und Don Daniel Amat kurz bevorstand. Die Gesellschaft von Barcelona ist tief erschüttert von dem entsetzlichen Unglück, das die Träume von zwei jungen Menschen in der Blütezeit ihres Lebens zerstört hat. Alle begleiten die von dieser so überwältigenden Tragödie betroffenen Familien mit ihrem Mitgefühl.

Der Stil des Artikels kam Fleixa bekannt vor, doch der Name des Redakteurs fiel ihm nicht auf Anhieb ein. Er würde später versuchen, sich an ihn zu erinnern. Er legte den Ausschnitt aus dem *Correo* zur Seite und schlug eine dickere Akte auf. Diese enthielt weitere Berichte aus anderen Tageszeitungen zu dem Ereignis.

Im *Diario de Barcelona* wurde die herausragende Position betont, die Dr. Amat in der katalanischen Gesellschaft einnahm, und man beklagte sein Schicksal. *La Dinastía* blieb ihrer kritischen Ausrichtung treu und forderte die Zivilregierung zu Verbesserungsmaßnahmen im Brandschutz auf. Zu dem Artikel gehörte auch eine Illustration, die die Feuerwehrleute bei ihrem Kampf gegen riesige Flammenzungen zeigte. Der Zeichner hatte noch zwei Personen am Boden liegend dargestellt, vermutlich Dr. Amat, der einen seiner Söhne im Arm hielt. Die Bildunterschrift lautete: *Nichts half. Ohnmächtige Feuerwehr.* In *La Ilustración Española y Americana* stand unter den Meldungen eine zusammengefasste Nachricht, in der das tragische Schicksal von Dr. Amat beklagt und daran erinnert wurde, dass er bei einem früheren Unglück bereits seine Ehefrau verloren hatte. Andere Zeitungen hatten Kurzmeldungen gebracht, die aber keine weiteren Informationen enthielten. Fleixa legte die Ausschnitte beiseite und nahm den nächsten Ordner mit den Berichten der Polizei und der Feuerwehr in die Hand. Er las sie sehr sorgfältig, aber er fand keine Hinweise auf die tatsächliche Ursache der Katastrophe, stattdessen wurde ausgiebig über Fahrlässigkeit als möglichen Auslöser spekuliert.

Nach einer Stunde konnte Fleixa den letzten Aktendeckel schließen. Er war niedergeschlagen. Er hatte erwartet, irgendeinen Hinweis auf das zu finden, was Amat quälte, doch nun tappte er noch genauso im Dunkeln wie zuvor. Vielleicht bildete er sich aber auch alles nur ein, und der junge Mann trug tatsächlich schwer an der Last, sowohl seinen Bruder als auch seine Verlobte bei dem Unglück verloren zu haben. Enttäuscht beschloss er zu gehen. Er machte sich daran, die Unterlagen zurückzulegen, da fiel sein Blick auf den Boden der Archivschachtel: In einer Ecke steckte ein zerknitterter Zettel. Er nahm ihn heraus und strich ihn auf dem Tisch glatt. Offensichtlich waren es die Notizen des Reporters, den man vom *Correo* mit dem Artikel beauftragt hatte. Nichts von Belang, dachte Fleixa, während er die Notizen überflog. Doch als er zu den letzten Zeilen kam, spürte er ein Kribbeln im Bauch. Der Reporter hatte lauter mögliche Brandursachen aufgelistet. Diese hatte er dann, eine nach der anderen, durchgestrichen. Am Ende stand zwischen großen Fragezeichen das Wort *vorsätzlich*. In dem Moment erkannte Fleixa die Handschrift und wusste auch, wer den Bericht geschrieben hatte. Was hatte den Mann bewogen, diese Liste aufzustellen? Warum zog er einen Unfall in Zweifel? Fleixas Laune besserte sich zunehmend. Immerhin, das war endlich etwas! Er steckte den Zettel in seine Jacketttasche. Aus einem nahen Regal zog er irgendeine Archivschachtel und tauschte deren Inhalt mit der anderen aus. Danach stellte er die Schachtel an ihren Platz zurück. Nein, er würde es diesem Llopis nicht leicht machen. Als er am Tisch von Curumillas vorbeikam, der immer noch nicht an seinem Platz war, platzierte er die Schachtel auf der Tischplatte und wollte gehen. Das Besucherbuch befand sich noch dort, wo es der alte Archivar hingelegt hatte. Fleixa schlug es beim Lesezeichen auf. Oben auf der neuen Seite standen sein Name, das Datum und die Unterlagen, die er angefordert hatte. Fleixa überlegte, die Angaben zu tilgen, doch als er feststellte, dass die Seiten nicht nummeriert waren, riss er diese sorgsam heraus und stopfte sie in seine Tasche. Ansonsten hinterließ er alles so, wie er es vorgefunden hatte, und wollte zum Ausgang.

»Sie gehen schon, Señor Fleixa?«

Plötzlich tauchte hinter einer Regalwand der mit einigen Magazinen beladene Curumillas auf.

»Hm, ja. Anscheinend können uns die Unterlagen nicht viel weiterhelfen. Ich habe alles auf Ihren Tisch gelegt, damit Sie es wieder einstellen können. Vielen Dank.«

»Fleixa.«

»Ja?«, sagte der Journalist, der die Hand schon auf dem Türknauf hatte.

Der Archivar klopfte zwei Mal mit seiner hageren Hand auf Fleixas Arm, dann humpelte er zu seinem Tisch zurück.

»Wenn Sie diesen Llopis erledigt haben, will ich, dass Sie zu mir hier herunterkommen und mir alles haarklein erzählen.«

Fleixa lachte lauthals auf, dann ging er. Noch im Korridor konnte er den alten Mann vor sich hin summen hören.

18

Eine Gruppe weiß gekleideter Männer ging schweigend durch den Flur des Hospital de la Santa Creu. Gewöhnlich fand die Visite am frühen Morgen statt, und im letzten Studienjahr durfte niemand den praktischen Teil der Ausbildung versäumen. Das Wissen der Studenten erhielt dadurch noch den letzten Schliff, bevor sie sich mit dem Chirurgen-Titel schmücken durften.

»Gut zuhören, junger Mann«, herrschte plötzlich Dr. Segura einen Studenten an, »Calendulasalbe wird bei dieser Art von Ekzem niemals verschrieben. Haben Sie vielleicht an dem Tag geschlafen, als wir in der Vorlesung das Thema behandelt haben?«

Der angesprochene Student stöhnte, als wäre ihm sein letztes Abendessen nicht bekommen. Spottgelächter begleitete sein Unbehagen.

»Meine Herren, die Reaktion, die wir an den Wunden dieser armen Patientin beobachten, ist keineswegs spaßig. Wenn Sie selbst so etwas durchstehen müssten, würden Sie den ganzen Tag vor Schmerz brüllen.«

»Das ist doch nur ein Dienstmädchen.«

Pau beobachtete den hochgeschossenen Kommilitonen, dessen Kommentar der Professor nicht gehört hatte. Im Allgemeinen stammten die Medizinstudenten aus wohlhabenden Familien, und für einige von ihnen war der Umgang mit Arbeitern, Hausangestellten oder Huren aus El Raval unter ihrer Würde. Ihr Ziel war es, sich niederzulassen und Patienten aus der guten Gesellschaft zu behandeln. Pau sah die Sache anders: Für ihn waren diese Kenntnisse ein Geschenk, eine Möglichkeit, den Mitmenschen unterschiedslos dienen zu können. Vor Krankheit oder Tod waren alle Menschen gleich. Das hatte Paus Vater ihn gelehrt, und das war auch eine der Ursachen für die Leidenschaft, mit der er seinem Studium nachging.

»Nun, wäre einer der vornehmen Herren wohl in der Lage, eine adäquatere Behandlung zu finden?«

Pau ergriff das Wort, ungeachtet der Blicke der Kommilitonen.

»Wenn man berücksichtigt, dass die Patientin an Leukämie erkrankt ist und an Fieberschüben leidet, ist meiner Ansicht nach Fowlersche Lösung zu geben. Der Mediziner Heinrich Lissauer hat mit dem Arsenliqueur vor drei Jahren in Breslau hervorragende Ergebnisse erzielt.«

»Genau, junger Mann. Sehr gut.« Der Professor nickte. »Und wie können wir dieses Wundermittel herstellen? Bitte belehren Sie Ihre Kommilitonen.«

Pau zögerte einen Moment, nicht weil er die Antwort nicht wusste, sondern weil er mit seinem Wissen schon wieder die anderen Studenten übertrumpfte. Dabei hatte er sich doch vorgenommen, das zu unterlassen. Die Ungeduld des Professors wuchs, und schließlich antwortete er.

»Man nimmt ein Dram und achtzehn Gran gut pulverisierte Arsenige Säure. Dem fügt man die gleiche Menge reines Kaliumbikarbonat hinzu. Man kann auch Kaliumhydrogentartrat verwenden, aber ich bevorzuge das Erstgenannte. Beide Substanzen werden in einen Kolben gegeben, den man dann mit vierhundertfünfzig Milliliter destilliertem Wasser auffüllt. Man vermengt alles und erhitzt es, bis sich die Mischung aufgelöst hat. Dann tariert man ein Verdünnungsglas und gießt die Flüssigkeit ab. Anschließend gibt man wieder Wasser hinzu und sorgt dafür, dass es genau vierhundertfünfzig Milliliter sind. Das Behältnis wird gut verschlossen und einige Tage stehen gelassen. Die Lösung darf nur mit Vorsicht eingesetzt werden, denn trotz der positiven Ergebnisse ist und bleibt sie ein stark wirksames Gift.«

»Heureka! Wenigstens einer von Ihnen hört bei meiner Vorlesung zu!« Der Professor blickte Pau wohlwollend an, worauf dieser errötete. Dann drehte er sich um und zeigte auf den ersten Studenten. »Und Sie, junger Mann, werden jetzt diese Lösung ansetzen und sie persönlich die ganze nächste Woche der Patientin verabreichen. Ich will keinen Fehler erleben, verstanden? Aber nun wollen wir die Visite fortsetzen, meine Herren.«

Die Studenten gruppierten sich neu, um dem Professor über den Flur zu folgen, doch plötzlich preschte Fenollosa vor und hielt den Mediziner auf.

»Entschuldigen Sie bitte, Señor.«

Pau stöhnte, er rechnete mit einem Scherz oder einer Tirade wertloser Erkenntnisse als Replik auf seine Ausführungen, so wie es der Kommilitone in den letzten Wochen schon manchmal gehalten hatte.

»Ja, was ist, Fenollosa?«

»Ich spreche jetzt für alle Studenten, Señor. Bevor wir die Visite fortsetzen, würden wir sehr gern noch einen anderen Patienten sehen.«

»Ich verstehe nicht, was Sie meinen. Worum geht es? Welcher andere Patient? Die Kranken sind alle hier in diesen Gebäudetrakten untergebracht, das ist Ihnen doch hinlänglich bekannt.«

»Nicht alle, Señor.«

Fenollosas Blick kreuzte den von Pau. Schadenfreude lag in seinem Ausdruck.

»Bitte erklären Sie sich«, forderte Dr. Segura ihn säuerlich auf, »Sie sind schließlich nicht zum Spaß hier.«

Pau spürte insgeheim die Angst immer größer werden.

»Es geht das Gerücht«, begann Fenollosa, »dass man einen Patienten in einem Seitentrakt des Krankenhauses behandelt, wo er vor Mitarbeitern und vor Fremden versteckt wird. Ist seine Behandlung ein Experiment? Leidet er an einer sehr seltenen Krankheit? Oder ist es gar eine hochgestellte Persönlichkeit, und man will aus Gründen der Diskretion seine Identität geheim halten? Logischerweise hat dieses Rätsel unsere Fantasie angeregt. Wir würden auch gern den Patienten sehen und eine Diagnose erstellen.«

Raunende Zustimmung folgte auf Fenollosas Worte. Pau spürte, wie seine Hände zitterten. Der Professor konnte seine Verblüffung kaum verhehlen.

»Das kann nicht sein, die Aufnahme der Patienten unterliegt meiner persönlichen Kontrolle.«

Nun meldete sich Pau zu Wort, äußerst bemüht, sich seine Aufregung nicht anmerken zu lassen.

»Es wird spät, Señor. Vielleicht sollten wir besser mit der Visite fortfahren.«

»Einen Moment, Gilbert, einen Moment. Wenn hier jemand einen Patienten ohne meine Zustimmung aufgenommen hat, muss der Fall auf der Stelle aufgeklärt werden. Bitte, Fenollosa, zeigen Sie uns den Weg.«

Das Grüppchen machte sich erneut auf, diesmal unter der Führung des Studenten. Pau wusste nicht, was er tun sollte. Aus den Mienen der Kommilitonen konnte er schließen, dass die ganze Sache ein abgekartetes Spiel war. Er konnte sich nicht vorstellen, wie sie bei all den Vorsichtsmaßnahmen sein Geheimnis entdeckt haben konnten. Pau betrachtete die spöttische Miene von Fenollosa, der gerade eine Anekdote zum Besten gab und die ganze Gruppe zum Lachen brachte. Für einen Moment ließ sich Pau von der Wut mitreißen, doch dann konzentrierte er sich schnell auf das Wichtigste: Wie kam er nur unbeschadet aus der Sache heraus?

Nachdem sie den Weg genommen hatten, den Pau sonst benutzte, erreichten sie die Lagerräume. Sie betraten den Raum, wo die Waschkörbe der Krankenhauswäscherei standen. Fenollosa blieb stehen.

»Hier ist es.« Mit triumphierender Miene zeigte er auf die Tür.

Pau wollte die Meute daran hindern, das Zimmer zu stürmen, doch ein Kommilitone versperrte ihm den Weg, und zwei andere hielten ihn am Arm gepackt. Dr. Segura bemerkte nicht, was hinter seinem Rücken geschah, er öffnete die Tür und betrat ohne Zögern das Krankenzimmer. Es war nicht sonderlich groß, doch dank des hohen, halb geöffneten Fensters, das zur Straße lag, war es sehr hell. Aromatische Kräuter standen überall in Glaskolben und in Blumentöpfen herum, die offensichtlich aus den Grünanlagen des Krankenhauses stammten. Ihr Duft hing in der Luft und gab dem Zimmer eine reinliche Atmosphäre. Im Bett lag ein Mädchen, von mehreren Kissen gestützt und in Decken gewickelt, die es zu greifen versuchte, um sich zu verstecken. Sein mehr schlecht als recht geschnittenes braunes Haar war hinter die Ohren zurückgestrichen. Seine Gesichtsfarbe war bleich, und es sah auf wie ein kleines Beutetier, das umzingelt war. Beim Anblick der hageren Gestalt, deren Stirn von Schweiß glänzte und der ein Tuch über den Mund gebunden war, schrak der Mediziner instinktiv zurück und stieß Fenollosa und die übrigen Studenten zurück zur Tür.

»Raus hier! Alle raus hier! Aber schnell!«

Im Flur prallten sie fast mit einer Klarisse zusammen. Die Frau trug ein Tablett und sah von einem zum anderen. Der Professor schlug mit entsetzter Miene die Tür zu. Als auch er die Klarisse erblickte, lief er mit großen Schritten zu ihr.

»Sie da! Erklären Sie mir auf der Stelle, was es mit dem Mädchen auf sich hat!«

Die Krankenschwester schrak bei dem wütenden Tonfall des Professors zusammen.

»Ich … Ich weiß von nichts. Ich bringe nur zwei Mal am Tag saubere Laken, Essen und Wasser.«

»Wer hat Ihnen das aufgetragen?«

Die Frau zuckte die Achseln.

»Ein Arzt, aber ich weiß nicht, wie er heißt.«

Der Mediziner war puterrot angelaufen und stand kurz vor

einem Wutausbruch. Die Schwester sah beschämt zur Seite, sie versuchte zu begreifen, welchen Fehler sie begangen hatte, doch plötzlich blickte sie auf.

»Hier, das ist der junge Mann, der mir das aufgetragen hat.«

Alle Augen richteten sich auf Pau. Der Professor sah seinen Musterstudenten ungläubig an.

»Sie, Señor Gilbert? Sie sind der Urheber?«

Es gab kein Zurück. Pau konnte aus den Augenwinkeln die Schadenfreude von Fenollosa erkennen, der von seinen Gefährten umringt war. Es hätte für ihn nicht besser laufen können.

»Ja, Señor, ich bin dafür verantwortlich.«

Dr. Segura war so entsetzt, dass er jedes Wort seiner Frage einzeln zu kauen schien, bevor er es ausspuckte.

»Sie erklären mir jetzt sofort: Wie kann es angehen, dass ein Tuberkulosepatient hinter meinem Rücken in meinem Krankenhaus aufgenommen wird?«

Die Studenten schrien auf. Pau spürte, wie sich seine Kehle zuschnürte. Nur Fenollosas fahlbleiches Gesicht war ihm eine gewisse Genugtuung. Pau wusste nicht, wie der Kommilitone Wind von der Sache bekommen hatte, aber anscheinend hatte er keine Ahnung, woran die Kleine erkrankt war.

»So ein Schuft! Du hast uns alle in Gefahr gebracht! Man müsste dich von der Universität werfen!«, brüllte der junge Mann und ballte die Fäuste in Paus Richtung. Einige Studenten schlossen sich ihm an.

Pau starrte ihn reglos an. Dann wandte er sich an den Professor.

»Sie heißt Elena.«

»Der Name der Patientin ist mir herzlich egal, Señor Gilbert.« Seine sichtliche Enttäuschung schmerzte Pau mehr als die wütenden Blicke der Kommilitonen. »Wie lang ist das Mädchen schon hier?«

»Eine Woche.«

»Eine Woche? Herr im Himmel! Was haben Sie sich dabei

gedacht? Tuberkulose ist eine hoch infektiöse tödliche Krankheit, das weiß doch jeder Straßenjunge! Womöglich hat die Patientin das ganze Krankenhaus angesteckt!«

»Man hat sie letzten Donnerstag in der Früh, während ich Dienst hatte, einfach auf die Treppe am Haupteingang gelegt. Sie hat stark gehustet und wegen des Fiebers am ganzen Leib gezittert. Was sollte ich denn machen? Elena auf der Straße liegen lassen? Ich habe alle notwendigen Vorkehrungen getroffen. Dieser Trakt des Krankenhauses ist praktisch leer. Außer mir hat niemand das Zimmer betreten, und ich habe mich selbst um den Wäschewechsel gekümmert, nur ich allein habe ihr Essen und Medikamente gegeben.«

»Wie haben Sie sie behandelt?«

Das Interesse von Dr. Segura gewährte Pau eine Waffenruhe, zumindest konnte er sein Vorgehen erklären. Doch die Behandlung war das nächste Problem. Er schluckte.

»Sie hat einen Balsam gegen den Husten genommen, und ich habe sie auf eine entsprechende Diät gesetzt. Dank der Ruhe und des sauberen Zimmers, das oft gelüftet wurde, hat sich ihr Zustand erheblich verbessert.«

»Ist das alles? Sie haben Sie nicht jeden Tag zur Ader gelassen und ihr auch kein Laxativum gegeben?«

»Nein, Señor, das habe ich nicht. Der Erfolg dieser Behandlung wurde inzwischen in Zweifel gezogen.«

»Wollen Sie mir etwa sagen, dass Sie mit einem Linderungsmittel und ein wenig Nahrung die Krankheit aufhalten konnten?«

Pau versuchte dem inquisitorischen Blick des Professors auszuweichen, aber es blieb ihm nichts anderes übrig, als alles zu berichten.

»Zuerst … Also, zuerst habe ich bei ihr eine Punktion der Pleurahöhle vorgenommen und Nitrogen eingeführt.« Angesichts der beunruhigten Miene des Mediziners sprach Pau schnell weiter. »Es gibt eine frühere Studie von Toussaint, die einen günstigen Verlauf von Tuberkulose-Erkrankungen beweist, wenn man einen künstlichen Pneumothorax herbeiführt. Auch Forlanini hat das erfolgreich bei einigen Patienten durchgeführt, die noch sehr viel schwerer an Tuberkulose erkrankt waren. Der Lungenkollaps wirkt sich günstig auf die Wundheilung aus.«

»Sie haben ganz allein eine Kollapstherapie durchgeführt? Um Gottes willen!«

Pau schwieg, und der Mediziner schüttelte den Kopf.

»Sie haben nicht nur ohne Rücksprache einen Patienten aufgenommen, der an einer der gefährlichsten ansteckenden Krankheiten leidet, Sie haben sogar noch mit zweifelhaften Behandlungsmethoden experimentiert. Señor Gilbert, Ihr Verhalten ist absolut verantwortungslos.«

»Aber meine Behandlung hat angeschlagen«, wandte Pau ein. »Elena hustet nicht mehr, und ihr Sputum ist sauber. Sie hat kein Fieber mehr, die Wunden des Eingriffs sind nicht infiziert, sie kann besser atmen, und sie isst mit größerem Appetit.«

»Gilbert, Sie sind einer der fähigsten Studenten, die mir je begegnet sind, doch Ihre Intelligenz ist zugleich Ihr Verhängnis. Vielleicht hat es ja diesmal tatsächlich funktioniert, aber die geltenden Regeln müssen unbedingt eingehalten werden. Morgen werden wir das Mädchen ins Tuberkulosehaus überweisen.«

Der Mediziner machte auf dem Absatz kehrt und lief den Gang zurück. Pau eilte ihm hinterher.

»Nein, bitte nicht. Das wäre so, als würde man Elena direkt in den Tod schicken. Sobald sie mit ansteckenden Kranken in Kontakt kommt, wird sich ihr Zustand erheblich verschlechtern. Sie wird gesund, sie benötigt nur noch einige Tage Quarantäne.«

»Halten Sie es für besser, das ganze Krankenhaus zu gefährden?«

»Ich weiß, ich habe einen Fehler gemacht, aber es gibt keinen Grund, warum Elena für meine Fehler büßen soll. Ich flehe Sie an, erlauben Sie, dass sie hierbleiben kann. Sie stellt keine Gefahr mehr für andere dar.«

Der Professor schüttelte wieder den Kopf und ging weiter, die Gruppe der Studenten im Gefolge. Die Kommilitonen rückten von Pau ab, als litte er unter der gleichen Krankheit wie das Mädchen.

Stunden später trat Pau auf die Straße. Er war in Eile und trug seine Bücher und Mitschriften mit sich. Zum Glück hatte man in der Dringlichkeitssitzung des Fakultätsrates sein Verhalten nur damit bestraft, dass er seine Dienststunden im Hospital verdoppeln und darüber hinaus noch eine Geldbuße in Höhe von zwanzig Duros bezahlen musste. Doch sollte er sich noch ein weiteres Vergehen zuschulden kommen lassen, würde er sofort zwangsexmatrikuliert. Pau fühlte sich erleichtert, dabei wusste er noch nicht, wie er die Geldstrafe aufbringen sollte. Die meisten Sorgen bereitete ihm das Mädchen. Wenn Elena den Rest ihrer Tage im Tuberkulosehaus verbrachte, wäre das einzig und allein seine Schuld. All das wäre gar nicht erst passiert, hätte er sich nicht von seiner Eitelkeit verleiten lassen und hätte dieser verdammte Fenollosa nicht das Bedürfnis verspürt, sich zu rächen, weil Pau ihn in der Anatomievorlesung lächerlich gemacht hatte. Elena war auf seine Hilfe angewiesen, und Pau wusste, dass er das Richtige unternommen hatte, sein Vater hätte sein Tun bestimmt gutgeheißen. Die Behandlung hatte angeschlagen, trotz der Einwände von Dr. Segura. Er konnte Elena jetzt nicht im Stich lassen. Morgen würde er mit dem Professor sprechen und versuchen, ihn davon zu überzeugen, Elena in dem Quarantänezimmer zu lassen. Er würde sich selbst um das Mädchen kümmern, und wenn es sein musste, dann eben Tag und Nacht.

In Gedanken versunken, nahm er den Mann nicht wahr, der in dem Moment um die Ecke bog. Ein Schlag brachte Pau zum Straucheln, und Bücher wie Papiere glitten aus seinen Händen. Eine zornige Stimme schrie ihn an, er solle doch besser aufpassen. Pau drehte sich um, um sich zu entschuldigen, doch der

Mann war in der Menschenmenge verschwunden. Beim Anblick der völlig verschlammten Bürgersteige betete Pau darum, dass die Bücher keinen Schaden genommen hatten. Das hätte ihm gerade noch gefehlt.

»Du passt nicht auf, wohin du gehst.«

Fenollosa und seine ergebene Anhängerschar umkreisten Pau.

»Du hältst dich wohl für besonders schlau«, flüsterte Fenollosa ihm ins Ohr, während er in die Hocke ging und ein Buch vom Pflaster aufhob, »aber so schlau bist du nun auch wieder nicht.«

Er richtete sich wieder auf, aber nur, um das Buch achtlos zwischen seine Füße fallen zu lassen. Dann trat er wie aus Versehen darauf, bedachte Pau mit einem Grinsen und verschwand mit seinem Gefolge. Pau hörte ihr Lachen, als sie die Straße hinuntergingen. Er versuchte seine Verzweiflung zu beherrschen und kniete nieder, um das Buch aufzuheben. Der Einband hing lose. Wie sollte er das dem Bibliothekar erklären? Als Pau den Band genauer betrachtete, sah er ein Stück Papier rausragen. Er fluchte bei dem Gedanken, eine Buchseite könnte zerrissen sein, doch es war nur ein Flugblatt mit der Ankündigung für den nächsten Internationalen Spiritistenkongress. Doch dann unterdrückte Pau einen entsetzten Aufschrei.

Ich weiß, wer du bist. Ich erwarte dich morgen bei Sonnenuntergang vor dem Kloster der Dominikanerinnen.

Pau las noch einmal die bedrohlichen Worte, die mit Bleistift geschrieben waren. Es lief ihm eiskalt den Rücken hinunter. Er sah sich in der Straße um. Plötzlich stellte jeder, der an ihm vorbeiging, eine Bedrohung dar. Die Angst, die er Tag für Tag kontrollieren musste, nahm freien Lauf wie ein Sturzbach. Hastig ergriff er die übrigen Bücher und rannte zu seinem Zimmer im Colegio Mayor, während er versuchte, das zunehmende Zittern seines Körpers zu beherrschen.

19

Daniel Amat verbarg hinter seiner Fassade ein Geheimnis, das stand fest. Fleixa ging immer wieder das Gespräch mit Vidal durch den Kopf, und nun kamen noch die Notizen hinzu, die er im Archiv gefunden hatte. Es war zwar nur ein Hinweis, aber er war bestimmt wichtig. Irgendwie schien der junge Mann bei dem Brand eine Rolle gespielt zu haben. Welche, das würde er schon herausfinden.

Fleixa beschleunigte seine Schritte. Die Nacht war über die Stadt gekommen, und nur einige wenige Gaslaternen erhellten die nassen Bürgersteige. Er rückte den Strohhut zurecht und zog das Jackett eng um sich. Wenigstens regnet es nicht, dachte er erleichtert.

In dem Moment durchzuckte ein heftiger Schmerz sein Gesicht.

Sein Körper flog durch die Luft und landete auf ein paar Körben mit Pferdeäpfeln, die sich nun in der Gasse verteilten. Ein Paar Arme hob ihn flugs wieder auf und schleuderte ihn auf die andere Gassenseite. Sein Rücken prallte gegen den Rollladen eines Lebensmittelgeschäftes, der sich unter der Wucht wie eine metallische Welle bewegte.

Ein Riese trat aus dem Hauseingang. Er schien wie aus einem Felsblock gehauen und wirkte so breit wie die Gasse. Trotz der Kälte trug er nur ein ärmelloses Unterhemd, das über den gestählten Muskeln zu zerreißen drohte. Unter der Mütze blitzten die schräg liegenden Augen auf.

Sollte dies ein Überfall sein, dachte Fleixa nicht daran, Widerstand zu leisten. So hoffte er zumindest, dass der Mann nicht noch einmal auf ihn eindrosch.

»Fleixa, Fleixa, Fleixa.«

Erschreckt erkannte er die Falsettstimme wieder. Am Ende der Gasse zeigte sich nun eine ungewöhnlich groß gewachsene Person. Die Frau kam katzengleich auf Fleixa zu. Sie war in mehrere Pelze gehüllt und trug ein langes, granatrotes Kleid, dessen Stoff beim Gehen leicht knisterte. Blond gefärbte Stirnfransen tänzelten über den grell geschminkten Augen, und zwischen den grob angepinselten karminroten Lippen hing achtlos eine Zigarette. Die Negra wäre in jedem Salon der besseren Gesellschaft durchaus als Grande Dame durchgegangen, wären da nicht ihr Ruf und dieses Etwas zwischen ihren Beinen.

»Verdammt, Armando«, brachte Fleixa hervor.

Nun hörte man das Knacken von Fingern. Der Schläger packte mit seiner Pranke die Hoden des Journalisten und quetschte sie zusammen. Fleixa konnte nur noch stöhnen, als sich der Schmerz von seiner Leiste bis in seinen Nacken hochschlängelte.

»Mein Junge, du weißt genau, dass ich nicht so heiße.«

»Natürlich, natürlich. Verzeihung«, entschuldigte sich Fleixa, während er versuchte, wieder Luft zu bekommen. »Was … Was hast du hier verloren?«

»Ich bin deinetwegen hier, Schätzchen.«

Die Hand mit den falschen Fingernägeln stützte sich zärtlich auf die imposante Schulter des Schlägers.

»Pedrito, drück nicht so fest. Wir wollen doch unseren geschätzten Herrn Reporter nicht vor der Zeit so schwer verletzen. Zumindest nicht, solange er nicht seine Schulden beglichen hat. Mein Junge«, erklärte sie nun Fleixa, »hat früher beim Zirkus Maravillas gearbeitet. Seine Spezialität war es, Eisenbalken zu verbiegen. So ein Federgewicht wie du würde keine zwei Sekunden überstehen, du hältst also besser still.«

Fleixa nickte. Selbst wenn er wollte, er hätte sich gar nicht rühren können. Das Lächeln der Negra war keineswegs beruhigend, doch er war dankbar, dass der Druck etwas nachließ, zumindest um wieder atmen zu können.

»Ich bin wirklich nicht zufrieden, mein Guter. Anscheinend hast du eine kleine Gedächtnislücke.«

»Ich zahle es dir zurück, ich schwöre es. Ich brauche nur noch etwas Zeit.«

Dumpfes Lachen donnerte durch die Gasse.

»He, du bist mir vielleicht ein Spaßvogel! Zeit, hast du gesagt?«

»Mein Schicksal steht gerade vor einer großen Wende. Ich bin hinter einer wichtigen Nachricht her, mit der ich viel Geld verdienen werde.«

»Sieh mal, Fleixa«, sagte die Negra, während sie mit dem langen Fingernagel seine Wange ritzte, »ich habe schon immer ein Faible für dich gehabt. Ach, ich weiß nicht, warum, aber bei deinen traurigen Augen werde ich ganz schwach.«

Sie seufzte.

»Aber in meinem Geschäft steht der Respekt an allererster Stelle. Man bittet mich um Geld, und ich verleihe es, ganz einfach. Verluste sind schlecht. Verluste ohne Konsequenzen sind noch schlechter. Die Leute reden, verstehst du? Die Nachricht verbreitet sich wie die Grippe, und dann geht mein Geschäft kaputt. Das darf ich nicht zulassen, auch nicht für einen Blick, der mein Herz erweicht, Schätzchen. Es tut mir leid, aber du musst noch etwas mehr Respekt lernen.«

Die Faust kam von irgendwoher und landete auf Fleixas linkem Auge. Noch bevor die bunten Lichter nachließen, bohrte sich ein Knie in seine Magengrube, und er fiel auf den Boden und schnappte nach Luft.

»Hübsches Pärchen.« Selbst am Boden konnte er sich den Kommentar nicht verkneifen. »Bestimmt streichelt ihr zwei euch gegenseitig den Rücken.«

Fleixa konnte gerade noch rechtzeitig seine Arme schützend über den Kopf legen, als die Schläge auf ihn niedergingen. Ein

Fuß traf seinen Kiefer. Fleixa schnellte mit dem Kopf zurück und knallte gegen den Rollladen. Sein Mund schmeckte nach Blut. Bevor er ohnmächtig wurde, konnte er noch die samtweiche Stimme der Negra an seinem Ohr hören.

»Sag deiner Nutte, dass sie dir das Geld leihen soll. Ich mag keinen Aufschub mehr. Wenn du nicht zahlst, sehen wir uns bald wieder, mein Junge.«

20

Daniel und Fleixa belegten ein Abteil im Zug nach Sarriá. Der Journalist trug ein Pflaster auf der Stirn, und ein hässliches Veilchen zierte sein linkes Auge. Daniel bemerkte, dass Fleixa seinen Fragen auswich, da beschloss er, seinerseits ausführlich von seinem Treffen mit dem Dekan zu berichten. Sie sprachen auch noch über das Notizbuch von Homs, kamen aber zu keinem Schluss. Offensichtlich hatte Daniels Vater es in der Hoffnung versteckt, dass sie es fänden. Doch den Grund dafür kannten sie immer noch nicht. Sie mussten darauf setzen, dass Homs bereit war, mit ihnen zu sprechen. Vielleicht könnte er ihnen die Verbindung zwischen dem Notizbuch und den Morden erklären.

Allmählich schleppte sich ihre Unterhaltung nur noch hin, und schließlich schlummerte Fleixa ein. Während er hemmungslos schnarchte, passierte der Zug die Haltestelle der Calle Provenza, die die Stadtgrenze markierte, und sie ließen Barcelona hinter sich. Je weiter sie sich von der Stadt entfernten, umso zahlreicher wurden die Fabrikgebäude mit ihren schlanken Schornsteinen, die Rauchsäulen ausspien. Sie symbolisierten den Wandel der Zeit, waren sie doch auf ehemaligem Ackerland errichtet worden. Daniel konnte vom Zug aus die Arbeiter beobachten, die in Gruppen zu Fuß zu ihrer Arbeitsstätte gingen, die Männer mit dem typischen, verknoteten Hemd und in Sandalen, die Frauen in Kleidern aus grauer Wolle mit Schürzen und Kopftüchern. Daniel fiel auf, wie ernst ihre Gesichter waren und wie wenig sie miteinander sprachen. Die meisten von ihnen trugen in ihren Bündeln Salzsardinen und Bohnen, ein karges

Mahl für den harten Arbeitstag von zwölf Stunden. Alles, woran er sich noch aus seiner Kindheit erinnern konnte, unterlag einem rasanten Wandel.

Als sie den Bahnhof Sant Gervasi erreichten, beschlossen sie, nicht auf die Kutsche des Sanatoriums zu warten, sondern nahmen eine Droschke. Nach zwanzig Minuten hielt das Gefährt vor dem Zugang zur Finca.

Das Sanatorium Nueva Belén war vor einundzwanzig Jahren auf einem Hügel errichtet worden, der südlich des Tibidabo lag. Von dort aus konnte man an einem wolkenlosen Tag die grandiose Aussicht auf Barcelona und das Mittelmeer bewundern.

Sie bezahlten den Kutscher und betraten einen sandigen Pfad, der sich durch einen Gemüsegarten zu dem Gebäude schlängelte.

»Wissen Sie, Amat«, sagte Fleixa, darauf bedacht, seine Stiefeletten nicht zu beschmutzen, »Sie haben mir immer noch nicht gesagt, warum Sie die Sache nun doch weiterverfolgen.«

Daniel überlegte einen Moment, ehe er antwortete.

»Ich bin mir allmählich sicher, dass der Tod meines Vaters kein Unfall war. Es gibt einfach zu viele Personen, die mich zur Abreise drängen. Ich will die Wahrheit erfahren. Ich würde es mir niemals verzeihen, wenn ich es nicht zumindest versucht hätte. Und was die Schuldgefühle angeht, da weiß ich sehr wohl, wovon ich spreche.« Daniel konnte sich Fleixas nächste Frage schon denken, also überholte er den Journalisten lieber schnell. »Kommen Sie, beeilen Sie sich.«

Sie liefen durch die Grünanlagen, die einen Großteil der fünf Hektar Grund des Sanatoriums einnahmen. Ein Bereich diente als Gemüsegarten, in einem anderen standen Obstbäume. Die Gärten waren so angelegt, dass sie die Finca vollständig umgaben und somit eine ständige Überwachung des Sanatoriums gewährleisteten, ohne dass es wie ein Gefängnis wirkte.

»Denken Sie, man wird uns empfangen?«, fragte Fleixa.

»Der Direktor war ein guter Freund meines Vaters.«

»Dann werde ich mich sehr respektvoll verhalten, machen Sie sich keine Sorgen.«

»Jetzt bin ich aber besorgt.«

Fleixa wollte schon widersprechen, doch dann sah er Amat lächeln. Nun musste er selbst gepresst lachen, bis ihn ein schmerzhafter Stich im Kiefer zum Stöhnen brachte.

Am Tor angekommen, zogen sie an dem Klopfer. Eine Nonne vom Orden des Heiligen Vinzenz von Paul machte ihnen auf. Beim Anblick der Blutergüsse im Gesicht des Journalisten wich sie zurück, doch Daniel beruhigte sie schnell.

»Guten Tag, Schwester. Wir würden gern den Herrn Direktor sprechen.«

Die Schwester nickte. Sie zog sich zurück und ließ die Besucher in einem hübschen Innenhof mit einem Säulengang warten, der von einer Kapelle beherrscht wurde. Einige Minuten später dröhnte hinter ihnen eine tiefe Stimme.

»Ich hoffe, Sie haben einen triftigen Grund für diese Störung.«

Neben einer halb geöffneten Tür stand ein Mann und betrachtete die beiden Besucher. Er trug einen weißen Kittel und stemmte die Arme in die Hüften. Obwohl er auch schon älter als fünfzig Jahre war, hatte Antoni Giné sich seinen kraftvollen Körper bewahren können. Sein Schädel sah aus, als wäre er zunächst in Marmor gemeißelt und dann auf seine breiten Schultern gesetzt worden. Er sah von einem zum anderen, und Fleixa hatte das Gefühl, taxiert und klassifiziert zu werden. Der Mann besaß einen dichten krausen Haarschopf und trug voller Stolz einen dicken Backenbart.

»Danke, dass Sie uns empfangen, Señor Giné«, sagte Daniel zur Begrüßung.

Als der Sanatoriumsdirektor den jungen Amat wiedererkannte, wurde sein Gesicht knallrot, und seine Hände verkrampften sich. Er stürmte zwei Schritte vor, als wollte er sich gleich auf den jungen Mann stürzen. Daniel erstarrte und rührte sich nicht von der Stelle. Fleixa beobachtete die beiden Männer. Erst begriff er nicht, was hier vor sich ging, doch dann ging ihm ein Licht auf. Der Anstaltsleiter war der Vater von Irene und Ángela Giné.

»Als die Schwester Ihren Namen nannte, dachte ich zunächst, sie habe sich geirrt. Ich war mir sicher, dass Sie nicht mehr leben, Señor, und das wäre wohl auch das Beste«, brummte er. »Sie haben zwei Sekunden, um zu verschwinden, ansonsten lasse ich Sie hinauswerfen.«

»Ich hätte niemals zu kommen gewagt, wenn ich keinen triftigen Grund dafür hätte, Señor Giné«, antwortete Daniel. »Ich benötige Ihre Hilfe. Es geht um eine Angelegenheit im Zusammenhang mit dem Tod meines Vaters.«

Dem Sanatoriumsdirektor standen die Zweifel ins Gesicht geschrieben. Schließlich traf er eine Entscheidung, und als er wieder das Wort ergriff, schien er um Jahre gealtert.

»Der Tod Ihres Vaters war ein unerwarteter Schicksalsschlag. Uns hat eine enge Freundschaft verbunden, und nur aus Respekt vor seinem Andenken werde ich Ihnen zuhören.«

Daniel atmete auf. Vor ihrer Ankunft im Sanatorium war er nicht sicher gewesen, ob man ihn auch nur zu Wort kommen lassen würde.

»Sein Tod war kein Unfall.«

Der Mediziner bedachte Daniel mit dem misstrauischen Blick, den er sonst seinen Patienten vorbehielt.

»Ich verstehe Ihre Zurückhaltung«, beharrte Daniel, »aber wir haben Beweise dafür, dass er ermordet wurde.«

»Ermordet? Mein Gott! Aber wie kann ich Ihnen behilflich sein?«

»Anscheinend hat einer Ihrer Spinner, bevor er völlig irre geworden ist …«, begann Fleixa.

Giné runzelte die Stirn.

»Pardon? Wie meinen?«

»Mein Begleiter«, schaltete sich nun Daniel ein, »will damit sagen, dass uns vielleicht einer Ihrer Patienten dabei helfen könnte, die Todesumstände zu erhellen. Wir würden uns gern mit ihm unterhalten.«

»Einige Personen, die hier bei uns sind, leiden unter schweren Störungen und dürfen keinen Besuch empfangen. Um welchen Patienten geht es?«

»Um Dr. Homs.«

»Unmöglich.«

»Es ist wirklich wichtig, dass wir mit Ihrem Patienten sprechen, Señor Giné«, beharrte Daniel.

Der Sanatoriumsdirektor holte tief Luft.

»Bitte, meine Herren, Sie haben mich missverstanden. Es ist unmöglich. Aber nicht, weil ich Sie daran hindern möchte, sondern weil Señor Homs unsere Einrichtung vor neun Monaten verlassen hat.«

Daniel und Fleixa sahen sich unschlüssig an.

»Bitte begleiten Sie mich in mein Büro. Wir können dort weitersprechen.«

Giné ging durch die Tür und betrat das eigentliche Gebäude des Sanatoriums, Daniel und Fleixa folgten ihm.

»Was hat es mit dem Namen auf sich?«, erkundigte sich der Journalist als Versuch, das unbehagliche Schweigen zwischen ihnen zu brechen.

Giné sah ihn fragend an.

»Nueva Belén«, stellte Fleixa klar.

»Ah, natürlich, der Name. Unsere Einrichtung trägt diesen Namen zu Ehren des Bethlem Royal Hospital in London, das wirklich ein Vorbild für uns ist.«

»Haben Sie viele Patienten?«

»Señor …«

»Fleixa.«

»Señor Fleixa, interessieren Sie sich für Phrenopathologie?«

»Phreno… was?«

»Das ist die Lehre von den Geisteskrankheiten«, erklärte Daniel.

Giné sah ihn aus dem Augenwinkel an.

»Ich stelle fest, Sie haben nicht alles vergessen, was Ihr Vater Ihnen beigebracht hat.«

Daniel ging nicht darauf ein, und der Mediziner setzte seine Erläuterung fort, allerdings in einem milderen Tonfall.

»Wir hier leisten in diesem Land Pionierarbeit und beschäftigen uns nun schon seit mehr als dreißig Jahren mit diesen Krankheitsbildern«, erklärte er mit kaum verhohlenem Stolz. »Bis vor drei Jahren haben wir sogar unsere eigene wissenschaftliche Zeitschrift herausgegeben.«

»Aber wie kann man denn Geisteskrankheiten untersuchen?«, hakte Fleixa nach.

»Sehen Sie, ein Verrückter ist nichts anderes als ein Kranker. In den letzten Jahrzehnten war ein grundlegender Wandel in der Gesellschaft nötig, damit diese Idee akzeptiert wird. Doch leider stoßen wir nach wie vor bei vielen auf Unverständnis.«

Giné schien die Anwesenheit seiner Besucher zu vergessen, er hob zu einer Rede an, als stünde er in einem Hörsaal am Rednerpult.

»Galen hat die früheren Studien über den Wahnsinn zusammengefasst. Er war ein glühender Verfechter der Doktrin, die auf den Grundsätzen der Humoralpathologie beruhte. Demnach war die Melancholie von schwarzer Galle abhängig, die in der Milz gebildet wird, die Demenz entsteht durch den Mangel an animalischen Trieben. Schwachsinn hängt ebenfalls von den Körpersäften ab, und der Wahnsinn ist das pervertierte Stadium. Aber tatsächlich stehen diese Ideen im Widerspruch zu den Kenntnissen über die Anatomie und die Physiologie des Nervensystems, die dieser Mann besaß. Zum Glück tauchen später noch etwas pragmatischere Ansichten auf, die uns zur Untersuchung des Gehirns führen.«

Fleixa musste ein Gähnen unterdrücken, was ihm einen stillen Vorwurf von Daniel einbrachte. Ungeachtet der gelangweilten Miene des Journalisten setzte der Sanatoriumsdirektor seine Ausführungen fort.

»Trotz allem hat es lange gedauert, bis man die Betroffenen angemessen behandelte, nämlich wie Kranke, die einer medizinischen Behandlung bedürfen. In dieser Hinsicht hat sich das Sanatorium Nueva Belén ein beträchtliches Ansehen erworben. Es ist uns gelungen, ein System zu entwickeln, das den Patienten die Freizügigkeit gestattet, die mit ihrem jeweiligen Zustand vereinbar ist. Gleichzeitig findet eine ununterbrochene Überwachung statt, und wir achten gewissenhaft auf die Einhaltung der Hygieneregeln. Doch vor allem stellen wir für jeden Kranken einen Heilplan auf, der die individuellen Besonderheiten berücksichtigt.«

Sie bogen in einen Flur ab, der sie in einen anderen Flügel des Gebäudes brachte, eine Halle, die links und rechts von Türen gesäumt war. Sogleich empfing sie ein Chor von Klagen und Schreien. Daniel und Fleixa sahen sich beunruhigt an, doch der Anstaltsleiter ging ungerührt durch die Halle.

Der Journalist blieb vor einer der Metalltüren stehen und blickte durch die offene Luke auf Augenhöhe. In der Mitte der kleinen Kammer saß ein kahlköpfiger Mann auf einer Pritsche, wütete und jaulte wie ein Tier. Seine Hände steckten in einer Art Fäustlinge, die um das Handgelenk herum gepolstert waren. Er war mit Handschellen, die an einem Lederriemen hingen, an der Wand gefesselt.

Dem Sanatoriumsdirektor entging Fleixas Neugierde nicht.

»Dieser Mann hat zwar seine geistigen Fähigkeiten vollständig eingebüßt, doch sein Bewegungsdrang ist noch vorhanden. Um seine Tobsuchtsanfälle zu verhindern, halten wir ihn den größten Teil des Tages mithilfe dieser großartigen Erfindung fest. Er kann sich damit nun selbst keinen Schaden mehr zufügen, und außerdem wird sein Brustkorb nicht eingedrückt – denn das passiert beim Einsatz der Zwangsjacke.«

»Aber … Aber das ist doch schrecklich.«

»Bitte bedenken Sie die Alternative.«

Bei diesen Worten drehte er sich um und ging weiter, mit Daniel und Fleixa als Gefolge.

»Derzeit haben wir fast einhundert Patienten. Im rechten Flügel des Gebäudes sind die Männer untergebracht und im linken die Frauen. Die Kranken unterscheiden wir in drei Kategorien: in die Ruhigen, die Unruhigen und die, von denen wir gerade ein Beispiel erlebt haben: die Wütenden. Hier behandeln wir Kranke aus den oberen gesellschaftlichen Schichten, für vierzehn Duros haben sie sogar einen eigenen Diener. Dazu kommt noch das entsprechende Kostgeld, das in der ersten Klasse sechsunddreißig Duros beträgt. Wir haben aber auch noch eine zweite und eine dritte Klasse, die sind selbstverständlich preiswerter.«

Endlich hatten sie Ginés Büro erreicht. Es war ein schöner Raum mit zwei großen Fenstern zum Garten. Der Ort hatte sich kaum verändert, seit er zum letzten Mal hier gewesen war, stellte Daniel fest. Dieselben weißen Vitrinen mit den medizinischen Lehrbüchern und dem Mikroskop des Arztes sowie seiner Sammlung von Menschenschädeln in verschiedenen Größen. An den Wänden hingen noch immer diverse gerahmte akademische Titel und Auszeichnungen. Auf dem Schreibtisch stapelten sich Bücher und Berichte, der Arbeitsplatz eines fleißigen Mannes.

Als er sich weiter umsah, fiel Daniel eine sepiafarbene Fotografie auf dem Tisch ins Auge. Er unterdrückte ein Schaudern. Obwohl die Frauen auf dem Bild noch jünger waren, hätte er sie immer wiedererkannt. Ángela und Irene standen neben ihrem Vater, der auf einem Stuhl saß. Sie lächelten erwartungsvoll in die Zukunft. Ein Familienporträt. Als er das Datum neben der Unterschrift des Fotografen las, erblasste Daniel. Das Bild war eine Woche vor dem Brand aufgenommen worden.

Giné hieß sie auf den Stühlen vor dem Tisch Platz nehmen. Sein Gesicht verschattete sich, als er Daniels Blick folgte.

»In der Tat, Amat. Ich habe nicht erwartet, Sie je wiederzusehen.«

»Dem gibt es nicht viel hinzuzufügen, Señor.« Daniel zögerte einen Moment. »Ich habe Ihrer Tochter einen Besuch abgestattet.«

Der Mann nickte bitter.

»Ja, es war für sie ein herber Schlag, gleichzeitig ihre Schwester und Sie zu verlieren.« Als er Daniels Verblüffung bemerkte, sprach er weiter: »Ich wusste von Ihrer Beziehung, selbstverständlich habe ich davon gewusst. Als Sie verschwunden sind, blieb Irene nichts anderes übrig, als den Heiratsantrag von Bertomeu Adell anzunehmen. Das arme Mädchen.«

Der Mediziner beobachtete Daniel einige Sekunden lang.

»Das haben Sie nicht gewusst, oder?«

Als Daniel weiter fragend dreinblickte, lehnte Giné sich in seinem Lehnsessel zurück und sah zum Fenster hinaus.

»Wir haben seit der … seit damals kaum miteinander gesprochen. Es steht mir nicht zu, Ihnen Näheres zu erklären. Wenn Sie etwas wissen wollen, werden Sie wohl mit ihr selbst reden müssen.«

Daniel wollte nachfragen, doch der Mediziner wirkte so undurchdringlich, dass er die Fragen unterdrückte, die in seiner Kehle brannten. Er schluckte und versuchte sich wieder auf die Angelegenheit zu konzentrieren, die sie ins Sanatorium geführt hatte. In wenigen Worten fasste er die Tatsachen zusammen.

»Mein Vater meinte, den Mörder dieser unglückseligen jungen Frauen aufgespürt zu haben, und das hat wiederum zu seinem Tod geführt«, sagte Daniel abschließend. »Er hat mir dieses Notizbuch zukommen lassen, dessen ursprünglicher Besitzer Dr. Homs war. Ich bin davon überzeugt, dass es irgendeine Verbindung gibt, und deshalb würden wir gern mit ihm sprechen.«

»Ich verstehe!«, stellte Giné fest und verschränkte die Finger unter dem Kinn. »Sie werden einsehen, dass die Umstände, die zur Einweisung von Señor Homs geführt haben, vertraulich sind. Doch ich kann Ihnen versichern, dass er sich hier positiv entwickelt hat. Und genau deshalb hat niemand mit den Ereignissen gerechnet, die sich danach zugetragen haben. Aber jetzt begreife ich, dass sie mit dem Tod Ihres Vaters in Verbindung stehen.«

Giné schloss die Augen und begann seinerseits zu berichten.

»Homs erkrankte wegen des Todes seiner Frau an einem Nervenleiden. Wir haben zwar nie auf seine vollständige Genesung gesetzt, doch wir gingen davon aus, seinen Zustand stabilisieren zu können. Er hatte jegliche Hoffnung verloren, und dann ist eine Heilung fast unmöglich. Als wir schon fast aufgegeben hatten, kam alles ganz anders. Er freundete sich mit einem anderen Patienten an. Anscheinend hatte dieser auch einen gewissen medizinischen Hintergrund. In den ersten Monaten schien Homs wie verjüngt, und wir sahen zum ersten Mal eine Chance, dass er seine Störung überwinden und doch vollständig geheilt werden könnte. Er machte so überraschend gute Fortschritte, dass man ihm sogar gestattete, sich ein kleines Labor einzurichten. Er war sozusagen zu einer Fallstudie geworden, und wir waren begeistert.«

»Aber dann ist irgend etwas schiefgelaufen, nicht wahr?«, fragte Fleixa.

»Ja.« Giné seufzte. »An einem Morgen fanden wir eine unserer Nachtwachen bewusstlos vor. Man hatte den Mann mit einer Eisenstange niedergeschlagen. Eine Stunde später, als wir überprüften, ob die Patienten in ihren Zimmern waren, entdeckten wir in dem Labor die Leiche von Dr. Homs' Freund. Er hatte unglaublich viele Schnittverletzungen im Gesicht und an den Händen, wahrscheinlich als Folge seiner Verteidigungsversuche, de facto war er bis zur Unkenntlichkeit entstellt. Wir konnten ihn nur aufgrund seiner Kleidung und seiner Unterlagen identifizieren.«

»Aber warum sollte Homs so etwas tun?«, fragten Daniel und Fleixa fast wie aus einem Munde.

»Das ist ein absolutes Rätsel. Der Verstand des Menschen birgt noch einige Geheimnisse.« Giné senkte seine Stimme um eine Oktave. Daniel spürte, dass der Vorfall den Mediziner schwer getroffen hatte. »Das Ereignis liegt nun neun Monate zurück, und ich habe noch immer keine Erklärung dafür. Sie werden verstehen, dass dies für mich ein großer beruflicher Rückschlag ist.«

»Zweifellos tragen nicht Sie die Schuld daran«, stellte Daniel fest.

Der Sanatoriumsdirektor bedankte sich mit einem traurigen Lächeln für Daniels Worte.

»Heißt das, dass die Genesung von Dr. Homs nur eine Farce war?«, fragte Fleixa.

»Anscheinend. Er hat uns alle betrogen. Sogar Ihren Vater, Daniel. Der hatte ihn noch am Vorabend besucht. Er kam öfter vorbei. An dem Abend haben wir darüber gesprochen, wie großartig Homs sich erholt hat, wir haben uns geradezu beglückwünscht. Aber das war alles nur gelogen.« Er schüttelte betrübt den Kopf. »Das Sanatorium hat den Vorfall der Polizei gemeldet, doch die hatte wegen irgendwelcher Krawalle im Stahlwerk von La Maquinista zu viel um die Ohren, als sich wegen der Flucht eines Patienten aus einer Anstalt Sorgen zu machen. Also, Dr. Homs ist noch auf freiem Fuß und er ist gefährlich, sehr gefährlich. Er leidet an einer besonderen Variante einer Persönlichkeitsstörung, an moralischem Wahnsinn. Es wäre nicht verwunderlich, wenn er noch einmal einen Mord begehen …«

Der Mediziner musste gar nicht weitersprechen. Wenn sie sich nicht verrechnet hatten, war nur wenige Monate nach Homs' Flucht in La Barceloneta die erste Leiche aufgetaucht. Alles deutete darauf hin, dass Dr. Homs höchstwahrscheinlich der Mörder war, dem Daniels Vater auf der Spur gewesen war.

»Da ist noch etwas. Ein Detail, das das Verhalten von Homs noch rätselhafter macht.«

Die beiden Männer sahen den Anstaltsleiter erwartungsvoll an.

»In den letzten Wochen vor seiner Flucht klagte Homs hier über schwere Bauchschmerzen. Bei einer der turnusmäßigen Untersuchungen, die wir hier vornehmen, wurde bei ihm ein

Lebertumor diagnostiziert. Die Krankheit war schon sehr weit fortgeschritten. Ihm blieb höchstens noch ein Jahr.«

Plötzlich wurde Giné in seinen Ausführungen unterbrochen, als eine aufgebrachte Schwester in das Büro kam.

»Dr. Giné, wir brauchen Sie. Ferrer hat gerade eine neue Krise.«

»Ich komme gleich zu Ihnen«, sagte der Sanatoriumsdirektor und stand auf. »Es tut mir leid, dass ich mich auf diese Weise von Ihnen verabschiede, Amat. Hoffentlich finden Sie Homs und können beweisen, dass er für den Tod Ihres Vaters verantwortlich ist. Bitte entschuldigen Sie mich. Ich werde Ihnen eine Schwester schicken, die Sie zum Ausgang begleitet.«

In der Tür richtete er sich noch einmal an Daniel.

»Es hat mich einige Mühe gekostet, den Tod meiner Tochter zu akzeptieren. Ich habe Ihnen sehr lange die Schuld daran gegeben. Aber in Wirklichkeit war es ein Unfall, ein verhängnisvoller Zufall. Ich frage mich nur immer wieder, warum Ángela an dem Abend dort war.« Er sah Daniel direkt in die Augen. »Sie sind noch jung, zu jung, um sich mit dieser Schuld zu belasten. Sprechen Sie mit Irene.«

Ohne weitere Worte eilte er der Krankenschwester nach und ließ die beiden Männer allein. Fleixa sprang sofort auf, lief auf die andere Seite des Schreibtischs und durchsuchte ihn.

»Was machen Sie da?«

»Ich traue diesem Quacksalber nicht über den Weg. Wir müssen noch mehr wissen. Helfen Sie mir.«

»Sind Sie nicht ganz richtig im Kopf?«

»Merkwürdige Frage an diesem Ort, finden Sie nicht?«, antwortete Fleixa mit einem Lächeln, während er unablässig in den Papieren wühlte. »Also, wollen Sie nun den Mord an Ihrem Vater aufklären oder nicht? Da, durchsuchen Sie den Aktenschrank«, forderte er Daniel auf und deutete hinter seinen Rücken.

Daniel zögerte einen Moment. Schließlich ging er zu dem Schrank mit drei Schubladen. Als er die erste öffnen wollte, klemmte sie. Er zog noch einmal kräftig, es knackte, die Schublade landete mit Getöse auf dem Fußboden, und ein Dutzend Patientenakten verteilte sich über den Teppich.

Die beiden Männer sahen sofort zur Tür, sie rechneten jeden Moment damit, dass wegen des Radaus das Personal des Sanatoriums im Büro erschien. Aber niemand kam herein.

»Helfen Sie mir, schnell!«, bat Fleixa.

Hastig legten sie die Akten wieder zurück. Plötzlich hielt Daniel bei einem Dossier inne. Eine Sekunde lang meinte er seinen Augen nicht trauen zu können. Er las dreimal den Namen des Patienten auf dem Schild: *Bertomeu Adell.*

Daniel vergaß alle Eile und schlug die Akte auf.

Adell war anscheinend vor einem Jahr wegen diverser Symptome von Unrast und aggressiver Impulsivität in das Sanatorium eingewiesen worden. Dem knappen Bericht zufolge hielten seine Angehörigen einen Klinikaufenthalt für unerlässlich, nachdem er einen Diener beinahe zu Tode geprügelt hatte, weil er mit dessen Art und Weise das Frühstück zu servieren unzufrieden war. Der Vater hatte mit seinem Geld und seinem Einfluss verhindert, dass die Geschichte bekannt wurde und dass Bertomeu ins Gefängnis kam, doch er hatte sich gezwungen gesehen, seinen Sohn in die Anstalt zu bringen. Einen Monat später war der Vater gestorben, und nur wenige Tage danach wurde Bertomeu entlassen. In der Akte lag noch eine Notiz des Arztes, der davon abriet.

Fleixa unterbrach ihn.

»Was tun Sie da?«

»Nichts.«

»Gut, während Sie sich hier vergnügen, habe ich es gefunden!« Mit triumphierender Miene reckte Fleixa einige Papiere in die Höhe. »Lassen Sie uns gehen. Los, beeilen Sie sich, bevor jemand kommt.«

Daniel legte das Dossier von Adell wieder zurück, und mithilfe des Journalisten schob er die Schublade in den Aktenschrank. Sie überprüften schnell, ob sich alles wieder an Ort und Stelle befand, dann gingen sie in den Flur. Sie erschraken, als just in dem Moment eine ältere Nonne zu ihnen trat.

»Man hat mir gesagt, dass ich Sie zum Ausgang begleiten soll. Bitte kommen Sie mit mir.«

Die beiden Männer ließen sich ihre Erleichterung nicht anmerken und folgten der Schwester durch die Flure des Sanatoriums bis zum Haupttor. Als sie wieder im Freien standen, drehte Daniel sich um und hielt die Frau einen Moment lang davon ab, hinter ihnen das Tor zu schließen. Sie sah ihn freundlich an.

»Bitte, Schwester, richten Sie dem Herrn Direktor aus, dass wir ihm für seine Hilfe äußerst dankbar sind. Und auch, dass ich … versuchen werde, etwas in der Sache zu unternehmen. Er weiß schon, worum es geht.«

Die Frau nickte, und sie verabschiedeten sich. Sie liefen schnell durch die Gartenanlagen und nahmen eine Kutsche zurück zum Bahnhof Sant Gervasi.

21

Sie hatten Glück und kamen gerade rechtzeitig am Bahnhof an, um den ersten Abendzug nach Barcelona zu nehmen. Beim Schaffner kauften sie Fahrscheine, dann zogen sie die Vorhänge im Abteil zu, um ungestört zu bleiben. Sobald sie saßen, ließ ihre Anspannung nach.

Vor neugierigen Blicken geschützt, zückte Fleixa den Bericht, den sie entwendet hatten.

»Wissen Sie was? Der ist ja noch verrückter, als ich gedacht habe.«

Der Journalist ignorierte Daniels Kommentar, er war in den dicken Stapel der nach Datum geordneten Papiere vertieft. Die ersten Blätter – Formulare mit eher administrativen Belangen –, überflogen sie nur, bis sie zu den Aufzeichnungen über die Aufnahme von Dr. Homs und dessen Behandlung kamen.

Frederic Homs, fünfundvierzig Jahre alt, von Beruf Arzt, verwitwet, kinderlos. Seit drei Wochen geisteskrank (laut Aussagen seiner Begleiter). Diagnose: erstes Stadium eines schweren unspezifischen Deliriums mit aggressiven Anfällen. Häufige Halluzinationen, sowohl akustische als auch optische. Erkennt nur mit Schwierigkeiten Freunde und Angehörige. Schwere Schlafstörungen. Dringender Handlungsbedarf zur Verhinderung von völliger Demenz.
Nach ersten Untersuchungen vorerst morgens heiße Bäder mit Kaltgüssen am Kopf und anschließend Behandlung mit Nesseln. Nachmittags zwei Durchgänge unter der Wechsel-

dusche; zusätzlich Elektrotherapie. Fowlersche Lösung gegen die Ekzeme. Zwei Einheiten Chloralhydrat zur Linderung der nervösen Zustände.

Seit den ersten Behandlungen hatte man Homs ausgiebig medizinisch überwacht, wie Daniel und Fleixa den folgenden Aufzeichnungen entnehmen konnten.

Einen Monat und zwei Tage nach seiner Aufnahme ist bei dem Patienten keine Verbesserung festzustellen.
Es wird empfohlen, die Therapie zu intensivieren: Moxibustion im Nacken mit Docht aus Baumwolle oder verbranntem Werg, um ungesunde Körpersäfte abzuleiten. Es ist unbedingt darauf zu achten, dass seine Haut trocken ist. Homs hat nach wie vor Wahnvorstellungen von seiner Frau und will ihren Tod nicht wahrhaben. Er schreibt Briefe an sie und bittet darum, sie abzuschicken. Daher wird empfohlen, ihm Stechapfel in Verbindung mit Opium zu verabreichen.

Die folgenden Unterlagen enthielten knappe Anmerkungen über die weitere Entwicklung des Patienten Homs.

Nach zwei Wochen leichte, aber keine grundlegenden Veränderungen. Starker Ausfluss an den Moxibustionspunkten, kein Rückgang der Symptome. Anwendung einer anderen Moxa, die heftige Reizung auslöst, sobald sich der Schorf gelöst hat. Die Anzahl der Elektrotherapiesitzungen wird erhöht.

Die Behandlung zog sich anscheinend über mehrere Wochen hin, und die Aufzeichnungen belegten eine Vielzahl von Verbesserungen und Rückfällen. Dem Bericht zufolge nahm Homs' Krankheit zwar einen günstigen Verlauf, aber offensichtlich ging man im Sanatorium davon aus, dass eine vollständige Heilung des Mediziners nicht möglich sein würde. Dann begann die Freundschaft mit dem anderen Patienten. Das war der Wendepunkt, der sich auch in den Aufzeichnungen widerspiegelte. In den folgenden Monaten durchlebte Homs eine so weitgehende Veränderung, dass man seine Entlassung befürwortete. Am Ende des Dossiers lag eine Kurznotiz von Dr. Giné, die zwei Tage vor dem Mord an Homs' Freund datiert war.

> Alfons Martí, männlich, sechsundzwanzig Jahre alt, eindeutige posttraumatische Symptome, aufgenommen am 15. Februar 1884, Patient von Dr. Alfred Amat i Roures. Hat sich nach Ende der Isolationsphase als exzellenter Gefährte von Dr. Homs erwiesen. Es ist anzuraten, die Interaktion der beiden Patienten zu untersuchen, da sie sich positiv auf die Therapie auswirkt.

»Mein Vater?« Daniel las die Notiz noch einmal. »Mein Vater war auch der Arzt des Patienten, der Dr. Homs zum Opfer fiel?«

»Merkwürdiger Zufall, oder nicht?«

Daniel überlegte einige Sekunden, dann nickte er.

»Zu meinem Vater kamen oft Patienten, deren physische Beschwerden ein geistiges Leid versteckten. Er hat in der Tat stets drauf bestanden, die Psyche eines Kranken zu studieren, um sein Leid zu begreifen. Er ging davon aus, dass sich viele Krankheiten auf ein fehlendes mentales Gleichgewicht zurückführen ließen, was von einigen Kollegen bezweifelt wurde. Sein Freund Dr. Giné teilte aber seine Meinung. Deshalb hat ihm mein Vater ohne zu zögern seine Patienten geschickt.« Daniels Gesicht verdüsterte sich. »Es ist ein furchtbarer Zufall. Jetzt begreife ich, warum mein Vater so hartnäckig war. Als Homs den anderen Patienten umgebracht hatte und aus der Anstalt geflohen war, fühlte er sich doppelt verantwortlich, als Freund des Mörders und als Arzt des Ermordeten. Homs' Festnahme war für ihn zur persönlichen Angelegenheit geworden.«

Die restliche Fahrstrecke schwiegen sie, jeder in seine Gedanken versunken. Als der Zug an der Plaza de Cataluña hielt, brach die Nacht herein.

22

Pau ging durch das Gittertor an der Calle del Carmen. Es war schwer vorstellbar, dass man sich noch müder fühlen konnte. Er wusste nicht, wann er zum letzten Mal ausreichend geschlafen hatte. Seine Augen brannten, und in seinem Kopf hatte sich ein lästiges Summen eingenistet. Noch nie in seinem Leben hatte er so viel gearbeitet.

Zu den langen Diensten im Krankenhaus, die er als Strafe für die Sache mit Elena ableistete, kamen noch die Vorlesungen an der Universität und die Stunden, in denen er den Prüfungsstoff lernte. Es war ihm ein Trost, dass Elena sich noch im Hospital aufhielt. Nach der letzten Untersuchung schien von ihr keine Ansteckungsgefahr mehr auszugehen, deshalb hatte man zugestimmt, dass sie bis zu ihrer Entlassung im Hospital blieb. Trotz seiner Verärgerung musste Dr. Segura zugeben, dass die Behandlung angeschlagen hatte, doch die Sanktionen wurden deswegen nicht gemildert. Der Student war über den Ausgang der Angelegenheit erleichtert, aber nun trieb ihn eine andere Sorge um.

Pau zog den Zettel aus der Jacketttasche und las ihn zum wiederholten Mal. Unwillkürlich durchfuhr ihn ein Schauder. Jemand hatte das Geheimnis entdeckt. Er hatte die klügsten Vorsichtsmaßnahmen ergriffen, die ihm eingefallen waren, doch sie hatten ihm nichts genutzt. Wer war der Mann? Wie war ihm das gelungen? Es gab nur eine Möglichkeit, das herauszufinden. Pau steckte den Zettel ein und begab sich zu dem angegebenen Treffpunkt.

Zuerst erkannte er den Mann nicht wieder. Sein Aussehen zeigte deutlich, dass es nicht sonderlich gut um ihn stand. Er wartete in der Calle Elisabets gegenüber vom Convento de los Ángeles im Schatten. Er war keine vierzig Jahre alt, wirkte aber zehn Jahre älter. Ständig blickte er sich um, während er auf den Boden stampfte, um die Kälte zu vertreiben. Seine Kleidung hatte einen guten Schnitt, sah jedoch schmutzig und verschlissen aus, und seine Jacke schlug Falten, als hätte er reichlich Gewicht verloren. Als Pau näher kam, stellte er fest, dass die Augen des Mannes, die tief im ausgemergelten Gesicht lagen, eigentlich nur zwei rötliche Punkte waren. Der Mann witterte die Umgebung wie eine Ratte auf der Lauer.

»Guten Abend, Señor Gilbert«, zischte der Mann mit einer ungelenken Verbeugung und einem aufgesetzten Lächeln. »So nennt man Sie jetzt, stimmt's?«

»Albert«, stellte Pau fest.

Der Mann spielte den Beleidigten.

»Ist das nach all der Zeit das Einzige, was Ihnen einfällt? Nur ›Albert‹? Nicht, wie geht es Ihnen, ich freue mich, Sie zu sehen? Oder vielleicht: Wie ist es Ihnen in den verfluchten letzten Jahren ergangen?«

Pau ging nicht darauf ein. Er sah misstrauisch die Straße hinauf. Er befürchtete, dass jemand von der Universität sie zusammen sah und sich fragte, was er mit diesem Menschen zu tun hatte.

»Keine Sorge, um diese Uhrzeit ist fast niemand unterwegs, selbst die Nonnen bleiben bei der Kälte lieber im Kloster. Aber wenn es Ihnen lieber ist, können wir woanders hingehen.«

Pau gab sich gleichgültig, doch der Mann ging einfach zum nächsten Portal. Dort zog er Pau nah an sich heran und senkte die Stimme. Er stank nach Wein und Schweiß.

»Anders als Sie, habe ich mich sehr wohl mit Ihrer Person beschäftigt. Wie ich sehe, ist es Ihnen gut ergangen, sehr gut sogar«, stellte er nach einem musternden Blick fest. »Jawohl, Sie sehen wie ein richtiger Herr aus.«

»Was willst du?«

»Immer direkt zur Sache, nicht wahr? Schön, wie Sie wünschen. Sehen Sie, Señor Gilbert«, sagte der Mann, wobei er die Silben der Anrede spöttisch dehnte, »ich glaube, Ihr Vater wäre mit Ihrem Verhalten keineswegs einverstanden.«

Mit einem Schlag hatte sich Pau befreit, aber seine Stimme bebte vor Wut.

»Komm bloß nicht auf die Idee, über meinen Vater zu sprechen!«

Der Mann zog eine hässliche Grimasse. Er kratzte sich an seinem unrasierten Kinn und spuckte auf den Boden.

»Ah ja! Der arme Mann … Er ist gestorben, nicht wahr? Ein Unfall mit der Kutsche. Ja, die Straßen sind wirklich in einem erbärmlichen Zustand.«

Pau presste die Kiefer zusammen, bis sie schmerzten.

»Spuck endlich aus, was du zu sagen hast.«

»Wissen Sie was, Señor Gilbert? Ich bin mit den besten Absichten hergekommen, aber Sie behandeln mich mit der gleichen Respektlosigkeit wie Ihr Vater.«

»Er ist viel zu gutmütig zu dir gewesen.«

»Ich habe so eine Behandlung nicht verdient!«

»Sie war fast noch ein Mädchen, du Schuft!«

»Eine Hure! Das war sie! Sie hat mir schöne Augen gemacht, und dann ist sie mit der Geschichte hausieren gegangen.«

»Du hast sie vergewaltigt und geschwängert. Sie ist bei der Geburt gestorben, mitsamt dem Kind. Hast du keine Gewissensbisse?«

Der Mann verdrehte die Augen, denn legte er einen Finger auf die Lippen und flüsterte:

»Sie sollten nicht so grob mit mir umspringen, das ist nicht gut für Sie.«

»Was willst du damit sagen?«

Pau kostete es größte Mühen, nicht noch stärker die Verachtung zu zeigen, die er für diese Person verspürte.

Albert war vor Jahren in die Dienste der Familie Gilbert getreten. Zunächst hatte er seine Aufgaben wie jeder andere Hausangestellte auch erledigt, doch dann hatte er sich in Francisca verguckt, ein blutjunges Dienstmädchen. Alle wussten, dass Albert wochenlang Francisca den Hof gemacht und dass sie ihn immer wieder abgewiesen hatte. Schließlich hatte man die arme junge Frau eines Abends im Kohlenkeller gefunden, sie war verletzt, und ihre Kleider waren zerrissen. Francisca war jedoch so eingeschüchtert, dass sie sich weigerte, den Übeltäter zu benennen, weshalb Albert das Gefängnis erspart blieb. Doch Paus Vater nahm weniger Rücksicht, er setzte Albert mit Fußtritten vor die Tür und sorgte dafür, dass ihn niemand mehr einstellte. Später kam heraus, dass Francisca schwanger war.

»Sie fragen sich vermutlich, wie ich Sie gefunden habe.« Er lachte. »Lassen Sie mich Ihre Neugierde befriedigen. Vor genau einer Woche bin ich hier durch die Straße gegangen. Es hat in Strömen geregnet, da habe ich Zuflucht in einem Durchgang gesucht, genau gegenüber vom Hospital. Ich habe gerade meine nasse Kleidung getrocknet, da kam ein Student aus dem Gebäude und ging direkt auf mich zu. Der junge Mann hatte es recht eilig. Er hat mich nicht einmal wahrgenommen, aber ich habe mir den Kerl genau angesehen. Irgendwie kam er mir bekannt vor. Ich habe mich gefragt, woher ich einen Studenten kennen sollte. Nach dem Nachmittag bin ich noch einige Male zurückgekommen, ich wollte unbedingt hinter das Geheimnis kommen. Eines Abends, als ich schon aufgeben wollte, ging mir ein Licht auf, wie eine Erleuchtung. Zuerst dachte ich, ich hätte nur zu viel getrunken. Sie haben sich ganz schön verändert! Sie können sich meine Freude gar nicht vorstellen, als ich Ihre Identität durchschaute, trotz des neuen Haarschnitts und der anderen Kleidung. Sie sind immer allein unterwegs, und Sie kommen erst spät nachts aus dem Hospital, ganz schön schlau. So bleibt man leichter unerkannt, nicht wahr?«

Pau gab keine Antwort.

»Wie Sie sich denken können, habe ich Gott für den Glücksfall gedankt. Mir geht es gerade nicht so gut. Es ist nur vorübergehend, ich brauche Geld. Dafür hat man doch Freunde, oder nicht? Sie helfen mir, und ich helfe Ihnen. Ich kümmere mich nicht um Ihre Angelegenheiten, mir ist auch egal, was Sie mit diesem Schauspiel beabsichtigen, aber ich habe ein loses Mundwerk, wissen Sie? Wenn Sie mir jetzt helfen, aus dieser schlechten Phase herauszukommen, dann werde ich unser kleines Geheimnis nicht ausplaudern.«

Pau holte tief Luft, bevor er nachfragte.

»Über wie viel reden wir genau?«

»Nichts, was Sie einem alten Freund abschlagen würden.«

»Wie viel?«

»Einhundertfünfzig Peseten.«

Pau unterdrückte einen Schrei. Dieser Betrag war höher als die Gebühren für ein Studienjahr an der Fakultät.

»So viel habe ich nicht.«

Albert brummte und stieß den Studenten mit aller Gewalt gegen das Tor. Pau schrie auf, doch er verstummte sofort, als er einen Schlag in den Unterleib erhielt und keine Luft mehr bekam. Der ehemalige Hausdiener zog Pau am Revers des Jacketts zu sich, presste seinen Körper gegen den des jungen Studenten und zischte, sodass er Paus Gesicht mit einem feinen Speichelregen überzog:

»Wenn Sie dachten, Sie könnten mich loswerden, nur weil Sie die Person sind, die Sie sind, dann haben Sie sich geirrt. Sie werden zahlen. Das sind Sie mir schuldig für das, was mir Ihr Vater angetan hat, und für all das Elend, das mir seitdem zugestoßen ist. Haben Sie mich verstanden? Wenn Sie nicht wollen, dass Ihr Schwindel auffliegt, dann sehe ich Ende dieser Woche das Geld. Wenn Sie möchten« – Albert strahlte auf einmal über das ganze Gesicht – »können wir die ganze Angelegenheit aber auch anders regeln.«

Pau versuchte sich zu wehren, doch der Mann war so kräftig,

dass Widerstand zwecklos war. Alberts schnapsgetränkter Speichel lief Pau über die Wange, während Alberts Hand zwischen die Beine seines Opfers griff. Pau kämpfte und konnte endlich einen Arm frei bekommen. Albert erhielt einen kräftigen Stoß mit dem Ellbogen und stolperte nach hinten.

Doch Alberts Ohrfeige traf den Studenten mitten ins Gesicht. Pau hörte es krachen, als sein Kopf gegen die Mauer knallte. Eine Art Schwerelosigkeit umfing seinen Körper, und er fiel zu Boden. Der Mann grinste hämisch, als Pau sich das Blut mit dem Ärmel von der Lippe wischte.

»Das werde ich so richtig genießen.«

Albert holte mit einer Faust zum nächsten Schlag aus, als plötzlich in der Straße das Rattern und Hufeklappern einer Pferdekutsche zu hören war. Der ehemalige Hausdiener sah nach rechts, stieß einen derben Fluch aus und beugte sich über Pau.

»Donnerstag um acht. Bei San Justo. Lassen Sie sich bloß nicht einfallen, mich warten zu lassen.«

Pau nahm Alberts Worte kaum wahr und auch nicht dessen Schritte, die sich entfernten. Plötzlich bewegte sich etwas neben ihm, Stimmen und Schreie waren zu hören. Ein Paar kräftige Arme zogen an Pau und stellten ihn wieder auf die Füße.

»Ist alles in Ordnung mit Ihnen? Sind Sie verletzt?«

Pau kam die Stimme bekannt vor. Allmählich schienen auch seine Augen wieder zu funktionieren, und erstaunt erkannte Pau seinen Retter.

Das Feuer wärmte angenehm das Zimmer, dennoch hatte Pau das Gefühl, dass ihm die Kälte der Straße noch immer in den Knochen steckte. Auch die heiße Kaffeetasse, die er in den Händen hielt, konnte sein Zittern kaum beruhigen. Links von Pau saß Daniel Amat. Der durchdringende Blick hinter den Brillengläsern, die grauen Augen voller Energie, die so sehr denen des Vaters ähnelten … Pau versuchte seine Verwirrung mit einem Räuspern zu überspielen.

»Da ist Ihnen aber eine ganz schöne Tracht Prügel erspart geblieben.«

Pau nickte und schlürfte das schwärzliche Gebräu in der Tasse.

Daniels Begleiter legte die Unterlagen zur Seite, in denen er gelesen hatte.

»Es ist einfach skandalös, jemanden fast vor den Pforten des Hospitals bestehlen zu wollen. Der Mann war ziemlich flink, er konnte entkommen, obwohl ich alles versucht habe.«

Ein Lächeln umspielte Daniels Lippen, während er den Schilderungen des Journalisten zuhörte. Pau atmete erleichtert auf. Die beiden Männer gingen also davon aus, dass Albert ein Dieb war. Das machte die Sache leichter.

Fleixa ließ sich von der spöttischen Miene seines Gefährten nicht beirren. Er ging auf Pau zu und reichte ihm die Hand.

»Mein Name ist Bernat Fleixa. Vielleicht haben Sie schon einmal von mir gehört, ich bin Journalist beim *Correo de Barcelona.*«

Pau ergriff die Hand des Mannes und schüttelte den Kopf. Er versuchte eine entschuldigende Miene aufzusetzen, mit der er jedoch die Enttäuschung des Reporters nicht schmälern konnte.

»Es tut mir leid, Señor Fleixa, ich kenne Sie nicht.«

Der Journalist versuchte, sich nichts anmerken zu lassen, und lehnte sich mit gespielter Teilnahmslosigkeit an den Schreibtisch. Daniel sprach Pau an, sichtlich belustigt und mit vor Neugier glänzenden Augen.

»Was genau ist passiert?«

»Ich kam gerade aus dem Krankenhaus, als der Mann plötzlich vor mir stand und mich bestehlen wollte. Ich war nach den vielen Stunden Arbeit erschöpft und hatte keine Kraft mehr, ihn abzuwehren, sonst hätte ich ihn mühelos abgeschüttelt. Der Überfall hat mich überrascht, das ist alles.«

»Hat er bekommen, was er wollte?«

»Wie bitte?«

»Wenn er Ihnen etwas Wertvolles gestohlen hat, sollten Sie ihn anzeigen.«

»Nein, nein, nein«, antwortete Pau verlegen.

Es entstand ein betretenes Schweigen. Pau nutzte die Situation, um die Tasse auf den kleinen Tisch zu stellen und aufzustehen. Ihm schwirrte der Kopf, und er fühlte sich immer noch sehr schwach. Aber je früher er ging, umso weniger Fragen würde er beantworten müssen.

»Ich bedanke mich sehr für Ihre Hilfe, meine Herren. Ich stehe in Ihrer Schuld. Aber jetzt geht es mir besser. Ich muss zurück in mein Zimmer, es ist schon spät, und morgen erwartet mich im Krankenhaus ein neuer Arbeitstag.«

Pau verabschiedete sich mit einer angedeuteten Verbeugung und ging. Sobald die Tür geschlossen war, runzelte Fleixa die Stirn und sah zu Daniel.

»Merkwürdiger junger Mann, finden Sie nicht?«

Vor dem Colegio Mayor hatte Albert Malavell vor dem Regen Zuflucht in einem Durchgang gefunden. Er beobachtete die Fenster, hinter denen Licht brannte. Zwar wusste er nicht, welches Zimmer das richtige war, aber das ließ ihn gleichgültig. Ihm genügte die Vorstellung. Seine Hand strich über das Messer, das er in der Tasche bewahrte, und er schmeckte genüsslich den Schmerz der verletzten Lippe.

23

Der Landauer fuhr zügig in Richtung Hafen und ließ das quirlige Treiben der Ramblas hinter sich. Am Ende der Prachtstraße umrundeten die Pferde die Baustelle für das Denkmal zu Ehren von Christopher Columbus.

Die Stimme des Kutschers war durch das offene Dach der Kutsche gut zu hören.

»Ich wette meinen Jahresverdienst darauf, dass alles zusammenkracht, noch bevor die verdammte Säule eingeweiht wird.«

Daniel ließ sich nicht zu einer Antwort hinreißen, er sah nur zu der komplexen Eisenkonstruktion, die sich der Architekt Juan Torras ausgedacht hatte. Das über sechzig Meter hohe Gerüst war das höchste Bauwerk, das man jemals in Barcelona errichtet hatte. Vier eiserne Masten, die mit begehbaren Querverstrebungen verbunden waren, bildeten ein Viereck und waren zur Stabilisierung mit Stahlseilen im Erdboden verankert. Auf dem riesigen Eisenskelett lag ein Ring aus Traversen. Zwischen den Masten erhob sich die Säule, gekrönt von der sieben Meter hohen Figur des berühmten Seefahrers. Das Ganze war mit Seilen gesichert wie Gulliver auf einer seiner legendären Reisen.

Man hatte sechs Jahre benötigt, um dieses Monument anlässlich der Weltausstellung zu errichten, und all die Zeit hatte die Konstruktion, mit der die schweren gusseisernen Bauteile der Säule aufeinandergesetzt wurden, für reichlich Gesprächsstoff gesorgt. Die Gerüchte, die eine Katastrophe prophezeiten, waren genauso zahlreich wie die Besuche, die der Bürgermeister persönlich dem Büro des Architekten abstattete. Dieser musste

Garantieerklärungen abgeben, dass das unglaubliche Konstrukt nicht über ihren Köpfen einstürzen werde. Torras beantwortete die Frage schließlich auf seine eigene Weise, indem er sich an dem Tag, an dem die sechs Tonnen schwere Statue des Seefahrers nach oben hoch gehievt wurde, selbst unter die Kranbrücke stellte. Die schlimmsten Befürchtungen erwiesen sich als unbegründet, und das Renommee des Architekten schoss in die Höhe wie die Getreidepreise.

Sie ließen die Baustelle hinter sich und bogen in den Paseo de Colón ein, den man erst kürzlich gepflastert hatte. Linker Hand stand das Hotel Internacional, das in Rekordzeit für die Weltausstellung errichtet worden war.

Daniel stellte fest, dass in diesem Teil der Stadt hektisch gearbeitet wurde. Im Hafen machten Windjammer und Dampfschiffe den Fischerbooten die Plätze streitig. Packboote brachten Passagiere und Fracht an Land. Die Fischer löschten ihren Morgenfang, und die Käufer drängten sich in den Auktionshallen.

Der Salzgeruch vom Meer verfolgte sie noch ein gutes Stück Weg, dann wurde er vom Ruß verdrängt, der von der Estación de Francia herüberwehte. Vor dem Bahnhofsgebäude mit seinem Giebeldach und den Rundbogenfenstern drängten sich Reisende und Lastenträger mit Koffern und Bündeln. Droschkenkutscher buhlten lauthals schreiend um Fahrgäste, und Karren wurden in aller Eile umgeladen, damit ihre Fracht den nächsten Zug nach Madrid erreichte.

Sie fuhren weiter und nahmen die Strecke zwischen den Gleisen und dem Parque de la Ciudadela, bis sie die Calle Villena erreichten, wo sie durch ein Seitentor auf das Gelände der Weltausstellung gelangten. Die Torwächter erkannten den Wagen und grüßten. Der Kutscher bog in eine von Orangenbäumen bestandene Allee ein und hielt schließlich vor mehreren Hütten, vor denen Holzbalken und Ziegel gestapelt waren. Er selbst stieg nicht vom Bock ab, sondern wies Daniel den Weg zwischen den eingerüsteten Gebäuden.

»Es ist ein roter Ziegelbau, nicht zu verwechseln.«

Daniel atmete tief durch, während er dem kaum erkennbaren Pfad folgte. Er genoss den Spaziergang trotz der morgendlichen Kühle. Hier, zwischen dem Park und dem Meer, war die Luft unbelastet von den Fabriken, die immerfort Rauchschwaden in den Himmel über der Stadt stießen. Für einen Moment konnte er tatsächlich die Bedenken vergessen, die an ihm nagten.

Er trat aus dem Schatten der Gebäude. Dann blieb er kurz stehen und unterdrückte einen Ausruf: Vor ihm lag das eigentliche Ausstellungsgelände.

Vor ein paar Tagen hatte man ihm in der Straße ein Flugblatt in die Hand gedrückt, deshalb konnte er mehrere Gebäude wiedererkennen. Wie ein riesiger Fächer erhob sich linker Hand der prächtige Palast der Industrie und des Handels. Hier sollten auf sechzigtausend Quadratmetern Fläche die technischen Neuerungen vor der Jahrhundertwende präsentiert werden und der Welt den unglaublichen Einfallsreichtum der Menschheit beweisen. Dem Palast gegenüber erstreckte sich auf dem Gelände der ehemaligen Zitadelle eine dicht bepflanzte Grünanlage mit einem Wasserfall sowie mehreren Alleen. An der Hauptallee lag neben dem Museo Martorell der Salón de Conferencias, in dem im Beisein der Regentin Königin Maria Christina und König Alfons' sowie der höchsten Repräsentanten Spaniens und Kataloniens die Eröffnungsfeierlichkeiten stattfinden sollten. Der elegante Palast der Schönen Künste, ein Werk des Architekten Augusto Font, lag unweit des Pavillons der spanischen Kolonien. Etwas weiter weg, hinter den Bäumen, konnte Daniel *L'Hivernacle* erkennen, den von Architekt Josep Amargós konzipierten Wintergarten, und auch die Zinnen des Gebäudes von Lluís Domenèch, das als Kaffeehaus und Restaurant dienen sollte. Auf der anderen Seite war der von Enric Sagnier entworfene Pavillon von Papst Leo XIII. vorgesehen, aber aus Zeitmangel hatte man ihn nicht mehr errichtet. Vorbei an höchst unterschiedlichen Pavillons wie dem des Marqués de Campo oder denen der Unternehmen American Soda Water und Tabacos de Filipinas zog sich eine großzügig angelegte Promenade hin, auf der bequem sechs Kutschen nebeneinander Platz fanden und die bis zu dem beeindruckenden Triumphbogen führte, dem repräsentativen Haupteingang der Weltausstellung.

»Wer hätte gedacht, dass die absurde Idee von Serrano jemals wahr werden würde, nicht wahr?«, hörte er eine Stimme hinter seinem Rücken.

Bertomeu Adell kam mit einem Schnupftabakdöschen in der Hand auf ihn zu. Er zog einige Male die Nase hoch, dann massierte er seinen Nasenrücken, und über sein Gesicht huschte ein Hauch der Zufriedenheit.

»Seit zehn Jahren rauchen alle nur noch diese verdammten Zigaretten, aber für mich geht nichts über einen guten Schnupftabak.« Adell schnalzte abschätzig mit der Zunge. »Leider wird es immer schwieriger, Tabak zu bekommen, der ein Mindestmaß an Qualität hat.«

Adell stellte sich neben Daniel und betrachtete die Bauwerke und Parkanlagen, als wären sie sein Eigentum.

»Ich freue mich, dass Sie meine Einladung angenommen haben, Amat.«

Schweigend machten sie sich auf den Weg. Sie durchquerten die Parkanlage, vorbei am Salón de Conferencias, bis hinter einem Pavillon vor ihnen ein rotes Ziegelgebäude aufragte.

Wenn auch nicht ganz so imposant wie die übrigen Bauwerke, reckte sich auch dieses Gebäude herausfordernd in den Himmel von Barcelona. Für die Fassade des vierstöckigen Bauwerks hatte man unverputzte rote Ziegel und Glaskeramik verwendet, große Rundbogenfenster lockerten den massiven Ziegelbau auf, und aus der Mitte ragte ein schlanker sechseckiger Schornstein heraus, aus dem eine weiße Rauchwolke aufstieg.

Daniel fragte sich, welche Funktion dieser Bau hatte.

»Unserer jahrelangen Freundschaft zu Ehren« – Adell blieb im Haupteingang stehen – »verrate ich Ihnen in aller Vertraulichkeit: Für dieses Projekt habe ich einen Großteil meines Vermögens riskiert. Wenn hier irgendetwas nicht nach Plan verläuft, dann ... sagen wir es so, dann wäre das ein herber Tiefschlag. Aber nun zu Ihnen, Amat«, sprach Adell Daniel direkt an, »Sie werden mir garantieren, dass dieser Fall nicht eintritt.«

»Wovon sprechen Sie?«

Adell lächelte nur rätselhaft und betrat das Gebäude.

Im Inneren empfing zunächst eine große Eingangshalle die Besucher. Der Fußboden war mit Linoleum ausgelegt, und die Wände waren halbhoch mit Holz getäfelt. Die Dekoration der restlichen Wandfläche mit Motiven aus der Natur war noch nicht ganz abgeschlossen. Der Geruch nach frischer Farbe lag schwer in der Luft.

Ohne seine Angestellten eines Blickes zu würdigen, schritt der Unternehmer zu einer doppelflügeligen Glastür, öffnete sie und trat über die Schwelle. Daniel wollte eigentlich um nähere Erläuterungen bitten, doch plötzlich ergriff ihn ein Schwindelgefühl, und er wich unwillkürlich einen Schritt zurück.

Adell lächelte zufrieden. Daniels Verhalten entsprach genau der von ihm beabsichtigten Wirkung. Daniel stützte sich auf die schmiedeeiserne Brüstung einer Galerie, die etwa zwanzig Meter über dem Boden verlief. Ein ohrenbetäubendes Summen erfüllte die Luft.

Erst als er sich von der Überraschung erholt hatte, konnte er den großartigen Anblick genießen, der sich ihm von oben bot. Die gewaltige Halle, die von einer Reihe von Säulen in zwei Schiffe geteilt wurde, erinnerte ihn an eine Kathedrale. Dutzende Rohre verliefen über den Fußboden, so als wollte ein metallischer Tintenfisch den Raum mit seinen Tentakeln bedecken. Im ersten Schiff konnte Daniel sechs gewaltige Dampfmaschinen sehen, die auf einer Plattform standen. Sie kamen ihm wie liegende Elefanten aus Eisen vor. Darunter beschickte eine Gruppe von vier Männern mit nackten und verschwitzten Oberkörpern mit effizienter Präzision drei Öfen. Lange Feuerzungen schlugen aus den Öffnungen und verschlangen gierig eine Schaufel Kohle nach der anderen. Selbst oben auf der Galerie war die Hitze noch zu spüren.

In dem anderen Schiff waren fünf Maschinen aufgebaut, deren Zweck sich Daniel nicht erschloss. Sie waren noch riesiger als die Dampfmaschinen und beanspruchten einen Großteil des Platzes in der Halle. Die Arbeiter liefen über Leitern und Stege zwischen den Maschinen hin und her, wo sie Messungen und Aufzeichnungen vornahmen. Daniel stellte fest, dass das Summen, das durch das gesamte Gebäude dröhnte, dort herrührte.

»Sie haben hier das erste Elektrizitätswerk von Barcelona vor sich«, verkündete Adell. »Diese fünf Maschinen sind Gleichstromdynamos. Die Firma Shuckert & Co. hat sie uns aus England geliefert. Sie leisten fast dreitausend Kilowatt. Damit können wir die Straßenbeleuchtung versorgen, für die Ramblas, den Paseo de Colón, die Plaza de San Jaime und auch noch das Areal der Weltausstellung. Aber das ist erst der Anfang, hinter uns stehen dutzende Investoren, und daraus werden noch hunderte.«

Daniel war beeindruckt. Das Gebäude mit seinen Installationen musste ein Vermögen gekostet haben. Für die Verwirklichung des Projektes waren bestimmt titanische Anstrengungen nötig gewesen. Dennoch vermutete er, dass der Unternehmer ihn nicht nur zu einer Werksführung eingeladen hatte. Was wollte der Mann tatsächlich? Was hatte Adell im Sinn, als er ihm sagte, dass er, Daniel, den Erfolg des Projektes garantieren würde?

Ein Techniker kam durch die Tür, nickte zur Begrüßung kurz zu Daniel, dann wandte er sich an den Unternehmer.

»Entschuldigen Sie bitte, Señor, ich muss dringend mit Ihnen sprechen.«

Adell stöhnte und verzog ungeduldig das Gesicht.

»Darf ich Ihnen Señor Casavella vorstellen, den Werkmeister? Andauernd kommt er mit irgendwelchen Problemen, die dringend gelöst werden müssen. Bitte entschuldigen Sie mich einen Moment.«

Sie ließen Daniel stehen, entfernten sich jedoch nicht weit genug, denn Daniel konnte trotz des Surrens der Generatoren noch Bruchstücke ihres Gesprächs verstehen. Der Werkmeister wirkte überaus beunruhigt.

»... schon das dritte Mal in dieser Woche ...«

»... musst du dich um eine Lösung kümmern ...«

»Ja, Señor ... Ich weiß, Señor ... Aber am Dienstag ... Leistungsspitze ... Druck ... Nein, nein, wir können keines ... Weiß ich nicht, Señor ... Absinken und Ansteigen ...«

»Erzähl keinen Schwachsinn, wir können nicht ...«

»... Explosion ...«

Der Lärm der Sirene, die den Schichtwechsel anzeigte, verschluckte die Stimmen, doch Daniel beobachtete, dass Adell wütend wurde und den Streit mit einer derben Handbewegung einfach beendete. Der Werkmeister beharrte nicht weiter, er nickte mehrere Male und verabschiedete sich. Als er an Daniel vorbeikam, tippte er zum Gruß mit dem Finger an die Mütze.

Adell stützte sich auf die schmiedeeiserne Brüstung, ohne Daniel zu beachten. Nach einer Minute schien er sich wieder gefasst zu haben.

»Werter Freund, mir ist zu Ohren gekommen, dass Sie gewisse Nachforschungen anstellen.«

Daniel verschlug es die Sprache. Adell rückte noch näher und sprach ihn mit sanfter Stimme an.

»Ich will, dass Sie damit aufhören.«

»Wie bitte?«

»Wenn es um Geld geht, lässt sich das regeln.«

»Ich verstehe Sie nicht.«

Adell schnaubte vor Ungeduld.

»Sehen Sie, für die Dampfkessel ist Wasser unabdingbar. Deshalb haben wir unter diesem Gebäude ein komplexes System installiert, das mit den Tonnen verbunden ist, die Sie neben den Kesseln sehen. Das überschüssige Wasser fließt in die Kanalisation zurück. Einige der Leichen, für die Sie sich so interessieren, sind dort aufgetaucht, wo unsere Abflüsse enden. Dieser Zufall hätte nicht die geringste Bedeutung, wenn Sie nicht mit Ihrem Schreiberfreund darin herumstochern würden und damit alle Blicke auf mich lenkten. Haben Sie mich jetzt verstanden?«

Wenn das zutraf, was Adell gerade gesagt hatte, überlegte Daniel, würde das erklären, warum kein Zeuge gesehen hat, wie einer der Körper ins Wasser geworfen wurde. Die Sorge des Industriellen verwunderte ihn nicht. Sollte die Sache publik werden, würde sie einen großen Skandal auslösen. Man würde eine direkte Verbindung zwischen Adell und den Todesfällen ziehen, so absurd es auch scheinen mochte, und höchstwahrscheinlich Adells Ruf zerstören. Die Kapitalzeichnung seitens der Investoren wäre gefährdet, mit der bislang das Elektrizitätswerk finanziert wurde, das die Zukunft der Stromversorgung in Barcelona sichern sollte.

»Ich glaube, ich kann Sie verstehen«, erwiderte Daniel.

Adell setzte ein verschwörerisches Lächeln auf, doch bei Daniels nächsten Worten erlosch es auf der Stelle.

»Es könnte sogar passieren, dass jemand Sie der Verbrechen beschuldigt.«

»Ich bitte Sie, Amat, machen Sie sich doch nicht lächerlich! Ich habe Sie für intelligenter gehalten. Zuerst einmal: Von welchen Verbrechen sprechen Sie überhaupt? Das waren Unfälle, nur ein paar elendige Unglücksfälle. Ich habe nichts damit zu tun, aber ich muss zugeben, dass ich den Schaden hätte, wenn man sie publik machen würde. Wie Sie wissen, wird die Weltausstellung schon in zwei Wochen eröffnet. Wir befinden uns gerade in einem heiklen Moment und schließen die Arbeiten an dem wichtigsten Abschnitt des Systems ab. Allerdings müssen wir noch gewisse Probleme wegen der Spannungsschwankungen lösen und noch unendlich viele andere Fragen klären, die Sie erstens nichts angehen und die Sie zweitens auch nicht verstehen …«

»Wussten Sie von den Nachforschungen, die mein Vater angestellt hat?«, fiel Daniel ihm ins Wort.

»Selbstverständlich«, gestand Adell unwillig ein. »Ihr Vater und ich haben uns diesbezüglich kurz ausgetauscht, doch er wollte einfach nicht zur Vernunft kommen. Doch ich bin mir sicher, dass wir beide, eingedenk unserer alten Freundschaft, zu einem Einverständnis gelangen. In den nächsten Jahren soll das Stromnetz für die ganze Stadt ausgebaut werden, das ist eine gewaltige Investition. Begreifen Sie? Elektrizität ist die Zukunft! Wir können der Zukunft doch keinen Riegel vorschieben, Amat!«

»Einige der Leichen waren sehr junge Frauen, fast noch Mädchen.«

Adell winkte abfällig, als wollte er nur eine Fliege verscheuchen.

»Was geht mich das an? Der Himmel habe sie selig. Der Tod hat ihnen doch nur weiteres Leid erspart. Wirklich, wenn es nicht solche verdammten Journalisten wie Ihren Freund Bernat Fleixa gäbe, wäre es für mich das Gleiche, als würde man einen toten Hund finden. Aber die üble Nachrede kann mein großes Lebensprojekt gefährden, und das werde ich nicht zulassen.«

»Warum sollte ich Ihre … Ratschläge befolgen?«

»Ich verstehe Sie sehr wohl, mein Freund«, erwiderte Adell in aller Seelenruhe. »Ihr Vater stirbt zufällig und unerwartet, ein paar skrupellose Elemente treiben mit Ihnen Unfug und erzählen Ihnen irgendeinen Unsinn über Verbrechen, Verschwörungen und verrückte Intrigen. Sie fragen sich, ob nicht doch etwas Wahres daran ist. Nach so vielen Jahren im Ausland wissen Sie nicht, was Sie von der ganzen Sache halten sollen. Vielleicht hätte ich an Ihrer Stelle genauso reagiert. Aber das Ganze ist eine einzige große Lüge. Nichts von dem stimmt, was man Ihnen erzählt hat. Doch in Ihrer Verblendung können Sie nicht sehen, dass Sie sich in eine sinnlose Suche verrannt haben und dass all Ihre Bemühungen zu nichts führen werden.«

Daniel setzte zu einer Antwort an, doch Adell brachte ihn mit einer Handbewegung zum Schweigen.

»Es stimmt mich traurig, Sie so zu erleben. Ich fühle mich irgendwie verpflichtet, Ihnen zu helfen, eingedenk der Dinge, die uns in der Vergangenheit verbunden haben, und auch wegen Irene.«

»Sie hat mit der ganzen Sache nichts zu tun.«

»Ich weiß sehr wohl, wie sehr Irene Sie geschätzt hat.« Ein Schatten verdüsterte die Miene des Unternehmers. »Es ist Ihnen bestimmt schwergefallen wegzuziehen. Es gibt Situationen, aus denen gehen die einen als Gewinner und die anderen als Verlierer hervor, nicht wahr? Wirklich, deshalb stehe ich in Ihrer Schuld.« Adell zog ein Päckchen aus seiner Tasche. »Der Umschlag enthält Erste-Klasse-Billetts für Ihre Rückreise nach England und auch noch einen kleinen Betrag für Ihre Auslagen. Betrachten Sie es als Entschädigung.«

»Ich habe kein Interesse ...«

»Oh, ich habe nicht erwartet, dass Sie sofort darauf eingehen«, fiel Adell ihm ins Wort. »Ich halte mein Angebot drei Tage lang aufrecht. Ich hoffe, dass Sie vor dem Verstreichen der Frist mein Angebot annehmen und diese elendige Geschichte aus Ihrem Gedächtnis streichen. Ansonsten« – Adell hielt inne, und jeder Hauch von Freundlichkeit wich aus seinem Gesicht – »werde ich andere Mittel finden, damit Sie dies tun, werter Freund.«

Als hätte man ihn bestellt, stand plötzlich der Kutscher bei ihnen. Doch Adell war noch nicht fertig.

»Noch etwas. Wenn Sie Irene ein einziges Mal wiedersehen, werden Sie es bereuen.«

»Soll das die nächste Drohung sein?«

»Selbstverständlich, allerdings nicht so, wie Sie denken. In dem Fall, Amat, müssen Sie für sich keinen Schaden befürchten.«

»Was meinen Sie damit?«, fragte Daniel, der nur mit Mühe die Wut beherrschen konnte, die ihn innerlich schier verbrannte.

»Sollte ich von einer weiteren Begegnung hinter meinem Rücken erfahren, werde ich auf meine Rechte als Ehemann bestehen. Es wird meine Frau teuer zu stehen kommen, wenn sie mir noch einmal den Gehorsam verweigert. Ich weiß nicht, ob ich mich verständlich ausgedrückt habe.« Im nächsten Satz betonte Adell jedes Wort: »Irene gehört jetzt mir, und ich verfüge über sie nach meinem absoluten Gutdünken. Gehe ich recht in der Annahme, dass Sie meine Worte nicht vergessen werden? Eine Ironie des Schicksals, nicht wahr? Das Wohlbefinden meiner Frau und meines Hauses liegt allein in Ihren Händen.«

Danach verschwand er über den Steg, als wäre Daniel nicht vorhanden.

24

Der Junge hob einen Stein vom Boden auf. Er betrachtete ihn genau, der Stein gefiel ihm. Er war nicht zu schwer und auch nicht zu leicht. Der Junge prüfte, ob er auch spitz genug war, dann lächelte er in sich hinein, bevor er den Stein zu den anderen fünf in die Hosentasche steckte.

Der Junge lag auf dem Boden und sah sich nach links und rechts um, dann schnellte er wie eine Feder hoch und rannte zu einem Stapel alter Bahnschwellen neben einem Haufen aufgeschütteter Erde. Dort fand er Deckung. Er lief um ein Gestrüpp herum, machte einen Sprung und rollte sich in einer Staubwolke auf dem Boden ab. Dabei zerkratzte er sich die nackten Knie, aber das machte ihm nichts aus. Er würde die Wunden später voller Stolz vorführen.

Anscheinend hatte niemand seine Bewegung bemerkt. Vorsichtig hob er den Kopf und lugte über die Mauer. Eine großartige Position. Von hier aus hatte er alle im Blick.

Links von ihm hielt sich Xavi Sento hinter einer Lore versteckt. Er konnte seine Mütze erkennen und auch die riesigen Augen in seinem winzigen Kopf. Etwas weiter, neben dem Kohlelager, versuchte Chato seinen großen Hintern in Gang zu setzen, verursachte aber mehr Lärm als nötig. Der Junge widerstand der Versuchung, ihn zu rüffeln, und spähte nach rechts. Er wusste, dass sich Sesé im Gras versteckt hielt, obwohl er ihn nicht sehen konnte. Alle waren auf ihren Plätzen und kannten ihre Aufgaben. Alles klappte wie am Schnürchen. Das überraschte ihn nicht, schließlich war es sein Plan.

Alles hatte vor drei Tagen begonnen, als ein paar Jungs aus dem Dorf Sants sie herausgefordert hatten. Sie hatten vereinbart, dass der Kampf auf neutralem Gebiet stattfinden sollte, und hatten dafür die Bahngleise neben der Estación de Villanueva ausgewählt, nur einen Steinwurf von der Stelle entfernt, wo am Hafeneingang die Kohle entladen wurde. Es mangelte ihnen nicht an Munition, und es gab unzählig viele Versteckmöglichkeiten. Der Wächter verbrachte diese Abendstunde normalerweise neben dem Kohleofen in seinem Wachhäuschen und ließ sich durch nichts vor die Tür locken.

Das Zischen eines Steins durchschnitt die Luft, und er war mit seinen Gedanken wieder bei der Sache. Wenige Sekunden später dröhnte ein weiterer Stein wie ein Glockenschlag, als er einen Waggon traf, an den Chato gerade herangeschlichen war. Er seufzte. Sein dicklicher Freund war für den Nahkampf bestens geeignet, aber im Guerillakampf wäre selbst ein ganzes Bataillon unauffälliger. Immerhin hatte Chato das Versteck eines ihrer Feinde aufgedeckt. Er gab ein Zeichen, damit keiner von ihnen das feindliche Feuer erwiderte.

Als er die Ohren spitzte, konnte er ein paar Meter weiter vorn einen Stein aufklicken hören. Zwischen den Waggons huschten Schatten. Sie waren nah, ganz nah. Allmählich gelang es ihnen, die Gegner zur Mündung der Kloake zu locken, ans Meer. Das war ihre Falle.

Er stand wieder auf, rannte los, als würde er von einem Rebellentrupp verfolgt, lief an Sesé vorbei, der sich sofort erhob, und beide rasten wie der Blitz über die Gleise. Drei oder vier Steine schlugen dicht neben ihnen ein, trafen sie jedoch nicht. Die Schreie und Spottrufe hinter ihnen bewiesen, dass man ihnen folgte. Sie waren schon ganz in der Nähe des Abflusses, er konnte hören, wie etwas weiter unten die Wellen gegen die Felsen schlugen. Dort lauerten Nen, Fran und Vélez, vollgestopft mit Munition. Chato und Sento würden die Falle zuschnappen lassen.

Er erreichte den Damm, der zum Meer abfiel, schlitterte die steinige Böschung hinab, als wäre sie eine Rutschbahn, dann ließ er sich ins Wasser fallen, wo seine Füße auf etwas Weichem landeten. Er sah zum Damm hoch und erwartete seine Verfolger, als er plötzlich ein lautes Platschen neben sich hörte. Er drehte sich um, überrascht wegen des Aufruhrs, den Sesé veranstaltete.

Sein Freund war ins Wasser gefallen, er zitterte am ganzen Leib und zeigte mit entsetzter Miene auf seine Füße.

Der Junge sah nach unten.

Zuerst wusste er nicht, was es war, bis eine Welle den Körper hochspülte.

An seinen Beinen trieb, halb ins Wasser getaucht, eine junge Frau. Sie war nackt, und ihre Haut war so bleich, dass sie fast durchsichtig schien. Ihre Augen waren geschlossen, sie schien zu schlafen, doch der Gestank sagte ihm, dass dem nicht so war. Eine Sekunde lang dachte er daran, wie er einmal mit seinem Vater den Schlachthof von Sants besucht hatte.

Mit dem nächsten Wellenschlag kippte der Kopf der jungen Frau, der Hals verdrehte sich auf unglaubliche Weise und gab den Blick auf den Knochen zwischen den schwärzlichen Muskeln frei. Das Fleisch war verschwunden, so als wäre es herausgebissen.

Der Junge spürte, wie sich warme Feuchtigkeit zwischen seinen Beinen ausbreitete, und er schrie los.

25

Der Leichenschauraum war im Keller des Polizeiquartiers untergebracht, und der Zugang lag vor neugierigen Blicken versteckt in einer Sackgasse. Es gab nur einige vergitterte Luken auf Bürgersteighöhe, doch der beißende Gestank nach Desinfektionsmittel und Fäulnis verriet den Ort.

Fleixa ging voran und klopfte an die Tür. Der Eingang wurde von einem alten Mann bewacht, der sich eigentlich schon im Ruhestand befand. Der Journalist steckte ihm zwei Reales in die Jackentasche, und der Mann versprach, so lange wie nötig zu verschwinden. Fleixa gab ein Zeichen, woraufhin Daniel in Begleitung von Pau Gilbert aus dem Schatten huschte und sie das Gebäude zu dritt betraten. Sobald sie auf die ersten Steinstufen traten, wurde ihnen klar, dass der Geruch im Freien nur eine Kostprobe dessen war, was sie erwartete.

Während er seinen Gefährten folgte, beobachtete Daniel den jungen Studenten, der sehr nachdenklich die Treppe hinunterging, und rief sich selbst die letzten Stunden in Erinnerung, seit Fleixa ihnen von dem Fund eines weiteren Opfers berichtet hatte.

Ihnen hatte sich die einzigartige Gelegenheit geboten, mehr über den außerordentlichen Zustand der Leichen zu erfahren, und vielleicht ließ sich noch irgendetwas herausfinden, das ihnen den Weg für ihre Ermittlungen wies. Dennoch hatte es ein Problem gegeben. Um eine Leichenschau vorzunehmen, benötigten sie jemanden mit ausreichenden medizinischen Kenntnissen, und dafür kam nur eine Person infrage, der ehemalige Assistent seines Vaters: Pau Gilbert.

Als sie ihm den Vorschlag gemacht hatten, hatte sich der junge Mann rundheraus geweigert. Er wirkte schockiert und blieb trotz ihres Beharrens standhaft, bis Fleixa ihn daran erinnerte, dass er wegen des verhinderten Raubüberfalls in ihrer Schuld stand. Zähneknirschend hatte Gilbert schließlich eingewilligt.

Auf der Fahrt in der Droschke hatte Gilbert sich sehr reserviert verhalten und sich nicht an ihrem Gespräch beteiligt. Auch jetzt, auf dem Weg in den Keller, schien der junge Student seine Entscheidung zu bereuen.

Der Leichenschauraum war schmal, aber lang, und sein Mauerwerk war unverputzt. Drei Gaslampen hingen an einer Schnur, die quer über die Decke gespannt war, sodass man sie nach Bedarf auch anders hängen konnte. Im Moment brannte nur ein Licht, weshalb der größte Teil des Saales im Dunkeln lag. An der Wand standen, durch Paravents voneinander getrennt, sechs Holztische. Vier von ihnen waren belegt.

»Der Alte hat mir gesagt, dass unsere Leiche dort liegen muss«, sagte der Journalist und deutete ans Ende des Saales.

Sie gingen zum letzten Tisch. Der Körper, der mit einem Tuch aus Sackleinen bedeckt war, schien sie zu erwarten.

Fleixa räusperte sich und lehnte sich in sicherer Entfernung an die Wand. Der Geruch nach verwesendem Fleisch schien sich im Mauerwerk festgesetzt zu haben. Er konnte schon seine Eingeweide rumoren hören und bereute es, zu Abend gegessen zu haben.

Pau zog an einem Hanfseil eine der Deckenlampen heran. Er öffnete ein wenig den Gashahn, bis der Lichtkreis die drei erfasste.

»Sind Sie sich sicher, dass wir das machen können?«

»Passen Sie auf, dass Sie sie nicht anfassen, wir dürfen keine Spuren hinterlassen. Sagen Sie uns nur, was Ihnen auffällt«, schlug Daniel vor. Aus der Distanz stimmte Fleixa mit einer vagen Geste zu.

Pau legte das Jackett ab und nahm eine Lederschürze vom

nächsten Kleiderbügel. Die Todesursache einer Leiche zu eruieren, ohne sie zu öffnen, war kompliziert. Mit einer Selbstsicherheit, die er eigentlich gar nicht verspürte, holte er aus einem Schrank zwei Metalltabletts hervor, ein Skalpell, mehrere Pinzetten, ein Seziermesser und ein verstärktes Knorpelmesser. Die Leiche sollte zwar nicht geöffnet werden, doch er wollte alles parat haben. Pau sah zu den beiden Männern.

»Bereit?«

Die beiden nickten. Pau atmete tief durch und hob das Tuch hoch.

Alle drei mussten einen Aufschrei unterdrücken. Fleixa bekreuzigte sich und fluchte, Daniel wurde aschfahl und wich einen Schritt zurück. Pau erlangte als Erster wieder die Fassung.

»Die Naht auf der Brust legt nahe, dass man sie schon obduziert hat. Sie haben mir doch gesagt, dass niemand zuvor die Tote untersucht hat, oder?«

»Der Wachmann hat mir versichert, dass keiner die Leiche angefasst hat. Sie ist in genau dem Zustand, in dem sie gefunden wurde«, sagte Fleixa, bemüht, nicht auf den Tisch zu sehen.

»Señor Gilbert, wir haben keine Antworten, nur Fragen. Deshalb haben wir Sie ja um Ihre Hilfe gebeten«, stellte Daniel fest, ohne den Blick von der Leiche abzuwenden. Insgeheim fragte er sich, ob sein Vater genauso qualvoll gestorben war. »Es tut mir leid, dass wir Sie mitgenommen haben. Wenn Sie lieber gehen möchten, haben wir absolutes Verständnis.«

»Geben Sie mir eine Minute.« Pau schluckte. »Ich habe nie zuvor eine Leiche in einem derartigen Zustand gesehen.«

»Sie müssen sich nicht verpflichtet fühlen, wenn Sie nicht in der Verf…«

»Ich habe Ihnen gesagt, dass ich es machen werde.«

Pau verfluchte sich, sobald er die Worte ausgesprochen hatte.

Was hatte er hier verloren? Er hatte schon genug Probleme am Hals, da musste er sich nicht auch noch an einer zweifellos gesetzwidrigen Leichenschau beteiligen. Er hätte seine

Unterstützung sofort verweigern müssen, doch der Journalist hatte ihn deutlich an seine Hilfe bei dem Überfall erinnert. Aus Angst, diese Geschichte könne dem Rektor zu Ohren kommen und damit etwas noch viel Wichtigeres gefährden, war er der Bitte gefolgt. Pau fragte sich nun, ob er nicht doch einen Fehler gemacht hatte.

Resigniert wandte er sich wieder der Leiche zu. Bei ihrem Anblick verspürte er eine Mischung aus Aufregung und Unsicherheit. Man erkannte sofort, dass das Mädchen furchtbare Qualen erlitten hatte. Er riss sich zusammen und verdrängte seine Ängste, so wie es sein Vater ihn gelehrt hatte. Die Person, die den Körper bewohnt hatte, war verschwunden und hatte einem Wesen ohne Namen und Gesicht Platz gemacht, einem anatomischen Geheimnis, einem Rätsel, das es zu lösen galt. Mit einem Ruck legte er den Körper bis zu den Füßen frei.

Fleixa sagte kein Wort und bemühte sich, nicht zum Leichnam zu sehen. Dr. Amat hatte zwar den Zustand der Leichen als »außergewöhnlich« bezeichnet, doch niemals hätte er mit so etwas gerechnet. Die Ausdünstungen, die von den sterblichen Resten ausgingen, übertrafen bei Weitem die anderen üblen Gerüche in dem verdammten Loch. Er musste seine ganze Willenskraft aufbringen, um sich nicht übergeben zu müssen, denn damit hätte er sich lächerlich gemacht. Er sah wieder hin und konnte es nicht fassen, dass der Student die Leiche fasziniert betrachtete.

»Bitte, tun Sie uns den Gefallen und lassen Sie uns an Ihrer Einschätzung teilhaben«, flüsterte Daniel.

Pau nickte. Er atmete tief ein und begann mit der Untersuchung.

»Die Leiche einer jungen Frau zwischen vierzehn und sechzehn Jahren. Etwa einen Meter sechzig groß, ungefähr fünfundvierzig Kilo schwer. Die Leiche ist völlig nackt. Die Haarfarbe ist schwer festzustellen, denn der Körper wurde vollständig rasiert, inklusive Behaarung an Kopf und Scham. Keine Totenflecke, im

Gegenteil, abgesehen von schwärzlichen Wundrändern ist die Haut intensiv weiß, als hätte man der Toten alles Blut entzogen.«

»Das ist genau der Zustand, den mein Vater bei den anderen Opfern von Homs beschrieben hat.«

Pau sah bei der Bemerkung auf. Gab es etwa noch mehr Leichen wie diese? Homs? Wer war dieser Homs? Die beiden Männer waren ihm später einige Erklärungen schuldig.

»Sie sagen, die Leiche hat im Wasser gelegen?«

»Ja, das stimmt.«

»Gestern Abend?«

Fleixa und Daniel nickten nur.

»Der Körper fühlt sich kalt an, der *Rigor mortis* tritt bei einer Wasserleiche normalerweise nach zwei bis vier Tagen ein und verschwindet dann wieder. Ich würde sagen, ihr Tod liegt mehr als eine Woche zurück. Der Leichnam ist nicht aufgedunsen. Das weist darauf hin, dass er nicht allzu lang im Wasser gelegen hat. Das ist merkwürdig. Aber besonders auffällig ist diese außergewöhnliche weich-elastische Konsistenz des Fleisches, als wäre es Gelatine. Sehen Sie sich besonders die Gliedmaßen an. Knochen wie Knorpel weisen eine unglaubliche Demineralisierung auf.«

Daniel forderte den Studenten mit einer Geste zum Weitersprechen auf. Fleixa hatte sich inzwischen von seinem ersten Eindruck erholt und schrieb in sein Notizheft.

»Zwei offene Wunden mit verkohlten Wundrändern, eine an der Innenseite des rechten Oberschenkels und eine größere am Halsansatz. Drei Muskeln liegen offen, und sie weisen tiefe Risse auf, nämlich der Trapezmuskel sowie der mittlere und der vordere Muskel der Skalenusmuskulatur. Ein Teil des Schlüsselbeins weist mindestens drei Frakturen auf. Die Form der Verletzung deutet auf einen Tierbiss hin. Es fehlt so viel Fleisch, dass das Tier wirklich unglaublich groß gewesen sein muss.«

Pau ging um den Tisch herum, wobei er ohne Unterlass redete, dann betrachtete er die Füße.

»Schwere Verbrennungen an den Zehen, einige Zehenknochen scheinen sogar karbonisiert zu sein … Das ist aber kurios! Sehen Sie mal hierher, hier sind Lichtenberg-Figuren …«

»Lich… Was für Figuren?«, rief Fleixa aus sicherer Distanz dazwischen.

»Lichtenberg-Figuren oder elektrische Bäume, das sind diese farnförmigen Muster an Armen und Beinen. Sie entstehen, wenn unter der Haut die Kapillargefäße platzen.«

Pau überprüfte sehr genau die Naht, die über den Rumpf verlief, dann den Unterleib und schließlich den Kopf der jungen Frau. Die Schwellung der Wangen beeindruckte ihn am meisten. Mit geschickten Händen untersuchte er die geschlossenen Augen. Er trat ein Stück zurück und öffnete den Hahn der Gaslampe ein wenig mehr, dann nahm er die Schere vom Tablett, und noch bevor seine Begleiter einschreiten konnten, schnitt er am Lid entlang.

»Was soll das?«

»Warten Sie einen Moment, das wird Sie interessieren.«

Er nahm die Pinzette, dehnte das Lid und zog einen feinen Faden aus dem Augenrand der Frau. Dann legte er seine Hand auf die Stirn der Leiche, klappte das Lid zur Seite und führte das Instrument in die Augenhöhle ein. Ein glitschiges Geräusch begleitete sein Tun. Als er die Pinzette wieder herausholte, hing daran ein Stück blutige Gaze.

»Man hat ihr die Augen entnommen.« Pau lächelte befriedigt.

Fleixa wankte zurück, dann beugte er sich vor und erbrach sich ins Abflussgitter.

»Es ist sogar möglich«, stellte Pau ungeachtet der Reaktion des Journalisten fest, »dass sie im Moment der Organentnahme bei Bewusstsein war. Sehen Sie das hier, neben dem Augenwinkel? Hier ist ein fast unsichtbarer Schnitt. So etwas kann nur von einem Skalpell herrühren. Vielleicht hat sie sich bewegt.«

»Sind Sie sich sicher?«

»Nicht ganz. Aber eines kann ich Ihnen versichern, die Arbeit, die hier geleistet wurde, ist wirklich großartig.«

»Großartig? Sie halten dieses Gemetzel für großartig?«, fragte Fleixa, der sich mit einem Taschentuch reinigte.

»Sehen Sie sich die Naht an.« Pau zeigte mit einem Finger auf die dunklen Linien, die das andere Lid abschlossen. »Wenn ich nicht gewusst hätte, wo ich mit der Suche anfangen sollte, hätte ich das nicht gesehen. Man hat ihr die Augen entnommen, aber dann musste man die Blutgefäße kauterisieren, damit sie nicht ausblutete. Das erfordert ein großes Geschick und sehr viel Erfahrung. Ich würde sagen, das war nicht das Werk irgendeines beliebigen Chirurgen.«

Pau legte die Pinzette auf das Tablett zurück und verschränkte die Arme vor der Brust.

»Ich glaube, das reicht. Können Sie mir jetzt bitte erklären, was es hiermit auf sich hat?«

Doch bevor Daniel und Fleixa antworten konnten, kam der Wachmann mit entsetzter Miene angerannt.

»Schnell! Gleich kommt der Inspektor höchstpersönlich mit mehreren Polizisten. Sie müssen sofort verschwinden!«

Daniel half Pau, die Leiche zuzudecken und die Instrumente zurückzulegen, während Fleixa die Lampe löschte. Sie liefen schnell hinaus, doch als sie die Treppe erreichten, hörten sie Stimmen, und von oben kam ein Lichtschein immer näher. Dieser Weg war ihnen versperrt.

Sie liefen zurück in den Flur. Der Kellergang bog nach links ab und endete einige Meter weiter hinten an einer massiven Eichentür. Fleixa versuchte sie zu öffnen, doch sie war abgesperrt. Die Männerstimmen waren nun ganz deutlich.

Pau gab ihnen ein Zeichen, er wies auf ein großes Fass, das an der Wand stand. Blitzschnell schlüpften sie dahinter und hofften, in der Dunkelheit des Flures unentdeckt zu bleiben.

Die Lampen der Männer lichteten den Schatten, je weiter sie die Treppe hinabgingen. Allmählich kam der Schein näher.

Daniel bemerkte entsetzt, dass seine Schuhspitzen in den Lichtkegel ragten.

Inspektor Sánchez war mit drei Polizisten angerückt. Er brauchte sich nur umzudrehen, dann hätte er sie entdeckt. Doch die vier Männer gingen weiter und begaben sich schließlich in den Leichenschauraum, und sie standen wieder im Dunkeln.

Sie schlüpften aus ihrem Versteck und liefen schnell die Treppe hinauf. Der alte Wachmann hielt ihnen die Tür auf und schloss sie, sobald sie wieder im Freien waren. Nach der schrecklichen Szenerie in dem stinkenden Leichenkeller war die Kälte in der Straße eine wahre Erleichterung.

Auf dem Rückweg zum Colegio Mayor sah Daniel in der Droschke zu Pau.

»Sie haben recht, Sie haben sich eine Erklärung verdient.«

Fleixa verdrehte die Augen und schüttelte den Kopf. Daniel beachtete ihn nicht und sprach weiter:

»Aber ich muss Sie warnen, wenn wir Ihnen die ganze Geschichte erzählen, dann hängen Sie da genauso drin wie wir.«

»Was Sie nicht sagen! Noch mehr drin als ohnehin schon?«

26

»Das ist schwer zu glauben.«

Zu dieser späten Stunde war das Café Zurich gut besucht. Dennoch war es Fleixa gelungen, ein Separée zu ergattern. Dank der Rauchschwaden und des Stimmengewirrs der übrigen Gäste konnten sie mit ausreichend Diskretion rechnen, um sich in Ruhe zu besprechen.

Fleixa lehnte sich auf seinem Stuhl zurück, geistesabwesend klappte er seine Taschenuhr auf und zu, während Daniel über die Ereignisse der letzten Tage berichtete. Er fasste für Pau auch den Inhalt des Notizbuchs von Dr. Homs zusammen, das aufgeschlagen vor ihnen lag. Der junge Student sah abwechselnd zu den Notizen und zu seinen Begleitern.

»Wollen Sie mir damit sagen, dass dieser Dr. Homs noch für andere derartige Leichen verantwortlich ist?«

»Genau.«

»Aber wieso erfährt das niemand?«

»Aus Angst halten die Leute still. Vielleicht abgesehen von ihren eigenen Familien, interessiert sich niemand für die toten Mädchen.«

»Sie sind die perfekten Opfer«, ergänzte Fleixa, den Blick nach wie vor auf die Bewegungen seiner Taschenuhr gerichtet.

Dem Journalisten behagte es keineswegs, Gilbert in die Sache hineinzuziehen. Sein Instinkt täuschte ihn nie, und der sagte ihm, dass mit dem jungen Mann irgendetwas nicht stimmte. Seine nahezu graziösen Bewegungen, diese sanfte und rücksichtsvolle Sprache waren verschwunden, sobald er vor der Leiche gestanden hatte. Einen Moment lang hatte er sogar richtiggehend begeistert gewirkt. Offensichtlich genoss er die Sache. Das konnte doch nicht normal sein. Gütiger Himmel, er selbst spürte jetzt noch den Brechreiz in der Kehle, wenn er nur daran dachte. Nein, Fleixa hatte nicht das Gefühl, dass sie Pau Gilbert vertrauen konnten, doch ihm blieb nichts anderes übrig: Amat hatte entschieden, den Medizinstudenten einzuweihen, also musste er das wohl oder übel akzeptieren. Doch das hinderte ihn nicht, diesen jungen Mann mit Argusaugen zu beobachten.

»Sie haben uns gesagt«, stellte Daniel fest, der nichts von Fleixas Skepsis ahnte, »dass nur ein ausgezeichneter Arzt so eine Naht an den Augenlidern zustande brächte. Homs ist ein ausgezeichneter Arzt.«

»Aber aus welchem Grund sollte er so schreckliche Morde begehen?«

»Wir sind uns nicht sicher«, musste Daniel zugeben. »Wenn man sich die Anmerkungen in seinem Notizbuch ansieht und die Ereignisse im Sanatorium berücksichtigt, müssen wir davon ausgehen, dass Homs eine Heilmethode für die Krankheit seiner Frau gesucht hat, denn er war davon überzeugt, dass sie noch lebte.«

»Aber worin besteht die Verbindung zwischen diesem ganzen Wahnsinn und dem Tod Ihres Vaters?«

»Mein Vater und Homs waren befreundet. Anscheinend hat mein Vater ihn auch anfangs bei seinen Forschungen unterstützt. Aber als er feststellte, dass Homs den Verstand verlor, ließ er ihn nicht weiter gewähren und veranlasste seine Einweisung ins Sanatorium Nueva Belén. Monate nach Homs' Flucht aus der Anstalt gab es die ersten Leichenfunde. Mein Vater meinte, darin das Werk seines ehemaligen Kollegen zu erkennen, und sah seine schlimmsten Befürchtungen bestätigt. Homs war zu einem Mörder geworden, und mein Vater hat sich verantwortlich gefühlt. Er hat versucht, Homs zu finden, aber ehe es dazu kommen konnte, ist er selbst gestorben.«

»Aber warum gehen Sie damit nicht zur Polizei?«

»Die wollen doch nur, dass Gras über die ganze Sache wächst«, stellte Fleixa von seinem Stuhl aus fest, nachdem er schon wieder auf seine Uhr gesehen und sich den dritten Schnaps genehmigt hatte. »Die haben Angst, dass die Nachricht von den Morden, wenn sie sich erst einmal verbreitet hat, in der Stadt zu einem Aufstand führt.«

»Aber Sie arbeiten doch bei der Zeitung, Sie könnten über die Sache berichten.«

»Liebend gern. Aber ich benötige noch etwas Material. Bislang können wir nichts beweisen.«

»Aber dann könnten wenigstens Maßnahmen ergriffen werden.«

»Sie haben mich nicht verstanden, ich will keine kleine Meldung schreiben, ich will den Aufmacher haben!«

Pau richtete sich auf und blickte den Reporter ungläubig an.

»Ihnen ist es wichtiger … Karriere zu machen, als den nächsten Mord zu verhindern? Das ist doch obszön!«

»Obszön? Sehen Sie, junger Mann …«

»Beruhigen Sie sich doch«, schaltete sich Daniel ein. »Wir haben jetzt endlich eine Leiche. Wir können beweisen, dass diese Todesfälle nicht durch einen Unfall verursacht wurden.«

»Nein, das können wir nicht«, entgegnete Fleixa niedergeschlagen. Seine Begleiter sahen erwartungsvoll zu ihm. »Bevor wir gingen, hat mir der Wachmann noch etwas anvertraut. Der Inspektor und seine Männer wollten das Mädchen abholen. Sie sind nicht zufälligerweise gekommen. Die Leiche liegt vermutlich längst in irgendeinem Massengrab.«

»Dann haben wir wirklich nichts in der Hand.«

Am Tisch machte sich Schweigen breit.

»Zum Teufel noch mal!«

»Vielleicht ist doch noch nicht alles verloren«, sagte Daniel.

»Woran denken Sie?«

»Sehen Sie«, begann Daniel. »Fleixa, können Sie sich noch

an den Einbruch in mein Zimmer erinnern? Ich habe darüber nachgedacht. Im Colegio Mayor hat man den Vorfall für einen derben Streich von Studenten gehalten, aber das ergibt keinen Sinn. Ich bin davon überzeugt, dass die Person, die meine Sachen durchwühlt hat, genau wusste, was sie suchte. Und Homs kannte sich nach all den Jahren als Professor bestens im Colegio aus.«

»Homs? Aber wieso sollte er so ein Risiko eingehen?«

»Genau! Das ist der springende Punkt! Warum? Er hat zweifellos ein großes Risiko in Kauf genommen, und daraus können wir schließen, dass er etwas gesucht hat, das wirklich wichtig ist. Ich denke, ich weiß, was es ist.«

Daniel zeigte auf die aufgeschlagenen Seiten vor ihnen.

»Er wollte seine Aufzeichnungen wiederhaben.«

»Aber was sollte er mit einem alten Notizbuch anfangen?«

»Ich weiß es nicht.« Daniel verging das Lächeln. »Ich lese es nun seit Tagen wieder und wieder, und ich muss zugeben, dass ich vor einem absoluten Rätsel stehe. Vielleicht ist es einfach auf den ersten Blick nicht zu erkennen, oder nur Homs selbst weiß es. Im schlimmsten Fall werden wir es niemals herausfinden, so sehr wir uns auch anstrengen.«

»Gestatten Sie?«

Pau streckte die Hand nach dem Notizbuch aus. Er schlug es auf der ersten Seite auf und begann zu lesen. Nach mehreren Minuten, in denen er die erwartungsvollen Blicke seiner Gefährten auf sich lasten spürte, schaute er auf und schüttelte den Kopf.

»Tut mir leid, ich sehe darin nichts von Bedeutung.«

Pau wollte Daniel das Notizbuch zurückgeben, doch plötzlich hielt er mitten in der Bewegung inne.

»Einen Moment.«

Er blätterte mehrere Seiten zurück, bis er die gesuchte Stelle fand.

»Merkwürdig«, sagte er nur.

»Was ist so merkwürdig?«

»Sie haben doch gesagt, dass Homs ein hoch angesehener Mediziner war. Dann überrascht mich, dass ihm ein so banaler Fehler unterläuft.«

»Wir wissen nicht, wovon Sie sprechen, könnten Sie uns das bitte genauer erklären?«, bat Daniel.

»Sehen Sie hier, am dreiundzwanzigsten Januar, schreibt Homs: … ›dass das *Liber octavus* von Vesalius die einzige Option ist, die uns noch bleibt‹.«

»Was soll daran besonders sein?«

»Das *Liber octavus*, also, wenn Sie so wollen, das *Achte Buch*, gibt es nicht.«

»Welcher Vesalius? Was ist das für ein Kerl?«, fragte Fleixa sichtlich angeheitert.

»Jeder Student im ersten Studienjahr kann diese Frage beantworten«, erklärte Pau. »Andreas Vesalius war ein herausragender Anatom im sechzehnten Jahrhundert. Er widerlegte Galen, was zu seiner Zeit keine Lappalie war. Sie müssen bedenken, dass der griechische Arzt Galen über ein Jahrtausend als höchste Instanz in der Medizin galt.«

»Ach, im Ernst?« Fleixa wurde neugierig.

Pau ließ sich von dem spöttischen Unterton des Reporters nicht beeindrucken.

»Galens anatomische Studien beruhten vor allem auf der Sektion von Tieren, folglich sind ihm viele Irrtümer unterlaufen. Vesalius hat Galen zunächst sehr verehrt, wie jeder Mediziner seiner Zeit, doch dann kam er auf die revolutionäre Idee, die menschliche Anatomie direkt zu erforschen.«

»Soll das heißen, dass …?«

»Während seiner Jahre in Paris hat er hunderte Sektionen vorgenommen, an Männern, Frauen und Kindern, in einer Zeit, in der man nur sehr schwer eine Leiche für Studienzwecke erhielt. Man weiß, dass er Kontakte zu Leichensammlern hatte.« Die beiden anderen sahen so verwirrt drein, dass Pau weiter ausholte. »Die Leichensammler stahlen gegen Geld auf Friedhöfen die Überreste von frisch Verstorbenen. Später, zurück in Italien, machte sich Vesalius einen Dispens zunutze, der es gestattete, dass die Hospitäler und die medizinischen Fakultäten der Universitäten Leichen von hingerichteten Verbrechern verwenden konnten.«

»Meine Güte, die Gesellschaft des Mannes muss ja richtig angenehm gewesen sein«, flüsterte Fleixa und nahm den nächsten Schluck.

Pau schnaubte.

»Hören Sie nicht auf ihn«, beschwichtigte Daniel ihn. »Bitte, erzählen Sie weiter. Vielleicht entdecken wir doch etwas, was uns verrät, warum Homs diesen Vesalius in seinem Notizbuch erwähnt.«

»Also gut«, erwiderte Pau und überlegte einen Moment, ehe er weitersprach. »Er war unbestritten ein Genie, weshalb ihn viele Zeitgenossen für etwas arrogant …«

Fleixa ließ ein Räuspern vernehmen und grinste hinter seinem Trinkglas. Pau errötete und versuchte, sich nicht beirren zu lassen.

»Wie gesagt, sein eigenes Wissen machte ihn so selbstbewusst, dass er die Mediziner seiner Zeit kritisierte. Er warf ihnen vor, das Studium der Anatomie zu vernachlässigen. Er fand, dass die Wissenschaft die Wahrheit über die Natur nicht in der Heiligen Schrift, sondern in der Wirklichkeit selbst erforschen sollte. Damals galt alles, was zu Gottes Wort in Widerspruch stand, nicht nur als falsch, sondern als Teufelswerk, das folglich verboten und bekämpft werden musste. Vor diesem Hintergrund kritisierte Vesalius, dass man das Werk Galens zum wissenschaftlichen Äquivalent der Bibel hochstilisierte. Er brach mit allem Althergebrachten und ebnete den Weg für eine neue Methode beim Studium der Anatomie. Das Ergebnis können Sie sich denken, er hat die Grundsätze der Medizin regelrecht erschüttert. Zwar hatte er auch einige Befürworter, doch die

Veröffentlichung des Werks führte zu einer enormen Ablehnung durch die Mediziner in ganz Europa. Sogar sein eigener Lehrer, Jacobus Sylvius, verstieß ihn. Vesalius machte sich in Italien so viele Feinde, dass er seinen Lehrstuhl in Padua aufgeben und nach Spanien emigrieren musste. Er kam an den Hof von Karl V. und avancierte zu einem der kaiserlichen Leibärzte.«

»Wieso wissen Sie so viel über diesen Mann?«

»Vesalius ist ein Wegbereiter für die moderne Medizin, vor allem in Fragen der Anatomie, und das ist eines meiner Lieblingsfächer. Im letzten Jahr habe ich mich mit seinen Werken beschäftigt. Vor ein paar Wochen, als ich bei Ihrem Vater als Assistent angefangen habe, sollte ich für ihn alle verfügbaren Informationen über Vesalius zusammentragen. Das erschien mir seltsam, aber ich habe nicht weiter nachgefragt.«

»Das ist es, Gilbert!«, rief Daniel mit neu erwachtem Elan. »Mein Vater wollte mit Ihnen zusammenarbeiten, weil er mitbekommen hatte, dass Sie sich mit Vesalius auskennen. Es gab da bestimmt eine Verbindung zu seinen Nachforschungen, das kann gar nicht anders sein. Das heißt, dass diese Anmerkung tatsächlich eine Bedeutung hat!«

»Entschuldigung, aber dann erklären Sie mir doch bitte eines: Welche Bedeutung hat ein nicht existierendes Buch eines vor dreihundert Jahren Verstorbenen?«, fragte Fleixa.

»Das ist kein Buch, so wie Sie es verstehen. Hier ist eins von mehreren Büchern gemeint, aus denen sich das Hauptwerk von Vesalius zusammensetzt.«

»Ah, dann ist ja alles geklärt«, erwiderte der Journalist und lachte.

»Wollen Sie es jetzt wissen oder nicht?«

»Bitte, erzählen Sie weiter!«, forderte Daniel ihn auf. Pau holte noch einmal tief Luft, bevor er weitersprach:

»Vesalius hat mit nur achtundzwanzig Jahren sein Hauptwerk veröffentlicht: *De humani corporis fabrica, Die Zergliederung des menschlichen Körpers.* Das Werk gilt bis heute als die erste moderne Abhandlung über Anatomie. Es besteht aus insgesamt sieben Kapiteln, den *Libri*, den so genannten Büchern, und jedes davon beschreibt einen anderen Teil des menschlichen Körpers. Das meint Homs, wenn er ›Buch‹ schreibt. Aber Vesalius hat sieben Bücher geschrieben, keine acht.«

»Vielleicht ist das ein Irrtum«, meinte Fleixa.

»Wahrscheinlich.«

»Nein, ganz im Gegenteil!«, rief Daniel. »Begreifen Sie denn nicht? Homs will unbedingt das Notizbuch wiederhaben, weil er weiß, dass es darin um dieses *Achte Buch* geht.«

»Ich weiß nicht, ob ich mich verständlich genug ausgedrückt habe«, sagte Pau, »Vesalius hat niemals das *Liber octavus* geschrieben. Diesmal stimme ich tatsächlich mit Señor Fleixa überein, das kann nur ein Lapsus sein, und der lässt sich durch den Zustand erklären, in dem sich Dr. Homs zu dem Zeitpunkt befand.«

»Das ›diesmal‹ unterstreiche ich«, stellte Fleixa fest.

»Nein, das glaube ich nicht«, entgegnete Daniel aufgeregt. »Homs hat eine Heilmethode für seine Frau gesucht, dafür hat er das Werk von Vesalius studiert, und dabei hat er irgendwie herausgefunden, dass es noch ein Kapitel gibt, das kein Mensch kennt, ein zusätzliches Kapitel. Das ist die große Entdeckung, über die er in seinen Aufzeichnungen schreibt und über die er sich am Anfang auch noch mit meinem Vater ausgetauscht hat.«

»In Homs' Tagebuch steht, dass Ihr Vater ihm die Unterstützung verweigert hat, weil für ihn das, was sie taten, Gottesfrevel war«, überlegte Pau weiter. »Vesalius wurde von der Kirche erbittert verfolgt und von einem Großteil der Mediziner seiner Zeit kontrovers diskutiert. Es ist durchaus möglich, dass er eine außerordentliche Entdeckung gemacht hat, aber weil man ihn für einen Ketzer hielt, sah er sich gezwungen, sie nicht zu veröffentlichen, sondern zu verstecken.«

»Das ist es! Homs hat sie dreihundert Jahre später wiedergefunden! Aber seine Frau ist trotz allem gestorben. In der Folge hat Homs den Verstand verloren, und man hat ihn ins Sanatorium geschickt. Mein Vater hat das Notizbuch versteckt und damit den einzigen Hinweis ausgelöscht.«

»Einverstanden. Vorausgesetzt, es gibt dieses *Liber octavus* tatsächlich, worin besteht dann die Verbindung zu den Morden an den jungen Mädchen?«

»Diese Frage kann ich Ihnen nicht beantworten, Gilbert, aber ich bin mir ziemlich sicher, wenn wir das wissen, werden wir auch Homs finden.«

»Wo fangen wir an?«, fragte Fleixa.

»Logisch wäre, dass wir uns erst einmal ein Exemplar der *Fabrica* beschaffen.«

»Ja, bis vor einigen Jahren war das wirklich eines der wichtigsten Nachschlagewerke. Es ist ganz einfach, in der Bibliothek ein Exemplar auszuleihen«, sagte Pau.

»Hervorragend! Als Student haben Sie doch Zugang zu der Bibliothek. Was ist, möchten Sie uns weiterhin helfen?«

Pau überlegte. Daniels Begeisterung war ansteckend. Er wusste, dass er seine Entscheidung noch bereuen würde, doch er sagte sich, dass das Ausleihen eines alten Medizinwerks keine Tat war, die ihm Probleme bereiten könnte.

»Ich kann morgen nach den Vorlesungen am Vormittag in die Bibliothek gehen.«

Angesichts von Daniels dankbarer Miene erröteten Paus Wangen sichtlich.

»Wenn es Ihnen recht ist, können wir uns gegen acht Uhr am Abend bei mir treffen. Wir müssen dieses *Liber octavus* von Vesalius finden. Ich bin davon überzeugt, dass es den Schlüssel enthält, um den nächsten Mord zu verhindern.«

Falsch und richtig

Zwölf Tage vor der Eröffnung
der Weltausstellung

27

Bertomeu Adell stieg an der Plaza de San Jaime aus der Kutsche. Die Rotzbengel, die ihn um ein Almosen anbettelten, schüttelte er mit ein paar Hieben ab. Er rückte seinen Hut zurecht, nahm den Spazierstock in die linke Hand und versuchte, sich sein zufriedenes Grinsen nicht anmerken zu lassen.

Das Rathaus, einst Sitz des Consejo de Ciento, stand gegenüber der Provinzverwaltung an einem Platz, der seit zweitausend Jahren das Zentrum der politischen und gesellschaftlichen Macht der Stadt bildete. Die Rathausfassade im klassizistischen Stil wurde von vier gewaltigen ionischen Säulen dominiert, die ein Frontispiz mit dem Wappen der Stadt trugen.

Um die Mittagsstunde herrschte auf dem Platz ein emsiges Gedränge von Verwaltern, Angestellten und vornehmen Herren in Begleitung ihrer Sekretäre. Darunter mischten sich Schuhputzer, Straßenfeger, Bittsteller, Dienstmädchen und Laufburschen, die irgendwelche Botengänge erledigten. Adell bahnte sich wie ein gewaltiges Dampfschiff mit entschiedenem Schritt einen Weg durch das Menschenmeer, bis er ohne weitere Zwischenfälle den großen Bogen des Haupteinganges erreichte, wo ihn zwei Wachen begrüßten.

Man hatte ihn zu einer Sitzung einberufen. Auf diese Einladung hatte er seit geraumer Zeit gewartet. Zu lange, brummte er in sich hinein, während er den Spazierstock wie einen Amtsstab vor sich herschwang. Doch sofort setzte er wieder eine freundliche Miene auf. Sein großer Moment war nun gekommen, endlich würdigte man in dieser Provinzhauptstadt seine

Verdienste. Nun, eigentlich galt sein Interesse einzig seinem eigenen Wohlstand, aber wer verfolgte nicht dieses Ziel? Hauptsache, seine Geschäfte hatten einen Beitrag zum Fortschritt in Barcelona geleistet.

Er sehnte sich danach, dem erlauchten Kreis der angesehensten Männer der Stadt anzugehören. Doch sein großes Ziel war ein Abgeordnetensitz in den Cortes, so wie es einem Adell i Busquets zustand. Sein Vater, wie zuvor schon sein Großvater und sein Urgroßvater, war ein etablierter Bürger gewesen, und alle hatten zum gegebenen Zeitpunkt den Sitz in den Cortes erhalten. Wenn man ihre Namen aussprach, dann stets voller Respekt. Jetzt war er an der Reihe. Dann würde ihn endlich keiner mehr hinter seinem Rücken den Luftikus nennen, ein Spitzname, der auf die früheren Aktivitäten des Familienunternehmens anspielte, das einst Dampfkessel herstellte. Ab sofort durften sie für weitere Projekte auf ihn zählen, und er würde Einladungen zu den gesellschaftlichen Zirkeln und den Festivitäten der Crème de la Crème erhalten.

Plötzlich musste er an seine Frau denken, und sein Optimismus erfuhr einen Dämpfer. Dieses verdammte Weib! Irene würde sich nicht einmal darüber freuen. Sie verhielt sich einfach nicht, wie es sich gehörte, sondern reizte ihn bis aufs Blut. Sie wusste nicht, wo ihr Platz war, das hatte sie noch nie verstanden. Seit ihrer Hochzeit hatte sie rebelliert und, schlimmer noch, sogar ihre eigene Meinung vertreten! Sie las Bücher, was sich für Frauen nun wirklich kaum schickte. Was bildete Irene sich ein? Sie sollte lieber nicht so arrogant sein und sich stattdessen für ihr Glück bedanken. Immerhin hatte er ihr doch mit seiner Großzügigkeit eine mehr als peinliche Situation erspart, oder etwa nicht? Die absolute Höhe war, dass sie in letzter Zeit, seit dieser Amat wieder in der Stadt war, fast nur noch schwieg und sich immer öfter wie ein verzogenes Gör aufführte. Vor zwei Nächten hatte sie ihm doch tatsächlich ihr Bett verweigert und ihn in sein Schlafzimmer zurückgeschickt.

Diese Frau musste endlich begreifen, wo ihr Platz war. Bald würde es so weit sein.

Ein Saaldiener erwartete ihn im Innenhof. Adell folgte dem Mann die Marmortreppe hinauf und versuchte nicht mehr an seine Frau zu denken. Heute war schließlich sein großer Tag, und niemand, nicht einmal Irene, würde ihm diese Freude nehmen. Das Klacken seines Spazierstockes hallte vom Deckengewölbe zurück, dann gingen sie durch mehrere Büros, in denen Beamte und Boten umherschwirrten. Es herrschte geschäftiges Treiben.

Das Amtszimmer des Bürgermeisters war noch repräsentativer, als Adell es sich vorgestellt hatte. Sechs große Fenster im gotischen Stil boten eine grandiose Sicht über den Platz. Wegen des Zigarrenrauchs lag ein leichter Dunst in dem Saal. Einige der Herren standen um einen ovalen Tisch, der mit Unterlagen und Plänen bedeckt war, und unterhielten sich. Als der Saaldiener ging, beendeten die Herren ihre Gespräche.

Francesc Rius i Taulet, der fast sechzigjährige Bürgermeister der Stadt, erlebte nun schon seine vierte Amtszeit. Voller Stolz trug er gewaltige Koteletten und einen Oberlippenbart, nur sein inquisitorisches Kinn lag frei. Aufgrund seiner Korpulenz und seiner zurückhaltenden Art ging das Gerücht, er litte unter gesundheitlichen Problemen, dabei war seine Vitalität doch essentiell für die bevorstehenden Feierlichkeiten der Weltausstellung und die kommenden Veränderungen von Barcelona.

Neben dem Bürgermeister stand der berühmte Architekt Elies Rogent, der Einzige unter den Anwesenden, den Adell persönlich kannte. Rogent war für die Planung der Weltausstellung verantwortlich, und in dieser Funktion hatten sie bereits miteinander zu tun gehabt. Beim Bau des Elektrizitätswerks war es zu heftigen Meinungsverschiedenheiten gekommen. Adell konnte sich noch gut an den letzten Streit erinnern, bei dem es um die Qualität der verwendeten Materialien gegangen war, was ihn tagelang verärgert hatte.

Neben einigen Ledersofas standen der Jurist Manuel Durán i Bas, ein engagierter Kämpfer für die Autonomiegesetze, und Claudio López Bru, Marqués de Comillas, ein großzügiger Mäzen der Stadt, was nicht mit Adells Vorstellung von einem Mann in dieser Position übereinstimmte.

Doch es fehlten noch vier Männer, damit das achtköpfige Komitee vollständig war, dem die Organisationsleitung der Weltausstellung oblag. Adell spürte ersten Ärger aufsteigen, er hatte damit gerechnet, dass ihn das Komitee in seiner Gesamtheit empfing, wie es diesem feierlichen Anlass entsprach. Doch er schob den Gedanken beiseite, schließlich war dies nur eine erste Zusammenkunft. Später würde sich schon Zeit für die gebotenen Zeremonien ergeben.

»Señor Adell, kommen Sie bitte herein«, begrüßte ihn der Bürgermeister.

Man wies ihm einen Lehnstuhl zu. Auf einem kleinen Tisch etwas abseits waren Likör, Gebäck und Kaffee angerichtet. Sobald alle Platz genommen hatten, kam Francesc Rius sofort zur Sache.

»Ich gehe davon aus, dass Ihnen bekannt ist, warum wir Sie hergebeten haben.«

Adell überlegte kurz, ob er sich widerstrebend geben sollte, damit man ihn bitten musste. Das hätte ihm noch mehr geschmeichelt. Er leckte sich die Lippen, dachte noch ein paar Sekunden nach, dann antwortete er in dem hochmütigen Tonfall, der ihm diesen Männern gegenüber angemessen schien.

»Selbstverständlich, meine Herren.«

Er stützte seine Hände auf die Armlehnen und lehnte sich zurück. Sehr bald würde vom Komitee der Neun die Rede sein.

Gespanntes Schweigen beherrschte die Stimmung der Anwesenden. Jetzt kommen gleich die Lobhudeleien, dachte Adell. Er hörte, dass einige Männer sich räusperten und Rogent verächtlich schnaubte. Adell nahm sich vor, diesen Mann und seine frigide Ehefrau nicht zu der prächtigen Gesellschaft einzuladen, die er ausrichten wollte, sobald seine Ernennung zu einem der Repräsentanten der Stadt offiziell war.

Der Bürgermeister beugte sich mit versteinertem Gesichtsausdruck vor.

»Wir werden sehen. Ich glaube, Sie haben eine falsche Vorstellung vom Anlass dieser Versammlung.«

Adell musste blinzeln. Die Sache verlief nicht so, wie er es erwartet hatte. Er erforschte die zurückhaltenden Mienen der Männer am Tisch und musste feststellen, dass die Stimmung keineswegs entspannt war, ganz im Gegenteil. Nun fiel ihm auch auf, dass niemand ihm etwas zu trinken oder eine Zigarre angeboten hatte. Er räusperte sich unbehaglich. Ihm wurde plötzlich heiß.

»Entschuldigung, ich verstehe nicht …«

»Wir sind einzig und allein hier, um uns mit Ihrer Inkompetenz auseinanderzusetzen, Adell«, warf ihm der sichtlich verärgerte Architekt vor.

Adells Wangen wurden tiefrot. Was hatte das zu bedeuten?

»Rogent, bitte beruhigen Sie sich«, beschwichtigte ihn der Bürgermeister. »Es ist nicht nötig, sich aufzuregen.«

»Das denke ich auch«, stellte Adell empört fest. »Was hat das zu bedeuten?«

»Offensichtlich«, ergriff nun Manuel Durán das Wort, »sprechen wir über die Probleme mit der Elektrizität, die sich nun schon seit Monaten häufen. Andauernd gibt es Stromausfälle am Paseo de Colón und sogar auf dem Gelände der Weltausstellung, uns liegen deswegen zahlreiche Beschwerden vor. Und das, wo die Eröffnung schon in zwei Wochen stattfinden soll! Die Aufmerksamkeit der ganzen Welt ist auf unsere Stadt gerichtet! Was für eine Katastrophe, wenn es während der Eröffnungsfeier zu einem ärgerlichen Stromausfall käme!«

»Warum haben Sie uns nicht informiert?«, fragte Claudio López mit verächtlichem Blick.

Adell war sprachlos. Das also war der Anlass für diese Versammlung? Diese verdammten Stromausfälle? Seine Zunge war zu einem Stück Pappe geworden, das am Gaumen festklebte.

»Meine Herren, es geht dabei nur noch um ein paar technische Anpassungen bei den Generatoren, das ist kein …«

Adell hielt inne, der Blick des Bürgermeisters war noch eisiger geworden.

»Wir entscheiden hier über die Frage, ob Sie überhaupt befähigt sind, diese Mängel zu beheben«, stellte Francesc Rius i Taulet fest. »Ich bin versucht, den Vertrag zwischen der Stadt und Ihnen auf der Stelle aufzulösen.«

Bei den Worten des Bürgermeisters wäre Adell fast vom Stuhl aufgesprungen. Die tatsächlichen Kosten hatten alle Berechnungen um einiges überstiegen. Seine Verpflichtungen gegenüber den Investoren waren beträchtlich. Doch das größte Problem stellten die Beträge dar, die er für sein eigenes Unternehmen abgezweigt hatte. Ja, er hatte Pech gehabt. Der Zuckerkurs war ins Schlingern geraten, kein Wunder bei all den Aufständen in Kuba, und das Geld hatte sich bei ein paar anderen Geschäften, bei denen er kein glückliches Händchen bewiesen hatte, einfach aufgelöst. Nicht einmal mit seinem gesamten Privatvermögen würde er die drohende Schuldenlast tilgen können. Das Elektrizitätswerk war seine letzte Gelegenheit, die Situation wieder in den Griff zu bekommen. Wenn man seine Verträge mit der Stadt kündigte, würde die Veruntreuung der Mittel auffliegen. Sein Ruin.

»Meine Herren, meine Herren, bitte überstürzen Sie nichts.« Kalter Schweiß klebte auf seiner Stirn. »Ich gebe Ihnen mein Ehrenwort, dass diese Probleme spätestens in einer Woche gelöst sein werden.«

Sein Versprechen stieß nur auf eisige Kälte.

»Señor Adell, das Elektrizitätswerk muss innerhalb der nächsten drei Tage die volle Leistung erbringen. Sonst können Sie den Vertrag vergessen und werden in dieser Stadt nie wieder Geschäfte tätigen.«

»Drei Tage?«

»Keiner mehr. Ich warne Sie, tun Sie alles dafür, dass ich nicht bereue, Ihnen vertraut zu haben.«

Der Unternehmer nickte, aber ein Lächeln brachte er nicht zustande. Das schien alles gewesen zu sein. Er wollte aufstehen, doch der Bürgermeister bedeutete ihm mit einer Handbewegung, sitzen zu bleiben.

»Da ist noch etwas.«

»Eine heikle Sache«, ergänzte der Marqués.

»Dann sagen Sie mir, worum es geht«, erwiderte Adell. Was sollte denn noch alles passieren?

»Es ist kaum zu glauben«, begann Manuel Durán, »aber man hat uns darüber unterrichtet, dass seit einigen Monaten an Orten, die zum Kanalisationssystem des Elektrizitätswerkes gehören, mehrere Leichen gefunden wurden.«

Adell hielt die Luft an, um nicht loszuplatzen.

»Erklären Sie sich«, forderte der Bürgermeister ihn auf.

Die vier Männer beobachteten ihn mit strengen Mienen. Adell wusste nicht, welche Informationen sie über die Sache hatten. Wahrscheinlich kannten sie einen Teil, also konnte er nicht lügen, aber er musste auch nicht mit der ganzen Wahrheit herausrücken. Er versuchte, sich zu beherrschen und größtmögliche Selbstsicherheit vorzutäuschen.

»Das stimmt, meine Herren. Ab und an haben wir leider die Leiche so eines unglücklichen Geschöpfs gefunden«, bestätigte er. »Aber ich weiß nicht, was an diesen Funden ungelegen sein soll.«

»Sie können nicht erkennen, was daran ungelegen ist? Herr im Himmel! Warum haben Sie die Polizei nicht verständigt?«

»Das habe ich nicht für notwendig erachtet.«

»Um wie viele Leichen geht es?«

»Etwa ein Dutzend, vielleicht auch mehr.«

»Heilige Madonna!«

»Mir ist zu Ohren gekommen«, schaltete sich nun Durán ein, »dass sich die Leichen in einem etwas eigenartigen Zustand befanden.«

»Der Weg durch die Kanalisation ist wohl nicht besonders bequem«, erwiderte Adell, »und dann noch die Ratten und Fische im Hafen!«

»Wie schrecklich!«

»In Barcelona geht das Gerücht, dass ein alter Fluch zu diesen Todesfällen geführt hat«, stellte der Jurist fest, der anscheinend über etwas mehr Informationen verfügte. »Bei La Maquinista Terrestre y Marítima, bei Nou Vulcà und bei Escuder gibt es Frauen, die sich weigern, in der Nachtschicht zu arbeiten.«

Adell grübelte, während die Kommentare immer schärfer wurden. Es war ganz offensichtlich, dass Inspektor Sánchez geplaudert hatte, trotz des Batzen Geldes, den er für sein Schweigen kassiert hatte. Er würde den Mann schleunigst daran erinnern müssen, wem er zu Loyalität verpflichtet war. Verdammt noch mal! Als gäbe es nicht schon genug Probleme beim Elektrizitätswerk, nun wussten sie auch schon von den Leichenfunden. Als die erste Leiche aufgetaucht war, hatte er es für richtig gehalten, niemanden damit zu belästigen. Das war ein Fehler gewesen, in Zukunft musste er vorsichtiger sein.

»Gerede, meine Herren, reines Geschwätz. Die Opfer sind Mädchen mit einem zügellosen Lebenswandel, und den Tod haben sie ausschließlich ihren Ausschweifungen zu verdanken. Dank Ihrer Anstrengungen, Herr Bürgermeister, ist Barcelona eine sehr sichere Stadt. Dennoch, nicht alle befolgen die Gesetze und halten sich an die guten Sitten. Ich gebe zu, ich habe versucht, diese Funde zu verheimlichen, um Ihnen diese Sorgen zu ersparen und um die Inbetriebnahme des Elektrizitätswerkes abzuschließen, genauso wie Sie es von mir verlangen.«

»Haben Sie nicht an die Konsequenzen gedacht, falls die Presse davon erfährt?«, fragte Rogent.

Der Tonfall des Architekten raubte ihm den letzten Nerv. Er hasste den Mann, der sich für überlegen hielt. Natürlich hatte er daran gedacht, er dachte unaufhörlich daran.

»Es gibt Tageszeitungen, die gieren förmlich nach einer Meldung, mit der sie die Ausstellung diffamieren können«, berichtete Rogent. »Eine Geschichte von diesem Kaliber kann in der Stadt Panik auslösen.«

»Und das alles, kurz bevor die Regentin zur Eröffnung kommt. Man würde uns nahelegen, die Feierlichkeiten abzusagen.«

»Das wäre furchtbar!«

»Nicht nur das, meine Herren. Wir rechnen mit Ausstellern und Besuchern aus der ganzen Welt. Was sollen die nur denken?«

»Das können Sie sich ja vorstellen. Wir vermitteln ihnen den Eindruck, dass wir hier nicht einmal in der Lage sind, für die Sicherheit unserer eigenen Bewohner zu sorgen. Es wird Absagen hageln.«

»Die nächste Weltausstellung in Paris findet auch schon bald statt, dann will niemand mehr nach Barcelona kommen.«

»Meine Herren, meine Herren ...« Adell gelang es nicht, die Männer zu beruhigen.

»Es ist unabdingbar, dass diese ›Funde‹ aufhören und dass wir Diskretion wahren«, bekräftigte der Jurist.

»Adell.« Rius zeigte mit dem Finger auf den Unternehmer. »Sie sind dafür verantwortlich, dass über diese Vorfälle auch nicht die kleinste Notiz in der Presse erscheint. Informieren Sie die Polizei, und halten Sie uns auf dem Laufenden. Ich hoffe, Sie haben verstanden, schließlich stehen Ihre gesellschaftliche Stellung und auch Ihr Privatvermögen zur Disposition. Wenn die Weltausstellung von Barcelona an Ihrer Inkompetenz scheitert, sorge ich persönlich dafür, dass Sie dafür büßen.«

Adell lief aus dem Rathaus, das Gesicht fahlgrau wie der Himmel über der Stadt. Er stieg in die Kutsche und ließ sich auf den Ledersitz zurückfallen.

Alles hatte mit diesen ungebührlichen Nachforschungen von Dr. Amat angefangen, und seitdem hatten sich die Probleme vervielfacht. Mit dem Tod des Alten schien sich die Lage zu klären, aber genau dann, im heikelsten Moment, war dieser Daniel Amat in Barcelona aufgetaucht, sieben Jahre nach seinem Verschwinden, und hatte die Ermittlungen seines Vaters wiederaufgenommen, noch dazu in Begleitung eines verdammten Reporters. Zufall? Bestimmt nicht.

Er war bislang einfach zu milde gewesen. Damit musste nun Schluss sein. Er konnte keine weiteren Fehler zulassen. Und erst recht nicht das Projekt gefährden, an dem er heimlich arbeitete. Niemand konnte sich auch nur annähernd das Wunder seiner Entdeckung vorstellen. Nicht einmal diese arroganten Idioten vom Komitee. Wenn er seine Entdeckung erst einmal publik machte, dann würden ihm alle zu Füßen liegen. Die ganze Stadt würde vor seinem Genie in die Knie gehen. Und viele würden ihn dann anflehen, dass er sie an seiner Errungenschaft teilhaben ließ. Dieser Daniel Amat würde sich ihm nicht mehr lange in den Weg stellen. Bald würde er für die Erniedrigung büßen, die er seinetwegen erleiden musste.

28

Pau legte die *Observationes anatomicae* von Falloppio beiseite und atmete tief durch. Die Sache nahm nicht den erwarteten Lauf. Er hatte in der Anatomie-Abteilung der Bibliothek alles durchsucht, aber kein einziges Exemplar des Werkes von Vesalius gefunden.

Mit der Zeit hatte sich die ursprüngliche Bibliothek – ein schlichter Saal im alten *Real Colegio de Cirujano* – so weit vergrößert, dass sie ein eigenes Gebäude neben der Universität einnahm. Sie war mit einem achteckigen Grundriss und wie ein riesiges Anatomisches Theater angelegt. Im Zentrum lag ein großzügiger Lesesaal voller Arbeitstische, um den sich in konzentrischen Kreisen zehn Gänge mit Regalen aus massiver Eiche formierten. Ein Gang verband die unterschiedlichen Abteilungen. Ab dem dritten Ring standen die Regale eine Etage höher in einer Galerie, zu der eine Wendeltreppe hinaufführte. Oben in den steinernen Wänden erhellten Fenster die Deckenbögen, die sich in einer Apsis mit dem Wappen der Stadt kreuzten.

Pau hatte es immer fasziniert, das Wissen der Medizin der vergangenen Jahrhunderte in Reichweite zu haben. Die Ruhe, die man hier verspürte, nahm er, anders als die anderen Studenten, nicht als erdrückend wahr. Er fühlte sich an diesem Ort wohl, er liebte den intensiven Geruch nach Holz, Papier und Stein. Hier fühlte er sich wie zu Hause, vielleicht weil er selbst keinen Ort hatte, den er als solches bezeichnen konnte. Die Bibliothek hatte noch einen weiteren Vorteil: Fenollosa und seine Clique ließen sich hier nur selten blicken, und wenn sie dies einmal taten, konnte man ihnen leicht aus dem Weg gehen.

In der Ferne konnte er die Glocken von Santa María del Pi läuten hören. Es wurde spät, die Studenten, die vor einigen Stunden noch an den Studiertischen gesessen hatten, waren längst gegangen. Durch die Fenster drang kaum mehr Tageslicht, und die Gaslampen reichten nicht für die Beleuchtung der Gänge aus. Pau musste auch bald gehen, denn er war mit Amat und Fleixa verabredet.

Er hasste es, mit leeren Händen dazustehen, und er malte sich die spöttische Miene des Journalisten aus. Es konnte doch nicht möglich sein, dass kein Exemplar in den Regalen stand. Er musste unbedingt Señor Ferrán befragen. Pau hätte diesen Schritt liebend gern vermieden, damit seine Bestellung nicht aktenkundig wurde, aber ihm blieb nichts anderes übrig, als den Bibliothekar um Hilfe zu bitten. Er packte seine Sachen zusammen und ging zu dessen Büro.

Am Ende des Ganges hörte Pau gedämpfte Stimmen. Je näher er kam, umso verständlicher wurde das Gespräch. In der Abteilung Chemie stritten im Gang direkt neben dem seinen erzürnt zwei Männer. Pau schlich behutsam weiter, und er erschrak, als er die Stimmen erkannte.

»Vater, ich bin kein kleiner Junge mehr.«

»Das werden wir noch sehen. Ich bin hier nur kurz zu Besuch, und schon muss ich feststellen, dass der größte Klatsch der letzten Wochen sich um meinen Sohn dreht – meinen eigenen Sohn! –, der sich bei einer öffentlichen Debatte von einem anderen Studenten bloßstellen lässt!«

»Es war doch nur eine dumme Anatomievorlesung.«

Nun klang die Stimme des älteren Mannes beleidigt.

»Komm bloß nicht auf die Idee, die Lehren der Mediziner zu verachten.«

Der junge Mann gab keine Antwort.

»Unsere Familie bringt nun schon in der vierten Generation

Chirurgen hervor, in der vierten! Wir alle haben stets dafür gesorgt, das Ansehen unserer Familie zu steigern. Ich selbst war in meinem Jahrgang ein herausragender Student. Und du, was machst du? Du bist ein Fenollosa, Herrgott noch mal!«

»Vater, Sie übertreiben.«

»Übertreiben? Denkst du, ich weiß nichts von den dubiosen Lasterhöhlen, in denen du Nacht für Nacht unser Geld verspielst? Oder davon, dass du betrunken im Hörsaal sitzt? Soll das das Benehmen eines echten Kavaliers sein?«

Jetzt konnte Pau die beiden Männer durch ein Regal hindurch erspähen.

»Ich folge nur Ihrem Beispiel, werter Vater«, entgegnete der Student. »Hier an der Fakultät sind Ihre Ausflüge ins Hurenhaus noch immer legendär.«

Die Ohrfeige hallte durch den Bibliothekssaal. Es war kein kräftiger Schlag, doch Pau konnte sehen, wie das Gesicht des Kommilitonen dunkelrot anlief. Er meinte, der junge Mann würde gleich zurückschlagen, doch dieser hielt sich im letzten Moment zurück. Der ältere Mann richtete sich ungeachtet der Reaktion seines Sohnes das Jackett und die Manschetten, nahm Handschuhe und Spazierstock und ging zum Ausgang. Für ihn war das Gespräch beendet.

»Mit der Unterstützung ist es erst einmal aus. Die Abschlussprüfungen sind in etwas mehr als zwei Wochen. Streng dich an.«

Seine Schritte verklangen im Gang. Fenollosa ließ die Bücher auf den Boden fallen und schlug mit der Faust gegen ein Regal. Er kämpfte mit sich, um den Tränen nicht freien Lauf zu lassen.

Pau sagte sich, dass es wohl besser wäre, wenn er sich zurückzöge und abwartete, bis der Kommilitone gegangen sei. Doch beim Umdrehen übersah er einen Handwagen voller Bücher, die noch eingestellt werden sollten, und mehrere Bände polterten auf den Fußboden.

»Wer ist da?«

Pau wollte noch wegschleichen, aber es war zu spät.

»Gilbert! Zum Teufel!«

Pau wusste nicht, was er sagen sollte.

»Gehört es zu deinen Gewohnheiten, Privatgespräche zu belauschen?«

»Nein. Es ist alles ganz anders.«

Fenollosa, der wütend war, in dieser kompromittierenden Situation beobachtet worden zu sein, ließ seinen Kommilitonen nicht mehr durch. Mit großen Schritten kam er auf Pau zu, der immer weiter zurückwich.

»Andauernd stellst du dich mir in den Weg, überall musst du dich einmischen, du Klugscheißer!«

Er verpasste seinem Gegenüber einen Stoß. Pau war kleiner und schmächtiger und hatte keine Chance. Er strauchelte gegen ein Regal und verlor die Brille, die über den Fußboden schlitterte. Fenollosa stürzte sich auf ihn und spie ihm seine Worte buchstäblich entgegen.

»Aus der Sache mit dem Mädchen bist du ja fein herausgekommen, aber denkst du, ich weiß nicht, dass du noch etwas verbirgst? Ich werde es herausfinden und dafür sorgen, dass man dich von der Universität wirft, aber zuerst werde ich mir noch einen Spaß daraus machen …«

»Meine Herren!«

Plötzlich stand Señor Ferrán in dem Gang zwischen den Regalen. Er war entsetzt, doch als er auch noch die Bücher auf dem Boden liegen sah, geriet er außer sich.

»Was erlauben Sie sich hier eigentlich?«

Fenollosa ließ notgedrungen von Pau ab. Während der Bibliothekar näher kam, griff Pau schnell nach der Brille und strich sich das Jackett glatt.

»Für junge Männer mit Ihrer Erziehung ist es einfach unerhört, sich wie ein paar ordinäre Halunken aufzuführen«, schalt Ferrán die beiden Studenten. In der Erwartung einer Entgegnung hielt er inne. Sein Blick fixierte Fenollosa, dann sagte er nur: »Los, raus hier!«

Der junge Mann wollte etwas entgegnen.

»Haben Sie mich nicht verstanden?«, beharrte Ferrán.

Mit verkniffener Miene suchte Fenollosa flugs seine Sachen zusammen. Als er an Pau vorbeiging, warf er ihm einen grimmigen Blick zu. Sekunden später dröhnte heftiges Türenschlagen durch die Bibliothek, woraufhin Ferrán noch wütender dreinblickte. Sobald das Echo des furiosen Abgangs verklungen war, wandte sich der Mann milder gestimmt an Pau.

»Alles in Ordnung mit Ihnen, Gilbert? Ich will ja nicht meinen treuesten Leser verlieren.«

»Danke, Señor Ferrán, alles in Ordnung.«

»Ich hatte das Gefühl, der junge Mann hätte Sie tätlich angegriffen. Soll ich Sie begleiten, wenn Sie eine Beschwerde einreichen?«

»Oh nein, Señor, nein. Vielen Dank. Mein Kommilitone war nur etwas erzürnt wegen einer Debatte über … über ein bestimmtes pharmazeutisches Verfahren. Das ist nur ein furchtbares Missverständnis. Nichts von Bedeutung.«

Dem Mann stand der Zweifel ins Gesicht geschrieben.

»Eigentlich sollte ich wohl besser selbst den Dekan unterrichten, aber ich werde Ihre Entscheidung respektieren.«

»Vielen Dank, Señor.«

»Vielleicht würden Ihnen ein paar Lektionen in dieser neuen englischen Sportart gut tun, die anscheinend dort an den Universitäten sehr beliebt ist. Ich glaube, man nennt es *Boxing*«, meinte er spitzbübisch.

»Danke, ich werde über Ihren Rat nachdenken.«

In dem Moment fiel Pau seine Frage an den Bibliothekar wieder ein.

»Warten Sie, Señor Ferrán, ich wollte ohnehin zu Ihnen.«

»Ach ja?« Die Augen des Bibliothekars schimmerten belustigt. »Ich muss Sie warnen, ich habe nicht die geringste Ahnung von diesem *Boxing*, ich habe nur ein Fachbuch, das gerade aus Madrid eingetroffen ist … Wenn Sie möchten, leihe ich es Ihnen.«

»Nein, nein, darum geht es nicht. Ich suche ein bestimmtes Buch, ich dachte, ich würde es selbst finden, aber es ist mir nicht gelungen.«

»Ja, das liegt eher in meinem Aufgabenbereich. Kommen Sie mit in mein Büro, dann können wir im Katalog nachschlagen, wo das Buch steht, für das Sie sich so interessieren.«

Das Büro von Señor Ferrán lag in einer Ecke der labyrinthischen Bibliothek. Es war kein besonders großer Raum, aber alles wirkte sehr übersichtlich. Der Bibliothekar schob einen Bücherstapel auf einem Tisch beiseite und sortierte noch einige Papiere, dann setzte er sich in einen Sessel neben dem Kaminfeuer.

»Sagen Sie, Gilbert, um welches Buch geht es?«

»*De humani corporis fabrica* von Andreas Vesalius.«

Der Bibliothekar war begeistert.

»Ja, eine großartige Abhandlung über die Anatomie. Bislang hatten wir immer einige Exemplare in den Regalen stehen, aber bei der letzten Neuordnung vor fünf Monaten sind einige davon leider auf höchst bedauerliche Weise verschwunden. Beim Umpacken hat man sie uns aus den Kartons gestohlen, können Sie sich so etwas vorstellen?«

Der Mann seufzte und stand vom Sessel auf. Er ging zu einem Regal voller Karteikästen mit Messinggriffen. Wie ein fingerfertiger Pianist suchte er im Regal, bis er sichtlich befriedigt einen Kasten herauszog und auf den Tisch stellte.

Als er ihn öffnete, tanzten darin einige lose Karteikarten. Der Bibliothekar blätterte sie mit Zeigefinger und Daumen durch und wählte schließlich eine aus. Beim Lesen blickte er über seine Brille hinweg. Pau wartete gespannt ab. Doch die Miene des alten Mannes verhieß keine guten Nachrichten.

»Anscheinend ist man Ihnen zuvorgekommen, die verbliebenen Exemplare wurden an einen Professor und an zwei Studenten ausgeliehen.« Er hob die Augenbrauen. »Kurios! Das letzte

Exemplar hat sich Ihr Kommilitone geliehen, mit dem Sie so freundschaftlichen Umgang pflegen.«

»Fenollosa?«

»Ja, genau. Er hat es sich erst heute Morgen ausgeliehen.«

Am selben Tag, an dem Pau den Band von Vesalius suchte. War das reiner Zufall oder steckte mehr dahinter? Pau wusste es nicht, aber es lief auf das Gleiche hinaus, er selbst hielt das Buch immer noch nicht in Händen. Anscheinend stand ihm seine Enttäuschung deutlich ins Gesicht geschrieben, denn als er wieder aufsah, lächelte der Bibliothekar und versuchte ihn aufzumuntern.

»Vielleicht gibt es noch eine Alternative.«

»Ich brauche den Band von Vesalius, Señor Ferrán. Ein anderes Anatomiebuch hilft mir nicht weiter.«

Der Bibliothekar schüttelte den Kopf.

»Das habe ich nicht gemeint, junger Mann. Ich wollte nur sagen, dass dies möglicherweise nicht die einzigen Exemplare in unseren Beständen sind.« Er kniff die Augen zusammen, wohl um sich besser konzentrieren zu können. »Im ältesten Teil der Bibliothek, in der zweiten Etage, liegt noch ein Saal, den man praktisch vergessen hat. Für mich ist es immer nur der Speicher. Darin befindet sich noch eine etwas spezielle Sammlung.«

»Und ich dachte, ich kenne mich in der Bibliothek aus!«

»Das wundert mich nicht, niemand will etwas von dem Ort wissen.«

»Warum nicht?«

»Der Posten des Bibliothekars wurde vor mehreren Jahren mit einem Professor besetzt, der an der Universität lehrte. Das war etwas ungewöhnlich, denn üblicherweise werden emeritierte Professoren damit betraut.«

»Sie sind auch einmal Professor gewesen?«

»Ja, selbstverständlich … Aber es geht hier nicht um mein langweiliges Leben. Wie gesagt«, griff Ferrán den Gesprächsfaden wieder auf, »der Mann hat sich einen Handapparat für seinen persönlichen Gebrauch zusammengestellt. Doch dann hat er dort scheinbar wahllos Unmengen Bücher angehäuft.«

»Aber warum hat er einen so eigenartigen Apparat zusammengestellt?«

»Der Mann war ein angesehener Wissenschaftler mit einer vielversprechenden Zukunft. Doch kurz nach seiner Berufung wurde seine Frau schwer krank.«

Pau durchzuckte vor Aufregung ein Kribbeln.

»Der arme Mann«, erklärte der Bibliothekar weiter, der Paus Reaktion nicht wahrnahm, »hatte sich mit Leib und Seele der Suche nach einer Heilmethode verschrieben. Es geht sogar das Gerücht, dass er sich ein geheimes Labor eingerichtet habe. Aber das bezweifle ich, wirklich. Es steht jedoch fest, dass er im Verlauf der Zeit für seine Forschung immer mehr Bände zusammentrug. Dabei hat er auch Abhandlungen aus etwas umstrittenen Disziplinen in dem Raum gehortet.«

»Was meinen Sie damit?«

»Esoterik, okkulte Wissenschaften, lauter Unsinn.« Sein Unbehagen bei diesen Themen verdeutlichte Ferrán mit einem Zungenschnalzen. »Wenn Sie meine Meinung wissen wollen, die reinste Zeitverschwendung. Aber wer weiß, was wir in so einer Situation alles anstellen würden. Ich kann mich noch erinnern, dass er nicht nur die Tage, sondern auch ganze Nächte in der Bibliothek zugebracht hat. Für nichts und wieder nichts. Seine Frau ist gestorben, und er ist aus dem Lot geraten. Und mit dem letzten Umbau sind der Raum und seine Büchersammlung in Vergessenheit geraten.«

Der alte Mann betrachtete die Flammen, die im Kamin loderten, und schüttelte den Kopf.

»Eine traurige Geschichte, wirklich, eine sehr traurige Sache. Ich kann mich noch erinnern, dass er sich vor allem für Anatomie interessiert hat. Deshalb« – bei den Worten sah er zu Pau – »kann ich mir vorstellen, dass Sie vielleicht dort Ihr Buch finden.«

»Sie wissen nicht zufälligerweise, wie dieser Mediziner heißt, Señor Ferrán?«

Pau konnte sich vor Nervosität kaum mehr beherrschen. Der alte Bibliothekar schloss die Augen, und als er sie wieder öffnete, flüsterte er:

»Er hieß Homs, Dr. Frederic Homs.«

29

»Ich warne Sie, in dem Haus wohnt der Teufel.«

Der Kutscher ließ zu seinen Worten die Peitsche knallen, und nachdem sie die Plaza Antonio López hinter sich gelassen hatten, zog das Pferd den Tilbury noch schneller über den Paseo de Isabel II. Der Mann kam aus dem Ebrotal, das hörte man an seinem starken Akzent.

»Alle sagen, dass es schon seit sieben Jahren verlassen ist. Aber, ganz im Vertrauen, gottverlassen ist es schon seit zwanzig oder dreißig Jahren, wenn nicht sogar mehr. In dem Haus sind furchtbare Dinge passiert. Das können Sie mir glauben, das ist kein Tavernentratsch. Auf dem Haus liegt ein Fluch, Señor.«

Daniel saß bequem zurückgelehnt unter dem Verdeck des zweirädrigen Wagens und hörte den Mann schwatzen, doch er war mehr damit beschäftigt, die Nerven zu bewahren. Der Kutscher meinte wohl, er hätte seinen Fahrgast beeindruckt, und schwadronierte weiter.

»Wissen Sie, die ganze Familie ist bei dem Brand ums Leben gekommen. Keiner hat überlebt. Da es keine Erben gab, wollte die Stadt das Anwesen versteigern. Aber niemand, der noch bei Trost ist, tut sich so etwas an. Am besten, sie reißen es ab. Das wäre das richtige Schicksal für das Haus, Señor. Genau.«

Daniel seufzte. Die Entscheidung war ihm nicht leicht gefallen. Seit seiner Ankunft in Barcelona hatte er den Moment hinausgezögert. Doch an diesem Nachmittag hatte er vor dem Treffen mit Fleixa und dem jungen Gilbert noch etwas Zeit. Er konnte es nicht weiter aufschieben.

Als er bemerkte, welche Richtung der Wagen nahm, räusperte er sich, um die Kehle frei zu bekommen.

»Kutscher, mir wäre der Weg über Santa María lieber.«

Der Mann nickte, nahm die Zügel und ließ die Peitsche wieder über den Kopf des Pferdes knallen. Daniel wollte lieber die alten Wege fahren, die er Tag für Tag mit seinem Vater und seinem Bruder zurückgelegt hatte. Als er die Straßen wiedererkannte, kehrten auch Erinnerungen an sein vorheriges Leben zurück. Sie querten den Paseo del Born, wo um diese Tageszeit wenige Leute unterwegs waren, und gelangten in die Gegend um die Calle Montcada, wo sie in eine Gasse abbogen. Das Treiben der anderen Straßen lag hinter ihnen, nun durchbrach nur noch das Echo der Pferdehufe die Stille. Da sein Fahrgast sich weiterhin so reserviert gab, hielt es der Kutscher für angebracht zu schweigen.

Nachdem sie durch mehrere enge Gassen gefahren waren, kamen sie zu einer hohen Mauer, die um den ganzen Straßenblock verlief. Sie fuhren an der Mauer entlang, die früher einmal weiß gekalkt gewesen war und oben von Ziegeln abgeschlossen wurde. Nun bröckelte an Dutzenden Stellen der Putz, und die Mauer sah wie die Haut eines Leprakranken aus. Schließlich mündete die Gasse auf einen hübschen, mit Bäumen bestandenen Platz.

»Warten Sie hier.«

»Sind Sie sich sicher, Señor?«

Der besorgte Tonfall des Kutschers entging Daniel nicht. Er steckte ihm ein paar Münzen zu.

»Machen Sie sich keine Sorgen. Bleiben Sie einfach hier, ich bin gleich wieder da.«

Daniel stieg von dem Wagen, rückte den Hut zurecht und ging auf das Anwesen zu, eines der wenigen Stadtpalais im Viertel La Ribera, das auf einem größeren Grundstück stand. Sein Vater hatte nie in eine feinere Gegend umziehen wollen, er hatte immer gesagt, das sei Geldverschwendung.

Daniel knetete seine Hände, damit sie nicht mehr zitterten, während er auf das stattliche schmiedeeiserne Tor zuging. Er drückte den eisernen Riegel hinunter, und das Tor knarrte und gab nach. Das Schloss war kaputt, aber jemand hatte eine schwere Kette angebracht, damit das Tor geschlossen blieb. Doch die entstandene Lücke reichte, um ohne größere Mühe hineinzuschlüpfen.

Daniel sah sich um. Die Straße war menschenleer, nur der Kutscher stand neben dem Tilbury. Eng in seinen Umhang gehüllt, drehte er sich eine Zigarette. Daniel bückte sich und kroch unter der Kette auf das Grundstück.

Als er aufsah, unterdrückte er einen Fluch.

In all den Jahren der Verwahrlosung waren die Pflanzen nach Lust und Laune gewachsen und beherrschten inzwischen das Areal. Die einstmals wunderschöne Gartenanlage war nur noch ein einziges Chaos aus Grün und Braun. Daniel stand auf einem gepflasterten Weg, der zum Teil unter Erdreich lag und mit Unkraut überwuchert war. Er lief ein paar Schritte durch die wuchernden Büsche.

Einige Meter weiter stand er vor einer gewaltigen Linde. Daniel konnte sich noch daran erinnern, dutzende Male auf den Baum geklettert zu sein. Jetzt war er wie abgestorben, Blätter und Stumpf waren verdorrt. Niemand hatte den Baum mehr gestutzt, und ein Ast, so dick wie ein Mensch, hatte unter seinem eigenen Gewicht nachgegeben. Dahinter entdeckte Daniel auch das ovale Wasserbecken wieder. Im Sommer hatten sein Bruder Alec und er, wenn die Hitze drückte, zum Ärger des Kindermädchens ihre Füße hineingetaucht. Damals war das Wasser so klar gewesen, dass man meinen konnte, die Karpfen schwebten in der Luft. Nun stand es leer, der Zementboden lag unter einer dicken Schmutzschicht, und in den Rissen wucherte Gras.

Daniel war nach dem Feuer nicht mehr hierher zurückgekehrt. Als er Wochen später aus dem Krankenhaus entlassen worden war, hatte er nach dem Streit mit seinem Vater den nächsten Zug Richtung Calais genommen und dann das Schiff nach England. Hätte sich Sir Edward nicht seiner angenommen, er wäre wohl bis ans Ende der Welt geflohen. Das lag nun mehr als sieben Jahre zurück. Als er sah, in welch trostlosem Zustand sich der Garten befand, den seine Mutter einst mit so viel Liebe gepflegt hatte und den sein Vater später zu ihrem Gedenken instand gehalten hatte, befürchtete er, dass es im Haus womöglich noch schlimmer aussehen könne. Er seufzte resigniert, jetzt gab es kein Zurück.

Je weiter er vordrang, umso gedämpfter klangen die Geräusche der Stadt, die die Stille des Gartens verschluckte. Daniel hörte nur noch seine Schritte auf dem Weg. Auch der Wind, der noch vor ein paar Minuten geweht hatte, war für einen Moment abgeflaut, und die Blätter und Zweige hingen reglos, als wären sie aus Stein.

Er kam an einer halb eingefallenen Laube vorbei. Dort hatte sein Bruder Alec, der ein großes schauspielerisches Talent besaß, stets am Ende des Sommers für die Familie eine Theatervorstellung gegeben und dabei alle mit seinen Einfällen und mit seinen Imitationskünsten amüsiert. Daniel war dabei im Hintergrund geblieben, er hatte nur bei der Ausstattung geholfen oder eine Nebenrolle übernommen. Selbst sein Vater war zu diesen Anlässen aus seinem Arbeitszimmer gekommen und hatte sich von der allgemeinen Fröhlichkeit anstecken lassen. Daniel schloss die Augen, um die Erinnerungen zu vertreiben. Als er sie wieder öffnete, stand das Haus vor ihm, als hätte es ihn erwartet.

Im ersten Moment kam es ihm wie ein riesiges Schiff vor, das inmitten eines Meeres aus abgestorbenen Pflanzen gestrandet war. Vor Jahren hatte es als prachtvoll gegolten. Die drei Etagen und die weitläufige Terrasse im ersten Stockwerk standen noch. Auch das Türmchen im Neo-Mudéjar-Stil reckte sich wie ein alter Leuchtturm in die Höhe, wie früher. Doch viele der bunten Kacheln, die einst die Fassade geziert hatten, waren verschwunden. Die übrigen, die noch am Mauerwerk hielten, hatten unter den Schichten von Staub und Ruß ihren Glanz eingebüßt. Die Fensterläden waren entweder kaputt oder hingen aus den Angeln.

Daniel setzte einen Fuß auf die erste Stufe zum Eingang. Er ließ sich von seiner inneren Unruhe nicht beirren und trat zur Haustür, die im Schatten der Vorhalle lag. Wie durch ein Wunder war das Familienwappen über dem Türrahmen noch erhalten, und Daniel las den Wahlspruch, an den ihr Vater sie so oft erinnert hatte: *Vivitur ingenio caetera mortis erunt.*

Als er die großzügige Eingangshalle betrat, wurde er von erschrecktem Flügelschlagen begrüßt. Die Nachmittagssonne schien durch die Löcher in der Decke, und ihr Licht brachte den Staub zum Schimmern, den er mit seinen Schritten aufwirbelte.

Der Grad der Zerstörung übertraf seine Vorstellungskraft. Ein Großteil der Deckenbalken war eingestürzt, und die Treppe, die einst die vornehmsten Bürger der Stadt betreten hatten, war nur noch ein Trümmerhaufen. Die Wandtapete mit ihrem eleganten Dekor hatte sich aufgelöst. Über allem lag eine grau-schwarze Patina mit einem modrigen Schleier. Der Regen war durch das zerstörte Dach eingedrungen, und getrocknete Erde zeichnete Muster auf die Bodenfliesen.

Mit bangem Herzen ging er weiter in das Haus hinein. Die Spuren des Feuers waren überall zu sehen. Die Zimmerdecken und die Säulen mit ihrem teuren Lack kamen ihm wie Knochen einer verbrannten Leiche vor. Die blauen Satinvorhänge waren nur noch Fetzen, die im Wind flatterten. Einige Lampen hingen zwar noch an der Decke, hatten sich aber unter der Glut verbogen. Das Mobiliar, das das Feuer nicht verschlungen hatte, lag zerborsten da, wo es früher seine prächtige Wirkung entfaltet hatte. Trotz all der Zeit hatte Daniel das Gefühl, dass der Brandgeruch noch in der Luft hing. Im matten Nachmittagslicht, das durch die zerstörten Fensterläden eindrang, ging er durch mehrere Zimmer. Seine Schritte führten ihn in die Küche. Dort standen nur noch die Überreste eines Tischs, ein paar Stühle sowie einige schwärzliche Küchenutensilien. Er blieb neben einem verkohlten Brett stehen, das einst eine Tür gewesen war: der Zugang zum Labor seines Vaters im Keller. Daniel zögerte einen Moment, ehe er es zur Seite schob. Dahinter lagen Steinstufen, die schon nach wenigen Metern vom Dämmerlicht verschluckt wurden. Die Angst drängte ihn, das Haus wieder zu verlassen und in die Sicherheit des Vergessens zurückzukehren, doch sein Bedürfnis, alles mit eigenen Augen zu sehen, war stärker. Die Erinnerungen an jene Nacht waren unklar, seine eigenen Albträume waren deutlicher. Er hatte niemals erfahren, was tatsächlich geschehen war. Deshalb war er hier. Er musste herausfinden, ob er tatsächlich, wie er befürchtete, ein Mörder war.

Er kniete und holte aus seinem Mantel zwei Talgkerzen und Streichhölzer hervor. Nach einigen unbeholfenen Versuchen konnte er eine Kerze anzünden. Die Flamme zeichnete einen Lichtkreis um ihn. Daniel atmete tief durch und ging zu dem schwarzen Loch.

Das Treppengeländer war verschwunden, weshalb er sich mit der freien Hand an der Wand abstützte. Er schauderte, als er spürte, dass die Mauer warm war. Er ging eine Stufe hinunter, und dann noch eine, sich stets bewusst, dass zu seiner Linken ein etwa zehn Meter tiefer Abgrund klaffte. Der Geruch der brennenden Kerze vermischte sich mit dem Gestank, der von unten hochdrang.

Daniel ging noch einige Schritte weiter hinunter, als er auf einmal meinte, ein dumpfes Flüstern zu vernehmen. Das konnte nicht sein. Seine Fantasie spielte ihm einen Streich. Dann hörte er noch ein Geräusch, und plötzlich traf ihn ein heftiger Luftzug im Gesicht, der auch die Kerze auslöschte.

Die Dunkelheit überfiel ihn, als wäre er in einen Brunnen getaucht. Er verlor den Kontakt mit der Wand. Vergeblich tastete er in der Luft. Mit größter Anstrengung gelang es ihm, seine Panik zu kontrollieren, die ihn zu beherrschen drohte. Er schaffte es sogar, sich umzudrehen. Oben fiel gedämpftes Licht durch das

Rechteck der Tür. Er war viel weiter nach unten gegangen, als er gedacht hatte. Er tastete mit dem Fuß nach der nächsten Stufe, doch er verfehlte sie, strauchelte und fiel ins Leere.

Daniel unterdrückte einen entsetzten Schrei, während er erwartete, die Schwerelosigkeit des langen Falles zu erleben, doch dann spürte er überrascht einen Schmerz im linken Knie, und er stieß so hart gegen eine Mauer, dass ihm der Atem stockte. Er war die Treppe einige Meter hinuntergestürzt, bis zu der Stelle, wo sie einen Knick machte.

Die Angst trieb ihn aufzustehen, während er sich das verletzte Bein hielt. Dicht an der Wand entlang humpelte er dem Lichtschein entgegen.

Mit verzerrter Miene hinkte er durch die Tür in die Küche zurück. Er bekam keine Luft, und das Knie brannte vor Schmerzen. Verwirrt sah er sich um. Das Haus schien lebendig geworden zu sein und zog sich unter seinen Schritten um ihn herum zusammen, so als wollte es seine Flucht verhindern.

Wie trunken wankte er durch die Räumlichkeiten, stolperte und fiel mehrere Male hin. Irgendwie gelang es ihm, zum Eingang zurückzukehren. Er torkelte die Treppe hinunter, bis ihm auf der letzten Stufe das Knie den Dienst versagte und er auf dem Weg landete. Er wälzte sich auf den Rücken und atmete erleichtert die kühle Luft des Gartens ein. Der Anblick des Himmels kam ihm wundervoll vor. Plötzlich musste er sich übergeben. Er drehte sich mühselig auf die Seite und leerte seinen Magen.

Als er fertig war, stützte er sich zitternd auf die Stufen. Tränen standen ihm in den Augen. Sein Vater hatte nicht mehr in das Haus zurückkehren wollen, und er hatte recht gehabt. Daniel lockerte seinen Hemdkragen. Sein Herzschlag verlangsamte sich allmählich, und auch sein Atem ging wieder ruhig. Er griff sich in den Nacken und strich mit den Fingern über seine verunstaltete Haut, die unauslöschliche Erinnerung daran, dass er ein Mörder war.

Als er wieder die Sitzbank des Tilbury unter sich spürte, atmete Daniel erlöst auf.

»Fahren wir!«, forderte er den Kutscher auf.

Angesichts des Zustandes, in dem sich die Kleidung seines Fahrgastes befand, hatte der Kutscher die Augen weit aufgerissen, aber als er dessen Gesichtsausdruck sah, schwieg er lieber. Er trat die Zigarette mit dem Stiefel aus und steckte sie in eine Tasche aus grobem Stoff. Mit einem Schnalzen und einem Ruck am Zügel machte sich der Wagen wieder auf den Weg.

Daniel blickte zurück. Ein Haufen Wolken dräute über dem Anwesen, das halb versteckt in der Dämmerung lag. Als sie sich entfernten, schien es zu verschwinden, als hätte es niemals existiert.

30

Der Speicher, wie Señor Ferrán ihn nannte, war eher eine Mansarde, in der man den Kopf einziehen musste, um nicht gegen die Decke zu stoßen. Es stank, als würde hier ein Tierkadaver verwesen. Pau konnte sich nur schwer vorstellen, dass dies der Ort sein sollte, an dem Homs an einer Heilmethode für seine Frau geforscht hatte.

Er zündete die Petroleumlampe an, die noch auf dem Tisch stand. Jemand hatte die Möbel mit verblichenen Tüchern zugehängt. Pau zog sie hinunter und entdeckte ein leeres Bücherregal, das die Wand zu stützen schien, ein altes Lehrskelett, bei dem einige Teile fehlten, drei riesige, hervorragend gearbeitete Reisetruhen, deren Etiketten anzeigten, dass sie früher die Laborgeräte des Mediziners enthalten hatten, sowie dutzende Kisten und Archivschachteln aus vergilbtem Karton mit Unmengen Büchern.

Ihm sank der Mut. Wie viel Zeit wäre nötig, um die Kisten zu durchsuchen? Vorausgesetzt, der Vesalius befand sich tatsächlich darin, würde er allein dafür mehrere Tage benötigen. Vielleicht sollte er besser abwarten, bis man Señor Ferrán ein Exemplar zurückgab, oder er könnte auch direkt einen der Studenten, die das Buch ausgeliehen hatten, darum bitten.

Die Idee gefiel ihm, doch dann kam ihm Fleixas herablassendes Grinsen in den Sinn. Also ging er zu dem Stapel Kisten, nahm die erstbeste und schleppte sie zum Tisch. Dann zog er einen Stuhl heran, setzte sich und richtete sich darauf ein, hier einige Zeit zu verbringen.

Nach zwei Stunden stellte er die siebte durchsuchte Kiste zum Stapel zurück und ließ sich auf den Stuhl fallen. Kurz zuvor hatte er sich noch über sein großes Glück gefreut: Dies war nichts Geringeres als die Privatbibliothek von Dr. Homs! In dem Moment hatte er noch frohlockt, was Amat und Fleixa für Augen machen würden, wenn er ihnen von dem Fund berichtete. Doch jetzt musste er dem Bibliothekar recht geben, diese Sammlung ergab einfach keinen Sinn.

Er hatte nun schon so viele Bücher überprüft, dass er sie nicht mehr zählte, und mit jedem Band verstand er noch weniger, was es mit dieser Privatbibliothek auf sich hatte. Jede Kiste enthielt Bücher mit etablierten wissenschaftlichen Erkenntnissen neben anderen, deren Seiten nur so von Betrug, Aberglauben und Unwissen strotzten. Mehrere Exemplare der *Libris naturalis* von Aristoteles, das *Handbuch der pathologischen Anatomie* von Carl von Rokitansky, die *Leçons de pathologie expérimentale* eines Claude Bernard lagen neben esoterischen Flugschriften, Handbüchern des Spiritismus und Leitfäden für alchemistische Lebensprinzipien. Es war eine absolut unerhörte Sammlung, die einer so gelehrten Persönlichkeit wie Dr. Homs nicht gebührte. Doch der Gipfel war, dass es keine Spur von Vesalius' Buch gab.

Pau zog die nächste Kiste an den Seitenklappen zum Tisch. Er wühlte darin herum und holte einen Band mit dunklem Einband hervor: *Le livre des Esprits* von Allan Kardec. Pau überflog das Deckblatt. Das Buch über die »Grundsätze der spiritistischen Lehre« behandelte die »Unsterblichkeit der Seele, die Natur der Geister und ihre Beziehungen zu den Menschen, die moralischen Gesetze, das gegenwärtige und das künftige Leben sowie die Zukunft der Menschheit«.

Das war pure Zeitverschwendung. Anstatt sich auf die Prüfungen vorzubereiten … Pau schüttelte den Kopf. Ohne nachzudenken, nahm er die spiritistische Abhandlung und knallte sie auf den Kistenstapel. Dieser gab nach und krachte gegen das leere Bücherregal. Eine Staubwolke wirbelte auf, und Dutzende

Bücher segelten auf den Fußboden. Es war nicht zu fassen, nun musste er noch eine Stunde damit verbringen, den Schaden zu beheben. Pau verkniff sich eine Klage über seine eigene Dummheit, er beschloss, das Chaos aufzuräumen und dann zu gehen. Er würde notgedrungen die bissigen Kommentare des Journalisten ertragen müssen, aber das war immer noch besser, als sich noch länger hier aufzuhalten.

Als er sich neben dem Regal bückte, wo einige Bücher herumlagen, hielt er verwundert inne. An einer Seite der Wand war ein Riss.

Das hatte gerade noch gefehlt, dachte er.

Er hielt die Lampe hoch und untersuchte den entstandenen Schaden. Nun steckte er wirklich in der Bredouille. Pau tastete den Riss ab. Wie zum Teufel konnten die paar Bücher so etwas anrichten? Er begutachtete den Spalt noch einmal genauer. Plötzlich hatte er eine Idee. Er sah sich um, und schließlich fiel sein Auge auf die Tücher über den Kisten. Er nahm eines davon in die Hand und wischte den Staub und die Spinnweben vom Rand des Regals weg. Rings um das Möbelstück war eine dünne Linie zu sehen, so als hätte man die Wand mit einem Skalpell bearbeitet.

Zitternd vor Aufregung legte er beide Hände auf das Regal und drückte dagegen. Nichts. Pau wollte gar nicht daran denken, dass ihm die Fantasie einen Streich gespielt haben könnte. Er versuchte es gleich wieder. Mit aller Kraft stemmte er sich mit seinem Körpergewicht dagegen. Nun war ein Ächzen zu hören, und das Regal bewegte sich einige Zentimeter. Aufgewühlt stemmte er sich noch einmal dagegen. Da gab das Regal nach einer Seite nach und ließ ein dunkles Rechteck in der Größe einer kleinen Tür erkennen.

Pau griff mit bebenden Händen nach der Lampe und beugte sich in die Öffnung. Er konnte seinen eigenen Atem hören. Er kroch hinein und rümpfte wegen des Geruchs, der ihm entgegenschlug, die Nase. Es war kein sonderlich großer Raum.

Vor einer Wand standen ein Labortisch aus Holz, eine Vitrine sowie ein Hocker. Eine Pritsche und ein Eisenofen füllten den restlichen Platz aus. Pau hatte tatsächlich das Geheimlabor von Dr. Homs entdeckt.

Anscheinend hatte sich Homs nach den Auseinandersetzungen mit Dr. Amat und den ersten Anfeindungen in der Universität dieses Studierzimmer eingerichtet, um ungestört seine Forschung zu betreiben. So hatte er spurlos verschwinden können, und niemand hatte gewusst, wo er sich aufhielt, niemand hatte sein Kommen und Gehen kontrollieren können.

Fasziniert strich Pau über den Tischrand. Das Holz war von Flecken übersät, Spuren der durchgeführten Experimente. Hier hatte Homs unzählige schlaflose Nächte zugebracht, um seine Frau zu retten. Pau konnte den verzweifelten Kampf beinahe nachempfinden, der Homs um den Verstand gebracht hatte. Er unterdrückte ein Schaudern. Die Atmosphäre im Raum schien immer noch von dem Schmerz und der Obsession des Mediziners durchdrungen zu sein.

Die flackernde Lampe erhellte kurz die Wand. Pau stutzte. Er hob die Lampe über den Kopf und hätte vor Verblüffung fast das Gleichgewicht verloren. In tausendfacher Wiederholung stand ein Schriftzug vom Fußboden bis zur Decke an die Wände geschrieben. Pau las laut: »*Vivitur ingenio caetera mortis erunt.*« Er streckte die Hand aus und strich mit den Fingern über die Buchstaben. Homs hatte die Kohle aus dem Ofen als Schreibwerkzeug benutzt. An manchen Stellen war die Schrift kaum zu erkennen. Was sollte das nur bedeuten? Hatte das etwas mit den Morden zu tun? Oder war es das wahnhafte Produkt eines Irren? Pau stellte die Lampe auf den Tisch, zog ein Heft aus der Tasche und schrieb den Satz ab. Er würde sich später damit befassen.

Ihm fiel wieder ein, warum er eigentlich hier war, und er ging zu der Vitrine, dem einzigen Ort, wo noch ein Buch versteckt sein konnte. Die Glastüren waren so verstaubt, dass man nicht hindurchsehen konnte. Pau überwand seine Nervosität und öffnete die Türen. Auf dem ersten Regalbrett standen tatsächlich mehrere medizinische Lehrbücher sowie einige Abhandlungen über die Cholera. Doch ein Buch ließ ihn aufmerken: *De dignotione ex insomniis libellus.* Von der Diagnose der Träume, übersetzte er für sich. Das war ein bekanntes Werk des Galenos von Pergamon. Aber warum hatte Homs gerade diesen Band hier aufbewahrt? Er wollte sich gerade damit befassen, als sein Blick auf ein unauffälliges Buch traf, das auf dem untersten Regal lag.

Es war das einzige Buch, auf dessen Rücken kein Titel stand. Man hätte es für ein simples Notizbuch halten können. Mit zitternden Händen nahm er es mit zum Tisch und schlug es auf.

Bei der Berührung raschelte das Papier. Die Petroleumlampe beleuchtete kunstvolle Illustrationen von zerteilten Körpern, Organen und Skeletten, zwischen denen längere Passagen auf Latein und Griechisch standen. Pau war von der unerbittlichen Schönheit des Werkes fasziniert. Er blätterte zur ersten Seite und las den lateinischen Titel: *De humanis corporis fabrica*, das Hauptwerk des Andreas Vesalius.

In dem Moment hörte er draußen ein Knacken.

31

Irene lehnte, hinter dem Vorhang versteckt, mit dem Gesicht am Wagenfenster und genoss die frische Brise, die ihr Haar unter dem Hut zerzauste und Farbe in ihre Wangen zauberte. Die Luft war erfüllt von dem Geruch nach Regen und dem Duft der Blumen in den Ramblas. Irene hatte das Gefühl, seit Wochen nicht mehr richtig durchgeatmet zu haben.

Für den Anlass hatte sie ein perlenfarbenes Nachmittagskleid gewählt, mit einer Samtstola, die leger über ihren Schultern lag. Das Mieder schnürte sie zwar ein, war jedoch der Tournüre vorzuziehen, die bei einigen Frauen immer noch in Mode war.

Sie überspielte ihre Nervosität, damit sich ihr Dienstmädchen Encarnita keine Sorgen machte. Immerhin provozierte sie gerade den Zorn ihres Ehemannes, was furchtbare Angst in ihr hervorrief. Adell hatte es in den letzten Jahren bestens verstanden, ihr dieses Gefühl systematisch einzutrichtern. Sie hatte zwar einige Vorsichtsmaßnahmen getroffen und konnte auf die Diskretion ihres Dienstmädchens zählen, doch sie war sich sicher, dass ihr Mann dennoch erfahren würde, mit wem sie sich traf. Trotzdem, sie konnte nicht anders.

Die unerwartete Begegnung mit Daniel bei der Beerdigung und sein Besuch bei ihnen im Haus hatten sie weitaus mehr mitgenommen, als sie sich eingestehen wollte. In den letzten Jahren hatte sie sich unter großen Mühen und Opfern mit ihrer Situation abgefunden, sie hatte sich gefügig und teilnahmslos gezeigt, um das Wichtigste in ihrem Leben zu schützen. Gerade als sie mehr denn je davon überzeugt war, dass ihre Heirat mit

Bertomeu Adell das kleinere aber notwendige Übel gewesen war, hatte ihr Wiedersehen mit Daniel all die Lügengebäude, auf die sie ihr Leben aufgebaut hatte, ins Wanken gebracht.

Er hatte sich sehr verändert, war nicht mehr der intelligente, aber oberflächliche junge Mann, mit dem sie charmant plaudern konnte. Er wich auch nicht mehr ihrem Blick aus, wenn sie lachte, und er träumte offensichtlich nicht mehr davon, mit seinen Schriften die Welt verändern zu können. Sein Blick wirkte gefasster, durch die Zeit geläutert. Hinter der Fassade konnte sie auch einen Hauch Mutlosigkeit erkennen, so als würde er nichts mehr vom Leben erwarten. War er immer noch wegen der Ereignisse bekümmert? Verspürte er noch das gleiche Schuldgefühl? Er hatte sie damals verlassen. Sie hatte ihn deswegen sehr lange Zeit gehasst. Doch der Lauf der Jahre hatte ihre Wut besänftigt und in eine Trauer verwandelt, die sich gemeinsam mit den Erinnerungen aufgelöst hatte.

Auf halber Höhe der Rambla de San José bog der prächtige Landauer in eine Gasse ein, und die Häuser schienen sich hinter ihnen zusammenzuschließen.

Fleixa lief durch das Redaktionsbüro direkt zum Schreibtisch seines Kollegen. Alejandro Vives hielt die Arme hinter dem Kopf verschränkt und betrachtete zufrieden die mit Schreibmaschine geschriebenen Seiten vor sich.

»Mein Freund Fleixa, das ist der beste Artikel, der je geschrieben wurde, seit Sarah Bernhardt zum ersten Mal die Adrienne Lecouvreur gespielt hat.«

»Herzlichen Glückwunsch! Ich wollte mit dir sprechen, hast du eine Minute?«

»Natürlich, worum geht es?«

»Es geht darum.«

Fleixa zeigte ihm den Zeitungsartikel über den Brand im Haus der Familie Amat, den er aus dem Archiv hatte mitgehen lassen. Vives kniff die Augen zusammen, und sein Lächeln erlosch.

»Ja, ich kann mich an den Artikel erinnern, der ist von mir. Eine schreckliche Tragödie. Du hast damals noch nicht beim *Correo* gearbeitet.«

»Schau, ich hab auch noch deine Notizen gefunden, und ich habe das Gefühl, dass du die Angaben über die Brandursache angezweifelt hast.«

Vives schnellte vom Stuhl hoch und nahm den kleinen Zettel an sich.

»Habe ich das?«

»Ja, du deutest darin eine ›vorsätzliche‹ Tat an«, übertrieb Fleixa.

Der Kollege sah ihn ernst an.

»Das ist eine Ewigkeit her, ich kann mich nicht erinnern.«

»Ich wäre dir sehr dankbar, wenn du es versuchen würdest.«

Vives verzog missmutig das Gesicht. Seine Fröhlichkeit war verschwunden, und zu Fleixas Erstaunen schien er sich unbehaglich zu fühlen.

»Warum interessiert dich das so? Vorbei ist vorbei. Reicht dir nicht, was jetzt in Barcelona passiert?«

Fleixa bedachte ihn mit einem ungeduldigen Blick.

»Schon gut, schon gut«, willigte der Kollege mit einer beschwichtigenden Geste ein. »Was ich dir jetzt erzähle, bleibt in diesen vier Wänden, verstanden?«

»Natürlich«, lenkte Fleixa ein und machte es sich an dem Tisch des Kollegen bequem. Als er die betroffene Miene seines Freundes sah, wurde er noch neugieriger.

»Ich war an dem Tag sehr lange in der Redaktion. Ich musste am Abend noch etwas für die Ausgabe am nächsten Morgen korrigieren. Als ich endlich nach Hause gehen wollte, kam die Nachricht von einem Feuer in einem Haus im Born herein. Martínez hat uns einen Laufburschen mit der Nachricht geschickt, du verstehst schon.«

Fleixa nickte. Francesc Martínez war Polizist, darüber hinaus erhielt er von der Zeitung noch ein inoffizielles Gehalt dafür, dass er sie über alle Ereignisse auf dem Laufenden hielt, die eine Nachricht wert sein könnten. Man munkelte zwar, dass er bei mehreren Zeitungen in Diensten stand, aber in den zehn Jahren, in denen er als Zuträger tätig war, hatte ihm das niemand nachweisen können.

»Weiter.«

»Als ich dorthin kam, war ich von den Ausmaßen der Feuersbrunst entsetzt. Die Flammen schlugen so hoch aus dem Haus, dass es auf dem kleinen Platz davor taghell war. Es war ein einziges Chaos, in den Rauchschwaden hörte man überall Stimmen und Geschrei und die Glocken der Feuerwehrwagen und Rettungskutschen. Die Schaulustigen drängten sich auf dem Platz und wollten sich das Spektakel nicht entgehen lassen. Die Polizei forderte die Leute auf wegzugehen, und die Feuerwehr bemühte sich nach Kräften, dass das Feuer nicht auf die Nachbargrundstücke übergriff. Hinzu kam, dass die Hydranten nicht richtig funktionierten, und auch die Pumpe klemmte. In dieser Nacht ging wirklich alles schief.« Vives erinnerte sich mit leerem Blick. »Ich habe mit dem Feuerwehrhauptmann gesprochen. Die Feuerwehr hatte das Haus fast aufgegeben. Seine Leute konnten nicht mehr viel ausrichten. Er sagte, dass er so etwas noch nie erlebt habe, das Feuer würde brennen, als hätte jemand alles mit Pech getränkt.«

»Was hast du dann gemacht?«

»Das Personal der Familie stand auf dem Platz zusammen. Ich habe die Leute angesprochen. Einige waren nur leicht verletzt, aber sie wirkten wirklich furchtbar erschrocken. Vielleicht ist es ja nur Einbildung, aber ich dachte damals, dass diese Angst nicht allein von dem Feuer herrühren konnte. Ich habe versucht, irgendetwas aus ihnen herauszubekommen. Aber sie waren sich nur einig, dass das Feuer nicht in der Küche ausgebrochen sei, auch wenn der Feuerwehrhauptmann etwas anderes sagte. Ich bekam dann auch noch mit, wie einer der Stallburschen mit einem Dienstmädchen tuschelte, dass man den jungen Señorito

Daniel gegen dessen Willen aus dem Haus gerettet hatte. Er habe immer nur geschrien, er hätte sie umgebracht. Ich wurde neugierig und wollte von dem Stallburschen Näheres wissen. Aber in dem Moment tauchte der Butler der Familie auf und verbat ihm weiterzureden. Man hat mir Prügel angedroht.«

»Wenn das stimmt, dann hätte Daniel Amat ja den Mord an seiner Verlobten und an seinem Bruder gestanden!«

»Ich sage nur, was ich gehört habe.«

»Das ist aber noch nicht alles, oder?«

Vives biss auf seine Lippen, es kostete ihn Überwindung weiterzuerzählen.

»Nein, das ist nicht alles. Nach dem nächtlichen Ereignis ließ mir das keine Ruhe, wie du dir sicher vorstellen kannst. Das war nicht irgendein Feuerchen, und die Aussagen des Personals gingen mir nicht aus dem Kopf. Ich nahm mir vor, mehr über die Familien Amat und Giné herauszufinden. Ich habe über Wochen die halbe Stadt durchforstet, ich habe mit Leuten gesprochen, die Umgang mit den Familien pflegten, und ich habe sogar zwei oder drei Hausangestellte bestochen, um herauszufinden, was in der Nacht geschehen war. Kurz und gut, das habe ich herausbekommen: Ende des Jahres achtzig haben Daniel Amat und sein Bruder Alec eine Galavorstellung im Liceo besucht. Sie waren damals einfach nur zwei junge Herren aus gutem Hause. In der Pause trafen sie auf die Giné-Schwestern und deren Eltern. Dr. Amat und Dr. Giné waren schon in ihrer Jugend enge Freunde gewesen. Don Antoni Giné hatte zwanzig Jahre lang in Kuba gelebt und praktiziert, doch wegen der Probleme in den Kolonien hatte er beschlossen, nach Spanien zurückzukehren. Er hatte mit großem Erfolg das Sanatorium Nueva Belén gegründet und in Collserola ein prächtiges Haus erworben, denn er wollte sich endgültig wieder in Barcelona niederlassen. Das Treffen war keineswegs zufällig, Dr. Amat und sein Freund hatten es arrangiert.«

»Worauf läuft die Geschichte hinaus?«

»Warte, hab etwas Geduld, Bernat. Lass mich nicht den Faden verlieren«, tadelte Vives seinen Kollegen. »Wie gesagt, die Giné-Schwestern waren bildschöne junge Damen, und sie waren unersättlich neugierig auf die Metropole, die sie bislang nur aus Zeitschriften und Büchern kannten. Ihr entzückendes Benehmen und ihre ausgezeichnete Erziehung sorgten für Aufsehen. Ansonsten hatten die Mädchen nichts gemeinsam, vor allem natürlich, weil sie keine richtigen Schwestern waren.«

Über Vives' Gesicht huschte für einen Moment ein Lächeln.

»Wie du dir vielleicht denken kannst, ist Irene kein leibliches Kind der Ginés. Don Antoni war damals Arzt bei der Kavallerie. Achtundsechzig, während der Aufstände in Kuba, hatte er die Kleine neben der Leiche ihrer Mutter in einem kleinen Weiler in der Nähe von Sancti Spíritus gefunden. Die Aufständischen hatten den Ort dem Erdboden gleichgemacht. Da sie ein Mischling war, hatten die Dorfbewohner Irene einfach ihrem Schicksal überlassen, und die Ginés, die keine weiteren Kinder mehr bekommen hatten, adoptierten sie, und sie wuchs als die kleine Schwester von Ángela auf. Die Mädchen waren nie zuvor aus Kuba herausgekommen, sie kannten niemanden in Barcelona, es war also die größte Selbstverständlichkeit, dass Daniel und Alec Amat sie nun gelegentlich begleiteten und in die Gesellschaft einführten. Das Übliche, Tanzveranstaltungen, Theateraufführungen, Ausflüge in der Kutsche an den Ensanche, solche Sachen. Wo sie hinkamen, zogen sie die Blicke auf sich. Die eine schneeweiß und anmutig, die andere exotisch schön, kein Wunder, dass sie überall auffielen. Ihre Anwesenheit wurde allmählich zur Gewohnheit, und sie tauchten auch immer wieder in Gesellschaftsberichten auf. Die beiden Elternpaare begrüßten diese Freundschaft sehr. Das ging so weit, dass Dr. Giné und Dr. Amat beschlossen, ihre Erstgeborenen miteinander zu verloben, also Ángela und Daniel. Dabei hatten sie allerdings vergessen, die Beteiligten um Zustimmung zu fragen.«

»Das ist alles bestimmt sehr interessant, aber was hat das mit dem Feuer zu tun?«

»Ángela war eine lebenslustige und bezaubernde junge Frau«, berichtete Vives weiter, ohne sich von der Ungeduld seines Kollegen beirren zu lassen. »Daniel hatte sie durchaus in sein Herz geschlossen, aber er liebte sie nicht. Ángela war dagegen wie ein kleines Mädchen in ihn verschossen. Unter anderen Umständen wäre das für den jungen Mann wahrscheinlich schmeichelhaft gewesen, doch Daniel Amat hegte große Gefühle für Ángelas Schwester Irene, und diese Liebe wurde anscheinend auch erwidert. Nicht genug damit, die Sache wird noch komplizierter. Böse Zungen behaupteten, sein Bruder Alec hätte sich sehr für Ángela interessiert, auch wenn ich das nicht glauben will. Ich weiß nicht, ob du mir noch folgen kannst.«

»Doch.« Fleixa nickte.

»Irene hatte keinen Anspruch auf eine Mitgift oder auf einen Anteil am Erbe der Familie Giné. Don Antoni behandelte sie wie seine Tochter, und er ging liebevoll mit ihr um, aber nicht mehr. Doña Francisca, Irenes Adoptivmutter, hätte auch nichts anderes zugelassen. Ángela war immerhin ihre einzige Tochter. Daniel Amat war das alles anscheinend mehr oder weniger egal. Die beiden jungen Leute beschlossen, den beiden Familien ihre Beziehung zu offenbaren. Sie wollten sich der Abmachung ihrer Väter widersetzen und sie um Erlaubnis bitten, heiraten zu dürfen. Sollte man ihnen diese verwehren, war Daniel bereit, sein Studium aufzugeben, sein Elternhaus zu verlassen und mit Irene zu fliehen.«

»Aber dann kam etwas dazwischen.«

»Genau. Ein Unglück hat ihre Pläne zunichtegemacht. Du kannst dich bestimmt noch an die Sache erinnern, die war damals in aller Munde. Als die Familie Giné von einer Wohltätigkeitsveranstaltung heimkehrte, wurde sie Opfer eines Überfalls. Ihr Kutscher leistete Widerstand, und es kam sogar zu einer Schießerei. Don Antoni wurde leicht am Arm verwundet, doch Doña

Francisca erlitt eine sehr schwere Verletzung. Dr. Amat persönlich behandelte die beiden, doch für Señora Giné kam jede Hilfe zu spät. Auf dem Totenbett bat Doña Francisca ihre Tochter Ángela und Daniel zu sich. Die beiden jungen Leute mussten vor mehreren Zeugen schwören, ihr den letzten Wunsch zu erfüllen: Sie sollten heiraten und Kinder bekommen und damit das Erbe der Familie fortsetzen. Ángela willigte im Namen der beiden ein. Die Mutter verstarb wenige Stunden später.«

»Wie ging es weiter?«

»In der Nacht nahm die Tragödie ihren Lauf. Irene brach mit Daniel. Sie konnte sich schließlich nicht dem Versprechen widersetzen, das Ángela ihrer Adoptivmutter gegeben hatte. Einige Bekannte sind Daniel Amat in mehreren Tavernen begegnet, und zwei Bedienstete haben ihn spät nach Hause kommen sehen. Er war betrunken, ging aber nicht in seine Zimmer, sondern in das Labor seines Vaters im Keller. Die Hausangestellten haben mir erzählt, dass Ángela Giné kurz zuvor eingetroffen war, bestimmt, um Daniel zu suchen, und nur Alec Amat angetroffen hatte.«

Vives hielt inne, bevor er weitersprach.

»Die Köchin konnte sich zwar nicht mehr genau an die Uhrzeit erinnern, doch als sie an dem Abend in der Küche die Glut löschte, hat sie gehört, dass es im Keller einen heftigen Streit gab. Sie war besorgt und wollte schon den Hausherrn wecken, doch als der Radau nachließ, dachte sie, der Streit sei beendet. Sie beschloss, sich nicht einzumischen. Minuten später stand das Haus in Flammen.«

Vives steckte sich eine Zigarette an.

»Das ist alles, was ich herausfinden konnte. Den Rest der Geschichte kennst du ja. Sanchís zwang mich, es dabei zu belassen, also war die Geschichte abgeschlossen. Ja, mach mir nur Vorwürfe, aber ich muss schließlich eine Familie ernähren. Nach seiner Entlassung aus dem Krankenhaus verschwand Daniel Amat. Alec Amat und Ángela Giné wurden bestattet und vergessen. Bis heute hat niemand in der Geschichte herumgestochert, und jetzt kommst du daher und schnüffelst herum.«

»Glaubst du, Daniel Amat hat das Feuer absichtlich gelegt?«

Sein Kollege zuckte die Achseln.

»Danke, Alejandro, du hast mir sehr geholfen.«

»Freut mich. Aber jetzt tu mir den Gefallen und vergiss alles, was ich dir erzählt habe.«

Fleixa ging in Gedanken versunken durch die Straßen zum Colegio Mayor, wo er mit Amat und dem jungen Studenten verabredet war. Die Geschichte, die Vives ihm erzählt hatte, ging ihm nicht aus dem Kopf. Er konnte nun den gequälten Charakter des jungen Mannes besser verstehen. Man hatte ihn zwingen wollen, auf die Frau seines Lebens zu verzichten und eine Person zu heiraten, die er nicht liebte, und alles hatte mit der schrecklichen Brandkatastrophe geendet, für die sich Amat offensichtlich die Schuld gab. Was war an der Geschichte wahr? Was war im Keller vorgefallen? Wenn das Feuer absichtlich gelegt worden war, wie Vives andeutete, wozu? Es gab einige offene Fragen, doch eine beschäftigte ihn besonders: War Daniel Amat ein Mörder?

Er war so in Gedanken, dass er den Wagen nicht beachtete, der in die Gasse einbog, bis dieser mit quietschenden Bremsen direkt neben ihm hielt. Der Journalist sah vorwurfsvoll zu dem Kutscher und wollte gerade losschimpfen, weil er ihn so erschreckt hatte, doch der Mann kam ihm zuvor.

»Fleixa? Bernat Fleixa?«

»Vielleicht«, antwortete der Journalist, der sich fragte, ob die Negra eine so prächtige Kutsche besaß.

Die Wagentür ging auf, und ein junges Mädchen in Dienstmädchenuniform trat zu ihm auf den Bürgersteig.

»Steigen Sie ein, schnell!«

Fleixa gehorchte trotz seiner Zweifel. Er nahm Platz, und als er aufblickte, hatte er eine vornehm gekleidete Dame von exotischer Schönheit vor sich, deren braune Haut mit dem Halbdunkel in der Kutsche verschmolz. In ihren Augen blitzte der Schalk auf, weil er so verlegen war. In den Händen hielt sie einen geschlossenen Fächer. Sie verzog ihren Mund zu einem ironischen Lächeln angesichts der Musterung durch den Journalisten und strich sich eine dunkle Haarsträhne aus der Stirn. Seinen forschenden Blick erwiderte sie durch eine noch intensivere Prüfung. Fleixa räusperte sich nervös. Plötzlich fiel ihm auf, dass er noch den Hut trug, und er legte ihn unbeholfen neben sich.

»Ich komme zu spät zu einer Verabredung«, stellte er fest, doch gleich darauf kam er sich lächerlich vor.

»Guten Abend, Señor Fleixa. Keine Sorge, es ist nicht meine Absicht, Ihnen die Zeit zu stehlen.« Ihre Stimme klang sanft, mit einem leichten karibischen Akzent. »Wir hatten noch nicht das Vergnügen, uns kennenzulernen. Mein Name ist Irene Adell.«

»Adell? Adell, der Industrielle? Sie sind seine Gattin?«

»Ja.«

Also Daniel Amats unglückliche Liebe, die Frau, die er verlassen hat, weil er für den Tod ihrer Schwester Ángela verantwortlich war, dachte der Journalist.

Irene schob den Vorhang mit ihren feingliedrigen Fingern ein wenig zur Seite und sah auf die Straße.

»Keine Sorge. Niemand wird von dieser Begegnung erfahren, zumindest nicht von mir, das garantiere ich Ihnen. Ich bin durchaus zu Diskretion fähig«, versprach Fleixa, als er sah, wie beunruhigt die Frau war. »Aber offen gestanden, ich denke, dass Sie genauso gut wissen wie ich, welchen Beruf ich ausübe, und Diskretion ist dabei nicht unbedingt meine Stärke.«

Die Frau schien über seine Worte nachzudenken. Fleixa wünschte sich, dass seine Bemerkung nicht gleich das Ende des Gesprächs bedeutete. Er verspürte große Neugierde.

»Ich verstehe«, sagte Irene schließlich. »Aber ich gehe davon aus, sobald wir miteinander gesprochen haben, werden Sie begreifen, warum ein Mindestmaß an Zurückhaltung angebracht ist.«

Fleixa stimmte notgedrungen zu.

»Ich wollte Sie um Hilfe bitten.«

»Wenn es in meiner Macht steht …«

»Bitte überzeugen Sie Daniel Amat, dass er aufhört.«

Der Journalist schnellte überrascht hoch.

»Entschuldigung, aber Sie sind mir gegenüber im Vorteil. Woher wissen Sie, dass ich Señor Amat kenne?«

»Er hat uns vor Kurzem in einer persönlichen Angelegenheit besucht und sich mit meinem Mann unterhalten. Hinterher habe ich gehört, wie mein Mann im Zusammenhang mit Señor Amat Ihren Namen erwähnte.«

Fleixa ruckte unruhig auf seinem Platz, nun war er ganz Ohr.

»Ihre Nachforschung birgt offensichtlich gewisse Gefahren.«

Der Journalist lachte.

»Ich kann es nicht fassen. Bertomeu Adell benutzt seine Frau, um zu verhindern, dass ihm die Presse Schaden zufügt.«

Irenes Gesicht verschattete sich.

»Verzeihen Sie bitte, darum geht es also nicht.«

»Ich mache mir Sorgen um das Wohlergehen von Señor Amat, er ist ein … ein alter Freund. Ich sähe es gern, wenn er nicht hineingezogen würde. Das ist alles.«

»Ich teile Ihre Sorge, aber warum bitten Sie ihn nicht selbst darum?«

»Ich fürchte, ich konnte ihn nicht überzeugen.«

»Ah, ich verstehe. Aber wieso sollte ich Señor Amat davon …«

»Um die Nachforschungen geht es mir nicht. Ich wünsche mir nur, dass Señor Amat nichts mehr damit zu tun hat. Ich bin bereit, dafür zu zahlen.«

Irene zückte aus einer Petit-Point-Handtasche mit silbernem Rahmen einen Umschlag und legte ihn in seine Hände. Fleixa lugte vorsichtig hinein, er befürchtete, der köstliche Duft, den der Umschlag verströmte, könne verloren gehen. Er widerstand der Versuchung, anerkennend zu pfeifen. Mit dem Geld könnte er seine Schulden bei der Negra bezahlen, und dann blieb ihm immer noch ein ordentlicher Batzen. Bevor er es bereuen konnte, steckte er den Umschlag in seine Jacketttasche.

»Das ist nur die Anzahlung«, erklärte Irene. »Sie erhalten den gleichen Betrag, wenn Sie Ihren Auftrag erfüllen.«

»Señora, das ist ein großzügiges Angebot, ein sehr großzügiges. Ich werde tun, was in meiner Macht steht«, log er. »Doch ich kann Ihnen nicht garantieren, dass ich Amat davon abhalten kann.«

Irene erforschte ihn mit einem so hartnäckigen Blick, dass sich Fleixa nervös räusperte.

»Ich werde mein Bestes geben«, versprach er, »aber ich will Sie nicht betrügen. Trotz allem, was ich ihm sage, ist der junge Mann entschlossen, die Wahrheit über den Tod seines Vaters herauszufinden.«

»Ich begreife«, flüsterte Irene.

Fleixa war von sich selbst überrascht, er bedauerte es, der Frau nicht mehr anbieten zu können. Doch bevor er ihr mit tröstenden Worten die Sorgen schmälern konnte, reckte sie herausfordernd den Kopf.

»Ich bin bereit, Ihnen ein weiteres Angebot zu unterbreiten, damit Sie Ihre Anstrengungen verstärken.«

Der Journalist ermutigte sie mit einer Geste fortzufahren. Was sollte sie ihm außer Geld noch anbieten können?

»Sie sind gewiss darüber informiert, dass mein Mann einer der Industriellen ist, die an der Weltausstellung beteiligt sind.« Nach seinem Nicken sprach sie weiter: »Dann wissen Sie bestimmt, dass er den Auftrag für den Bau des Elektrizitätswerkes erhalten hat, das das gesamte Gelände sowie die Straßen in der Umgebung des Parque de la Ciudadela mit Strom versorgt.«

»Ja, ich habe davon gehört.«

»Nun, Bertomeu veruntreut die Einlagen der Investoren.«

Der Journalist saß kerzengerade.

»Das ist ein schwerwiegender Vorwurf, Señora. Sind Sie sich sicher, dass …?«

»Ich habe Dokumente, die beweisen, dass er Gelder in einige seiner eigenen Unternehmen umgeleitet hat und dass dieses Geld bei riskanten Geschäften verloren gegangen ist. Diese Dokumente gehören Ihnen, wenn Sie erreichen, worum ich Sie bitte.«

Fleixa versuchte, sich seine Begeisterung nicht anmerken zu lassen. Das war eine Bombennachricht. Eine Sensation. Er konnte nicht umhin, den Mut von Señora Adell zu bewundern, denn sollte die Sache publik werden, zöge das den finanziellen Ruin und den gesellschaftlichen Ehrverlust nach sich, für ihren Ehemann wie für sie selbst. War ihr Daniel Amats Sicherheit so wichtig?

»Sind Sie sich der Konsequenzen bewusst, wenn Sie Ihren ... eigenen Ehemann beschuldigen?«

»Das bin ich. Wenn Daniel Amat diese Todesfälle nicht weiter verfolgt und nach England zurückkehrt, dann erhalten Sie Ihre Beweise und den restlichen Betrag.«

Irene klopfte kurz mit dem Fächerrand gegen das Wagenfenster, und die Tür ging auf. Das Dienstmädchen hatte die ganze Zeit auf der Straße gewartet und trat nun zur Seite, als Fleixa aus der Kutsche stieg. Als er sich umdrehte, begegneten sich ihre Blicke. Fleixa kam Irenes Blick wie ein Meer vor, in dem man gern ertrank.

»Ich bitte Sie, tun Sie es für mich.«

Fleixa neigte den Kopf und tippte an den Hut. Als der Kutscher die Pferde antrieb, trat er zur Seite und sah dem Wagen nach, der sich in der Straße entfernte. Dann sog er den Jasminduft ein, den Irenes Umschlag in seiner Jacketttasche verströmte, und beneidete Amat von ganzem Herzen.

32

Pau steckte schnell den Vesalius und den Galen in seine Tasche und verließ Homs' Labor. Mit der Petroleumlampe in der Hand lief er durch den Speicher, bis er wieder in dem Gang mit den Standregalen angekommen war. Überrascht bemerkte er, dass die Bibliothek schon im Dunkeln lag, abgesehen vom bläulichen Schimmer des Mondlichtes, das durch die Fenster drang. Er sah auf die Uhr. Er hatte nicht gemerkt, wie spät es geworden war.

»Señor Ferrán?«

Pau überlegte. Der alte Bibliothekar hätte ihn bestimmt benachrichtigt, bevor er die Lampen gelöscht und die Tür abgeschlossen hätte. Warum gab er keine Antwort? Pau war sich sicher, Schritte gehört zu haben, die näher kamen.

Er erforschte die Schatten in den umliegenden Gängen. Allmählich wurde ihm die Stille unheimlich, die er sonst stets genossen hatte. Er musste sich eingestehen, dass er sich den alten Mann herbeiwünschte, der ihn wegen seiner Verspätung schalt.

Doch dann überkam ihn der Gedanke, eine andere Person könne die Geräusche verursacht haben. Plötzlich fielen ihm die Drohungen und grimmigen Blicke von Fenollosa wieder ein, bevor dieser die Bibliothek verlassen hatte. Der Kommilitone musste nur abwarten, bis er allein war, um die offene Rechnung zu begleichen. Der Weg zu diesem Teil der Bibliothek war zwar labyrinthisch, doch der Schein der Petroleumlampe verriet Paus Standort.

Pau kehrte in den Speicher zurück und stellte die Lampe auf

den Tisch. Er rückte das Regal an die alte Stelle und verhüllte die Möbel und die Bücherkisten wieder mit den Tüchern. Pau wollte unbedingt verhindern, dass Fenollosa den Zugang zu Homs' Labor fand, vor allem seit er wusste, dass er genau das Buch ausgeliehen hatte, hinter dem sie her waren. Er zog die Schnalle der Tasche fest, ging hinaus und schlich in den nächsten Gang.

Nun war die Dunkelheit sein bester Verbündeter. Pau kannte sich in der Bibliothek viel besser aus als Fenollosa. Wenn der Kommilitone dachte, er könne ihm hier eine Falle stellen, dann hatte er sich getäuscht.

Er ging in den nächsten Gang und versteckte sich hinter einem Regal mit pharmazeutischen Handbüchern. Behutsam legte er mehrere Bände zur Seite, und die Lücke bot ihm eine gute Sicht auf die Lampe, die er stehen gelassen hatte.

Die Minuten verrannen, doch in der Bibliothek blieb es absolut still. Wolken verdeckten den Mond, und es entstand ein undurchdringliches Dunkel. Die Lampe im Speicher flackerte, das Petroleum ging anscheinend zur Neige.

Pau spürte, wie sein Körper allmählich vor Kälte starr wurde, und er kam sich lächerlich vor. Ihm fiel eine Bemerkung von Señor Ferrán wieder ein: Dieg Temperaturschwankungen ließen das Holz der Regale im gesamten Gebäude knarren, als wäre es lebendig. Wahrscheinlich waren die Schritte, die er meinte vernommen zu haben, nur ein Hirngespinst gewesen.

Pau beschloss, das Versteck aufzugeben. Doch just in dem Moment, als er gehen wollte, lief ein Schatten durch den Lichtkreis und verschwand im Speicher. Die Erscheinung kam so unverhofft, dass Pau einige Sekunden reglos blieb, bis er erfasste, dass er sofort verschwinden musste. Gleich würde Fenollosa sein Täuschungsmanöver durchschauen.

Er ließ einen zweiten Gang hinter sich und erreichte, wie beabsichtigt, die Galerie. Auch von dort oben war die labyrinthische Anlage der Bibliothek kaum zu überblicken. Er ertastete den schmiedeeisernen Handlauf und hielt sich an ihm fest, bis er eine der Wendeltreppen erreichte, die in das Zwischengeschoss führten. Er vergaß jegliche Vorsicht und nahm gleich zwei Stufen auf einmal, bis er unten zwischen die Regale glitt. Nachdem er einige Säle durchquert hatte, erreichte er schließlich den Hauptgang. Hier atmete er auf. Genau gegenüber befand sich das Büro des Bibliothekars.

Pau trat ein. Nur das Feuer im Kamin erhellte den Raum ein wenig. Im Schatten konnte er eine sitzende Gestalt erkennen. Señor Ferrán lehnte in seinem Sessel und hielt ein Buch aufgeschlagen auf dem Schoß. Pau sprach ihn mit seinem Namen an, doch er erhielt keine Antwort. Pau dachte, der alte Mann sei eingeschlafen. Er musste ihn wecken.

Als er zu ihm trat, unterdrückte er einen Schrei des Entsetzens.

Der alte Bibliothekar starrte ihn mit weit aufgerissenen Augen an. Auf seinem Hemd war ein dunkler Fleck, der sich über den Brustkorb auszubreiten schien. Seine Finger umklammerten die Buchseiten, die mit Blutstropfen übersät waren. Eine kaum sichtbare rote Linie verlief an seinem Hals. Der Schnitt hatte den Mann quasi enthauptet.

Ein Geräusch irgendwo in der Bibliothek riss Pau aus seiner Schockstarre. Er warf einen letzten Blick auf Señor Ferrán und lief hinaus.

Zurück in der Bibliothek starrte er in die dunklen Gänge und auf die schweigenden Regale. Urplötzlich wurde er sich seiner eigenen Verletzlichkeit bewusst. Der Mörder war zweifellos der mysteriöse Besucher des Speichers, er konnte genau hier sein und ihm im Verborgenen auflauern.

Nur mit größter Mühe konnte Pau seine Panik beherrschen, er umklammerte die Tasche und floh in die relative Sicherheit der Schatten.

Während er durch die Gänge hastete, ging ihm nur eine Frage durch den Kopf: Wer hatte das furchtbare Verbrechen begangen?

Fenollosa wohl kaum. Pau hielt den Kommilitonen zu einigen Dingen fähig, aber nicht für kaltblütig genug, um Señor Ferrán zu ermorden. Aber wer war es dann? Und vor allem, warum?

Er ließ die Biologie-Abteilung hinter sich und bog in einen Seitengang ein. In dem Teil der Bibliothek konnte man sich leicht verlaufen. Er ging im Dunkeln noch einige Meter weiter, dann blieb er stehen, lehnte sich an ein Regal und ließ sich auf den Boden gleiten. Die Büchertasche lastete schwer auf ihm.

Anscheinend befand er sich hier in Sicherheit. Der Mörder – wer auch immer er war – war ihm nicht gefolgt. Doch gleichzeitig hatte er sich sehr weit von der Eingangshalle entfernt. Über den Hauptgang konnte er nicht zurück, das war zu gefährlich. Auch wenn der Weg länger war, zurück zum Eingang musste er einen Umweg wählen. Er würde eine kurze Verschnaufpause einlegen und dann dorthin gehen.

Plötzlich spürte er jemanden im benachbarten Gang. Er dachte schon, die Angst hätte ihm einen Streich gespielt, doch dann hörte er deutlich Schritte. Ein Schatten huschte zwischen den Regalen entlang. Er bemühte sich, kein Geräusch zu verursachen, drückte die Beine fest gegen die Brust und presste die Lippen zusammen. Sein Herz pochte so laut, dass er befürchtete, es könnte ihn verraten.

Wenige Sekunden später verschwand der Schatten genauso still und leise, wie er gekommen war. Pau atmete tief durch, er spürte, wie die Anspannung in seinen Schultern nachließ.

Plötzlich wirbelten Bücher durch die Luft. Eine Hand in einem Handschuh griff durch das Regal und versuchte seinen Arm zu packen. Pau schrie und rutschte tiefer. Die Hand wich zurück. Durch die Bücherlücke konnte Pau auf der anderen Seite des Regals eine Gestalt mit einer Kapuze erkennen, deren Silhouette mit den Schatten zu verschmelzen schien. Die Gestalt regte sich nicht, sondern atmete bedächtig, während der Widerschein des Mondes über die Skalpellklinge tanzte, die sie in der Hand hielt.

»Wer … Wer sind Sie?«

Pau erhielt keine Antwort.

Er stand blitzschnell auf, hängte sich die Büchertasche über die Schulter und ergriff die Flucht, ohne nach rechts und links zu sehen. Sofort spürte er, wie die Kapuzengestalt ihn im anderen Gang mit der Geduld eines Raubtieres verfolgte.

Mit Entsetzen bemerkte Pau, dass das trennende Bücherregal nach wenigen Metern endete. Beide Gänge mündeten dort in einen Lesesaal. Wenn er nicht vor seinem Verfolger dort ankam, würde er ihm direkt in die Arme laufen. Pau lief schneller, genau wie sein Verfolger.

Atemlos erreichte er den Saal, gleichzeitig mit der Kapuzengestalt. Pau tat, als wolle er nach rechts in den nächsten Gang entwischen, hielt dann aber plötzlich inne und stürzte sich überraschend auf die Gestalt.

Beide prallten gegen eine schmiedeeiserne Säule. Der Kapuzenmann stöhnte, als er mit dem Rücken aufprallte, beide fielen hin und rollten über den Fußboden. Pau ließ dem Verfolger keine Zeit, sich aufzurichten. Schnell stand er auf und rannte los. Er spürte, dass er am Hosenbein festgehalten wurde, stolperte, und ein Schmerz durchzog sein Bein. Beinahe wäre er wieder zu Boden gegangen. Doch er konnte das Gleichgewicht halten und durch den nächsten Gang fliehen.

Er suchte Schutz im Dunkel der Regalgänge, doch dann zuckte er zusammen, als er den frustrierten Schrei des Mörders hörte.

Ohne nachzudenken, lief er einfach drauflos. Er rannte durch mehrere Gänge und wechselte so oft die Richtung, dass er schließlich selbst die Orientierung verlor. Hinter jedem Regal meinte er den mysteriösen Mann mit der Kapuze zu sehen. Doch die Angst spornte ihn zugleich an, und erst die Erschöpfung zwang ihn anzuhalten. Entgegen seiner Befürchtungen, störte nichts die Stille in der Bibliothek, nur sein Blut raste durch die Adern, dass es in seinen Ohren dröhnte.

Pau betrachtete die Wunde am Bein. Zum Glück war es nur

ein oberflächlicher Schnitt, er konnte sich noch bewegen. Er verknotete ein Taschentuch, um die Blutung zu stillen, und überlegte. Er atmete einige Male tief durch. Hier konnte er nicht bleiben. Seine einzige Rettung war die Tür der Eingangshalle, dorthin musste er so schnell wie möglich gelangen.

Er ließ mehrere Gänge hinter sich und erreichte einen Bereich, der von Säulen und Vitrinen umstanden war. Über seinem Kopf trafen die Bögen zur großen Kuppel des Gebäudes zusammen. Er konnte die etwa fünfzig Lesetische erkennen, die durch Trennwände abgegrenzt waren: Er befand sich im Hauptlesesaal der Bibliothek.

Plötzlich hörte er links von sich ein Knarren und duckte sich schnell unter einen der robusten Tische. Er presste die Tasche mit den Büchern fest an seine Brust und hielt den Atem an, um nur ja kein Geräusch zu verursachen. Still verrichtete er ein Stoßgebet. Draußen, hinter den Fensterscheiben, hingen Wolken vor dem Mond, und alles wurde nachtschwarz.

Wenige Sekunden später war der Mann mit der Kapuze da. Seine Schritte waren fast lautlos, so als liefe er über einen Teppich, nicht über den Marmorfußboden. Für einen Moment blieb er stehen, als wollte er Witterung aufnehmen. Dann schlich er langsam zwischen die Lesetische, bis er nur wenige Zentimeter vor dem Arbeitsplatz anhielt, unter dem sich sein Opfer versteckte. Pau zuckte zusammen, als er über seinem Kopf hörte, wie der Handschuh über die glatte Tischplatte glitt.

Doch der Mann ging weiter und verschwand.

Pau verließ seinen Schlupfwinkel erst nach einer Weile, vor Angst am ganzen Leib zitternd. Er konnte sich kaum mehr aufrecht halten, doch er zwang sich weiterzugehen.

Er ließ den Lesesaal hinter sich, stets auf der Hut lief er durch die stillen Gänge. An jedem Abzweig blieb er einen Moment stehen und lauschte. Doch der Mann mit der Kapuze tauchte nicht auf. Allmählich ließ bei Pau die Anspannung nach. Er hatte die Eingangshalle schon fast erreicht, er würde es schaffen!

Doch in dem Moment wurde es schlagartig hell.

Als er in den nächsten Gang bog, schlug ihm Hitze ins Gesicht: Die Abteilung Humanphysiologie stand vollständig in Flammen. Das Feuer verschlang alles, die Flammen griffen auf die Vorhänge über, sie kletterten über Holztische und Regale und verzehrten die Bücher. Die Bibliothek hatte sich in ein Inferno verwandelt.

Pau war außer sich. Der Mann mit der Kapuze hatte das Feuer gelegt, um ihn aus der Reserve zu locken. Nun schnitten ihm die Flammen den Weg zum Eingang ab. Sie breiteten sich so schnell aus, dass man sie nur schwer würde löschen können. Er liebte diesen Ort der Stille und der Studien, und wenn er nicht gleich etwas unternahm, würde nur noch Asche übrig sein. Er musste schnellstens die Bibliothek verlassen und Hilfe holen. Doch dazu musste er durch die Feuersbrunst hindurch. Er hielt sich schützend ein Taschentuch vor Mund und Nase und lief auf das Feuer zu.

Unter allergrößten Mühen schleppte er sich bis zur Eingangshalle, die Augen tränten ihm vor Hitze und Rauch. Blindlings tastete er sich durch den Saal bis zur Tür. Seine Hände zitterten unkontrollierbar, während er den Knauf suchte. Erleichterung durchströmte ihn, als er ihn ergriff. Er drehte, ohne Erfolg. Voller Verzweiflung zog er daran. Die Tür war abgeschlossen.

In dem Moment spürte er seine Anwesenheit. Der Mann mit der Kapuze schritt aus dem Flammenmeer. Er stellte sich zwischen Pau und die Lesesäle und schnitt ihm damit jeden Fluchtweg ab. In aller Ruhe erforschte er seine Umgebung, dann fixierte er Pau mit seinem Blick. Wortlos streckte er eine Hand aus.

Seine Forderung schwebte in der Stille, nur das Feuer prasselte im Hintergrund. Urplötzlich begriff Pau, was der Mann wollte. Gleichzeitig wurde ihm bewusst, dass er, selbst wenn er ihm das Buch gab, dieser Hölle nicht lebend entkäme.

»Nein …«

Er bewegte sich so schnell, dass Pau ihn nicht kommen sah. Der erste Schlag traf ihn mitten ins Gesicht und warf ihn nach hinten. Beim zweiten Schlag landete er auf einem Lesetisch. Vor lauter Schmerzen in den Rippen hätte er beinahe die Tasche fallen lassen.

Der Mann packte ihn am Hals und drückte ihn auf die Tischplatte. Pau konnte sich nicht mehr rühren. Der Handschuh roch nach Blut. Pau versuchte letzten Widerstand zu leisten, doch er war am Ende seiner Kräfte. Das Skalpell zeichnete vor seiner Brust einen silbrigen Bogen in der Luft. Instinktiv riss er die Tasche hoch. Die Klinge schnitt das Leder auf, und der Vesalius-Band landete krachend auf dem Fußboden. Mit einem zufriedenen Brummen ließ der Kapuzenmann von seinem Opfer ab, um das Buch an sich zu reißen.

Pau wollte die Gelegenheit zur Flucht nutzen, doch nach nur zwei Schritten vernebelte sich sein Blick. Er fiel auf die Knie und stand kurz vor einer Ohnmacht.

Der Mann steckte das Buch unter seinen Umhang, dann sah er wieder zu Pau. Seine Schultern bebten, und unter der Kapuze gab er ein merkwürdiges Geräusch von sich, wie das Zwitschern eines Vogels. Der Mann trat einen Schritt vor, er würde sein Werk vollenden!

Plötzlich wankte die Tür im Türrahmen. Auf einen ersten Schlag folgten noch zwei weitere, das Holz ächzte, gleich würde das Schloss bersten. Der Mann sah zu der Tür und dann zu Pau. Er zögerte ein paar Sekunden, sodass Pau einen flüchtigen Blick auf sein Gesicht erhaschen konnte, dann schien er zu lächeln. Er vollzog eine elegante Verbeugung, machte kehrt und verschwand.

In dem Moment brach die Tür unter Getöse ein, und Daniel und Fleixa stürmten herein, hinter ihnen der Pförtner sowie noch einige Studenten aus dem Colegio Mayor.

»Gilbert!«, schrie Daniel. Beim Anblick der Flammen wich er entsetzt zurück. »Mein Gott!«

»Raus hier!«, brüllte Fleixa, während sie mit vereinten Kräften Pau auf die Füße halfen.

Der Pförtner wies die Studenten an, Wassereimer herbeizuschaffen und Alarm zu schlagen.

»Homs«, flüsterte Pau, dessen Kehle brannte.

»Was haben Sie gesagt?«

»Homs! Er war hier. In der Bibliothek. Er hat den Brand gelegt. Er ist gerade geflohen. Er hat das Buch!«

33

Daniel und Fleixa konnten gerade noch sehen, wie ein Landauer von zwei Pferden gezogen in Richtung Ramblas raste. Sie liefen ihm nach, doch es war sinnlos.

»Verdammt … Sei's drum. Habe ich das richtig verstanden? Hat er Homs gesagt?«

Daniels Antwort ging im Donnergrollen unter. Der Regen prasselte mit aller Gewalt. In der Ferne hörten sie die Glocken der Feuerwehr. Sie beschlossen, in die Medizinische Fakultät zurückzugehen, als Schreie und Hufeklappern die Straße erfüllten.

Ein Kabriolett durchschnitt den Regenvorhang. Der leichte Wagen hielt mit quietschenden Bremsen, und die beiden Räder blockierten. Auf dem Kutschbock saß Pau, sein Gesicht war rot vor Aufregung, in der einen Hand hielt er die Peitsche, in der anderen die Zügel.

»Aufsteigen!«

»Für wen halten Sie sich?«, rief Daniel.

»Hoch mit Ihnen!«

Am Ende der Straße tauchten einige Männer auf, sie waren mit Peitschen bewaffnet, und ihre Mienen verhießen nichts Gutes.

»Haben Sie das Fuhrwerk gestohlen?«

»Ich habe es nur geliehen.«

»Sind Sie verrückt geworden?«, fragte Fleixa.

»Wenn es Ihnen lieber ist, bleiben Sie doch hier und erklären alles.«

Der Journalist betrachtete die Männer, die immer näher kamen, und bestieg fluchend die hintere Bank. Daniel verkniff sich ein Lächeln und setzte sich zu Pau auf den Kutschbock.

»Halten Sie sich gut fest! Ich werde nicht anhalten, um irgendjemanden wieder aufzusammeln.«

Die Peitschenschnur zeichnete einen Kreis in der Luft, ehe sie auf dem Rücken des Pferdes landete, das sofort anzog. Es fiel in den Galopp, und sie ließen ihre Verfolger hinter sich. Der leichte Wagen schaukelte dabei so gewaltig hin und her, als würde er sich gleich selbstständig machen.

Am Ende der Straße sahen sie, dass der Landauer die Belén-Kirche passierte und dann Richtung Hafen in die Rambla de los Capuchinos einbog. Wenige Sekunden später erreichten auch sie diese Straßenecke.

Die Ramblas, vom Schein der neuen elektrischen Lampen erhellt, waren fast menschenleer. Die wenigen Fußgänger, die noch unterwegs waren, suchten unter den Markisen der Cafés Schutz vor dem Unwetter. Die beiden Wagen rasten in einem so schwindelerregenden Tempo vorbei, dass einige Fußgänger protestierten und eine Frau laut aufschrie. Der Wind peitschte den unerbittlich prasselnden Regen. Bäume und Straßenlaternen waren nur schemenhaft zu erkennen, als sie an ihnen vorbeiflogen. Fleixa schluckte: Bei der Geschwindigkeit wäre jeder Zusammenstoß tödlich.

»Woher wussten Sie, wo ich war?« Ohne die Zügel loszulassen, schrie Pau so laut er konnte, damit ihn die anderen hörten.

»Sie sind nicht zu unserer Verabredung gekommen, also dachten wir, dass Sie noch in der Bibliothek sind. Als wir dort ankamen, haben wir den Rauch …«

»Schauen Sie!«, fiel Fleixa ihm ins Wort.

Auf der Höhe des Teatro Principal versuchte eine Gruppe von Tagelöhnern ein Maultiergespann wieder flottzumachen, das die Fahrbahn blockierte. Der Karren hatte ein Rad verloren, und die Ladung – etwa zwei Dutzend Sandsäcke – lag auf dem Boden verstreut. Homs würde anhalten müssen. Die Anspannung der drei wuchs zunehmend. Sie würden ihn fassen!

Die Tagelöhner sahen die Wagen näher kommen und gaben ihnen Zeichen anzuhalten.

Doch statt die Pferde zu bremsen, beschleunigte der Landauer und raste wie der Blitz auf das verunglückte Gespann zu. Als die Männer bemerkten, dass die große Kutsche geradewegs auf sie zuflog, sprangen sie zur Seite. Niemand hielt den Maultierkarren mehr fest, er krachte nach hinten, und die restliche Ladung landete auf der Straße.

Pau nahm das Tempo zurück. Gebannt beobachteten sie Homs' selbstmörderische Fahrt, die direkt auf die Katastrophe zusteuerte.

Gerade als der Zusammenstoß unvermeidlich schien, änderte der Landauer ein wenig die Richtung und schoss durch die schmale Lücke zwischen dem Maultierkarren und dem Theater hindurch.

Der Kutschkasten und eine Laterne des Landauers schrammten mit einem metallischen Ächzen an der Wand entlang. Die Räder kratzten an der Fassade, dass die Funken stoben. Einen Moment sah es so aus, als würde der Landauer stecken bleiben, doch das rasante Tempo gab ihm so viel Schwung, dass er den Maultierkarren einfach zur Seite schob. Der Kutschkasten schaukelte bedenklich, doch der Landauer konnte seine ungestüme Fahrt fortsetzen.

»Wir haben ihn verloren«, stellte Fleixa fast erleichtert fest.

Statt einer Antwort peitschte Pau auf das Pferd ein, und das Kabriolett nahm wieder Geschwindigkeit auf.

»Sie wollen doch wohl nicht etwa …?«

Die Frage des Journalisten wurde zum Aufschrei, als Pau mit aller Kraft die Zügel anzog, um das Kabriolett zur Seite zu lenken. Die Räder rumpelten über den Haufen Säcke, verfehlten noch knapp eine Platane, aber der Bordsteinkante konnten sie nicht mehr ausweichen. Durch den Aufprall drehten sich die

Räder in der Luft und krachten auf den Bürgersteig. Die Federn ächzten gewaltig, und die Achse des Fahrzeugs bog sich wie der Schwanz einer Eidechse, hielt dem Druck aber stand. Mitsamt ihrer verblüfften Insassen schoss das Kabriolett auf dem Mittelteil der Ramblas einfach weiter.

»Sie sind doch verrückt, völlig übergeschnappt …«, brummte der Journalist, der sich hinten festhielt, unaufhörlich in sich hinein. Die Äste der Platane hatten das Verdeck aufgeschlitzt, dessen Einzelteile nun in der Luft flatterten.

Daniel hielt sich an einem Griff fest und betrachtete fassungslos den jungen Studenten.

»Wo zum Teufel haben Sie das gelernt?«

»Wer hat Ihnen gesagt, dass ich schon einmal gefahren bin?«

Hinten konnte man den Journalisten stöhnen hören. Pau ließ sich nicht davon beirren, er trieb noch einmal mit den Zügeln das Pferd an. Der Wagen mit Homs raste inzwischen über die Fahrbahn, er war zwar weit voraus, doch mit Glück würden sie ihn einholen können.

In der Rambla de Santa Mónica lag zwischen beiden Fahrzeugen nur noch eine halbe Wagenlänge, sie rasten fast nebeneinander, nur durch die Alleebäume getrennt. Das Pferd vor dem Kabriolett galoppierte hart an seinen Grenzen, es schlingerte nur noch in dem Schlamm, in den sich die Fahrbahn verwandelt hatte. Aber Pau hieb weiter auf das Tier ein, und Daniel feuerte es lauthals an.

Doch plötzlich stand ihnen ein öffentliches Pissoir im Weg. Pau griff in die Zügel und verhinderte gerade noch, dass sie es umwarfen. Damit gewann der Landauer einige Meter.

»Er entkommt!«, schrie Fleixa.

»Ich weiß, ich weiß.«

»Schneiden Sie ihm den Weg ab!«

»Was haben Sie gedacht, was ich gerade vorhabe?«

Eigentlich wollte Daniel schlichten, doch ihm blieb die Sprache weg. Auch seine Gefährten verstummten.

Bäume und Fassaden verschwanden. Die Ramblas lagen hinter ihnen. Sie waren am Paseo de Colón angekommen, und genau vor ihnen erhob sich der Schatten eines Riesen. Daniel erkannte das gewaltige Gerüst des Denkmals wieder, auf das sie mit höchster Geschwindigkeit zusteuerten.

In dem Moment verließ Homs seine Fahrbahn und raste in sie hinein. Im Getöse von berstendem Holz und Eisen hingen die beiden Wagen ineinander. Miteinander verkeilt, als wären sie eins, passierten sie die letzten Meter des Paseo de Colón im Nu. Es war ein ungleicher Wettstreit. Homs' Wagen war sehr viel schwerer und schob sie auf das Gerüst zu, ohne dass sie etwas dagegen unternehmen konnten.

Als sie dachten, beide Wagen müssten zwangsläufig gegen das Monument krachen, löste sich Homs' Landauer vom Kabriolett. Er verpasste den ersten Mast des Gerüstes nur um wenige Zentimeter und verschwand dann im Dunkel des Werftgeländes.

Außer Kontrolle geraten, fuhr das Kabriolett weiter. Daniel und Fleixa versuchten, den Hebel für die Bremse umzulegen, doch die Bremsschuhe glitten nur über die Räder. Allmählich ließ ihre Geschwindigkeit nach, aber mit einem Knall, der den gesamten Wagen erschütterte, brachen die Keile und flogen auf und davon.

Nur wenige Sekunden, bevor sie gegen die erste Eisenstütze zu rasen drohten, riss das Pferd schlagartig das Kabriolett herum. Daniel unterdrückte seinen erleichterten Schrei. Doch die Achse hielt der Belastung nicht mehr stand, sie barst, und der Wagen schleuderte unaufhaltsam auf die gewaltige Metallkonstruktion zu.

Mit unglaublicher Wucht krachte das Fahrzeug in das Gerüst. Das rechte Rad stand einen Meter hoch in der Luft, und das Kabriolett fuhr in Schräglage weiter. Fleixa flog vom Sitz. Daniel wollte den Journalisten noch auffangen, doch er stieß sich den Kopf an und fiel bewusstlos in den Wagen zurück. Pau klammerte sich am Bock fest, er versuchte vergeblich, das Kabriolett zu lenken.

Die Stränge und Seile, mit denen das Gerüst gesichert war, flogen durch die Luft. Die Holzsplitter des Rades wirbelten über ihre Köpfe hinweg. Am Gerüst war ein metallisches Ächzen zu vernehmen. Das Pferd ging durch und schleifte das Kabriolett, das nur noch ein Bündel aus Leder, Holz und Metall war, einfach weiter, bis die Deichsel zerbrach. Erleichtert floh das Tier die Straße hinunter, und der Wagen stürzte um, rutschte noch ein Stück weiter und schob eine Bugwelle von Wasser und Schlamm vor sich her, bis er am Ende des Steges über die Kaimauer kippte. Einen kurzen Moment schien er in der Luft zu schweben, dann krachte er wie ein Fels in das dunkle Hafenbecken.

In dem kalten Meerwasser kam Daniel wieder zu sich. Die Überbleibsel des Kabrioletts gingen neben ihm unter. Zwischen den Schatten konnte er Fleixa erkennen, der sich über die Kaimauer beugte und ihm Zeichen gab. Ein paar Meter links von ihm trieb Pau unbeweglich im Wasser. So schnell er konnte, schwamm er zu dem Studenten und drehte seinen Körper auf den Rücken. Ein hässlicher Schnitt verlief über die Stirn des jungen Mannes. Er umschlang dessen Körper und schleppte ihn bis zu der Steintreppe.

»Helfen Sie mir, Fleixa.«

Mit vereinten Kräften zogen sie Pau aus dem Meer und legten ihn neben eine Straßenlaterne. Mit dem bleichen Gesicht und ohne Brille wirkte Pau noch jünger. Er war bewusstlos und schien nicht zu atmen. Daniel beschloss, ihm die nasse Kleidung auszuziehen. Mit einem Ruck riss er die ersten Knöpfe am Hemd auf. Doch dann hielt er sprachlos inne. Fleixa fluchte laut und vernehmlich und wich zwei Schritte zurück.

Mehrere Stoffbänder schnürten Gilberts Oberkörper ein. Darunter wölbte sich ein weiblicher Busen.

Zuerst waren beide Männer von der Überraschung gelähmt, doch dann richtete Daniel sich entschlossen auf. Später gäbe es genug Zeit für Erklärungen. Gilbert schien in den letzten Zügen zu liegen, da war Handeln gefragt.

»Schnell«, wies er den Journalisten an. »Halten Sie ihre Beine fest.«

Daniel zog sein Jackett aus und legte es so unter Gilberts Schultern, dass ihr Kopf nach hinten kippte. Er kniete, fasste sie an den Handgelenken und verschränkte ihre Arme unterhalb der Rippen. Er holte tief Luft, beugte sich vor und verlagerte sein Gewicht auf Paus Brustkorb. Dann drückte er ihre Arme nach hinten.

Inzwischen tönten die Pfiffe der Nachtwächter durch die Straßen, und in den nächstgelegenen Wohnhäusern gingen Lichter an. Gleich würden die ersten Schaulustigen ihr Tun beglotzen. Daniel wiederholte sein Vorgehen noch einige Male, doch die junge Frau zeigte keine Reaktion.

»Verdammt noch mal, kommen Sie endlich wieder zu sich!«

Als hätte sie das gehört, krümmte Gilbert sich plötzlich und begann Luft zu holen. Die Männer halfen ihr, sich zur Seite zu drehen, dann spuckte sie zwischen Hustenattacken eine Menge Salzwasser aus. Beide seufzten erleichtert. Ganz vorsichtig halfen sie der jungen Frau auf die Beine, und Daniel hängte ihr sein Jackett über, ohne darüber nachzudenken, dass es genauso durchnässt war wie die übrige Kleidung.

»Geht es Ihnen gut?«

Gilbert nickte unter Zittern.

»Hervorragend. Dann können Sie uns ja auch erklären, wer zum Teufel Sie sind.«

34

Pau war in eine wärmende Wolldecke gehüllt, doch sie zitterte ununterbrochen am ganzen Leib. Sie hielt den Kopf gesenkt, das nasse Haar fiel ihr über die Stirn. In den Händen hielt sie eine Tasse mit frisch gekochtem Kaffee.

Daniel betrachtete versonnen den Widerschein der Flammen im Kamin, während Fleixa im Zimmer hin und her humpelte, rastlos auf seine Taschenuhr blickte und vor sich hin brummte.

»Bitte, setzen Sie sich endlich, seien Sie so gut!«

Knurrend rückte Fleixa einen Stuhl heran und setzte sich, allerdings mit einem gewissen Sicherheitsabstand zu Pau, so als befürchtete er, sie würde ihn mit irgendeiner Krankheit anstecken.

Nach dem Abenteuer auf den Ramblas waren sie ins Colegio Mayor zurückgekehrt. Entgegen aller Befürchtungen hatte kein Nachtwächter oder Polizist sie verhaftet. Es war kaum zu glauben, aber der Unfall mit dem Kabriolett hatte ihnen nur ein paar leichte Prellungen eingebracht, keine ernsthaften Verletzungen. Fleixa hinkte auch nur, weil er einen Knöchel leicht verstaucht hatte. In ein paar Tagen würde er wieder ganz der Alte sein.

Daniel beobachtete den Studenten, besser gesagt, die Studentin. Er überlegte, wie dumm er doch gewesen war. Der junge Mann war ihm schon die ganze Zeit sonderbar vorgekommen, mit diesem schmächtigen Körper, den geschmeidigen Bewegungen und dem ausweichenden Blick hinter den Brillengläsern. Er hatte immer vermutet, dass Pau Gilbert irgendein Geheimnis umgab, doch das hatte er sich nicht vorstellen können.

»Sie sind uns eine Erklärung schuldig.«

Pau sah auf und atmete tief durch.

»Das ist … kompliziert.«

»Finden Sie?«

»Fleixa, lassen Sie sie in Ruhe.«

»Es ist eine lange Geschichte.«

»Wir haben Zeit. Beginnen Sie mit dem Anfang.«

Pau zögerte zunächst, doch dann fing sie an:

»Ich wurde in eine wohlhabende Familie hineingeboren. Doch meine Mutter starb bei meiner Geburt, und ich hatte keine weiteren Geschwister. Mein Vater hatte nach ihrem Tod nicht das Bedürfnis, eine andere Frau zu heiraten, also bin ich seine einzige Tochter geblieben. Mein Vater war ein hervorragender Arzt, und er konnte ein auskömmliches Leben führen. Kurz vor meinem vierzehnten Geburtstag bot man ihm eine Stelle an der Universität von Glasgow an. Zuerst lehnte er das Angebot wegen mir ab. Doch ich unternahm alles, um ihn umzustimmen. Ich war zwar noch sehr jung, doch ich begriff, dass das Angebot für meinen Vater eine große Chance darstellte.«

»Ja, Glasgow hat eine der bedeutendsten Universitäten der Welt«, stellte Daniel fest. »Ihr Vater muss wirklich ein herausragender Mediziner gewesen sein.«

»Ja, das war er«, bekräftigte Pau stolz. »Wir sind schließlich nach Schottland gezogen, in einen Ort namens Beith, eine Stunde von Glasgow entfernt. Mein Vater unterrichtete morgens an der Universität, und nachmittags hielt er seine Sprechstunde in der Praxis in unserem Haus, für die meisten Patienten kostenlos.«

»Aber was hat diese Familiengeschichte mit dieser … mit dieser … mit dieser Angelegenheit zu tun?«, rief Fleixa.

»Jetzt lassen Sie sie doch die Sache auf ihre Weise erklären«, bat Daniel. »Bitte, setzen Sie sich endlich und lassen Sie sie weiterreden.«

Pau sah dankbar zu Daniel, dann sprach sie weiter:

»Eines Abends, als ich schon auf dem Weg ins Bett war, kam mein Vater in mein Zimmer. Ich hatte ihn noch nie mit einem so besorgten Gesicht erlebt. Es ging um einen Notfall, und sein Assistent war erkrankt. Ich hatte ihm schon einige Male bei einfachen Behandlungen und ähnlichen Dingen geholfen. Also zog ich mich wieder an und ging mit ihm ins Sprechzimmer.«

Die junge Frau beugte sich zu dem wärmenden Kaminfeuer vor.

»Bei Lochwinnoch, einem eine halbe Stunde entfernt gelegenen Ort, war es zu einem Grubenunglück gekommen. Mehrere Kessel waren explodiert, es hatte einige Tote und Schwerverletzte gegeben. Wie Sie sich denken können, war das, was ich dann sah, mit nichts zu vergleichen, was ich bis dahin gewohnt war.

Das Wartezimmer war völlig überfüllt. Der Gestank war unbeschreiblich. Im Sprechzimmer lag ein Junge auf dem Operationstisch, der ungefähr so alt war wie ich damals. Als wir hereinkamen, drehte er sich zu uns um und starrte uns voller Angst an. Mir fiel auf, dass ein großer Fleck das Tuch durchfeuchtete, unter dem er lag. Mein Vater beruhigte den Jungen mit ein paar Worten und zog das Tuch zurück. Die Kleidung des Jungen bestand nur noch aus Fetzen, die halb verbrannt auf seinem Körper lagen. An vielen Stellen am Oberkörper war die Haut verbrüht, so als hätte man den Jungen gesotten. Ein Bein hielt er in einem merkwürdigen Winkel geknickt. Ich konnte mir denken, dass er unsägliche Schmerzen litt. Ich kann mich jetzt noch daran erinnern, dass mein Vater mich beobachtete, um sich zu vergewissern, ob ich die Situation verkraften würde. Ich wusch mir einfach die Hände in einer Schüssel mit warmem Wasser, so wie er es mich gelehrt hatte, und bereitete schnell die Instrumente vor.

Der Junge war nur einer von vielen Verletzten. Wir haben bis zum frühen Morgengrauen gearbeitet, ich weiß gar nicht mehr, wie lange. Trotz der Bemühungen meines Vaters starb der Junge wenige Tage später, doch viele andere Verletzte verdankten meinem Vater ihr Leben. In der Nacht spürte ich meine wahre Berufung: Arzt werden, das war seither mein sehnlichster Lebenswunsch.«

»Ihr Vater hat Sie unterrichtet.«

»Ja. Ich musste ihn schon sehr drängen, aber dann nahm er mich zum Assistieren zu Patientenbesuchen mit. Ich glaube, er dachte, die harte Arbeit würde mich von meinem Wunsch abbringen. Doch ich bewies ihm, dass es keine vorübergehende Laune war, und mit der Zeit gab er nach.«

»Aber als Frau durften Sie doch gar nicht assistieren, oder?«

»Wir haben eine List verwendet. Ich bin schon immer recht schmächtig gewesen, deshalb fiel es mir nicht so schwer, meine ... meine weiblichen Attribute zu verbergen. Ich schnitt meine Haare, ich trug Hose und Hemd statt Rock und Bluse. Ich habe nur das Allernötigste gesagt, und wenn, dann stets in einer tieferen Tonlage und mit einem Vokabular, das zu meiner neuen Rolle passte. Wir verbreiteten das Gerücht, dass ich nach Barcelona heimgekehrt sei, um dort zu heiraten, und dass mein Zwillingsbruder nach Schottland gezogen war, um meinem Vater zu helfen. Nur das Personal war in das Geheimnis eingeweiht.«

Pau betrachtete den Bodensatz in der Tasse.

»Es ging drei Jahre lang gut, das waren die glücklichsten Jahre meines Lebens.« Ihre Augen schimmerten wehmütig. »Je mehr ich lernte, umso mehr wollte ich wissen und umso mehr forderte mich mein Vater. Mir wurde klar, dass ich wirklich ein Naturtalent für Medizin besaß. Meine Leidenschaft wurde immer größer, und ich wollte so viele Stunden wie möglich Bücher verschlingen und mit meinem Vater zusammenarbeiten. Statt zu nähen oder Klavier zu spielen, trug ich lieber Salben auf und legte Verbände an. Mein Vater war kein junger Mann mehr, und allmählich setzten ihm die vielen Fahrten nach Glasgow und die Sprechstunde ziemlich zu. Mit der Zeit übernahm ich seinen Platz und begann einige Patienten allein zu behandeln. In der

Gegend gewöhnte man sich daran, dass ich da war, und es kam gar nicht selten vor, dass man mich als ›Herr Doktor‹ ansprach. Mein Vater war richtig stolz auf mich.«

Paus Lippen bebten, und sie hielt eine kurze Weile inne, ehe sie weitererzählte.

»Eines Tages erreichte uns am frühen Morgen eine Nachricht aus Saltcoats, einem Dorf ganz in der Nähe. Auf einem Bauernhof stand eine Frau kurz vor der Niederkunft. Doch seit zwei Tagen wütete schon ein Unwetter über der Gegend, es schüttete in Strömen, und die Wege waren unbefahrbar. Mein Vater packte wie üblich seinen Arztkoffer, als wäre es ein strahlender Sommertag, und ließ sich von dem Mann, der die Nachricht überbracht hatte, mit dem Fuhrwerk hinfahren. Doch er weigerte sich, mich mitzunehmen. Ich war ein paar Tage zuvor erkrankt und litt noch unter Fieberschüben. Mein Vater meinte, es sei unnötig, dass wir beide durchnässt würden. Er küsste mich und fuhr ab. Auf der Rückfahrt verlor der Kutscher die Kontrolle über den Wagen und kam vom Weg ab. Sie überschlugen sich, und ein Rad zerquetschte meinem Vater den Brustkorb.«

Pau machte wieder eine Pause, sie trank einen Schluck Kaffee. Dass er inzwischen kalt geworden war, fiel ihr nicht auf.

»Nach dem Tod meines Vaters war Glasgow für mich kein lebenswerter Ort mehr. Ich ging nach London und besuchte dort die Krankenschwesternschule von Florence Nightingale am St. Thomas Hospital. Doch ich merkte sehr schnell, dass das nicht meine Sache war.« Pau wirkte nun sehr selbstsicher. »Ich wollte Arzt werden. Ich hatte nun schon jahrelang alle möglichen Dinge selbst getan, von denen ein junger Arzt nur träumen kann. Solange mein Vater mich unterrichtete, sah er in mir stets den zukünftigen Mediziner. Doch die Gesellschaft lehnte mich allein aufgrund der Tatsache ab, dass ich eine Frau war, ohne mein Können zu würdigen.«

Daniel musste zugeben, dass die Sache von diesem Blickwinkel aus betrachtet ungerecht war.

»Ich habe wochenlang nachgedacht. Meine finanzielle Situation war einigermaßen geklärt, mein Vater hatte mir gewisse Einkünfte hinterlassen. Ich entschied, Arzt zu werden und mich durch nichts von meinem Ziel abhalten zu lassen. Wenn ich mich deshalb als Mann ausgeben musste, dann konnte ich das einrichten, schließlich war mir diese List schon über einige Jahre gelungen. Aber ich sah meine Zukunft nicht in England. Ich beschloss, mit meiner neuen Identität nach Barcelona zurückzukehren. Niemand würde mich hier wiedererkennen, und ich würde das Medizinstudium abschließen können. Mit reichlich Geld konnte ich einige falsche Zeugnisse der Universität von Edinburgh beschaffen, die mein Wissen bezeugten, und ich nahm den ersten Zug nach Portsmouth. Dann schiffte ich mich nach Spanien ein und bewarb mich hier mit meinen Dokumenten. Auf diese Weise konnte ich mich an der Medizinischen Fakultät gleich für das letzte Studienjahr einschreiben.«

Nach Paus Geschichte entstand ein Schweigen.

»Wie ist Ihr richtiger Name?«, fragte Daniel.

»Pau Gilbert ist tatsächlich mein richtiger Name, ich musste ihn gar nicht ändern.«

»Hat Ihre Geschichte irgendetwas mit dem Überfall vor ein paar Tagen zu tun?«

»Ja«, musste Pau zugeben. »Der Mann hatte einmal kurz für uns gearbeitet. Er hat mich auf der Straße wiedererkannt. Er hat mir gedroht, meine Identität preiszugeben, ich muss sein Schweigen mit Geld erkaufen.«

»So ein Fiesling! Was haben Sie vor? Können wir Ihnen in irgendeiner Weise behilflich sein, damit …«

»Das ist meine Sache.«

Paus entschiedenes Auftreten verstärkte noch die Bewunderung, die Daniel für die junge Frau hegte. Angesichts ihrer Verschlossenheit wechselte er lieber das Thema.

»Stimmt es, dass Sie der Assistent meines Vaters waren?«

»Ja, Ihr Vater hat mich sehr gut behandelt. Einmal unterlief mir eine kleine Unachtsamkeit, und er fand heraus, wer ich wirklich bin. Doch zu meinem großen Erstaunen hat er mich nicht beim Fakultätsrat angezeigt. Er meinte, meine Begabung für die Medizin würde meine Einschränkungen als Frau bei Weitem übersteigen. Er ließ sich darauf ein, mein Geheimnis zu bewahren, wenn ich ihm half, ohne Fragen zu stellen. Ich glaube, Señor Amat, Ihr Vater fühlte sich auf seine Weise genauso ungerecht behandelt wie ich als Frau.«

Daniel war überrascht, dass jemand so über seinen Vater sprach. Früher hätte der alte Mann einen Skandal veranstaltet, wenn er die Wahrheit über die junge Frau herausgefunden hätte. Nun hatte er nicht nur Verständnis für die Situation gezeigt, sondern diese Täuschung sogar noch unterstützt. Insgeheim bedauerte er es, diesen Mann nicht kennengelernt zu haben, der so anders gewesen zu sein schien als die Person, die er in Erinnerung hatte. Vielleicht hätten sie sich noch aussöhnen können.

»Gut, und was machen wir jetzt?«, wollte Fleixa wissen.

Daniel sah fragend zu dem Journalisten.

»Was schlagen Sie vor?«

»Die Lage ist ein wenig ungewöhnlich.«

»Für mich tut es nichts zur Sache, ob Pau Gilbert eine Frau oder ein Mann ist. Und für Sie?«

»Also …«

»Ich finde, wir haben heute genug erlebt«, fiel Daniel ihm ins Wort. »Wir müssen uns ausruhen. Nach all den Ereignissen schlage ich vor, dass wir vermeiden, dass man uns morgen zusammen sieht. Aber Mittwochnachmittag beschäftigen wir uns wieder mit dem Buch.«

»Wir drei?«, fragte Fleixa ungläubig.

»Selbstverständlich. Solange Gilbert bereit ist, uns zu helfen.«

»Aber Amat, wir können doch nicht … Wir dürfen keineswegs … Mein Gott, sie ist eine Frau!«

»Sie hat bei dem Versuch, das Buch zu beschaffen, ihr Leben aufs Spiel gesetzt, und ihre medizinischen Kenntnisse sind über jeden Zweifel erhaben. Wenn mein Vater sie für kompetent hielt, sollten wir sie dann geringer schätzen?«

Fleixa brummte in sich hinein, brachte jedoch keinen weiteren Einwand hervor.

»Sie zeigen mich nicht an?«, fragte Pau.

»Ich verspreche es Ihnen, Señor Fleixa und ich werden Ihr Geheimnis bewahren, nicht wahr?«

Der Journalist ruckte unruhig auf dem Stuhl hin und her, schließlich nickte er. Befriedigt wandte Daniel sich wieder an die junge Frau.

»Wir brauchen Ihr Wissen und Ihren Mut, finden Sie nicht? Werden Sie uns weiterhin unterstützen?«

»Ich bin genauso bereit, diesen Mörder zu fangen, wie Sie.«

»Hervorragend!«, rief Daniel. »Wir müssen uns organisieren. Doch zuvor gilt es noch ein Problem zu lösen. Pau, Sie können nach allem nicht mehr im Colegio Mayor bleiben.«

»Was sagen Sie da?«

»Homs weiß, wer Sie sind und wo er Sie findet. Vielleicht versucht er noch einmal, Sie zu ermorden.«

»Aber ich weiß nicht, wo ich sonst bleiben soll«, wandte Pau ein. »Ich will auch nicht mein Studium vernachlässigen, in Kürze stehen die Abschlussprüfungen an.«

»Sie sind in Lebensgefahr! Es ist ja nur für kurze Zeit.«

»Aber wohin sollte ich gehen?«

Fleixa hob die Hand. Zum ersten Mal lächelte er.

»Ich weiß einen Ort.«

Der *Gos Negre*, der Schwarze Hund

Elf Tage vor der Eröffnung der Weltausstellung

35

Dolors strahlte über das ganze Gesicht, sie ging Arm in Arm mit Fleixa. Der Journalist hatte sie zu einer heißen Schokolade mit Churros ins La Mallorquina eingeladen, das Café gegenüber vom Liceo. In ihrer genügsamen Beziehung war das ein außergewöhnliches Ereignis, und Dolors kam sich wie eine Königin vor, als Fleixa ihr vorschlug, zur Plaza de Cataluña zu flanieren und die ersten Sonnenstrahlen des Morgens zu genießen.

Die Blicke der Fußgänger, die ihnen begegneten, machten ihr nichts aus, auch nicht, dass Fleixa in sich gekehrter schien als üblich. Sie hatte ihr bestes Kleid aus dem Schrank geholt, das ihr vor Jahren einmal ein Freier geschenkt hatte. Ungeachtet der Kälte des Tages zog ihr provozierender Ausschnitt die Blicke des einen oder anderen feinen Herrn und die Missstimmung von mehr als einer Dame auf sich. Dolors genoss den Spaziergang, als wäre auch sie eine dieser eleganten Damen. Für einen Moment wollte sie einfach glauben, dass das Glück sie nicht vergessen hatte, sie lächelte und schmiegte sich an den Journalisten.

Fleixa hing indes dem Gedanken nach, wie kompliziert sich die Aufklärung der Mordfälle inzwischen gestaltete. Es war keine vierundzwanzig Stunden her, da hatten sie sich auf genau dieser Straße die Verfolgungsjagd mit Dr. Homs geliefert. Das schmerzende Bein und der brennende Arm erinnerten ihn daran, dass nicht viel gefehlt hatte.

Und dieser junge Gilbert? Besser gesagt, diese junge Gilbert.

Eine Frau! Wo hatte man so etwas schon einmal gesehen! Von Anfang an hatte er mit dieser Person auf Kriegsfuß gestanden, und jetzt wusste er, warum. Amat hatte darauf bestanden, ihre wahre Identität geheim zu halten, also blieb ihm im Moment nichts anderes übrig, als sein Wort zu halten.

Andererseits übte Sanchís weiterhin Druck auf ihn aus, damit er irgendetwas veröffentlichte. »Was auch immer!«, hatte der Chefredakteur geschrien. Llopis indes war über jede seiner Bewegungen auf dem Laufenden und wusste auch, dass er vor ein paar Tagen auf eigene Faust in La Barceloneta recherchiert hatte. Der junge Mann besaß einen guten Riecher, musste Fleixa sich eingestehen, aber er war einfach ein absoluter Dummkopf.

Und dann war da noch Irene Adell. Das Geld kam ihm gerade recht, und so eine skandalöse Nachricht über einen angesehenen Unternehmer Barcelonas, der im Zusammenhang mit der Weltausstellung in einen Betrug verwickelt war, war eine sensationelle Meldung. Doch diesen Amat davon zu überzeugen aufzugeben, war alles andere als einfach. Es war eindeutig, Irene Adell kümmerte es nicht, ob jemand überhaupt den Morden nachging, sie wollte nur, dass Amat die Stadt verließ. Wenn er ihn loswürde, dann könnte er auf eigene Faust weiter recherchieren. Dann wären ihm vier Spalten auf der Titelseite sicher! Er würde zum bekanntesten Journalisten in Barcelona avancieren, vielleicht sogar von ganz Spanien.

Er zuckte zusammen. Dolors' waghalsige Hand brachte ihn auf andere Gedanken.

»Benimm dich«, rügte er sie, doch ihr Augenzwinkern entwaffnete ihn.

Ihre Zärtlichkeiten hatten Wirkung gezeigt. »Vielleicht wäre es eine gute Idee, in die Pension zu gehen.«

Sie trat einen Schritt zur Seite und zog eine Schnute wie ein schmollendes kleines Mädchen.

»Noch nicht, Bernat. Lass uns noch ein bisschen flanieren.«

Sie drehte sich um und lief mit provozierendem Hüftschwung

die Ramblas hinauf. Fleixa beobachtete ihre schamlose Gangart und unterdrückte ein Lächeln. Je weiter sie ging, umso mehr Fußgänger sahen ihr nach. Der Journalist musste schließlich lachen, als Dolors mit einer übertriebenen Verbeugung ein Paar begrüßte, das entsetzt vorgab, den Gruß nicht bemerkt zu haben, und hastig weiterlief. Fleixa lachte und lachte. Er packte Dolors am Arm und zog sie an sich.

»Willst du vielleicht, dass sie die Polizei rufen?«

»Ich bin eine wohlerzogene Frau. Ich musste sie doch grüßen. Der feine Herr kennt mich sehr gut, der hat sich schon mehr als einmal die Füße in meinem Bett gewärmt.«

Fleixa runzelte die Stirn, er wollte nichts über Dolors' Kundschaft wissen. Um das Thema zu wechseln, sprach er die Sache an, wegen der er Dolors einladen wollte.

»Dolors, ich muss dich um einen Gefallen bitten.«

»Ach so. Jetzt verstehe ich«, rief sie und ließ seine Hand los.

»Du verstehst?«

»Du bist sonst nicht so zuvorkommend«, stellte sie fest.

Fleixa entging ihr enttäuschter Tonfall nicht. Er war selbst überrascht, dass er es bedauerte, die Sache besprechen zu müssen, wodurch ihre Verabredung kein reines Vergnügen mehr war. Ihm blieb jedoch nichts anderes übrig, also holte er tief Luft und kam direkt zur Sache.

»Ich wollte dich bitten, für kurze Zeit jemanden bei dir aufzunehmen, vielleicht für drei Tage.«

»Bei mir? Was meinst du, was die Pension ist? Denkst du, das ist das Hotel Internacional?«

»Die Person steckt in der Patsche.« Fleixa seufzte. »Sie wird verfolgt und muss für einige Zeit untertauchen.«

Dolors blieb an einem Blumenkiosk stehen und betrachtete mit übertriebener Neugierde einen Strauß Margeriten.

»Eine Frau?«

»Es ist nicht so, wie du meinst!«

»Und es geht mich auch nichts an, oder?«, erwiderte Dolors,

ohne ihn eines Blickes zu würdigen. Fleixa sah flehend zum Himmel, dann setzte er zu seiner Erklärung an.

»Es geht um eine junge Frau. Sie ist in Gefahr. Ich recherchiere doch wegen dieser Verbrechen, weißt du? Der Mörder weiß, wo er sie finden kann. Sie braucht wirklich Hilfe, mein Schatz.«

Dolors überlegte einen Moment.

»Wenn das Mädchen wichtig ist, um dem Spuk ein Ende zu machen, tue ich alles, was ich kann. Ich war mit einigen der Frauen befreundet, die der *Gos Negre* ermordet hat.«

»Dolors, das ist kein Spuk. Ich habe es dir schon oft genug gesagt, es gibt diesen verhexten Schwarzen Hund nicht. Das ist nur Dienstmädchengeschwätz.«

»Wie du meinst. Das Mädchen kann Manuelas Zimmer nehmen. Manuela ist zu ihren Eltern aufs Land gefahren und kommt erst in ein paar Tagen zurück. Ich muss es nur noch ein wenig herrichten.«

»Vielen Dank, mein Schatz.«

»Jetzt hör mit den Schmeicheleien auf, das wird dich eine Stange Geld kosten.«

»In Ordnung, aber wenn es dir nichts ausmacht, bleibe ich es dir erst einmal schuldig.«

Dolors löste ihre Hand von der Gardenie, die sie gerade eingehend betrachtete, und drehte sich zu dem Journalisten um.

»Wie viel ist es diesmal?«

Fleixa wollte zunächst nicht darauf antworten, doch als er Dolors' sorgenvolle Miene sah, beschloss er, die Wahrheit zu sagen und ihr nicht die Ausreden aufzutischen, die er sich schon zurechtgelegt hatte. Wenn sie ihn beim Lügen ertappte, würde sie nur wütend und alles käme noch schlimmer.

»Etwas.«

»Wie viel?«

»Fast einhundert Duros.«

»Einhundert!«

Einige Fußgänger drehten sich nach ihnen um. Fleixa packte Dolors am Arm und nötigte sie weiterzugehen, ungeachtet der Proteste des Kioskbesitzers, der fest mit einem Blumenverkauf gerechnet hatte.

»Pst! Schrei hier nicht so rum! Sonst erfährt es noch ganz Barcelona!«

»Ich habe nicht so viel, Bernat.«

»Schatz, ich bitte dich nicht um Geld. Ich komme schon zurecht.«

»Bei wem hast du die Schulden?«

»Bei der Negra.«

»Bei der Negra? Ach, deshalb verbringst du so viele Nächte bei mir. Dann steckst du wohl ganz schön tief in der Patsche. Du solltest dich verstecken oder vielleicht sogar aus Barcelona verschwinden.«

»Ich kann jetzt nicht weg. Beruhige dich, ich weiß, was ich tue.«

Dolors' misstrauischer Blick zeigte Fleixa, wie wenig sie seinen Worten glaubte. Er wollte sie besänftigen, doch sie wurden durch einen Aufruhr abgelenkt. Sie waren inzwischen bei der Plaza de Cataluña angelangt, wo sich eine Menschenmenge um die Zeitungsjungen drängte. Fleixa wollte schon eine andere Richtung einschlagen, doch Dolors zupfte an seinem Ärmel.

»Sieh mal, Bernat, so viele Leute!«

»Jetzt sei nicht so neugierig, lass uns wieder zu den Ramblas zurückgehen.«

»Meine Güte, was bist du nur für ein Spielverderber!«

Dolors ließ sich durch sein Widerstreben nicht beeindrucken, sondern marschierte schnurstracks zu dem Gedränge, also musste Fleixa ihr notgedrungen folgen. Ohne Rücksicht auf die Proteste bahnte sich Dolors unter höflichen Entschuldigungen und einem liebreizenden Lächeln, aber mit vollem Einsatz von Körper und Ellbogen den Weg, bis sie in der ersten Reihe stand. Bis Fleixa auch dort angelangt war, hatte er einige Beschimpfungen über sich ergehen lassen müssen. Er zog den Strohhut tiefer in die Stirn, nicht dass ihn noch jemand erkannte.

Fleixa spürte, wie sich um ihn herum Entrüstung breitmachte. Andere Schaulustige schienen eher erschrocken. Den Grund dafür verstand er nicht so recht, er bekam nur ein paar Satzfetzen mit, die sich darum drehten, warum die Behörden nichts unternahmen. Er erschrak bei dem Gedanken, es könne um den gestrigen Vorfall gehen.

Dann kam ihm der Junge in den Blick, der den *Correo de Barcelona* ausrief. Der Junge humpelte, weil eines seiner Beine kürzer als das andere war, und stützte sich auf den Schubkarren, in dem nur noch wenige Zeitungen lagen. Die Ausgabe wurde ihm nur so aus den Händen gerissen. Sanchís war gewiss begeistert.

Plötzlich blieb Fleixa fast das Herz stehen, als er die Schlagzeile hörte, die der Junge aus vollem Halse brüllte. Er vergaß jegliche Vorsicht und stieß einige Interessenten einfach zur Seite, um schneller zu dem kleinen Verkäufer vorzudringen.

»Gib mir ein Exemplar.«

»Tut mir leid, aber der Señor hier hat gerade die letzte Zeitung gekauft.«

Neben dem Jungen wartete ein vornehmer Herr mit Zylinder und Spazierstock, dessen Mantelknöpfe von seinem Wanst zu platzen drohten, auf sein Exemplar. Er bedachte den Journalisten mit einem missbilligenden Blick und klimperte mit den Münzen in seiner Hand.

Fleixa nahm dem Jungen einfach die Zeitung weg und warf ihm die fünf Céntimos dafür hin. Er stellte sich taub, als der vornehme Herr loswetterte, und eilte weg, die erstaunte Dolors hintendrein.

Sie sahen eine freie Bank und setzten sich. Fleixa blätterte die Zeitung so heftig um, dass er die Seiten fast herausriss, bis er sah, was er suchte. Er begann zu lesen, und mit jedem Absatz verspürte er den nächsten Schlag in die Magengrube.

Furchtbare Vorfälle in La Barceloneta

Worauf warten die Behörden noch, bis sie endlich eingreifen? In unserer geliebten Stadt geschehen seit einiger Zeit unendlich traurige Ereignisse, und niemand unternimmt etwas dagegen. In den letzten Monaten wurden in der Nähe der Baustelle der Weltausstellung mehrere Leichen gefunden, die Spuren außerordentlicher Gewalt aufwiesen. Die Behörden wollten diese Leichenfunde geheim halten, was ihnen misslungen ist. Schließlich breitet sich das Gerücht in der Stadt längst wie ein Feuer aus.

Der oder die Urheber der Morde, von denen unsere Leser heute als Exklusivmeldung erfahren, sind immer noch unentdeckt. Aber es gibt einen Hinweis, der zwar nicht zu dem Verbrecher führt, jedoch in Zusammenhang mit den Opfern steht, und der vielleicht Licht in die Dunkelheit bringt – und sei es nur ein wenig. Alle Leichen zeigen Spuren, die auf ein Tier mit gewaltigen Reißzähnen deuten. Möglicherweise handelt es sich um eine Bestie, die mit einem Fluch belegt ist: der *Gos Negre*, der Schwarze Hund.

Bei einem Auftritt des Volkstanzgruppe im Palacio de la Virreina nutzte der unterzeichnende Redakteur dieser Zeitung die Gelegenheit, um den ehrwürdigen Bürgermeister der Stadt nach seiner Meinung zu den zahlreichen brutalen Verbrechen zu befragen. Don Francesc Rius i Taulet zeigte sich zunächst reserviert, doch schließlich äußerte er sich dahingehend, dass kein Anlass zur Sorge bestehe. Der Bürgermeister sagt, er könne sich nicht vorstellen, dass die Morde einem Moralapostel zuzuschreiben seien, der seine Untaten mit dem Ziel begeht, das Laster auszulöschen, indem er Frauen mit einem gewissen Lebenswandel umbringt, schließlich wurde auch die Leiche eines Mannes gefunden. Für ihn sind die Morde auch nicht einem Schlächter à la Proudhon zuzuschreiben, der durch extreme Mittel die Aufmerksamkeit der Öffentlichkeit auf das soziale Elend lenken will. Der Bürgermeister geht davon aus, dass hier ein Verrückter am Werk ist, der wie alle Verrückten in den Dingen geschickt ist, die seine Manie betreffen, und der davon besessen ist, Blut zu vergießen. Don Francesc Rius i Taulet ist davon überzeugt, dass die Polizei den Verbrecher fassen wird. Er geht davon aus, dass der Urheber dieser brutalen Morde dank der Wachsamkeit der Polizei kein Verbrechen mehr begehen kann und sich mit der Waffe selbst richten wird, mit der er bislang die Leiber seiner Opfer zerstört hat. Der Bürgermeister setzt im Übrigen keine Belohnung für die Gefangennahme dieses Irren aus. Damit soll vermieden werden, dass irgendein Schurke einen anderen Unglückseligen aufhetzt, ein Verbrechen zu begehen, nur um ihn danach zu verraten und selbst das Kopfgeld einzuheimsen, so wie es schon häufig passiert ist. Der Bürgermeister vertraut darauf, dass die Polizei den Mörder bald in Gewahrsam nehmen wird. Die Frage, ob die Todesfälle dem *Gos Negre* zuzuschreiben sind, verneint er mit einer deutlichen Ablehnung jeglichen Aberglaubens. Stattdessen fordert er die Bürger auf, den Ordnungskräften ihrer Stadt ihr Vertrauen zu schenken.

Dennoch kann man sich derzeit in La Barceloneta keine größere Unruhe vorstellen. Die Bars und Läden erleben weniger Zulauf als üblich, und im ganzen Stadtviertel, wie auch in den angrenzenden Gebieten, wagt sich nach der Abenddämmerung kaum noch eine Frau allein auf die Straße. Die Tatsache, dass ein riesiger Hund mit schwarzem Fell durch die Straßen streift, wie mehrere Zeugen bestätigen, zieht die Behauptungen des Bürgermeisters in Zweifel.

Wer ist dieser mysteriöse Mörder? Warum ist er so schwer zu fassen? Ist er tatsächlich, wie einige Bewohner von La Barceloneta behaupten, der *Gos Negre*? Haben wir es etwa mit einer teuflischen Macht zu tun?

Unter dem Artikel stand der Name Felipe Llopis.

Fleixa schloss die Augen, er ballte die Hände zu Fäusten, bis sie schmerzten. Ohne sich von Dolors zu verabschieden, lief er in Richtung Ramblas. Als er an einem Papierkorb vorbeikam, warf er die Zeitung hinein, die nur noch ein Haufen zerknüllter Blätter war.

36

Der Fausthieb ließ die Papiere auf dem Schreibtisch aufwirbeln. Bertomeu fluchte lautstark. Wie konnten sie so etwas wagen? Er überflog noch einmal den Artikel, der längst Stadtgespräch war.

Der *Correo de Barcelona* hatte die Meldung als erste Zeitung veröffentlicht und sogar Einzelheiten über den Zustand der gefundenen Leichen berichtet, woraufhin schnell die übrigen Tageszeitungen mit zweiten Ausgaben nachzogen. Die Schlagzeilen ähnelten sich, sie kreisten um die gleichen Fragen: *Mordfälle auf dem Ausstellungsgelände: Ist der* Gos Negre *am Werk? – Grausame Verbrechen im Umfeld der Weltausstellung. Was unternimmt die Obrigkeit? – Ein alter Fluch gefährdet die Weltausstellung.*

Die Stadt stand kopf. In den Cafés gab es kein anderes Gesprächsthema. Anscheinend reichten die ersten Druckausgaben nicht, und die Zeitungen brachten Extrablätter heraus. In einigen Artikeln stand sogar sein Name. Er hatte mehrere Botschaften des Bürgermeisters erhalten, mit der Bitte um eine Erklärung. Bald würde man ihn noch einmal ins Rathaus beordern.

Er schlug noch einmal mit der Faust auf den Tisch. Was zum Teufel war da passiert? Wer war dieser Llopis? Woher kannte er die Einzelheiten?

Das Elektrizitätswerk war wie üblich in Betrieb, doch die brutalen Details der Morde machten unter den Arbeitern die Runde wie ein Flachmann. In den letzten Stunden hatten sie aus dem Büro die Wutanfälle ihres Chefs mitbekommen, die nur durch die Geräusche der Wechselstromgeneratoren übertönt wurden. Als dann noch das Klirren von Glas zu hören war, herrschte ein Schweigen, das niemand zu stören wagte.

»Casavella!«

Der Werkmeister tauchte schweißüberströmt hinter einer der Dampfmaschinen auf und lief durch die Halle, bis er vor der Bürotür anhielt. Adell konnte seine Silhouette hinter der matten Glasscheibe erkennen, doch der Mann zögerte einzutreten. Adell brummte:

»Jetzt komm endlich rein!«

Als er die Türschwelle überschritt, konnte Casavella sein Staunen nicht verbergen: Das Büro befand sich in einem katastrophalen Zustand. Es sah aus, als hätte eine Woche lang ein Unwetter über Barcelona gewütet und auch dieses Büro heimgesucht. Das Kaffeegeschirr lag in Scherben neben dem schmiedeeisernen Ofen, Bruchstücke von Glas und Papierberge bedeckten den Fußboden, auf dem eine Lampe noch hin und her schaukelte, die merkwürdig verbogen war, daneben eine umgekippte Dose mit Tabak, der sich in der Lache aus Kaffee und Milch verteilte.

Adell saß auf seinem Bürostuhl und starrte auf etwa ein Dutzend Tageszeitungen, sein Gesicht war so rot, dass es Casavella an die Kessel erinnerte, für die er verantwortlich war. An Adells Hals traten die Adern deutlich hervor, und er atmete schwer. Instinktiv trat der Werkmeister einen Schritt zurück, wobei er aus Versehen auf Glasstücke trat. Bei dem Geräusch sah der Industrielle auf.

»Wohin willst du? Jetzt komm endlich rein und mach die verdammte Tür hinter dir zu!«

Der Angestellte schluckte und tat, wie ihm geheißen. Er blieb in einer Ecke stehen, in Erwartung der Anweisungen seines Chefs. Es kostete Adell offensichtlich große Mühe, sich zu beherrschen, und die Worte, die er an den Werkmeister richtete, klangen wie ausgespuckt.

»Ich gehe nach Hause. Lass die Kutsche vorfahren.«

Casavella machte große Augen, als ihm der blutgetränkte Hemdsärmel von Señor Adell auffiel. Er wollte schon vorschlagen, einen Arzt kommen zu lassen, als der Industrielle, der sich so beobachtet sah, den blutigen Ärmel mit der anderen Hand verdeckte.

»Was starrst du mich an?«

»Nichts, Señor Adell.«

»Lass irgendjemanden das alles hier aufräumen. Wenn ich wiederkomme, will ich, dass alles ordentlich aussieht. Hast du mich verstanden?«

»Ja, Señor.«

»Warum stehst du noch dumm herum? Bist du blöd oder was?«

»Nein, Señor. Entschuldigen Sie bitte, Señor.«

Sobald der Werkmeister gegangen war, nahm Adell eine der Zeitungen an sich und verließ sein Büro. Mit entschiedenem Schritt lief er durch den Hauptgang, der durch die Halle mit den Generatoren in Richtung Straße führte. Die Arbeiter vermieden es, ihn anzusehen.

Neben dem Haupteingang wartete bereits der Landauer auf ihn. Bevor er in die Kutsche stieg, strich er über einige hässliche, tiefe Kratzer an der Wagentür. Man hatte sie mit Wachs bearbeitet, doch die Schäden blieben sichtbar. Eine silberne Zierfigur in Pferdeform hing kopflos nach unten. Adell machte es sich auf der Bank bequem, dann wies er den Kutscher an:

»Ramón, ich will, dass du die Tür so bald wie möglich ersetzt.«

Die Stimme des Kutschers drang durch die Klappe oben in der Decke.

»Selbstverständlich, Señor.«

»Gut, nicht dass ich das noch ein zweites Mal sagen muss. Ab, nach Hause.«

Einige Minuten später hielt der Wagen im Hof. Adell stieg aus der Kutsche, und ohne den Hausangestellten eines Blickes zu würdigen, der ihn in Empfang nehmen wollte, marschierte er geradewegs in seine Bibliothek.

Dort stand ein Mann am Fenster, der das Geschehen auf der Straße beobachtete. Vor Nervosität lief er hin und her. Adell sprach den Mann nicht an, er steuerte direkt auf den Servierwagen mit den Getränken zu und füllte ein Glas großzügig mit Cognac. Er leerte es mit einem Schluck und schenkte nach, dann setzte er sich in einen Sessel. Mit einer Handbewegung forderte er seinen Gast auf, ebenfalls Platz zu nehmen. Der Mann tat, wie ihm geheißen.

»Señor Adell, ich habe Ihre Nachricht erhalten. Ich bin jetzt hier, aber Sie müssen wissen, dass ich es nicht für klug erachte, wenn wir uns bei Ihnen zu Hause treffen. Ihre Hausangestellten könnten mich erkennen und plaudern. Ich halte es für angebracht, dass unsere Beziehung vertraulich bleibt«, urteilte Inspektor Sánchez, der aus seiner Tasche eine kleine Papiertüte hervorzauberte, in die er seine wulstigen Finger steckte.

»Kommen Sie bloß nicht auf die Idee, in meinem Haus diese Schweinerei zu futtern!«

Der Polizist war vom Tonfall des Industriellen überrascht, sagte aber nichts. Er verzog das Gesicht und steckte die Tüte mit den Lupinenkernen wieder in die Tasche.

Adell verschränkte seine Hände wie zum Gebet und führte sie dann nachdenklich an die Lippen. Sein Blick strotzte vor Zorn.

»Haben Sie die Zeitungen gelesen?«

»Hm … Ja.«

»Anscheinend nicht.«

Adell warf die Ausgabe des *Correo* durch die Luft, und Sánchez fing sie verblüfft auf.

»Und?«, fauchte Adell. »Bezahle ich Ihnen nicht genug, um so etwas zu vermeiden?«

Der Inspektor überflog den Artikel und schüttelte den Kopf.

»Ach, das ist doch nur Gerede. Ich bin mir sicher, dieser Reporter hat nicht die geringste Ahnung. Er schreibt über Gerüchte, schließlich hat er keine Leiche zu Gesicht bekommen. Die letzte haben wir schleunigst verschwinden lassen, niemand hat sie gesehen«, log Sánchez. Er wusste, dass jemand im Leichenschauraum gewesen war und die Leiche untersucht hatte, aber nicht, wer. Doch das würde er dem Industriellen selbstverständlich nicht berichten.

»Können Sie sich vielleicht vorstellen, welche Konsequenzen das hat?«

»Ich kann es mir denken. Gestern Abend hat mich der Bürgermeister zu einer Unzeit rufen lassen, nur um mir den Auftrag zu geben, dass ich mit der allergrößten Dringlichkeit diesen Morden ein Ende bereite. Bislang habe ich die Sache hinauszögern können, aber ich weiß nicht, wie lange mir das noch gelingt.«

»Verdammt noch mal, so lange wie irgend möglich! Wie kommt es, dass die Zeitung Einzelheiten über den Zustand der Leichen kennt?«

»Vielleicht haben sie einen meiner Männer ausgehorcht, ich kann schließlich nicht für alle die Hand ins Feuer legen. Ich werde der Sache nachgehen und den Schuldigen bestrafen, da können Sie sicher sein. Der Journalist vom *Correo* hat den Artikel bestimmt nur auf der Grundlage von Gerüchten geschrieben, Señor Adell. Die Leute in La Barceloneta reden nun schon seit Wochen über den *Gos Negre*, es verschwinden weiterhin Mädchen, und die Bewohner haben Angst. Das kann ich nicht verhindern.«

Adell beugte sich zu Sánchez vor. Obwohl er einen Kopf größer war, fühlte sich der Inspektor eingeschüchtert.

»Das sollten Sie aber.«

Adell atmete tief durch, bevor er sich wieder in seinem Sessel zurücklehnte. Er nahm einen Schluck aus dem Glas und sprach weiter.

»Daniel Amat ist immer noch in Barcelona, und als wäre das nicht genug, unterstützt ihn ein Journalist von genau dieser Zeitung bei seinen Recherchen. Kürzlich hat sich ihnen ein Student von der Medizinischen Fakultät angeschlossen. Sie schnüffeln in allem herum, was sie nichts angeht. Ich habe Ihnen doch gesagt, dass Sie dafür sorgen sollen, dass diese Nachforschungen aufhören!«

»Ich habe Amat deutlich gemacht, dass seine Anwesenheit hier zu nichts führt und er sich nur Probleme aufhalst, wenn er meint, hierbleiben zu müssen.«

»Dann unternehmen Sie endlich etwas! Treten Sie überzeugender auf!«

Sánchez zuckte mit den Schultern.

»Inspektor.« Adell musste sich sehr beherrschen, damit er nicht losschrie. »Falls Sie es immer noch nicht begriffen haben sollten, wenn diese Nachforschungen weitergehen, bin ich nicht der Einzige, der Probleme bekommt. Ich kann mit meinen Beziehungen dafür sorgen, dass man Sie ins allerletzte Polizeiquartier im hintersten Winkel von Santiago de Cuba versetzt. Haben Sie mich verstanden?«

Sánchez schrak bei dieser Drohung auf. Er überlegte, ob das Geld, das er bislang erhalten hatte, diesen Ton rechtfertigte.

»Vollkommen. Ich werde mich darum kümmern. Mir ist schon etwas eingefallen.«

»Enttäuschen Sie mich nicht, Sánchez. Kommen Sie gar nicht erst auf die Idee, mich zu enttäuschen.«

Adell klingelte mit dem Tischglöckchen, und sogleich erschien ein Dienstmädchen, um den Polizisten hinauszubegleiten.

Endlich allein, versuchte Adell, sich zu beruhigen. Er begann mit den Atemübungen, die man ihm damals im Sanatorium gezeigt hatte, weil er wusste, dass er in seinem jetzigen Zustand zu jeder Schandtat fähig wäre. Er musste zur Ruhe kommen und nachdenken. Nachdenken, ja, darum ging es, er musste nachdenken.

Über seinem Kopf hörte er ein Geräusch.

Er sprang vom Sessel auf, rannte durch das Vestibül und nahm immer zwei Treppenstufen auf einmal. Gerade noch rechtzeitig konnte er sehen, wie oben in seinem Arbeitszimmer die Tür zufiel.

»Hure«, knurrte er, »diesmal tue ich nicht so, als hätte ich nichts bemerkt.«

Er stieß die Tür mit voller Wucht auf. Irene, die sich dahinter versteckt hielt, fiel, von der Tür getroffen, zu Boden. Ihr Rock rutschte nach oben, und Adell ergötzte sich an ihren langen ebenholzfarbenen Beinen, die der Unterrock nicht ganz bedeckte. Ihn überkam ein Anflug von Lust, während er seinen Blick über den Körper der Mulattin bis hoch zum Dekolleté gleiten ließ, das durch ihren keuchenden Atem noch den Brustumfang betonte. Irene spürte sofort, welche Wirkung ihr Anblick auslöste, sie richtete sich auf und betrachtete ihren Mann abschätzig. Adell wurde verlegen, und seine Erregung verwandelte sich in Wut.

»Was hast du hier verloren? Ich habe es dir doch verboten!«

»Die Kleine hat eine Haarschleife verloren.«

»Das Mädchen ist genau wie du, ein verzogenes Balg. Ich werde mich wohl ernsthafter um ihre Erziehung kümmern müssen.« Adell lächelte, er wusste, welche Reaktion seine nächsten Worte haben würden. »Die Disziplin im Internat wird Wunder wirken!«

»Nein! Wag es nur nicht!«

Irene stürzte sich auf ihn, doch ihr Mann stieß sie zur Seite.

»Verdammte Mulattin! Jede Hure aus El Raval wäre eine bessere Ehefrau als du!«

Bei der ersten Ohrfeige wich Irene zurück, bis sie gegen den Sekretär stolperte. Adell trat näher und verschloss die Tür. Bedächtig begann er, den Gürtel seiner Hose zu lösen. Irenes Augen weiteten sich vor Entsetzen, doch sie schwieg und versuchte das Zittern zu beherrschen, das ihren ganzen Körper zu befallen drohte.

»Hast du nicht alles, was du willst?«, flüsterte Adell. »Habe ich dir nicht mehr geboten, als dir jeder andere in deiner Lage gegeben hätte? So zahlst du es mir also zurück, indem du mir nicht einmal in meinem eigenen Haus den gebührenden Respekt erweist? Das wird sich ändern! Wohl oder übel, du wirst es noch lernen!«

Nach dem ersten Schlag mit dem Ledergürtel fühlte Adell, wie seine Erregung wieder wuchs. Voller Freude hob er immer wieder den Arm, um zuzuschlagen. Gleich würde es ihm besser gehen. Oh ja. Sehr viel besser.

37

Fleixa hätte diesem arroganten Schnösel am liebsten das Gesicht eingeschlagen, doch er beherrschte sich und stiefelte an dem jungen Mann mit der dümmlich-zufriedenen Miene einfach vorbei. Wenn Llopis meinte, eine Schlacht erfolgreich geschlagen zu haben, dann würde er ihm schon zeigen, was es bedeutete, einen Krieg zu gewinnen. Er klopfte an die Tür des Büros, und eine Stimme forderte ihn auf einzutreten. Die Hitze des Ofens und die immergleiche Tabakwolke empfingen ihn wie eine Sauna.

»Fleixa, dass man dich mal wieder sieht!«

»Guten Tag, Sanchís«, erwiderte Fleixa die Begrüßung, während er die Tür hinter sich zuzog und sich gleich auf einen der Besucherstühle setzte, ohne die Aufforderung seines Chefs abzuwarten.

Der alte Redaktionsleiter beobachtete Fleixa über die Brillengläser hinweg.

»Herrje, es ist noch Tag, und deine Kleidung stinkt nicht. Wie kommt es dazu?«

»Ich bin ein neuer Mensch.«

»Hm.«

Sanchís ließ von seiner Lektüre ab. Er lehnte seinen mächtigen Körper im Stuhl zurück und verschränkte die Arme. Sein skeptischer Blick reizte Fleixa.

»Sag schon.«

»Ich habe den Artikel von Llopis gelesen, den du veröffentlicht hast.«

»Ja, und?«

»Ich bin an der Sache dran, und das weißt du genau.«

»Ich weiß nur, was du mir erzählt hast.«

»Das ist meine Geschichte.« Fleixa hielt inne, um seine Wut zu unterdrücken. »Der Junge ist doch nur ein kleiner Schreiberling, er hat keine Ahnung. Ich will, dass du mir den Exklusivbericht überlässt.«

Der Chefredakteur zog die Augenbrauen so hoch, bis sich auf seiner Stirn eine steile Falte bildete.

»Willst du mir etwa beibringen, wie ich die Zeitung leiten soll?«

Fleixa vernahm durchaus den bedrohlichen Tonfall, doch er gab nicht auf.

»Wie kannst du nur so einen Artikel veröffentlichen? Der *Gos Negre*? Eine teuflische Macht? Seit wann bringt der *Correo* so ein Altweibergeschwätz?«

Die hochrote Gesichtsfarbe des Chefredakteurs zeigte Fleixa, dass er mitten ins Schwarze getroffen hatte.

»Die Ausgabe war innerhalb von zwei Stunden vergriffen. Die anderen Zeitungen haben die Nachricht sofort nachgedruckt, aber wir sind die Ersten gewesen. Unten in der Druckerei laufen die Maschinen seit Stunden auf Hochtouren, so etwas hat es noch nie gegeben! Hier in Barcelona gibt es jeden Tag irgendeinen Toten, aber die Leser lieben mysteriöse Kriminalfälle, die perversen Details ziehen sie an wie der Mist die Schmeißfliegen.«

Fleixa war außer sich.

»Um Himmels willen, Sanchís! Hinter dieser Geschichte steckt viel mehr als dieser Blödsinn, den Llopis geschrieben hat!«

»Viel mehr? Was du nicht sagst! Wo ist denn dieser großartige Bericht, den du mir die ganze Zeit ankündigst und den ich nie zu sehen bekomme? Sag's mir! Wo ist er? Neuigkeiten, Fleixa, Neuigkeiten! Das habe ich dir immer gesagt! Die Leser in der Straße warten auf neue Meldungen, und je interessanter, umso besser.« Leise sagte er noch: »Du kannst kaum behaupten, dass ich dich nicht gewarnt hätte.«

»Was willst du damit sagen?«

Der Chefredakteur ging um den Schreibtisch herum und öffnete die Tür.

»Llopis, komm mal her!«

Der junge Mann schien auf die Aufforderung nur gewartet zu haben. Gemächlich kam er zu den beiden älteren Journalisten. Der Chefredakteur tippte Fleixa mit einem Finger auf die Brust.

»Solange ich von dir keine vernünftige Meldung auf meinen Tisch bekomme, gibt es nichts mehr zu bereden. Llopis übernimmt von nun an das Nachrichtenressort. Du befolgst jedenfalls ab sofort seine Anweisungen.«

»Was sagst du da?«, fragte Fleixa sichtlich verblüfft nach.

»Es ist ganz klar. Du tust, was ich dir sage, und beweist mir, dass hinter diesem Starrkopf noch ein richtiger Reporter steckt, oder du suchst dir eine neue Stelle.«

Llopis' Lächeln war inzwischen so breit, dass es fast von Ohr zu Ohr reichte. Fleixa hatte das Gefühl, das Ego des jungen Mannes neben ihm blähte sich wie der riesige Ballon auf, den man für die Eröffnung der Weltausstellung vor dem Eingang zum Círculo del Liceo platziert hatte. Fleixa stand auf, er musste Sanchís die Stirn bieten. Die Worte rutschten aus ihm heraus, noch ehe er sie bereuen konnte.

»Du wirst dich noch selbst in die Scheiße reiten.«

Dann ging er gemächlich aus dem Büro, ungeachtet der Schreie des Chefredakteurs, bemüht, das Zittern zu überspielen, das seine Hände immer stärker erfasste. Er lief an den Schreibtischen im Redaktionsbüro vorbei, ohne etwas wahrzunehmen, dabei wusste er die Blicke der Kollegen auf sich gerichtet. Er begriff nicht, wie er in diese Lage geraten war. Doch das Schlimmste war, er wusste auch nicht, was er jetzt tun sollte.

38

Pau blieb auf dem Treppenabsatz stehen. Mit Gottes Hilfe hatte sie den schweren Schrankkoffer die enge Treppe hinaufgeschleppt. Aus ihrem Jackett zog sie einen Zettel und las noch einmal die Adresse, die der Journalist für sie notiert hatte. Warum hatte der Pensionswirt so belustigt dreingeblickt, als sie ihn nach Dolors gefragt hatte, und warum hatte er so verschmitzt mit den Augen gezwinkert, als er ihr die Tür zu deren kleiner Wohnung zeigte? Pau verstand das einfach nicht.

Hoffentlich war das eine gute Idee! Eigentlich war sie nicht sonderlich davon überzeugt gewesen, vorübergehend ihr Zimmer im Colegio Mayor aufzugeben, doch Amat hatte vehement darauf bestanden, und selbst Fleixa hatte es für die bessere Option gehalten. Pau war überrascht, dass die beiden Männer sich anscheinend sehr um ihre Sicherheit sorgten, und nach dem Erlebnis in der Bibliothek musste sie sich eingestehen, dass auch sie eine erneute Begegnung mit Homs fürchtete.

Sie seufzte. Die Probleme häuften sich, und es war keine Lösung in Sicht. Am nächsten Tag endete die Frist, und Pau würde Albert für sein Schweigen bezahlen müssen. Sie wusste nicht, wie sie so viel Geld auftreiben sollte, ihre Einkünfte reichten für ihren Unterhalt und die mit dem Studium verbundenen Kosten, aber wenn sie den Erpresser nicht bezahlte, würde ihre wahre Identität enthüllt werden, und man würde sie exmatrikulieren. Das musste sie verhindern, aber da sie Amat und Fleixa nicht auch noch mit dieser Geschichte behelligen wollte, wusste sie immer noch keine Lösung für ihr Problem.

Sie schlug zwei Mal den Eisenklopfer gegen die Tür und wartete.

Die Tür ging auf, und im Rahmen zeigte sich eine üppige Frau. Sie trug über ihrem rötlichen Haar eine schwarze Perücke und einen Morgenmantel, der nur hastig zugeknöpft war und mehr enthüllte, als Pau sehen wollte. Die Frau hielt Mandarinenstücke in der Hand, und der Saft tropfte von ihren Fingern.

»Was für ein hübscher junger Mann. Es ist noch etwas früh, aber für dich mache ich natürlich eine Ausnahme. Hereinspaziert, hereinspaziert!«

Die Frau verschwand in der Wohnung. Pau brachte kein Wort hervor, sie blieb in der Tür stehen, bis eine Stimme sie noch einmal aufforderte hereinzukommen. Von Zweifeln geplagt, hob sie den Schrankkoffer wieder auf die Schulter und ging durch einen schmalen Gang zu dem Zimmer, vor dem die Frau auf sie wartete.

Ein Bett mit einer riesigen Tagesdecke und einem Dutzend bunter Kissen nahm fast das gesamte Zimmer ein. An einer Wand stand ein schlichter Toilettentisch voller Fläschchen, Bürsten und Haarnadeln. Darüber hing ein hoher, fleckiger Spiegel. Das Mobiliar wurde durch einen Stuhl komplettiert, der unter einem Haufen Kleidungsstücke verschwand. Alles roch nach Mandarinen.

»Lass den Koffer da stehen. Kommst du gerade von einer Reise, oder warum bist du so beladen? Nein, lass mich raten.« Die Frau strahlte. »Du verlässt die Stadt und hast dir gedacht, dass du dir vorher noch ein nettes Stündchen gönnst. Warte, ich mache es mir ein wenig bequem, ich bin gleich wieder bei dir.«

Die Frau verschwand in dem angrenzenden Zimmer, und Pau hörte, dass Wasser in eine Schüssel gegossen wurde, während die Frau ein Liedchen trällerte. Wenige Minuten später war sie wieder da und trug nun ein Negligé. Ihr Körper zeichnete sich deutlich unter dem eng anliegenden Baumwollstoff ab. Sie rekelte sich bewusst bedächtig im Türrahmen, und Rosenduft begleitete jede ihrer Bewegungen. Pau war sprachlos.

Nun kam die Frau wie eine Naturgewalt aus üppigem Fleisch auf sie zu. Pau wich zwei Schritte zurück, stieß gegen das Bett und verlor das Gleichgewicht. Die Bettfedern ächzten, und sie versank in der Matratze. Noch ehe sie aufstehen konnte, setzte sich die Hure rittlings auf sie und sah Pau verführerisch an. Sie riss ihr die Brille von der Nase, legte sie auf den Tisch und strich ihr zärtlich über das Gesicht. Dann löste sie provozierend langsam den linken Träger des Negligés und legte Paus rechte Hand auf ihre Brust.

»Bitte … Nein!«

»Na so was, ein schüchternes Kerlchen. Dem lässt sich abhelfen, lass mal, Dolors weiß, wie das geht.«

Die Hure knöpfte sich das Negligé auf. Pau konnte nichts dagegen unternehmen, gegen Dolors' Gewicht war sie machtlos.

»Sie verwechseln mich!«

Die Hure hielt inne und betrachtete Pau erstaunt.

»Was für eine Verwechslung? Wovon sprichst du?«

»Ich habe mich wohl in der Adresse geirrt.«

»Schatz, wer hat dir meine Adresse gegeben?«

»Señor Fleixa.«

Dolors war zunächst verwirrt, dann lachte sie schallend los. Sie löste sich von Pau und kletterte vom Bett. Ihre entblößte Brust bebte im Takt ihres Gelächters, während sie mühsam versuchte, den linken Träger wieder über die Schulter zu streifen.

Pau stieg schnell aus dem Bett. Am liebsten hätte sie diesen Journalisten auf der Stelle ermordet. Wahrscheinlich hatte ihr dieser Schuft nur einen dummen Streich gespielt und lachte sich jetzt gerade genauso kaputt wie diese Frau.

»Bist du die Señorita, die Hilfe braucht?«, fragte Dolors und musterte Pau von Kopf bis Fuß. »Du siehst doch aus wie ein Señorito!«

Pau griff nach Brille und Jacke, dann schleppte sie den Koffer zur Tür.

»Ich glaube, das ist ein Missverständnis, eine schreckliche Verwechslung, Señora. Bitte, verzeihen Sie mir, ich gehe sofort wieder.«

Dolors versperrte ihr den Weg. Resolut nahm sie Pau den Schrankkoffer aus der Hand und stellte ihn auf den Boden.

»Nichts da, meine Liebe, keinesfalls.«

Sie fegte die Kleidungsstücke von dem einzigen Stuhl und nötigte Pau, sich zu setzen.

»Willst du etwas Warmes trinken? Das würde uns beiden gut tun.«

Ohne Paus Antwort abzuwarten, zauberte sie aus einer Schublade zwei Tassen hervor und stellte sie vor Pau auf den Toilettentisch. Sie verließ das Zimmer durch eine andere Tür, und als sie zurückkam, verhüllte eine Strickjacke ihr Negligé. Dolors hielt ein Porzellankännchen in Händen, aus dem ein Kamillezweig herausragte, und schenkte in die zwei Tassen auf dem improvisierten Tisch ein.

»Ich habe keinen Zucker, aber das hier.«

Aus einer anderen Schublade zog sie einen Flachmann hervor und goss einen großzügigen Schluck in jede Tasse.

»Ich hätte nie für möglich gehalten, dass du eine Frau bist. Ich dachte, es wäre mein Glückstag, weil so ein hübscher Jüngling in der Tür steht. Du bist aber nicht andersherum, oder?«

»Nein, nein.«

Das Getränk in den Tassen duftete köstlich und war sehr heiß. Pau trank einen Schluck, und der Schnaps brannte in ihrer Kehle wie Feuer. Sie hustete.

»Du musst langsam trinken«, riet ihr Dolors.

Pau nickte und versuchte wohlerzogen zu lächeln. Sie musste sich eingestehen, dass sie den Alkohol nach dem ersten Schrecken durchaus als Stärkung empfand.

»Also, Sie sind …«

»Eine Hure. Ja, Mädchen, sprich es nur aus, ich schäme mich nicht für das, was ich bin. Der Pfarrer hat mich nach meiner Geburt auf den Namen María de los Dolores Algarrada Lucena getauft, aber sag einfach Dolors zu mir.«

Die Hure lächelte. Das Mädchen war so schüchtern, so naiv! Dolors machte es sich auf dem Bett bequem, zückte ein metallenes Zigarettenetui und nahm daraus eine Zigarette. Sie zündete sie mit einem Taschenfeuerzeug an, und nun hüllte sie der Duft von Tabak und Pfefferminze ein.

»Also, du bist das Mädchen, das ein paar Tage untertauchen muss. Entschuldige bitte wegen vorhin, aber Fleixa, dieser alte Halunke, hat mir nicht gesagt, dass du verkleidet zu mir kommst. Wie heißt du?«

»Ich heiße Gilbert, Pau Gilbert.«

»Freut mich, dich kennenzulernen. Anscheinend werden wir ein paar Tage zusammen verbringen.«

Pau wollte schon den Kopf schütteln, doch dann dachte sie nach. Sie hatte sonst keinen Ort, wohin sie gehen könnte, ins Colegio wollte sie auch nicht zurück, zudem behandelte diese Frau sie sehr freundlich.

»Ich hoffe, ich störe nicht.«

»Gar nicht. Ein wenig Gesellschaft wird mir guttun.«

»Schlafen wir im selben Bett?«

Dolors prustete los. Ihr Lachen war fröhlich und ansteckend, Pau konnte nicht umhin und musste lächeln. Allmählich gefiel ihr diese Frau.

»Nein, meine Liebe, nein. Hier nebenan ist noch ein kleineres Zimmer. In dem wohnt sonst eine Kollegin, aber die ist in ihr Dorf gefahren. Alles andere wirst du dir mit mir teilen müssen. Wie du siehst, ist hier alles ganz einfach. Basilio, der Pensionswirt, weiß nichts von dir, sei beim Rein- und Rausgehen etwas vorsichtig, ja?«

»Bitte machen Sie sich deshalb keine Sorgen, Señora. Herzlichen Dank für Ihre Gastfreundschaft.«

Dolors amüsierte sich königlich über den formellen Umgangston des Mädchens.

»Sieh mal, ich bin eine gute Menschenkennerin, sonst wäre ich in meinem Beruf erledigt. Du bist zwar ein merkwürdiges Mädchen, das sich noch dazu – weiß Gott, warum – als Mann verkleidet, aber du bist nett. Es wird nicht so schlimm sein, dich in der Nähe zu haben.«

Pau war erleichtert. Es war angenehm – und inzwischen so ungewohnt –, ganz natürlich behandelt zu werden, ohne sich verstecken zu müssen. Seit sehr langer Zeit hatte niemand mehr sie als Frau behandelt.

»Was schleppst du in dem riesigen Koffer mit dir herum?«, wollte Dolors wissen. »Ich hätte schwören können, dass du damit in ein anderes Land auswandern willst.«

»Hm, da ist ein wenig Wechselwäsche drin, und ein paar Bücher.«

»Bücher?«

»Medizinbücher. Ich … studiere.«

»Na so was. Ich wusste gar nicht, dass man als Frau Arzt werden kann. Hör mal«, Dolors beugte sich zu Pau vor, »du verstehst etwas von Salben und so, oder?«

»Ja, schon, ich kenne mich ein wenig damit aus.«

»Vielleicht kannst du mir helfen.«

»Ja, natürlich, wenn ich weiß, wie.«

»Ich hatte vor ein paar Tagen so einen Schorf an einer … an einer heiklen Stelle, ich weiß nicht, ob du weißt, was ich meine. Das ist sehr lästig. Es sieht ganz rot aus und juckt andauernd.«

»Gut, wenn Sie meinen …«

»Mädchen, sag bitte du zu mir, ich könnte deine große Schwester sein.«

»Entschuldigung. Wenn du nichts dagegen hast, könnte ich dich untersuchen und dir ein Heilmittel empfehlen.«

»Das wäre großartig!«

Dolors ertränkte die Zigarette in ihrer Tasse und stand sofort vom Bett auf, dessen Federn wieder ächzten.

»Komm, ich zeige dir dein Zimmer.« Mitten im Gang blieb sie stehen und drehte sich zu Pau um. »Hör mal, ich bin von Natur aus ziemlich klatschsüchtig und neugierig. Wenn ich meine Nase in etwas hineinstecke, was mich nichts angeht, schick mich zum Teufel, ja? Da wir gerade beim Thema sind, wenn du nicht andersherum bist, warum läufst du als Mann herum? Ehrlich gesagt, dass du mich auf den Arm genommen hast, hat mir richtig gut gefallen. Komm, erzähl mir alles. Wenn wir uns anfreunden sollen, dann besser jetzt als später.«

»Es ist eine lange Geschichte.«

»Macht nichts, meine Liebe, ich habe mehr freie Zeit als ein Minister.«

39

Fleixa schob den Teller zur Seite. Der Gestank, den der Eintopf verströmte, verhieß einen baldigen Besuch auf der Toilette. Da griff er lieber zur Schnapsflasche und schenkte sich das nächste Glas ein.

Er war zwar schon angetrunken, aber selbst dieser Anisschnaps aus irgendeiner Destille in El Raval war tausendmal besser, als sich mit so einem Fraß zu vergiften. Und er hatte schon üblere Gesöffe getrunken.

In der Taverne, die versteckt in einem hinteren Winkel des Stadtviertels lag, stank es nach Schnitttabak, gekochtem Kohl und abgestandenem Schweiß. Es war schwül und heiß, die Gäste saßen mit dem größtmöglichen Abstand zueinander, es wurde geflüstert, und nur wenige, nicht ganz aufgedrehte Gaslampen brachten etwas Licht in die Gaststube.

Den ganzen Morgen hatte er die Cafés und Klubs gemieden, die die Journalisten der anderen Tageszeitungen frequentierten. Fleixa war sich sicher, dass die Nachricht schon die Runde machte, und er hatte keine Lust auf die Scherze der Kollegen. Er konnte es immer noch nicht fassen, dass er seine Stelle beim *Correo* verloren haben sollte. Er, Bernat Fleixa, einer der besten Journalisten in Barcelona, saß auf der Straße! Vielleicht könnte er seinen Posten wiederbekommen, wenn er sich bei Sanchís entschuldigte, doch er ahnte, dass diese Erniedrigung nicht ausreichen würde. Llopis hatte gewonnen, das war die ganze Wahrheit. Fleixa stützte den Kopf auf die Hände. Immerhin, so dachte er, konnte es nicht mehr schlimmer kommen.

»Junge, du siehst nicht gut aus.«

Erst als er hochsah, bemerkte Fleixa die zwei Gestalten, die um seinen Tisch strichen. Die Negra grinste, und ihre Augen blitzten verräterisch fröhlich. Fleixa konnte die Frage, die ihm auf der Zunge lag, nicht mehr stellen, denn auf einen Blick der Geldverleiherin hin packte ihr Schläger mit den kräftigen Muskeln ihn am Mantelkragen und hob ihn in die Höhe.

An den teilnahmslosen Gästen der Taverne vorbei liefen sie zur Küche. Dort rissen sie eine Tür auf, die sich kaum von der speckigen Speisekammertür daneben unterschied. Der Hintereingang des Lokals führte auf eine schlecht beleuchtete Gasse, die gleichermaßen als Lager und Abfallhalde diente.

Bei dem Temperaturunterschied musste Fleixa erst einmal husten.

Sein erster Fluchtgedanke wurde sofort erstickt, denn noch bevor er zwei Schritte gehen konnte, wurde er gegen mehrere Kisten mit der Dreckwäsche einer benachbarten Pension gestoßen. Sein ohnehin lädiertes Bein versagte, und er landete zwischen einem Haufen Bettwäsche.

Ein Paar Arme rissen ihn wieder hoch, und wie durch ein Wunder konnte er sich an die Mauer gelehnt auf den Beinen halten. Noch hielt sein Alkoholpegel seine Angst unter Kontrolle, so als wäre nichts passiert.

»Negra, das ist doch alles gar nicht nötig. Ich habe das Geld. Wenn du in mein Jackett greifst, dann …«

Fleixa unterbrach sich selbst mitten im Satz, als er ihre sanfte Stimme hörte.

»Tut mir leid, ich habe nichts damit zu tun.«

Er verstand nicht, worauf die Negra anspielte, er sah nur, dass die Frau zur Seite trat und nun ein größerer Schatten auftauchte. Als er den Neuankömmling erkannte, stand Fleixa sofort gerade. Er wusste, dass er jetzt in einer noch größeren Bredouille steckte.

»Die Negra ist ein sentimentales Weib, aber sie weiß, was das Richtige für sie ist, nicht wahr?«

Inspektor Sánchez trat aus dem Halbdunkel, und im Schein der Straßenlaterne war seine zufriedene Miene zu sehen. Er wühlte in seiner Tasche, steckte sich einen Lupinenkern in den Mund und spuckte die Reste in die Abflussrinne vor Fleixas Füßen.

»Sehen Sie, der Zufall will es, dass mir diese Señorita hier einen Gefallen schuldig ist, einen großen Gefallen. Der wurde mir erwiesen, und nun sind Ihre Schulden in meine Hände übergegangen, verstehen Sie?«

»Nicht ganz … Wie Sie gerade gehört haben, habe ich das Geld. Es gibt keine Schulden mehr.«

»Ich habe eine schlechte Nachricht für Sie, die Zinsen sind soeben gestiegen.«

»Ich tappe immer noch im Dunkeln. Wie Sie sehen, bin ich etwas betrunken.«

»Hm. Dann versuche ich Sie aufzuklären. Ich fange mit dem an, was ich weiß, denn da gibt es einiges, werter Herr Journalist. Ich weiß, dass Sie seit einiger Zeit mit diesem lästigen Daniel Amat die Todesfälle um den *Gos Negre* recherchieren. Ich weiß auch, dass sich Ihnen ein junger Student angeschlossen hat. Zufälligerweise habe ich auch erfahren, dass Sie gerade Ihre Stelle beim *Correo* verloren haben. Sehen Sie, ich weiß eine ganze Menge.«

Der Inspektor spie noch einmal aus.

»Was wollen Sie?«, fragte Fleixa.

»Eine reine Transaktion.«

»Ist das alles?«

»Sie müssen etwas für mich erledigen, werter Herr Journalist.«

»Wollen Sie auch, dass Amat mit den Recherchen aufhört?«

»Aber nein, nein. Keineswegs. Ganz im Gegenteil. Ich will, dass Sie ihn ermutigen. Helfen Sie ihm nach Kräften bei seiner Suche.«

»Ich verstehe das nicht.«

»Da gibt es nichts zu verstehen. Tun Sie, was ich Ihnen sage, und ab und an treffen wir beide uns zu einem Glas Wein, wie zwei alte Freunde. Wir unterhalten uns, und Sie erzählen mir alles, bis ins letzte Detail. Im Gegenzug korrigiere ich die Zinsen Ihrer Schulden. Selbstverständlich bleibt unsere kleine Abmachung unter uns.«

»Ich soll Ihr Denunziant werden?«

»Wollen Sie sich jetzt zieren? Wir beide wissen doch, dass das in der Vergangenheit nie ein Problem war.«

»Was ist, wenn ich mich weigere?«

Auf einen Wink des Inspektors nahm der Schläger der Negra den Journalisten in den Schwitzkasten und hielt ihn am rechten Arm fest. Jeder Widerstand war zwecklos.

Sánchez tat zerknirscht, so als geschähe all das gegen seinen Willen. Aus seiner Manteltasche zückte er einen metallischen Gegenstand. Fleixa erkannte ihn sofort, es war ein Zigarrenschneider mit doppelter Schneide. Der Inspektor hielt Fleixas Hand fest und steckte seinen Mittelfinger in die runde Öffnung dieser Taschen-Guillotine. Sánchez strahlte vergnüglich, als er leicht zudrückte. Die Schneide, einer Schere ähnlich, zeichnete eine rote Linie um Fleixas Fingerknöchel, und ein heftiger Schmerz strahlte in seine Hand aus. Seine Trunkenheit war im Nu verflogen, und sein Hemd war klatschnass vor kaltem Schweiß.

»Wenn Sie zur Zusammenarbeit bereit sind, werden Ihre Schulden getilgt, aber wenn Sie sich weigern …« Der Polizist unterbrach sich kurz, aber nur, um sich den nächsten Lupinenkern in den Mund zu stopfen. »… dann werden Sie zeit Ihres Lebens keinen einzigen verdammten Artikel mehr schreiben. Ich werde mir Ihre Schulden Finger für Finger holen, und dann werde ich mich nach Lust und Laune mit dieser Hure vergnügen, Ihrer Freundin.«

Während Sánchez sprach, strich er die ganze Zeit mit dem Zigarrenschneider über Fleixas Finger. Der Journalist starrte den Polizisten ungläubig an. Hinter Sánchez stand die Negra und verdrehte missbilligend die Augen, mischte sich jedoch nicht ein.

»Schon gut, schon gut. Ich habe Sie verstanden.«

»Wissen Sie was? Ich bin mir da nicht ganz sicher. Ich glaube, Sie brauchen noch einen kleinen Anreiz, damit Sie restlos überzeugt sind.«

Als würde all das einer anderen Person zustoßen und als wäre er selbst nur ein Zuschauer, beobachtete Fleixa, wie der Zigarrenschneider seinen kleinen Finger umschloss. Ein furchtbarer Schmerz schoss wie ein Peitschenhieb durch seinen ganzen Arm, als die Taschenguillotine den Widerstand des Knochens mit einem Knacken überwand. Der amputierte Finger flog in die Abflussrinne und wurde vom Wasser die Gasse hinuntergespült. Aus der Wunde schoss Blut, das schnell die ganze Hand und den Jackettärmel befleckte. Fleixa wurde schwarz vor Augen, ihm sackten die Beine weg, und er fiel kraftlos um, wie eine Puppe. Als er auf dem Boden landete, rutschte seine Uhr aus der Westentasche und landete mitten im Abfall.

»Jetzt bin ich mir wirklich sicher, dass Sie unsere Abmachung nicht vergessen werden«, stellte der Inspektor fest und wischte sich die Hände an einem Taschentuch ab. »Sie müssen es von der guten Seite betrachten, ich habe Ihnen nur einen Gefallen erwiesen. Sie können sich jetzt für einen dieser Versehrten ausgeben, die aus Kuba zurückkehren und um Almosen bitten. Vielleicht haben Sie damit ja mehr Erfolg als mit Ihren blödsinnigen Artikeln.«

Sánchez drehte sich um und trat auf die Taschenuhr.

»Hoppla, was haben wir denn da?«

Er hob die Uhr vom Boden auf, ohne dass Fleixa ihn daran hindern konnte. Er wischte sie mit dem Ärmel ein wenig sauber, öffnete den Deckel und gab einen Ausruf des Erstaunens von sich.

»Sie tragen ein Foto von Ihrer Hure bei sich?«, lachte Sánchez und zeigte seinen Begleitern amüsiert das Bildnis. Die Negra rührte sich nicht vom Fleck.

Der Inspektor beugte sich über Fleixa und tändelte vor dessen Augen mit der Kette der Taschenuhr.

»Vielleicht sollte ich sie behalten, als Beweis für unsere soeben geschlossene Verbindung.«

Fleixa wollte protestieren, doch in ihm stieg ein heftiger Brechreiz auf, und er wand sich vor Magenschmerzen.

»Wie unangenehm, hat man Ihnen keinen Benimm beigebracht?«, rief der Polizist und sprang zur Seite, damit seine Schuhe nichts abbekamen. Er kehrte Fleixa den Rücken und ging zur Negra, die schweigend mit verschränkten Armen abwartete.

»Gut, das wäre geregelt. Kümmert euch um ihn, nicht dass er hier noch verblutet.«

Fleixa lag vor Schmerzen gekrümmt auf dem Boden, mit glasigem Blick verfolgte er, wie der muskulöse Schläger seine Hand mit einem Lumpen verband. Der Inspektor schnalzte mit der Zunge.

»Hier, als Zeichen für mein Mitgefühl.«

Die Taschenuhr flog durch die Luft und landete auf dem Schoß des Journalisten. Sánchez kaute wie üblich, während er zum Ende der Gasse ging und aus Fleixas Blick verschwand.

Der Journalist drückte die Uhr fest gegen seine Brust und schloss die Augen. Er wollte endlich ohnmächtig werden.

40

Daniel spürte, wie die Brise vom Meer über sein Gesicht strich. Der Himmel füllte sich nach und nach mit grauen Wolken. Möwen zeichneten Pirouetten in die Luft und krächzten, sie kündigten das nächste Unwetter an.

Seine Schritte hatten ihn bis zur westlichen Mole geführt. Der Kai war einer der Lieblingsorte seiner Kindheit gewesen. Dort hatte er Zuflucht vor dem Totenhaus gesucht, in das sich sein Zuhause nach dem Tod seiner Mutter verwandelt hatte. Von der Bank an der Promenade hatte er in der Abenddämmerung die großen Dampfschiffe beobachtet, wie sie zu unbekannten Häfen in Europa und Amerika in See stachen, und er hatte sich in seiner Fantasie großartige Abenteuer vorgestellt, die nichts mit diesem Leben in ewiger Trauer gemein hatten. Wenn die Sonne am Horizont verschwand, hatte ihn sein Bruder Alec wieder abgeholt, und sie waren zusammen nach Hause gegangen.

Er lehnte sich zurück. Drei kleine Jungen versuchten ihr Glück mit einer Angelschnur ohne Rute und lachten, weil sich einer von ihnen so ungeschickt anstellte. Einige Pärchen nutzten die kurze Unterbrechung der Regenfälle und flanierten Arm in Arm, eine Gruppe Matrosen, die mit ihrem Dampfschiff gerade erst angelegt hatten, machten zwei jungen Frauen, die kichernd mit geröteten Wangen fortliefen, eindeutige Komplimente.

Er legte den Hut ab und holte aus seiner Manteltasche einen verknitterten Briefumschlag hervor, der ihn am Nachmittag per Eilzustellung erreicht hatte. Er entnahm dem Umschlag ein pastellfarbenes Blatt Papier. Daniel hatte die Nachricht längst gelesen. Schon zwei Mal.

Alexandra, seine Verlobte, berichtete ihm, dass ihr Vater vor der akademischen Abteilung Daniels Abwesenheit nicht noch länger rechtfertigen konnte, ohne seine eigene Position als Rektor und seinen guten Ruf zu beschädigen. Man setzte ihn unter Druck, damit ein gewisser Hallager, der Sohn eines Lords, die Stelle übernähme. Alexandra übermittelte ihm auch Sir Edwards Betrübnis, schließlich hatte er Daniel wie einen eigenen Sohn behandelt und konnte nicht verstehen, warum dieser alles aufs Spiel setzte.

Aus Alexandras Worten klang ihr Unverständnis für die Verlängerung seines Aufenthaltes in Barcelona deutlich heraus. Die Worte in der letzten Passage des Briefes waren durchaus liebevoll, doch Daniel las aus ihnen gleichermaßen Zweifel und Unsicherheit heraus. Ihrem Charakter entsprechend, forderte Alexandra am Ende, dass er eine Entscheidung träfe. Wenn er sofort zurückkäme, ließe sich alles regeln, anderenfalls würde sie ihre Verlobung als aufgelöst erachten.

Daniel faltete den Brief. Er sah in die Ferne, dorthin, wo Himmel und Meer eins wurden.

Er könnte noch am selben Abend in den Zug nach Paris steigen, dort den Anschluss nach Calais nehmen und schließlich mit dem Schiff zurück nach England reisen. Niemand hinderte ihn daran, seine Siebensachen zu packen und abzufahren. Niemand würde ihm Vorwürfe machen. Mit seiner Weigerung, Barcelona zu verlassen, setzte er alles aufs Spiel, was ihm wichtig war: seine Stelle im College, das Vertrauensverhältnis und die Freundschaft mit seinem Tutor und noch dazu die Liebe seiner Verlobten.

Insgeheim war er davon überzeugt, dass es ihm trotz all seiner Bemühungen nicht gelingen würde, sich von seiner Schuld zu befreien. Alexandra hatte recht. Der Tod seines Vaters war eine Tatsache, die sich durch nichts rückgängig machen ließ. Er war nur ein einfacher Hochschullehrer, er hatte schon zu viel unternommen. Er hatte sogar sein eigenes Leben und das von anderen riskiert. Die Sache oblag nicht seiner Verantwortung. Alle legten ihm die Abreise nahe. Warum sollte er nicht auf sie hören?

Plötzlich kam ihm ein Name in den Sinn.

Es war ein Fehler gewesen, sie noch einmal zu treffen. Er war mit einer wundervollen jungen Frau verlobt, und Irene war verheiratet. Ihre Lebenswege hatten sich getrennt, die Gefühle, die sie vor sieben Jahren füreinander gehegt hatten, lagen unter einem Haufen von Asche begraben. Er musste nach England zurück, in sein bisheriges Leben. Seine Vergangenheit im größtmöglichen Vergessen versenken, von wo aus sie ihm nicht mehr schaden konnte.

Und doch …

Er stand von der Bank auf und näherte sich dem Rand der Promenade. Unten schlugen die Wellen mit aller Wucht gegen die Steine, als hätten sie Kenntnis von seinen Gedanken. Er betrachtete den Brief, der immer noch in seiner Hand lag. Seine Augen wurden feucht. Er seufzte tief und steckte den Brief zurück in seine Manteltasche.

… er konnte nicht.

41

Der Mann mit der Kapuze bekam keine Luft. Er stürzte sich in seine Wut, die wie ein dickflüssiger Saft durch seine Adern floss, bis sie in seinem Hirn pochte. In seinem Kopf hallte das Pochen wie der Sekundenzeiger einer gewaltigen Uhr. Wie konnten sie es wagen?

Trunken vor Wut stolperte er herum, hielt sich an den Möbeln fest, um nicht auf den Boden zu stürzen. Er taumelte durch den Saal, ohne die Säule zu betrachten, die in der herrschenden Ruhe vibrierte. Von dem Summen verfolgt, das in der Luft schwebte, lief er zwischen den Regalen voller Glasbehälter hindurch. Seine Schritte führten ihn zum Ofen, aus dem die Flammen schlugen und hinter dem sich ein langer Eichentisch mit Laborgeräten erstreckte.

Mit einem Fausthieb fegte er alles zu Boden, Destillierkolben, Scheidetrichter, Büretten, Probekästchen, eine einzige Kaskade von klirrendem Glas. Aus ihren Behältnissen befreit, krochen die chemischen Lösungen zum Abflussgitter.

Er ließ *De humani corporis fabrica* auf die frei gewordene Fläche fallen. Der alte Ledereinband schimmerte im Schein des Feuers. Die Flammen schienen die Umrisse der Schrift auf dem Einband noch zu betonen, als würden sie zucken.

Er schlug das Buch auf. Das Wissen um seinen Fehler zerriss ihn innerlich. Begierig blätterte er die Seiten um. Zwischen den ausführlichen lateinischen Texten befanden sich Darstellungen der verschiedenen Bestandteile des menschlichen Körpers. Die Illustrationen, die zum Teil eine ganze Seite einnahmen, zeigten mit beängstigenden Details zerlegte Körper, zerschnittene Gliedmaßen und menschliche Skelette in den unwahrscheinlichsten Positionen. Jeder Sammler in Europa würde ein Vermögen für den Band bezahlen. Doch das scherte ihn nicht, er war nur auf der Suche, Seite um Seite, und mit jedem Blatt wurde seine Verzweiflung größer. Er betrachtete die Buchränder, die unbedruckten Stellen zwischen den Textpassagen, die Einzelheiten der Illustrationen, bis er jede Seite geprüft hatte. Dann knallte er das Buch so fest zu, dass der Schlag von der Gewölbedecke widerhallte.

Er vergrub den Kopf zwischen den Armen und gab ein Schluchzen von sich, das allmählich zu einem Schrei anwuchs. Dann packte er die kostbare Abhandlung und schleuderte sie mit aller Kraft von sich. Als sie gegen den Ofen krachte, knackte es, als würden Knochen gebrochen. Die wertvollen Illustrationen wölbten sich, sobald die Flammen sie berührten.

Er streifte die Kapuze zurück, stützte sich auf den Tisch und versuchte zu Atem zu kommen. Sein Haar verdeckte sein schweißüberströmtes Gesicht, und an seinen Lippen hingen Speichelreste. Als er den Arm hob, um sich abzuwischen, fühlte er einen stechenden Schmerz, und er sah, dass sich ein roter Fleck über den ganzen Ärmel ausbreitete.

Da fiel ihm wieder ein, dass er sich bei seiner Flucht aus der Bibliothek an dem Glasfenster verletzt hatte. Bei der Verfolgung hatte er sich ein Taschentuch umgeknotet, um die Blutung zu stillen, aber es war nicht mehr zu gebrauchen.

Aus einem zweitürigen Schrank holte er ein Köfferchen. Er setzte sich auf einen Hocker und schlitzte den Hemdärmel bis zum Ellbogen auf. Vorsichtig schob er den durchtränkten Stoff zur Seite und legte einen tiefen, heftig blutenden Schnitt frei. Fasziniert stellte er fest, dass er sich um Haaresbreite die Vena cephalica aufgeschnitten hätte. Er konnte sogar einen Teil des Musculus extensor carpi ulnaris erkennen. Auf einmal wurde ihm schwindelig. Der Blutverlust war beträchtlich, und er durfte keine Zeit verlieren. Es war unglaublich, dass er nicht längst ohnmächtig geworden war.

Aus dem Köfferchen nahm er ein Glasfläschchen, Verbandsmull sowie mit Karbolsäure desinfizierte Stahlnadeln und Seidenfaden. Sorgfältig legte er diese neben sich auf ein Silbertablett. Er öffnete das Fläschchen und verteilte seinen Inhalt auf die Wunde. Die Jodtinktur sprudelte, und seine Haut juckte und brannte. Er widerstand dem Impuls, den Arm wegzuziehen, während er die Tinktur darüber leerte. Desinfektionsmittel und Blutreste tropften auf den Boden. Er wartete ein paar Sekunden ab, dann säuberte er die Schnittwunde, die erneut blutete. Zufrieden bereitete er das Nähen vor.

Der Schmerz war seine Buße. Das Leiden hatte er verdient. Sie schenkte ihm ihr Vertrauen, und er hatte ihr Vertrauen enttäuscht. Kurz vor dem Triumph war er nur an seiner eigenen Dummheit gescheitert.

Die halbrund gebogene Operationsnadel traf auf Widerstand. Er schloss die Augen und stieß zu, bis sie sich endlich durch das Fleisch bohrte. Der Schmerz schoss durch den ganzen Arm. Er dachte daran, wie man ihn betrogen hatte, wie dieser junge Mann ihm das gestohlen hatte, was von Rechts wegen ihm gehörte. Mit dem Mund zog er den Faden fest, und die offenen Ränder der Wunde schlossen sich. Er atmete tief aus. Es war alles seine Schuld. Er hatte zugelassen, dass die Zweifel einen Moment der Schwäche auslösten. Diesen Fehler würde er nie wieder begehen.

Er stach mit der Nadel noch einmal zu. Seine Stirn war schweißüberströmt, sein Kiefer bebte vor Anstrengung. Er würde den jungen Mann wiederfinden, und dann würde er nicht zögern. Er würde sie nicht noch einmal enttäuschen.

Er zog am Faden und biss mit aller Kraft darauf, um nicht zu schreien.

Liber octavus

Zehn Tage vor der Eröffnung
der Weltausstellung

42

Fleixa fand keinen Schlaf mehr. Nachdem ihn der Schläger der Negra halb bewusstlos vor der Tür von Dolors' Bleibe abgelegt hatte, konnte er sich nur noch an ihre entsetzten Schreie und wüsten Beleidigungen erinnern und an seine vergeblichen Versuche, sie zu beruhigen. Ohne mit der Wimper zu zucken, hörte sich die Negra alles an, und bevor sie ging, gab sie Dolors den Rat, Fleixas Wunde zu desinfizieren.

Die Hure bat Pau um Hilfe, und die junge Frau stellte keine Fragen. Sie reinigte die Wunde mit Wasser und Jod, nähte sie und legte Fleixa einen sauberen Verband an. Dann empfahl sie ihm noch Laudanum für die Nachtruhe. Als sie endlich allein waren, steckte Dolors ihn ins Bett und brachte ihm eine heiße Brühe, die er aber nicht ganz zu sich nehmen konnte. Er fiel in einen unruhigen Schlaf.

Nach Mitternacht wachte er auf und sah zu Dolors hinüber, die sich in einer Ecke des Bettes auf dem Überwurf zusammengerollt hatte, denn alle Decken hatte sie ihm überlassen. Fleixa richtete sich auf, wobei ihm leicht schwindelig wurde. Er deckte sie zu und lehnte sich wieder auf das Kopfkissen zurück.

Dann hob er den Arm und betrachtete den Verband an seiner Hand. Er erschrak, als ihm auf einmal einfiel, was Sánchez ihm angedroht hatte. Die Schulden waren nicht sein größtes Problem, und er hatte wahrlich keine Lust, auch noch die restlichen Finger zu verlieren. Ein Würgereiz ergriff ihn. Er wollte Amat nicht hintergehen, aber was blieb ihm sonst übrig? Er sah keinen anderen Ausweg. Für ein paar Tage hatte er gewiss Ruhe, doch dann würde der Inspektor Ergebnisse einfordern. Auch wenn es ihm nicht passte, er würde tun, was der Polizist von ihm verlangte. Wenn alles zu Ende wäre, dann würde er die Stadt verlassen. Er hatte ja den Vorschuss von Irene Adell, ein kleines Vermögen. Damit würde er irgendwo für einige Zeit ein Auskommen haben.

Dolors wälzte sich im Schlaf, mehrere Decken glitten auf den Fußboden und legten ihre Schulter und ihren Brustansatz frei. Fleixa versuchte, seine verletzte Hand nicht zu belasten, er zog die Bettlaken heran, um Dolors wieder zuzudecken. Sie flüsterte im Schlaf und schmiegte sich auf der Suche nach Wärme an ihn. Die Berührung mit ihrem weichen Körper empfand der Journalist als angenehm. Was tat sie, damit sie stets so gut duftete? Er strich ihr sanft ein paar Locken aus der Stirn, um sie besser betrachten zu können. In dem Zustand, so entspannt und ohne Schminke, war sie wieder das Mädchen aus einem Weiler im Arán-Tal, das auf der Suche nach einem besseren Leben soeben in Barcelona gelandet war. Er streichelte ihr Gesicht, das von Falten gezeichnet und von Sommersprossen übersät war, die er so entzückend fand. Dass sie selbst im Schlaf ihre fast spitzbübische Miene beibehielt, entlockte ihm ein Lächeln. Sie konnte ihn mit ihrem Charakter immer wieder überraschen, so als erwarte sie vom Leben stets das Beste. Irgendwie schaffte sie es, stets die positive Seite der Dinge zu sehen.

Ohne Verpflichtungen und Bindungen. Jeder an seiner Stelle wäre begeistert gewesen. Dennoch, in letzter Zeit, wenn er nicht in ihrer Nähe war, störte ihn die Vorstellung immer mehr, dass sie womöglich mit einem anderen Mann zusammen wäre. In den letzten Wochen hatten sie sich öfter gesehen, und nicht nur, weil er vor seinen Gläubigern flüchten musste. Einige Male war er selbst überrascht gewesen, dass er sie in der Einsamkeit seines eigenen Kämmerchens vermisste.

Dolors bewegte sich unter seinem Arm und öffnete schlaftrunken die Augen.

»Du bist wach?«

»Pst«, flüsterte er.

»Was ist los? Tut deine Hand weh? Hat es noch einmal geblutet?«

»Nein.« Er lächelte, weil Dolors so besorgt war. »Ich habe nur nachgedacht.«

»Mitten in der Nacht? Du hast wohl nicht mehr alle Tassen im Schrank, oder?«

»Doch, bestimmt. In der Tat, ich hatte da so eine Idee …«

»Ich auch.«

»Pass auf, ich bin etwas geschwächt.«

»Ich finde, du siehst ganz passabel aus.«

Später streckte sich Dolors neben dem Journalisten und seufzte. Wortlos genossen sie die Wärme ihrer nackten Körper. Fleixa nutzte die Ruhe, um wieder zu Atem zu kommen. Sein Zustand war schlimmer, als er sich anmerken ließ, doch er wollte Dolors keinesfalls über Gebühr beunruhigen. Als er sich wieder bei Kräften fühlte, wagte er, den Vorschlag auszusprechen, der ihm die ganze Zeit im Kopf herumging.

»Was hältst du davon, wenn wir zusammen für eine Zeit wegziehen?«

»Weg? Wohin weg?«

»Keine Ahnung, weg halt. Weg von Barcelona. Für eine Zeit. Zusammen.«

»Bist du sicher, dass es dir gut geht?«

»Ja, mir geht es gut.«

Der Journalist starrte zur Decke, und Dolors schmiegte sich wieder eng an ihn und ließ ihn ihre Brust streicheln.

»Wirklich, Bernat, du bist schon komisch.«

Er beugte sich über sie und sog den Duft ihrer Haare ein, dann hob er ihr Kinn an und suchte in ihrem Blick nach Antworten. Dolors lächelte verwirrt. Fleixa war überrascht, auf einmal wusste er, was er fühlte, und er spürte, dass es in Wirklichkeit ganz einfach war. Aber war es das auch für sie? Es gab nur einen Weg, das herauszufinden.

»Willst du meine Frau werden?«

Schlagartig fuhr Dolors im Bett hoch und vergaß sogar, ihre Blößen zu verbergen. Sie schnappte nach Luft und starrte den Journalisten an. Fleixa wich ihrem Blick aus und redete weiter.

»Ich hatte eine Glückssträhne. Ich habe einen Batzen Geld erhalten. Ich kann für dich sorgen, für uns beide. Wir könnten verreisen, du hast immer gesagt, dass du gern einmal Madrid sehen möchtest. Komm, lass uns das machen! Oder wir fahren nach Rom oder nach Paris, ganz egal. Morgen schon. Du und ich. Wenn du willst, natürlich.«

Nach dieser langen Rede blieb ihm die Luft weg. Er sah wieder zu Dolors, die nach wie vor schwieg. Fleixa konnte ihre Miene nicht deuten. Drückte sie Freude aus oder Entsetzen? Dolors betrachtete ihn wie gelähmt mit schimmernden Augen. Ihre Lippen lösten sich ganz langsam zu einem Lächeln, während sie ihre Hände vor den Mund schlug. Jetzt fängt sie auch noch zu lachen an, stellte er plötzlich beschämt fest. Erste Zweifel fielen ihn an, dann wurde er von Panik beherrscht. Was hatte er sich mit diesem absurden Heiratsantrag nur gedacht? Sie musste ihn ja für verrückt halten. Um Gottes willen, er bezahlte doch dafür, dass sie mit ihm schlief. Er war ein Idiot, sonst nichts. Ein fürchterlicher Idiot.

Ein Klopfen an der Zimmertür unterbrach sie. Pau steckte den Kopf zur Tür herein und hielt sich die Hand vor Augen.

»Entschuldigung. Ich möchte bitte zur Toilette.«

43

Eigentlich reichte es schon, sich in der kleinen Wohnung einer Hure verstecken zu müssen, aber dann noch der Anblick des nackten Fleixa … Paus Wangen glühten trotz der Kälte in der Straße. Sie ging schnell, damit ihr warm wurde und ihr die Schamesröte aus dem Gesicht wich. Der Journalist hatte auch nicht sonderlich fröhlich ausgesehen, vor allem nachdem Dolors losgelacht hatte. Er war aus dem Bett gesprungen, ungeachtet der Bitten, hatte sich angekleidet und war mit Türenknallen einfach verschwunden.

Pau hatte die Gelegenheit genutzt, um sich zurechtzumachen und wegzugehen. Es tat ihr leid, es auf diese Weise zu tun, vor allem, weil man sie inständig gebeten hatte, Dolors' Wohnung unter keinen Umständen zu verlassen. Aber die Verabredung musste sie unbedingt einhalten.

Es hatte sie große Mühe gekostet, das Geld zusammenzubekommen, aber im Pfandleihhaus hatte man ein altes Mikroskop aus dem Besitz ihres Vaters angenommen. Bei der Erinnerung daran vergoss sie manche Träne, doch ihr blieb nichts anderes übrig. Das Geld, das sie für den Abschluss des Studiums benötigte, ging allmählich zur Neige, und ihr blieb fast nichts mehr bis zum Monatsende. Ihre an sich schon schwierige Situation hatte sich durch diese Geschichte noch zugespitzt.

Sie ließ das Rathaus hinter sich, gelangte in die Nähe der Calle Hércules und steuerte die Kirche von San Justo an, in die Albert sie bestellt hatte. Immerhin lag diese Pfarrkirche weit weg vom

Krankenhaus, und sie lief kaum Gefahr, dass jemand sie dort überraschte.

Sie blieb unter dem Bogen des Kirchenportals stehen. Ihre Augen benötigten einen Moment, um sich an die Dunkelheit in dem Gebäude zu gewöhnen. Pau ging an den leeren Kirchenbänken vorbei zum Altar und wich den Pfützen aus, die sich wegen des schadhaften Kirchendaches gebildet hatten. Auf dem Steinfußboden klangen ihre Schritte dumpf. Die wenigen brennenden Kerzen konnten den Kirchenraum nicht vollständig ausleuchten, die Decke und die Seitenschiffe lagen im Halbdunkel. Von den Mauern schien ein Luftzug auszugehen, der das Seine dazu tat, dass die Kirche nicht gerade anheimelnd wirkte. Kein Wunder, dass sie menschenleer war.

Pau erreichte das Querschiff, ohne eine Person zu sehen. Sie hielt sogar bei den Seitenkapellen Ausschau: Keine Spur von Albert. Sie drehte sich um, um wieder zu gehen, doch plötzlich tauchte der ehemalige Hausdiener hinter dem Pfeiler auf, hinter dem er sich versteckt hatte.

»Guten Tag, Señor Gilbert. Ich hoffe, ich habe Sie nicht erschreckt. Es ist mir ein Vergnügen, Sie wiederzusehen«, begrüßte er Pau mit strahlendem Blick. »Wollen wir uns setzen? Sonst kommt noch ein Kirchgänger herein und findet unser Verhalten merkwürdig.«

Pau nickte, je weniger sie auffielen, umso besser, nicht dass irgendein Naseweis auf sie aufmerksam würde und sie später im Krankenhaus wiedererkannte.

Sie setzten sich auf eine der Bänke der Kapelle des heiligen Felix. Pau versuchte, eine gewisse Distanz zu wahren und sich so abweisend wie möglich zu verhalten. Ohne weitere Umschweife tastete sie in ihrem Mantel nach der Lederbrieftasche, zog sie hervor und schob sie auf der Bank zu Albert. Mit seinen knochigen Händen ergriff er sie voll unverhohlener Gier.

»Nicht dass Sie denken, ich würde Ihnen nicht trauen, aber angesichts der Zeiten, in denen wir …«

Der Mann öffnete die Brieftasche und überprüfte den Inhalt. Um seine fleckigen Zähne zeichnete sich eine Grimasse ab, die wohl ein Lächeln sein sollte. Pau sah den Zeitpunkt zum Gehen noch nicht gekommen, sie musste unbedingt noch eines klarstellen.

»Ich habe bezahlt. Ich will dich nicht wiedersehen, erst recht nicht in der Nähe des Krankenhauses oder des Colegio.«

»Selbstverständlich, Señorita. Auf mein Wort ist Verlass.«

Pau stand sofort auf, doch die schmierige Hand des Mannes packte sie am Arm und stieß sie brutal gegen einen Steinpfeiler. Noch bevor Pau begriff, stürzte sich Albert auf sie. In seiner Hand blitzte ein Messer auf.

»Es gibt keinen Grund, so schnell zu verschwinden.«

»Lass mich los!«

»Du bist reichlich naiv, wenn du denkst, dass ich mich mit dem Geld begnüge, nach allem, was dein Vater mir angetan hat. Du bist mir bei unserer letzten Begegnung etwas schuldig geblieben.«

»Bist du verrückt geworden? Das ist ein Gotteshaus!«

»Weißt du was? Den Pfarrer hier kenne ich seit einiger Zeit. Er liebt den Rosé. Ich habe ihm eine kleine Schenkung gemacht, damit er das ein oder andere Glas Wein trinken geht. Niemand wird uns stören. Wir sind allein, meine Werteste.«

»Nein!«

Sie rangen miteinander, doch schnell war klar, dass Pau den Kräften des ehemaligen Hausdieners unterlegen war. Der Mann hielt sie so fest, dass sie sich nicht mehr rühren konnte, und drückte ihr das Messer gegen den Hals. Pau spürte, wie die Klinge über ihre Kehle glitt, und versuchte stillzuhalten. Der Mann presste sich gegen sie und setzte sie seinen säuerlichen Schweißausdünstungen aus.

»Ich werde mir alles zurückholen«, flüsterte er ihr erregt zu, während er Pau begrabschte.

Restlos verzweifelt wand sich Pau wie ein Aal. Sie spürte einen

Schmerz, als das Messer sie verletzte, aber sie hörte nicht auf. Von Wut und Angst getrieben, hieb sie mit Armen und Beinen auf Malavell ein, um ihn abzuwehren, schließlich riss sie das Knie hoch und traf ihn zwischen den Beinen. Der Mann starrte sie verblüfft an, und das Messer glitt aus seiner Hand. Er wich einen Schritt zurück und stürzte zu Boden. Pau nutzte den Moment und rannte durch das Kirchenschiff, die erstickten Schreie des ehemaligen Hausdieners im Ohr, bis sie ins Freie kam, wo sie, ohne sich umzudrehen, flüchtete.

Trotz des dumpfen Schmerzes spazierte Albert Malavell vergnügt durch die Straße. Die schwere Brieftasche in seiner Jacke erinnerte ihn daran, wie erfolgreich sein Plan verlaufen war. Jetzt konnte er einen neuen Mantel kaufen, sich eine ordentliche Mahlzeit genehmigen, doch zuallererst würde er zur Feier des Tages eine Flasche Likör kaufen und sich später vielleicht auch noch ein Stelldichein mit einer Hure leisten. Das Geld würde ihm über eine längere Zeit hinweghelfen.

Der Mann fragte sich, ob er einen höheren Betrag hätte fordern sollen, Pau führte schließlich ein sorgloses Leben. Immerhin war ihr Vater ein verdammter Quacksalber gewesen, bestimmt hatte er ihr ein großes Vermögen hinterlassen.

Während ihm diese Idee im Kopf herumging, hielt er inne. Er war von seinem eigenen Scharfsinn überrascht. Diese Geldübergabe musste ja nicht das Ende bedeuten, sondern konnte einen Anfang darstellen. Er würde ein paar Tage verstreichen lassen, damit sie sich in Sicherheit wähnte, und wenn sie schon nicht mehr damit rechnete, würde er sie mit neuen Forderungen und Drohungen behelligen. Er würde sehr viel Geld aus der Sache schlagen. Außerdem war sie ihm für den Auftritt in der Kirche noch etwas schuldig, dafür würde sie bitter büßen.

Er ging mit frischem Elan weiter, voller Freude über diese Zukunftsaussichten, doch plötzlich hörte er Schritte hinter sich. Sofort hatte er das Messer in der Hand, das er in der Jacke versteckt hielt.

»Ruhig Blut, Señor, ich habe nicht vor, Ihnen Ihre wohlverdienten Reales wegzunehmen.«

Die höfliche Stimme war die eines jungen, sehr eleganten dunkelhaarigen Mannes, der ihn selbstgefällig betrachtete, sich aber ein Taschentuch vor die Nase hielt.

»Was für ein Gestank, Señor! Ehrlich gesagt, Sie riechen übel.«

»Wen interessiert Ihre Meinung?«

»Verzeihung, üblicherweise pflege ich keinen Umgang mit Menschen Ihrer Gesellschaftsschicht.«

»Wer zum Teufel sind Sie?«

»Ach, ein Freund.«

Malavell musterte sein Gegenüber von Kopf bis Fuß.

»Señor, wir sind ganz offensichtlich keine Freunde.«

Der junge Mann nickte und lächelte unbeirrt.

»Selbstverständlich, Sie haben recht. Dennoch haben wir etwas gemeinsam.«

»Ach ja?«, erwiderte Malavell angespannt, die Hand am Messer. Dieses Geplauder ging ihm allmählich auf die Nerven. »Darf man erfahren, was?«

»Wir beide interessieren uns für den Studenten, mit dem Sie gerade Geschäfte gemacht haben«, sagte der junge Mann und zeigte mit dem Spazierstock in Richtung der Straße, in der Pau verschwunden war. »Ich bin auch einer seiner Freunde, und sein Wohlergehen liegt mir sehr am Herzen. Darf ich Sie zu einem Gläschen einladen, vielleicht auch zwei? Ich würde Ihnen gern einen Vorschlag unterbreiten.«

Der junge Mann hielt ihm einen kleinen Beutel vor die Nase und schüttelte ihn, sodass es darin klirrte. Malavell nahm seine Hand aus der Tasche. Er nickte und lächelte wölfisch, während er Fenollosa folgte. Das war wirklich sein Glückstag.

44

»Die A-a-anwendung von Strom in der medizinischen Therapie bietet für die Zukunft v-v-vielversprechende Chancen, meine Herren.«

Professor Gavet hinkte von einer Seite des Podiums zur anderen und pochte mit seinem Gehstock auf die dunklen Holzbohlen. Hin und wieder blieb er stehen und betrachtete über den Brillenrand hinweg die voll besetzte Tribüne, als wolle er sich vergewissern, dass sein Publikum noch anwesend war. Trotz seines Stotterns – Anlass für Spott und Häme unter den jungen Leuten – ließ die Fakultät ihn wegen seines ausgewiesenen Wissens in dieser Materie die Vorlesungen halten, und kurioserweise war sein Sprachfehler weniger prägnant, sobald er den Hörsaal betrat.

Pau war schon früh da gewesen. Sie saß in der letzten Bankreihe und versuchte, nicht aufzufallen. Die Clique um Fenollosa drängte sich wie üblich in der ersten Reihe, doch ihr Anführer war nirgends zu sehen. Sie war über dessen Abwesenheit ein wenig erleichtert. Seit ihrem letzten Streit waren sie sich nicht mehr begegnet. Das war auch besser so.

Das Treffen mit Albert hatte sie mitgenommen, doch sie hoffte, dass niemand dies bemerkte. Sie hatte sich mehrere Tage nicht an der Universität blicken lassen und nun gegen den ausdrücklichen Willen ihrer Gefährten beschlossen, wieder am Unterricht teilzunehmen. Dabei würde ihr dieser Tag wenig nutzen, denn sie konnte sich auf die Vorlesung kaum konzentrieren.

Amat und Fleixa hatten Wort gehalten und sie nicht angezeigt. An der Universität verblasste allmählich die Trauer über den Tod von Señor Ferrán. Die Leiche war verkohlt, weshalb niemand die Verletzungen am Hals des alten Mannes bemerkt hatte. Als offizielle Todesursache galt ein tragischer Unfall. Keiner schien sich zu fragen, wieso Pau Gilbert zu dem Zeitpunkt in der Bibliothek eingeschlossen war, offensichtlich wurde sie nicht verdächtigt. Dennoch fühlte sie sich für das tragische Schicksal des liebenswürdigen alten Bibliothekars verantwortlich und hatte ein schlechtes Gewissen.

Sie musste sich eingestehen, dass sie den Abend und ihr Treffen mit Amat und Fleixa herbeisehnte. Sie hatte sich bei Dolors eingerichtet und in aller Ruhe den Galen untersucht, den sie zusammen mit dem Vesalius aus Homs' Geheimbibliothek entwendet hatte, und dabei eine große Überraschung erlebt.

Ein Student mit hagerem Gesicht aus der Clique um Fenollosa meldete sich. Der Professor unterbrach seine Vorlesung und riss Pau aus ihren Gedanken.

»Ja, Señor Martí? Sie haben eine Frage?«

»Wenn ich das richtig verstanden habe, hat man zu Beginn des Jahrhunderts Experimente durchgeführt, um Tote wieder zum Leben zu erwecken. Ist das eine der Chancen für die Zukunft, die Sie andeuten?«

Ein Raunen ging durch den Hörsaal. Gavet lachte in sich hinein, blieb aber nicht stehen.

»Werter Señor Martí, wie üblich sorgt Ihre W-w-wortmeldung für die humorvolle Note meiner Vorlesung.« Die Augen des Professors blitzten belustigt. »Doch während Ihre Beiträge sonst ausschließlich den Selbstzweck eines Scherzes erfüllen, steckt diesmal eine interessante F-f-frage dahinter.«

Professor Gavet legte den Stock ab und stützte sich auf den Tisch.

»Giovanni Aldini, übrigens ein Name, den Sie sich merken sollten, meine Herren, auch wenn ich bezweifle, dass Ihre

H-h-hirne ihn je registriert haben, also, Giovanni Aldini hat den Galvanismus und seine A-a-anwendung in der Medizin studiert. Señor Martí, könnten Sie uns bitte den Galvanismus erläutern?«

Der Student schüttelte beschämt den Kopf, und der Professor am Rednerpult lächelte herablassend.

»Ich werde Ihnen auf die Sprünge helfen. Der G-g-galvanismus«, begann er, »ist ein Phänomen, dem Luigi Galvani Ende des achtzehnten Jahrhunderts nachgegangen ist. Demzufolge produzieren Tiergeh-h-hirne Strom, und dieser Strom wird über die Nerven übertragen, er sammelt sich in den M-m-muskeln, und in einem bestimmten Moment wird er weitergeleitet, damit sich die Gliedmaßen b-b-bewegen. Galvani hat gehofft, mithilfe von Elektrizität gelähmte P-p-patienten behandeln oder sogar T-t-tote wiederbeleben zu können. In seiner Abhandlung *De viribus electricitatis in motu musculari* hat er die Grundlagen für die elektrische Stimulierung des H-h-herzens gelegt. Diese Theorie wurde bis weit in unser Jahrhundert verfolgt.«

»Professor Gavet, Sie glauben also tatsächlich, dass man unter bestimmten Umständen einen Toten mithilfe von Strom wiederbeleben könnte?«, fragte ein anderer von Fenollosas Getreuen.

Nun war im Hörsaal Gelächter zu vernehmen. Die Clique hatte den Professor noch nie sonderlich geschätzt, diese Kommilitonen behandelten ihn wie einen Tölpel und nutzten jede sich bietende Gelegenheit für Spöttereien.

»Was Sie sagen, meine H-h-herren, ergibt keinen Sinn. Sie überraschen mich, ich hatte Sie für erwachsen genug gehalten, um nicht an solche M-m-märchen zu glauben.«

Der Student lief knallrot an.

»Sie sollten wissen, dass die Experimente von Giovanni Aldini ein absoluter M-m-misserfolg waren. Das einzige Ergebnis seiner öffentlichen Vorführungen, bei denen er L-l-leichen von Hingerichteten mit Strom behandelte, war, dass einige Zuschauer in Ohnmacht fielen. Nicht dieser B-b-blödsinn, sondern das Thema, mit dem wir uns befassen, also die therapeutische Anwendung der E-e-elektrizität, ist sehr alt. Es gibt Hinweise darauf im a-a-alten Ägypten, in Griechenland und sogar in China. Scribonius Largus, der rö-rö-römische Arzt, beschreibt in seinen *Compositiones* die Behandlung von Arthritis durch elektrische E-e-entladungen von Zitterrochen. Der griechische Mediziner Pedanios Dioskurides erwähnt sie für die B-b-behandlung von Analprolaps, und selbst Avicenna sch-sch-schreibt über ihre Wirksamkeit bei Migräne und Epilepsie. Ich kann Ihnen noch dutzende andere B-b-beispiele nennen.«

»Aber was ist Ihre eigene Meinung dazu?«, fragte der Student beharrlich nach. »Glauben Sie, wir können eines Tages Tote wieder zum Leben erwecken?«

»Meine Herren, ich erlaube mir nicht, über die G-g-grenzen der Medizin zu spekulieren. Ich halte das alles für möglich. Aber, junger Mann, seien Sie gewiss, dass Sie selbst einen t-t-toten Laborfrosch nur schwerlich wieder l-l-lebendig machen.«

Gelächter lockerte die angespannte Stimmung auf, und mit einem Lächeln um die Lippen dozierte der Professor weiter.

»Vor achtzehn Jahren hat Dr. Steiner eine ohnmächtige Patientin wiederbelebt, die er zuvor mit Chloroform betäubt hatte. Das ist alles, was man beim Thema W-w-wiederbelebung eines Toten bislang als g-g-gelungen bezeichnen kann.« Der Professor hielt inne und sah auf die Uhr. »Meine H-h-herren, diese Diskussion ist sicherlich interessant, doch ich denke, für heute lassen wir es darauf beruhen. Bitte sehen Sie sich für die nächste Stunde die P-p-publikation von Ramón Araya dazu an, ›La Electroanestesia‹. Wir sehen uns übermorgen wieder, g-g-guten Abend.«

Noch beim Verlassen des Hörsaals unterhielten sich die Studenten amüsiert über das Thema. Schon in der Tür, hörte Pau, dass Professor Gavet sie rief.

»Señor Gilbert, hätten Sie b-b-bitte noch einen Moment?«

Als sie allein waren, sah der Professor von seinen Papieren auf und bedeutete ihr näherzutreten.

»Mir ist aufgefallen, dass Sie diese Woche mehrfach g-g-gefehlt haben. Außerdem hat man mir zugetragen, dass man Sie auch nicht in Ihrem Z-z-zimmer im Colegio Mayor gesehen hat.« Gavet beobachtete Pau über den Rand seiner Brille. »Ich bin dieses Trimester Ihr Professor, es ist also meine Pflicht, mich um Sie zu k-k-kümmern. Ich hoffe, dass Ihr F-f-fehlen nicht durch irgendwelche schwerwiegende U-u-umstände verursacht ist.«

»Nein, Herr Professor, nein.«

»Bald finden die Abschlussprüfungen statt, da ist Ihr V-v-verhalten nicht angemessen. Ich w-w-weiß nicht, ob Sie mich verstehen.« Gavet wirkte ernsthaft beunruhigt. »Bitte geben Sie mir eine E-e-erklärung, die ich dem Fakultätsrat übermitteln kann, denn Ihre A-a-abwesenheit wurde schon bemerkt. Es gibt Professoren, die es k-k-keineswegs schätzen, dass Sie sich nicht an die geltenden R-r-regeln halten. Wenn ich mich für S-s-sie einsetzen soll, dann muss ich mir sicher sein, dass ich richtig handle.«

Insgeheim war Pau dem Dozenten für seine freundliche Nachfrage dankbar. Unter den Universitätsprofessoren war Gavet stets derjenige, der sich aufmerksam zeigte und den Studenten bereitwillig half. Sie wollte den Mann keinesfalls täuschen, also suchte sie nach einer Ausrede, die der Wahrheit nahekam.

»Sie wussten doch von den Aufgaben, die mir Dr. Amat als sein Assistent übertragen hatte, nicht wahr?«

Der Professor nickte, also berichtete Pau weiter.

»Ich weiß, dass ich als Student noch nicht praktizieren darf, aber nach seinem Tod habe ich seine Patienten in La Barceloneta weiterbehandelt.«

»Ah, ich verstehe. Damit v-v-verstoßen Sie zwar schon wieder gegen die R-r-regeln, aber die Sache ist natürlich lobenswert und zweifellos ein Grund, Sie nicht zu b-b-bestrafen. Aber das erklärt noch nicht Ihre Abwesenheit im Colegio Mayor.«

»Manchmal musste ich länger arbeiten als erwartet und habe dort die Nacht verbracht.«

»W-w-was sagen Sie da? Ist das nicht g-g-gefährlich? Sie sind dort von B-b-bösewichten und M-m-menschen mit brutalen Umgangsformen umgeben.«

»Aber nein, Señor. Ein Hure hat mich aufgenommen.« Beim Anblick der verblüfften Miene des Professors begriff Pau sofort, dass sie einen Fehler begangen hatte. »Nein, es ist nicht so, wie Sie denken, Dolors ist eine liebenswürdige Frau.«

»Um H-h-himmels willen!«

»Bei der Beziehung geht es ausschließlich um meine medizinische Arbeit.«

Der Professor sah bedrückt zu Pau, sein Stottern wurde wieder stärker.

»S-s-señor Gilbert, ich will n-n-nichts mehr davon h-h-hören! Ich werde im Kollegium Ihr F-f-fehlen rechtfertigen, aber ab sofort müssen S-s-sie wieder an allen V-v-vorlesungen teilnehmen, verstanden? Und beenden Sie u-u-umgehend diese B-b-beziehung!«

Pau nickte einige Male. Sie konnte sich denken, welche Schlüsse der empörte Professor zog.

Wie sollte sie ihm erklären, ohne ihre wahre Identität zu lüften, dass sie nur aus Angst vor einem Mörder in der kleinen Wohnung der Hure Zuflucht genommen hatte? Ganz zu schweigen von dieser Sache mit dem Vesalius. Er würde ihr kein Wort glauben.

Sie bedankte sich und eilte aus dem Hörsaal, um nicht ins nächste Fettnäpfchen zu tappen.

45

Die Straße war nass vom Regen. Vom Montjuic her pfiff der Wind um die Ecken, und allmählich wurde es dunkel. Es war kalt, deshalb war in den Straßen des Stadtviertels nicht so viel los wie üblich, nur einige wenige Wagemutige suchten Zuflucht in den Läden und Kneipen.

Dolors hingegen spürte, wie ihre Wangen brannten. Eilig lief sie auf dem Bürgersteig, herausgeputzt mit ihrem schönen gepunkteten Kleid und einer Stola. Sie musste ununterbrochen lächeln und konnte die Gedanken nicht loswerden, die in ihrem Kopf wie kleine Aale hin und her schossen. Immer wieder kamen ihr Fleixas Worte in den Sinn.

War das sein Ernst? Ja, bestimmt. Noch nie hatte sie ihn so verlegen erlebt. Doch bevor sie hatte reagieren können, hatte er sich verwirrt entschuldigt. Genau in dem Moment war auch noch das Mädchen in ihr Zimmer gekommen und hatte sie in ihrer Nacktheit gesehen. Was die ganze Situation nur noch verschlimmerte. Sie selbst hatte über die alberne Szene lachen müssen, doch er hatte gedacht, sie würde sich über seinen Heiratsantrag lustig machen, und war in einem Wutanfall abgerauscht, woraufhin sie erst recht in schallendes Gelächter ausgebrochen war. Als sie ihren Fehler eingesehen hatte, war es zu spät.

Eine Ehefrau sein. Sie konnte es immer noch nicht fassen. Ja, andere Männer hatten ihr auch schon ewige Liebe geschworen und ihr versprochen, sie vor den Altar zu führen. Sie hatte diese Anträge stets abgelehnt, sie wusste zu gut, dass auf die anfängliche Begeisterung nur Reue und Probleme folgen würden. Mit dem Journalisten war die Lage nicht viel anders. Oder doch? Sie spürte ihre Nervosität am ganzen Körper.

Seit sie sich kennengelernt hatten, hatte sie für diesen kleinen schwächlichen Mann, der so selbstgefällig war, eine besondere Zuneigung entwickelt. Manchmal war er unerträglich. Aber er behandelte sie stets mit Respekt, als wäre sie eine Frau mit einem anständigen Lebenswandel. Sein Antrag hatte in ihrem tiefsten Inneren ein Seebeben der Gefühle ausgelöst. War das Liebe? Sie wusste es nicht. Womöglich bot ihr das Leben eine Chance. Vielleicht könnte sie dieses elendige Dasein hinter sich lassen, so wie sie sich es ja Tag für Tag vornahm. Allein bei dem Gedanken erschauerte sie von Kopf bis Fuß.

Ihr kamen zwei Seeleute entgegen, die sie unverschämt anstarrten. Der Jüngere sagte etwas, woraufhin der Ältere lachte. Bestimmt hatten sie soeben im Hafen angelegt und kamen von einem der Postdampfschiffe, die alle zwei Monate die Strecke von Barcelona über Puerto Rico nach Havanna bedienten. Sie hatten ihre Heuer erhalten, und schon brannte das Geld in ihren Taschen. Leichte Arbeit. Mit wenig Mühe könnte sie einige Reales verdienen. Doch Dolors blieb nicht stehen.

Beim Städtischen Zuchthaus, das im Volksmund nur die Amalia hieß, weil ein Teil des Gebäudes an der Straße lag, die nach der Königin benannt war, bog sie um die Straßenecke.

Aus einem Hauseingang in der Nähe schlüpfte eine junge Frau. Sie fasste ihr Haar zu einem Knoten zusammen, um es unter ihren Filzhut zu stopfen. Unter einem roten Wollschal, der ihre Schultern nur dürftig verhüllte, trug sie ein weites Kleid. Hinter ihr zeigte sich nun ein junger Mann von höchstens sechzehn Jahren. Dolors schloss aus seiner Kleidung – Kittel und Espadrilles –, dass er in einer der Fabriken zur Lehre ging. Der Junge sah zu Dolors, und Schamesröte überzog sein Gesicht. Ohne ein Wort zu sagen, lief er schnell weiter.

»Wenn du willst, kannst du gern wieder zu mir kommen, mein Hübscher«, verabschiedete sich die junge Frau und steckte eine Münze in ein Täschchen, das sie zwischen den Brüsten verbarg.

Dolors grüßte die Frau. Die junge Prostituierte erwiderte den Gruß und nickte. Im Viertel kannte man sie als die Mercedes, aber vermutlich war das nicht ihr richtiger Vorname. Viele Frauen legten sich einen neuen Namen zu und versuchten ihren Taufnamen zu vergessen. Mercedes war bestimmt keine zwanzig Jahre alt. Sie hatte schöne mandelförmige Augen, doch die Schminke war verlaufen, und ihr Blick war ebenso glanzlos wie das gefärbte, ursprünglich braune Haar, das ihr in die Stirn fiel. In El Raval war nichts flüchtiger als die Schönheit.

»Es ist höllisch kalt«, stellte Mercedes fest. »Heute ist so ein Tag, an dem man noch nicht einmal Lust hat, die Strümpfe abzustreifen, und erst recht nicht für einen Jungen, der keinen Céntimo in der Tasche hat.«

Dolors nickte. Oft bekamen Freier das Geld nicht zusammen, um sie zu bezahlen. In solchen Fällen mussten Hauseingänge und Passagen, die vor neugierigen Blicken geschützt lagen, als Alternative zum Zimmer in der Pension herhalten. Mit etwas Glück und wenn der Ort dunkel genug war, reichten ihre Oberschenkel. In ihrer Nervosität oder Trunkenheit merkten das viele Männer nicht einmal und waren in fünf Sekunden fertig.

Mercedes strich ihr Kleid glatt und sah zu Dolors.

»Du siehst anders aus.«

»Anders?«

»Ja, noch fröhlicher als sonst.«

Dolors wusste darauf keine Antwort, und die junge Frau redete weiter drauflos.

»Bestimmt hast du dich mit dem vornehmen Herrn getroffen, dessen Kutscher gestern nach dir gefragt hat«, sagte sie und verzog den Mund zu einer Schnute.

»Wie? Nach mir?«

»Komm schon, Mädchen, bei mir brauchst du dich nicht zu verstellen. Ich nehme ihn dir schon nicht weg. Wenn ich an die

Uniform und das Auftreten seines Dieners denke, dann ist er mindestens der Besitzer von La Maquinista. Er hat bestimmt die Taschen voller Geld, ich sag's dir. Er wirkte sehr interessiert.«

»Ich weiß nicht, wen du meinst, Mercedes.«

»Du wirst es schon wissen«, antwortete die andere Frau leicht eingeschnappt. »Wenn du mir nicht davon erzählen willst, gut, dann ist das deine Sache. He, ich brauche etwas Warmes zu trinken, kommst du mit?«

»Nein, ich glaube, ich gehe wieder heim.«

Mercedes sah sie überrascht an.

»Nach Hause? Um diese Zeit? Ich weiß ja nicht, was mit dir los ist, aber du bist wirklich sehr merkwürdig.«

Dolors sah der jungen Hure nachdenklich hinterher, die eine Kneipe ansteuerte. Sie hatte es einfach so dahin gesagt, ohne groß zu überlegen, aber sie hatte wirklich keine Lust zu arbeiten. Vielleicht hatte sie sich ja auch erkältet. Oder es lag an diesem verdammten Vorschlag von Fleixa, der ihr nicht aus dem Kopf ging. Dolors seufzte verzweifelt. Sie musste unbedingt mit ihm sprechen.

46

»Hätten wir uns nicht an einem ruhigeren Ort treffen können?«

Daniel und Pau sahen Fleixa gereizt an. Die drei saßen um einen Tisch, der ihnen einen ausgezeichneten Blick auf die Bühne bot. Der herzzerreißende Gesang wurde von Gitarrenklängen, Fußstampfen und Klatschen begleitet. Bei der Geräuschkulisse und den Rauchschwaden bekam man in dem Café cantante kaum noch Luft. Doch die Gäste schien das nicht zu stören, ihre Aufmerksamkeit galt ohnehin eher der Roulettekugel oder dem Glücksspiel.

»Sie haben doch darum gebeten, dass wir uns an einem diskreten Ort treffen, oder?« Der Journalist bewunderte geistesabwesend die Tänzerinnen. »Gibt es einen besseren Ort, um nicht aufzufallen, als das Café del Puerto?«

Daniel deutete auf Fleixas verbundene Hand.

»Was ist passiert?«

»Ach, nichts. Nur ein harmloser Unfall, kein Grund zur Sorge.«

Der Journalist wollte gleichgültig klingen, doch Daniel entging nicht, dass Fleixas Stimme leicht zitterte. Seit sie die Kneipe betreten hatten, verhielt sich dieser Mann merkwürdig. Er gab sich freundlich, wich aber ihren Blicken aus, vor allem dem von Pau, die schweigend und mit geröteten Wangen dabeisaß. Die halb geleerte Flasche verriet, dass er schon einiges getrunken hatte. Daniel schloss daraus, dass der harmlose Unfall durchaus von Bedeutung war. Gerade als er noch einmal nachfragen wollte, war endlich der Schankkellner durch den Tumult an den Spieltischen zu ihnen vorgedrungen.

»Was möchten Sie trinken?«, fragte Fleixa und zeigte auf sein volles Schnapsglas.

Beide schüttelten den Kopf.

»Herrje, jetzt seien Sie doch keine Spielverderber! Wenn Sie nichts bestellen, machen Sie sich nur verdächtig«, erwiderte er und zwinkerte ihnen äußert übertrieben zu.

Sie einigten sich auf eine Runde Wein. Sobald der Mann ihnen die Getränke gebracht und sie allein gelassen hatte, berichtete Pau jetzt ausführlich von den Geschehnissen in der Bibliothek, bevor die beiden sie vor Dr. Homs gerettet hatten, von der unerwarteten Schwierigkeit, ein Exemplar von Vesalius' Werk zu finden, von ihrem Gespräch mit dem alten Bibliothekar sowie von ihrem Aufenthalt in der geheimnisvollen Bibliothek. Zum Schluss beschrieb sie ihre Entdeckung des Geheimlabors mit der Inschrift an den Wänden.

»Ist das nicht der gleiche Satz, mit dem Ihr Vater uns den Weg durch die Kanalisation gewiesen hat?«, fragte Fleixa.

»Ja.« Daniel wiederholte noch einmal die Übersetzung: »Man lebt durch den Geist, alles andere ist sterblich.«

»Warum war Homs so besessen von dem Satz, dass er ihn überall hingeschrieben hat? Warum hat Ihr Vater ihn später verwendet? Das kann doch kein Zufall sein.«

»Ich stimme Ihnen zu, aber ich kenne den Grund dafür nicht. Vielleicht wissen wir mehr, wenn wir dieses mysteriöse *Liber octavus* finden. Bitte, Pau, berichten Sie weiter.«

Die junge Frau erzählte ihnen, wie sie die Leiche des Bibliothekars gefunden hatte, wie sie durch die labyrinthischen Regalreihen geflohen war und schließlich vor ihrem Verfolger gestanden hatte.

»Alle denken, das Feuer in der Bibliothek war ein Unfall. Niemand hat einen blassen Schimmer von dem, was tatsächlich passiert ist.«

»Zum Teufel noch mal! Wir sind keinen Schritt weiter!«

»Wir müssen endlich diesen Vesalius haben. Aber leider hat

Homs Ihnen ja das Exemplar weggenommen, das Sie gefunden haben.«

Nun lächelte Pau zum ersten Mal.

»Ich möchte Ihnen etwas zeigen.« Sie holte aus ihrer Tasche ein in Wollstoff eingeschlagenes Päckchen. Sie legte es behutsam auf den Kneipentisch, zog den Stoff zur Seite und präsentierte ihnen ein dickes Buch mit einem dunklen Ledereinband.

»Das ist das andere Buch, das ich in Homs' Geheimlabor neben dem Vesalius gefunden habe. Hier, sehen Sie sich den Titel an, das ist *De dignotione ex insomniis libellus*, Galens Abhandlung über die Diagnose der Träume.«

Die beiden Männer sahen irritiert zu Pau, die daraufhin das Buch aufschlug. Sie unterdrückten einen Ausruf der Überraschung. Die erste Seite zeigte eine Bildtafel, die in der schummrigen Beleuchtung der Kneipe fast lebendig zu werden schien. Mit ungewöhnlicher Detailfreude war eine gerichtsmedizinische Vorlesung in einem überfüllten Anatomietheater dargestellt. In einer kunstvollen Volute stand die Inschrift: *Andreae Vesalii Bruxellensis, scholae medicorum Patauinae professoris, de Humani corporis fabrica Libri septem.*

Für einen Moment schien der Lärm der Kneipe nur noch gedämpft zu ihnen zu dringen.

»Ich begreife immer noch nicht …«, begann Fleixa.

»Hier zeigen sich die Intelligenz und der Humor von Dr. Homs. Niemand würde vermuten, dass das Hauptwerk von Vesalius im Einband eines Werks von Galen steckt. Immerhin war Galen sein intellektueller Gegner, um es einmal so auszudrücken.«

»Aber dann hat Homs das Buch gar nicht mitgenommen?«

»Anscheinend gibt es zwei Exemplare«, meinte Pau, deren Augen vor Aufregung schimmerten.

»Jetzt verstehe ich wirklich gar nichts mehr.«

»Sehen Sie, ich habe darüber nachgedacht und bin zu folgender Erklärung gelangt: Als Dr. Homs bewusst war, dass man ihn in das Sanatorium einweisen würde, beschloss er, den Vesalius zu verstecken, indem er den Einband eines anderen Werkes verwendete. Er stellte ein anderes Exemplar der *Fabrica* als Köder ein, und dann machte er die Verwirrung komplett, indem er beide Bücher mit Literatur umgab, die keinerlei Wert hatte.«

»Aber wozu die ganzen Umstände?«

»Er wollte die Personen verwirren, die hinter seiner Entdeckung her waren.«

»Aber warum hat er gerade das Exemplar versteckt? Das Werk ist doch anscheinend sehr bekannt, es gibt hunderte Nachdrucke, oder nicht?«

»Ja, darüber habe ich auch nachgedacht. Für mich gibt es nur eine Antwort: Dieses Exemplar ist kein Nachdruck, es ist ein Original. Das heißt, es ist mehr als dreihundert Jahre alt.«

Nun betrachteten sie mit wachsender Ehrfurcht das Buch auf dem Kneipentisch.

»Merkwürdig, dass Homs sich selbst auf den Leim geht und das falsche Exemplar nimmt.«

»Zufall. Beide Bände sind sich sehr ähnlich, sie haben die gleiche Größe und die gleiche Form. In dem Chaos von Rauch und Flammen waren sie kaum zu unterscheiden. Als Sie beide kamen, musste Homs auf der Stelle fliehen und konnte sich nicht noch mit der Überprüfung der Exemplare aufhalten.«

»So viel Aufregung nur wegen so eines alten Wälzers«, schnaubte Fleixa und blätterte hastig darin herum. »Dabei enthält er auch noch Fehler. Sehen Sie her, diese Seite zum Beispiel ist nicht richtig paginiert.«

Pau riss dem Journalisten das Buch aus den Händen und legte es behutsam vor sich auf den Tisch.

»Dieser ›alte Wälzer‹ mit seinen fast siebenhundert Seiten, werter Señor Fleixa, gilt als eine der einflussreichsten wissenschaftlichen Abhandlungen aller Zeiten. Falls Ihnen das nicht genügt, denken Sie bitte daran, dass ich seinetwegen beinahe mein Leben gelassen hätte. Bitte, gehen Sie etwas vorsichtiger damit um.«

»Beruhigen Sie sich doch, Pau. Fleixa wollte nicht unhöflich sein.«

Pau biss sich wütend auf die Lippen, und der Journalist wiegte belustigt den Kopf.

»Bitte, erzählen Sie weiter«, ermutigte Daniel die junge Frau. »Vielleicht verstehen wir dann, warum für Homs genau dieses Buch so wichtig ist.«

»Also gut«, lenkte Pau ein, wenn auch unwillig. »Ich habe eine schlechte Nachricht, denn ich habe nichts darin gefunden, was es von den anderen Exemplaren unterscheidet. Natürlich habe ich auch keinen Hinweis auf das *Liber octavus* gefunden.«

»Ich mache Ihnen einen Vorschlag. Lassen Sie es uns doch noch einmal gemeinsam durchgehen. Vielleicht entdecken wir etwas, was Sie bislang übersehen haben.«

»Einverstanden«, stimmte Pau zu und platzierte das Buch vorsichtig auf dem Tisch, sodass alle drei hineinsehen konnten. »Sie sollten wissen, dass einer der wichtigsten Aspekte des Werkes die Stiche sind. Das Buch enthält insgesamt über zweihundert, von denen siebzehn ganzseitige Illustrationen sind. An dem Werk waren mehrere Künstler beteiligt, doch der bedeutendste und bekannteste von ihnen war Jan Stephan van Calcar, ein Tizian-Schüler. Man weiß auch, dass Vesalius mehrere Illustrationen selbst angefertigt hat.«

»Aber was ist daran so besonders?«

»Vesalius setzte sich vehement für die Verbindung zwischen der Anatomie und den Schönen Künsten ein, deshalb richteten sich die Bildtafeln gleichermaßen an Mediziner wie an Künstler. Sie sind bis heute unübertroffen, und die meisten wurden immer wieder plagiiert. Gleichzeitig sind sie eine wichtige Informationsquelle, denn sie stecken voller Symbole. Das beginnt schon mit der Titelseite. Wie Sie sehen, ist hier Vesalius persönlich abgebildet.« Pau deutete in der Bildmitte auf einen Mann mit hoher Stirn, breiter Nase und üppigem Haupt- und Barthaar. Er schien sie direkt anzusehen, als fordere er sie heraus, sein

Geheimnis zu entdecken. »Diese Szene stellt den ersten Tag der Sektion dar. Damals begann man wegen der Fäulnis eine Sektion mit den inneren Organen, wie es dieses Bild zeigt. Hier« – Paus Finger glitt ein wenig weiter – »hält er ein Seziermesser in den geöffneten Bauchraum einer Leiche. Das ist wirklich eine Provokation. Damit wendet sich Vesalius vom gängigen Verfahren ab, bei dem der Meister ex catedra die Sektion erklärt und sie den Barbieren am Tisch überlässt, hier übernimmt er selbst die Leichenöffnung.«

»Barbiere?«, fragte Fleixa belustigt nach.

»Die Barbiere waren die ersten Chirurgen«, erklärte Pau. »Früher waren sie für die Leichen zuständig, die Ärzte ließen sich dazu nicht herab, das war unter ihrer Würde. Vesalius war einer der ersten Mediziner, die diese Regel brachen, und deshalb gelangte er zu einem besseren Verständnis des menschlichen Körpers. Mit der Veröffentlichung seiner *Fabrica* wollte er die Fehler widerlegen, die Galen in der Anatomie begangen hatte, zum Beispiel die Vorstellung, dass die großen Blutgefäße in der Leber ihren Anfang nehmen. Mit dieser Inszenierung« – Pau zeigte wieder auf die Illustration – »sagt Vesalius, dass der einzige Weg, den Menschen kennenzulernen, der Mensch selbst ist.«

Die Buchseite raschelte beim Umblättern, als klage sie darüber, so lange nicht beachtet worden zu sein.

»Die Seiten sind aus Vellum, das könnte ein Indiz dafür sein, dass es tatsächlich ein Original ist. Zu der Zeit war das ein sehr kostbares Material, aber es wurde gewöhnlich nicht für Werke dieser Art verwendet. Ich sagte es Ihnen ja bereits, das Werk hat insgesamt sieben Teile, die *Libri*, die Bücher. Das *Liber primus* handelt von Knochen und Gelenken. Im *Secundus* geht es um das Thema Muskeln, es enthält übrigens die berühmtesten Abbildungen. Im *Tertius* um das Herz und die Blutgefäße, im *Quartus* um das Nervensystem und im *Quintus* um die abdominellen Organe, im *Sextus* um die Organe im Thoraxbereich.

Das *Septimus*, also das letzte Buch, handelt vom Gehirn. Das Werk stellte zu seiner Zeit eine wahre Revolution dar und war der Beginn der modernen Anatomie.«

Die Illustration, die sie betrachteten, zeigte eine Sektion: Bei einem Skelett, das aufrecht stand und in einer makabren Pose grinste, hingen die Muskeln herunter. Fleixa konnte nicht mehr an sich halten.

»Das ist doch fürchterlich!«

Pau lächelte.

»Ja, das ist eine der großen Qualitäten der Stiche. Vesalius verwendete äußerst theatralische Posen, die aber für die Beschreibung sehr wirkungsvoll sind. Aber im Vergleich zu den Exemplaren, die ich bislang in Händen hatte, wirken die Abbildungen hier besonders … Ich weiß nicht, wie ich mich ausdrücken soll. … besonders lebendig.« Sie seufzte ergeben. »Die Stiche funktionieren folgendermaßen: Jeder Muskel, jede Sehne und jeder Knochen sind mit einem Symbol gekennzeichnet, normalerweise ein Buchstabe oder eine Ziffer. Auf den folgenden Seiten finden wir zu den Symbolen den entsprechenden Namen, die Beschreibung und die anatomische Funktion.«

Selbst der Schein der Öllampen schien die Illustrationen zum Leben zu erwecken. Die gehäuteten Gestalten neigten sich in einem stillen Schrei des Entsetzens. Fleixa lief es eiskalt den Rücken hinunter, aber er wusste nicht recht, ob das an den Darstellungen lag oder weil ihm wieder einfiel, dass er das alles später dem Inspektor berichten musste.

»Hier ist noch etwas. Die erste Seite …«, setzte Daniel an.

Er hielt das Buch näher an die Lampe. Gegen das Licht gehalten, wurden an der Stelle, auf die Daniel zeigte, Schatten von Buchstaben sichtbar. Vor den erwartungsvollen Blicken seiner Gefährten löste er behutsam die Seite, die daran haftete und auf der unten ein kurzer Text stand.

»Was ist das?«

»Das sieht wie eine Widmung aus.«

»Merkwürdig. Zu der Zeit druckte man üblicherweise die Widmung an eine herausragende Stelle. Es ergibt keinen Sinn, sie so zu verstecken«, stellte Pau klar.

Die drei rückten mit den Köpfen zusammen, um sich die Sache genauer anzusehen. Eine Miniaturschrift nahm ein Viertel der Seite ein und endete mit dem eleganten Namenszug des Gelehrten.

»Das ist Latein.«

»Sie haben recht, Amat. Vesalius verwendete eine der Sprachen, die damals in der Medizin üblich waren: Vulgärlatein, Griechisch, Arabisch und Hebräisch.«

Daniel las und übersetzte:

»Es ist eine persönliche Widmung an König Philipp II. Er wünscht dem Monarchen Gesundheit und Wohlergehen und übermittelt ihm seine wertvollsten Kenntnisse. Er unterzeichnete die Widmung eigenhändig im April 1565.«

»Das kann nicht sein!«, rief Pau.

»Wieso?«

»Die *Fabrica* wurde zu Lebzeiten von Vesalius nur zwei Mal gedruckt. Zum ersten Mal 1543 und zum zweiten Mal, von ihm persönlich überarbeitet, zwölf Jahre später im Jahr 1555. Vesalius schenkte Karl V. ein Exemplar der ersten Auflage, es befindet sich derzeit in der Universität von Löwen. Aber diese Ausgabe hier ist König Philipp II. gewidmet, zehn Jahre später. Das kann nicht sein, denn Vesalius ist ein Jahr zuvor gestorben!«

»Es könnte ein Fehler sein.«

»Vielleicht, aber …« Pau verstummte für einen Augenblick, dann hob sie den Kopf und sah zu den beiden Männern. Ihre Augen schimmerten vor Aufregung. »Begreifen Sie, was das bedeutet?«

Fleixa und Daniel schüttelten den Kopf.

»Dies könnte eine dritte Ausgabe sein, die Vesalius höchstpersönlich veranlasst hat, als ihn alle Welt bereits für tot hielt. Eine Ausgabe, auf die es sonst keine Hinweise gibt. Wenn ich das richtig sehe, haben wir es mit einem Unikat zu tun, das unermesslich kostbar ist.«

»Wie viel könnten wir dafür bekommen?«, fragte Fleixa, den Blick auf die Gitarrespieler und Sänger gerichtet, die ihr nächstes Stück begannen. »Ein paar Peseten?«

»Ein kleines bisschen mehr. Was halten Sie von einigen hunderttausend Peseten?«

Fleixa bekam einen Hustenanfall und erstickte fast am letzten Schluck Schnaps, er musste sich am Tischrand festhalten, um nicht vom Stuhl zu fallen.

»Was sagen Sie da?« Daniel meinte, sich verhört zu haben.

»Bestimmt liege ich mit meiner Einschätzung falsch.« Pau zitterten die Hände, während sie ehrfürchtig über die Seiten strich. »Auf der ganzen Welt gibt es kein anderes anatomisches Kompendium wie dieses. Es könnte mehrere Millionen wert sein.«

»So viel Geld für einen Haufen Altpapier!«

Pau sah Fleixa abschätzig an, der schon wieder auflachte. Daniel ließ sich nicht beirren, er betrachtete sorgenvoll das Buch. Was verbargen diese alten Seiten, die so viele Todesfälle verursacht hatten?

Die Vorstellung auf der Bühne war beendet, und die Künstler zogen sich zu einer Pause zurück. Fleixa rülpste laut und vernehmlich, dann stieß er mit einem frisch gefüllten Glas Schnaps auf den erlauchten Anatomen an.

»Ich habe noch einige Informationen über Vesalius zusammengestellt«, sagte Pau und nahm nun deutlich Abstand von dem Journalisten. »Ich dachte, vielleicht erhalten wir dadurch irgendeinen Hinweis, der uns weiterhilft.«

»Hervorragende Idee«, bestärkte Daniel sie. »Haben Sie dabei etwas Interessantes entdeckt?«

»Hm, ich denke, wir sollten uns vor allem mit seinem letzten Lebensabschnitt befassen.« Sie blätterte in ihrem Notizbuch einige Seiten um. »In seinen letzten Jahren in Spanien gab er seine Tätigkeit als praktizierender Arzt auf und widmete sich der

Forschung, aber er beriet weiterhin den König. Einige Mediziner konnten ihm nicht verzeihen, dass er als Ausländer einen so starken Einfluss auf den Monarchen hatte und die Lehren des allseits hochverehrten Galen angriff. Sobald er den Hof verließ, schossen die missgünstigen Gerüchte ins Kraut.«

»Was für Gerüchte?«

»Anscheinend nahm Vesalius weiter zahlreiche Sektionen vor, was damals, insbesondere in Spanien, von der Kirche und sogar von einigen Ärzten nicht gutgeheißen wurde. Man beschuldigte ihn, ein Nekromant zu sein.«

»Wahnsinnig interessant.« Fleixa gähnte laut und vernehmlich. »Führt uns das irgendwie weiter?«

Pau ging gar nicht erst auf die Frage des Journalisten ein, sie setzte ihre Ausführungen fort:

»1562 kam Vesalius vor ein Tribunal der Inquisition und wurde zum Tode verurteilt. Doch Philipp II. schätzte ihn so sehr, dass er die Todesstrafe umwandelte. Vesalius musste stattdessen eine Pilgerreise nach Jerusalem antreten. Die Gründe für seine Verurteilung sind nicht eindeutig, da gibt es keine Übereinstimmung. In den sichersten Quellen heißt es, dass man Vesalius mit der Sektion eines jungen Adeligen betraut hatte, der bei Hofe großes Ansehen genoss. Einige Zeugen behaupteten dann, dessen Herz hätte noch geschlagen, als Vesalius seinen Thorax öffnete. Wenn das zutraf, war das in der Tat ein unerhörter Fehler. Schließlich hatte Vesalius unzählige Kranke behandelt und im Verlauf der Jahrzehnte mit hunderten Leichen zu tun gehabt.«

»Was ist dann passiert?«

»Vesalius hat seine Strafe angetreten und ist ins Heilige Land gepilgert. Er verzichtete auf die Unterstützung des Königs, der ihn drängte, für die Rückfahrt einen venezianischen Segler zu nehmen. Er reiste lieber mit einem heruntergekommenen Pilgerschiff, doch sie erlitten in der Nähe der griechischen Insel Zakynthos Schiffbruch, wo ihn das Meer an Land spülte. Vesalius ist dabei zwar nicht ertrunken, aber er war schon alt und vermutlich auch verletzt. Jedenfalls wurde er krank und starb. Andere meinen hingegen, sein Tod stünde nicht so eindeutig fest. Manche sagen sogar, er habe noch weitere zwölf Jahre in Griechenland verbracht.«

»Eins steht fest, der alte Andreas ist der unsterbliche Held der Geschichte«, feixte der Journalist.

»Vielleicht brachte er ja, weil er vor seinen Feinden sicher war, die ihn für tot hielten, eine dritte Ausgabe seines Werkes auf den Weg. Vielleicht hat er tatsächlich dieses *Liber octavus* geschrieben.«

»Ja, das wäre eine Möglichkeit«, pflichtete Pau bei.

»Ja, aber wo finden wir dieses Liberdibums? Nehmen wir jetzt das nächste Schiff nach Griechenland?«

»Homs wollte aus einem bestimmten Grund genau dieses Exemplar wiederhaben«, überlegte Daniel laut. »Vielleicht enthalten seine Seiten einen Schlüssel oder zumindest einen Hinweis darauf, wo man es finden kann.«

Pau schüttelte niedergeschlagen den Kopf. Sie hatte den Band sorgfältig aber erfolglos durchgesehen und dabei nicht den kleinsten Hinweis auf die Existenz dieses mysteriösen Buchs gefunden.

Auf einmal kam es hinter ihnen an einem der Spieltische zu einem Tumult. Ein Mann beschuldigte einen anderen lautstark des Falschspiels. Die Stimmung war gereizt. Innerhalb weniger Sekunden artete der Zwist in eine Schlägerei aus. In der ganzen Kneipe herrschte plötzlich Chaos. Der Streit verbreitete sich wie ein Feuer, überall wurde gebrüllt und geprügelt.

»Wir sollten besser gehen«, schlug Daniel vor.

Sie standen auf, doch in dem Moment bekam einer der Schankkellner, der eigentlich die Gemüter besänftigen wollte, einen Schlag ab und landete auf Fleixas Schoß. Der Journalist knallte gegen den Tisch, Flaschen und Gläser fielen um und vergossen ihren Inhalt.

Pau stieß einen entsetzten Schrei aus und beugte sich über

den Vesalius, doch sie kam zu spät, der Wein rann bereits über die aufgeschlagenen Seiten. Als die junge Frau gerade auf Fleixa einschimpfen wollte, blieben ihr die Worte im Mund stecken, und sie sah genauso verblüfft drein wie ihre Gefährten. Der Wein hatte eine Illustration zur Hälfte durchfeuchtet. Auf dem karminroten Fleck schimmerten drei Symbole, wie kleine Sterne. Daniel nahm in seiner Aufregung ein Glas, das noch auf dem Tisch stand, und goss den Inhalt über die ganze Seite.

»Was machen Sie da?«, brüllte Pau.

»Sehen Sie selbst!«, erwiderte er.

Mit offenen Mündern starrten die drei gebannt auf die Abbildung, auf der nun eine Konstellation von hellen Kreisen sichtbar wurde.

47

In Dolors' Kopf brodelte es wie in einer Dampfmaschine auf Hochtouren. Sie musste unbedingt Fleixa in der Redaktion besuchen. Und wenn sie ihn dort nicht antraf … Der Journalist hatte ihr von einem Kollegen mit Namen Vives erzählt, dem er vertraute. Der Mann wusste bestimmt, wo Fleixa sich aufhalten konnte. Sie musste dringend das Missverständnis aufklären.

Als sie um die Straßenecke bog, blieb sie überrascht stehen, denn ihr kam ein überaus prächtiger Landauer entgegen. So ein Wagen war in El Raval eine Seltenheit. Dolors bewunderte die elegante Kutsche, das schimmernde dunkle Holz und die Silberbeschläge. Sie meinte, noch nie so prächtige Pferde gesehen zu haben.

Zu ihrer großen Überraschung hielt die Kutsche direkt neben ihr, und der Fahrer, der einen weiten Umhang aus guter Wolle trug, beugte sich zu ihr. Der ätzende Gestank, den der Mann verströmte, erinnerte sie irgendwie an den Tag, an dem sie einmal eine kranke Kollegin im Hospital de la Santa Creu besucht hatte.

»Weib, komm her.«

Die Stimme des Kutschers klang scharf wie ein Hieb mit der Peitsche, die er in der Hand hielt. Instinktiv wollte Dolors den Mann zum Teufel schicken, doch aus Gewohnheit trat sie zu ihm.

»Bist du die Dolors?«

Sie trat einen Schritt zurück und musterte den Mann argwöhnisch.

»Vielleicht ja, vielleicht nein.«

»Verstehe. Ich habe gerade mit einer Freundin von dir gesprochen, und die hat mir gesagt, dass ich dich hier finde. Die Information hat mich übrigens eine heiße Schokolade gekostet.«

Dolors zuckte mit den Schultern. Diese dumme Mercedes, musste sie immer gleich alles ausplaudern?

»Keine Angst. Ich werde dir nichts antun.« Die Stimme des Kutschers klang nun freundlicher. »Ich bin schon seit ein paar Tagen auf der Suche nach dir.«

»Nach mir? Warum?«

»Mein Herr hat einen anderen Herrn über dich reden hören. Er hat mir aufgetragen, dich zu finden und dich zu überreden, ihn zu besuchen.«

Dolors nahm sich für ihre Antwort Zeit. Das war also der Freier, von dem Mercedes erzählt hatte. Niemand machte so ein Aufheben um eine Hure. Vielleicht um eine aus El Paraleo, dem neuen Stadtgebiet mit den Cabarets und Theatern. Aber um eine Hure aus El Raval ... Die ganze Sache war äußerst merkwürdig.

»Ich bin fertig für heute. Sag deinem Herrn, vielleicht ein anderes Mal.«

Energisch machte sie auf dem Absatz kehrt.

»Warte!«

Der Kutscher suchte unter seinem Umhang und warf ihr einen Lederbeutel zu, den Dolors in der Luft auffing. Sie fluchte, als sie das Gewicht in der Hand spürte. Sie ließ einige Münzen durch die Finger gleiten. Von dem Glanz geblendet, hatte sie Mühe aufzusehen, als der Mann weitersprach:

»Wenn du das Angebot annimmst, wird dir mein Herr noch viel mehr bezahlen. Er ist sehr wohlhabend und sehr großzügig.«

Der Inhalt des Lederbeutels war ein Vermögen. Selbst wenn sie ein ganzes Jahr anschaffen ging, würde sie nie so viel Geld verdienen. Der Mann wollte ihr sogar noch mehr zahlen? Unentschlossen betrachtete sie den Landauer. Wie viel war so ein Wagen wert? Er war kostbar trotz der Kratzspuren am Kutschkasten. Der Besitzer musste wirklich unglaublich reich sein.

»Wer ist dein Herr?«

»Ein bedeutender Mann. Er wünscht selbstverständlich die größte Diskretion.«

Dem Kutscher entging das Zögern der Hure nicht, er wurde hartnäckig.

»Er hat so seine Launen, deshalb ist er bereit, jeden Preis zu zahlen, damit man sie ihm erfüllt. Du wirst dir doch so eine Chance nicht entgehen lassen?«

Dolors begutachtete noch einmal den Batzen Geld. Der Mann könnte ihr letzter Freier sein, und danach würde sie nie wieder ihren Körper verkaufen. Bedenken zu haben, war reichlich dumm, jetzt, da ihr das Glück endlich hold war, musste sie ihm nicht gleich die kalte Schulter zeigen. Das Geld könnten sie gut für ihr neues Leben gebrauchen. Fleixa musste ja nichts davon erfahren.

»Einverstanden«, stimmte sie zu.

»Hervorragend!« Der Kutscher war mit einem Satz bei Dolors und hielt ihr die Tür auf. »Aber ...«

»Was ist?«

»Weißt du«, begann er und blickte verlegen drein, »wie gesagt, mein Herr ist etwas speziell und mag keine gepunkteten Kleider.«

»Meinst du das ernst? Meine Güte!«

»Wir könnten bei dir vorbeifahren, und du ziehst dir schnell etwas anderes an. Jedes andere Kleid ist schon in Ordnung.«

»Ich soll mir etwas anderes anziehen? Dein Herr ist doch völlig durchgedreht!«

»Mein Herr ist ein echter Kavalier, aber er hat seine Marotten. Du hast dich bestimmt geschwind umgezogen, und für das Geld lohnt sich der Aufwand, findest du nicht?«

Eigentlich wollte Dolors sich weigern, doch der Lederbeutel

wog schwer in ihrer Hand. Bei dem Angebot konnte sie sich doch nicht so zieren. Der Mann hatte ja recht, ob sie nun das eine oder das andere Kleid trug, war eigentlich egal, letztendlich ging es ohnehin nur darum, es auszuziehen. Der Kutscher konnte kaum verhehlen, wie nervös er ihre Entscheidung abwartete, immer wieder rieb er sich die Hände. Schließlich entfuhr Dolors ein lauter Seufzer und sie sagte:

»Schon gut. Dann bereiten wir deinem Herrn eben auch noch dieses Vergnügen, aber dafür muss er noch etwas drauflegen!«

»Du bist ganz schön gerissen! Wenn du so weitermachst, überhäuft er dich noch mit Geld.«

Der Kutscher lächelte freundlich und reichte ihr eine Hand, um ihr beim Einsteigen behilflich zu sein.

»Das ist dein Glückstag.«

Beim Anblick der Innenausstattung des Wagens pfiff Dolors anerkennend. Hinter ihr wurde die Tür geschlossen. Sie nannte ihre Adresse, und die Pferde vollzogen eine scharfe Wende. Dolors zog den Vorhang des Fensterchens zur Seite, und in Gedanken versunken tändelte sie mit dem prall gefüllten Geldbeutel. Sie versuchte, ihre Unruhe zu lindern, indem sie sich immer wieder einredete, dies wäre das letzte Mal. Danach würde sie ein neues Leben beginnen. Sie würde Fleixa finden und seinen Heiratsantrag annehmen.

48

Sie bestellten noch mehr Wein und zogen zu einem Tisch in der Kneipe um, der etwas abseits vom Trubel stand. Das Stimmengewirr und die musikalischen Darbietungen gerieten in den Hintergrund, während die Anspannung der drei wuchs. Sie befeuchteten eine Bildtafel nach der anderen. Auch auf den nächsten erschienen leuchtende Kreise um die Symbole, die die verschiedenen Bestandteile des menschlichen Körpers kennzeichneten.

»Vesalius war ein sehr kluger Mann«, stellte Pau voller Bewunderung fest. »Er hat anscheinend Bikarbonatpaste verwendet. Jetzt reagiert die Mischung auf die Weinsäure, und die unsichtbare Markierung der ausgewählten Symbole tritt mit einem Schimmer hervor. Das ist eigentlich ein absolut simples Verfahren.«

»Aber was bedeuten diese markierten Symbole? Warum macht er das nur mit den einen und nicht mit den anderen?«, fragte Fleixa.

»Vielleicht ergeben sie zusammen eine Botschaft«, schlug Daniel vor, nachdem alle eine Zeitlang ratlos geschwiegen hatten.

»Wir setzen sie einfach zusammen und fertig?«

»So einfach ist es bestimmt nicht«, entgegnete Pau. »Vermutlich gibt es eine bestimmte Abfolge.«

Die drei begutachteten konzentriert die letzte Illustration, die sie mit Wein befeuchtet hatten. Die Abbildung zeigte eine fortgeschrittene Phase der Sektion. Das Skelett schien eine Landschaft in der Ferne zu betrachten, es kehrte dem Leser den Rücken und ließ nur seine tiefen Muskeln erkennen. Um es herum leuchteten kleine Kreise, sie markierten die Symbole, die Vesalius dort vor dreihundert Jahren platziert hatte.

»Wie wäre es, wenn wir dieses Exemplar mit einem anderen vergleichen?«, schlug Fleixa vor.

»Das ist eine gute Idee, aber vielleicht zu aufwendig«, meinte Daniel. »Ich denke, dieses Exemplar enthält die Lösung. Vielleicht gibt es irgendeine Verbindung zu den übrigen ...«

»Sie haben recht!«, fiel Pau ihm ins Wort und zog die Abbildung näher. »Die Stiche und der Text beziehen sich aufeinander, das ist der oberste Zweck des Werkes. Ich habe Ihnen ja erklärt, dass die Symbole, die neben jedem Knochen oder Muskel der Abbildung stehen, auf die Nomenklatur und die Erläuterung der anatomischen Funktion im Text verweisen.«

»Und dort haben sie eine bestimmte Reihenfolge!«, vervollständigte Daniel den Gedanken. »Natürlich! Also schreiben wir jetzt die markierten Symbole in der Reihenfolge der Beschreibungen ab. Wir sollten es zumindest versuchen.«

Sie machten sich an die Arbeit. Daniel und Fleixa blätterten Seite für Seite des Werkes um, um die Symbole aufzuspüren, die mit der unsichtbaren Tinte markiert waren, und Pau vermerkte diese in ihrem Notizbuch. Nach einer gewissen Zeit stellten sie fest, dass sechzehn der siebzehn ganzseitigen Bildtafeln mit Hervorhebungen versehen waren, doch keine der kleinformatigen. Nach einer Stunde sah die junge Frau enttäuscht von ihren Aufzeichnungen auf. Sie hatte mehrere Seiten mit den Symbolen vollgeschrieben. Aber sie ergaben keinen Sinn.

Ł>z7oLюrZoZÑωt7ʌƐωZζ+ϙaω‡◊7o6
>L6ŁuʃʌȷƗ+rzLc7rV^ÑLƐz76cю>LqŁ
zƐ7Z>+6◊+rz+Ñ7Ɛω∞ωpo^76ʃ◊7◊gL
76◊Ɛ+ZaюZ7∞ʃLz+<\L
P7Zzω7Δoʃ+6zaq76LZƐ+ÑLZ7ª6ωϙƐ7r
Ɛ+ZÑĻ6ζ7ʌʃ∞ʃ◊7◊...

»Ich verstehe das nicht«, sagte sie und überflog noch einmal ihre Notizen. »Ich hatte das Gefühl, dass Sie mit Ihrem Vorschlag richtigliegen, Amat.«

Alle drei waren verunsichert.

»Dieser Vesalius hat uns nur auf den Arm genommen«, rief Fleixa empört.

Plötzlich lachte Daniel laut auf.

»Natürlich! Warum bin ich nicht gleich darauf gekommen!«

Die anderen sahen ihn besorgt an, sie befürchteten schon, er habe den Verstand verloren.

»Pau, Sie haben uns doch berichtet, dass Vesalius Feinde hatte, oder? Also konnte er ihretwegen die Lösung nicht so leicht machen. Gibt es eine bessere Idee, als den Text zu chiffrieren?« Die beiden anderen waren immer noch skeptisch, und Daniel führte seine Idee weiter aus: »Sehen Sie, die Symbole sind in der Hauptsache Ziffern sowie Buchstaben des lateinischen und des griechischen Alphabetes. Es war mir entfallen, aber ich habe ähnliche Zeichen schon einmal gesehen.«

Er zückte Homs' Notizbuch aus seiner Jacke und blätterte darin. Dann legte er es aufgeschlagen auf den Tisch und zeigte ihnen die Tabelle mit den Symbolen auf der letzten Seite.

»Wir waren bislang davon ausgegangen, dass dies nur Homs' Äquivalenzliste war, und haben sie nicht weiter beachtet. Das war unser Fehler. Ich würde alles darauf wetten, dass dies tatsächlich der Schlüssel ist, um die chiffrierte Botschaft von Vesalius transkribieren zu können.«

»Das würde auch erklären, warum Homs unbedingt sein Notizbuch wiederhaben will!«, rief der Journalist aufgeregt.

»Mal sehen, ob Sie recht haben«, sagte Pau.

Mit frischem Mut begannen sie mit der Tabelle der Symbole aus Homs' Notizbuch. Um Zeit zu sparen, teilten die drei die Seiten unter sich auf. Sie waren so in ihre Arbeit vertieft, dass Fleixa sogar vergaß weiterzutrinken. Allmählich nahm das unverständliche Durcheinander auf dem Papier Formen an, und nach einer langen Stunde mühseliger Kleinarbeit konnten sie tatsächlich den Text dechiffrieren. Er war in Latein geschrieben und nahm vier Seiten ein. Daniel spürte die Erwartungen von Pau und Fleixa, er übersetzte für sie:

> Das, was du hier in Händen hältst, ist das Achte Buch, seine Worte bewahren ein Wissen, das für die gesamte Menschheit von großer Bedeutung und Transzendenz ist. Ich, Andreas Vesalius, sage dir, wenn du bis hierher vorgedrungen bist, dann ruht in deinen Händen eine große Verantwortung …

Die drei konnten ihre Aufregung kaum verhehlen, die Anspannung stand ihnen ins Gesicht geschrieben.

»Natürlich, hier wird nicht beschrieben, wo wir das *Liber octavus* suchen müssen, denn es ist darin enthalten!«, rief Pau.

»Bitte, übersetzen Sie den Rest«, bat Fleixa.

Daniel las weiter:

> Zeit meines Lebens habe ich zahllose Anstrengungen auf mich genommen, um Krankheiten zu besiegen und in letzter Konsequenz auch den Tod. Die Medizin ist der Inbegriff der Wissenschaft, und ihre Fortschritte sind während all meiner Tage mein Ziel und mein Bestreben gewesen. Mit den folgenden Worten werde ich den Fortschritt beschreiben, den ich nach Jahren des Studiums erzielen konnte. Das Verfahren muss mit absoluter Präzision durchgeführt werden. Die einzelnen Schritte sind genauso wichtig wie der Weg selbst, der dafür eingeschlagen wird, zudem ist Demut für diese Suche nötig, die zu diesem höchsten Wissen führt.
>
> An erster Stelle ist es notwendig, allerbesten Stahl sowie Glas der edelsten Qualität zu erwerben, und es ist unabdingbar, dass diese von dem geschicktesten Handwerker

verarbeitet werden, damit er aus der Verbindung der beiden Materialien ein sehr großes Behältnis anfertigt.

Nun folgte bis zum letzten Absatz eine ausführliche Liste mit Materialien sowie komplexen Anweisungen für den Bau eines Apparates.

Die Wahrheit ist, dass dies den Gipfel meines Wissens darstellt, die höchste Wertschätzung des absolut perfekten Aufbaus aller Kreaturen, Ort und Stütze der unsterblichen Seele, ein Aufenthaltsort, den die Alten nicht ohne Grund den Mikrokosmos genannt haben.

Das war das Ende des Textes. Alle drei waren vor Verblüffung sprachlos.

»Vesalius beschreibt also darin die Konstruktion eines ... eines Apparats«, fasste Daniel zusammen.

»Eines Apparats, der eine Energiequelle von der Stärke eines Blitzes kanalisieren kann«, ergänzte Pau. »Verstehen Sie? Er spricht von einem System, um die Elektrizität zu manipulieren, und das fast ein Jahrhundert, bevor das Phänomen diese Bezeichnung erhielt. Für seine Zeit ist das ein Meilenstein in der Forschung.«

»Das ist ja alles großartig und fantastisch, aber wozu soll das Dingsda taugen?«, fragte Fleixa.

Die beiden anderen sahen ihn fassungslos an.

»Zum Teufel noch mal!« Der Journalist explodierte. »Soll das alles sein? Vielleicht ist der Text ja nicht einmal vollständig.«

Daniel schüttelte den Kopf. Er war die Aufzeichnungen zwei Mal durchgegangen. Das war alles.

»Lassen Sie uns das doch einmal von einer anderen Seite betrachten«, überlegte er laut. »Warum ist Homs gerade auf dieses Exemplar so versessen?«

»Das liegt doch auf der Hand. Er will unbedingt das *Liber octavus* haben.«

»Nein«, entgegnete Daniel. »Homs selbst kennt dessen Inhalt, ich glaube, er weiß sogar, welche Funktion dieser Apparat von Vesalius hat. Immerhin deutet er das in seinen Anmerkungen an.«

»Ja und?«

»Homs hat die ganze Zeit versucht, sowohl an sein Notizbuch als auch an dieses Exemplar zu kommen. Ich denke, er wollte um jeden Preis verhindern, dass wir es finden, aber ich weiß nicht, warum«, schränkte Daniel ein.

»Gut. Angenommen, Sie haben recht und Homs setzt diesen Apparat tatsächlich ein«, spann Pau den Gedanken weiter. »Wie kommt er an die Energie?«

»Er bezieht sie aus einem Blitzableiter.«

»Ja, es gibt unzählige Blitzableiter in der Stadt. Aber dann wäre er jedes Mal davon abhängig, dass es ein Gewitter mit einer elektrischen Entladung gibt.«

»Homs muss auf kein Gewitter warten!«, rief Daniel und schlug auf den Tisch. »Ihm steht schon seit Wochen so viel Energie zur Verfügung, wie er braucht.«

»Was meinen Sie damit?«

»Das Elektrizitätswerk der Weltausstellung!«

»Aber wenn ich die Anweisungen von Vesalius richtig deute, dann benötigt dieser Apparat unglaubliche Mengen Energie.«

»Als ich das E-Werk besichtigt habe, hat mir Adell die Generatoren gezeigt. Sie können damit das Ausstellungsgelände mit Strom versorgen und auch noch die angrenzenden Straßen und Plätze.«

»Vielleicht reicht das ja.«

»Mehr als das! Als ich dort war, ist ein Angestellter hereingeplatzt und hat Adell über irgendwelche Vorfälle unterrichtet, die die Stabilität des Komplexes gefährdeten. Der Mann war wirklich furchtbar erschrocken. Vielleicht löst Homs ja diese Probleme aus, indem er für Störungen im Stromfluss …«

Daniel hielt plötzlich inne und strahlte über das ganze Gesicht. »Das ist es!«, rief er.

Nun sahen Pau und Fleixa ihn verblüfft an.

»Genau das ist der Grund, warum Homs um jeden Preis verhindern wollte, dass wir dieses Exemplar finden. Er will nicht, dass wir herausfinden, wo er sich versteckt!«

»Wovon sprechen Sie, Amat?«

»Homs benötigt einen sicheren Ort für seine Experimente. Wir wissen jetzt dank des *Liber octavus*, dass dieser Ort ganz in der Nähe des E-Werks sein muss, damit er Zugang zum Stromnetz hat. Verstehen Sie? Mein Vater ist anscheinend zu dem gleichen Schluss gekommen, und deshalb hat man ihn zum letzten Mal lebend gesehen, als er sich in die Kanalisation begab. Homs hält sich unter dem Gelände der Weltausstellung versteckt!«

Lug und Trug

Neun Tage vor der Eröffnung
der Weltausstellung

49

Keiner wagte, die Leiche zu berühren. Die Strömung hatte sie angespült, und Fischer hatten sie entdeckt, als sie im frühen Morgengrauen von ihrem Nachtfang zurückkehrten. Einer der jüngeren Männer hielt sie für eine gestrandete Sirene. Das Meer hatte sie über und über mit Muschelschalen und Kieseln bedeckt, die auf ihrer Haut maritime Skulpturen bildeten. An der Stelle, an der einmal ihre rechte Brust gewesen war, klaffte ein Loch. Algen hingen über ihren geschlossenen Augen, und um die Lippen zeichnete sich ein Lächeln ab. Sie sah aus, als würde sie auf dem schlammigen Sandstrand von La Barceloneta nur schlafen.

Einige Schaulustige hatten sich aus ihren Häusern gewagt und drängten sich um die Tote. Sie tuschelten entsetzt, voller Furcht, der Urheber dieser neuesten Schandtat könne sie hören. Alle fragten sich, was sie nur angerichtet hatten, dass der *Gos Negre* wieder eine Frau geholt hatte. Schließlich warf jemand eine Decke über sie.

Der Kies knirschte, Pferde wieherten, zwei Fahrzeuge trafen auf der Promenade ein. Zuerst war der dicke Bauch von Inspektor Sánchez zu sehen, der sich noch aus der Kutsche quälte, während sein Fuß schon den Boden berührte. Er sah zum Himmel, und angesichts der Wolken, die vom Meer kamen, verzog er das Gesicht. Sie verhießen Regen. Sánchez hatte noch einen Kater, und die Aussicht auf den Anblick einer Toten behagte ihm nicht.

Hinter ihm wartete ein schmächtiger Mann mit kränklicher Gesichtsfarbe, der ein Köfferchen in seiner linken Hand trug und in einem Mantel steckte, der ihm zwei Nummern zu groß war. Er rückte seine Brille zurecht und betrachtete teilnahmslos die Umgebung. Dann stieg auch er aus der Kutsche und wartete auf die Anweisungen des Inspektors.

Aus dem anderen Fahrzeug, einem langen offenen Karren, stieg ein halbes Dutzend Polizisten, die zuallererst den Ort räumten.

Der Inspektor näherte sich gemächlich der Leiche. Er hob die Decke hoch, mit der sie bedeckt war, und alle verstummten. Füße und Hände der Toten waren schwarz wie Holzkohle, einige Finger und Zehen fehlten. Das Loch, das anstelle der rechten Brust klaffte, war von verbranntem Fleisch gesäumt. Einer der Polizisten taumelte davon und übergab sich in die Wellen.

Sánchez betrachtete die Leiche nachdenklich. Er stieß mit einem Fuß gegen eines der aufgedunsenen Beine, das jedoch kaum nachgab. Der Mann mit dem Köfferchen kniete neben der Leiche und machte sich daran, seine Instrumente zu entnehmen.

»Geben Sie sich keine Mühe, Sie alter Quacksalber. Der letzte Wachtmeister kann Ihnen bestätigen, dass sie mausetot ist.«

Einige Polizisten kicherten verlegen. Der Morgen zeigte sich frisch, und alle schienen schlechte Laune zu haben. Der Arzt zuckte mit den Schultern und zog sich etwas zurück, um den Totenschein auszustellen, während zwei Polizisten die Leiche wieder in die Decke hüllten und sie auf eine Tragbahre legten.

Sánchez hörte Wachtmeister Azcona näher kommen. Der junge Polizist war ein ehrgeiziger und überaus dienstbeflissener Mann, vielleicht etwas zu eifrig für den Geschmack des Inspektors. Ein Polizist der neuen Schule, denn es hieß, Barcelona benötige qualifizierte Ordnungshüter. So eine Scheiße! Sánchez seufzte und stellte sich darauf ein, den jungen Mann anzuhören.

»Ich kenne sie, Inspektor. Sie heißt Dolors. Sie ging in El Raval anschaffen.«

»Hervorragend, Azcona, dann müssen wir sie nicht mehr identifizieren.«

»Das hier hielt sie in ihren Händen, vielleicht ist es ja wichtig.«

Der Inspektor zog eine Augenbraue hoch, als er in der Hand seines Untergebenen einen kleinen vergoldeten Gegenstand sah.

»Was ist das?«

»Es ist verbeult, aber es sieht wie eine Krawattennadel aus. Hier sind zwei Initialen eingraviert, D und A.«

»Gut«, sagte Sánchez und riss das Schmuckstück an sich. »Ich kümmere mich darum.«

Der junge Mann nickte respektvoll.

»Verfahren wir mit der Leiche wie üblich?«

»Nein, diesmal schaffen Sie sie direkt zum Nordfriedhof, verstanden! Sie bringen keine Leiche in dem Zustand mehr in den Leichenschauraum.«

Der Polizist verhehlte seine Verblüffung nicht. Das war nicht die Vorgehensweise, die für solche Fälle vorgeschrieben war. Eine Leiche, deren Identifizierung ausstand, war drei Tage lang im Leichenschauraum aufzubahren, ehe man sie in einem Massengrab bestattete.

»Einverstanden, Señor, aber …«

»Aber was, Azcona?«

»Vielleicht meldet sich noch ein Familienangehöriger und möchte die Leiche haben.«

Ein schlaues Kerlchen. Dieser Wachtmeister Azcona war wirklich ein schlaues Kerlchen.

»Wer zum Teufel wird denn die Leiche einer Hure einfordern?«, entgegnete Sánchez. »Um Gottes willen, Azcona, tun Sie einfach, was man Ihnen sagt. Und gehen Sie diskret vor.«

Einige Meter entfernt lehnte Fleixa an einer Strandhütte, ungeachtet des Sandes auf seiner Hose, und zitterte am ganzen Leib. Er schrieb in seinem Notizheft eine Seite nach der anderen voll.

Er wusste, sobald er damit aufhörte, würde er auch aufhören zu atmen.

Seine verletzte Hand blutete. Einige Seiten zerrissen oder zerknitterten, aber das war ihm egal. Fleixa nahm einfach die nächste und schrieb Wort um Wort, und dazwischen versuchte er auch noch, Atem zu holen.

Tot. Dolors war tot.

Er sagte den Satz wieder und wieder, so als könnte er durch die vielen Wiederholungen zur Lüge gerinnen.

Fleixa wünschte, sie hätten sich geirrt, er wünschte, die Frau, die sie aus dem Wasser an den Strand gezogen hatten, wäre eine andere, doch als er von Vidal die Nachricht erhalten hatte, wusste er, dass es nur sie sein konnte.

Wenn er nur nicht auf diese idiotische Weise abgehauen wäre, beleidigt wie ein abgewiesener Pennäler …

Er riss wieder eine Seite heraus und sah zu, wie der Wind sie fortwehte.

Plötzlich spürte er in der Magengegend ein heftiges Stechen. Ihn durchzuckte es innerlich, er krümmte seinen Unterleib, dann wanderte der Schmerz hoch zu seiner Brust. Er wurde in seinem tiefsten Inneren immer größer und stand kurz davor, ihn zu zerreißen. Fleixa wollte schreien, aber er konnte nicht. Er konnte nur noch schreiben. Hastig kritzelte er Wort um Wort in sein Notizheft, bis die offene Wunde an der Hand vor Schmerzen brannte. Doch selbst in dem Zustand versuchte er, den Bericht fertig zu schreiben. Seine Schrift wurde unleserlich, Blut befleckte das zerknitterte Papier, ein Spiegel seiner Seele. Mit einem Knacken brach der Stift entzwei. Fleixa ließ das Heft in den Sand fallen und weinte.

50

Daniel ging über den schlammigen Weg, in dem der letzte Regenguss eine Insellandschaft aus Lehmhaufen und trübem Wasser geformt hatte. Hier, in der Nähe von Collserola, verlor der Himmel für einige Augenblicke jegliche verbliebene Farbe und zeigte sich aschgrau.

Er kam an das Eisentor, das von zwei mit Efeu bewachsenen Türmchen flankiert war, und betätigte den Türklopfer. Das Anwesen des Marqués de Llupià y Alfarràs sah eher wie eine maurische Burg aus, nicht wie ein katalanischer Adelssitz. Das massive Gebäude, das von einem zinnenbewehrten Festungsturm überragt wurde, besaß einen sechseckigen Grundriss. Fenster mit hufeisenförmigen Bögen und zwei riesige Palmen vermittelten die Illusion, sich im Rifgebirge auf der anderen Seite des Mittelmeeres zu befinden.

Daniel hatte den Morgen mit Pau verbracht und über den Text im *Liber octavus* nachgegrübelt. Fleixa war nicht zu ihrem Treffen erschienen. Es war die reinste Zeitverschwendung gewesen. Sie hatten nichts über den Zweck dieses außergewöhnlichen Apparats des Vesalius herausgefunden und tappten immer noch im Dunkeln. Bevor er zum Mittagessen gegangen war, hatte man ihm im Colegio eine Nachricht ausgehändigt. Der Marqués bat ihn noch am gleichen Nachmittag um einen Besuch. In der Nachricht stand nichts über den Grund der Einladung, doch Daniel war neugierig geworden und hatte beschlossen, sie anzunehmen.

Er hörte Schritte, und ein Hausdiener öffnete das Tor. Daniel überreichte ihm seine Karte, die der Mann gar nicht zur Kenntnis nahm. Ohne ein Wort zu verlieren, bedeutete er ihm einzutreten. Offensichtlich wurde Daniel erwartet.

Sie gingen durch mehrere Zimmer mit orientalischem Interieur und erreichten einen großzügigen Salon. In der Mitte saß ein alter Mann behaglich auf einem Diwan und musterte interessiert den Gast.

»Herein, bitte, kommen Sie herein, Señor Amat.« Der alte Mann wies auf einen Sessel ihm gegenüber. »Entschuldigen Sie bitte, dass ich zur Begrüßung nicht aufstehe, aber dieser selige Ort hält mich nach dem Mittagessen für Stunden gefangen.«

Daniel setzte sich. Der Marqués war ein groß gewachsener Mann, der selbst mit der Wolldecke über den Knien nichts von seiner distinguierten Erscheinung einbüßte. Er trug einen legeren Hausmantel, und aus seinem hageren Gesicht stach eine prägnante Nase hervor. Seine hellblauen Augen blitzten gleichermaßen amüsiert wie neugierig, und ein Kneifer betonte seine silbrigen Augenbrauen.

»Wie schön.« Seine Stimme klang dumpf, als käme sie aus einer tiefen Höhle. »Ich freue mich sehr, Sie persönlich kennenzulernen. Mein Name ist Juan Antonio Desvalls. Als Erbe einer uralten Familie bin ich der Besitzer dieses Anwesens und trage dieses bombastische Adelsprädikat. Eine überholte Kleinigkeit, wenn man sich die Heerscharen von Emporkömmlingen aus dem Bürgertum ansieht, die in den letzten Jahrzehnten in Barcelona eingefallen sind. Das ist die Aristokratie von heute.«

Er legte eine Pause ein und hustete in ein Taschentuch.

»Darf ich Ihnen etwas anbieten?«

Daniel schüttelte den Kopf. Der alte Mann schwenkte ein Glas mit goldfarbenem Inhalt in seinen Händen.

»Zu dieser Tageszeit verkrafte ich ausschließlich einen ordentlichen Bourbon. Das ist meine kleine Grille, zum Entsetzen meiner Tochter.«

»Ich verstehe.«

»Nein, das glaube ich nicht, aber Sie werden es eines Tages verstehen. Jetzt sind Sie noch zu jung.«

»Bitte verzeihen Sie mir. In Ihrer Nachricht teilten Sie mir mit, dass Sie mit mir über eine private Angelegenheit sprechen möchten. Ich habe keine Idee, worum es gehen könnte. Wie Sie selbst gerade sagten, haben wir uns bislang noch nicht persönlich kennengelernt.«

»Ja, da haben Sie recht. Aber in Wahrheit bin nicht ich die Person, die Sie treffen möchte.«

»Jetzt verstehe ich gar nichts mehr.«

»Bitte, reichen Sie mir doch meinen Spazierstock, und dann gehen wir ins Freie.«

Daniel reichte dem alten Mann den Elfenbeinstock, der an einem Sessel lehnte. Der Marqués stützte sich auf Daniels Arm, und sie traten auf einen Vorplatz mit unregelmäßigem Grundriss hinaus. Dann passierten sie ein Tor, das von zwei Löwenfiguren flankiert war und hinter dem ein hübscher Buchsbaumgarten lag, und nahmen einen Weg, der zwischen weitläufigen Blumenrabatten verlief.

»Wie gefällt es Ihnen?«

»Es ist hinreißend.«

Die Stimme des Adeligen klang selbstsicher, er blickte beim Gehen geradeaus und hielt sich an Daniel fest.

»Die Anlage der Finca wurde vor fast einem Jahrhundert von meinem Urgroßvater Joan Antoni Desvalls i d'Ardena begonnen, dem sechsten Marqués de Llupià. Für das Gebäude verpflichtete er einen Baumeister aus Italien, Bagutti, und für den Park einen französischen Gartenarchitekten, Debalet oder so ähnlich. Die Franzosen haben mir noch nie besonders gefallen. In all den Jahren hat meine Familie die Anlage immer wieder erweitert, es wurden Blumenbeete angelegt, Kanäle, lauschige Sitzplätze ... Wir haben aberdutzende Bäume gepflanzt, die einzelnen Gärten vergrößert und sogar einen Wasserfall eingebaut.«

Der alte Mann ging schleppend neben Daniel, der sich fragte, wohin die Plauderei führen sollte.

»Die Finca Desvalls hat schon Könige und Prinzen empfangen. Jetzt organisieren Fernanda und ihre Geschwister Gesellschaften und Freilufttheateraufführungen. Irgendwann werden wir dieses Wunderwerk noch verschenken, Sie werden sehen.«

Sie erreichten eine Aussichtsterrasse. An den Seiten standen zwei kleine Tempel mit jeweils einer Statue.

»Ariadne und Theseus.« Der Marqués zeigte mit seinem Stock auf eine der Figuren. »Eine hübsche Geschichte, sie ist Ihnen bekannt?«

»Ja, natürlich. Ariadne hilft Theseus, den Weg aus dem Labyrinth zu finden. Er tötet den Minotauros, und dann fliehen sie gemeinsam.«

»Ja, mehr oder weniger. Ehrlich gesagt, mir kam die Figur der Ariadne immer ein wenig leichtfertig vor. Vielleicht hat sie mir deshalb gefallen.«

Der alte Mann lachte und musste wieder ein Taschentuch zu Hilfe nehmen. Einige Sekunden später atmete er ruhig und stützte sich auf die Balustrade der Aussichtsterrasse.

Unter ihnen befand sich eine weitere Gartenanlage, ein komplizierter Irrgarten aus hohen Hecken. Daniel bewunderte die Harmonie dieses Labyrinths aus Pflanzen, das mit seinen Kehren und Scheidepunkten eine unvorsichtige Person dazu verführte, sich darin zu verlieren. Das Nachmittagslicht drang in das Dunkel der Wege, die sich ohne erkennbares Ziel nach links und rechts verzweigten. In der Mitte meinte Daniel eine Statue zu erkennen, die von einem Spalier mit Kletterpflanzen umgeben war.

»Das ist das berühmte Labyrinth des Parks«, erklärte der Marqués, Daniels Frage vorwegnehmend. »Es besteht aus fast einem Kilometer Zypressen, die auf vier Meter Höhe gestutzt sind. Sie können sich nicht vorstellen, welche Szenen sich auf diesen Wegen abgespielt haben.«

»Das ist alles sehr interessant, Señor Desvalls«, sagte Daniel, »aber Sie haben mich gewiss nicht nach Collserola kommen lassen, um mir Ihre Finca zu zeigen.«

Der alte Mann musterte ihn nachdenklich. Über ihren Köpfen verdichteten sich allmählich die Wolken am Himmel.

»Señor Amat, bitte folgen Sie mir.«

Sie gingen die Treppe von der Terrasse hinunter und betraten das Labyrinth. Ihre Schritte machten auf dem feuchten Erdboden schmatzende Geräusche, während die Zypressenwände die beiden Männer einschlossen. Die Luft schien elektrisch geladen und war von Jasminduft erfüllt.

»Es gibt noch etwas, was ich Ihnen gern erzählen möchte«, sagte der alte Mann. »Der wahre Zauber dieses Parks liegt weder in seiner Schönheit noch in seinen exotischen Pflanzen, nicht einmal in seiner privilegierten Lage. Der Schlüssel für dieses Paradies ist seine Harmonie. Es ist eine fragile Balance. Jede Einmischung, so gute Absichten auch dahinterstecken, führt nur dazu, dass der Garten dahinwelkt. Denken Sie einmal darüber nach.«

Sie waren auf dem kleinen kreisförmigen Zielplatz mit der wunderschönen Eros-Skulptur angelangt. Hinter der Figur bewegten sich zwei Schatten. Irene, in Gesellschaft einer jungen Frau mit fein geschnittenen Gesichtszügen, lugte hinter dem Sockel der Figur hervor. Die junge Frau drückte ihr leicht die Hand, dann trat sie zur Seite und verließ mit dem Marqués den Platz.

»Setzen wir uns?«

Daniel ließ sich in seiner Überraschung von Irene zu einer Steinbank führen, wobei sie sorgfältig bemüht war, Abstand zu wahren. Irene trug ein dunkles Kleid und einen taillierten Mantel, und ihr Gesicht war von einem Schleier verhüllt. Daniel hielt es nicht länger aus, und er ergriff das Wort.

»Ich habe nicht damit gerechnet, dich wiederzusehen.«

»So wäre es auch richtig gewesen, aber ich musste dich warnen, und mir ist nichts anderes eingefallen.«

»Was willst du mir sagen?«

»Du bist in Gefahr.«

»Woher weißt du …?«

»Ich habe vor ein paar Tagen ein Gespräch zwischen meinem Ehemann und Inspektor Sánchez mitgehört. Dieser Polizist ist oft bei uns, er pflegt eine enge Verbindung zu meinem Ehemann. Sie haben über dich und deinen Freund gesprochen, diesen Journalisten. Bertomeu war außer sich. Er drängte den Inspektor, Maßnahmen zu ergreifen. ›Egal welche‹, hat er gesagt.«

»Ich verstehe.«

»Nein.« Sie schüttelte den Kopf. »Ich denke, du hast deine Situation nicht begriffen.«

»Warum ist er so versessen darauf, unsere Recherche zu behindern?«

»Es geht um sehr viel Geld. Der Skandal würde ihm Schaden zufügen.«

»Das hat er selbst mir schon gesagt, als wir uns trafen. Aber ich habe das Gefühl, das ist nicht die ganze Wahrheit. Vielleicht fürchtet sich dein Mann vor dem, was ich über die Todesfälle der armen Mädchen und über den Tod meines Vaters herausfinden könnte.«

»Bertomeu hat Beziehungen, und er ist zu allem fähig. Hörst du? Ich riskiere einiges, weil ich mich mit dir treffe.«

»Das ist also der Grund, warum wir uns so weit weg von Barcelona sehen. Du hast Angst.«

»Natürlich habe ich Angst!«, rief sie.

»Wie kannst du nur so einen Mann lieben? Du darfst nicht bei ihm bleiben.«

»Du machst es dir ganz schön einfach!« Irene war außer sich. »Du bist derjenige, der gegangen ist, kannst du dich überhaupt noch daran erinnern? Du hast mich verlassen. Er war der einzige Mann, der mich genommen hat.«

Mit einer Geste hinderte sie Daniel daran, etwas zu erwidern.

»Das ist jetzt nicht wichtig«, stellte sie etwas ruhiger fest. »Du musst abreisen und darfst nie wieder nach Barcelona zurückkehren. Es geht nicht nur um Bertomeu, Daniel. Der Mörder … Er könnte dich ebenso umbringen wie deinen Vater.«

Daniel schüttelte den Kopf.

»Ich kann nicht, Irene. Diesmal nicht. Ich bin einmal geflüchtet und habe dabei mein ganzes Leben verloren. Seither werde ich von Albträumen verfolgt. Vor einiger Zeit dachte ich, ich hätte mir ein neues Leben eingerichtet, aber das war eine Lüge. Ich kann nicht noch einmal einfach gehen. Verstehst du?«

Sie betrachtete ihn durch den Schleier hindurch, zauderte einen Moment, dann entnahm sie ihrer Handtasche eine Ledermappe und überreichte sie Daniel.

»Ich habe deine Antwort befürchtet. Diese Unterlagen habe ich in Bertomeus Büro gefunden, sie gehören dem Sanatorium Nueva Belén. Er dürfte sie gar nicht haben, und er hat sich größte Mühe gegeben, sie zu verstecken. Vielleicht können sie dir weiterhelfen.«

Daniel nahm neugierig die Mappe an sich. Bevor er ihren Inhalt begutachten konnte, lagen Irenes Hände auf den seinen.

»Es ist immer noch Zeit, die Sache auf sich beruhen zu lassen.«

Daniel schob sacht ihre Hände zur Seite und holte die Dokumente hervor.

Es waren einige lose Blätter. Als er das erste überflog, stellte er fest, dass es eine Patientenakte war. Die spezielle Ausdrucksweise war ihm geläufig, schließlich hatte sein Vater ihm bei mannigfachen Gelegenheiten ähnliche Berichte zu lesen gegeben, sein erfolgloser Versuch, den Sohn für die Welt der Medizin zu interessieren. Hier ging es um die Obduktion von Homs' Gefährten im Sanatorium. Warum bewahrte Adell ihn auf? In dem Bericht wurden detailliert die Verletzungen aufgeführt, die den Tod des armen Mannes verursacht hatten. Einige Einzelheiten erinnerten ihn grob an die Verletzungen, die die Mädchenleiche aus La Barceloneta aufgewiesen hatte. Er dachte, dass wirklich keine Zweifel mehr an Homs' Irrsinn bestanden. Welche Person, die bei Verstand war, würde einem anderen Menschen so etwas antun?

Er war bei der Beschreibung des Körpers und der Organe angekommen, worüber in der Reihenfolge ihrer Untersuchung berichtet wurde. Der Gerichtsmediziner war gründlich vorgegangen, und es folgten viele einzelne Befunde. Abschließend gab es sogar eine Aufstellung der Krankheiten, unter denen der Mann zu Lebzeiten gelitten hatte. Daniel konnte nicht begreifen, warum Adell diesen Bericht an sich genommen hatte. Der Inhalt war doch uninteressant.

Er wollte schon zu lesen aufhören, als er plötzlich stutzte. Er hätte den Satz glatt überlesen, wenn ihm nicht genau in dem Moment ein Kommentar von Dr. Giné wieder eingefallen wäre. Daniel las noch einmal aufmerksam: *Der Tote zeigt Anzeichen eines fortgeschrittenen hepatozellulären Karzinoms.*

Er bekam eine Gänsehaut.

»Kann man damit etwas anfangen?«

Daniel nickte verwirrt.

»Ich muss gehen«, hörte er Irene sagen.

Sie erhob sich, und Daniel tat es ihr gleich. Sie standen einander gegenüber, sehr nah. Als der Wind auffrischte, wirbelten die Blätter in kleinen Kreisen um sie herum. Donnergrollen erschütterte die Luft, und erste Regentropfen fielen auf den Erdboden, doch die beiden schienen es nicht wahrzunehmen, sie verharrten reglos.

»Warum bist du nur zurückgekommen?«, flüsterte Irene.

Daniel wusste nicht, was er darauf antworten sollte. Er hob eine Hand, um den Schleier zu lüften, der ihr Gesicht verhüllte. Er verspürte das unwiderstehliche Bedürfnis, sie zu küssen. Irene wollte ihm ausweichen, doch sie reagierte zu spät. Der Musselinstoff legte ihr Gesicht frei, und Daniel erstarrte.

Das linke Auge von Irene war angeschwollen und fast geschlossen, ein bläulicher Bluterguss zog sich bis zur Wange. Daniel strich mit zitternden Fingern über die Verletzung. Irene wurde rot vor Scham und wich einen Schritt zurück. Tränen standen ihr in den Augen, als sie sich wieder verhüllte. Daniel spürte in seinem Inneren Wut anschwellen, er konnte sich kaum beherrschen. Irene ergriff seine Hände.

»Dagegen kann man nichts ausrichten.«

»Du musst ihn verlassen, ich werde dich vor ihm beschützen.«

Sie lächelte gequält und strich zärtlich über seine Wange.

»Nein. Du verstehst es nicht.«

»Warte …«

Seine nächsten Worte schwebten ungehört in der Luft, Irene rannte im Regen davon.

51

Das Stadtpalais sah wie eine Torte aus, die von innen beleuchtet war. Aus den großen Fenstern drang das Licht von hundert Kandelabern. Im Innenhof warteten die Fahrer und Hausdiener neben den prächtigen Kutschen auf ihre Herrschaften. Sie steckten in wärmenden Mänteln und teilten die eine oder andere Zigarre und mit Glück vielleicht auch einen heißen Punsch, der aus der Küche zu ihnen gebracht wurde. Vom Hof aus konnten sie das fröhliche Treiben der Gesellschaft mitverfolgen, zu der Adell eingeladen hatte.

Auch wenn solche Festivitäten nicht mehr so häufig ausgerichtet und inzwischen meist die Räume des Liceo dafür genutzt wurden, organisierte Adell Jahr um Jahr in seinem eigenen Haus einen Maskenball, zu dem er die wichtigsten Persönlichkeiten der Stadt als Gäste begrüßen konnte.

In diesem Jahr verkleideten sich die Damen offensichtlich am liebsten als spanische Bäuerin, als Inderin aus Hindustan oder als ungarische Prinzessin. Die Herren, deren Fantasie nicht so ausgeprägt war wie die ihrer Ehefrauen, steckten im Kostüm eines Neapolitaners, eines Seminaristen aus Sevilla oder eines Senators der Republik Venedig. Im Festsaal mit imposanten Spiegeln aus Antwerpen spielte das Orchester mit seinen mehr als siebzig Musikern die ersten Takte einer Polka, was Begeisterungsrufe der jüngeren weiblichen Gäste hervorrief.

»Mein lieber Bertomeu, diesmal kannst du dich nicht weigern.«

Der als Doge von Venedig verkleidete Unternehmer unterhielt sich gerade angeregt. Verärgert über die Unterbrechung drehte er sich um, doch als er die üppigen Rundungen einer Bäuerin aus dem Burgund sah, lächelte er die junge Frau mit dem erwartungsvollen Blick an.

»Liebe Julia, du weißt doch, ich bin kein Tänzer. Du musst dich allein vergnügen!«

»Ach, du alter Langweiler.«

Die junge Frau zog erst eine Schnute, dann verbeugte sie sich mit herausfordernder Miene. Ihr Ausschnitt zeigte mehr, als der Anstand zuließ. Adell spürte ein angenehmes Kribbeln in der Leiste und genoss die Vorfreude auf den Tanz, den sie in ein paar Stunden genießen würden. Die junge Frau lachte amüsiert und verschwand in der Menge der maskierten Gäste auf der Tanzfläche.

Adell nahm den Gesprächsfaden wieder auf und genoss insgeheim den unausgesprochenen Neid der anderen Männer. Einige ließen sich zu einem vorsichtigen Blick auf die junge Frau hinreißen, die genau vor ihnen aufreizend die Polka tanzte und dabei mit dem zunehmend schnelleren Spiel des Orchesters mithielt. Adells finstere Miene genügte, und die Herren konzentrierten sich wieder auf ihr Gespräch.

»Ihre Begleiterin ist eine … wunderhübsche junge Frau.«

»Wirklich, sehr beachtlich, Señor.«

»Das ist mir noch gar nicht aufgefallen«, meinte Adell und versteckte sein Lächeln hinter einem Glas Brandy.

Gelächter folgte auf seinen Scherz.

»Ihre werte Frau Gemahlin muss an einer sehr schweren Unpässlichkeit leiden, wenn sie sich dieses Fest entgehen lässt.«

Die Männer in der Runde verstummten, nur einige hüstelten verlegen. Adell nahm die Havanna aus dem Mund und beäugte von Kopf bis Fuß den jungen Mann, der sich so unpassend ausgedrückt hatte. Er kannte nicht einmal dessen Namen.

»Mein Ehefrau, Señor«, erwiderte er kühl, »verträgt keine größeren Menschenansammlungen. Daher begleitet mich meine Nichte zu gesellschaftlichen Ereignissen.«

Der junge Mann errötete, als er sich seiner Indiskretion bewusst wurde. Eigentlich war nun alles gesagt, doch Adell weidete sich offenbar gern am Unbehagen seines Gegenübers. Nach einer kurzen Pause sagte er mit stahlhartem Lächeln:

»Gewiss stimmen Sie mir doch zu, dass Sie der gesundheitliche Zustand meiner Frau nichts angeht, nicht wahr? Oder sind Sie vielleicht ihr Arzt?«

»Eh, ja, Señor. Nein, Señor.«

»Was ist, sind Sie Mediziner? Oder teilen Sie nicht meine Meinung?«

»Oh, nein, ich wollte damit nicht sagen, dass …«

»Ach, ich verstehe. Nachdem Sie nun Ihre Meinung kundgetan haben, ist Ihre Anwesenheit heute Abend nicht mehr erforderlich. Bestimmt haben Sie noch weitere Verpflichtungen. Ich wünsche Ihnen einen schönen Abend.«

Adell kehrte dem jungen Mann den Rücken und widmete sich wieder den Herren der Runde, die wie ihr Gastgeber den flehenden Blick des Abgewiesenen ignorierten. Der junge Mann stellte sein Glas ab und ging beschämt zum Ausgang. Ein Hausdiener, der auf einen Wink von Adell sofort aufgetaucht war, begleitete ihn.

Als wäre nichts geschehen, nahm die Runde das begonnene Gespräch wieder auf. Ein wichtiges Thema waren die Aufstände in Kuba, die die Frachtkosten für Baumwolle steigen ließen und die Stoffherstellung verteuerten. Adell vertrat den Standpunkt, man müsse den Kubanern eine gehörige Lektion erteilen, eine Meinung, der sich die anderen Herren sofort anschlossen.

In dem Moment gab es einen Aufruhr an der Flügeltür zum Großen Salon. Adell vermutete, dass der indiskrete junge Mann seinen Abgang mit einem kleinen Skandal inszenierte, doch dann stellte er fest, dass dies nicht der Fall war. Sein letzter Gast war eingetroffen, endlich.

»Señor Amat, ich habe nicht damit gerechnet, Sie so schnell wiederzusehen.«

»Bestimmt nicht«, schnaubte Daniel.

Zwei Lakaien, im Stil der Kammerherren von Ludwig XVI. gekleidet, hielten Daniel fest, der sich mit Händen und Füßen wehrte. Auch Adells Kutscher stand schon am Treppengeländer parat, falls sein Eingreifen erforderlich wäre.

»Señor Adell, der Herr ist nicht auf der Gästeliste vermerkt, doch er besteht darauf, eingelassen zu werden«, erklärte einer der Diener.

»Tatsächlich? Merkwürdig, dass man Ihnen keine Einladung hat zukommen lassen.«

Daniel entzog sich den Armen der Lakaien und stellte sich provozierend vor Adell. Er sah übel aus: Hut und Mantel hatte er unterwegs verloren. Sein Anzug war vom Regen durchnässt, und die Haare klebten ihm im Gesicht. Er war außer sich vor Zorn und schrie:

»Verdammter Bastard! Wie können Sie es wagen, sie anzufassen!«

Das Orchester hörte auf zu spielen, und betretenes Schweigen machte sich breit.

»Ich weiß nicht, was Sie meinen.«

»Nein? Sie sind nicht nur ein Feigling, sondern auch noch ein Heuchler.«

»Sie wagen es, mich in meinem eigenen Haus zu beleidigen? Das ist doch unerhört!«, rief Adell. Seine Rage war nur vorgetäuscht, insgeheim amüsierte er sich prächtig.

»Willst du mich nicht vorstellen, Bertomeu?«

Wie die anderen Gäste war auch Julia von dem Aufruhr im Eingang angezogen. Ohne jede Scheu musterte sie den Neuankömmling mit zusammengekniffenen Augen.

»Liebling, das ist Daniel Amat. Sein Vater ist kürzlich gestorben, und er ist wegen der Beerdigung nach Barcelona gekommen, aber er will schon wieder abreisen«, erklärte Adell.

»Oh, der Ärmste.«

Das Lächeln, mit dem sie Daniel bedachte, gefiel dem Unternehmer keineswegs. Er löste sich aus ihrer Umarmung und stieß sie zurück.

»Komm, geh tanzen.«

Eigentlich lag ihr schon eine Entgegnung auf der Zunge, doch angesichts von Adells zorniger Miene schwieg Julia lieber. Mit verächtlicher Miene hielt sie nach einem Glas Sekt Ausschau.

»Ach, Sie nehmen Ihre Liebschaften sogar mit nach Hause?«, zischte Daniel.

Adell grinste in sich hinein. Immer mehr Gäste eilten herbei, genau die Zeugen, die er benötigte. Alles verlief nach Plan. Er beobachtete, wie mehrere Journalisten, die über das gesellschaftliche Ereignis berichten sollten, schnell zu ihren Notizbüchern griffen.

»Warum genau sind Sie gekommen, Amat?«

»Ich will Antworten.«

»Antworten? Pah!«

»Warum möchten Sie verhindern, dass ich die Nachforschungen meines Vaters weiterführe? Worin besteht Ihre Verbindung zu den Morden?«

Ein Raunen ging durch die Gästeschar.

»Sie meinen die Morde an den armen Mädchen, über die die Zeitungen schreiben? Sie werden mich doch wohl nicht etwa beschuldigen, der *Gos Negre* zu sein!« Adells polterndes Gelächter wirkte ansteckend auf die Anwesenden. »Ich glaube, Sie sind nicht ganz bei Trost, Señor.«

»Es gibt eine Verbindung zwischen den Todesfällen und Ihnen und Ihrem Elektrizitätswerk. Früher oder später werden Sie sich vor der Justiz verantworten müssen.«

»Ich gehe eher davon aus, dass Sie derjenige sind, der uns eine Erklärung schuldig ist.«

Adell war sehr angetan von der Entwicklung des Streitgesprächs, sein ehemaliger Freund hingegen blickte äußerst verwirrt drein.

»Sagen Sie doch, was ist vor sieben Jahren genau passiert?

Wie sind Ihr Bruder und Ihre Verlobte gestorben? Das würden wir alle nur zu gern wissen. Jemand, der wie Sie einfach flüchtet, trägt bestimmt eine Schuld.« Adell hob theatralisch die Hände.

Jetzt erst nahm Daniel die Menschenmenge um sie herum wahr, die fragenden und erwartungsvollen Blicke, die auf sie gerichtet waren. Seine Stimme klang verunsichert.

»Das war ein … Unfall.«

»Ein Unfall! Wie praktisch.« Adell lachte. »Wissen Sie, es ist schon ein außerordentlicher Zufall, dass Sie ausgerechnet zum Zeitpunkt der Morde in Barcelona eintreffen, für die Sie mich beschuldigen. Ausgerechnet mich! Dabei versuche ich doch ganz bescheiden mit meiner Kraft und mit meinem Geld etwas zum Fortschritt dieser Stadt beizutragen.«

Die Gäste murmelten zustimmend zu seinen Worten.

»Erzählen Sie uns doch«, forderte Adell hartnäckig, »was ist der wahre Grund, warum Sie nach Jahren wieder nach Barcelona zurückgekehrt sind? Sind womöglich Sie dieser dämonische Köter?«

»Sie wissen, dass ich es nicht bin«, erwiderte Daniel und ballte die Hände zu Fäusten. »Aber ein Mensch, der zur Gewalt neigt und seine Selbstbeherrschung verliert, sodass er fast einen Hausangestellten umbringt, der hat die besten Aussichten, ein Mörder zu werden.«

Adell wich jegliche Farbe aus dem Gesicht, doch sein Lächeln konnte er aufrechterhalten. Er trat näher an Daniel heran, damit die Anwesenden ihn nicht verstanden.

»Ich habe Sie gewarnt. Sie hätten sie nicht wiedersehen dürfen. Sie haben mir bewiesen, dass meine Frau eine harte Hand braucht. Seien Sie versichert, diesmal wird sie es nicht vergessen.«

»Verdammter Huren…«

Daniel verpasste Adell den Fausthieb, auf den dieser nur gehofft hatte. Dennoch war der Schlag gegen sein Kinn härter als erwartet, und er ging zu Boden. Die Gäste schrien entsetzt auf, und der Tumult erreichte seinen Höhepunkt, als sich die Hausdiener auf Daniel stürzten. In dem Augenblick bahnte sich eine Gestalt den Weg durch die Schaulustigen: Inspektor Sánchez im Schottenkostüm, der allerdings mit seinen pomadisierten Haaren nicht sonderlich kämpferisch wirkte.

»Señor Adell, hat dieser Mann Sie gerade tätlich angegriffen?«

»Was denken Sie denn, Sie Idiot!«, antwortete der Unternehmer, am Fußboden liegend. »Jetzt tun Sie endlich Ihre Arbeit!«

Der Inspektor war beleidigt, er hüstelte und gab zwei vor der Tür wartenden Polizisten ein Zeichen.

»Señor Amat, Sie sind verhaftet.«

Noch bevor Daniel protestieren konnte, tauchte hinter seinem Rücken Adells Kutscher auf und schlug ihm mit einem Knüppel in die Nieren. Daniel sackte vor Schmerzen in die Knie. Nach einem weiteren Schlag in den Nacken drehte sich alles um ihn. Er spürte kaum noch den Schmerz, als er vornüber zu Boden ging.

Julia, die bei dem Tumult wieder zurückgekommen war, unterdrückte einen Schrei und schmiegte sich an Adell. Diesmal wies der Unternehmer sie nicht ab.

»Stecken Sie den Knüppel weg, Señor«, befahl der Inspektor in dem Versuch, seine Autorität wiederzuerlangen. »Wir benötigen Ihre Hilfe nicht.«

Der kräftig gebaute Kutscher zuckte nur die Schultern und trat einige Schritte zurück, während die Polizisten den taumelnden Daniel auf die Füße stellten und ihm Handschellen anlegten. Adell trat zu ihm und legte ihm eine Hand auf die Schulter.

»Wissen Sie was? Ich habe das Haus Ihrer Familie erworben, diese Ruine, die langsam zerfällt.« Er schwieg einen Moment. »Denken Sie daran, wenn Sie Ihre Zelle genießen. Alles, was Ihnen einmal gehört hat, ist nun mein, und zwar für immer.«

52

»Señor Gilbert, bitte nehmen Sie Platz.«

Die Stimme des Dekans klang so ernst und so energisch wie sonst im Hospital. Pau setzte sich auf einen der beiden freien Stühle und blickte in die zurückhaltenden Mienen der Mitglieder des Fakultätsrates.

Das Sitzungszimmer war ein kreisrunder Raum, der wie das gesamte Gebäude mit großen ovalen Fenstern zwischen Säulen versehen war. Pau bewunderte die Sammlung alter chirurgischer Instrumente sowie das vollständige Skelett aus den Zeiten, als Friedhöfe den Nachschub für die Anatomievorlesungen lieferten. Sie zuckte zusammen, als ihr an einer Wand der Nachdruck eines Stichs aus *De humani corporis fabrica* auffiel. Sie sah sich nicht weiter um, sondern hielt die Tasche mit dem Vesalius fest an sich gedrückt.

Pau wusste nicht, warum man sie einbestellt hatte. Nach ihrem Abschied von Amat hatte sie zu ihrem Unterschlupf bei Dolors in El Raval zurückkehren wollen. Doch dann hatte sie beschlossen, ins Krankenhaus zu gehen, um etwas über den Zustand ihrer kleinen Patientin zu erfahren. Sie wollte sich persönlich vergewissern, dass die Tuberkulose ausgeheilt war. In der Eingangshalle hatte ihr ein Pförtner mitgeteilt, dass man sie suche.

Als sie den Rat vollständig versammelt sah und auch noch bemerkte, dass Professor Gavet anwesend war, befürchtete sie, die Erklärungen für ihre Abwesenheit in den letzten Tagen wären nicht auf Verständnis gestoßen.

»Professor Suñé, ich kann Ihnen erklären …«

Der Dekan bedeutete ihr mit einer Geste zu schweigen.

»Señor Gilbert, danke, dass Sie gekommen sind.« Er hielt inne und holte tief Luft. Was auch immer der Anlass für diese Versammlung sein mochte, offensichtlich belastete ihn die Sache. »Sie sind ein mustergültiger Student. Wir alle hier schätzen Sie sehr, auch wenn Sie ab und an etwas impulsiv reagieren und auf eigene Faust und eigenes Risiko fragwürdige Entscheidungen treffen. Ihr Vorgehen bei dem tuberkulosekranken Mädchen war ein zu großes Wagnis. Sie hatten Glück, dass Ihre Behandlung angeschlagen hat, aber da Sie mit niemandem darüber gesprochen haben, haben Sie im Krankenhaus alle gefährdet.«

Pau nickte. Bereute der Rat seine erste Entscheidung und wollte sie nun schwerer bestrafen?

»Gut. Doch das ist nicht der Grund, warum wir Sie rufen ließen«, fuhr Suñé fort. »Wir haben vor ein paar Stunden erfahren, dass gegen Sie ein Komplott geschmiedet wird. Man will Ihren Ruf schädigen und damit auch den der Universität. Wissen Sie, worüber ich spreche?«

Pau war perplex.

»Nein, Señor. Ich habe keine Ahnung.«

»Natürlich, natürlich, das ist verständlich. Ich weiß selbst nicht so recht, wo ich anfangen soll. Es ist gewissermaßen eine peinliche Angelegenheit.«

»Eine unglaubwürdige Geschichte«, schaltete sich nun Professor Segura ein und strich seinen Cut glatt. »Man darf solche Lügen nicht zulassen, und schon gar nicht, wenn damit der Ruf dieser Fakultät in Zweifel gezogen wird.«

»Es ist wahrlich ein unerhörter Skandal«, pflichtete Professor Llompart besorgt bei.

»Wirklich eine ernste Sache, die …«

»Señores, S-s-señores«, fiel Gavet ihm ins Wort. »Um alle R-r-ratsmitglieder und auch den hier anwesenden Señor Gilbert zu beruhigen, sollten wir endlich zur S-s-sache kommen.«

»Sie haben recht, Herr Kollege«, stimmte der Dekan zu. »Bitte, er soll eintreten.«

Llompart stand auf und öffnete die Tür. Nun betrat Fenollosa mit entschlossenem Schritt das Sitzungszimmer. Er presste die Lippen so fest zusammen, dass sie bleich wirkten. Ohne Pau anzusehen, begrüßte er die Professoren mit einer kleinen Verbeugung, dann setzte er sich auf den letzten freien Stuhl.

Pau versuchte, sich ruhig zu geben, dabei zerriss es sie schier vor Nervosität. Ihr fiel auf, dass sich alle ihr Unbehagen nicht anmerken lassen wollten – nur Gavet lehnte sich genüsslich zurück und schien sogar seinen Spaß an der Sache zu haben. Er lächelte, und sein Blick wanderte zwischen ihr und Fenollosa hin und her.

»Heute morgen«, begann Suñé, womit er Paus Aufmerksamkeit auf sich zog, »wurde der hier anwesende Señor Fenollosa in einem sehr erregten Zustand bei mir vorstellig. Der junge Mann hat sich als ein hervorragender Kommilitone erwiesen. Um Sie zu beschützen und aus Sorge um unsere Einrichtung hat er mir mitgeteilt, dass an der Universität und im Krankenhaus missgünstige Gerüchte über Sie kursieren.«

Der Dekan atmete tief durch, bevor er weitersprach.

»Die Verleumdungen besagen, dass Sie in Wirklichkeit … eine … eine Frau sind«, murmelte er bedrückt.

Die Professoren rutschten unruhig auf ihren Stühlen hin und her. Pau fühlte, wie ihr Puls raste und ihre Wangen glühten. Suñé sprach ungeachtet ihrer Reaktion weiter.

»Selbstredend ist dieser Vorwurf völlig absurd, doch unter den gegebenen Umständen dürfen wir die Auswirkungen nicht ignorieren, die so ein Gerede für Ihre Person und für die Universität mit sich bringen können.«

Pau beobachtete aus dem Augenwinkel Fenollosa, der neben ihr saß. Seine besorgte Miene schien fast aufrichtig.

»Worauf fußen diese … Gerüchte?«, fragte Pau, wobei sie versuchte, sich das Beben ihrer Stimme nicht anmerken zu lassen.

»Señor Fenollosa?«

»Hm … Ja. Vor ein paar Tagen, als ich mich in meinem Zimmer im Colegio aufhielt, konnte ich rein zufällig aus dem Fenster beobachten, wie mein hier anwesender Kommilitone vor dem Krankenhaus eine Auseinandersetzung mit einem Bettler hatte. Ich kam zu spät, um ihm zu helfen, doch einige Tage später sah ich dieses Individuum wieder durch die Straßen der Umgebung ziehen. Ich befürchtete, er wolle Gilbert noch einmal behelligen, deshalb sprach ich ihn mit dem Vorsatz an, ihn davon abzuhalten. Als ich mit meinen Vorwürfen begann, flehte er mich an, ihm zuzuhören. Er erzählte mir, er sei ein alter Bekannter meines Kommilitonen, nämlich ein ehemaliger Hausdiener der Familie Gilbert. Ich hielt ihm entgegen, dies verleihe ihm nicht das Recht, seinen ehemaligen Señor zu belästigen. Da lachte der Mann nur und sagte mir, dass der Kommilitone niemals sein Señor sein könne, da Pau Gilbert in Wahrheit eine Frau sei. Er sagte, er werde dafür sorgen, dass alle davon erführen. Ich beschuldigte ihn der Niedertracht, weil er den guten Leumund meines Kommilitonen befleckte. Ich wollte ihn zum nächsten Polizeiquartier bringen, doch er konnte mir entwischen und fliehen.«

»Möchten Sie sich dazu äußern, Señor Gilbert?«

»Ich gebe zu, ich kenne den Mann. Er stand vor Jahren im Dienst meiner Familie. Doch wir mussten ihn entlassen, als wir herausfanden, dass er ein junges Mädchen vergewaltigt hatte. Er hat mich angesprochen und Geld von mir gefordert.«

»Er schien alles über Sie zu wissen, Gilbert«, sagte Fenollosa, der nun zum ersten Mal Paus Blick suchte. »Dieser Schurke will Ihnen unbedingt Schaden zufügen.«

Fenollosa war die Sache mit größter Schläue angegangen. Sollte es ihr gelingen, die Behauptung aufrechtzuerhalten, ein Mann zu sein, dann würde man Fenollosa beglückwünschen, weil er eingegriffen hatte, damit der Ruf seines Kommilitonen unbeschadet blieb. Sollte es ihr jedoch nicht gelingen, dann hätte Fenollosa einen Betrug aufgedeckt und die Universität vor Rufschädigung bewahrt und zugleich ihren Rauswurf herbeigeführt.

»Der Student hat recht«, urteilte der Dekan. »Dieser bedauernswerte Vorfall muss so schnell wie möglich geklärt werden. Auch wenn diese Bitte lächerlich ist, Gilbert, bitte geben Sie uns Ihr Wort, dass Sie« – er musste husten – »keine Frau sind.«

»Mein Wort?«

»Ja, und damit erklären wir die Sache für abgeschlossen.«

Einige Professoren bekräftigten ihr Einverständnis durch Blicke, schließlich wollten alle die Angelegenheit so schnell wie möglich hinter sich bringen. Pau atmete erleichtert auf. Sie würde aus der Sache leichter herauskommen als befürchtet. Doch bevor sie antworten konnte, stand Fenollosa vom Stuhl auf.

»Das ist nicht genug.«

Der Dekan machte aus seiner Verblüffung kein Geheimnis.

»Bitte setzen Sie sich und erklären Sie uns, warum nicht.«

»Das Gerücht, dass sich eine Frau an der Universität als Mann ausgibt, verbreitet sich schon in den Geschäften und Kneipen. Selbst wir Studenten diskutieren mit Besorgnis darüber. In weniger als einer Woche werden sich die Gerüchte vervielfältigen und das Renommee der Fakultät beträchtlich beschädigen. Viele Patienten werden nicht mehr behandelt werden wollen, oder sie kommen gar nicht erst ins Krankenhaus. Es ist unabdingbar, die Sache tatkräftiger anzugehen, um dieses Gerede von Grund auf zu ersticken.«

Der Dekan schüttelte den Kopf, doch die übrigen Professoren schienen den Einwand des jungen Mannes tatsächlich zu überdenken.

»Sie haben recht«, pflichtete Segura ihm nachdenklich bei. »Es darf kein Zweifel bestehen.«

»Das wäre wohl a-a-angebracht«, bestätigte Gavet und sah vergnügt zu Pau.

Der Dekan bedachte Fenollosa mit einem vorwurfsvollen Blick und seufzte.

»Haben Sie einen Vorschlag, Gilbert?«

Pau war verstummt. Seit Fenollosas Anregung suchte sie nach einem Weg aus der Falle, die ihr der Kommilitone mit so großem Geschick gestellt hatte, doch ihr fiel nichts ein. Vielleicht könnte sie die Angelegenheit noch ein paar Wochen hinauszögern, zumindest bis nach den Abschlussprüfungen, dann hätte sie wenigstens Zeit gewonnen.

Fenollosa ergriff erneut das Wort.

»Ich habe eine Idee, Señor.«

»Nur zu, nur zu, aber fassen Sie sich kurz. Ich will mit dieser Farce nicht noch mehr Zeit verlieren.«

»Man sollte den Eindruck vermeiden, dass so ein Geschwätz die Universitätsleitung in Unruhe versetzt, insofern wäre ein behutsames Vorgehen angemessen. Halten Sie doch im Anatomischen Theater eine öffentliche Vorlesung ab. Señor Gilbert muss sich dann nur noch als Freiwilliger für eine ärztliche Untersuchung zur Verfügung stellen und dem Publikum seinen nackten Brustkorb präsentieren. Dann werden Studenten, Professoren und alle übrigen Anwesenden bestätigen können, dass Señor Gilbert der Mensch ist, der er angibt zu sein, und niemand wird dies mehr anzweifeln.«

»Die Sache gefällt mir nach wie vor nicht, aber ich weiß keinen anderen Ausweg«, nahm Suñé den Vorschlag an.

»Wir könnten bis nach den Abschlussprüfungen des Trimesters abwarten«, schlug Pau mit dünner Stimme vor.

»Das wäre zu spät«, stellte Fenollosa lächelnd fest. »Dann wäre der Ruf der Universität irreparabel beschädigt.«

»Sie haben recht«, urteilte der Dekan. »Bringen wir die Sache so schnell wie möglich hinter uns, damit wir wieder unseren Pflichten nachgehen können. Señores, wir veranstalten binnen drei Tagen diese Anatomievorlesung und beenden damit den ganzen Unsinn.«

Pau spürte, wie sich unter ihren Füßen ein Abgrund auftat. Sie hatte stets befürchtet, entdeckt zu werden, sie hatte sich dutzende Mal gesagt, dass dies jederzeit geschehen könne, doch tatsächlich war sie nicht darauf vorbereitet. Sie stand auf und reckte das Kinn, mit schimmerndem Blick fixierte sie die vier Professoren, die sie überrascht ansahen. Sie gab sich keine Mühe mehr, die Stimme zu verstellen.

»Das wird nicht nötig sein.«

»Was wollen Sie damit sagen?«

»Señores, die Gerüchte treffen zu.«

»Gilbert, wenn das ein Scherz ist, dann lassen Sie sich gesagt sein, dass er von schlechtem Geschmack zeugt.«

»Ich erlaube mir damit keinen Spaß, Señor. Ich bin eine Frau.«

Der Dekan und die Professoren betrachteten Pau gebannt. Betretenes Schweigen lastete im Sitzungszimmer. Schließlich stand Professor Martorell mit Getöse auf und brüllte:

»Aber ... Das ist doch unerhört!«

»Ich kann es nicht glauben«, rief Segura, der Pau von Kopf bis Fuß nach Hinweisen auf ihr weibliches Geschlecht taxierte.

Suñé machte den Mund auf und wieder zu, er wusste nicht so recht, ob er etwas sagen sollte, und Llompart klammerte sich nur noch an seinen Stuhl, er stand kurz vor dem Zusammenbruch.

»Aber Frauen können doch keine ... keine Ärzte werden und schon gar keine Chirurgen«, rief er mit einer Stimme, die vor Entrüstung bebte. »Das ist doch ... Das ist doch unvorstellbar! Um Gottes willen! Ihr Charakter ist dafür nicht geeignet, ihre Auffassungsgabe ist eindeutig begrenzt. Ihr Platz ist das Heim, die Familie. Was zum Teufel haben Sie sich dabei gedacht?«

»Wie konnten Sie nur! Was für eine Dreistigkeit.«

»So eine Unverschämtheit!«

»Gut, schon g-g-gut, meine Herren«, sagte Gavet. »M-m-mäßigen Sie sich.«

»Der Kollege hat recht, wir sollten versuchen, Ruhe zu

bewahren«, bat Suñé schließlich. Pau meinte in seinem Gesichtsausdruck einen Schimmer von Bewunderung zu erkennen, der jedoch sogleich erlosch. »Das ist eine Ankündigung, mit der niemand gerechnet hat. Das ändert alles. Sie haben Ihre Empfehlungsschreiben gefälscht, Sie haben diese Einrichtung und ihre Professoren betrogen, und Sie haben unser Vertrauen missbraucht. Sie haben einen schwerwiegenden Fehler begangen.«

»Ja, Señor«, gestand Pau mit fester Stimme.

»Möchten Sie etwas zu Ihrer Verteidigung vorbringen?«

»Es tut mir leid, dass Sie sich getäuscht fühlen. Es war niemals meine Absicht, dem Ruf der Universität oder dem meiner Kommilitonen zu schaden. Aber erwarten Sie bitte keine Reue von mir. Sie haben mir keine andere Wahl gelassen. Wie auch immer Sie darüber denken mögen, eine Frau kann ein ebenso guter Mediziner sein wie ein Mann.«

Niemand ging auf Paus Entgegnung ein, die Blicke der Professoren waren beredt genug.

Der Dekan wirkte um zehn Jahre gealtert.

»Für den Moment sind Sie mit sofortiger Wirkung vom akademischen Leben ausgeschlossen. Señor … Ich meine Señorita Gilbert, bis auf Weiteres dürfen Sie Ihr Zimmer im Colegio nicht verlassen. In der Zwischenzeit werden wir uns um eine möglichst zufriedenstellende Lösung bemühen. Professor Gavet wird Sie hinausbegleiten.«

Pau stand auf und ging zur Tür. Fenollosa beobachtete sie, er strahlte über das ganze Gesicht und war sichtlich entzückt über die Entwicklung, die die Ereignisse genommen hatten. Pau wollte ihm die Befriedigung nicht zugestehen, sie würdigte ihn keines Blickes.

»Entschuldigen Sie, Gilbert.« Die Stimme des Dekans hielt sie zurück. »Ich habe noch eine letzte Frage. Ich wollte Sie schon immer darauf ansprechen, aber die Gelegenheit hat sich nie ergeben. Vor vielen Jahren kannte ich einen Dr. Francesc Gilbert. Sie sehen ihm sehr ähnlich. Ist er vielleicht …?«

Pau gelang es, mit beherrschter Stimme zu antworten.

»Ja, Señor, er war mein Vater.«

»Ah.« Der Dekan nickte nachdenklich. »Ein herausragender Mediziner, Gilbert, wirklich herausragend. Das hätte auch aus Ihnen werden können. Schade, dass Sie eine Frau sind.«

»Schade, dass Sie alle Männer sind.«

Professor Gavet hielt die Tür auf, als Pau das Sitzungszimmer verließ.

Auf ihrem Weg durch die Flure begleitete sie das rhythmische Pochen von Gavets Gehstock, es erinnerte an einen Trommelwirbel, der die Ankunft des Henkers verkündete. Pau spürte gar nichts mehr, als hätte sie Äther inhaliert und schwebte nun durch die Flure, die abbogen und sich verzweigten.

Sie war selbst überrascht, dass ihre Gedanken trotz der jüngsten Ereignisse eher um das Buch des Vesalius kreisten und dass sie vor allem über die Erkenntnisse der letzten Tage nachdachte. Irgendwo in Barcelona wartete ein Mörder geduldig auf sein nächstes Opfer. Wenn sie kein Mittel fanden, um dem Einhalt zu gebieten, würde bald wieder eine junge Frau sterben. Sie hatte überlegt, dem Fakultätsrat alles zu berichten, doch nachdem die Professoren wussten, dass sie sie hintergangen hatte, konnte sie nicht mehr darauf hoffen, dass die Männer ihr Glauben schenkten.

Professor Gavets Stimme unterbrach Pau in ihren Gedanken.

»Ich möchte Ihnen sagen, dass S-s-sie in meiner W-w-wertschätzung noch gestiegen sind.«

»Sehr freundlich, Herr Professor.«

»Meine werte Gilbert, Sie haben damit gewiss a-a-außerordentlichen Mut bewiesen. Sie sind sozusagen unsere A-a-agnodike von Barcelona.«

Pau nickte, sie kannte die Geschichte. Im Jahr 300 vor Christus hatte sich eine Athenerin als Mann ausgegeben, um Medizin zu studieren und als Arzt zu arbeiten. Sie hatte hunderten

Menschen das Leben gerettet, bevor ihre Identität aufgedeckt wurde. Ihrem Todesurteil entging sie nur, weil viele ihrer Patientinnen damit drohten, sich gemeinsam mit ihrer Heilerin zu opfern. Doch in ihrem Fall gab es niemanden, der sie unterstützte. Niemand würde sie retten. Sie war allein. Ganz allein auf sich gestellt.

53

Der Raum mit der niedrigen Decke und den aschgrauen Wänden gab einem das Gefühl, keine Luft zu bekommen. Die Einrichtung war karg: ein Tisch und drei wackelige Stühle, zwei Aktenschränke sowie ein Kleiderhaken, an dem eine Jacke und ein Regenschirm hingen. Es gab kein Fenster, und die einzige Lichtquelle war die Gaslampe über dem Tisch, die aber nur auf halber Flamme brannte.

Daniel saß in der Mitte des Raumes. Sie hatten ihm das Jackett angelassen, und es war so stickig, dass er kaum atmen konnte. Außerdem schmerzten ihn die Handgelenke, weil sich die Handschellen ins Fleisch gruben. Auf der anderen Seite des Tisches saß Inspektor Sánchez. Der Polizist sah ohne jegliche Eile einige Papiere durch, während er auf einem Lupinenkern kaute. Zwei Wachen standen hinter Daniel.

Der Wutanfall, der ihn dazu getrieben hatte, mitten in das Fest zu platzen, war abgeklungen, an dessen Stelle war ein dumpfes Gefühl der Ohnmacht getreten. Er hatte sich wie ein Dummkopf verhalten, als er sich von seinem ehemaligen Freund hatte provozieren lassen.

»Señor, ich gebe zu, es war ein Fehler, Señor Adell ohne Einladung zu Hause aufzusuchen, doch ich sehe nicht ein, warum man mich verhaftet hat und mich wie einen Kriminellen behandelt.«

Der Inspektor legte die Papiere zur Seite und fixierte Daniel mit seinen kleinen Augen.

»Señor Amat, das hätte ich nicht von Ihnen gedacht.«

Er spuckte den Rest des Lupinenkerns aus, verfehlte aber den Spucknapf. Verärgert stand er auf und bewegte seine Fleischmasse auf die andere Seite des Tisches, bis er vor Daniel stand.

»Ich kann mein Erstaunen nicht verhehlen. All diese Frauen umzubringen, war gewiss nicht einfach. Sagen Sie, warum haben Sie das getan? Ist hier irgendeine Form von Wahnsinn im Spiel?«

»Was wollen Sie damit …?«

Einer der Polizisten hinter Daniel holte aus. Bei dem Schlag in die Rippen wäre er beinahe vom Stuhl gefallen. Verblüfft versuchte Daniel sich am Tisch hochzuziehen, und der Schmerz verwandelte sich in ein scheußliches Brennen.

»Ich stelle hier die Fragen. Sie müssen nur antworten«, stellte Sánchez klar, als wäre nichts passiert.

»Sie können doch nicht …«, flüsterte Daniel.

Der Inspektor schnalzte einige Male mit der Zunge, ehe er mit eisiger Stimme darauf einging.

»Ich kann tun und lassen, was ich will.«

»Sie können nicht …«

Der zweite Schlag kam genauso unvorhersehbar wie der erste, doch diesmal fiel Daniel vom Stuhl und landete auf den Knien. Er nahm die Geräusche im Raum nur noch undeutlich wahr, wie von einem Phonographen. Auf den Bodenfliesen fiel Daniel plötzlich ein karminroter Fleck auf, den er beim Betreten des Raumes übersehen hatte. Nun begriff er den Zweck des fensterlosen Raumes. Die beiden Polizisten packten ihn und hievten ihn wieder auf den Stuhl zurück. Die Stimme des Inspektors dröhnte in seinen Ohren, die nach den Schlägen mit einem Summton erfüllt waren.

»Strengen Sie sich nicht an, Amat. Ich weiß, wer Sie sind.«

»Aber … Wovon sprechen Sie?« Daniel wusste nicht, worauf der Inspektor hinauswollte.

»Wir haben Sie entlarvt. Wir wissen alles. Wenn Sie ein Geständnis ablegen, können Sie sich einige unangenehme Situationen ersparen.«

»Ein Geständnis?«

»Verdammte Scheiße, Amat! Sie haben es sogar noch geschafft, eine junge Frau umzubringen, bevor Sie im Hause Adell in den Maskenball geplatzt sind!«

Der Inspektor weidete sich genüsslich an Daniels Verwirrung.

»Leugnen Sie es nicht. Sie sieht wie die anderen Opfer aus, verstümmelt und verbrannt wie ein Stück Vieh. Diesmal ist sie auch noch eine Bekannte von Ihnen. Sie konnten nicht widerstehen, weil Sie wussten, dass sie das Bett mit Ihrem Freund von der Presse teilt, nicht wahr? Dieser Journalist hasst Sie nun dermaßen, dass er Sie mit eigenen Händen erwürgen würde, wenn ich Sie beide nur zehn Minuten allein ließe.«

Daniel sah entsetzt auf. Dolors? Tot? Um Gottes willen! Wie war das passiert? War das ein furchtbarer Zufall oder wusste der Mörder, dass Fleixas Freundin Pau beherbergte? Plötzlich bekam er Angst um die junge Frau. Wohlwissend, dass ihn das noch verdächtiger wirken ließ, fragte er:

»Hat es keine weitere Leiche gegeben?«

Inspektor Sánchez kniff die Augen zusammen und erforschte ihn argwöhnisch.

»Sagen Sie es mir selbst. Müssen wir mit einer neuen Leiche rechnen?«

»Nein! … Ich weiß es nicht!«

»Wieso wissen Sie es nicht? Sie sind doch für all diese Morde verantwortlich!«

Daniel verstummte. Teilweise traf der Vorwurf zu. Ja, er trug die Schuld an allem. Hätte er die Nachforschungen seines Vaters nicht weitergeführt, dann wäre Dolors noch lebendig und Pau würde nicht von einem immer noch unbekannten Mörder verfolgt. Wäre er nicht nach Barcelona zurückgekehrt, dann hätte er auch Irene nicht in diese schwierige Lage gebracht. Er sackte auf dem Stuhl zusammen und hielt sich die Hände vor das Gesicht.

»Während Sie hier Ihre Zeit mit mir vergeuden, läuft der

wahre Mörder frei herum und kann wieder zuschlagen«, flüsterte er.

»Amat, Ihre Vorstellung ist zu Ende. Die Beweise sind nicht zu widerlegen.«

Der Inspektor grinste zufrieden und stützte sich auf dem Tisch auf. In einer Hand hielt er die Krawattennadel.

»Erkennen Sie sie wieder? Sie trägt Ihre Initialen.«

Daniel nickte.

»Wo haben Sie sie gefunden?«

»Das letzte Mordopfer hielt sie in der Hand. Anscheinend hat sich die Frau noch wehren können und hat sie Ihnen abgerissen, als Sie sie umgebracht haben.«

»Das stimmt nicht! Die Krawattennadel befand sich in dem Gepäck, das mir am Bahnhof gestohlen wurde, gleich bei meiner Ankunft in Barcelona.«

»Natürlich! Selbstverständlich. Jetzt, da Sie selbst davon sprechen … Sehen Sie, wir alle waren sehr überrascht, als Sie nach Ihrem jahrelangen Verschwinden wieder aufgetaucht sind. Das kam für uns alle … recht unerwartet. Erzählen Sie mir doch, wie Sie vom Tod Ihres Vaters erfahren haben!«

»Ich habe es Ihnen doch schon einmal gesagt, ich erhielt eine Depesche …«

»Natürlich, Sie haben angeführt, dass Señora Adell Ihnen eine Depesche geschickt hat. Sehen Sie, wir haben Ihre Behauptung überprüft, und sie ist falsch. Señora Adell kannte Ihren Aufenthaltsort gar nicht, Sie hat seit Ihrer Flucht keinen Kontakt mit Ihnen gehabt.«

»Ich versichere Ihnen, dass diese Depesche wirklich existiert!«

»Dann haben Sie gewiss nichts dagegen, sie mir zu zeigen.«

Daniel schüttelte bedrückt den Kopf.

»Sie wurde aus meinem Zimmer im Colegio Mayor gestohlen.«

»Ach, wie passend! Sehen Sie, das muss man Ihnen lassen, Sie sind wirklich sehr geschickt vorgegangen, aber früher oder später musste Ihnen ja ein Fehler passieren.«

Der Inspektor umkreiste Daniel und fasste die Ereignisse zusammen, wie er es mit Adell abgesprochen hatte.

»Also, fangen wir von vorn an. Sie halten sich schon seit Monaten in Barcelona auf und nicht erst seit ein paar Tagen, wie Sie uns weismachen wollen. Ich bin mir sicher, wenn wir in den Pensionen in La Lonja oder La Barceloneta nachfragen, finden wir gewiss heraus, dass dort, selbstverständlich unter einem falschen Namen, ein Herr registriert ist, auf den Ihre Beschreibung genau passt.«

Der Inspektor verschränkte die Arme hinter dem Rücken und spann seine Geschichte weiter.

»So konnten Sie sich inkognito in der Stadt aufhalten und Ihre Verbrechen begehen, aber nur solange, bis Ihr Vater von Ihrer Heimkehr und Ihren Morden erfuhr. Also mussten Sie auch noch Ihren eigenen Vater umbringen, damit man Ihnen nicht auf die Schliche kam. So langsam wurde die Sache kompliziert, nicht wahr? Ihr Vater war, anders als die jungen Frauen, ein stadtbekannter Mann, und sein Tod blieb nicht unbemerkt. Doch das Glück war Ihnen hold, und man erkannte seinen Tod offiziell als Folge eines Unfalls an. Eine Zeitlang konnten Sie erleichtert aufatmen, aber nur, bis Sie von dem Journalisten erfuhren, der von der Recherche Ihres Vaters wusste und Ihnen früher oder später gefährlich werden würde. Da haben Sie beschlossen, den verlorenen Sohn zu geben, der bedrückt nach Barcelona heimkehrt und nach all den Jahren im Ausland der Beerdigung seines Vaters beiwohnt. Damit haben Sie sich ein perfektes Alibi beschafft, denn alle dachten, Sie seien soeben erst in Barcelona eingetroffen. Ganz schön ausgeklügelt, aber es gibt einen kleinen Fehler. Denn um zu erklären, wie Sie vom Tod Ihres Vaters erfahren haben, mussten Sie die ominöse Depesche erfinden.«

»Das Magdalen College kann bestätigen, dass ich mich zum fraglichen Zeitpunkt in England aufhielt.«

»Na klar«, sagte der Inspektor und machte eine Handbewegung, als müsse er eine Mücke verscheuchen. »Wir haben dort schon angefragt. Ich bin sicher, dass die Antwort aus England Sie belasten wird. Aber jetzt lassen Sie mich bitte ausreden.«

Er beugte sich über Daniel.

»Nach der Beerdigung hatten Sie ein Problem. Ihnen fehlte ein Vorwand, der Ihren weiteren Aufenthalt in Barcelona rechtfertigte, denn Sie wollten ja bleiben. In dem Moment kam Ihnen Fortuna wieder zu Hilfe. Nach Ihrer Begegnung mit Bernat Fleixa, der Ihnen von den Recherchen Ihres Vaters berichtete und Sie um Unterstützung bei der Aufklärung der Verbrechen bat, tüftelten Sie den nächsten klugen Plan aus. Sie taten sich mit diesem Journalisten zusammen, machten eine Aussage und behaupteten, dass Ihr Vater den Mörder gefunden hätte, nämlich einen gewissen Dr. Homs. Der Mann, ein Geistesgestörter, soll aus dem Sanatorium Nueva Belén geflüchtet sein, und als Ihr Vater von seinen Machenschaften erfuhr, soll er ihn ermordet haben. Amat, Sie hätten sich keine bessere Lüge einfallen lassen können.«

Daniel war fassungslos.

»Sie erklärten sich bereit, ihn aufzuspüren, um den Tod Ihres Vaters zu rächen, Sie wurden sogar bei mir im Revier vorstellig und bestanden mit aller Vehemenz darauf, dass der Mann verhaftet wird. Damit haben Sie ein felsenfestes Alibi konstruiert, das rechtfertigte, warum Sie in der Stadt blieben. Und so konnten Sie mit absoluter Kaltblütigkeit weitermorden.«

»Sind Sie verrückt geworden? Warum sollte ich die jungen Frauen töten? Das ergibt doch alles keinen Sinn.«

»Aus genau dem gleichen Grund, aus dem Sie vor sieben Jahren nach England geflüchtet sind. Damals haben Sie Ihre Verlobte und Ihren eigenen Bruder umgebracht, und um Ihr Verbrechen zu vertuschen, haben Sie noch das Haus Ihrer Familie in Brand gesetzt. Dank der Beziehungen Ihres Vaters kamen Sie heil aus der Sache heraus, aber Sie sahen sich gezwungen, außer Landes zu gehen. Mir ist übrigens zu Ohren gekommen, dass es in London eine Serie furchtbarer Morde gegeben hat, ähnlich wie hier. Es würde mich nicht wundern, wenn Sie daran beteiligt wären. Bei ihren Ermittlungen sind die Engländer auf Sie gestoßen, und Sie haben sich gezwungen gesehen, nach Barcelona heimzukehren. Ich habe übrigens ein entsprechendes Ersuchen an Scotland Yard gerichtet.«

Daniel wurde bleich.

»Alles, was Sie sagen, hat weder Hand noch Fuß. Ihre Behauptungen können durch nichts gestützt werden.«

»Hier steht alles aufgeschrieben«, sprach der Inspektor unbeirrt weiter und deutete auf ein Blatt Papier. »Das ist Ihr Geständnis. Unterzeichnen Sie es mit diesem Federhalter. Dann wären wir fertig.«

»Ich habe nicht vor, irgendein Geständnis zu unterschreiben. Nichts davon ist wahr!«

Die beiden Polizisten reagierten auf einen Wink ihres Vorgesetzten und schlugen Daniel mit ihren Knüppeln nieder. Nach den ersten Schlägen blieb ihm die Luft weg. Er ging zu Boden, und die Männer knüppelten weiter auf ihn ein. Erst knackte eine Rippe, dann brach etwas in seinem linken Ellbogen. Kurz bevor er das Bewusstsein verlor, zogen sie ihn vom Fußboden hoch und zwangen ihn, sich wieder auf den Stuhl zu setzen.

»Amat, das alles ist sehr unangenehm.« Der Inspektor gab sich verständnisvoll. »Wenn Sie das Geständnis unterschreiben, werde ich mich persönlich dafür einsetzen, dass man Ihr Todesurteil wegen geistiger Verwirrung umwandelt. Vielleicht werden Sie nicht mit der Garrotte hingerichtet, sondern in das Sanatorium Nueva Belén eingewiesen und kommen zu den anderen Irren. Sie kennen die Klinik ja.«

»Ich ha-be nie-man-den um-ge-bracht! Sie begehen einen Fehler.«

»Bewundernswert, Amat, wirklich. Sie haben alles verloren und lassen nichts unversucht, damit wir Ihnen Ihre Hirngespinste glauben.«

Auf ein Zeichen des Inspektors zerrten die beiden Polizisten Daniel zum Tisch. Der Inspektor legte den Federhalter auf das Blatt Papier, dann suchte er etwas in seiner Tasche. Voller Ungeduld zog er den Zigarrenschneider heraus und wies die Polizisten an, die Hände des Gefangenen hochzuheben. Einer der Männer schüttelte den Kopf.

»Er hat das Bewusstsein verloren.«

54

Nachdem sie das Sitzungszimmer des Dekanats in Begleitung von Professor Gavet verlassen hatte, stürzte die Wirklichkeit in ihrer ganzen Grausamkeit auf Pau ein. Vor den Professoren und vor Fenollosa hatte sie noch die Fassung wahren können, aber jetzt, allein in ihrem Zimmer, erfasste sie die Tragweite der Ereignisse, und sie ließ all den Tränen freien Lauf, die sie so lange zurückgehalten hatte.

Sie war erledigt. Ihre Laufbahn als Medizinerin war am Ende. Ihre Exmatrikulation war nur noch eine reine Formsache, die der Fakultätsrat in den nächsten Tagen beschließen würde. Dabei konnte sie sich noch glücklich schätzen, wenn sich ihre Situation nicht noch weiter zuspitzte. Die Universität könnte sie zudem wegen der gefälschten Empfehlungsschreiben aus Edinburgh anzeigen, mit schwerwiegenden Folgen.

Nach einigen Minuten hatte sie sich ein wenig beruhigt, und sie versuchte über ihre Lage nachzudenken. Die Verbannung auf ihr Zimmer war schiere Folter. Doch sie durfte sich keinesfalls von Verzweiflung mitreißen lassen oder sich in Selbstmitleid ergehen. Sie musste etwas unternehmen. Sie musste auf andere Gedanken kommen.

Entschiedenen Schrittes ging sie zum Schreibtisch, wo ihre Tasche lag. Sie nahm den Vesalius und die Notizen heraus, die sie bei ihrem Treffen mit Amat und Fleixa in der Kneipe gemacht hatte, und platzierte alles sorgfältig vor sich auf den Tisch.

Sie schlug die ehrwürdigen Seiten mit dem Gefühl auf, es mit einem alten Bekannten zu tun zu haben. Die schimmernden

Konstellationen aus Ziffern und Symbolen waren wieder verschwunden, die Illustrationen sahen genauso schaurig aus wie zuvor. Pau blätterte in ihren eigenen Aufzeichnungen und las noch einmal den Abschnitt, in dem es um die Notwendigkeit einer gewaltigen Energiequelle ging. Zu welchem Zweck diente das Verfahren? Worin bestand die Verbindung zu den toten Frauen? Pau überkam wieder der Verdacht, das *Liber octavus* sei nicht vollständig, sie hatte das Gefühl, nur deshalb keine Antworten auf diese Fragen zu erhalten.

Sie seufzte tief, dann las sie alles noch einmal durch.

Auf das Geheimbuch waren sie nur zufällig gestoßen. Vesalius war äußerst geschickt vorgegangen, er hatte seine Gegner dreihundert Jahre lang in die Irre geführt, indem er alle seine Illustrationen verwendete, um den chiffrierten Text zu verbergen.

Moment mal. Nicht alle!

Pau versuchte trotz ihrer Erregung Ruhe zu bewahren, während sie die Seiten so hastig durchblätterte, wie es das anfällige Vellum zuließ. Die nervliche Anspannung setzte ihr zu, an einigen Stellen musste sie wieder zurückblättern, bis sie schließlich fündig wurde.

Die Seite zeigte ein Skelett, das sich in einer nachdenklichen Pose auf einen Sockel stützte und eine Hand auf einen Totenschädel legte. Sie konnte sich noch gut an die Bildtafel erinnern, sie war eine der berühmtesten der *Fabrica*. Es war die einzige Illustration, bei der sie keines der Symbole entdeckt hatten, die mit der unsichtbaren Tinte markiert waren. War das Zufall oder steckte dahinter ein bestimmter Zweck?

Sie überlegte, worin sich diese Illustration von den anderen unterschied. Mehrere Minuten lang stellte sie Vergleiche an, dann fiel ihr auf, dass diese die einzige war, die eine Inschrift enthielt.

An der Basis des Sockels hatte Vesalius einen kurzen lateinischen Text eingefügt, allerdings in winziger Schrift. Mit wachsender Nervosität suchte sie in den Schubladen des Schreibtischs. Schließlich fand sie das gesuchte Vergrößerungsglas, legte es über die Zeilen und las.

Vivitur ingenio caetera mortis erunt.

Pau erinnerte sich betroffen an den Moment, als Amat die Übersetzung vorgetragen hatte.

»Man lebt durch den Geist, alles andere ist sterblich.«

Sie war durch und durch angespannt. Das war der Satz, der, in obsessiver Wiederholung, in Homs Geheimlabor an den Wänden stand! Der Satz, mit dem Dr. Amat seinem Sohn den Weg zu Homs' Notizbuch gewiesen hatte! Das konnte kein Zufall sein, das hatte seine Bedeutung. Aber welche?

Der Sinnspruch und die Darstellung des Skeletts, das über die Auferstehung nachzudenken scheint, sollen dem Betrachter nahelegen, dass die Meisterwerke des Geistes ebenso unvergänglich sind wie der Geist selbst. Aber verbarg der Satz womöglich einen weiteren, einen okkulten Sinn, der in Verbindung zu dem Geheimnis des Lehrbuchs stand?

Pau heftete ihren Blick auf die Seitenzahl: *696*. Ihr fiel Fleixas Bemerkung über einen Fehler in dem Buch wieder ein. Der Journalist hatte sich auf genau diese Seite bezogen. Sie überprüfte die nächste Seitenzahl, sie blätterte auch zurück. Überrascht stellte sie fest, dass Fleixa recht hatte. Die Paginierung war tatsächlich falsch.

So verwunderlich war das nicht. Damals gab es zahlreiche Druckfehler, doch in dem Exemplar war ausgerechnet dies die einzige Illustration mit so einem Fehler. Vesalius hatte sich beim Verbergen seiner Hinweise große Mühe gegeben. Und er war sehr sorgfältig vorgegangen. Das konnte kein Zufall sein. Pau ließ nicht locker, sie suchte die korrekt paginierte Seite 696. Sie blätterte alle Seiten bis zum Ende durch. Schließlich brach sie enttäuscht ab. Nach Seite 695 folgten keine weiteren. Schon wieder eine Sackgasse.

Sie lehnte sich auf dem Stuhl zurück und schlug das Buch zu. Sie musste diese idiotische Sucherei aufgeben. Plötzlich kam ihr eine Idee. Der Gedanke war verrückt, aber sie musste ihn prüfen.

Pau drehte das Buch mit dem Rücken nach oben. Sorgfältig begutachtete sie den Ledereinband, konnte aber nichts Auffälliges feststellen. Sie untersuchte die Verbindung von Bucheinband und Vorsatzblatt und strich mit den Fingerkuppen über das Papier. Mit einem Mal hielt sie inne. Sie hatte einen kleinen Unterschied ertastet.

Der Bucheinband schien ein wenig dicker zu sein als für den Buchdeckel nötig. Pau richtete sich kerzengerade auf, aufgeregt verglich sie noch einmal die beiden Teile. Sie waren tatsächlich unterschiedlich dick, doch das fiel nicht auf, wenn man nicht ausdrücklich danach suchte.

Sie nahm den Brieföffner aus der Schublade und schob seine Spitze zwischen Vellum und Ledereinband, doch dann hielt sie inne. Was tat sie da? Das Lehrbuch besaß einen unschätzbaren Wert, und sie wollte es beschädigen, nur wegen einer Vermutung. Das war Wahnsinn. Wenn doch nur ein Druckfehler vorlag und alles Weitere nur ihre Hirngespinste waren, dann würde sie völlig sinnlos einen Schatz zerstören.

Pau biss sich verzagt auf die Lippen. Doch dann schloss sie die Augen, versenkte die Klinge bis zum Griff, zog den Brieföffner hoch und schlitzte das Vorsatzblatt der Länge nach auf. Sie seufzte ergeben, legte den Brieföffner zur Seite und griff in die entstandene Öffnung.

Nichts.

Ein Schauder erfasste ihren Körper. Plötzlich überkam sie das Gefühl, einen gewaltigen Fehler begangen zu haben. Sie tastete weiter und spannte das Vellum bis zum Anschlag an.

Nichts.

Restlos verzweifelt glitt sie mit der Hand so weit wie möglich hinein, und plötzlich, als sie schon gar nicht mehr damit rechnete, berührten ihre Fingerspitzen etwas. Sie hielt den Atem an.

Ganz langsam, darauf bedacht, das Buch nicht noch mehr zu beschädigen, griff sie nach dem Fundstück und zog vorsichtig ihre Hand wieder heraus.

Zitternd vor Erregung betrachtete sie fassungslos den versiegelten Umschlag in ihren Fingern. Das Wachssiegel mit dem Wappen der Universität Padua darauf, an der Vesalius als Professor gelehrt hatte, glänzte, als wäre es frisch. Pau hielt die Spannung nicht länger aus. Sie brach das Siegel, entnahm dem Umschlag ein gefaltetes Pergament und breitete es mit größter Umsicht auf dem Tisch aus. Die Illustration vor ihren Augen war außerordentlich.

In der Bildmitte stand Vesalius selbst und deutete auf den geöffneten Thorax eines Mannes, der links von ihm auf einem Tisch lag. Von Kopf, Brust, Leisten und Gliedmaßen des Leichnams, die mit Kreisen und Symbolen markiert waren, zogen sich Seile oder Ähnliches zu einer voluminösen, mehr als mannshohen Kapsel neben dem Anatomen. Von diesem Behältnis führten andere Seile zwischen Voluten und gewaltigen Engelsfiguren bis zur Decke hinauf. Pau erschrak. Das war also der rätselhafte Apparat, den Vesalius im *Liber octavus* beschrieben hatte.

Um die Szene herum standen Behälter auf Steinsockeln, vermutlich Räuchergefäße, überlegte Pau. Zwei Figuren umkreisten in der Luft den Kopf des Leichnams, ein Skelett, das in ein Tuch gehüllt war und eine Sense hielt, sowie eine junge, mit einer Toga bekleidete Frau, die dem Toten über die Stirn strich. Die Detailfreude und die Schönheit übertrafen bei Weitem die bekannten Illustrationen aus dem Lehrbuch. Pau strich ehrfürchtig über das Pergament. In dem Moment wurde ihr bewusst, dass die Person, die zuletzt die Illustration betrachtet hatte, zweifellos Vesalius selbst gewesen sein musste.

Da erst fiel ihr auf, dass auf der Rückseite des Pergaments ein kurzer Text stand. Er war in Latein geschrieben und trug den Titel *Vitalis punctis.* Sie machte sich an die Übersetzung, die sie auf ein kleines Blatt schrieb. Ihr Latein war nicht so perfekt wie das von Amat, doch allmählich nahmen die Sätze Form an. Eine halbe Stunde später legte sie eine Pause ein, um ihre Übersetzung zu lesen.

Sie musste schlucken. Das war unmöglich. Das konnte nur ein Irrtum sein. Sie las den Text noch ein zweites Mal und betrachtete erneut die Illustration. Plötzlich begriff sie.

Sie hatte soeben das Fragment entdeckt, das das *Liber octavus* vervollständigte.

Blitzschnell sammelte sie ihre Aufzeichnungen, das Pergament und das Lehrbuch zusammen. Ihre Hände zitterten so stark, dass sie sie kaum kontrollieren konnte. Amat und Fleixa mussten sofort davon erfahren, sie konnte nicht bis zum nächsten Morgen abwarten. Sie steckte alles in ihre Tasche und stand auf. Das Verbot des Fakultätsrates war ihr egal. Ihr Rauswurf war ohnehin beschlossene Sache.

Als sie den Gurt der Tasche um die Schulter legte, spürte sie plötzlich hinter ihrem Rücken eine Bewegung. Ein Stich ließ sie aufschreien. Sie drehte sich um, konnte aber nur noch erkennen, wie sich ein Schatten auf sie stürzte. Sie versuchte, an den Brieföffner zu gelangen, doch schlagartig überfiel sie eine Müdigkeit, sie büßte jegliche Kraft ein, und selbst die Beine versagten ihr den Dienst. Ihr Angreifer packte sie, damit sie nicht zusammenbrach. Sie wollte um Hilfe rufen, doch aus ihrer Kehle kam nur ein erstickter Schrei. Pau riss noch einmal überrascht die Augen auf, als sie ihren Angreifer erkannte, ehe sie ohnmächtig wurde.

HVMANI CORPORIS OSSIVM CAETERIS QVAS SVSTINENT PARTIBVS LIBERORVM, SVÁQVE SEDE POSITORVM EX *latere delineatio.*

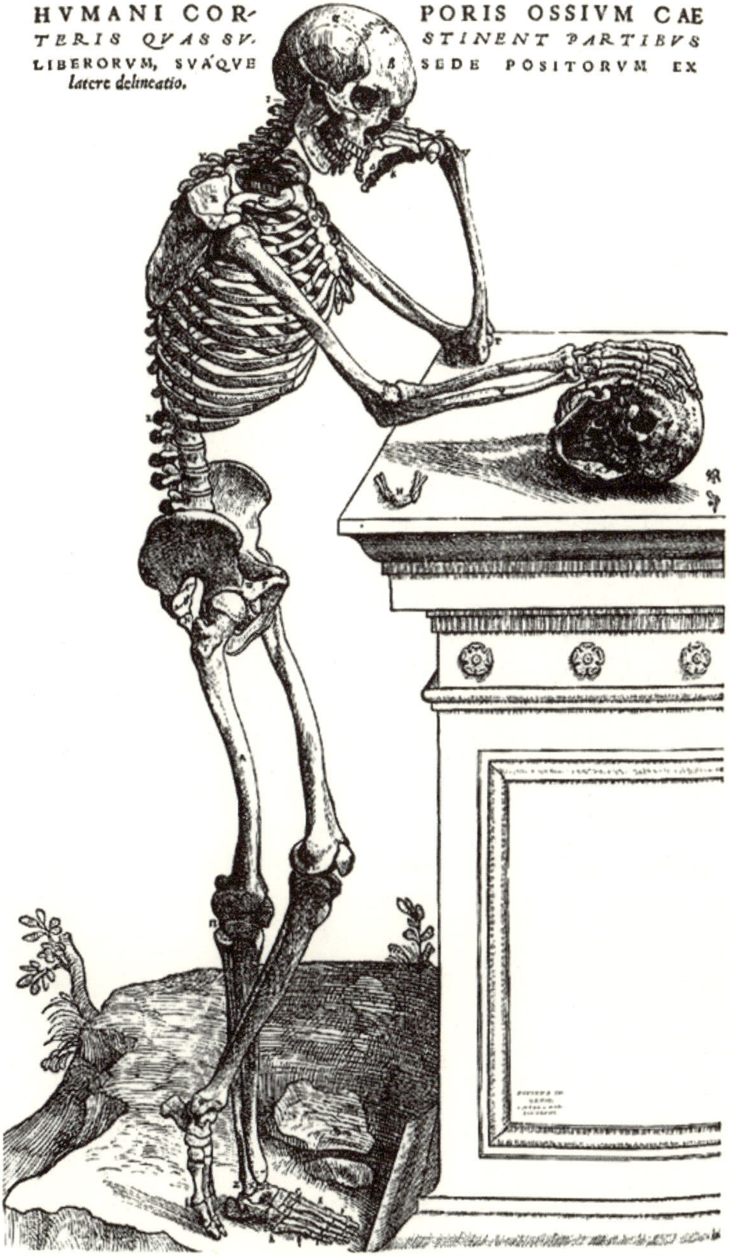

55

Das Publikum beobachtete gebannt die Pferde, die von den Stallburschen vorgeführt wurden. Einige Zuschauer versuchten zu erraten, welches Pferd das flinkeste oder das ausdauerndste sein würde, um noch schnell darauf zu setzen, andere lächelten schon siegesgewiss und zerknitterten ihre Wettscheine in den Händen.

An einem Stehpult stand ein kleinwüchsiger Mann im gestreiften Anzug mit Strohhut und rief durch eine Flüstertüte die Namen der Pferde, ihren Stall und die Namen der Jockeys aus. An den Schaltern drängten sich Besucher, um die letzten Wetten abzuschließen.

Die Pferde tänzelten und scharrten mit den Hufen in der Erde, als sie in ihre Startboxen kamen, während die Jockeys die Zügel strafften. Für einen Moment herrschte eine angespannte Stille. Plötzlich ertönte der Startschuss, die Boxen öffneten sich mit einem Knall, und wie der Blitz schossen die Pferde auf die Rennbahn. Die Zuschauer, die etwa ein Viertel der Tribüne des Hippodroms von Can Tunis besetzten, feuerten Rosse und Reiter an.

Das Glas knallte klirrend auf den Tisch, und einige Gäste rundum beschwerten sich. Aber Fleixa erwiderte ihre Blicke so finster aus seinen zusammengekniffenen Augen, dass die Beschwerden sofort verstummten. Der Journalist ließ sich durch die abweisende Stimmung nicht beirren und schenkte sich das Glas wieder randvoll ein. Der Schnaps tropfte durch seine Finger auf den Boden, doch er hob das Glas an die Lippen, leerte es in einem Zug und stellte es wieder auf den Tisch voller zerrissener Wettscheine. Die Schweißflecken und Speisereste auf seiner Kleidung waren nicht zu übersehen. Das Karojackett lag als zerknitterter Haufen auf dem Strohhut. Fleixa konnte kaum mehr gerade sitzen, doch das Glas hielt er mit der Hand im blutbefleckten Verband hoch.

Der junge Mann, der die Gäste bediente, kam zu ihm und seufzte, bevor er Fleixa ansprach.

»Entschuldigen Sie bitte, Señor, aber Ihr Verhalten ist skandalös.«

»Jetzt red keinen Schwach… Schwachsinn!« Fleixa sah den jungen Mann nicht an, sondern leerte das nächste Glas. Der Schankdiener drehte sich Hilfe suchend zum Besitzer des Hippodroms um, um den Gast vor die Tür zu setzen, doch dann spürte er eine Hand an seinem Unterarm.

»Keine Sorge, ich kümmere mich darum.«

Sichtlich erleichtert ging der junge Mann zu einem anderen Tisch. Fleixa sah auf und blinzelte, er konnte nicht richtig sehen. Es war einfach zu hell.

»Ach, Sie sind das. Trinken Sie ein Gläschen mit.«

Seine Stimme schien nur noch die S deutlich artikulieren zu können.

Inspektor Sánchez betrachtete ihn verärgert, dann sah er zu den Gästen an den anderen Tischen. Zum Glück galt deren Aufmerksamkeit ausschließlich dem Pferderennen.

»Sie sind betrunken.«

»Wahnsinnig besoffen. Jawohl, Señor. Was ist? Leisten Sie mir … Gesellschaft?«

»Meine Zeit ist knapp bemessen«, entgegnete Sánchez. Er setzte sich Fleixa gegenüber und schlug ungeduldig die Beine übereinander. »Ich habe Ihre Nachricht erhalten. Was haben Sie für mich?«

Als hätte er ihn nicht gehört, hielt ihm der Journalist ein randvoll mit Schnaps gefülltes Glas unter die Nase. Sánchez nahm es nur entgegen, damit Fleixa nicht weiter insistierte. Als seine Finger das klebrige Glas berührten, stellte er es angewidert ab. Der Journalist wollte anscheinend sein Wissen unbedingt loswerden.

»Ich habe Informationen … viele Informationen. Es wird sich für Sie lohnen. Ich hoffe nur … Ich hoffe nur, dass Sie Ihr Wort halten.«

»Wir werden sehen.«

Fleixa setzte sich mühselig gerade und beobachtete den Inspektor über seine verschmierten Brillengläser hinweg.

»Ich weiß … Ich weiß, wer der Mörder ist, der sich als der *Gos Negre* ausgibt. Ich weiß auch, wo er sich versteckt.«

Sánchez wurde auf seinem Stuhl unruhig und sah sich unauffällig nach allen Seiten um.

»Der Schnaps hat Ihnen das Hirn verfault. Wir haben den Schuldigen gefunden, es ist Daniel Amat.«

»Sie haben … Sie haben ihn festgenommen?«

»Er bezieht gerade Vollpension im Gefängnis, in der Amalia. Er wird sein Verbrechen bald gestehen. Jetzt geben Sie mir endlich brauchbare Hinweise, oder Sie leisten Ihrem Freund Gesellschaft.«

»Amat ist nicht mein Freund, nein, Señor, das ist er nicht. Meinetwegen kann er in der Amalia verrotten. Er trägt seine Schuld, für die er büßen muss, aber er ist nicht der Mörder … Er ist nicht der Mörder der Mädchen. Das wissen Sie.«

Fleixa versuchte vergeblich, sich ein Glas einzuschenken. Die leere Flasche glitt aus seinen Händen und rollte über den Tisch. Auf einen Wink des Inspektors näherte sich der Kellner und brachte eine neue Flasche.

»Legen Sie los. Lassen Sie nichts aus.«

Zwischen mehreren Schlucken Schnaps berichtete Fleixa in den nächsten Minuten alles. Seine erste Begegnung mit Amat auf dem Friedhof von Montjuic, ihre gemeinsame Entdeckung von Homs' Notizbuch, ihr Besuch im Sanatorium, ihr Verdacht, dass Homs der Mörder sei, und die Schlüsse, die sie gezogen hatten, als sie das Original des Vesalius' in Händen hielten. Sánchez machte sich Notizen, allerdings mit einer gewissen Skepsis, schließlich könnten die vermeintlichen Informationen auch nur die Hirngespinste eines Betrunkenen sein. Als Fleixa dann auch noch begann, vom Fund des *Liber octavus* zu berichten, konnte der Polizist nicht länger an sich halten.

»Wollen Sie mich auf den Arm nehmen?« Er packte sein Notizbuch ein und wollte aufstehen.

»Nein!« Fleixa hielt ihn am Unterarm fest und starrte ihn mit großen Augen an. »Das verdammte Buch existiert! Wirklich. Ich … Ich hatte es selbst in Händen. Und es gibt auch ein Geheimnis, es war zwischen seinen Seiten versteckt.«

»Lassen Sie mich los!«, forderte Sánchez und stieß Fleixas Hand weg.

Der Journalist wischte sich den Mund mit dem Hemdsärmel ab und tastete nach seinem Glas. Der Inspektor schob es ihm zu. »Jetzt bringen Sie die Geschichte zu Ende. Von welchem Geheimnis sprechen Sie?«

»Das Buch enthält Anweisungen für den Bau eines mysteriösen Apparates. Aber man benötigt dafür eine außergewöhnlich starke Energiequelle …«

Fleixas Stimme wurde immer leiser. Der Inspektor musste sich noch trotz des Gestanks näher zu ihm setzen, um seine Worte zu verstehen.

»Wir wissen zwar nicht, wozu dieser … dieser verdammte Apparat gut ist«, sagte der Journalist. »Aber wir wissen … wir wissen, wo sich der Mörder versteckt.«

Sánchez forderte ihn mit einer unwirschen Handbewegung auf fortzufahren. Nun berichtete Fleixa, dass Homs die Kanalisation benutzte, um sich ungesehen in der Stadt fortzubewegen und sich Zugang zum Elektrizitätswerk zu verschaffen.

»Anscheinend … Anscheinend ist er schuld daran, dass es gewisse … gewisse Probleme im Elektrizitätswerk gibt«, verriet er schließlich. »Es besteht die Gefahr, dass es zu einer … zu einer gewaltigen Explosion kommt, bei der das halbe Gelände der Weltausstellung in die Luft fliegen wird.«

»Ja, die Eröffnung steht kurz bevor«, sagte Sánchez eher an sich selbst gerichtet. »Dann wird das Werk auf vollen Touren arbeiten.« Er stand auf und packte Fleixa am Kragen. »Sie sagten gerade, dass Sie wissen, wo er sich versteckt. Also, heraus damit. Wo?«

»Es gibt ein aufgegebenes … ein aufgegebenes Wasserreservoir, unter der Erde, ganz in der Nähe des Ausstellungsgeländes. Dort versteckt sich der Mörder. In La Barceloneta kennt Vidal einen Jungen, der heißt … der heißt Guillem. Der kennt sich bestens in der Kanalisation aus, der kann Sie führen. Ich habe für Sie … Ich habe für Sie noch einen Plan gezeichnet.«

Er legte ein zerknittertes Blatt mit Flecken zweifelhaften Ursprungs auf den Tisch. Der Inspektor nahm es misstrauisch an sich, warf einen kurzen Blick darauf und steckte es in die Innentasche seines Mantels.

»Ist das alles?«

Fleixa nickte.

»Sehr gut.«

»Nicht … Nicht so schnell. Sie … Sie müssen mir helfen, Sánchez.«

Der Inspektor bedachte ihn mit einem mürrischen Blick.

»Ihnen helfen?«

»Ich habe getan, worum Sie … worum Sie mich gebeten haben.« Die Augen des Journalisten wurden feucht.

»Ich fürchte, Sie haben bei unserer letzten Begegnung Ihre Lage nicht richtig erfasst. Im Moment stehen Sie immer noch in meiner Schuld, bis ich die ganze Geschichte überprüft habe. Wenn Sie mich angelogen oder auch nur das kleinste Detail ausgelassen haben, sorge ich dafür, dass Sie es noch bereuen, mir die Zeit gestohlen zu haben. Mit ein oder zwei Fingern weniger werden Sie immer noch schreiben können.«

Sánchez verzog sein Gesicht zu einer Grimasse, die wohl ein Lächeln andeuten sollte, und ließ ein paar Münzen auf den Tisch fallen.

»Trinken Sie nicht alles aus.«

56

»Verdammt noch mal, Sánchez, wie kommen Sie dazu, sich mit mir an so einem unpassenden Ort zu verabreden?«, beschwerte sich Llopis und klopfte sich nervös mit dem Strohhut an die Hose.

Der Inspektor kannte die Klagen des Journalisten zur Genüge und machte sich gar nicht erst die Mühe zu antworten. Ihr Treffen fand in einem Lagerraum statt, einen Tag nach der Verabredung des Polizisten mit Fleixa. Auf dem Tisch brannte eine dicke Talgkerze, sodass sie ihre Gesichter erkennen konnten.

Bevor Llopis weiter jammern konnte, hörten sie über ihren Köpfen tosenden Applaus. Für einen Moment befürchtete der Journalist, die Decke würde einstürzen. Dann hörte der Beifall auf, und ein Kornett verkündete die nächste Phase des Stierkampfes. Feiner Sand rieselte durch die Holzbohlen über ihnen und provozierte die nächste Klage des Journalisten.

»Erstaunlich, anscheinend ist der Stier genau über uns«, stellte der Inspektor sachlich fest und spuckte einen Lupinenrest auf den Boden. »Für heute ist ein ganz besonderer Stierkampf angekündigt: Lagartijo, Cara-Ancha und Valentín Martín als Toreros und dann noch sechs großartige Stiere vom Conde de la Patilla.«

»Wenn ich ehrlich sein darf, ich interessiere mich nicht für Stierkampf.«

»Sie und ehrlich? Dass ich nicht lache!«

Llopis atmete tief durch und verkniff sich die Antwort, die ihm schon auf der Zunge lag. Ihre Treffen fanden nun schon seit einem halben Jahr statt, und normalerweise ließ er den Spott des

Inspektors über sich ergehen, doch alles hatte seine Grenzen. Die Informationen, mit denen ihn Sánchez versorgt hatte, waren ihm von großem Nutzen gewesen. Überfälle, Morde, Skandale in der feinen Gesellschaft … Niemand war so ein fixer Schreiber wie er, doch jeder Reporter war auf gute Quellen angewiesen. In den letzten Monaten hatte er durchaus Grund, sich zu den Journalisten in Barcelona zu zählen, denen eine großartige Zukunft bevorstand. Selbst seine Kollegen konnten sich nicht erklären, woher er diese Informationen bezog, zu denen andere Journalisten keinen Zugang fanden. *El Correo* kam ihm inzwischen eine Nummer zu klein vor, Llopis wartete eigentlich nur noch darauf, dass ihm *La Vanguardia* ein Angebot machte oder vielleicht sogar eine überregionale Tageszeitung. Die Abmachung mit dem Polizisten fußte auf einem gewissen Bestechungsbetrag sowie auf dessen lobender Erwähnung in jedem Artikel, aber letztendlich zahlte sich das Geschäft aus. Die Treffen mit dem Mann waren Llopis allerdings sehr zuwider.

Der Inspektor nahm seinen kritischen Blick wahr und versuchte, sein Gegenüber zu besänftigen.

»Das hier ist ein sicherer Ort. Wer kommt schon auf die Idee, dass wir uns unterhalb der Arena befinden, im Zentrum der Aufmerksamkeit? Das hat etwas, finden Sie nicht?«

Llopis gab keine Antwort. Er rückte seinen Stuhl und versuchte einen Platz zu finden, wo er vor dem Sand geschützt war, der nach wie vor durch die Deckenbohlen rieselte. Über ihnen waren Rufe zu hören, gefolgt von einem Beifallssturm. Nun war der nächste Stierkämpfer an der Reihe. In der Arena schien die Stimmung ihren Höhepunkt zu erreichen.

»Los, Beeilung, ich will den nächsten Stier nicht verpassen.«

»Sie haben darauf bestanden, dass wir uns treffen«, sagte Llopis. »Jetzt sagen Sie mir endlich, wozu die ganze Eile?«

Dieses eine Mal schien Sánchez mit dem Journalisten einer Meinung zu sein. Kurz und bündig fasste er sein Treffen mit Fleixa im Hippodrom zusammen.

»Ich sehe schon, Sie haben die Informationen, die ich Ihnen über seine Schulden gegeben habe, gut zu nutzen gewusst. Fleixa ist ein alter Säufer, der würde sogar seinen besten Freund verraten, aber ich glaube nicht, dass er ein Lügner ist. In seinen besten Tagen war er ein hervorragender Journalist.«

»Ich habe einen Mann als Urheber dieser Verbrechen festgenommen, und der Bürgermeister hat mir auch schon persönlich dazu gratuliert.«

»Haben Sie überlegt, was passiert, wenn eine neue Leiche gefunden wird? Dann wird Rius nicht gerade begeistert sein.«

»Ja, das stimmt«, gestand der Polizist ein. »Das würde die Sache in der Tat erschweren. Aber dieser Amat muss im Gefängnis bleiben.«

Llopis überlegte noch einige Sekunden. Anscheinend hatte der Inspektor schwerwiegende Gründe, den Mann weiterhin in der Amalia festzuhalten. Vielleicht bezahlte ihn jemand dafür, um den Mann aus dem Weg zu haben. Doch das konnte ihm letztendlich egal sein. Sein Riecher sagte ihm, dass die Geschichte von dem Mörder ihm eine außergewöhnliche Chance bot. Er musste sich nur einen guten Schlachtplan zurechtlegen, damit für ihn genug dabei heraussprang. Zuvor musste er diesen Sánchez noch dazu bewegen, seinen Wünschen gemäß zu handeln.

»Señor, es spricht wirklich überhaupt nichts dagegen, dass der Mann weiterhin in Haft bleibt. Ich denke sogar, dass es keine große Rolle spielt, ob er nun einen oder ein Dutzend Morde begangen hat. Den letzten Mord, den an der Prostituierten, den können Sie ihm noch als Eifersuchtsgeschichte mit seinem Journalistenfreund anhängen. Sie beschuldigen ihn einfach, den Mörder nachgeahmt zu haben, um sein eigenes Verbrechen zu vertuschen.«

»Keine schlechte Idee.«

»Wenn dieses kleine Problem erledigt ist, können wir Fleixas Information angemessen nutzen.«

»Was meinen Sie mit angemessen?«, fragte Sánchez. Dem

Journalisten entging nicht, wie unbeholfen der Polizist versuchte, sein Eigeninteresse nicht erkennen zu lassen.

»Sie haben es doch selbst vorgeschlagen, werter Freund. Ich muss sagen, eine brillante Idee.«

»Wie bitte?«

»Sie werden höchstpersönlich den Mörder fangen.«

»Sind Sie verrückt geworden?«

»Sie werden den Mörder festnehmen, und zwar mithilfe einer Einheit eigens ausgewählter Polizisten und noch dazu am Tag der Ausstellungseröffnung. Mit Fleixas Hinweisen werden Sie ihn ohne Weiteres in seinem Versteck aufspüren.«

»Aber dazu müsste ich ja in die Kloake hinabsteigen! Es wäre doch einfacher, ein Kontingent meiner Männer hinunterzuschicken, und fertig. Ich soll mich in die Kanalisation begeben? Pah! Anscheinend ist Ihnen die Druckerschwärze zu Kopf gestiegen!«

Llopis beherrschte sein Bedürfnis, den Polizisten lauthals zu verfluchen, während dieser noch über seinen Scherz lachte.

»Inspektor, finden Sie nicht auch, dass Sie Ihr Talent in diesem verdammten Revier hier nur vergeuden? Wollen Sie Ihre großartige Tatkraft nicht einmal in einem angemessenen Rahmen gewürdigt sehen? Die Festnahme des Mörders muss unbedingt durch Sie persönlich erfolgen. Ihr entschlossenes Handeln wird eine Katastrophe größeren Ausmaßes verhindern. Die Regentin und der König werden Ihnen ihr Leben verdanken. Wissen Sie, was das bedeutet?«

Sánchez strahlte über das ganze Gesicht.

»Wenn Sie gestatten«, versuchte Llopis ihn weiter zu ködern, »werde ich gleichzeitig eine Veranstaltung mit einem großen Publikum organisieren, damit die Festnahme des Mörders und Ihre Rolle dabei das wichtigste Gesprächsthema in Barcelona sind. Ich sehe schon, wie die ganze Stadt Ihnen zujubeln wird wie einem Helden. Höchstwahrscheinlich steht Ihnen dann eine Beförderung zu oder vielleicht sogar eine noch größere Belohnung, wer weiß?«

»Das klingt gut, aber was haben Sie davon?«

»Mir reicht der Exklusivbericht, wie üblich. Ich will der einzige Reporter sein, der ein Interview mit dem Mörder führt, sobald Sie ihn hinter Schloss und Riegel gebracht haben. Einverstanden?«

Der Inspektor tastete mit der Zunge seinen Gaumen ab, während er überlegte. Er stieß auf das Lupinenhäutchen, plusterte die Lippen auf und spuckte es dem Journalisten zwischen die Füße, der ihn entsetzt ansah.

Sánchez nickte zufrieden.

»Abgemacht, Señor Llopis.«

Abstieg zur Hölle

Vier Tage vor der Eröffnung
der Weltausstellung

57

Francisco Casavella lief mit kurzen Schritten durch den Hof, als würde er den Boden vermessen. Der Werkmeister war bei seinen Arbeitern für seinen schroffen, aber gerechten Charakter bekannt, niemand äußerte sich schlecht über ihn, und nicht wenige verdankten ihm ihre Stelle. Er rührte keinen Alkohol an, war etwas maulfaul und ließ sich nur selten aus der Ruhe bringen. Doch an dem Morgen murmelte er unaufhörlich vor sich hin, während er prüfte, dass alles parat stand. Ab und an sah er von der Uhr, die am Ende der Halle hing, zum Eingang, wo ein Gehilfe stand, um ihm die Ankunft des Chefs sofort zu melden.

Adell strahlte. Nach der Anspannung der letzten Wochen schien endlich alles den gewünschten Gang zu nehmen. Auf dem Weg zum Ausstellungsgelände hatte er in der Kutsche noch einige Male die Nachricht gelesen, die ihm Inspektor Sánchez am frühen Morgen geschickt hatte. Die Ermittlung war ein für alle Mal abgeschlossen. Amat galt seit seiner Verhaftung auf dem Maskenball als Hauptverdächtiger für die Morde, genauso wie Adell es erwartet hatte.

Seinen ehemaligen Freund in die Sache hineinzuziehen, war eine brillante Idee gewesen, eine Eingebung. Mit ein wenig Glück würde man Amat sogar verurteilen, doch selbst wenn es nicht dazu kommen sollte, würde er zumindest einige Wochen im Gefängnis verbringen. Die Amalia war ein gefährlicher Ort, während der Haftzeit könnte ihm dort ein Missgeschick zustoßen.

Adell frohlockte schon bei dem Gedanken an Irenes Reaktion, wenn sie davon erfuhr. Ihr ehemaliger Geliebter, ein Mörder. Er wusste, dass sie den Obduktionsbericht in Händen hatte, aber das war nun nicht mehr wichtig. Niemand, wirklich niemand steckte seine Nase in die Angelegenheiten eines Bertomeu Adell, ohne dafür zu büßen. Vielleicht begriff das dieses starrsinnige Weib endlich einmal.

Der Wagen hielt vor dem Elektrizitätswerk. Im Eingang wurde er von Elies Rogent und einigen anderen Männern erwartet, alle formell in Cut und Zylinder – das städtische Organisationskomitee für die Weltausstellung. Eine erfreuliche Begleiterscheinung von Amats Festnahme war, dass der Bürgermeister beschwichtigt worden war und er nun mit dem Besuch durch die Honoratioren ausgezeichnet wurde.

Adell stieg aus der Kutsche und betrachtete triumphierend das nun fertige Gebäude. Die Bauarbeiten waren fristgerecht beendet worden, das System der Dampfmaschinen und Generatoren war nicht nur installiert, sondern funktionierte auch perfekt. In den letzten Tagen hatten sich keine weiteren Vorfälle mehr ereignet. Die Stromversorgung der Weltausstellung und der angrenzenden Straßen war gewährleistet.

Er bemerkte die ungeduldige Miene des Architekten und zog die Stirn kraus. Bevor er zu der Gruppe trat, ging er noch einmal in Gedanken die Bauarbeiten durch. Er hatte es wirklich weit gebracht, er hatte sich sehr geschickt angestellt, das musste einmal festgehalten werden, Bescheidenheit war schließlich eine Tugend für Untergebene. Niemand, und schon gar nicht dieser Stutzer von Rogent, hatte auch nur annähernd eine Ahnung davon, wie hoch die Beträge der Kapitalgeber waren, die er unterschlagen hatte, indem er Baumaterial zweiter Wahl verwendet hatte. Das Gebäude musste ja nicht ewig stehen. Schließlich und endlich war auch das Hotel Internacional von diesem berühmten Domènech mit dem Vorhaben errichtet worden, es kurz nach der Weltausstellung wieder abzureißen. Dessen Bauarbeiten hatten dreimal so viel gekostet, und alle fanden das in Ordnung.

Das abgezweigte Kapital war leider durch einige unglückliche Investitionen verschwunden, er hatte eine Pechsträhne erwischt. Ja, allmählich spürte er den Druck der Gläubiger, doch er blieb ruhig. Er benötigte nur noch ein wenig Zeit. Nach dem Erfolg mit diesem Elektrizitätswerk würde er der Stadt den Neubau von drei weiteren Anlagen vorschlagen. Der Idee würden sie sich nur schwerlich verschließen können. Die Investoren würden sich in seinem Büro die Klinke in die Hand geben, und seine Geldprobleme würden zu einem fernen Albtraum verblassen. Im Nachhinein wären sie nur eine lächerliche Bagatelle, wenn – wie zu erwarten stand – sein anderes Projekt nach Plan verlief. Der Tag der Eröffnung war dazu gedacht, dass die gesamte Welt seinem Genie zu Füßen lag. Nichts wäre mehr wie zuvor, sobald die Öffentlichkeit davon erfuhr. Adell kam in den Sinn, dass ein Abgeordnetensitz für ihn eigentlich viel zu wenig war.

Ja, es sah nach einem großartigen Tag aus.

»Señores.«

Er wurde mit Begrüßungsfloskeln und leichtem Kopfnicken empfangen. Elies Rogent trat vor, reichte ihm aber nicht die Hand. Adell beschloss, sich diese Beleidigung zu merken.

»Guten Tag, Señor Rogent.«

»Wir warten schon seit zehn Minuten auf Sie.«

»Ich bin sicher, dass unsere Besichtigung Sie für diese kleine Unannehmlichkeit entschädigen wird. Bitte, wenn Sie mich begleiten möchten.«

Sie gingen zum Haupteingang des Gebäudes.

»Eine glückliche Wendung, diese Festnahme des Mörders«, sagte Rogent beiläufig.

»Zweifellos verdanken wir das der Umsicht unserer Ordnungshüter.«

»Der Bürgermeister stand kurz davor, die Verträge aufzukündigen, aber Sie hatten Glück, der Skandal hat doch noch nicht solche Wellen geschlagen, wie wir befürchtet hatten.«

»Die Angelegenheit ist mehr als geklärt.«

»Das hoffen wir. Am Sonntag beginnen die Eröffnungsfeierlichkeiten, und viele wichtige Persönlichkeiten haben ihr Kommen zugesagt. Sie werden weiterhin auf die Probe gestellt.«

Adell musste den Zorn zügeln, den der Tonfall des Architekten in ihm auslöste. »Ich denke, Sie werden vollends zufrieden sein. Bitte, folgen Sie mir.«

In der Tür empfing Casavella die Herrschaften mit gesenktem Kopf und der Mütze in der Hand. Jeder sollte wissen, welcher Platz ihm auf der Welt zusteht, dachte Adell bei seinem Anblick befriedigt.

»Ich hoffe, dass alles in Ordnung ist.«

Der Werkmeister nickte fast unmerklich.

»Also, ist alles in Ordnung, oder nicht?«

»Ja, Señor Adell«, sagte Casavella schnell.

Der Industrielle schob den Mann zur Seite und ging als Erster durch das Portal, die übrigen Mitglieder des Komitees hintendrein. In der hell erleuchteten Eingangshalle hatten die Arbeiter sich zur Begrüßung in Reih und Glied aufgestellt.

Unter der Führung des Unternehmers, den Casavella bei besonders spezifischen Fragen zur Technik unterstützte, durchschritten die Herrschaften des Komitees das Gebäude. Er zeigte ihnen die Aussichtsgalerie, bei deren Betreten einhellig ein erstauntes Raunen erklang, und dann gingen sie durch die riesige Halle mit den Dampfmaschinen und den Generatoren. Adell informierte sie über zahlreiche Details und schwadronierte über die Dampfkraft und die Energieleistung der Anlage.

Als er auch auf architektonische Einzelheiten einging, äußerte sich einer der Herren lobend über die Eisenkonstruktion des Werkes. Adell grinste in sich hinein. Elies Rogent hatte für die Konstruktion zu genietetem Eisen geraten, damit das Bauwerk den Druck, den die Dampfmaschinen erzeugten, besser absorbieren könne, doch Adell hatte diesen Vorschlag als unnötige Ausgabe abgetan. Er hatte Schmiedeeisen verwendet, obwohl die Konstruktion dadurch weniger robust war. Das war nicht die einzige Ersparnis gewesen. Zu Beginn der Bauarbeiten waren sie auf Gänge der alten Zitadelle gestoßen. Ihnen hatte die Zeit gefehlt, um diese in ihrer Gesamtheit zu erforschen, und Adell hatte schnell die Gelegenheit beim Schopf gepackt. Mit ein paar geringfügigen Anpassungen hatte er Reste der alten Festung für die Stollen und das Fundament des Elektrizitätswerks genutzt; auch damit hatte er einen guten Batzen für sich verbuchen können.

Die honorigen Männer, die die Anlage besichtigten, hatten davon keine Ahnung. Einige Komiteemitglieder äußerten sich zuversichtlich, ihr Argwohn war offensichtlich gewichen, aus ihren Mienen konnte man schließen, dass sie – sogar dieser Rogent – zufrieden waren. Casavellas Räuspern holte Adell in die Realität zurück.

»Komm schon, raus mit der Sprache!«

Casavella hielt den Blick auf den Boden geheftet, nun sah er zu den Herren hinüber, die ein paar Meter weiter die Generatoren bewunderten. Der Zweifel stand ihm ins Gesicht geschrieben. Adell missdeutete sein Verhalten als sein übliches Schweigen und schnaubte wütend.

»Das Problem mit der Überlastung ist immer noch nicht gelöst«, sagte Casavella schließlich.

»Was?«

»Derzeit funktioniert alles normal, aber …«

»Also, Problem erledigt.«

»Es tut mir leid, ich muss Ihnen widersprechen, Señor Adell«, entgegnete der Werkmeister. »Dass die Generatoren funktionieren, ist nicht unser Verdienst. Noch bevor wir die Ursache erforschen konnten, kam es bei den Transformatoren zu einer Spannungsabsenkung, und die Manometer, die den Druck der Heizkessel anzeigen, fielen von selbst auf die normalen Werte zurück. Wir haben immer noch nicht herausgefunden, wie es im System zu diesen Anstiegen kommt. Das Problem kann jederzeit wieder auftreten, und seine Folgen sind unabsehbar, Señor.«

Adell beobachtete aus dem Augenwinkel Rogent, der zu ihnen kam. Er setzte ein Lächeln auf und zog den Werkmeister am Ärmel beiseite.

»Ich will nichts mehr hören«, zischte er. »Verstanden? Alles muss wie ein Uhrwerk funktionieren. Los, an die Arbeit! Sonst mache ich dich dafür verantwortlich.«

»Aber, Señor …«

»Casavella, du hast doch Familie, oder? Wenn du nicht willst, dass sie alle als Bettler auf der Straße landen, dann tu, was ich dir sage, und basta. Jetzt verschwinde endlich!«

Adell widmete sich wieder seinen Gästen, die die Wunder der Technik und der Architektur lobten. Er strich seinen Cut glatt, setzte eine liebenswürdige Miene auf und ging auf sie zu.

»Ich hoffe, die Besichtigung verläuft zu Ihrer Zufriedenheit, meine Herren.«

Er vernahm einen Chor der Zustimmung.

»Vermutlich sind Sie ein wenig ermüdet. Ich habe mir erlaubt, einen kleinen Imbiss für Sie vorbereiten zu lassen. Bitte, folgen Sie mir.«

Eine Stunde später war Adell das Komitee wieder los, und er konnte erleichtert aufatmen. Die Herren hatten ihn begeistert beglückwünscht, und sogar dieser aufdringliche Rogent hatte ihm versprochen, dem Bürgermeister seinen positiven Eindruck zu übermitteln. Er lächelte angespannt und eilte in sein Büro. Während der Besichtigung hatte er nur diesen Moment herbeigesehnt, in dem er endlich allein wäre. Kaum hatte er die Tür zu seinem Büro aufgeschlossen, stand plötzlich Casavella neben ihm.

»Zum Teufel, du hast mich vielleicht erschreckt! Was willst du jetzt schon wieder?«

»Entschuldigen Sie bitte, Señor Adell. Ich wollte Sie nicht

belästigen. Ich wollte Ihnen nur Bescheid geben, dass alles in Ordnung ist. Ich habe noch einmal selbst das Dampfsystem und die Generatoren überprüft. Anscheinend läuft alles perfekt. Ich habe auch Ihre Anweisungen befolgt und die Arbeiter bis morgen nach Hause geschickt. Aber wenn Sie es für angebracht halten, dass jemand heute Nacht hierbleibt, dann könnte ich selbst …«

»Nein, nein. Ich habe dir ja gesagt, dass alle nach Hause gehen können«, erwiderte Adell ungeduldig.

»Ja, Señor. Sie bleiben hier?«

»Das geht dich nichts an, Casavella. Verschwinde … Ah! Gib mir deine Schlüssel. Ich schließe selbst ab.«

Der Werkmeister fügte sich befremdet, er wagte nicht, seinem Chef zu widersprechen. Adell wartete ab, bis der Mann gegangen war, und erst als er hörte, dass die große Tür ins Schloss fiel, betrat er sein Büro. Er lief zu seinem Schreibtisch und löste von seiner Halskette einen Schlüssel, mit dem er eine Schublade aufsperrte. Er griff hinein und betätigte einen kleinen Schalter. Mit einem Klicken verschob sich hinter seinem Rücken ein Teil der Wand. Eine Kupferlampe beleuchtete einen hölzernen Lastenaufzug. Adell stieg hinein und legte einen Hebel um. Mit einem Schnarren bewegte sich der Teil der Wand wieder an seinen ursprünglichen Platz zurück. Bis auf das Dröhnen der Generatoren herrschte im Elektrizitätswerk wieder Stille.

58

Die acht Personen saßen schweigend im Kreis um einen Tisch. Die Lampen waren gelöscht, und die schweren Samtvorhänge ließen kein Licht herein. Den Tisch bedeckte ein schwarzes Tuch, darauf standen ein Wasserkrug, ein Glas und eine brennende Kerze. Ansonsten lag der schmale Raum in einem Halbdunkel voller Zigarettenrauch. Fünf Männer und drei Frauen hielten sich an den Händen gefasst. Ihre Gesichter schienen Masken, auf denen ihre Gefühle erstarrt waren.

Llopis nutzte die Situation, um seine Gefährten besser beobachten zu können. Zu seiner Rechten saß Gräfin Berenguer, die Gastgeberin der Séance. Unter der übertriebenen Schminke konnte man ihr die Anspannung im Gesicht ablesen, offensichtlich gab es für sie nichts Aufregenderes. Daneben konnte er Don Francisco Aguirre erkennen, den Sekretär der Handelskammer von Barcelona. Seine Erscheinung – dunkler Anzug, starre Haltung und aschgraues Gesicht – ließ Llopis erschauern. Links rutschte Don Alfredo Comins unruhig auf seinem Stuhl hin und her, ein Textilfabrikant, der solche Zusammenkünfte liebte und sich als begeisterter Verfechter der Welthilfssprache Volapük gerierte. Die übrigen Teilnehmer kannte er nicht.

»Marina, zeige dich uns.«

Llopis schrak auf. Die Anrufung kam von der anderen Seite des Tisches.

Madame Palladino galt als ein Medium von großem Renommee. Nach diversen Sitzungen im letzten Jahr in den besten Theatern in Wien, London und Paris war sie vor einigen Wochen in der Stadt eingetroffen. Anlass war der Internationale Spiritistenkongress, der in Barcelona stattfinden sollte, und die hiesigen Anhänger der spiritistischen Bewegung hatten sie davon überzeugen können, einige Privatsitzungen zu zelebrieren.

Dem Medium galt die uneingeschränkte Aufmerksamkeit aller Anwesenden. In Madame Palladinos reglosem Gesicht spiegelte sich das Flackern der Kerze. Sie bewegte die Lippen nicht, dennoch war ihre Stimme laut und deutlich zu vernehmen.

»Marina«, wiederholte sie den Namen, »ich spüre deine Präsenz. Komm zu uns, du musst dich nicht fürchten.«

Die Atmosphäre im Kreis wurde noch angespannter, und die Flamme zitterte, als hätte jemand sanft dagegengepustet. Von einigen Teilnehmern waren erstickte Rufe zu vernehmen. Llopis sah unauffällig hoch, niemand sollte seine Skepsis bemerken.

Plötzlich geriet der Tisch in Bewegung. Eine Dame kreischte. Mehrere Teilnehmer rissen besorgt die Augen auf, die Erfahreneren unter den Anwesenden lächelten selbstgefällig, auch wenn man in ihren Blicken eine gewisse Furcht erkennen konnte.

Das Medium setzte seine Anrufung fort.

»Marina! Komm zu uns!«

Llopis beobachtete einen älteren Mann mit üppigen silbriggrauen Koteletten und traurigem Gesicht, der neben der Okkultistin saß. Vor Beginn der Séance hatte er schweigend in einer Ecke des Raumes abgewartet, er war in Begleitung eines bartlosen jungen Mannes gekommen, der nun neben ihm saß. Jetzt hatte er einen anderen Gesichtsausdruck angenommen und fixierte mit leerem Blick das Medium, das mit geschlossenen Lidern auf Italienisch eine Art Gebet sprach.

Der Tisch stand genauso plötzlich wieder still, und mit einem lauten Schlag öffnete sich die Zimmertür und knallte dann zu. Die Temperatur schien um einige Grade zu sinken. Die Teilnehmer hielten sich an den Händen. Madame Palladino begann wieder zu sprechen, doch nun kam nicht mehr ihre eigene Stimme aus ihrer Kehle. Alle zuckten zusammen, als sie die kindliche Tonlage vernahmen.

»Großvater? Großvater, bist du da?«

»Ja! Ja! Ich bin hier!«, rief der alte Herr, von Gefühlen übermannt. Ein Assistent tauchte aus dem Schatten auf, um ihn gegebenenfalls am Aufstehen zu hindern, was den Kontakt der Hände im Kreis unterbrochen hätte.

»Wie … Wie geht es dir, Liebling?«

»Mir geht es gut, Großvater.«

Alle Anwesenden, selbst Llopis, verfolgten die Szene gebannt. Das Medium hielt die Augen geschlossen und saß stocksteif da. Dem alten Mann kamen lauter Fragen in den Sinn.

»Wo … Wo bist du? Wie … Wie ist es da? Ach … Mein liebes Mädchen …«

»Es ist wunderschön. Es ist sehr, sehr hell, es ist immer sehr hell.«

Die Stimme kam und ging, sie klang, als würde sie jeden Moment verstummen. Der Mann wollte noch weiterfragen, doch er brachte nur ein Schluchzen hervor.

»Nicht weinen, Großvater. Nicht weinen. Jetzt bin ich glücklich.«

Aus dem Gesicht des alten Mannes war jegliche Farbe gewichen. Ohne jede Scham ließ er die Tränen über die Wangen rinnen. Er stammelte ein paar Worte, die Llopis jedoch nicht verstand.

Plötzlich streckte Madame Palladino ihren Rücken, und ihr Körper zuckte heftig. Niemand am Tisch wagte mehr zu atmen. Das Zucken der Frau hörte genauso plötzlich auf, wie es begonnen hatte, und sie öffnete die Augen. Madame Palladino sah sich um, als würde sie gerade aus einem Traum aufwachen und wüsste nicht, wo sie sich befand. Ein Assistent reichte ihr ein Glas mit Wasser, das sie gierig austrank. Sie kniff die Augen zusammen und sprach mit dumpfer Stimme:

»Es tut mir leid. Sie ist gegangen.«

Als reagierten sie auf ein unsichtbares Zeichen, zogen Hausangestellte die Samtvorhänge vor den bodentiefen Fenstern zur Seite. Das matte Licht der Abenddämmerung vermochte kaum den Raum zu erhellen, weshalb man einige Lampen anzündete. Die Teilnehmer stießen die seit geraumer Zeit unterdrückten Seufzer aus, lösten ihre Hände und flüsterten miteinander. Alle waren von dem Erlebnis mitgenommen.

Der alte Mann schluchzte und hielt sich die Hände vors Gesicht.

Sein Begleiter versuchte ihn etwas unbeholfen zu trösten. Ein Hausangestellter brachte dem alten Mann ein Glas mit einem herzstärkenden Mittel, das dieser mit einem Schluck leerte. Danach griff er zu Mantel und Zylinder und wollte aufbrechen.

Llopis stand auf, er war beeindruckt. Es war ihm nicht gelungen, den Trick zu durchschauen, mit dem der Tisch bewegt wurde, und auch die Herkunft dieser gespenstischen Stimme konnte er nicht ermitteln, aber er vermutete, dass dieser Zauber nicht schwer zu bewerkstelligen war. Doch der Wechsel der Stimme von Madame Palladino hatte real gewirkt, erschreckend. Einen Moment lang hatte er tatsächlich geglaubt, sie hätte mit dem Mädchen gesprochen. Es hatte bestens funktioniert.

Die Anwesenden begaben sich nun in einen angrenzenden hübschen Salon, wo man für sie einen leichten Imbiss mit Kaffee, Tee und Gebäck angerichtet hatte und schon einige andere Gäste warteten. Im Kamin prasselte ein ordentliches Feuer und schuf eine ganz andere Atmosphäre als zuvor in dem verdunkelten Raum.

Die Unterhaltung der Teilnehmer wurde immer angeregter, während sie sich in dem Salon niederließen. Llopis nutzte die Gunst der Stunde und ging zu dem Medium, das sich mit einem der Gäste unterhielt.

»Madame Palladino?«

Die Frau zog ein Gesicht, als wäre in ihre Tasse mit Consommé eine Fliege gefallen. Sie musterte den Journalisten von

Kopf bis Fuß und zauberte ein höfliches Lächeln in ihre müde Miene.

»Ja?«

»Guten Abend, Madame. Mein Name ist Felipe Llopis.«

»Wir hatten noch nicht das Vergnügen, nicht wahr?«

Ein leichter Akzent verriet ihre Herkunft, den Piemont. Nun konnte Llopis das Medium zum ersten Mal aus der Nähe betrachten. Eusapia Palladino war vierunddreißig Jahre alt, wirkte aber wie eine über fünfzigjährige Frau. Sie war spindeldürr und trug ausschließlich Schwarz, sie sah aus, als hätte ihr Dasein als Okkultistin sie innerlich aufgezehrt. Aus ihrem von Falten durchzogenen Gesicht stachen große smaragdgrüne Augen hervor, dazwischen eine markante Himmelfahrtsnase, insgesamt ein verhärmtes, asymmetrisches Gesicht. Sie schwang mit einer Hand nachlässig einen Stock aus Rattan mit Silbergriff und Metallspitze.

»Wir haben schon einmal miteinander gesprochen, ich bin Reporter beim *Correo de Barcelona*.«

»Ah, ja. Jetzt erinnere ich mich wieder. Das war Ihre erste Erfahrung, nicht wahr? Wie haben Sie die Sitzung empfunden?«

»Sehr anregend.«

»Das freut mich für Sie.«

Für die Frau war das Gespräch damit beendet, und sie wandte sich wieder ihren Anhängern zu. Doch Llopis ließ sich nicht abschütteln, er folgte ihr.

»Entschuldigen Sie bitte, Madame, aber ich würde mich gern eine Minute mit Ihnen unterhalten«, sagte er und senkte die Stimme. »Wenn möglich, unter vier Augen.«

»Alle Anwesenden hier« – bei den Worten vollzog die Frau eine Handbewegung, die alle Personen im Salon einschloss – »sind zuverlässige Freunde, Monsieur Llopis. Sie können freiheraus sprechen.«

Der Vorschlag behagte dem Journalisten keineswegs.

»Es geht um einige Todesfälle.«

»Um Tote, sagen Sie?«

Llopis spürte, wie sie schlagartig im Mittelpunkt des Interesses standen. Nun gab es kein Zurück.

»Ich weiß nicht, ob Ihnen bekannt ist, dass man in der Stadt in letzter Zeit mehrere junge Frauen gefunden hat, die grausam ermordet wurden. Alle Zeitungen haben darüber berichtet. Ich selbst habe auch einen Artikel geschrieben, und ich kann voller Stolz behaupten, ich war der Erste.«

»Ich habe davon gehört«, mischte sich ein Herr mit einem imposanten Schnauzbart ein. »Geht es da nicht um diese Sache mit den Huren?«

»Ja, jetzt kann man schon nicht mehr sicher durch die Straßen gehen«, äußerte ein anderer Gast.

»Daran sind nur die Behörden schuld, die sollten mal weniger Ausstellungen organisieren und sich endlich um die Stadt und ihre Bewohner kümmern.«

»Ja … Ja, natürlich«, begann Llopis, um das Gespräch wieder in die beabsichtigte Richtung zu lenken. »Also, ich wollte sagen …«

»Werter Herr Journalist, sind Sie ein Materialist, oder glauben Sie an die Existenz der Seele?«, unterbrach ihn Madame Palladino.

Plötzlich war es im Salon ganz still. Llopis war von der Frage überrascht, er zögerte seine Antwort hinaus. Die Unterhaltung nahm nicht den gewünschten Verlauf, aber ihm blieb nichts anderes übrig, als sich diesen Irren und ihren Themen anzupassen.

»Ich glaube, Gott hat uns Menschen mit einer Seele ausgestattet.«

»Das heißt, Sie gehen davon aus, dass die Seele den Körper überlebt, also dass sie nach dem Tod ihre Individualität behält?«

»Hm … Ja, doch, das denke ich.«

»Genau das ist der Ausgangspunkt. Der Spiritismus verbreitet sich durch die Kraft des Geistes, und er verhilft denjenigen, die ihn praktizieren, zum Glücklichsein.«

Diese Feststellung erfuhr ungeteilte Zustimmung. Llopis brachte ein höfliches Lächeln zustande.

»Sie sind selbst Zeuge gewesen«, sagte das Medium. »Der Herr, der schon gegangen ist, leidet unglaublich unter dem vorzeitigen Tod seiner geliebten Enkelin. Er hat uns um Hilfe gebeten, und wir haben für ihn den Kontakt mit dem Geist des Mädchens hergestellt. Das Wissen, dass sich das Mädchen im Jenseits besten Wohlergehens erfreut, bedeutet für ihn bestimmt eine Erleichterung.«

Llopis hatte durchaus Zweifel an dem Gefühl der Erleichterung des Mannes.

»Sie scheinen ein Ungläubiger zu sein, Señor«, mischte sich nun Comins in das Gespräch ein. Der Unternehmer war etwas beschwipst, seine Augenbrauen zuckten im Takt seiner Worte.

»Bitte entschuldigen Sie ihn«, griff nun das Medium ein. »Unser verehrter Alfredo ist ein Spiritist aus Leidenschaft.«

»Das ist zweifellos ein großes Kompliment, das Sie mir da machen, Madame. Sie kennen ja meine Ansicht. Unsere Lehre müsste in allen Schulen unterrichtet werden, und das wäre nur der Anfang ...«

Das Medium strich ihm zart über den Arm.

»Comins, seien Sie doch so freundlich und bringen Sie mir einen Sherry, ja?«

Der Mann war von dieser Vorzugsbehandlung mehr als angetan, er machte sich gleich auf den Weg, um den Auftrag auszuführen. Madame Palladino wandte sich nun an Llopis.

»Sagen Sie, was wollen Sie von mir?«

»Wie ich Ihnen gerade gesagt habe, gibt es derzeit in der Stadt eine Mordserie, und niemand ist bislang in der Lage, den Täter zu ermitteln oder ihn gar festzunehmen.«

Llopis fasste die Einzelheiten zusammen, dabei übertrieb er ein wenig, um bei den Anwesenden Erschrecken und Entrüstung hervorzurufen.

»Es gibt Leute«, setzte er fort, »die schreiben diese Untaten einem uralten Fluch zu, dem *Gos Negre*, dem Schwarzen Hund. Mich interessiert Ihre Meinung dazu.«

Die Frau überlegte eine Weile, ehe sie antwortete.

»Nun, der Urheber solch schrecklicher Morde ist bestimmt kein Mensch. Was Sie gerade berichtet haben, spricht eher für die Tat eines Geistes. Seine Handlungen sind ein Ausdruck seiner Angst, ein Hilfeschrei auf der Suche nach Frieden.«

Ihren Worten folgte ein einvernehmliches Raunen der Anwesenden.

»Genau aus diesem Grund bin ich hier, Madame. Ich stimme mit Ihnen überein, und ich habe mich gefragt, ob man etwas tun kann.«

»Worauf wollen Sie hinaus?«

»Halten Sie es für möglich, mit diesem Geist in Verbindung zu treten?«

»Ja, sicher, das ist möglich. Die Körperlosen sind immer unter uns, werter Monsieur Llopis.«

Dem Journalisten lief es eiskalt den Rücken hinunter, doch er ließ sich nichts anmerken. Die Überzeugung dieser Frau grenzte schon an Fanatismus. Ihr matter Blick und ihr affektiertes Auftreten waren ihm einfach zuwider. Er holte tief Luft und konzentrierte sich auf sein Vorhaben. Es war an der Zeit, zur Sache zu kommen.

»Ich habe mich gefragt, ob es möglich wäre, eine Séance zu veranstalten, wie wir sie hier erlebt haben, um diesen Geist anzurufen und ihn wieder … ihn wieder auf den rechten Weg zurückzuleiten.«

Das Medium nickte.

»Ich sehe nichts, was dagegen spricht. Wir könnten die Sitzung hier organisieren.«

»Das wäre großartig! Selbstverständlich, aber …!«

»Sagen Sie, nur zu«, ermutigte ihn die Gräfin Berenguer.

»Ja, sprechen Sie weiter«, forderte ihn ein anderer Gast auf.

Llopis sah fragend zu den Anwesenden, als fühle er sich gedrängt zu sprechen.

»Bitte entschuldigen Sie meine Offenheit, aber ich denke, die Anrufung dieses Geistes erfordert etwas mehr als eine private Séance. Ein solches Vorhaben sollte für alle Menschen in Barcelona zugänglich sein.«

»Hm, so eine Sitzung birgt allerdings gewisse Schwierigkeiten …«, wandte das Medium ein.

»Die ganze Stadt lebt wegen der Verbrechen in Angst und Schrecken. Die Bewohner brauchen die Gewissheit, dass ihre Mütter und ihre Töchter vor diesem bösen Geist sicher sind.«

»Das ist schon möglich, aber …«

»Ich habe gute Beziehungen zum Inhaber des Teatro Lírico, es stünde nichts gegen eine Séance in dem Theater. Ich würde mich um alles kümmern.«

Nun herrschte Schweigen, dann ergriff der Sekretär der Handelskammer das Wort.

»Das ist doch eine großartige Gelegenheit, um unsere Lehre zu verbreiten! Vielleicht ist das sogar die Chance, um endlich einer großen Öffentlichkeit die Vorzüge des Spiritismus zu vermitteln.«

Sein Enthusiasmus wurde von den übrigen Anwesenden leidenschaftlich geteilt. Llopis nickte, um den Mann noch zu ermutigen, er bemühte sich allerdings, sich seine Befriedigung nicht anmerken zu lassen. Madame Palladino musste nur ein wenig ihre Hand heben, schon verstummten alle. Es vergingen einige Sekunden, dann begann sie zu sprechen:

»Der Spiritismus ist eine sehr ernste Materie. Eine Séance ist keine Einlage in einem Revue-Theater.«

»Selbstverständlich, Madame. Ich versichere Ihnen, man wird die Sitzung äußerst umsichtig vorbereiten.«

Die smaragdgrünen Augen des Mediums fixierten den Journalisten.

»Das Theater wird gewiss einige Einnahmen erzielen.«

»Von denen selbstverständlich Ihre Auslagen sowie Ihr angemessenes Honorar beglichen werden.«

»Lassen Sie mich darüber nachdenken, bitte.« Das Medium erhob sich mit Unterstützung eines Assistenten vom Stuhl. »Wenn Sie mich bitte entschuldigen möchten, meine Damen und Herren, ich bin erschöpft. Die heutige Séance ist ganz besonders anstrengend gewesen.«

Alle standen auf, während sich Madame Palladino in Begleitung ihres Assistenten zurückzog.

Wenige Minuten später verließ auch Llopis das Haus. An der nächsten Straßenecke atmete er erleichtert auf. Für einen Moment hatte er befürchtet, sein Ziel nicht zu erreichen, aber zum Glück hatte er sich mit seinem Plan nicht getäuscht. Diese rätselhafte Madame wusste Ruhm und Geld genauso zu schätzen wie jede andere sterbliche Person. Anscheinend hatte er sie beeindrucken können. Schließlich spielte es keine Rolle, dass er von der ganzen Sache kein Wort glaubte, oder? Die Leute wollten doch hören, dass okkulte Kräfte die Verbrechen begangen hatten, und er würde genau diese Sehnsucht stillen. Die Geschichte von einem mörderischen Geist würde seine Leserschaft mitreißen, und die Séance im Teatro Lírico wäre der Höhepunkt. Dieses gesellschaftliche Ereignis zeitgleich mit der Aktion von Inspektor Sánchez zu koordinieren, war – sofern dieser Tölpel von Polizist nicht scheiterte – ein großartiger Einfall.

59

Inspektor Sánchez nickte nachdenklich. Er stützte sich auf den Plan des städtischen Kanalsystems und verglich ihn mit Fleixas Skizze. Ein Kreuz inmitten von La Barceloneta kennzeichnete die Stelle, an der sie noch heute Abend die Kanalisation betreten würden. Der Journalist hatte auch noch die verschiedenen Kanäle eingezeichnet, die unter dem Parque de la Ciudadela verliefen und die bis zu dem ehemaligen Wasserreservoir reichten.

Er holte tief Luft. Der Plan enthielt nur die wichtigsten Verbindungen; ältere Stollen zum Beispiel, die zum Teil noch aus der Römerzeit stammten, waren darin nicht vermerkt. Das Abwassersystem von Barcelona breitete sich über mehrere hundert Kilometer im Untergrund wie ein dichtes Spinnennetz aus und war in vier Ebenen tief in die Erde gegraben. Das Raster war so kompliziert, dass Sánchez nicht auf Anhieb die beste Strecke zu dem Versteck von diesem Homs festlegen konnte. Zu seinem großen Bedauern musste er sich eingestehen, dass er auf einen Führer durch die Kanalisation angewiesen war.

Er hatte die Aktion mit der größten Diskretion vorbereitet. Die Verwaltung der Stadt oder gar der Provinz zu informieren, das hatte er nicht für nötig gehalten. Sobald man dort von der Bedrohung erführe, die die Eröffnungsveranstaltung betraf, kämen die Verantwortlichen womöglich noch auf die Idee, alles abzusagen, und dann könnte er nicht den rettenden Helden spielen. Adiós, geliebte Beförderung.

Die Tür ging auf, und Wachtmeister Azcona kam herein.

»Señor, ich möchte gern mit Ihnen sprechen.«

So weit waren wir also schon gekommen. Der junge Mann hatte sich nicht einmal dazu herabgelassen anzuklopfen. Wie zum Teufel hatte er nur zulassen können, dass man ihm gerade so einen Kollegen aufhalste. Sobald wie möglich würde er versuchen, ihn wieder loszuwerden.

»Azcona«, herrschte er ihn ungnädig an. »Was wollen Sie? Ich bin sehr beschäftigt.«

»Ich habe erfahren, dass gerade eine Aktion vorbereitet wird, um einen bedeutenden Mörder zu fassen.«

Sánchez verzog das Gesicht. Das Polizeiquartier schien der reinste Tratschladen zu sein. Nach seiner Beförderung würde es so etwas nicht mehr geben.

»Wachtmeister, ich bin nicht dazu verpflichtet, Sie über meine Entscheidungen zu informieren, oder?«

»Nein, Señor. Aber ich kenne das Stadtviertel von meiner ehemaligen Dienststelle noch sehr gut, ich denke, ich könnte Ihnen nützlich sein.«

»Sehr schön, Wachtmeister. Lassen Sie hören, wenn Sie so große Erfahrung haben, was ist Ihre Meinung?«

»Die Kanalisation von Barcelona ist hunderte Jahre alt. Es ist wirklich ein riesiges und noch dazu gefährliches Labyrinth, Señor. Früher hatte ich öfter damit zu tun, denn die Verbrecher benutzen häufig diese alten Gänge.«

»Faszinierend.«

Azcona berichtete weiter, das Interesse seines Vorgesetzten wirkte aufrichtig.

»Man verliert da unten leicht die Orientierung. In dutzenden Stollen gibt es Schächte und Kanäle voller Wasser, die binnen Sekunden eine ganze Gruppe Männer verschlingen können. In einigen Abschnitten herrscht eine reißende Strömung. Außerdem gibt es noch Kammern, in denen sich Gase sammeln, sodass man keine Luft bekommt. Wir mussten einmal zwei unserer Männer retten, die sich verlaufen hatten, die sind gerade noch mit dem Schrecken davongekommen.«

»Aha«, sagte Sánchez.

Der Wachtmeister verlagerte sein Gewicht auf den anderen Fuß. Er war sichtlich aufgeregt.

»Reden Sie ruhig weiter, sprechen Sie freiheraus. Was sollte ich noch alles wissen?«

»Sie müssen auf jeden Fall vermeiden, der Gruppe zu begegnen, die in den tiefsten Stollen der Kanalisation lebt.«

Sánchez zog ungläubig die Augenbrauen hoch.

»Wollen Sie mir jetzt etwas von dieser Sammler-Gemeinschaft in der Kloake erzählen? Ich bitte Sie, Azcona! Ich hatte Sie für weniger naiv gehalten.«

»Señor, das ist kein Gerücht. Es gibt diese Sammler wirklich. Es ist eine große Gemeinschaft. Sie sind gut organisiert, haben ihre eigenen Regeln und Anführer. Sie funktionieren wie eine beschissene Stadt.«

»Azcona, hüten Sie Ihre Zunge.«

»Ja, Señor, verzeihen Sie bitte. Aber das ist die Wahrheit. Ich habe selbst schon einmal einen Trupp Sammler gesehen. Eigentlich haben wir nur ab der Estación de Francia einen Taschendieb verfolgt. Der Mann wollte uns abschütteln, deshalb stieg er in die Kanalisation, und wir waren ihm dicht auf den Fersen. Ich übernahm die Vorhut, doch ich geriet in der Kanalisation ein paar Ebenen zu tief und verlor die Orientierung. Als ich schon dachte, ich hätte ihn gefunden, hörte ich auf einmal einen fürchterlichen Schrei. Ich machte sofort meine Lampe aus. Einen Moment später lief eine Gruppe Männer vorbei, die den Dieb trug. Doch der war tot. Sie sagten kein Wort, huschten nur vorbei, als wären sie Schatten der Kanalisation. Ich muss ehrlich sagen, ich hatte noch nie zuvor in meinem Leben so eine Angst. Doch ich hatte Glück und konnte durch einen anderen Abwasserkanal entwischen. Aber ich habe eine wertvolle Lektion gelernt: Da unten haben diese Leute das Heft in der Hand.«

»Blödsinn, Azcona. Mir sagt kein Hungerleider aus dem Untergrund, wo es langgeht. Und falls wir tatsächlich jemanden finden sollten – was ich bezweifle –, dann verhaften wir ihn einfach und basta.«

»Bitte verzeihen Sie, dass ich so hartnäckig bin. Sie sollten meine Worte wirklich ernster nehmen. Während meiner Zeit in dem anderen Polizeiquartier sind einige Leute spurlos verschwunden …«

»Ja, ja, ich kenne den Rest der Geschichte«, fuhr Sánchez dem Wachtmeister über den Mund. Allmählich ging ihm das Geschwätz dieses Tölpels auf die Nerven. »Diese Sammler fangen irgendwelche Idioten, die so unvorsichtig sind, sich zu verirren, dann bringen sie ihre Opfer um und verkaufen das Fett, das sie den Leichen entziehen. Das sind doch alles nur Geschichten, um Kinder zu erschrecken! Wachtmeister, ich bitte Sie, aus dem Alter sind Sie doch längst heraus!«

»Aber, Señor …«

»Lassen Sie uns über wichtigere Dinge sprechen. Sie fragen sich bestimmt, welchen Part Sie bei der Aktion übernehmen, nicht wahr? Sie habe ich für eine besonders wichtige Aufgabe vorgesehen.«

Es bereitete Sánchez ein gewisses Vergnügen zu sehen, wie der junge Mann in Erwartung seiner verantwortungsvollen Aufgabe Haltung annahm.

»Sie bleiben nämlich hier.«

»Wie bitte? Ich habe Sie wohl nicht richtig verstanden, Señor. Hier, haben Sie gesagt?«

Der Inspektor musste fast lächeln, als er die enttäuschte Miene des jungen Mannes betrachtete.

»Genau, Azcona. Schließlich muss jemand hier sein, wenn wir da unten den Mörder verhaften. Das ist Ihre Aufgabe.«

»Aber …«

»Es ist alles gesagt, Sie können gehen. Ich habe noch viel zu tun.«

Der Wachtmeister war verwirrt. Zum Abschied salutierte er, doch in der Tür drehte er sich noch einmal um.

»Señor …«

»Mann, werde ich Sie heute denn gar nicht mehr los?«

»Doch, Señor, ich gehe gleich, ich wollte Ihnen nur noch empfehlen, Hunde mitzunehmen.«

»Hunde? Und was sollen wir da unten mit den Kötern anfangen?«

»Sie sind sehr nützlich, um eine Spur zu verfolgen. Außerdem wittern sie die Sammler schon von Weitem. Die Hunde könnten Sie warnen.«

»Wachtmeister, machen Sie endlich die Tür hinter sich zu!«

Als er allein war, setzte sich Sánchez wieder. Er zog die Schublade in seinem Schreibtisch auf und suchte darin, bis er die Papiertüte fand. Genüsslich stocherte er darin, dann warf er seinen Leckerbissen in die Luft und fing ihn mit dem Mund auf.

Diese Aktion war ein Kinderspiel.

60

»Señora, Sie … Sie dürfen hier nicht herein.«

Oriol Pascual, der Vizedirektor des Städtischen Zuchthauses, das alle nur die Amalia nannten, rieb sich nun schon zum dritten Mal die Augen und versuchte, seine Gedanken zu ordnen. Er hatte sich wie stets vor der Nachtruhe auf die Flasche Schnaps gefreut, die er unter Verschluss hielt, und auf den Besuch einer der Insassinnen, die ihm für eine Extraration trockenen Brotes ihre Gunst erwies. Doch jetzt saß er, noch dazu todmüde, auf seinem unbequemen Bürostuhl. Er rückte seine Fliege zurecht und versuchte herauszufinden, warum diese Frau – diese Dame – zu dieser Unzeit in seinem Büro aufgetaucht war.

Nie zuvor hatte eine Dame der Hautevolee das Gefängnis betreten. Niemand rechnete damit. Doch heute war alles anders. Er musste sich eingestehen, dass er noch nie mit solch einer Vertreterin des weiblichen Geschlechts zu tun gehabt hatte. Er verkehrte sonst nicht in der feinen Gesellschaft der Stadt, aber er bezweifelte, dass er selbst dann unter all den herausgeputzten Damen einer vergleichbaren Persönlichkeit begegnet wäre.

»Herr Oberst …«

»Nein, nein, Señora. Vizedirektor, ich bin nur ein einfacher Beamter, mein Name ist Pascual.« Er setzte sich aufrecht, geschmeichelt, dass die Dame ihn für einen hochrangigen Militär hielt.

»Bitte verzeihen Sie meine Ungeschicklichkeit, Señor Pascual, aber ich bin so durcheinander.«

Irene schluchzte, dann hielt sie das Taschentuch vor den Mund, das ihr das Dienstmädchen reichte. Das Mädchen sah schüchtern zu dem Vizedirektor und wandte dann den Blick ab. Pascual seufzte. Er musste die Angelegenheit so bald wie möglich klären, sonst bekäme er die restliche Nacht keinen Schlaf.

»Señora, Sie sagen, dass ein schreckliches Unrecht geschehen ist. Könnten Sie mir bitte erklären, worum es geht?«

»Man hat einen Unschuldigen verhaftet.«

Der Vizedirektor sah sie fragend an, und Irene holte zu einer Erklärung aus.

»Sehen Sie.« Sie unterdrückte einen Seufzer. »Señor Amat hat vor Jahren in Kuba gekämpft. Er erlitt dort eine schwere Verletzung, und nach seiner Genesung wurde er nach Barcelona versetzt. Doch wegen seiner heftigen Schmerzen ist er seitdem sehr anfällig für gewisse Mittel, die seinen Verstand verwirren und ihm die Vernunft rauben. Er frequentiert auch Opiumstuben. Ich habe gehört, dass diese Lokale furchtbare Lasterhöhlen sind. Leider gerät er dabei hin und wieder in einen Streit, aber nie in eine ernste Sache. Wir haben gestern von seiner Festnahme erfahren. Anscheinend wirft man ihm Erregung öffentlichen Ärgernisses vor. Als ich davon hörte, war ich entsetzt, und trotz der unziemlichen Zeit hielt ich es für angebracht, gleich selbst zur Aufklärung der Sache beizutragen. Ich bin mir gewiss, hier liegt ein Irrtum vor. Señor Amat muss so schnell wie möglich freikommen.«

Pascual lehnte sich misstrauisch in seinen Stuhl zurück. Er wusste nicht viel über die Verhaftung dieses Amat. Die Einzelheiten oblagen Inspektor Sánchez. Es war auch nicht das erste Mal, dass eine Frau versuchte, ihren Liebhaber vor dem Streit mit ihrem angetrauten Mann zu bewahren. Da hatte er schon die unglaublichsten Geschichten gehört. Doch es war außergewöhnlich, dass jemand persönlich vorstellig wurde, üblicherweise schickten die Frauen einen Diener mit einem prall gefüllten Geldbeutel und fertig. Hier steckte mehr dahinter.

»Wissen Sie, dass man Señor Amat beschuldigt, ein Mörder zu sein?«

Irene schlug die Hand vor den Mund und machte große Augen, doch sie gewann sogleich die Fassung zurück, und ihr Erstaunen wich einer eisigen Miene.

»Unvorstellbar! Señor Amat würde niemals so eine Untat begehen, wie Sie behaupten. Er ist ein kranker Mann, kein gefährlicher Mann. Übrigens liegt hier vermutlich noch ein weiterer Irrtum vor, Amat ist ein alter und geschätzter Freund der Familie, ich kann für ihn bürgen.«

»Ein Freund der Familie? Wirklich?«

»Ich verstehe, dass Sie verwirrt sind. Die Sache ist überaus peinlich, es tut mir wirklich leid, dass ich Ihnen so viele Umstände bereite. Ich denke, in dem Fall ist eine gewisse Entschädigung angemessen. Vielleicht ein finanzieller Ausgleich statt einer Haftstrafe.«

Die Geldbörse glitt mit einem metallischen Klacken über den Tisch. Pascual griff nicht danach, er betrachtete nur die Frau noch aufmerksamer. Er musterte ihre Figur von der Taille bis zu ihrer Brust, die deutlich durch das Mieder eingeschnürt wurde. Ihre dunkle Haut schimmerte im Licht der Lampe, und ihre Wangen trugen ein diskretes Rouge. Der Vizedirektor stützte sich auf den Schreibtisch auf und schob die Geldbörse mit einer Geste zur Seite, als ließe sie ihn gleichgültig.

»Die Sache ist wirklich merkwürdig!« Er gähnte. »Wissen Sie was? Vielleicht sollten wir mit Inspektor Sánchez sprechen und die Sache aufklären. Was halten Sie davon?«

Irene sah bestürzt drein.

»Ich verstehe.« Pascual schürzte ein wenig die Lippen. »Vielleicht gibt es noch einen anderen Weg, ohne den Inspektor zu behelligen, damit dieser ›kranke‹ Mann nicht noch eine Nacht hier verbringen muss.«

Über Irenes Gesicht huschte ein Hoffnungsschimmer.

»Die Bedingungen in den Zellen«, erklärte der Beamte, »sind

hart. Man steckt sich dort leicht an mit Tuberkulose, Ruhr oder irgendeiner anderen Krankheit. Ganz zu schweigen von der Härte, mit der die Insassen ihre Angelegenheiten regeln. Ich habe nicht genügend Männer, und ich kann unmöglich die Sicherheit jedes einzelnen Häftlings garantieren. Ihrem ›Freund‹ geht es bestimmt miserabel. Ich will Ihnen helfen, wirklich. Vielleicht könnten wir zu einer Übereinkunft gelangen.«

Er legte eine Hand auf eine von Irenes Händen, die sich beherrschen musste, um sie nicht abzuschütteln. Sie schloss die Augen, und als sie sie wieder öffnete, wandte sie sich an ihr Dienstmädchen.

»Encarnita, geh zur Kutsche.«

Pascual war überrascht. Der milde Tonfall und das Geschluchze waren verschwunden. Diese Frau war nicht mehr die verzagte Maus, mit der er bislang gesprochen hatte.

»Aber, Señora …«, protestierte das Dienstmädchen.

»Ich habe dir gesagt, du sollst zur Kutsche zurückgehen. Verstanden?«

Encarnita ging mit eingezogenem Kopf durch das Büro. Bevor sie hinausging, sah sie noch einmal zu ihrer Señora, als hoffte sie auf einen Meinungsumschwung. Doch Irene beachtete sie nicht weiter, und die junge Frau schloss vorsichtig die Tür hinter sich.

»Gut, gut. Jetzt sind wir endlich allein.« Pascual stand auf und lief um Irene herum, bis er hinter ihrem Rücken stehen blieb. »Jetzt können wir offener miteinander reden.«

Ein Schauder erfasste Irenes Körper, als sie Pascuals schwitzige Hand auf ihrem Hals spürte. Der Mann beugte sich vor und rieb mit seinem Bart an ihrer Haut. Bei seinen Ausdünstungen drehte sich Irene fast der Magen um. Sie schloss die Augen und versuchte, sich zu beherrschen.

»Sie müssen mir garantieren, dass … Sie Señor Amat freilassen«, sagte sie kaum hörbar.

»Ich gebe Ihnen mein Wort«, antwortete Pascual, dessen

Stimme vor Erregung belegt war. »Ich bin noch nie mit einer Dame wie Ihnen zusammen gewesen, wissen Sie?«

Er kicherte und glitt mit einer Hand zu Irenes Brust, die er schließlich durch das Gewand knetete, als wäre sie Brotteig. Sein Atem wurde immer keuchender, und er strich mit seiner Zunge über ihr Ohr.

Irene hielt es nicht länger aus, und sie wollte aufstehen, doch für den Vizedirektor gab es kein Zurück. Er legte einen Arm um ihre Taille, hob sie mit Leichtigkeit vom Stuhl und drückte sie auf den Tisch. Als Irene auf der Holzkante aufschlug, stieß sie die Luft aus, die sie angehalten hatte. Sie versuchte sich umzudrehen, doch der Vizedirektor war kräftig. Er packte einen ihrer Arme und verdrehte ihn hinter ihrem Rücken, sodass Irene sich nicht mehr rühren konnte, dann presste er ihr Gesicht gegen die Tischplatte. Erregt stammelte er ihr ins Ohr, und sein Speichel tropfte auf ihre Haut. Mit seiner freien Hand nestelte er an seinem Gürtel. Irene begriff, dass sie nichts mehr ausrichten konnte, am liebsten wäre sie ohnmächtig geworden. Pascual fluchte leise, während er mit seiner Gürtelschnalle kämpfte, bis seine Hose endlich zu Boden glitt. Er wollte gerade Irene den Unterrock wegreißen, da bebte die Tür des Büros unter einem heftigen Schlag.

Beim nächsten Stoß stand die Tür sperrangelweit offen, und auf der Schwelle stand der schmächtige Fleixa, der mit Gefängniswärtern rang. Hinter den Männern reckte sich die restlos eingeschüchterte Encarnita.

»Lassen Sie mich los! Sie sollen mich loslassen, habe ich gesagt!«, rief der Journalist so autoritär, dass die Männer gehorchten. Fleixa richtete sein Karojackett und zog mit einem Griff die verdrehte Fliege wieder in Position. Er war außer sich vor Entrüstung.

»Kann man mal erfahren, was hier los ist?«

Der Vizedirektor löste sich von Irene und bückte sich nach seiner Hose.

»Wer … Wer sind Sie?«

»Sie wissen nicht, wer ich bin? Ich bitte Sie!«, schrie der Journalist, der nun mitten im Büro stand. »Señor, ich bin kein Geringerer als Don Bernat Fleixa García, der berühmte Reporter, Abteilungsleiter des Nachrichtenressorts beim *Correo de Barcelona*.«

»Was haben Sie in meinem Büro zu suchen?«

»Ich habe heute einen wunderbaren Abend mit dem Gouverneur und seiner werten Frau Gemahlin verbracht. Ich war gerade auf dem Heimweg, als mich mitten auf der Straße diese junge Frau in ihrer Bedrängnis ansprach. Sie hat mir hastig berichtet, dass ein Lustmolch über ihre Señora herfiele. Anscheinend sind wir gerade rechtzeitig gekommen.«

»Es ist nicht so, wie Sie denken«, verteidigte sich Pascual.

Fleixa zog übertrieben die Augenbrauen hoch, während er das aufgeknöpfte Hemd und die Hose beäugte, die noch um die Knöchel des Vizedirektors lag. Dann verzog er in Richtung der Gefängniswärter sarkastisch das Gesicht.

»Wieso habt ihr ihn hereingelassen? Raus mit ihm!«, schrie Pascual seinen Männern zu, die unschlüssig in der Tür herumstanden.

»Ich an Ihrer Stelle würde diesen Fehler nicht begehen, Señor. Anscheinend wissen Sie nicht, wen Sie vor sich haben.« Fleixa ging entschlossen zu Irene, deren Gesicht wieder Farbe annahm. »Señora Adell, ist alles mit Ihnen in Ordnung?«

Der Vizedirektor erschrak, als er aus dem Mund des Journalisten den Namen vernahm.

»Nur mit der Ruhe, Señora Adell«, sprach Fleixa weiter, ungeachtet der wachsenden Verwirrung des Beamten. »Ich werde dafür sorgen, dass ganz Barcelona erfährt, was das für ein Kerl ist.«

»Wie … Wie bitte?«, stammelte Pascual mit Blick zu seinen Männern, die vom Türrahmen aus die Szene beobachteten.

»Gleich in der ersten Morgenausgabe werde ich meinen zahlreichen Lesern die Situation in diesem Tollhaus darlegen. Und natürlich auch den Amtsmissbrauch, für den Sie verantwortlich sind. Ich werde öffentlich machen, wie Sie mit unschuldigen Menschen umgehen, die bei Ihnen Rat suchen. Das gibt wenigstens zwei Spalten auf der Titelseite. Bestimmt führt das zu einem Erdbeben auf höchster Ebene.«

»Nein, das können Sie nicht tun.«

»Und wie ich das kann«, erwiderte Fleixa und grinste.

Irene bedachte den Journalisten mit einem dankbaren Blick, dann löste sie sich sanft von Encarnita, die gleich an ihre Seite gelaufen war. Sie baute sich vor dem Beamten auf.

»Jetzt halten Sie wenigstens Ihr Wort.«

Pascual sah zwischen Irene und Fleixa hin und her, schließlich sprach er mit eisiger Stimme zu seinen Männern:

»Alles in Ordnung. Gehen Sie und schließen Sie die Tür hinter sich.«

Die Gefängniswärter zögerten einen Moment, aber angesichts der Miene ihres Vorgesetzten gehorchten sie. Sobald sie unter sich waren, wandte sich Pascual verwirrt an Irene.

»Was wollen Sie von mir?«

»Die sofortige Entlassung von Señor Amat«, forderte Irene, und mit Blick zu dem Journalisten fügte sie noch an: »Als Gegenleistung bewahren wir über die Vorfälle hier absolutes Stillschweigen.«

»Meinetwegen«, willigte Fleixa ein und nickte. »Wenn das Ihr ausdrücklicher Wunsch ist, Señora, dann schreibt meine Feder keinen Strich.«

»Wie weiß ich, dass dieser … dieser Vorfall nicht verbreitet wird?«

»Reicht Ihnen nicht das Wort der Dame?«, mischte sich der Journalist wütend ein.

»Ja, ja, gewiss«, erwiderte der Vizedirektor des Zuchthauses, der sich längst fragte, warum er an dem Abend nicht einfach ins Bett gegangen war.

61

Llopis legte die Füße auf den Schreibtisch, dann lehnte er sich in seinem Stuhl zurück. Er war vollauf zufrieden. Vor zwei Tagen hatte er Madame Palladinos Zusage für eine öffentliche Séance erhalten und umgehend eine Werbekampagne für das Spektakel gestartet, das am Abend im Teatro Lírico stattfinden sollte. Ganz Barcelona war mit Flugblättern und Plakaten überflutet worden. Der *Correo de Barcelona* hatte eine Sonderausgabe mit allen Einzelheiten der öffentlichen spiritistischen Sitzung gedruckt, die die Leser den Zeitungsjungen nur so aus der Hand rissen. Er selbst hatte noch eine umfangreiche Reportage über das Medium verfasst, das reinste Loblied auf diese rätselhafte Persönlichkeit und ihre spektakuläre Art, mit Geistern in Verbindung zu treten. Als böte die Veranstaltung die Rettung für die Bittgebete aller Einwohner, waren die Eintrittskarten binnen Stunden restlos ausverkauft, und noch immer trafen bündelweise Anfragen für Freikarten in der Redaktion ein. Llopis beklagte es insgeheim, dass er nicht mit den Geschäftsführern des Liceo verhandelt hatte, bestimmt hätten sie mit der öffentlichen Séance auch diesen Musentempel füllen können. Ein größeres Interesse konnte man sich gar nicht vorstellen.

Seine Artikel über die Verbrechen, die in den letzten Tagen in der Zeitung standen, hatten die Nervosität und die Furcht, die ohnehin in den Straßen herrschten, noch anheizen können. Wie nicht anders erwartet, waren die Berichte ein großer Erfolg. Dabei hatte er nur den Ängsten der Leute eine Stimme geben müssen, vehement eine spirituelle Klärung der Mordserie gefordert und die Inkompetenz der Behörden angeprangert. Wie ein Funke auf dürrem Laub hatten seine Tiraden Barcelona in Brand gesetzt. Schließlich hatten viele andere Zeitungen nachgezogen und mit dem gleichen Tenor eigene Berichte und Reportagen veröffentlicht. Vereinzelt hatte es Einwände gegeben, so hatte der Bischof, Monseñor Catalá, vor der Veranstaltung gewarnt, doch dies war nur Öl auf das Feuer, und es gab noch mehr Widerhall.

Von den erlesensten Clubs bis zu den übelsten Spelunken gab es kein anderes Gesprächsthema mehr als die Morde, die der teuflische Geist in der Gestalt des *Gos Negre* beging. Auch die Details zum Zustand der gefundenen Leichen, die Llopis von Inspektor Sánchez wusste und die er mit seiner eigenen Fantasie noch etwas ausgemalt hatte, waren – wie nicht anders erwartet – wie eine Bombe eingeschlagen. Die Leserschaft war von den Schauergeschichten restlos fasziniert.

Als Echo auf die Presseberichterstattung multiplizierten sich sogleich die Hinweise auf Erscheinungen. So wurde über den Angriff einer riesigen Bulldogge berichtet, deren Augen wie Kohlestücke glühten und aus deren Schlund Flammen schlugen. In La Barceloneta, im Born und in El Raval hatten sich bewaffnete Männer zu nächtlichen Bürgerwehren zusammengefunden, die jeden Straßenhund umbrachten, den sie nur finden konnten. In der Stadt war der Wahnsinn ausgebrochen.

Llopis war über den Verlauf der Dinge entzückt, und der Abend war das Sahnehäubchen. Die spiritistische Séance würde in die Geschichte der Stadt eingehen, und ihm persönlich würde sie erklecklichen Ruhm und einen Batzen Geld einbringen.

Er hoffte, dass Sánchez mit seinem Vorhaben erfolgreich war und diesen Irren so rechtzeitig festnahm, wie sie es geplant hatten. Als Höhepunkt des Abends sollte im Theater die Festnahme verkündet werden. Später würde er schon in einem Zeitungsartikel die beiden Ereignisse miteinander verbinden. Der Inspektor hatte ihm berichtet, dass Homs ein armer Teufel ohne

Familie oder Freunde war, der aus dem Sanatorium Nueva Belén ausgerissen war. Das machte die Sache noch leichter. Sobald Homs in seiner Gefängniszelle saß, würde Sánchez ihn das erste Interview mit dem Serienmörder führen lassen. Llopis hatte sich den Bericht in groben Zügen schon zurechtgelegt: Dr. Frederic Homs als Opfer eines böswilligen Geistes, der dessen Seele verdorben und ihn in einen erbarmungslosen Mörder verwandelt hatte. Das Interview seines Lebens!

62

Ein Dutzend Polizisten wartete in kleinen Gruppen. Sie flüsterten und versuchten, sich die Angst nicht anmerken zu lassen, indem sie an ihren Zigaretten zogen und gegen die Kälte mit den Füßen stapften. Inspektor Sánchez stand im Schatten, er sah ihnen schweigend zu. Alle steckten in dicken Wolljacken, Handschuhen und Gummistiefeln. Sie waren mit Pistolen und Gewehren bewaffnet, und jeder führte dreimal so viel Munition wie üblich mit. Sie hatten außerdem sieben Petroleumlampen und vier Laternen, ein zehn Meter langes Hanfseil sowie Wasser und Verpflegung für zwei Tage auf mehrere Rucksäcke verteilt. Niemand konnte sagen, sie hätten sich nicht vorbereitet.

Etwas abseits der Männer waren drei Jagdhunde angeleint, die ungeduldig auf den Beginn des Einsatzes warteten. Sie knurrten unaufhörlich, und niemand kam ihnen nahe, außer dem Hundeführer, ein alter wortkarger Mann, der wiederum nur mit seinen Hunden sprach. Ihre kräftigen Beine und ihre spitzen Fangzähne, die sie bei jeder Gelegenheit aufblitzen ließen, waren beeindruckend, und mit ihrem ausgezeichneten Geruchssinn würden sie bei der Suche des Mörders eine große Unterstützung sein. Die Bestien waren auf die Verfolgung von Personen abgerichtet.

Als man Schritte nahen hörte, sahen alle auf. Endlich, dachte Sánchez.

Am Beginn der Straße tauchte in Begleitung von zwei erwachsenen Männern ein in Lumpen gekleideter Junge auf, bei dessen Anblick der Inspektor unwillkürlich die Stirn runzelte. Als sie zu ihm kamen, lüpfte der ältere der beiden Polizisten seine Mütze und entblößte eine speckige Glatze.

»Das ist er, Inspektor Sánchez. Es war nicht einfach, ihn zu finden.«

Guillem betrachtete den Polizisten belustigt.

»Wir haben uns noch einmal erkundigt«, erklärte der Mann und spuckte auf den Boden. »Der Junge kennt die Kanäle wie seinen eigenen Hosenschlitz.«

»Hoffentlich stimmt das«, bemerkte Sánchez, und an Guillem gewandt: »Du führst uns da unten durch die Kanalisation, dafür bekommst du Geld von uns.«

»Für zwei Duros bringe ich Sie, wohin Sie wollen«, bot der Junge an. »Aber der Teufel soll mich holen, wenn das die richtige Zeit ist, um sich da unten herumzutreiben.«

»Du kriegst das Geld, wenn du dein Wort hältst, verstanden?«

Guillem zuckte nur mit den Schultern. Sánchez wandte sich nun an den jüngeren Polizisten.

»Lass ihn bloß nicht aus den Augen. Wenn er irgendetwas macht, was dir verdächtig vorkommt, oder wenn er abhauen will, dann brichst du ihm den Arm!« Dann gab er mit lauter Stimme den Einsatzbefehl für alle Männer: »Gut, wir haben schon viel Zeit verloren, Abmarsch!«

Zwei Polizisten hoben mit einer Stange den Gullydeckel aus der Verankerung und schoben ihn zur Seite. Einer nach dem anderen stiegen die Männer die Eisensprossen hinunter, die in den Schacht eingelassen waren. Das gelbliche Licht der Laternen wurde von der Dunkelheit, die aus der Tiefe kam, fast verschluckt. Ihr größtes Problem war, die Hunde nach unten zu befördern. Schließlich banden sie die Tiere an das Seil und reichten sie von Arm zu Arm weiter, während der Hundeführer beruhigend auf sie einsprach.

Endlich waren nach einigen Minuten alle unten. Sie befanden sich in einer Art großer Zisterne. Durch die Wände sickerte Wasser, und ein stinkendes Rinnsal durchnässte das Schuhwerk der Polizisten. Es war kühl, und die Feuchtigkeit kroch ihnen unter die Haut, doch am meisten beeindruckte sie die Stille, die so dicht schien, als könnte man sie fühlen.

»Bringen Sie das Licht her!«

Die Männer stießen Guillem an die Seite des Inspektors, und ein Polizist faltete den Plan auf einem der Rucksäcke auf.

»Hast dü so etwas schon einmal gesehen?«

Der Junge nickte.

»Schön, dann zeig mir den Weg dahin.«

Sánchez deutete auf das alte Wasserreservoir, das auf dem Blatt gekennzeichnet war. Guillem betrachtete aufmerksam das Labyrinth der Linien, die das unterirdische Wegenetz darstellten, ehe er etwas sagte.

»Da ist nichts, nur einige Stollen.«

»Ich habe dich nicht um deine Meinung gebeten, Jüngelchen, sondern ich habe dich um den Weg dahin gefragt.«

»Wie Sie wollen. Sie haben das Sagen.« Er beugte sich über den Plan und fuhr mit dem Zeigefinger eine der Linien nach. »Man muss diesen Stollen nehmen, am Ende von diesem Abfluss. Dann muss man eine Weile gehen, bis man an eine Stelle kommt, wo fünf Abwasserkanäle münden. Diese Stelle muss man überqueren, aber das ist gefährlich. Danach muss man tiefer steigen, in die Stollen in der nächsten Ebene. Aber dort sind die Kanäle niedriger und enger und verzweigen sich immer mehr. Die meisten von ihnen führen unter dem Parque de la Ciudadela hindurch. Hier, das ist der, für den Sie sich interessieren.«

»Hm, das sieht doch einfach aus.«

»Vielleicht ja, vielleicht nein.«

Die Männer bekamen den Kommentar mit und tuschelten. Sánchez richtete sich auf und rief ihnen zu:

»Worauf wartet ihr noch? Schultert das Gepäck und los!«

Die Männer waren schnell abmarschbereit. Der alte Mann mit seinen Hunden bildete die Vorhut, Guillem lief in der Mitte neben einem Polizisten, und der Inspektor mit den restlichen

Polizisten bildete den Schluss der Expedition. Als sich drei Kanäle auftaten, entschied der Junge, den mittleren zu nehmen.

Die Männer gingen schweigend, die Hunde hechelten schwer. Der Boden wurde abschüssiger, je weiter sie in dem Stollen vorankamen. Sie hörten immer wieder ein leises Plätschern. Guillem erklärte, dass es von den Ratten herrührte, die flüchteten, weil sie die Nähe von Menschen spürten. Jemand schlug daraufhin vor, ein ordentliches Exemplar zu fangen und mit Reis zu kochen. Niemand lachte.

Je stärker der Boden abfiel, umso mehr verwandelte sich das Rinnsal in einen fließenden Strom, und sie sahen sich gezwungen, ihren Weg auf einem schmalen Mauervorsprung fortzusetzen. Sánchez warnte seine Männer. Falls ein Mitglied ihrer Expedition in das stinkende Abwasser fallen sollte, würde man ihn kaum retten können. Unauffällig zwängte er sich zwischen einen Polizisten und die Tunnelwand.

Unter der Führung von Guillem gelangten sie immer tiefer in das Kanalnetz. Jeder neue Tunnel war ein unsägliches Loch, das noch schlimmer als das vorige war. Der Gestank drang in ihre Bekleidung, und ein Luftzug, von dem niemand wusste, woher er kam, ließ sie erstarren. Nach einer Zeitspanne, die ihnen wie eine Ewigkeit vorkam, hörten sie ein gewaltiges Getöse: ein riesiger Wasserfall.

Der Tunnel führte zu einer großen Kaverne. Ihre Lampen reichten nicht aus, um sie auszuleuchten. Zu ihren Füßen befand sich ein Trichter, der den ganzen Boden der Kaverne einnahm und in den fünf Kanäle mündeten. Wassertropfen schwebten in der Luft: Sie waren beim Strudel angekommen.

Guillem wies ihnen den Weg, den sie nehmen sollten. Rechts sahen sie einen schmalen Steg, der in zwanzig Meter Höhe über dem Strudel entlang der Wand auf die andere Seite führte. Die Holzplanken waren feucht, einige waren auch kaputt. Der einzige Halt war ein modriges Seil, das an Metallringen in der Wand verankert war.

Der Hundeführer ging als Erster. Zunächst scheuten die Tiere, doch der alte Mann redete auf sie ein, bis sie vorsichtig auf die andere Seite kamen. Danach folgten die übrigen Männer.

Sánchez war von dem baufälligen Steg keineswegs angetan, doch er durfte sich vor seinen Männern nichts anmerken lassen. Er sah nicht zum Wasser hinunter, das unter ihm alles zu verschlingen schien. Mitten auf dem Steg war er bereits durchnässt. Verdammt noch mal!, fluchte er in sich hinein. Er fuhr mit einem Arm über sein Gesicht, um das Wasser abzuwischen, vergeblich.

Doch der Moment der Ablenkung genügte, schon stolperte er, und sein rechter Fuß trat mit seinem gesamten Körpergewicht auf eine der altersschwachen Planken. Man hörte ein Knacken. Sánchez versuchte, das Gleichgewicht zu halten, aber so dick, wie er war, schaffte er es nicht. Er zog fest an dem Seil, und dann überfiel ihn Panik, als er sah, wie sich der Metallring aus der Wand löste. Der Steg neigte sich gefährlich, und Sánchez stürzte in die Tiefe. Die Männer schrien. Sánchez fuchtelte auf der Suche nach Halt in der Luft herum. Das Tosen des Strudels schien immer lauter zu werden. Als der Mann in den Trichter tauchte, schlug er panisch um sich. Seine Finger suchten verzweifelt nach einem Griff, doch sie fassten nur ins Wasser.

Um ihn herum schien sich alles zu verlangsamen. Auf seinem Brustkorb lastete ein entsetzlicher Druck, er bekam kaum mehr Luft. Ein brennendes Stechen bemächtigte sich seiner Lunge, doch allmählich ließ der Schmerz nach und machte einem merkwürdig friedfertigen Gefühl Platz, während die Strömung ihn tiefer hinabzog. Über ihm wurde es dunkel.

63

Die Gestalt blieb vor der Säule stehen. Das Licht der Kohleglühfäden strich über die Oberfläche und entlockte dem Metall kupferfarbene Reflektionen. Sie trat näher und bewunderte einmal wieder die zylindrische Form und die perfekt gearbeitete Kuppel. Sie überprüfte die vier stählernen Streben, die die Säule aufrecht hielten, und die unterschiedlich dicken Kabel, die wie Beine einer Spinne von der Decke hingen. Die Gestalt spürte die Vibration, die vom Inneren des Zylinders ausging, man konnte sie überall im Labor wahrnehmen. Als sie mit den Fingern über das Metall strich, zuckte ihr Arm. Sie näherte sich dem polierten Metall und erblickte ihr verzerrtes Spiegelbild. Der Gestalt entfuhr ein Stöhnen. Bald, bald würde … Aber nicht jetzt. Es gab noch viel zu tun.

Unwillig entfernte sie sich von dem Apparat und lenkte ihre Schritte zur Wand. Nicht weit von dem Zylinder entfernt ragte dort ein wuchtiges Pult hervor, an dem dutzende kleine Lichter abwechselnd blinkten. Kabel verliefen von seinem Unterbau auf den Boden und führten an der Wand entlang, bis sie hinter der Säule verschwanden. Mit geübten Handgriffen hantierte die Gestalt an einigen Hebeln, bis es ihr gelang, die Temperatur, den Sauerstoffgehalt und die Leistung zu erhöhen. Als Ergebnis drang aus dem Inneren des Metallzylinders ein beruhigendes Blubbern.

Zufrieden wandte die Gestalt ihre Aufmerksamkeit dem Tisch zu, auf dem das neue Exemplar lag. Sie zweifelte, ob man es überhaupt als solches bezeichnen konnte. Der Brustkorb der jungen Frau hob und senkte sich in einem regelmäßigen Rhythmus. Anders als bei den früheren Behandlungen waren ihre Blößen mit einem Laken zugedeckt. Diese junge Frau unterschied sich von den anderen. Ihre geschlossenen Lider bebten leicht von der Bewegung ihrer Pupillen. Die Gestalt nahm dieser gefesselten Puppe den Puls und nickte befriedigt. Die Morphindosis war ausreichend.

Pau Gilbert hatte außergewöhnlichen Mut bewiesen. Wer hätte gedacht, dass dieser exzellente Student eine Frau war, die sich als Mann verkleidet hatte? Der Einsatz, mit dem dieser Student alles in Angriff genommen hatte, um sein Ziel zu erreichen, hatte ihn beeindruckt. Zuweilen erinnerte ihn das an sich selbst. Sie beide hatten ihre wahre Identität verleugnen müssen. Von allen unverstanden und verstoßen und dennoch zu allem bereit, um ihre Träume zu verwirklichen.

Der Scharfsinn der jungen Frau hatte ihn überrascht. Sie hatte eine Intelligenz an den Tag gelegt, die der eines Mannes ebenbürtig war. Vielleicht wären ihm Pau Gilbert und ihre Gefährten mit etwas mehr Zeit auf die Schliche gekommen und hätten ihn dingfest machen können.

Um Haaresbreite war sie ihm in der Bibliothek entwischt. Das war ein Jammer, denn in dem Moment war er entschlossen gewesen, sie genauso loszuwerden wie den alten Bibliothekar. Und dann wäre er nicht an den Schlüssel gekommen, der das Verfahren vervollständigte. Welche Ironie des Schicksals!

Er strich zärtlich über den Buchdeckel, unterdrückte aber das Verlangen, das Buch aufzuschlagen und sich in den Seiten zu verlieren. Neben dem Buch hatte er die Aufzeichnungen von Pau Gilbert aufgeschlagen und auch die Illustration, die dreihundert Jahre unentdeckt geblieben war – die letzte Illustration des Andreas Vesalius.

Alles war vorbereitet. In den letzten Stunden hatte er noch einige Veränderungen vorgenommen, die das *Liber octavus* vorgab. Nun hing ein Bündel mit Kabeln, die sich etwas von den anderen unterschieden, von einer Reling über dem Seziertisch. Er war verblüfft. Das Verfahren war erschreckend einfach und gerade deswegen so genial.

Er überprüfte alles. Genügend Sägemehl lag um den Tisch herum auf dem Fußboden, und mehrere Glasflaschen mit Salzlösung hingen an Metallbügeln bereit, neben zwei Behältnissen mit Blut sowie einem für Transfusionen, wie von Ramon Coll entwickelt.

Er zog eine Schublade auf, holte eine mit schwarzem Satin bezogene Schatulle hervor und hob mit seinen behandschuhten Fingern den Deckel. Ehrfürchtig entnahm er eine Ampulle und hielt sie gegen das Licht. Die grünliche Flüssigkeit darin bewegte sich. Diese Dosis war zwar in Eile entstanden, doch zum Glück hatte er inzwischen genügend Erfahrung.

Er lächelte. Als er das Serum den ersten Exemplaren verabreicht hatte, war er gescheitert. Sie waren gestorben, noch ehe er mit ihnen etwas anfangen konnte. Die reinste Verschwendung, denn die Leichen an sich nützten ihm nichts. Schließlich, nach dutzenden Versuchen im Labor, hatte er sein Ziel erreicht. Tatsächlich hatte er die Formel dahingehend perfektioniert, dass er das Serum an den Zustand des jeweiligen Individuums sowie an die für die Operation nötige Zeit anpassen konnte. Das Ergebnis war besser als erhofft. Das einzigartige Serum – eine Kombination aus Kokain und Opiaten – bewirkte bei den Exemplaren eine Hyperalgesie. Die Körper waren nicht betäubt, sondern die Sinne geschärft, sodass sie besonders schmerzempfindlich waren. Es war faszinierend, ihre Reaktionen zu beobachten, während er arbeitete.

Er legte die Ampulle wieder in die Schatulle zurück und stellte diese auf einen kleinen Metalltisch. Er schloss die Augen und isolierte den Schmerz in seinem malträtierten Körper. Die Empfindungen, die ihn vor jedem Eingriff überfielen, verzückten ihn. Er würde sie vermissen, wenn alles vorüber wäre. Sie boten ihm einen exquisiten, einen einzigartigen Moment. Noch war das Exemplar unversehrt, nichts hatte es verändert. In dem Moment, in dem er das Skalpell an der Haut aufsetzte, würde das zerbrechliche Gleichgewicht gestört werden. Wenn man nicht zügig und in vollkommener Synchronie handelte, ging die anatomische Harmonie unwiederbringlich verloren. Nur sein Können machte den Unterschied zwischen einem Kunstwerk und einer chirurgischen Katastrophe aus.

Er war ein Künstler.

64

Daniel bewegte vorsichtig den Arm, er versuchte, den Schmerz zu unterdrücken, den er auf der holprigen Fahrt verspürte. Sein Haar war mit Blut verklebt, und seine Lippen fühlten sich gleichermaßen aufgedunsen und rissig an. Er betrachtete seine Kleidung und verzog das Gesicht: Er sah aus, als wäre er soeben der Kloake entstiegen. Mühsam schob er den Becher zur Seite und nahm direkt aus der Likörflasche einen großen Schluck.

»Danke«, sagte er mit matter Stimme.

»Dein Freund Fleixa kann ganz schön überzeugend auftreten«, erklärte Irene. »Er kam zu uns und ließ nicht locker, bis ich ihn persönlich empfing. Dann hat er mir alles von deiner Verhaftung berichtet, und auch, dass du Hilfe benötigst. Ich habe dich gewarnt, Daniel, Bertomeu ist wirklich zu allem fähig. Du musst aus Barcelona verschwinden, bevor man deine Flucht entdeckt. Hier« – sie überreichte ihm einen eleganten kleinen Lederkoffer – »darin findest du eine Fahrkarte für den Schnellzug nach Montpellier für heute Abend und noch ein wenig Geld, das ich auftreiben konnte. Du musst deine Sachen im Colegio Mayor lassen. Irgendwie werde ich sie dir später schicken.«

»Du bist sehr großzügig, mehr, als ich verdient habe. Und du bist ein großes Risiko eingegangen, um mir zu helfen, aber ich kann nicht abreisen.«

»Was muss denn noch alles passieren, damit du begreifst, dass du in Lebensgefahr schwebst?«, fragte sie erstaunt.

In dem Moment hielt der Wagen unter dem Triumphbogen, der Einfahrt zum Gelände der Weltausstellung. Über dem Terrain lag die erwartungsvolle Ruhe vor der Eröffnung am nächsten Tag. Die Wagentür ging auf, und Fleixa lugte herein.

»Bitte«, forderte Irene ihn auf, »sagen Sie Encarnita, dass sie einsteigen soll. Draußen ist es ziemlich kalt.«

»Ihr Dienstmädchen hat einen Umhang genommen und sich darin eingewickelt. Encarnita sagt, sie hält lieber draußen Wache.«

Der Journalist nahm neben Daniel Platz.

»Fleixa, ich weiß gar nicht, wie ich mich bei Ihnen bedanken kann.«

»Ihre Freiheit verdanken Sie nicht mir, ich spiele nur den Kutscher.«

Daniels Miene verdüsterte sich.

»Der Verlust Ihrer Freundin tut mir sehr leid.«

Fleixa wich das Lächeln aus dem Gesicht, er nickte schwermütig.

»Wie geht es Ihnen?«

Der Journalist antwortete nicht sofort, er schob den Vorhang vor dem Wagenfenster ein wenig zur Seite und ließ seinen Blick zum Horizont schweifen.

»Schon viel besser.«

»Sobald meine Flucht publik ist, werden Sie vor den Behörden ziemlich schlecht dastehen, mein Freund.«

»Keine Sorge! Ich denke, Inspektor Sánchez hat derzeit dringendere Probleme.«

Er konnte zwar im Dunkel der Kutsche die Gesichtszüge nicht genau erkennen, doch Daniel hätte jede Wette abgeschlossen, dass Fleixa wieder lächelte.

»Ich erkläre es Ihnen später.« Bevor Daniel nachfragen konnte, sagte er schnell: »Wir haben jetzt keine Zeit. Pau ist verschwunden.«

»Wie das?«

»Ich weiß nur, dass einer ihrer Kommilitonen ihre wahre Identität herausgefunden und sie verraten hat. Man hat sie mit

Zimmerarrest bestraft, doch als man ihr das Abendessen brachte, war sie nicht mehr da. Jemand hat all ihre Sachen durchwühlt. Niemand weiß, was passiert ist, aber wir schon, oder? Sie muss Homs irgendwie in die Falle gegangen sein.«

»Nein, das war nicht Homs.«

»Wie bitte?«

Daniel drehte sich zu Irene um.

»Sag, wo ist dein Mann jetzt?«

»Bertomeu? Warum willst du das wissen?«

Daniel packte entschlossen Irenes Hand und sah ihr fest in die Augen.

»Es ist wichtig, es ist wirklich wichtig. Was meinst du, wo könnte er sein?«

»Ich weiß es nicht. Ich habe ihn schon seit Tagen nicht mehr gesehen.«

»Kommt es öfter vor, dass er einfach so verschwindet?«

»Ja, in den letzten Monaten, wegen der Arbeiten im Werk, da hat er es sich zur Gewohnheit gemacht, zwei oder drei Tage nicht nach Hause zu kommen, ohne mir Bescheid zu sagen. Ich denke, abends wird es spät, und dann verbringt er die Nacht lieber im Büro.«

Daniel nickte in Gedanken, während Irene und Fleixa ihn erwartungsvoll ansahen.

»Sag, kannst du dich noch an die Dokumente erinnern, die du mir gegeben hast? Da war auch der Obduktionsbericht von dem Freund dabei, den Homs angeblich umgebracht hat, bevor er aus dem Sanatorium floh. Da sich keine Familienangehörigen gemeldet und den Leichnam beansprucht haben, kam er zu Studienzwecken ins Hospital de la Santa Creu. Irgendwie hat es dein Mann geschafft, den Bericht zu entwenden, damit niemand die Wahrheit erfährt.«

»Welche Wahrheit?«

Daniel schwieg zunächst und trank noch einen Schluck aus der Likörflasche. Er sah Irene und Fleixa an, bevor er etwas sagte.

»Der Tote hatte Leberkrebs.«

»Heilige Mutter Gottes!«, rief Fleixa entsetzt.

»Was heißt das?«, fragte Irene, die von der Reaktion des Journalisten verblüfft war.

»Das bedeutet, dass der Tote im Sanatorium Dr. Homs war.«

Ihnen blieb die Sprache weg, als sie versuchten, die Folgen dieser Feststellung abzuschätzen.

»Wenn das stimmt, wer ist dann der andere Mann?«

»Ein Handlanger deines Mannes.«

»Das kann nicht sein!« Irene schlug die Hände vor den Mund, um einen Schrei zu unterdrücken.

»Ich denke, es war so: Adell kommt ins Sanatorium und freundet sich dort mit dem Patienten Homs an. Er erfährt von den Forschungen des Mediziners und auch von seiner Entdeckung. Adell erfasst deren Wert und will sie kaufen, doch Homs erteilt ihm eine Abfuhr. Als er aus dem Sanatorium entlassen wird, benötigt Adell jemanden, der Homs überwacht. Er gewinnt das Vertrauen des neuen Freundes von Dr. Homs, vielleicht ist ja auch Geld im Spiel. Einige Tage später berichtet dieser Freund Adell, dass Homs' Entlassung kurz bevorsteht. Ich vermute, dass Adell höchstpersönlich ins Sanatorium fährt und ein letztes Mal versucht, Dr. Homs dazu zu bringen, sein Geheimnis mit ihm zu teilen. Doch der Mediziner weigert sich weiterhin, Adell verliert die Nerven wie schon so oft und tötet ihn.«

»Das bedeutet, dass die Verletzungen der Leiche ...«

»Adell ist in medizinischen Belangen versiert. Er ist zwar von der Universität geflogen, doch er war ein exzellenter Student. Um jeden Verdacht abzulenken, verunstaltet er an Homs' Leiche noch das Gesicht, Adell und sein Kumpan tauschen die Kleidung aus, und alle halten Dr. Homs für den Mörder.«

Alle waren fassungslos.

»Ich weiß nicht«, wandte Fleixa schließlich ein.

»Irene, sag mal, diese Kutsche gehört Bertomeu, nicht wahr?«, wollte Daniel wissen.

»Ja, das stimmt. Aber ich verstehe nicht, was deine Frage damit zu tun hat, dass …«

»Es ist zwar dunkel«, fiel Daniel ihr ins Wort, »aber ich habe bemerkt, dass die Laterne ausgewechselt wurde. Außerdem kann man erkennen, dass die Kratzspuren mit Harz bearbeitet wurden. Und dass die Figur am Wagenschlag beschädigt ist. Es fällt einem nicht gleich auf, aber ich habe es mir genauer angesehen. Das ist der Wagen, den wir auf den Ramblas verfolgt haben!«

»Verdammt, das stimmt!«, rief Fleixa.

»Aber warum macht er das?«, fragte Irene, die nervös ihre Hände faltete.

»Adell will selbst herausfinden, was das Vesalius-Geheimnis ist, das Homs ihm nicht verraten hat«, erläuterte Daniel. »Deshalb unternimmt er die grauenhaften Experimente an den Mädchen, bevor er sie umbringt. Deshalb hat er in der Bibliothek das Buch gesucht, aber dann hat er sich vertan und Pau Gilbert das falsche Buch weggenommen. Wir haben immer den Schatten eines Toten verfolgt. Dabei ist Adell der Mörder!«

Daniel schlug wütend auf die Sitzbank. Adell hatte Pau Gilbert und das Original in seiner Hand. Hatte er die junge Frau nun auch schon getötet?

»Wir müssen auf der Stelle Gilbert befreien und Adell festnehmen.«

»Ich bin einverstanden«, sagte Fleixa, »aber wie sollen wir das anstellen? Wir vermuten nur, dass er sich irgendwo im Untergrund unter dem Elektrizitätswerk versteckt. Aber wir wissen den genauen Ort nicht, und schon gar nicht, wie wir dahin kommen.«

»Der Zugang kann sich gar nicht in dem Werk befinden, es wäre zu riskant, die Opfer an einen Ort zu bringen, wo so viel los ist wie auf dem Ausstellungsgelände.«

Daniel schwieg. Seit Stunden schon grübelte er immer wieder über seine Unterhaltung mit Adell vor seiner Festnahme nach. Er hatte das Gefühl, ein wichtiges Detail übersehen zu haben.

Aber was? Was hatte der Unternehmer gesagt, was ihm nun wichtig erschien? Plötzlich wusste er es.

»Fleixa, schnell, bringen Sie mich nach Hause.«

»Zum Colegio?«

»Nein, nein. Zum Haus meiner Familie. Schnell, beeilen Sie sich, um Gottes willen!«

Der Journalist nickte nur, sprang hinaus und stieg auf den Kutschbock. Der Wagen setzte sich in Bewegung, und am Paseo de la Industria, der zu dieser Nachtzeit menschenleer war, fuhren sie schon mit reichlich Geschwindigkeit. Sie ließen den Parque de la Ciudadela hinter sich und bogen in die Calle La Ribera ein. Nach der Fahrt durch die engen Gassen des Viertels standen sie einige Minuten später vor dem alten Stadtpalais.

Daniel öffnete den Wagenschlag, um auszusteigen, doch dann hielt er inne und sah zu Irene.

»Wie kommst du zurück?«

»Mach dir keine Sorgen, Encarnita stammt aus einer Kutscherfamilie, sie kann den Wagen lenken wie der beste Straßenbahnfahrer.«

»Ich …«

Irene strich mit ihren behandschuhten Fingern sanft über Daniels Lippen und flüsterte:

»Pass auf dich auf.«

Einen Moment lang sahen sie einander tief in die Augen. Daniel wollte noch etwas sagen, doch Fleixa trieb ihn zur Eile.

»Es tut mir leid, wenn ich Sie hetze, Amat, aber zu dieser Unzeit wird sonst noch der Nachtwächter auf uns aufmerksam. Außerdem friere ich bald fest.«

Irene nickte knapp und im Dunkel der Kutsche kaum wahrnehmbar. Ohne ein weiteres Wort zu verlieren, stieg Daniel schnell aus dem Wagen und folgte Fleixa. In der Dunkelheit der Straße liefen sie zu dem Haus, dessen Umrisse unter dem wolkenverhangenen Himmel nur zu ahnen waren.

65

Llopis schob den Vorhang einige Zentimeter zur Seite und lugte in das Theater hinein. Von hier aus konnte er die Crème de la Crème der Gesellschaft von Barcelona erkennen, die Evaristo Arnús im Foyer in Empfang nahm. Der Inhaber des Teatro Lírico zeigte sich als ausgezeichneter Gastgeber, mit einem breiten Lächeln grüßte er nach links und rechts. Die Kutschen hielten am Theatereingang an der Calle Mallorca, und dann defilierten die Herren in ihren prächtigsten Fräcken und die Damen in ihren schönsten Kleidern und kostbarsten Juwelen ins Theatergebäude.

Alles im Theater glänzte für das große Ereignis. Ein imposanter Kristalllüster beleuchtete den überfüllten Zuschauerraum. Im Parkett und in den drei Rängen brodelte die Stimmung. Das Theater war ausverkauft, das war eindeutig. Niemand wollte sich diese Sensation entgehen lassen.

Die öffentliche Séance war schon im Voraus zum Ereignis des Jahres geworden. Die Preise für die Eintrittskarten hatten sich verdoppelt, der einfache Kartenpreis war von einer Pesete auf zwei angestiegen, und für die besten Logenplätze hatten einige sogar bis zu fünfzehn Peseten bezahlt. Die etwas mehr als zweitausend Eintrittskarten waren binnen eineinhalb Stunden ausverkauft gewesen, die Nachfrage war gewaltig, mit Sicherheit hätte man noch weitere tausend Eintrittskarten verkaufen können. Die Behörden mussten sogar eine Einheit berittener Polizisten ausschicken, um Tumulte zu verhindern. Es hieß, dass die Rathausspitze komplett vertreten sein würde, und selbst der

Gouverneur und seine Gattin wollten dem Ereignis ihre Ehre geben.

Llopis konnte die angespannte Erwartung spüren, die unter den Zuschauern herrschte.

Mit Vergnügen beobachtete er zwei Herren. Jeder von ihnen hielt ein Exemplar des *Correo de Barcelona* in Händen, und sie diskutierten hitzig. Bestimmt ereiferten sie sich gerade über seinen letzten Bericht.

Sánchez musste sich gerade mit seinen Männern in der Kanalisation herumtreiben und stand höchstwahrscheinlich kurz davor, Homs zu verhaften. Llopis konnte nur hoffen, dass der Polizist den Plan nicht noch im letzten Moment verdarb.

Er selbst hatte Mühe, seine Hände trocken zu halten. Sobald er nervös war, bekam er schwitzige Hände und konnte nichts dagegen ausrichten. Als er zum Taschentuch griff, spürte er eine Hand auf seiner Hand.

Madame Palladino stand neben ihm. Wie zum Teufel konnte sie sich so still anschleichen? Wenn er nicht davon überzeugt wäre, dass diese Frau und ihr ganzes spiritistisches Brimborium glatter Unfug waren, dann hätte er gesagt, dass sie sich wie einer dieser Geister verhielt, mit denen sie vorgab zu sprechen.

»Madame!«

Madame Palladino schloss bedächtig die Lider, ehe sie sich zur Begrüßung verbeugte.

»Habe ich Sie erschreckt, Monsieur Llopis?«

Der Journalist meinte in ihrem Gesicht einen amüsierten Ausdruck aufblitzen zu sehen, der jedoch sofort dem üblichen Grauschleier wich.

»Nein, natürlich nicht, Madame. Ich denke, ich bin nur ein wenig nervös. Und, wie geht es Ihnen?«

Das Medium schien ihn nicht zu hören. Unangenehm berührt wechselte Llopis das Thema.

»Ist alles nach Ihren Wünschen?«

Statt zu antworten, sah die Frau sich um. Die Bühnenarbeiter wurden soeben fertig, sie hatten mehrere Stühle an einen Tisch gerückt, der mit einem schwarzen Samttuch bedeckt war. Die Möbel standen in einem Halbkreis auf der Bühne. Ein Gehilfe stellte noch Kerzen in unregelmäßigen Abständen auf, ein anderer Mann platzierte einen Wasserkrug mit einem Satz Gläser in die Tischmitte. Auf den ausdrücklichen Wunsch des Mediums hatte man die Bühne – mit Ausnahme von Tisch und Stühlen – freigeräumt.

»Nur die Geister wissen, was das Schicksal für uns bereithält, Monsieur Llopis.«

»Natürlich, selbstverständlich«, stimmte er ihr zu, ohne recht zu begreifen, was sie meinte.

Nun sah auch die Frau durch den Vorhangspalt.

»Ganz Barcelona hat sich eingefunden«, stellte der Journalist begeistert fest.

Das Medium ließ keinerlei Gefühlsregung erkennen, doch als sie sich zu ihm drehte, blickte sie sehr ernst.

»Ich muss Sie warnen.«

»Pardon?«

»Ich spüre eine negative Aura. Eine Energie, die ich so noch nie erlebt habe.«

Llopis lief es eiskalt den Rücken hinunter. Was hatte das nun zu bedeuten? Wollte sie einen Rückzieher machen? Nein, die Möglichkeit, dass Madame Palladino im letzten Moment kniff, hatte er nicht vorgesehen. In dem Fall müsste er die Vorstellung absagen, das wäre eine Katastrophe, er wäre der absoluten Lächerlichkeit preisgegeben. Oder wollte sie etwa mehr Geld für die öffentliche Séance?

»Verläuft unsere Absprache nicht nach Ihren Wünschen?«

»Nein, darum geht es nicht.«

Llopis erkannte in ihrem Blick ein Gefühl: Angst. Er atmete erleichtert auf. Das Medium war also eine Frau aus Fleisch und Blut. Er versuchte sie zu beruhigen.

»Das sind nur die Nerven, Madame. Ich bin mir ganz sicher,

sobald wir beginnen, verschwindet dieses Gefühl sofort. Alle sind gekommen, um Sie zu erleben. Dieser Abend wird in die Annalen der Stadt eingehen, und Sie werden die Hauptperson sein.«

Die Frau beobachtete aufmerksam das Gewimmel im Parkett. »Genau das befürchte ich ja, Monsieur Llopis. Das bereitet mir Angst.«

Nach einigen Minuten hatten sich auch die letzten Zuschauer zu ihren Plätzen begeben. Die Gespräche ebbten ab, und es wurde nur noch geflüstert. Alle Gesichter waren gebannt auf die Bühne gerichtet. In dem Moment wurden die Lichter gedämpft und Stille machte sich breit.

Der Vorhang hob sich, und auf der Bühne stand Madame Palladino in ihrer strengen schwarzen Kleidung. Nur einige Lampen zu ihren Füßen beleuchteten sie. Die Schatten umrissen ihren schmächtigen Körper auf eine Weise, dass er noch leichenhafter aussah als sonst. Eine Dame im Publikum erschrak so, dass sie aufschrie, sie wurde aber sofort von mehreren Stimmen niedergezischt. Einige im Publikum schauderte es. Llopis hatte den Impresario des Theaters davon überzeugen können, die Heizung auszustellen, sobald das Publikum vollzählig war, damit die Atmosphäre noch eisiger wirkte. Nun merkte er, dass dies gar nicht nötig gewesen war. Die Bühnenpräsenz der Frau war ausreichend, um das Theater auf den Gefrierpunkt zu bringen.

Ein Herr trat hervor, den Llopis von einer privaten Séance kannte.

»Guten Abend, meine Damen und Herren, ich heiße Sie herzlich willkommen. Wir alle haben uns heute Abend in diesem großartigen Theater eingefunden, um an einem außergewöhnlichen Ereignis teilzuhaben, an einem denkwürdigen Erlebnis. Niemanden, ich wiederhole, wirklich niemanden wird das gleichgültig lassen, was hier heute Abend passieren wird. Sie haben großes Glück, Sie werden ein phänomenales Ereignis erleben, das zum ersten und einzigen Mal in dieser Stadt veranstaltet wird.«

Llopis spürte, wie sich seine Mundwinkel entspannten und ein immer breiteres Lächeln formten. Ja, von dem Abend würde man wirklich noch sehr lange sprechen.

66

Der junge Polizist war vor ihren Augen einfach verschwunden. Die Blicke aller Männer waren auf das wirbelnde Wasser gerichtet, das tosend nach unten stürzte, als wäre nichts geschehen.

Sánchez war restlos durchnässt, das Atmen bereitete ihm Mühe, aber er war noch am Leben. Es hatte nicht viel gefehlt, und er hätte das Zeitliche gesegnet. Bei seinem Sturz hatte er einen seiner Männer mitgerissen. Sie hatten sich auf einen Mauervorsprung retten können, wo sie von den Fluten gepeitscht wurden. Der Vorsprung war zu schmal für beide Männer, nur mühsam hatte er seinen Platz behaupten können und dabei den anderen Polizisten in die Tiefe gestoßen. Mithilfe eines Seiles, das man ihm reichte, konnte er der Falle entkommen. Leider hatte der junge Mann nicht das gleiche Glück, er war von dem Wasserstrudel verschlungen worden.

Sánchez konnte die ängstlichen Kommentare seiner Männer hören. Die Polizisten sahen sich entsetzt um und tuschelten wie alte Weiber. Er spürte, dass er sie daran erinnern musste, wer hier den Ton angab, oder die Sache würde ihm entgleiten.

»Ein Unglück. Wir haben gerade ein schreckliches Unglück erlebt.« Er stellte sich mitten in die Gruppe. »Euer Kamerad hat mir das Leben gerettet und dafür sein eigenes Leben gegeben. Wir werden ihn in unsere Gebete einschließen und stets im Gedächtnis bewahren. Aber jetzt müssen wir weiter.«

»Inspektor, Josep hatte die Ersatzlaternen im Rucksack und den Plan.«

»Wir kehren besser um«, flüsterte ein Polizist, der seinen Blick nicht von dem Wasserstrudel wenden konnte.

In zwei Schritten war der Inspektor bei dem jungen Mann, packte ihn am Kragen und stieß ihn gegen die Wand.

»Was hast du gesagt?«, schrie er so laut, dass es alle hörten. »Willst du etwa, dass das Opfer, das euer Kamerad gebracht hat – Gott hab ihn selig –, vergeblich war? Los, packt eure Sachen! Wir gehen weiter! Sind alle bereit?«

Seinem Befehl folgte allgemeine Zustimmung.

Sánchez suchte den Blick des Jungen. Guillem kauerte etwas abseits der Gruppe neben dem Eingang eines Tunnels.

»He, du! Komm her!«

Guillem zog die Nase hoch und kam näher.

»Du hast doch eine Zeit hier unten gelebt, oder? Meinst du, du kannst uns trotzdem führen?«

»Vielleicht«, sagte der Junge zögerlich.

»Nichts da, von wegen vielleicht«, flüsterte Sánchez ihm ins Ohr und kniff ihn in den Arm. »Du wirst uns führen, Junge. Hast du mich verstanden?«

Sánchez stellte zufrieden fest, dass die ängstliche Miene des Jungen entschlossen wurde. Einen Moment lang lag noch ein grimmiger Schimmer in seinem Blick, doch dann sah der Junge schnell zu Boden und zeigte sich kooperativ.

»Ja, Señor, das mache ich. Ich kann das, ja.«

»Also, los. Marsch!«

Guillem schulterte seinen Rucksack und tat schwankend die ersten Schritte. Die übrigen Männer standen auch auf und setzten sich in Bewegung. Sánchez wühlte in seiner Hosentasche, doch die Tüte mit den Lupinen hatte er verloren. Die Arbeit verlangte einem manchmal gewaltige Opfer ab, verdammt.

Das Licht ihrer Lampen beleuchtete sie wie eine Prozession. Sie gingen schweigend weiter, keinem war nach einem Gespräch zumute. Nach mehreren Minuten schwoll das Abwasser zu einem stattlichen Strom, und der Gang wurde immer schmaler, sodass sie genötigt waren, hintereinanderzugehen. In diesem Abschnitt liefen die Abwässer aus den Stadtvierteln Concepción, Audiencia und Born zusammen, dazu kamen die Abwässer von dutzenden Fabriken. Der Gestank wurde so unerträglich, dass sie sich Taschentücher vor Nase und Mund binden mussten.

»Ist es noch weit?«, fragte Sánchez den Jungen und packte ihn am Arm.

Guillem schien nicht unter dem Gestank zu leiden, er zeigte unbeirrt nach vorn.

»Noch einen Stollen weiter, Señor.«

Doch das hatte der Junge schon vor einer Stunde gesagt. Sánchez beschlich allmählich das Gefühl, dass dieser Dummkopf gar nicht wusste, wo genau sie sich befanden. Vielleicht war es doch keine gute Idee gewesen, sich auf den Jungen zu verlassen. Aber nach einer Weile wurde der Weg wieder breiter und bildete eine halbkreisförmige Kammer, von der zwei Tunnel abgingen.

Sie waren an einer Gabelung angelangt.

Vor einer Wand lag eine umgekippte Schubkarre, daneben Werkzeug, das schon lange Zeit nicht mehr benutzt worden war, sowie ein Berg von harten Sandsäcken, die eine Metalltür fast verdeckten.

»Anscheinend wurde alles unternommen, um den Zugang zu versperren«, meinte ein Polizist.

»Nein, das ist, damit sie nicht herauskommen«, erklärte Guillem.

»Herauskommen? Wer denn?«, wollte der Mann wissen.

»Genug geschwatzt«, fuhr Sánchez ihm über den Mund. »Schafft das weg!«

Die Männer bildeten eine Schlange und räumten die Säcke von der Tür weg. Die Feuchtigkeit hatte das Ihrige getan, die Tür war über und über mit Rost besprenkelt, aber sie schien noch intakt. Eine dicke Eisenstange bildete einen Querriegel, und zwei Männer waren vonnöten, um sie anzuheben. Sobald sie das Hindernis aus dem Weg geschafft hatten, wollten sie die Tür öffnen, doch die Feuchtigkeit hatte das Metallblatt quasi mit dem Rahmen zusammengeschweißt. Sie mussten die Gewehre als Brechstangen einsetzen, bis sie schließlich den Spalt weit genug öffnen konnten, um sich hindurchzuzwängen. Die Lampen flackerten im Luftzug, der ihnen entgegenschlug, ein Gestank wie die abgestandenen Ausdünstungen eines alten Mannes. Hinter der Tür sahen sie die ersten Stufen einer Wendeltreppe, die zu den tiefer liegenden Stollen führte.

»Die Waffen bereit! Achtung!«, rief Sánchez. »Es schadet nichts, wenn wir vorsichtig sind. Ab jetzt gehen wir nur noch mit drei Lampen weiter.«

Sie machten sich an den Abstieg. Zuerst wieder der alte Mann mit seinen Hunden, in der Folge Guillem, dann Sánchez mit den Polizisten hinterdrein. Der Inspektor spürte, dass der Junge in seiner Nähe zitterte, und dachte, es läge an der Kälte. Wenige Minuten später befanden sie sich in einem Tunnel, von dem wiederum fünf andere Stollen ausgingen. Inzwischen hatten sie einen der ältesten Abschnitte des Kanalsystems erreicht. Die Stollen waren direkt in den Stein gehauen, und der Boden bestand nur aus fest getretener Erde. Guillem entschied sich, ohne zu zögern, für den mittleren Stollen. Dieser war allerdings noch niedriger, und sie kamen nur mit eingezogenen Köpfen voran. Alle drei Meter gab es auf beiden Seiten mannshohe Öffnungen, über die man zu parallel verlaufenden Gängen gelangen konnte.

Sie gingen eine gute Weile weiter. Plötzlich knurrten die Hunde und drehten sich um sich selbst. Der Hundeführer zerrte an den Leinen und schimpfte mit ihnen, doch die Tiere jaulten nur und kratzten mit den Pfoten auf dem Boden.

»Jetzt sorg endlich dafür, dass sie die Schnauze halten!«, schrie einer der Polizisten. »Wir werden sonst noch wahnsinnig.«

Plötzlich hörte man ein schrilles Kreischen, dann einen lauten Fluch. Von ihren Leinen befreit liefen die wütenden Hunde kläffend ins Dunkel. Der alte Mann kauerte auf dem Boden. Zwei Männer halfen ihm beim Aufstehen.

»Hast du deine Hunde nicht im Griff?«

»Zur Hölle mit euch allen! Eines dieser verfluchten Viecher hat mich gebissen. Seit wir hier unten in diesem stinkenden Loch sind, haben sie nur noch verrücktgespielt.«

Plötzlich verstummte das Kläffen, dann folgte ein markerschütterndes Heulen. Die Männer sahen sich besorgt an.

»Was zum Teufel bedeutet das?«

»Los!«, befahl Sánchez mit der Pistole in der Hand.

Sie liefen in dem unterirdischen Gang weiter, die Waffen im Anschlag. Das Wasser zu ihren Füßen schien sich rötlich zu färben. Die Polizisten verlangsamten ihr Tempo, sie suchten die Nähe der Kollegen und klammerten sich fest an ihre Waffen. Der Stollen führte leicht bergab und bog nach rechts ab. Der erste Hund lag mitten im Tunnel. Die Wunde lief quer über den Rücken, doch er atmete noch. Der Inspektor ging mit zwei Polizisten einige Meter weiter. Einer, dem man das Genick gebrochen hatte, lag auf einem großen Stein. Etwas weiter entdeckten sie den dritten Hund, ihm war der Schädel gespalten. Das Mauerwerk ringsum war bespritzt vom Blut der Tiere.

»Wer macht so etwas?«

»Ist mir egal. Wer auch immer es ist, ich schwöre, ich bringe ihn um«, fluchte der alte Mann.

Einer der älteren Polizisten trat zu Sánchez. Die Anspannung war seiner Stimme deutlich anzuhören.

»Señor, sie sind es, sie sind hier. Sie beobachten uns gerade.«

»Was sagst du da? Wer?«

»Die Sammler.«

Sánchez seufzte. Das hatte ihm gerade noch gefehlt, dass man ihm mit diesem Ammenmärchen kam.

»Wir haben Licht, und wir sind gut bewaffnet. Ich lasse mich doch nicht von einem Haufen verlumpter Hungerleider erschrecken!«

»Señor, das ist ihr Gebiet. Wir sollten verschwinden, solange wir noch können.«

Sánchez zielte mit der Pistole auf den Kopf des Polizisten und spannte den Hahn. Der Polizist stolperte nach hinten, bis er gegen die Wand stieß.

»Niemand verschwindet von hier, wirklich niemand! Verstanden?«

Der Mann nickte einige Male.

»Sag das noch einmal, und zwar so laut, dass es alle hören können.«

»Niemand ... Niemand verschwindet von hier. Wirklich niemand, Señor.«

»Sehr gut«, lobte Sánchez und senkte die Waffe. »Wo ist der Junge?«

Alle sahen sich um, doch Guillem blieb verschwunden. Der Inspektor musste sich schwer zusammenreißen, um nicht vor seinen Leuten vor Wut zu platzen. Der verdammte Bengel! Zum Glück hatte er den Plan halbwegs im Kopf, sicherlich befanden sie sich ganz in der Nähe des aufgegebenen Wasserreservoirs. Er dachte gar nicht daran umzukehren. Schon gar nicht nach allem, was ihnen bisher zugestoßen war.

»Vergesst ihn. Wir machen weiter. Aber aufgepasst! Die Verbrecher sind bestimmt nicht weit.«

Die Männer machten sich wieder auf den Weg, verängstigt beobachteten sie jeden Schatten in der Nähe. So kamen sie langsam voran, die Hände immer an den Waffen. Sánchez beobachtete misstrauisch den Polizisten, der neben ihm ging. Sein Gesichtsausdruck zeigte, dass auch er die Geräusche hörte, die aus den anderen Stollen drangen. Gerade als er Anweisung geben wollte, alle verfügbaren Lampen anzuzünden, tauchten am Ende des Tunnels Gestalten auf. Als diese die Polizisten sahen, flohen sie. Noch bevor Sánchez sie aufhalten konnte, liefen der alte Mann und drei Polizisten hinter ihnen her. Sánchez verfluchte seine Männer. Sie hatten zwei der Laternen bei sich, also blieb ihnen nur noch eine. Doch bevor er ihr Verschwinden weiter beklagen konnte, hörten sie drei Schüsse und einen Schrei. Dann war wieder Stille.

»Schnell! Holt die übrigen Lampen raus!«

Doch der Befehl kam zu spät. Wie Gespenster, die durch die Wände drangen, erschienen auf beiden Seiten des Tunnels Gestalten und umzingelten die Polizisten. Sie waren in Lumpen gekleidet und verströmten einen furchtbaren Gestank. Fast schon erleichtert stellte Sánchez fest, dass es keine Gespenster waren, sondern Männer und auch einige Frauen, insgesamt dreißig oder mehr. Die meisten waren zahnlos, viele hatten verkrümmte Hände, vielleicht ein Hinweis auf Krankheiten oder mangelhafte Ernährung. Sie hielten einfache Messer und primitive Lampen, die aber kaum Licht verbreiteten. Die meisten hatten Kapuzen über die Gesichter gezogen, einige zeigten ihre Gesichter voller Eiterpusteln und Narben. Das Schlimmste aber waren ihre Blicke. Sie bewegten kaum die Lider, und ihre Pupillen schienen farblos zu sein.

»Ich vertrete die Obrigkeit, hören Sie sofort auf oder … oder ich lasse Sie verhaften«, drohte Sánchez mit der letzten Entschlossenheit, die er noch aufbringen konnte.

Niemand reagierte.

»Haben Sie mich nicht gehört?«, schrie er.

Einen Moment lang glaubte der Inspektor, sie würden gehorchen. Doch dann machte einer der Männer eine blitzschnelle, kaum wahrnehmbare Bewegung, und der Polizist neben ihm schrie, fiel auf die Knie und fasste an seine Hand, die lose vom Handgelenk baumelte. Die Lampe, die er gehalten hatte, rollte über den Boden und erlosch.

Jetzt griffen die Gestalten an.

In der Dunkelheit hallten Kampfgeräusche, Klagen und erstickte Schreie wider. Ein Polizist schoss. Sánchez versuchte, die Tunnelwand zu ertasten. Plötzlich spürte er einen grässlichen Schmerz im Bein. Einer von diesem Lumpengesindel hatte auf ihn eingestochen. Blindlings feuerte er seine Pistole ab und löste sich aus dem Knäuel der Kämpfenden. Die Sache sah übel aus. Er musste weg, sonst würden sie ihn umbringen. Auf seinem Rückzug rempelte er einen seiner Männer an, der ihn erkannte.

»Inspektor, wie lautet Ihr Befehl?«

Sánchez stieß den Mann zur Seite, der vor Überraschung stolperte und zu Boden ging. Sofort fielen drei Schattengestalten über ihn her. Stahl drang durch Fleisch, und die Schreie des Mannes erfüllten den Raum. Sánchez nutzte die Ablenkung und floh.

Er rannte durch den Stollen mit den Hundekadavern und bog in den Tunnel ein, von dem er vermutete, dass er zurück zur Wendeltreppe führte. Als er meinte, genügend Abstand gewonnen zu haben, holte er eine Ersatzlampe aus seinem Rucksack. Die Schmerzen am Bein waren heftig, doch er hatte jetzt keine Zeit, sich um seine Wunde zu kümmern. Hinter sich konnte er immer noch die Geräusche des erbitterten Kampfes hören. Die Schüsse wurden weniger und verklangen schließlich. Er konnte nur hoffen, dass man seine Flucht in dem allgemeinen Chaos nicht bemerkt hatte.

Nach einigen Minuten, die Sánchez wie eine Ewigkeit vorkamen, entdeckte er tatsächlich die Treppe. Außer Atem humpelte er die Stufen hinauf. Oben angekommen überlegte er, kurz zu verschnaufen, doch dann meinte er direkt hinter sich Schritte zu hören. Er glitt durch den Türspalt und befand sich wieder in dem Stollen, durch den sie zuvor gekommen waren.

Wie auch immer, er musste diese Metalltür unbedingt schließen. Mit seinem gesamten Körpergewicht drückte er gegen die Tür, keuchend brachte er seine letzte Kraft auf. Die rostigen Angeln leisteten Widerstand, doch schließlich gaben sie nach, und er konnte Millimeter für Millimeter den Spalt verkleinern.

Als er es fast geschafft hatte, tauchte ein Mann auf der Treppe auf, einer seiner Polizisten. Er hatte seine Ausrüstung und seine Jacke verloren, blutete kräftig aus zwei Wunden in seiner Brust und hielt eine Hand auf einen blutenden Schnitt auf seiner Stirn gepresst.

»Señor, bitte, machen Sie auf!«

Doch Sánchez drückte vor dem entsetzten Blick des Polizisten die Tür weiter zu. In dem Moment erklangen hinter dem Rücken des jungen Mannes die Schritte der ersten Verfolger. Als er ihre Nähe spürte, kreischte er wie ein Tier, das in eine Falle geraten war. Der junge Mann flehte Sánchez an und griff in den Spalt, damit die Tür nicht zuging.

»Bitte, machen Sie auf! Um der gütigen Liebe Gottes will…!«

Mit einem dumpfen Schlag schloss die Tür und verschluckte die letzten Worte des Polizisten. Sánchez nahm eine der Schaufeln neben der umgestürzten Schubkarre und schob sie durch die Metallringe, in denen zuvor die dicke Eisenstange gesteckt hatte, die er allein jetzt nicht hochheben konnte. Auf der anderen Seite der Tür konnte er gedämpfte Schreie hören.

Erleichtert lief er weiter. Er hatte keine Vorstellung davon, wie lange die Tür seine Verfolger aufhalten würde, doch er hoffte, dass er genügend Vorsprung hatte. In seinem Bein brannte ein stechender Schmerz. Im Licht der Lampe sah er, dass das Hosenbein blutgetränkt war. Er löste das Tuch von seinem Hals und verknotete es eng über der Wunde.

Er musste besonnen handeln. Vor ihm taten sich drei Stollen auf. Welcher war der richtige? Er war unschlüssig. Hinter ihm ertönten Geräusche, ein Klacken und ein metallisches Klirren. Irgendwie hatten sie die Tür aufgebrochen. Ohne nachzudenken, lief Sánchez in den mittleren Tunnel, das schwache Licht seiner Lampe als einziges Geleit.

67

»Es freut mich, dass Sie wach sind.«

Pau nahm die Worte ihres Entführers wie ein fernes Echo wahr. Sie versuchte, die Hände zu bewegen, doch es gelang ihr nicht, sie waren mit Lederriemen gefesselt. Ein Frösteln erfasste ihren entblößten Körper, den ein Laken nur notdürftig bedeckte. Sie konnte nicht einmal ihren Rücken spüren, er war auf der kalten, harten Tischfläche gefühllos.

»Bitte entschuldigen Sie die Fesseln. Nur eine reine Vorsichtsmaßnahme, damit Sie sich nicht verletzen, während die Infusion ihre Wirkung entfaltet. Ich verspreche es Ihnen, später binde ich Sie frei.«

Ihr Entführer trug ein weißes Hemd mit Fliege und eine Medizinerschürze aus Leder. Mit einer beunruhigenden Gleichgültigkeit betrachtete er sie durch seine Brille.

»Das kann doch nicht wahr sein! Sie?« Pau versuchte Ruhe zu bewahren. Sie hatte gedacht, dass der letzte Anblick, ehe sie das Bewusstsein verlor, eine Halluzination gewesen sei. Sie hatte sich geirrt.

»Sie scheinen überrascht zu sein.«

»Ich hätte niemals gedacht … Warum?«

»Machen Sie sich keine Gedanken. Mit der Zeit werden Sie es verstehen. Diese Nacht hält für uns noch einige Überraschungen bereit. Bis dahin gibt es noch viel zu tun.«

Der Mann verschwand aus ihrem Blickwinkel. Einen Moment später tauchte er wieder auf, diesmal mit einer Wasserschüssel und mit einigen Gegenständen, die in ein Tuch gehüllt waren.

Er rückte die Bank näher an den Tisch und setzte sich neben sie. Zunächst strich er die Handschuhe glatt, dann hielt er den Zipfel des Tuchs ins Wasser und befeuchtete schließlich ihren Haaransatz.

»Was machen Sie da?«, stammelte Pau.

»Das Verfahren erfordert einige Vorbereitungen. Aber das wissen Sie bestimmt selbst. Es dauert nur einen Moment.«

Der Mann machte weiter, bis er mit seiner Arbeit zufrieden war, dann legte er das Tuch über die Schüssel und umschloss die Schläfe der jungen Frau mit seinen Fingern. In einer Hand hielt er ein Barbiermesser. Pau sah, dass die Klinge bedrohlich nahe kam und wandte schnell den Kopf ab. Sofort spürte sie einen stechenden Schmerz, und sie schrie auf. Ihr lief ein dünner Blutfaden über die Wange.

»Lassen Sie mich Ihnen einen Rat geben, vermeiden Sie es, sich zu bewegen. Ich muss Ihr Gesicht nicht unversehrt lassen, denken Sie daran. Ihr Widerstand wird mich nicht daran hindern, mein Werk zu vollenden.«

Pau war von Angst überwältigt, doch sie gehorchte. Sie stöhnte kurz auf, als sie sah, wie ihre Haarsträhnen zur Seite fielen. Der Mann ging effizient vor und war in wenigen Minuten fertig.

»Es hat mich einige Mühen gekostet, Sie zu finden. Ganz schön schlau, sich zwischenzeitlich in der Bleibe einer Prostituierten einzuquartieren. Ihre Idee oder die Ihres Freundes Amat?«

»Was haben Sie mit Dolors angestellt?«, fragte Pau mit brüchiger Stimme.

»Eine tapfere Frau. Trotz allem, sie wollte Sie einfach nicht verraten.«

Pau schloss die Augen, um ihre Tränen zurückzuhalten.

»Früher oder später wird man Sie verhaften«, brachte sie mühsam hervor.

»Gestehen Sie mir bitte zu, dass ich das bezweifle. Sie und Ihre Freunde sind nah dran gewesen, aber eben nicht nah genug.«

Er sammelte die Barbierutensilien zusammen und räumte sie weg, dann setzte er sich wieder neben Pau.

»Wissen Sie was, meine Liebe? Es befriedigt mich sehr, Sie hier zu haben. Ich glaube, Sie sind die Einzige, die meine Arbeit wirklich zu würdigen weiß. Mit den anderen konnte ich aus naheliegenden Gründen auch nicht ansatzweise so eine intelligente Unterhaltung führen. Ach, mit Ihnen, Gilbert, sieht die Sache ganz anders aus.«

Pau gab keine Antwort.

»Ich bin davon überzeugt, dass Sie mehr als jeder andere die Finesse des Verfahrens zu schätzen wissen. Ihnen ist nur zu gut bekannt, dass Vesalius sehr viel weiter gegangen ist, als jeder Mediziner nur zu träumen wagte. Sie haben den letzten Teil des *Liber octavus* auf eine großartige Weise entschlüsselt. Ich bin Ihnen wirklich zu Dank verpflichtet, weil Sie mir diese Arbeit erleichtert haben. Ihnen bietet sich jetzt eine einzigartige Gelegenheit, begreifen Sie das? Sie werden die Methode am eigenen Leib erfahren. Fast beneide ich Sie darum.«

Pau war so entsetzt, dass sie fürchtete, den Verstand zu verlieren. Amat und Fleixa wussten nichts von ihrer Entführung, und selbst wenn, dann würden die beiden Gefährten sie niemals finden, schließlich kannte sie selbst ihren Aufenthaltsort nicht.

»Bitte, hören Sie auf! Das ist doch alles Wahnsinn!«

Der Mann drehte sich bedächtig zu ihr um. Über die Brille hinweg betrachtete er sie in aller Ruhe, ehe er etwas erwiderte. Seine Stimme klang betroffen.

»Es tut mir leid, das zu hören. Ich dachte, gerade Sie würden es verstehen.«

Er kehrte Pau den Rücken zu, nahm die schwarze Schatulle von dem Metalltisch und holte die Ampulle mit dem Serum heraus.

»Eine geringe Dosis ist ausreichend, um den Patienten ruhigzustellen, ohne auch nur im Geringsten sein Bewusstsein zu beeinträchtigen. Und gleichzeitig bleiben Herzfrequenz und Blutdruck stabil. Anders als das Morphium, das ich Ihnen in Ihrem Zimmer gespritzt habe, hebt dieses Serum die schmerzstillende Wirkung wieder auf. Denn der Körper schüttet in großen Mengen Adrenalin aus, was das Ergebnis verbessert. Wirklich ein Glücksfall. Es ist keine schnelle Methode. Man muss einige Stunden warten, damit es sich überall im Organismus verteilt, aber im Grunde genommen ist es sehr effektiv.«

Dann hängte er die Ampulle oben in den Bügel eines Metallgestells und klemmte einen Hahn an einen langen Gummischlauch.

»Sie werden einen Stich spüren, Verzeihung.«

Er hielt ihren Arm fest und stach gezielt die Nadel an der Armbeuge in die Vene. Er fixierte sie mit einem Stoffpflaster, dann betätigte er mit erfahrener Hand den Hahn des Tropfes.

»Fertig. Nun heißt es nur noch abwarten«, sagte er mit Blick auf die Uhr.

Plötzlich flackerten die Bronzelampen, das Licht wurde matter, und schließlich lag der ganze Raum im Dämmerlicht. Der Mann stieß einen unterdrückten Fluch aus und kümmerte sich nicht mehr um Pau. Er eilte zu dem Schaltpult in der Wand. Höchst konzentriert hantierte er an den Kontrollhebeln, während er vor sich hin murmelte.

Pau nutzte die Ablenkung ihres Entführers, um nachzudenken. Ihr musste unbedingt ein Fluchtplan einfallen. Sobald sich die Infusion in ihrem Körper ausbreitete, würde sie sich nicht mehr rühren können und mit Sicherheit sterben. Aus dem Augenwinkel beobachtete sie ihren Entführer und versuchte, den Schlauch zu greifen, der neben ihr hing. Sie bewegte ihr Handgelenk und spannte die Fessel bis zum Äußersten. Trotz der großen Anstrengung konnte sie den Schlauch nur mit den Fingerspitzen berühren. Schließlich gewährte sie sich eine Pause. Der Mann war immer noch mit dem Schaltpult beschäftigt. Bestimmt war das ihre einzige Gelegenheit. Sie schloss die Augen, biss auf die Zähne und streckte noch einmal die Hand aus, und diesmal erreichte sie wenigstens das Metallgestell mit der Glasampulle. Sie konnte es sogar anfassen und heranziehen. Nun hing der Schlauch etwas näher. Der Lederriemen schnitt ihr in den Unterarm, doch sie überwand den Schmerz und streckte die Hand zum Schlauch aus. Kurz bevor sie aufgeben wollte, spürte sie endlich den rauen Gummischlauch zwischen ihren Fingern. Sie hielt ihn fest und zog ihn zu sich. Sie musste die Lippen zusammenpressen, damit ihr kein Jauchzer entfuhr. Sie würde es schaffen! Doch dann blieb der Schlauch an dem kleinen Tisch hängen. Durch den unerwarteten Widerstand glitt ihr der Schlauch aus den Fingern. Er pendelte hin und her und hing schließlich außerhalb ihrer Reichweite. In dem Moment kehrte der Strom zurück.

»Ich hoffe, Sie können mir verzeihen«, sagte der Mann lächelnd und kam näher. »Ich habe noch einen Termin, ich muss ins Theater. Machen Sie sich keine Sorgen, ich bin nicht lange weg, und danach können wir unser interessantes Gespräch weiterführen. Wenn Sie möchten, schreien Sie ruhig, so laut Sie wollen, hier unten wird Sie niemand hören.«

Ohne noch ein Wort zu verlieren, begab er sich an das Ende des unterirdischen Labors. Er hantierte an mehreren Hebeln, bis ein Flaschenzug zu hören war. In einem steinernen Schacht erschien plötzlich ein Lastenaufzug. Der Mann stieg hinein und verschwand.

Pau konnte sich nicht mehr beherrschen, sie ließ ihren Tränen freien Lauf.

68

Daniel und Fleixa schlichen im Schutz der Mauer zum Eingang des ehemaligen Wohnhauses der Familie Amat. Ohne Tageslicht wirkte der Ort noch düsterer als bei Daniels Besuch vor ein paar Tagen. Allein die Erinnerung daran schnürte ihm die Kehle zu. Alles hatte dort seinen Anfang genommen und würde auch dort sein Ende finden, so oder so.

»Was macht Ihr Arm?«, fragte Fleixa.

»Es geht schon, ich kann mich noch rühren.«

Fleixa war aufgefallen, wie steif sich sein Gefährte bewegte, doch er beharrte nicht weiter.

»Was suchen wir hier?«

»Ich bin ein Idiot gewesen.«

»Was meinen Sie?«

»Adell ließ mich glauben, er hätte unser Haus aus Rache gekauft, aber das war falsch, verstehen Sie?«

Der Journalist nickte, dabei war er nicht ganz sicher, ob er tatsächlich alles begriffen hatte.

»Ich habe mich geirrt. Adell hat das Haus aus einem anderen Grund gekauft.«

»Aber warum …?«

Mitten in der Frage begann es Fleixa zu dämmern.

»Haben Sie gesehen, wie günstig das Haus liegt?«, begann Daniel mit seiner Erklärung. »Genau zwischen La Barceloneta und dem Parque de la Ciudadela. Die Gerüchte über einen Fluch, der auf dem Haus liegt, kommen ihm natürlich sehr gelegen. Dann hat niemand Lust hineinzugehen. Wir wären nie darauf gekommen, wenn Adell nicht davon gesprochen hätte. Die Lage ist wirklich perfekt.«

»Aber bis zum E-Werk ist es noch weit.«

»Nein, es sind nur ein paar Straßenzüge.«

Der Journalist nickte. Er griff in sein Jackett und holte zwei Revolver hervor, von denen er einen Daniel reichte. Auf dessen fragenden Blick zuckte er nur die Achseln.

»Ich bin davon ausgegangen, dass wir Sie nur mit vorgehaltener Waffe aus dem Gefängnis befreien können.«

Daniel nahm unschlüssig die Waffe an sich. Bis jetzt hatte er noch nie eine benutzen müssen. Doch mit dem schweren Revolver in der Hand fühlte er sich sofort um einiges sicherer. Er atmete tief ein und ging zum Eingang.

Als sie gegen das Tor drückten, stellten sie fest, dass die Kette, die die beiden Flügel zusammengehalten hatte, auf der Erde lag. Beide sahen sich wortlos an.

»Passen Sie auf, seien Sie so still wie möglich«, flüsterte Daniel.

Sobald sie im Garten waren, zündeten sie die Laterne an, die sie aus der Kutsche mitgenommen hatten. Mit einem Blick forderte Daniel den Journalisten auf, ihm zu folgen. Stets auf der Hut liefen sie über den gepflasterten Gartenweg, im Schutz der alten Linde und der verfallenen Laube. Als sie die Treppe vor der Veranda erreichten, hatten sie fast das Gefühl, das alte Stadtpalais hätte sie erwartet.

Sie gingen hinein und liefen durch die leeren Räume, stets von dem dumpfen Echo ihrer Schritte verfolgt. Daniel konnte hinter seinem Rücken nur den keuchenden Atem des Journalisten hören. Zur Küche gelangten sie diesmal sehr viel schneller als bei seinem vorherigen Besuch. Er hob die Laterne hoch und deutete auf die verkohlten Überreste der Tür, die in den Keller führte.

»Das ist der Zugang zum Labor meines Vaters. Er muss hier sein.«

Mit äußerster Vorsicht stiegen sie die Treppe hinunter, die

Waffen im Anschlag. Daniel erinnerte sich mit größtem Unbehagen an die merkwürdigen Geräusche, die er beim letzten Mal gehört hatte, bevor ihm das Licht ausging, und auch an die Geschehnisse danach.

Doch diesmal gelangten sie ohne weitere Zwischenfälle nach unten, und die Laterne erleuchtete einen großen Kellerraum. Dies war der Ort, an dem damals das Feuer ausgebrochen war, also wies er eine weitaus größere Zerstörung auf als die anderen Räume in dem Stadtpalais. Wegen der Chemikalien, die dort gelagert waren, hatte sich der Kellerraum in ein Inferno verwandelt. Das Feuer hatte regelrecht gewütet, doch man konnte noch die Überreste eines länglichen Tisches erkennen, den die Flammen fast völlig verzehrt hatten, und auch das angesengte Gestell eines Sofas. Unter ihren Füßen knirschte es, denn sie gingen über dutzende rußgeschwärzte Glasscherben, die überall auf dem Fußboden verstreut lagen. An den Wänden türmten sich hölzerne Regalbretter, die auch größtenteils verbrannt waren, die Überbleibsel der einst wertvollen Bibliothek.

»Hier ist seit Ewigkeiten niemand gewesen«, stellte Fleixa fest, der beim Echo seiner eigenen Stimme erschrak.

»Lassen Sie uns nach einer Spur suchen, vielleicht entdecken wir doch etwas.«

Einige Minuten erforschten sie im Halbdunkel den Kellerraum. Als sie gerade entmutigt aufgeben wollten, hörte Daniel den Journalisten hinter sich rufen.

»Amat, sehen Sie her!«

Das Licht der Laterne fiel auf eine eiserne Pritsche, die in einer Ecke stand und die das Feuer anscheinend unversehrt überstanden hatte. Auf dem Gestell fielen einige braune Flecken auf. Daniel und Fleixa erschraken, als ihnen die Herkunft der Flecken bewusst wurde. Daniel beugte sich vor und hob Fesseln auf, die an einem Metallring am Kopfteil der Pritsche befestigt waren.

»Das beweist, dass ich mich nicht völlig getäuscht habe«, rief er aufgeregt.

Fleixa nickte, doch er war nicht so enthusiastisch wie sein Gefährte.

»Ja, es scheint so, auch wenn ich es mir anders vorgestellt habe.«

Daniel gab darauf keine Antwort. Er selbst war zu dem gleichen Schluss gekommen. Adell benötigte für seine makabren Experimente besondere Bedingungen, ein Labor, medizinische Instrumente, Strom und fließendes Wasser. Hier gab es nichts davon. Sie filzten noch einmal sorgfältig den Raum, doch abgesehen von ein paar anscheinend unbenutzten Seilen und einer funktionstüchtigen Lampe konnten sie nichts entdecken.

Daniel schlug verzweifelt auf einen verkohlten Sessel.

»Verdammt noch mal! Das kann doch nicht alles sein! Uns läuft die Zeit davon, wenn …« Er brachte seinen Satz nicht zu Ende.

Fleixa sprach schließlich aus, was beide dachten.

»Wir haben uns geirrt, und Pau wird sterben.«

69

Die Lichter waren ausgeschaltet, doch selbst im Halbdunkel war die angespannte Neugierde überall im Theater deutlich zu spüren. Hier und da hörte man ein nervöses Hüsteln oder Räuspern, gefolgt vom wütenden Zischen eines anderen Zuschauers. Alle Blicke richteten sich auf den gleichen Punkt auf der Bühne.

Seine Hände waren feucht vor Schweiß. Wieder und wieder versuchte Llopis sie unter dem Tisch mit einem Taschentuch zu trocknen, vergeblich. Zum Glück konnte er wegen der Kerzen, die genau vor ihm platziert waren, keine einzelnen Gesichter im Publikum erkennen. Bis jetzt hatte er die Idee, persönlich an der Seánce teilzunehmen, für großartig gehalten. So konnte er eine führende Rolle für sich beanspruchen und als Reporter und Augenzeuge einen sensationellen Artikel schreiben. Bis das Spektakel im Theater beendet war, hatte Sánchez bestimmt Homs verhaftet und erwartete ihn im Hauptquartier der Polizei. Doch nun litt Llopis unter der Hitze im Theater. Sehnsüchtig sah er zu dem Krug mit Wasser, der für das Medium parat stand. Er wischte noch einmal über seine Hände und fragte sich, ob er sich nicht besser im Hintergrund gehalten hätte, anstatt sich mitten im Geschehen zu präsentieren.

Madame Palladino saß stocksteif auf ihrem Stuhl und starrte geradeaus in den Zuschauerraum. Ihr Kiefer bebte leicht, woraus Llopis schloss, dass sie keineswegs so ruhig war, wie sie sich gab. Offensichtlich hatte sie bemerkt, dass der Journalist sie beobachtete, sie drehte sich unwirsch in seine Richtung, betrachtete ihn eine Weile wortlos und stierte dann wieder nach vorn. Danach sah Llopis sie nicht wieder an.

Die Flammen der Kerzen malten dunkle Wellen auf die schwarze Samttischdecke und tauchten die Gesichter der Teilnehmer in ein gelbliches Licht. Zu beiden Seiten von ihnen saß ein Dutzend Frauen und Männer mit angespannten Mienen.

Der Conférencier war noch bei der Begrüßung.

»Sehr verehrte Damen und Herren, die furchtbaren Ereignisse der letzten Wochen setzen uns allen sehr zu. Einige unschuldige junge Frauen wurden grausam ermordet. Eins liegt auf der Hand, solche schändlichen Untaten kann nur ein gequälter Geist begehen. Ein Gespenst, dem es nicht gelingt, die Pforten zum Jenseits zu durchschreiten und das sich deshalb in eine Inkarnation des Bösen verwandelt hat. Doch heute Abend machen wir uns mit Ihrer Hilfe, mit vereinten Kräften daran, diese gepeinigte Seele zu befreien. Gemeinsam werden wir ihre furchtbaren Taten ein für allemal beenden!«

Ein Raunen ging durch die Reihen. Madame Palladino befeuchtete ihre Lippen mit einem Schluck Wasser und blickte mit halb geöffneten Augen teilnahmslos ins Publikum. Sie schien die Ansprache des Conférenciers, der redete und redete, gar nicht wahrzunehmen.

»… das tatsächlich außergewöhnlich ist. Wir haben das Privileg, heute eine der berühmtesten Persönlichkeiten der Welt bei uns begrüßen zu dürfen. Der Ruf von Madame Palladino ist bis in die wichtigsten Hauptstädte von Europa gedrungen, nach London, nach Wien und nach Paris! Madame Palladino zeigt sich hier bei uns in Barcelona besonders großzügig, denn sie hat angeboten, uns in diesem so schweren Moment zu helfen.«

Mit einem kaum merklichen Nicken bedankte sich das Medium für den Sturm der Begeisterung, der ihr entgegenbrandete. Der Conférencier räusperte sich, dann sprach er weiter.

»Madame Palladino bittet Sie jetzt, Ihrem Sitznachbarn die Hand zu reichen. Meine sehr verehrten Damen und Herren, von nun an benötigen wir absolute Stille und höchste Konzentration.«

Als die Zuschauer einander an den Händen fassten, stieg der Geräuschpegel im Zuschauerraum wieder. Man konnte hier und da ein Kichern hören, dort ein Flüstern, gefolgt von den Tadeln der Zuschauer, die sich gestört fühlten.

Llopis hielt auf der einen Seite die raue, knochige Hand des Mediums und auf der anderen die eines korpulenten Herrn, der das Gesicht verzog, als er die schweißnasse Hand des Journalisten spürte. Als stummes Zeichen seiner Entschuldigung zuckte Llopis mit den Achseln.

Madame Palladino senkte den Kopf, dann hob sie ihn wieder und schloss die Augen. Sie atmete erst tief ein und dann langsam wieder aus, danach wiederholte sie dieses Ritual noch einmal. Die Zuschauer verfolgten erwartungsvoll jede einzelne ihrer Bewegungen. Sie ließ mehrere Sekunden verstreichen, dann begann sie bedächtig in ihrem eigentümlich dumpfen Tonfall zu sprechen. Sie schien sich überhaupt nicht anzustrengen, doch ihre Stimme erreichte jeden Winkel des Theaters.

»Geist, ich rufe dich an.«

Die Stille, die ihren Worten folgte, erschütterte das Publikum. Unwillkürlich hielt Llopis den Atem an, genau wie die meisten Anwesenden. Dann wurde die Stimme des Mediums immer lauter, wie das Vorspiel zu einem gewaltigen Gewitter.

»Wir hören dich. Komm zu uns, du musst dich nicht fürchten.«

Die Flammen der Kerzen flackerten, und die Temperatur im Theater schien erheblich zu sinken. Einige Zuschauer rutschten unruhig auf ihren Plätzen hin und her. Plötzlich schwebte der Tisch über dem Bühnenboden – alle waren gebannt.

»Er kommt … näher. Ich spüre, dass … er näher kommt.«

Llopis schluckte, alles wirkte so real. Auf einmal zuckte Madame Palladino zurück und schrak vom Stuhl auf. Der Journalist und der Gast auf ihrer anderen Seite konnten nur mühsam den Kontakt mit ihr halten. Die Frau stieß einen kehligen Laut aus und beugte sich vor. Sie schien durch ihre geschlossenen Augen das Publikum argwöhnisch zu beobachten. Dann tönte ihre Stimme klar und deutlich über das Parkett und bis in den obersten Rang des Theaters. Es war eine Männerstimme.

»Ich bin angerufen worden, und hier bin ich.«

»Sag uns, wer du bist!«, rief ein Mann aus dem Publikum.

»Man kennt mich unter verschiedenen Namen, ihr könnt mich Belial nennen. Der Fürst des Betruges, der Dämon der Sodomie. Der Antichrist!«

Einige schrien entsetzt auf, zwei Frauen fielen in Ohnmacht, was für weitere Unruhe sorgte. Mithilfe des Theaterpersonals wurden die beiden Frauen aus dem Zuschauerraum getragen. Llopis war leichenblass. Das war nicht abgesprochen.

»Hör mit deinem Teufelswerk auf, du Mörder!«, brüllte ein junger Mann, der von seinem Platz aufgesprungen war.

Andere Männer taten es ihm gleich, es hagelte Proteste. Jeglicher Versuch, wieder Ruhe herzustellen, war erfolglos. Das Medium brachte ein entsetzlich tiefes Lachen hervor, und im Theater trat absolute Stille ein. Selbst die Zuschauer, die aufgestanden waren, blieben einfach stehen.

»Dummköpfe! Ihr seid doch nichtig. Ihr könnt nichts gegen mich ausrichten. Ich bin Belial, ich verkünde euch schweres Leid und große Not. Der *Gos Negre* ist auferstanden, ihn dürstet nach Blut, und er wird erst aufhören, wenn dieser Durst gestillt ist. Furchtbare Zeiten sind nahe und … und …«

Madame Palladino hielt inne und öffnete die Augen. Die Verblüffung stand ihr ins Gesicht geschrieben. Sie wollte aufstehen, wankte aber und stieß ihren Stuhl um. Sie konnte sich kaum auf den Beinen halten. Mit zitternden Händen stützte sie sich auf dem Tisch ab, der nun an den Seilen schwankte, die ihn in der Luft hielten. Alle starrten sie an. Da kippte die Frau plötzlich zur Seite und riss die Tischdecke mit sich. Aus ihrem Mund drangen unverständliche Laute, und über ihr Kinn lief rosafarbener Schaum. Llopis eilte ihr zu Hilfe, und für einen kurzen Moment schien sie aufrecht stehen zu können, doch dann sah sie ihn nur mit verzerrter Miene an, stieß einen Schrei aus und brach zusammen.

Stille überkam die Anwesenden, ratloses Schweigen. Zwei Herren aus dem Publikum gaben sich als Ärzte zu erkennen und kamen auf die Bühne. Sie maßen Madame Palladino den Puls. Die Mienen der beiden Männer spiegelten das Entsetzen aller Anwesenden wider.

»Sie ist tot.«

70

Seit Stunden schon ging Sánchez in diesem ekelerregenden Kanalnetz im Kreis. Drei Mal war er schon wieder umgekehrt und in einen anderen Tunnel eingebogen. Doch diesmal war er davon überzeugt, in den richtigen Stollen gelangt zu sein. Es fehlten nur noch wenige Meter, dann würde er die Stufen erreichen, über die sie vor Stunden in die Kanalisation hinabgestiegen waren.

Das Licht seiner Lampe wurde schwächer. Er klopfte gegen den Tank, er klang hohl. Doch das machte jetzt nichts mehr. Seit einiger Zeit schon hörte er hinter sich keine anderen Geräusche mehr. Er hatte diese Schufte in die Irre führen können. Sánchez lachte befreit auf, und der Tunnel verstärkte seine Stimme.

Allmählich reichte es ihm, diese Dunkelheit, die durchnässte Kleidung und dann noch dieser Gestank, der sich wie eine Zecke an seine Haut heftete. Außerdem tat ihm sein Bein furchtbar weh, und er kam nur noch wie ein Krüppel voran. Hoffentlich infizierte sich die Wunde nicht! Sobald er dieser Hölle entkommen wäre, würde er einen ganzen Tag im Thermalbad Casa Emilia verbringen. Und danach würde er einen neuen Einsatz organisieren, mit mehr Polizisten, die er bis an die Zähne bewaffnen würde. Sie würden zum Äußersten gehen und diese verdammten Sammler einfach wie Ratten vernichten.

Erleichtert erkannte er ein Abflussrohr wieder, das aus der Wand ragte. Der Ausgang war ganz in der Nähe! Sánchez sehnte sich nach dem Himmel über Barcelona. Mein Gott, er war mit dem Leben davongekommen, und das war das Einzige, was zählte. Er war ein Überlebender, ein Held!

Plötzlich rumorte es über seinem Kopf. Er blieb stehen und hob die Lampe mit ihrem matten Schein zur Decke, doch er konnte nichts Besonderes erkennen. Nach einigen Sekunden ertönte das Geräusch erneut, diesmal war es stärker und hielt länger an. Nun wusste er, was es war: Es donnerte.

Wie zur Antwort erklang ein anderes Geräusch, als würde sich Wasser in den Stollen ergießen. Sánchez richtete die Lampe auf seine Füße. Das Rinnsal, durch das er bislang gewatet war, verwandelte sich blitzschnell in einen Bach, der schon seine Hosenbeine durchnässte.

Da fiel ihm ein, dass bei Regen die unterirdischen Stollen voll liefen. Er erschrak zu Tode, das Gefühl, in Sicherheit zu sein, verschwand schlagartig. Er musste hier so schnell wie möglich raus! Sánchez versuchte weiterzugehen, doch er konnte sein Bein nicht mehr bewegen. Das Halstuch, mit dem er die Blutung stillen wollte, war unterwegs verloren gegangen, der Blutfleck breitete sich über die ganze Hose aus.

Er griff an seinen Oberschenkel und stolperte unbeholfen durch das Wasser. Nach wenigen Metern keuchte er vor Anstrengung, doch immerhin kam er voran. Das Wasser reichte ihm inzwischen bis zu den Knien, und es stieg stetig. Jede Bewegung kostete ihn noch mehr Mühen. Er riss sich zusammen und schleppte sich vorwärts. Jetzt, so kurz vor seiner Rettung, durfte er sich nicht hängen lassen.

Plötzlich trat er auf etwas Weiches. Er rutschte aus, und die Lampe fiel ins Wasser. Er versuchte aufzustehen, doch das lädierte Bein versagte ihm den Dienst, und er strauchelte wieder. Sánchez schlug mit den Armen um sich und ließ sich vom Wasser mitreißen. Das Glück war ihm wieder hold: Die Strömung trieb ihn zu den Sprossen, die einige Meter vor ihm im Licht einer Straßenlaterne lagen.

Blitzschnell ergriff er die unterste Eisensprosse und konnte sich mit größter Anstrengung festhalten, während die Strömung an ihm riss. Sánchez fluchte. Er zog sich zu der zweiten Sprosse hoch und schob einen Arm dahinter. So verkeilt hatte er festen Halt, doch inzwischen reichte ihm das Wasser bis zur Brust. Er löste eine Hand und fasste nach der nächsten Sprosse. So konnte er sich halb aus dem Wasser ziehen, nur seine Beine hingen noch in der Strömung. Die Wunde schmerzte heftig, und seine Körperfülle behinderte ihn. Er schnaufte, und mit letzter Kraft, die er sich kaum noch zugetraut hätte, kletterte er mühselig so weit nach oben, dass er seine Füße auf eine Sprosse oberhalb des Wassers setzen konnte. Er war erschöpft, doch nun trennten ihn nur noch wenige Sprossen von der Freiheit. Sánchez unterdrückte einen Freudenschrei und bereitete sich innerlich auf die letzte Etappe vor. Doch seine Freude wich jäh und verwandelte sich in Angst und Schrecken, als plötzlich der ganze Stollen von einem Beben erschüttert wurde, das ihn beinahe umgeworfen hätte.

Sánchez erschrak, er befürchtete, ein Teil des Kanalnetzes könne einstürzen. Er umklammerte die Leiter mit beiden Händen und versuchte, in der Dunkelheit seine Umgebung zu erforschen. Ein warmer Luftzug strich durch sein Haar, und plötzlich hatte er das Gefühl, in dieser Feuchtigkeit ersticken zu müssen.

Er sah auf. Über seinem Kopf bündelten sich die Lichter der Stadt in einem perfekten Kreis. Sánchez meinte sogar, eine Pferdekutsche und Stimmen zu hören. Doch plötzlich erschütterte ein ohrenbetäubendes Tosen den Stollen, das jedes andere Geräusch verschluckte.

Die Flutwelle stürzte ihn von der Leiter. Er landete im Wasser, und der Strom, zu einem gewaltigen wütenden Nass angeschwollen, trieb ihn wie eine Puppe davon.

Als er wieder zu sich kam, erschrak er. Eine Sekunde lang war er absolut orientierungslos, doch dann spürte er, dass er in einem engen Raum auf dem Rücken lag. Von irgendwo fiel ein feiner

Lichtschein herein, sodass es nicht völlig dunkel war. Er erkannte, dass er in einer der vielen Lüftungskammern lag, die sich auf der ersten Ebene im Untergrund befanden. Dann versuchte er sich zu erinnern. Anscheinend hatte ihn das Hochwasser durch den Tunnel gerissen und gegen die Wände geschleudert. Dabei war er wohl ohnmächtig geworden, und der Strom hatte ihn liegen gelassen, während er sich weiter seinen Weg in Richtung Meer bahnte. Er war ein richtiger Glückspilz.

Beklommen hörte er unter sich die Wassermassen tosen, die atemberaubend schnell durch den Stollen schossen. Ihm tat alles weh, er hatte das Gefühl, eine Straßenbahn hätte ihn überfahren. Er versuchte, den rechten Arm zu bewegen, und Schmerz durchzuckte seinen Ellbogen, doch er schien nicht gebrochen zu sein. An seiner Stirn spürte er eine Beule, sie war heiß und pochte. Vermutlich war ihm deshalb so schwindelig.

Aber er war gerettet. Der Ausstieg konnte nicht weit entfernt sein. Sobald der Wasserpegel sank, würde er diesen Zufluchtsort verlassen, den Stollen hochklettern und dieses Inferno hinter sich lassen. So lange konnte er abwarten.

Er tastete in seiner Jackentasche, und zu seinem größten Erstaunen fand er mehrere Kerzen und ein Feuerzeug, die das Wasser überstanden hatten. Plötzlich meinte er, das Trippeln eines Tieres gehört zu haben. Er beeilte sich. Wie auch immer, das Licht würde es schon erschrecken.

Der Stein des Feuerzeuges war feucht, doch nach mehreren Versuchen und mit viel Glück brachte Sánchez ein mattes Licht zustande. Doch das Gefühl, nicht allein zu sein, wurde immer größer. Er hielt die Kerze hoch, und ihm stockte der Atem.

Zwei riesige Ratten hockten auf seinem verletzten Bein und beobachteten ihn. Noch bevor er etwas unternehmen konnte, drehten sie sich blitzschnell um und flüchteten ins Dunkel. Der Stoff seiner Hose war zerbissen. Aus den Überresten des Oberschenkels sprudelten Blutbläschen. Die Tiere hatten sich bis auf den Knochen vorgenagt, der nun im Kerzenlicht fahl dalag.

Sánchez wurde speiübel, und er musste sich auf einen Ellbogen stützen, um nicht wieder das Bewusstsein zu verlieren. Die Flamme der Kerze zitterte in seiner Hand. Wie konnte es angehen, dass er von dem Schmerz nicht aufgewacht war?

Er tastete beide Beine ab und erschrak: Er fühlte nichts. Er versuchte, die Beine zu bewegen, doch sie waren taub. Schweißperlen rannen ihm über die Stirn. Hier lief etwas schief, und zwar verdammt schief.

Plötzlich nahm er rechts von sich Unruhe wahr – er hatte diese verfluchten Biester vergessen. Er hob die Kerze, doch als ihr Licht in den Winkel fiel, hätte er sie am liebsten fallen lassen. Nur wenige Meter von ihm entfernt wirbelten unzählige Nagetiere herum wie eine dichte graue Fellmatte. Der Kerzenschein machte sie nervös, und sie pressten sich hektisch an die Wand der Lüftungskammer, ohne jedoch den Eindringling aus den Augen zu verlieren. Einige machten Männchen und schnupperten, andere kratzten mit ihren Krallen über den Boden und zeigten ihre Zähne. Sie beschützten ihr Nest. Nur das Licht hielt sie noch im Zaum.

Sánchez schluckte. Sein Blutverlust war erheblich, er spürte, wie ihn die letzten Kräfte verließen. Gleich würde er wieder ohnmächtig werden. Ihn schauderte es bei der Vorstellung, was sie dann mit ihm machen würden.

Er vermied es, auf sein versehrtes Bein zu sehen, und leuchtete herum. Er musste einen Ausweg aus dieser Hölle finden. Doch daraufhin fiepten und trippelten diese nervösen Bestien nur noch mehr. Nach einer kurzen Weile, die Sánchez wie eine Ewigkeit vorkam, entdeckte er einen Hoffnungsschimmer.

Einen halben Meter über seinem Kopf lag, fast wie ein Kamin, der Lüftungsschacht für die Kammer. Er war gerade groß genug, dass ein Erwachsener hineinpasste. Diese Schächte waren meistens so angelegt, dass sie nach oben ins Freie führten. Das Kerzenlicht fiel auf eine Eisensprosse, und er schöpfte wieder Hoffnung.

Sánchez zog sich näher zum Schacht, dabei hielt er die Kerze zwischen sich und die Ratten, die immer hektischer wurden. Der steinige Boden zerkratzte ihm den Rücken, doch er war so zuversichtlich, dass ihm die Schmerzen nichts ausmachten. Er schob sich weiter, bis zum Beginn des Schachtes. Die Ratten kamen näher, und Sánchez schwenkte die Kerze hin und her, um sie zu vertreiben.

»Weg da! Weg da!«

Doch als begriffen die Tiere, dass er fliehen wollte, versuchten sie, ihn zu umzingeln und wichen nur zurück, wenn der Lichtschein sie direkt beleuchtete. Ihr bedrohliches Fiepen klang, als striche man über einen Schleifstein.

Er spürte, wie ihn die Kraft verließ. Er durfte keine Zeit mehr verlieren. Er hielt die Kerze hoch und zwängte seinen Körper in die Öffnung, die sich als enger erwies, als er gedacht hatte. Er stützte sich auf die ausgetretenen glatten Eisensprossen und presste Arme und Rücken gegen die glitschige Ziegelwand. Ganz oben war deutlich ein heller Lichtschein zu sehen, der von draußen kam. Zum Glück führte der Luftschacht nicht senkrecht nach oben, sonst hätte er, so verletzt, wie er war, unmöglich hochklettern können.

Sánchez schob sich weiter. In seinen Schläfen pochte vor Anstrengung das Blut, und das Atmen fiel ihm immer schwerer. Die tauben Beine hochzuziehen, erforderte einen immensen Kraftaufwand. Der Rauch der Kerze brannte in seinen Augen, und dann verschleierten ihm Tränen den Blick. Er hielt ein paar Sekunden inne, um sich zu erholen. Inzwischen hatte er schon mehr als die Hälfte des Schachtes überwunden. Je weiter er vorankam, umso steiler wurde der Schacht, aber er würde es schaffen! Unter sich konnte er die Ratten hören, die wütend fauchten und quiekten.

Er holte tief Luft und kam wieder ein Stück weiter. Seine Arme zuckten vor Krämpfen, aber nun war er fast am Ausgang. Den einfachen Riegel, der das Gitter verschloss, konnte er beinahe berühren. Die Nachtluft der Stadt kam ihm nahezu paradiesisch vor.

Den Geruch der Freiheit schon in der Nase, sprach er sich neuen Mut zu und schob sich ein Stück weiter nach oben. Plötzlich brüllte er vor Schmerz auf. Er hatte sich die Handfläche an der letzten Sprosse aufgerissen, die wie eine Eisenstange aus dem Mauerwerk herausragte. Die Kerze glitt aus seinen Fingern und prallte taumelnd gegen die Schachtwände, bis sie in der Dunkelheit verschwand. Sánchez verlor den Halt und rutschte weg, von der Last seines Körpers nach unten gezogen. Er war zu benommen, um seinen Fall aufhalten zu können. Die Dunkelheit umfing ihn wie ein Leichentuch.

Die Ruhe nach seinem Aufprall währte nur kurz. Sogleich begann um ihn herum ein aufgeregtes Konzert aus Fiepen, Quieken und Fauchen. Sein Schrei ging in dem Tumult von hunderten Trippelschrittchen unter. Es war kein gutes Jahr gewesen. Sie waren hungrig.

71

Pau atmete tief aus, ihre Anspannung wich. Der Lederriemen hatte sich an ihrem Handgelenk so tief eingeschnitten, dass sie blutete, aber nach einigen erfolglosen Versuchen war es ihr endlich gelungen, den Schlauch festzuhalten.

Sie knickte ihn, um die Infusion zu unterbrechen. Dann rieb sie ihn mit kurzen ruckartigen Bewegungen an der Tischkante, bis sie spürte, dass ihr die Flüssigkeit über die Hand lief. Ihr Fluchtplan war eigentlich simpel: Sobald ihr Entführer die Fesseln lösen würde, wollte sie sich eines der Skalpelle schnappen, die auf dem Metalltisch bereitlagen. Sie würde versuchen, ihn damit zu verletzen, um in der entstandenen Verwirrung zu dem Lastenaufzug zu fliehen, den der Mann benutzt hatte. Sie betete darum, dass nicht zu viel von der Infusion in ihren Körper gelangt war und dass ihre Beine nicht den Dienst versagten. Jetzt blieb ihr nichts anderes übrig als abzuwarten.

Nach einer Weile, die ihr unendlich schien, meinte Pau Schritte zu hören. Ihre innere Unruhe war so stechend, dass es ihr schier den Magen umdrehte. Was geschah, wenn er die Wirkung der Infusion überprüfte, ehe er ihre Fesseln löste? Wie würde er reagieren, wenn ihm der beschädigte Schlauch auffiel? Dann war alles verloren.

»Ich hoffe, Ihnen ist es während meiner Abwesenheit wohl ergangen. Die Vorstellung war die Anwesenheit wirklich wert. Ich muss ohne Umschweife gestehen, dies war eine der wenigen Gelegenheiten, bei denen ich einen Theaterbesuch wirklich sehr genossen habe. Schade, dass Sie nicht dabei sein konnten.«

Ein kurzes Kichern folgte auf die Bemerkung. Pau wollte ihm schon zustimmen, doch gerade noch rechtzeitig fiel ihr ein, dass sie ja Apathie vortäuschen musste. Der Mann legte sich erneut die Lederschürze an, und ohne weitere Worte zu verlieren, begann er an dem Tisch mit seinen Vorbereitungen.

Pau sah scheinbar schläfrig zu der Ampulle, die oben am Metallbügel hing und fast leer war. Sie ließ den Schlauch los, der zurückbaumelte, sodass sie ihn nicht mehr sehen konnte. Ihre Arme kamen ihr steif vor, doch sie schrieb diese Wahrnehmung ihrer Anspannung zu. Das war ihre einzige Chance. Sie würde es schaffen. Wenn sie am Leben bleiben wollte, musste sie es angehen, und sie versuchte sich auf diesen einen Gedanken zu konzentrieren.

Ihr Entführer zog inzwischen an einem Seil, das von der Decke hing, und mit einem Quietschen setzte sich daraufhin eine Metallschiene mit zahlreichen Kabeln in Bewegung, die schließlich über ihr anhielt. Jedes Kabel endete in einer Klemme mit einer Nadel. Pau hatte noch nie zuvor so feine Nadeln gesehen. Sie hatte das Gefühl, unter den Gliedmaßen einer Riesenspinne zu liegen. Für einen Moment vergaß sie ihren Fluchtgedanken, sie war gelähmt vor Angst.

»Wie Sie wissen, meine Liebe, liegt der Schlüssel des Verfahrens darin, die richtige Verbindung mit den Vitalpunkten des Körpers herzustellen. Es ist ein sehr heikles Verfahren, die Punktierung muss äußerst präzise erfolgen, auf den Millimeter genau.«

Der Mann kam zur Tischkante und löste die Fesseln an Paus Füßen.

»Diese Infusion ist sehr hilfreich, nicht wahr? Sie ermöglicht es mir, ungehindert zu arbeiten.«

Er zog die Kabel heran, befestigte eine Klemme an ihrem Knöchel und stach mit höchster Präzision die Nadel in Paus

Fußrist. Als die Stahlnadel in ihr Fleisch drang, zuckte Pau innerlich zusammen. Sie musste all ihre Willenskraft aufbringen, damit sie nicht ihr Bein bewegte und sich somit verriet.

Nachdem ihr Entführer die nächste Nadel in den anderen Fuß gestochen hatte, ging er an die rechte Seite des Tischs, um die Fesseln an ihrem Arm zu lösen. Plötzlich blieb er stehen und packte Paus Hand.

»Hehe! Sie sind mir vielleicht ein unartiges Mädchen!«, rief er.

Paus Hoffnung löste sich in Nichts auf. Doch sie beherrschte sich und spannte sich an, sie war entschlossen, es zu versuchen, obwohl sie teilweise immer noch gefesselt war. Der Mann hob ihr Handgelenk hoch und zeigte ihr die Verletzung, die der Lederriemen in ihr Fleisch gerissen hatte. Er klang fast vorwurfsvoll.

»Sie dürfen sich nicht wehren, Gilbert. Sie haben sich vergeblich angestrengt.«

Pau konnte ihren erleichterten Seufzer unterdrücken.

Der Mann ließ die Hand wieder los und stach die übrigen Nadeln in ihre Handrücken, in ihre Brüste, in die Höhe der Schlüsselbeine sowie in die Leisten. Dann legte er ihr einen Lederriemen mit einem Metallstreifen um den Kopf. Er nickte befriedigt, drehte sich um und begab sich zu einem Schrank, dem er einen Lederkoffer entnahm. Mit feierlicher Miene und in perfekter Ordnung legte er einen Satz Instrumente, darunter Skalpelle, Sägen und Forzeps, auf ein Metalltablett. Dann ging er zu einer Waschschüssel und wusch sich sorgfältig Hände und Unterarme.

Das war der Moment. Der Mann stand mit dem Rücken zum Tisch und hatte Pau nicht im Blick. Sie atmete tief durch und bereitete sich innerlich darauf vor aufzustehen. Sie wollte sich mit Schwung aufrichten, doch nichts geschah. Sie versuchte sich auf die Unterarme zu stützen, aber die blieben einfach auf der Tischplatte liegen, als gehörten sie zu einer anderen Person. Sie versuchte es nun gezielt mit den Beinen, doch die bewegten sich keinen Zentimeter. Sie hörte, wie ihr Herz immer schneller pochte. Sie wurde von Panik übermannt, denn sie konnte sich überhaupt nicht bewegen.

Ihr Entführer kehrte mit einem Stück Gaze in den Händen zurück, und ein breites Lächeln umspielte seine Mundwinkel.

»Sie müssen mich für dieses grobe Mittel entschuldigen, aber es ist die einzige Methode, damit Sie nicht um Hilfe rufen können. Wie gesagt, hier kann Sie niemand hören, aber ich muss mich auf meine Arbeit konzentrieren. Ich hätte Ihnen auch die Zunge entfernen können, wie bei den anderen, aber leider hat sich meine Zeitnot dramatisch zugespitzt.«

Ohne jeden Widerstand konnte er Pau knebeln. Dann holte er das Metalltablett, auf dem er die Instrumente angerichtet hatte. Eine Lanzette ließ er liegen und griff gleich zur Rippenschere. Er zögerte einen Moment. Dann seufzte er befriedigt und wählte noch ein kleines Skalpell aus. Er nahm das Laken weg, das Paus Körper bedeckte, und legte nun ihren Brustkorb frei, auf dem Schweiß schimmerte.

»Und, sind Sie bereit, meine Liebe?«, fragte er. »Ich werde Ihnen mein Vorgehen Schritt für Schritt erläutern. Ich bin davon überzeugt, dass Sie es äußerst interessant finden werden. Betrachten Sie es als Ihre letzte Anatomievorlesung.«

Fachkundig stützte er eine Hand auf ihr Brustbein und kniff die Augen zusammen.

»Später werde ich von Ihnen noch einige Organe benötigen.« Er machte eine Kopfbewegung in Richtung der unzähligen Glasbehältnisse auf den Regalen. »Ich muss meine Sammlung kontinuierlich erneuern.«

Ein dünner roter Strich entstand, sobald die scharfe Klinge über ihre Haut strich. Pau hatte das Gefühl, als würde man ihr tausende feine Nadeln auf einmal zwischen die Rippen jagen. Sie wollte schreien, doch der Knebel steckte so tief in ihrem Mund, dass sie nur ein schwaches Wimmern hervorbrachte. Tränen sammelten sich in ihren Augenwinkeln und glitten auf die Marmorplatte. Der Schmerz ließ nach, als die Klinge ihr Fleisch nicht mehr berührte. Ihr Entführer warf ihr einen verschwörerischen Blick zu.

»Bitte, bewegen Sie sich jetzt nicht.«

72

Daniel musterte die Flecken auf dem Metallgestell der Pritsche. Er hatte einen großen Fehler begangen. Mit jeder Minute, die sie hierblieben, wuchs die Gefahr, dass Pau starb. Wenn sie nicht schon längst tot war.

Er sah sich um und versuchte, sich zu beruhigen. Er musste nachdenken.

»Adell hat seine makabren Experimente hier durchgeführt«, überlegte er laut. »Höchstwahrscheinlich benutzt er das Haus vorübergehend als Zufluchtsort. Vielleicht versteckt er hier seine Opfer gleich nach der Entführung, und sobald sich der erste Aufruhr nach ihrem Verschwinden wieder gelegt hat, bringt er sie an einen anderen Ort.«

»Ja, aber an welchen anderen Ort?«, fragte Fleixa. »Und wie bringt er die jungen Frauen da hin?«

»Ich weiß es nicht. Aber es muss hier irgendeinen Hinweis geben, irgendeine Spur, die uns weiterführt.«

Er ließ noch einmal in Ruhe seinen Blick durch den Kellerraum schweifen, der durch das Lampenlicht nur wenig erhellt war. Seit sie hier unten waren, hatte sich nichts verändert. Schatten verbargen sich zwischen den schiefen und krummen Möbelresten. Verzweifelt schlug er heftig gegen die Wand, doch der Schmerz in seinen Händen bot ihm keinen Trost. Plötzlich verharrte sein Blick auf einem Schrank. Mit seinen geschwärzten Türen hob er sich kaum von den verrußten Wänden ab. Daniel hatte das Möbelstück schon vorher bemerkt, aber bis zu dem Moment war ihm nichts daran auffällig vorgekommen.

»Fleixa, leuchten Sie einmal hier.«

Ein Lichtstrahl traf den Schrank.

»Warum ist der Schrank nicht so verkohlt wie der Rest?«, fragte Daniel.

»Was wollen Sie damit sagen?«

»Sehen Sie hier. Die Türen sitzen noch fest, und der Schrank ist nahezu unbeschädigt.« Daniel zog an dem Riegel, doch der gab nicht nach. »Er ist zu. Merkwürdig, oder?«

»Ich glaube, wir verplempern hier nur unsere Zeit.«

Daniel ging nicht auf den Einwand des Journalisten ein, er zog die Pistole und feuerte einen Schuss ab. Der Knall dröhnte durch den Kellerraum, und es roch überall nach Schießpulver.

»Sind Sie verrückt geworden?«

An der Stelle des Türschlosses klaffte nun ein Loch. Daniel überging geflissentlich Fleixas Vorwurf und öffnete beide Türflügel.

Der Schrank war leer.

Daniel kniete nieder und untersuchte das Innere des Schrankes, wobei er sich mit Ruß beschmutzte. Fleixa schnaubte. Das war doch alles hoffnungslos. Sie mussten hier so schnell wie möglich weg und endlich zum Elektrizitätswerk!

»Leuchten Sie bitte hier hin.«

»Was suchen Sie denn? Sie sehen doch, dass hier nichts ist!«

Daniel drehte sich zu ihm um. Auf seinem Gesicht zeichnete sich ein Hoffnungsschimmer ab. Er zeigte auf Spuren auf dem Schrankboden, so als hätte man einen schweren Gegenstand darübergeschleift.

»Schauen Sie, betrachten Sie einmal genau …«

Er hielt inne und beobachtete die Laterne.

»Haben Sie das gesehen? Halt, nein, bewegen Sie sie nicht!«

Beide beobachteten konzentriert die Lampe, die der Journalist vor den Schrank hielt. Zuerst geschah nichts, doch als Fleixa schon fast die Geduld verlor, wurde die Flamme zwei Mal kleiner, so als würde ein unsichtbarer Finger gegen sie drücken.

»Hier ist ein Luftzug!«

Daniel riss dem Journalisten die Laterne aus der Hand und bewegte sie langsam auf und ab. Die Flamme neigte sich einige Male, je nachdem, wie Daniel die Laterne hielt. Er stellte sie auf dem Fußboden ab und untersuchte die rückwärtige Schrankwand, bis seine Finger einen Spalt entdeckten, der von unten nach oben hindurchlief. Er klopfte mit den Fingerknöcheln dagegen, und es klang hohl.

»Wir brauchen eine Brechstange.«

Sie sahen sich um und entdeckten schließlich in dem Schutt um den ehemaligen Kamin einen Schürhaken. Sie drückten ihn zwischen die beiden Holzbretter und zogen mit vereinten Kräften daran. Das Holz knarrte und gab schließlich mit einem lauten Krachen nach. Ein phosphoreszierendes Gelb erhellte den Anfang eines Ganges.

Ohne zu zögern, zwängte Daniel sich durch die Öffnung, und Fleixa folgte ihm. Der Journalist verkniff sich sogar die Schimpftirade, die ihm eigentlich schon auf der Zunge lag. Der unterirdische Gang war in den Felsen gehauen und so niedrig, dass sie gebückt gehen mussten. Alle fünfzehn Schritte war eine Bronzelampe angebracht.

»Elektrisches Licht«, rief Fleixa erstaunt.

Der Tunnel wurde immer schmaler und führte zu einer Wendeltreppe. Je tiefer sie kamen, umso feuchter erschien ihnen die Luft. Die Stufen endeten vor einer Tür, die sich ohne große Kraftanstrengung öffnen ließ. Dahinter lag ein improvisierter Bootssteg aus ein paar Holzplanken, an dem ein Boot festgemacht war, das auf dem schwarzen Wasser zu schweben schien.

»Das ist bestimmt ein Teil der Kanalisation.«

»Ja, zumindest stinkt es wie in einer Kloake. Und was jetzt?«, fragte Fleixa.

»Haben Sie die Lampen gesehen? Sie ziehen sich bis weit dahinten in den Tunnel hinein. Mal sehen, wohin sie uns führen.«

»Wie wollen Sie das anstellen? Der Weg ist hier zu Ende.«

»Nein, nicht ganz«, entgegnete Daniel und wies auf den Kahn.

»Ich bin wasserscheu«, sagte Fleixa, stieg aber hinter Daniel hinein.

Das Boot hatte zwei Riemen. Sie stießen sich von dem Steg ab, und sofort trieb die Strömung sie voran. Sie ruderten durch den Kanal und folgten den Lampen, die wie Glühwürmchen an einer Schnur an der Decke hingen.

Das Plätschern des Wassers dröhnte in dem Steingewölbe, und sein Echo hallte durch den Stollen. Daniel entdeckte auf dem Boden des Kahns die gleichen Flecken, die ihm schon auf der Pritsche im Keller aufgefallen waren. Er dachte an all die jungen Frauen, die der Mörder gefesselt und geknebelt hatte, die vielleicht schon verletzt waren, als sie genau diesen widerwärtigen Gestank einatmen und diese bedrohlichen Geräusche hören mussten, während ihr Entführer sie in dem Kahn transportierte. In ihrer Angst hatten sie sich bestimmt gefragt, was ihnen das Schicksal bereithielt. Daniel ließ sich nicht vom Entsetzen mitreißen, er ruderte noch kräftiger.

Einige Minuten später machte der Tunnel eine Rechtskurve, und das Geräusch des strömenden Wassers wurde zunehmend zu einem ohrenbetäubenden Tosen. Schließlich mündete der Tunnel in einen etwas breiteren Stollen. Fleixa wies Daniel rechter Hand auf Stufen hin, die in die Wand gehauen waren und zu einer kaum sichtbaren Metalltür führten. Ohne den Lichtschein der elektrischen Lampen wären sie vermutlich daran vorbeigerudert.

Sie lenkten das Boot näher, bis es gegen die Mauer stieß. Dann vertäuten sie die Leine an einem Holzpfosten, der aus dem Wasser ragte, und stiegen die Stufen hoch. Oben sahen sie einander verblüfft an. Die Tür war nur angelehnt.

»Amat, die Sache gefällt mir nicht. Das ist zu leicht.«

»Aber was sollen wir machen? Dieser Wahnsinnige hat Pau in

seinen Händen. Uns bleibt keine Wahl. Wenn Sie wollen, können Sie ja hier warten.«

»Ich denke gar nicht daran.«

Sie hielten die Pistolen bereit und traten über die Schwelle. Der tosende Lärm und der widerwärtige Gestank lagen hinter ihnen. Im Halbdunkel eröffnete sich vor ihnen ein Saal mit Deckengewölbe. Der ganze Raum war voller Regale, in denen sich Glasbehälter aneinanderreihten. Ein kontinuierliches Summen ließ die Luft vibrieren.

»Was ist das für ein Geräusch?«, fragte Fleixa.

»Das sind die Generatoren vom E-Werk. Wir sind genau darunter. Fleixa, das hier ist Adells Geheimlabor!«

Beide entsicherten ihre Waffen und liefen hintereinander durch das Regallabyrinth. Fleixa war fasziniert von der großen Anzahl der Behältnisse, die in allen Größen auf den Regelbrettern standen. Es waren hunderte, vielleicht sogar tausende, und er fragte sich nach ihrem Nutzen. Auch der nächste Raum schien fast nur Regale zu enthalten. Doch in seiner Mitte erhob sich ein Glasbehälter, dessen Ränder mit Eisenbändern und Bronzenieten verstärkt waren. Das Gefäß war mannshoch und so dick, dass mindestens vier Menschen nötig gewesen wären, um es zu umfangen. Im Licht ihrer Laterne schimmerte sein Inhalt golden, doch er verströmte einen furchtbaren Gestank.

»Wozu soll dieser Riesenbottich taugen?«

»Das verrät Ihnen doch Ihre Nase, oder? Bestimmt enthält er eine antiseptische Lösung. Vielleicht Formalin oder Phenol oder so etwas in der Richtung.«

Fleixa klopfte mit den Fingerknöcheln gegen die Glaswand und erzeugte ein dumpfes Echo.

»Seien Sie vorsichtig, wenn ich mich richtig entsinne, sind solche Flüssigkeiten leicht entflammbar. Bei den Mengen, die hier lagern, fliegen wir sonst noch in die Luft.«

»Haben Sie das gesehen?«

»Wie bitte?«

»Ich glaube, da drin ist etwas.«

Sie pressten ihre Gesichter gegen die Glaswand, und beiden verschlug es im gleichen Moment die Sprache. In dem riesigen Behältnis zeichnete sich eine Figur ab wie eine Erscheinung. Ein nackter Mann schwebte scheinbar auf sie zu, doch dunkle Schatten im Hintergrund schienen an ihm zu ziehen. Mit leblosen blauen Augen starrte er sie an. Die Hände kratzten mit einer letzten verzweifelten Geste an der Glaswand. Bestimmt hatte dieser Mensch geschrien, als man ihm die Zunge entfernte. Aus seinen halb geöffneten Lippen stiegen kleine Luftbläschen wie an einem rötlichen Faden auf. Bertomeu Adell würde niemals wieder jemandem Order erteilen.

Dann ging das Licht aus.

Daniel hielt die Pistole vor seine Brust und tastete mit der anderen Hand in der Luft. Er versuchte Ruhe zu bewahren. Der Stromausfall konnte verschiedene Ursachen haben. Sogar die Generatoren des Werkes standen still, und die Ruhe ließ das Schwarz, das sie umgab, noch besorgniserregender erscheinen. Daniel wünschte sich die Laterne herbei, die sie im Boot gelassen hatten. Er holte Luft und trat einen Schritt vor. Irgendwo klirrte Glas. Daniel vermutete, dass der Journalist gegen ein Regal gestoßen war.

»Fleixa, wo sind Sie?«, flüsterte er.

»Hier. Mir stand ein Regal im Weg.«

Daniel hörte die Antwort rechts von sich, etwas weiter entfernt, als er erwartet hatte. Er fragte sich, ob seine eigene Stimme genauso angsterfüllt klang wie die von Fleixa.

»Bleiben Sie, wo Sie sind, ich komme zu Ihnen«, flüsterte er.

Vorsichtig schlich er in die Richtung, in der er den Journalisten vermutete. Plötzlich schlug ihm jemand so heftig auf den Rücken, dass er das Gleichgewicht verlor. Dann hörte er noch einen Schlag, gefolgt von einem Wimmern. Etwas Schweres fiel auf den Fußboden und verursachte ein metallisches Klirren. Danach war es wieder still.

»Fleixa?«

Daniel erhielt keine Antwort. Noch bevor er irgendeine Entscheidung treffen konnte, strich ihm warmer Atem über das Ohr, und etwas Spitzes berührte seine Kehle. Er bekam eine Gänsehaut, als er spürte, dass der Gegenstand bedrohlich gegen das Fleisch drückte.

»Kommen Sie nur nicht auf die Idee, sich zu bewegen!«

Mit einem Klacken nahmen die Generatoren über ihnen surrend den Betrieb wieder auf. Die Kohlefäden der Lampen glühten auf und beleuchteten den unterirdischen Saal. Einige Sekunden lang war Daniel geblendet, doch dann sah er, dass Fleixa auf dem Fußboden saß und gegen ein Regal lehnte. Sein Gefährte verzog das Gesicht und betastete seinen Hinterkopf.

»Stehen Sie auf!«, befahl die Stimme.

Daniel nahm all seinen Mut zusammen und sah zur Seite. Sein Angreifer hatte sein Gesicht unter einer Kapuze verdeckt und hielt immer noch ein Skalpell an Daniels Hals.

»Sie?«

»Señor Fleixa, bitte heben Sie Ihre Waffe auf und auch die Ihres Freundes«, befahl ihm Dr. Gavet. Seine Stimme klang normal, ohne die Spur eines Stotterns. »Fassen Sie die Waffen am Lauf, und legen Sie sie langsam auf diesen Tisch. Ihr Freund wird für jede unvorhergesehene Bewegung von Ihnen büßen.«

Fleixa und Daniel tauschten Blicke aus, dann gehorchte der Journalist und legte beide Pistolen auf den Tisch, wie ihm geheißen wurde. Der Mediziner nahm eine der Waffen an sich, zielte auf die Brust des Journalisten und drückte ab.

»Was … ?«

Daniel zuckte beim Knall des ersten Schusses zusammen, auf den sofort ein zweiter mit einem ohrenbetäubenden Nachhall folgte. Neben ihm brach Fleixa zusammen. Der Journalist gab noch ein Stöhnen von sich, dann sackte er zu Boden. Um seinen

Körper breitete sich ein dicker Blutfleck aus. Ohne sich aus der Ruhe bringen zu lassen, legte Dr. Gavet die noch rauchende Pistole auf den Tisch.

»Sie sind doch ein verdammter Irrer!«, schrie Daniel.

Er stürzte sich auf ihn, doch der Mediziner wich ihm geschickt aus und schlug ihm mit einer präzisen Bewegung gegen den Halsansatz. Zuerst sah Daniel noch undeutlich Sternchen, dann wurde alles um ihn herum restlos dunkel.

Wiederauferstehung

20. Mai 1888
Die Eröffnung der Weltausstellung

73

An seinen Kopfschmerzen merkte er, dass er noch am Leben war. Er war an einen Stuhl gefesselt, und seine Arme und Beine waren taub. Plötzlich erinnerte er sich an die Ereignisse, und eine bohrende Angst überfiel ihn. Er konnte es nicht fassen, dass Fleixa tot war. Er hatte den Mann schätzen gelernt, und nun lag dessen lebloser Körper irgendwo in dieser unterirdischen Welt.

Er sah sich um und stellte fest, dass Gavet ihn während seiner Bewusstlosigkeit in einen anderen Raum geschleppt hatte. Mit großem Erstaunen entdeckte er zu seiner Rechten den Apparat, der im *Liber octavus* genau beschrieben war. Die Säule aus vergoldetem Metall reichte fast bis zur Decke. Sie war mit zahlreichen Kabeln gespickt, die an den Seiten hinunterhingen. Oben schlängelte sich ein anderes dickes Kabel zu einer Metallschiene, die über einem Marmortisch hing, auf dem Pau lag.

Die junge Frau bewegte sich nicht. Überall in ihrem Körper steckten Nadeln mit Kabeln, sie sah aus, als hätte sich eine Armee von Spinnen über sie hergemacht. Ihren kahl geschorenen Schädel bedeckte ein Lederband, an dem weitere, etwas kleinere Kabel befestigt waren. Diese waren alle über silbrige Stäbchen mit dem Hauptkabel verbunden, das über Pau baumelte. Er fragte sich, ob sie noch lebte, doch da hörte er ein Hüsteln.

Im Halbdunkel fast versteckt, lag Gavet auf einem Diwan und beobachtete ihn, während er nachlässig mit dem Gehstock tändelte. Er lächelte, als säßen sie in einem Café zusammen und Daniel hätte soeben eine witzige Bemerkung gemacht.

»Endlich! Zwölf Uhr ist längst vorbei. Ich habe schon befürchtet, ich müsste Sie aufwecken.«

»Nehmen Sie mir die Fesseln ab.«

»Hm, ich denke nicht. Im Moment ist es gut so.«

»Verdammter Mörder.«

»Sagen Sie das wegen Ihres Freundes? Dieser Bernat Fleixa ist wirklich zu einem Ärgernis geworden. Glauben Sie mir, ich bin froh, dass ich ihn endlich los bin.« Gavet sah zu Pau. »Ihre bewunderungswürdige Freundin ist allerdings in einem perfekten Zustand, seien Sie unbesorgt. Ich hatte Ihr Auftauchen zwar erwartet, aber Sie haben uns unterbrochen. Zum Glück können wir jetzt, nachdem alle Fragen geklärt sind, an genau der Stelle weitermachen, an der wir unterbrochen wurden.«

»Sie haben den Verstand verloren! Was haben Sie vor?«

Der Mediziner schüttelte den Kopf, mehr für sich denn als Antwort auf Daniels Frage.

»Du hast niemals etwas begriffen, Daniel.«

Der Mann, den er als Dr. Gavet kannte, stand plötzlich, ohne den Stock zu Hilfe zu nehmen, geschmeidig vom Diwan auf. Er hielt sich nicht mehr gebeugt, und auch seine Gehbehinderung war verschwunden. Er ging zu einem Beistelltisch, auf dem eine Lampe brannte, und legte die Brille ab, ohne den Blick von Daniel abzuwenden. Zu Daniels Verblüffung reckte er das Kinn vor und zog seinen Bart ab, der wie das Fell eines Tieres in seiner Hand lag. Nach und nach entledigte er sich auch seiner restlichen Maskerade: erst der Schnauzbart, dann die Augenbrauen und zum Schluss die Perücke. Er nahm ein feuchtes Tuch zur Hand und rieb damit über sein Gesicht, um die Reste von Klebstoff und Schminke abzuwischen. Am Ende der Demaskierung lächelte Daniel ein Mann an, der sichtlich verjüngt war.

Daniel sperrte den Mund auf, ohne einen Laut hervorbringen zu können. Sein Verstand war blockiert, und er zweifelte an seiner Zurechnungsfähigkeit. Er war doch selbst Zeuge seines Todes gewesen. Jahrelang hatte er seinen Verlust beweint und die Bürde der Schuld auf sich genommen. Wie in seinen Albträumen hörte er sich selbst einen Namen flüstern.

»Alec.«

»Werter Bruder, du ahnst gar nicht, wie schwer es war, diese Aufmachung durchzuhalten.«

Beim Lachen gerieten die Narben, die sein Gesicht entstellten, in Bewegung.

»Du … lebst?«

»Ich denke, das ist offensichtlich«, antwortete der Mann und öffnete theatralisch die Arme.

Daniel brauchte einige Zeit, bis er die Kraft fand, etwas zu sagen.

»Ich habe doch gesehen, wie du im Feuer umgekommen bist. Ich habe dich sterben sehen. Wie kann das sein? Was …?« Doch er kam nicht weiter.

Sein kleiner Bruder hob die Hand, um ihn zum Schweigen zu bringen. Er nahm wieder auf dem Diwan Platz und schlug elegant die Beine übereinander.

»Du hast gewiss viele Fragen. Ich werde versuchen, sie zu beantworten, solange wir Zeit haben.« Er seufzte. »Die Zeit, werter Daniel, die Zeit ist ein launenhafter Richter … Nun. Es ist eine lange Geschichte. Eine Geschichte, die in einer Nacht vor sieben Jahren begann.«

Er strich mit der Hand über die Armlehne des Diwans.

»Denkst du noch manchmal an Ángela?«, fragte er.

»Selbstverständlich. Ich habe sie niemals vergessen.« Daniel spürte den bitteren Beigeschmack seiner Worte.

»Du wirst dich all die Jahre gefragt haben, warum sie sich an dem Abend im Haus befand, nicht wahr?« Er wartete Daniels Zustimmung ab, ehe er weitersprach. »Die Antwort ist ganz einfach. Nach der Bekanntgabe eurer Verlobung habe ich ihr noch am selben Abend in deinem Namen eine Nachricht geschickt und sie darin gebeten, zu uns ins Haus zu kommen.«

»Du? Warum …?«

»Als sie eintraf«, sprach Alec weiter, »habe ich dafür gesorgt, dass man sie in das Labor unseres Vaters führte. Sie war erfreut, sie meinte ja, es ginge um ein Treffen mit dir. Ihre Freude war überaus lästig, aber ich beherrschte mich, denn ich war mir sicher, dass sie schließlich verstehen würde.«

»Was sollte sie verstehen?«

»Ich habe ihr enthüllt, dass du sie nicht geliebt hast und auch niemals lieben würdest, weil du tiefere Gefühle für ihre Ziehschwester hegtest. Ah, hast du etwa gedacht, das wäre ein Geheimnis gewesen?«, rief er, als Daniel ihn verwirrt ansah.

»Du bist und bleibst so naiv! Meinst du, ich hätte eure Blicke nicht bemerkt? Eure lächerlichen heimlichen Liebkosungen? Denkst du, ich hätte nicht über eure heimlichen Treffen Bescheid gewusst? Ja, werter Bruder, und genauso wusste ich auch, dass du Ángela nicht heiraten wolltest. Doch ich habe sie geliebt. Ich hätte alles für sie getan.« Er verzog das Gesicht zu einer Grimasse. »Ich habe ihr deine Beziehung mit Irene in allen Einzelheiten geschildert, sogar die Pläne für eure gemeinsame Flucht. Danach habe ich ihr meine Gefühle offenbart und um ihre Hand angehalten.« Er beugte sich vor. »Weißt du, was sie daraufhin gesagt hat?«

Daniel schüttelte den Kopf.

»Nichts! Sie hat einfach losgelacht. Ich habe sie gebeten, still zu sein, aber sie hörte nicht auf. Sie hat gelacht und gelacht und sich über mich lustig gemacht. Da hat mir die Wut meinen Verstand geraubt, und für einen Augenblick hat mir ein blutiger Schleier die Sicht vernebelt. Als ich wieder zur Besinnung kam, hatte ich mich schon auf sie gestürzt und ihr den Mund zugehalten.«

Alec sprach unter Tränen weiter, ungeachtet von Daniels Entsetzen. Seine Stimme klang wie ein heiseres Flüstern.

»Als ich wieder bei Sinnen war, lag Ángela bewusstlos in meinen Armen. Sie atmete noch, aber ich konnte ihr nicht helfen, denn in meiner geistigen Verwirrung hatte ich das Labor unseres Vaters zerstört, und eine Lampe hatte den Teppich in Brand gesetzt. Ohne dass ich etwas dagegen ausrichten konnte, breitete sich das Feuer in Windeseile aus und griff auf Möbel und Vorhänge über. Wir waren sofort von Flammen umzingelt, und in den dicken Rauchschwaden bekamen wir kaum mehr Luft. Es gab keinen Fluchtweg. Plötzlich habe ich dich auf der Treppe gesehen, in Sicherheit. Ich habe um Hilfe geschrien. Ich habe dich angefleht, mir zu helfen, Ángela zu retten, doch du bist verschwunden. Du bist abgehauen und hast uns dem Tod überlassen.«

»Das stimmt nicht!«, rief Daniel.

Er konnte sich an die Ereignisse an dem Abend nur schemenhaft erinnern. Wegen der Trennung von Irene hatte er bis zum Umfallen getrunken. Aber er war sich sicher, dass er versucht hatte, zu den beiden vorzudringen, als plötzlich ein Teil des brennenden Treppengeländers auf ihn herabstürzte. Das war alles. Stunden später war er in einem Krankenhausbett aufgewacht, und sein Vater hatte ihm mitgeteilt, dass sein Bruder und seine Verlobte ums Leben gekommen waren.

»Ich bin ohnmächtig geworden«, berichtete Alec weiter. »Erst später habe ich erfahren, dass uns die Hausangestellten aus dieser Hölle gerettet haben. Doch für Ángela war es leider zu spät. Ich habe nur noch zu Gott gebetet, dass er mich mit ihr im Tode vereint, doch gegen meinen Wunsch musste ich überleben.«

Zum Weitersprechen holte er tief Luft.

»Als ich wieder etwas bei Kräften war, Wochen später, beschloss unser Vater, nach Wien zu ziehen. Ein renommierter Arzt, Robert Gersuny, arbeitete dort erfolgreich als plastischer Chirurg, kannst du dir das vorstellen? Heutzutage kann mich wirklich kaum mehr etwas überraschen.«

Daniel sagte nichts. Er fragte sich, warum ihm sein Vater das alles verheimlicht und einfach zugelassen hatte, dass er nach England zog. Doch plötzlich wurde ihm alles klar: Sein Vater hatte ihm die Schuld für den Ausbruch des Feuers gegeben.

»Ich wurde so oft operiert, dass ich mich nicht mehr daran erinnern kann. Mit der Zeit konnte ich die Arme wieder bewegen, und später konnte ich auch wieder gehen. Falls du dich über mein Gesicht wunderst«, sagte er und zeigte bei den Worten auf die tiefen Narben, die sich über sein Gesicht zogen, »die an meinem restlichen Körper sind noch schlimmer. Der Arzt transplantierte die Haut von Leichen, ein unmögliches Bestreben, das Verlorene zu reparieren. Zum Preis furchtbarer lebenslänglicher Qualen machte er aus mir ein akzeptables Monster. Eine gerechte Strafe für meine Sünden, findest du nicht?«

Sein Lachen ließ Daniel das Blut in den Adern gefrieren.

»Der Genesungsprozess verlief sehr langsam. Trotz der Medikamente waren die Schmerzen so unerträglich, dass ich manchmal das Gefühl hatte, ich würde in zwei Teile zerrissen. Ab und an mussten sie mir auch neue Haut verpflanzen, weil ich sie mir mit den eigenen Händen vom Leib gerissen habe. Sie sahen sich gezwungen, mich zu fixieren. Ángela hat mich jede Nacht besucht. Sie hat sich neben mich gesetzt und meine Wunden gestreichelt. Sie hat mir gesagt, dass sie mich liebt, und sie hat mich gefragt, warum ich ihren Tod nicht verhindert habe.«

Er hielt inne und schluckte seine eigenen Tränen.

»Ich habe fünfmal das Krankenhaus gewechselt. Wir haben Wien verlassen und sind nach München gegangen und danach nach Prag. Jedes Mal kam eine Unzahl von Spezialisten, um mich zu untersuchen. Laudanum war meine wichtigste Stütze. Mein Albtraum dauerte über zwei Jahre. Doch eines Morgens war ich so dumm und habe unserem Vater die Wahrheit gebeichtet und ihn gebeten, nach Barcelona zurückzukehren. Er stimmte sofort zu, aber ich konnte nicht ahnen, dass er andere Pläne mit mir hatte.«

Alec sog die Luft tief durch die Nase ein, was sich wie ein altersschwacher Blasebalg anhörte, dann sprach er weiter:

»Kaum waren wir hier angekommen, hat er mich in das Sanatorium Nueva Belén gebracht. Aber unser geschätzter Vater wollte nicht, dass sein Name wegen seines irren Sohnes in Verruf geriet. Er überwies mich als seinen Patienten dorthin und sorgte dafür, dass man mich unter einem anderen Namen aufnahm. Er gab an, ich hätte einen schweren Unfall erlitten, weshalb mein ganzes Gesicht verbunden sei und ich Behandlung benötige. Nicht einmal der Direktor, immerhin sein enger Freund, erfuhr jemals meine wahre Identität. Später konnte ich mir diesen Umstand zunutze machen, aber in dem Moment habe ich unseren Vater dafür gehasst, dass er mich dort im Stich ließ. Ich wusste damals noch nicht, was das Schicksal mit mir vorhatte. Wie du ja selbst feststellen konntest – ja, ich habe erfahren, dass du dort gewesen bist –, gab es in der Klinik wenig Abwechslung. Ich habe es, so gut wie es eben ging, dort ausgehalten, und etwa zwei Jahre nach meiner Aufnahme kam ein neuer Patient ins Sanatorium: Dr. Homs. Dank meines Medizinstudiums hatten wir sofort einen gemeinsamen Bezugspunkt. Wir haben uns oft unterhalten, und allmählich wurden wir Freunde. Einmal hat er mir an einem Nachmittag von seinen Bemühungen berichtet, seine Ehefrau zu retten. Ich habe das alles nicht sonderlich ernst genommen, bis er mir von dem *Liber octavus* erzählte. Das war eine fantastische Sache, ein außergewöhnlicher Fund.«

Erregt stand Alec vom Diwan auf.

»Doch Homs mochte meine Begeisterung so nicht teilen. Daniel, stell dir das vor, der Mann war in der Lage, mit seinem Wissen Gott persönlich herauszufordern, doch dieser absolute Dummkopf begriff das einfach nicht. Er behauptete, seine Studien seien eine gewaltiger Fehler, und weigerte sich, den letzten Schlüssel seiner Erkenntnisse preiszugeben, um zu verhindern, dass sie in falsche Hände gerieten. Er meinte, wir dürften die Gesetze der Natur nicht überschreiten. So ein Schwachkopf.«

Alec sackte auf den Diwan zurück, lehnte den Kopf gegen die Rückenlehne und brummte.

»In den folgenden Monaten haben wir unsere Freundschaft fortgesetzt, ohne das Thema noch einmal anzuschneiden. Bis dieser eingebildete Schnösel in Erscheinung trat.«

»Adell!«

»Genau. Das erinnert mich daran …«

Er stand vom Diwan auf und ging durch den Raum. Daniel ließ er allein. Kurz darauf kam er wieder und schleifte den Körper des Industriellen hinter sich her. Ein Rinnsal floss über die Bodenfliesen. Alec war von der Anstrengung außer Atem.

»Als er ins Sanatorium kam, habe ich ihn sofort erkannt. Er mich allerdings nicht, denn ich war ja äußerlich verändert, außerdem verdeckte der Verband immer noch Teile meines Gesichts. Ich war keineswegs erstaunt, ihn dort zu sehen, schließlich war er ja verrückt. Hast du gewusst, dass man ihn auch aus der Universität rausgeworfen hat? Anscheinend hat er im Hospital de la Santa Creu eine Krankenschwester geprügelt, weil sie mit ihm zu vertraulich umgegangen ist. Die Frau, eine junge Klarisse, hat dabei ein Auge verloren. Adell hat mir das im Sanatorium selbst erzählt. Stell dir vor, er war immer noch wütend auf sie. Er war zwar verrückt, aber er war kein Idiot, also begriff er, wie wertvoll Homs' Entdeckung war. Mir blieb nichts anderes übrig, als ihn in dem Glauben zu lassen, dass ich mich mit ihm zusammentun und teilen wollte. Das war recht einfach, denn er dachte ja, die ganze Welt stünde ihm zu Diensten. Dann wurde er dank der Einflussnahme seiner Familie nach zwei Monaten wieder aus dem Sanatorium entlassen.«

»Er hat dir bei deiner Flucht geholfen, nicht wahr?«

»Bravo, Daniel, genauso war es. Vor seiner Entlassung hatten wir vereinbart, dass ich inzwischen versuchen würde, mit Homs ins Gespräch zu kommen, und dass er seine Beziehungen spielen lassen würde, um auch mich herauszuholen. Doch wir mussten unsere Pläne plötzlich ändern, als es völlig überraschend hieß, man werde Homs entlassen. Uns lief die Zeit davon. Am Abend vor seiner Entlassung habe ich versucht, Homs ein letztes Mal davon zu überzeugen, sein Wissen mit mir zu teilen. Ich hatte für unsere Versuche heimlich ein einfaches Skalpell gebastelt.« Alec zog eine Grimasse, die tiefe Furchen in seine vernarbte

Haut schnitt. »Ich habe ihn die ganze Nacht damit bearbeitet. Doch dieser Mann war leider ein absoluter Sturkopf, er ist gestorben, ohne auch nur ein Wort zu verraten.

Mir wurde klar, dass man mich für seinen Tod verantwortlich machen würde, wenn man seine Leiche fand. Damit wäre auch meine wahre Identität aufgedeckt worden. Da hatte ich zum Glück eine Idee. Homs war zwar um einige Jahre älter als ich, aber er hatte in etwa meine Statur. Nur war damals mein Kopf kahl geschoren. Also schnitt ich ihm das Haar ab, zog ihm meine Kleider an, und danach verstümmelte ich sein Gesicht bis zur Unkenntlichkeit. Ich nahm den Verband von meinem Gesicht und tränkte ihn mit Blut, bevor ich ihn auf die Leiche legte. Danach konnte ich mithilfe von Adells Kutscher aus dem Sanatorium fliehen.«

Alec schleifte den leblosen Körper des Unternehmers bis in die Mitte des Saales, dann ließ er ihn neben einem Metallgitter liegen, das in den Fußboden eingelassen war.

»Adell war außer sich, als er hörte, dass Homs tot war«, berichtete Alec weiter. »Doch ich konnte ihn davon überzeugen, dass ich selbst das Geheimnis des Vesalius entschlüsseln würde. Ich konnte ihn auch überreden, unser altes Haus zu kaufen, ohne dass er erfuhr, dass es mir gehörte. Er war ganz begeistert von der Idee. Und dann hatten wir auch noch großes Glück. Seine Arbeiter fanden auf dem Gelände genau unter dem Elektrizitätswerk die alten Kellerräume des Hospitals der alten Zitadelle vor, ein idealer Ort für das Labor. Wir wussten von Homs, dass wir eine große Energiequelle benötigten, und hier verfügten wir über den größten Elektrizitätsgenerator im ganzen Land! Das Haus diente uns als Versteck für die Mädchen. Wir verbanden beide Orte, indem wir einen alten Stollen der Kanalisation herrichteten.«

Alec hob das Gitter der Falltür. Der wilde Lärm des Wassers, der zuvor nur gedämpft zu vernehmen war, drang aus dem Schacht und verschluckte fast seine nächsten Worte.

»Adell hat mir das Material zur Verfügung gestellt, um den Apparat zu bauen, und das Werkzeug für meine Experimente. Er hat mir sogar seine Kutsche geliehen. Er hat mich auch über deine Nachforschungen auf dem Laufenden gehalten. Ich muss zugeben, deine lächerlichen Fortschritte haben mich gerührt. Als du plötzlich in unserem Haus aufgetaucht bist, hast du mich allerdings ziemlich durcheinandergebracht. Ich war auch gerade da, unten im Keller, mit einem der Mädchen. Als sie dich hörte, brachte sie noch ein paar Worte hervor, ehe ich ihr den Knebel in den Mund stopfen konnte. Zum Glück bist du nicht ganz nach unten gekommen, denn sonst hätte ich dich umbringen müssen.«

Alec zog den Leichnam näher an den Rand des Schachtes.

»Er war mir sehr nützlich, aber irgendwann war ich seine Forderungen leid, und vor allem seine Arroganz.«

Er stellte einen Fuß auf Adells Brustkorb und trat zu. Die Leiche rutschte über den Rand und verschwand im Schacht. Alec schloss die Falltür. Das Tosen des unterirdischen Kanals verebbte zu einem dumpfen Rauschen.

74

Menschenmassen drängten sich vor dem Ausstellungsgelände. Alle wollten unbedingt einen Blick auf die Ehrengäste und ihr Gefolge erhaschen, die durch den Triumphbogen einzogen. Sobald sie die städtischen Honoratioren oder einen ausländischen Herrscher erkannten, jubelten sie ihnen zu. Barcelona war in Festtagsstimmung.

»Und, gefällt es Ihnen?«

»Mellado, alter Freund! Schön, dass wir uns hier wiedersehen. Hatten Sie eine gute Anreise?«

Ferrán Gadea, der Chefredakteur von *L'Esquella de la Torratxa*, begrüßte den Neuankömmling per Handschlag: Francisco Mellado, sein Kollege von *El Imparcial.*

»Sie wissen ja, Gadea«, erwiderte Mellado lächelnd, »wie gemütlich der Eilzug aus Madrid sonst ist. Aber heute saßen so viele wichtige Politiker mit uns im Zug, dass wir die üblichen Haltestellen ausgelassen haben und viel schneller hier waren.«

»Mit so vielen illustren Persönlichkeiten war die Fahrt bestimmt sehr vergnüglich. Ich vermute, Sie konnten sich schon einige saftige Kommentare notieren.«

»Natürlich, das ganze Land ist ja auf die Weltausstellung gespannt. Das ist der große Moment für Barcelona.«

»Jaja, mein Freund, das denke ich auch.«

»Mir ist zu Ohren gekommen, dass es Sabotagedrohungen gegeben hat.«

»Es gibt die kuriosesten Gerüchte. Anarchisten, Gewerkschafter … Alles nur Unsinn. Doch eins steht fest, das Sicherheitsaufgebot ist immens, und die Organisatoren haben alles vorbereitet. Die Bevölkerung von ganz Katalonien hat sich tatkräftig für die Ausstellung engagiert. Da kann nichts mehr schiefgehen.«

»Ihr Wort in Gottes Ohren. Sehen Sie«, sagte er und wies nach vorn, »da ist schon der Bürgermeister und führt das Gefolge an. Wir sollten uns beeilen, wenn wir alles mitbekommen wollen.«

»Ich begleite Sie.«

Bürgermeister Rius i Taulet, in Cut und Zylinder, stolzierte neben Don Eduardo Romero, dem zweiten Bürgermeister von Madrid. Beide Herren unterhielten sich angeregt mit dem Präsidenten des Stadtrates von Paris, der auf der anderen Seite von Rius ging und dessen Galaanzug mit einer Schärpe in den Farben der französischen Republik dekoriert war. Nicht einmal ein Jahr später sollte die französische Hauptstadt die nächste Weltausstellung ausrichten.

Ihnen folgten die Mitglieder des Organisationskomitees, die Botschafter der teilnehmenden Länder und die zahlreichen Repräsentanten von beteiligten Unternehmen sowie die Vertreter von Kuba und den Philippinen, den Kolonien in Übersee.

Vor dem Eingang des Palastes der Schönen Künste hatte ein Jägerbataillon in prächtigen Uniformen Aufstellung genommen. Das Orchester spielte mit so viel Elan, dass die Vögel im Park aufflogen. Polizisten schirmten den Festsaal gegen Schaulustige ab.

Gadea und Mellado betraten hinter den zahlreichen illustren Persönlichkeiten die Eingangshalle des Palastes. Alle warteten auf die Ankunft der Königlichen Hoheiten und vertrieben sich die Zeit mit angeregten Gesprächen in kleinen Gruppen.

Don Práxedes Sagasta, der Präsident der spanischen Regierung, hielt einem Grüppchen Würdenträger einen kleinen Vortrag, dem der Marqués de Miravalles und der Marqués de Castro Serna ebenso höflich wie gelangweilt zustimmten. Etwas weiter entfernt, neben den hohen Fenstern, plauderten der Bischof von

Barcelona, Vizeadmiral Manuel de la Pezuela und der Marqués de Sierra Bullones, sie hofften, dass das gute Wetter anhielt, damit der geplante Besuch der Pavillons durch die Königlichen Hoheiten nicht buchstäblich ins Wasser fiel. Der Marqués bat den Bischof, diesbezüglich mit Gott Kontakt aufzunehmen, was die übrigen Anwesenden zum Schmunzeln und Lachen verleitete.

Die beiden Journalisten standen etwas abseits, sie hielten ihre Notizblöcke gezückt, und ihre Stifte glitten pausenlos über die Blätter.

»Es mangelt ja nicht gerade an namhaften Gästen«, meinte Gadea zu seinem Kollegen, »aber schließlich ist die Ausstellung das Ereignis des Jahres.«

»Man rechnet wirklich mit vielen Besuchern, nicht wahr?«

»Etwa fünf oder sechs Millionen.«

»Was sagen Sie da? So viele?«

»Sie haben richtig gehört … Sehen Sie«, unterbrach er sich selbst, »da kommen schon die Vertreter der europäischen Adelshäuser.«

Das Orchester intonierte die »Marcha Real« und verkündete damit die Ankunft der ausländischen Regenten. Nun betrat der Herzog von Genua, einer der Anwärter auf den spanischen Thron, die Eingangshalle. Er wurde von Prinz George und dem Herzog von Edinburgh begleitet, alle in Galauniformen.

Von ferne konnte man die Hornbläser der Kavallerie vernehmen. Dazu erklangen die Instrumente des Wachbataillons sowie die Pfeifen und Trommeln der Hellebardiere. Mit etwas Verspätung trafen schließlich die Königlichen Hoheiten mit ihrem Gefolge ein, in mehrspännigen Kutschen à la Daumont und von einer Schwadron der Kavallerie eskortiert.

Die Hellebardiere bildeten ein Spalier zum Festsaal, dahinter drängten sich die Damen der Gesellschaft, deren Begierde, der Regentin ansichtig zu werden, so groß war, dass sie lieber hinter den Wachen standen, statt die ihnen zugedachten Plätze einzunehmen.

Casavella hörte den Lärm der Menge sogar durch die Fenster des Elektrizitätswerkes, doch ihm war keineswegs nach Feiern zumute.

Ein Arbeiter, der neben ihm stand, machte unablässig Notizen auf einem kleinen Brett, während er mit gerunzelter Stirn die Anzeigen im Blick behielt und die aktuellen Werte mit den vorherigen verglich. Casavella hatte persönlich jedes einzelne Manometer in der Halle mehrfach überprüft und auch die Ventile, die die Temperatur und den Druck der gigantischen Dampfmaschinen regelten. Alles schien vorbildlich zu funktionieren, doch er hatte sich vorgenommen, alle zwei Stunden das System komplett zu kontrollieren. Die Maschinen konnten zusammen eine Leistung von bis zu viertausend Pferdestärken erzeugen, und bis jetzt waren es nicht einmal zweitausenddreihundert. Die Arbeiter, deren Aufgabe darin bestand, die Kessel zu befeuern, ruhten neben den mit Kohle beladenen Loren aus und warteten auf ihren nächsten Einsatz. Das Licht des Nachmittags ließ allmählich nach, doch noch hatte man die Lampen auf dem Ausstellungsgelände nicht eingeschaltet, sodass der Stromverbrauch noch niedrig war.

Casavella lief quer durch die Halle zu den Generatoren. Um das Surren zu übertönen, das aus den sechs Gleichstromdynamos drang, musste er fast schreien. Die Maschinen produzierten genug Strom, um mindestens halb Barcelona zu beleuchten. Zufrieden betrachtete er das Werk seiner tüchtigen Männer. Doch dann verzog er das Gesicht.

Trotz seiner jahrelangen Erfahrung hatte er sich an dieses andauernde Bienengesumm einfach nicht gewöhnen können. Das Surren klang bedrohlich, so als würden Tiere in den Generatoren stecken, die nur darauf warteten, ihrer Falle aus Stahl und Keramik zu entkommen. Mit Mühe wahrte er die Fassung, angespannt hoffte er, dass der junge Mann neben ihm, der die Messwerte notierte, seine Nervosität nicht bemerkte. Die unerklärlichen Spannungsschwankungen der letzten Monate hatten nicht nur die Maschinen, sondern auch seine Stimmung durcheinandergebracht. Sie hatten die Ursache immer noch nicht gefunden, und falls das Problem noch einmal auftreten sollte, würden sie es nur schwer lösen können. Señor Adell hatte wegen der hohen Kosten gegen eine Verbesserung des Kühlsystems optiert, er war nicht einmal seiner Empfehlung gefolgt, die Anlage durch zwei weitere Maschinen zu verstärken. Das Problem konnte jeden Moment wieder auftauchen, und dann würden die Generatoren der Spannung nicht mehr standhalten, und für die Dampfmaschinen wäre der Druck zu hoch. Der Strombedarf, mit dem in wenigen Minuten zu rechnen war, würde dem Werk die volle Leistung abverlangen. Casavella konnte sich keine kritischere Situation vorstellen. Er konnte zwar nicht mit letzter Gewissheit die Folgen abschätzen, doch ihm war klar: Sollte es zu einer Kettenreaktion kommen, dann wäre die Explosion stark genug, um einen großen Teil des Ausstellungsgeländes mitsamt seinen Besuchern in die Luft zu jagen.

Seit einigen Tagen funktionierte alles vorbildlich, doch Casavella war von Zweifeln geplagt. Er war noch nie besonders abergläubisch gewesen, doch er wurde dieses ungute Gefühl einfach nicht los, das ihn wieder und wieder beschlich.

Der junge Arbeiter sprach ihn an, und er erschrak. Ja, seine Nerven lagen wirklich blank. Er versuchte, sich zu beruhigen und konzentrierte sich auf das Brett mit den Messwerten, das ihm der Mann vor die Nase hielt. Señor Adell mochte womöglich nicht auf ihn hören, doch er dachte gar nicht daran, seine Pflicht zu vernachlässigen.

75

Alec trocknete sich die Hände mit einem Tuch ab und richtete etwas an dem Schaltpult.

»Sobald ich aus dem Sanatorium raus war, ging es mir nur noch darum, das Original an mich zu bringen. Bei einem unserer Gespräche hatte Homs einmal beiläufig erwähnt, dass Vesalius das *Liber octavus* in dem Band versteckt hat, der hier in der Bibliothek steht. Als er starb, ohne mir den genauen Standort zu verraten, musste ich mir eine List einfallen lassen, um unauffällig danach suchen zu können.« Er verzog das Gesicht zu einem Lächeln, das unter den Narben verschwand. »Du kannst dich gewiss noch an meine Liebe für das Theaterspiel erinnern, an meine Freude, wenn ich mich kostümiert habe und vor der Familie aufgetreten bin. Du wirst also nachvollziehen können, dass es für mich ein Leichtes war, mich als diesen erbärmlichen Dr. Gavet auszugeben, diesen alten Stotterer, den niemand ernst nimmt. Adell ließ wieder einmal seine Beziehungen spielen, und es gelang mir ohne größere Probleme, am Krankenhaus als Arzt und Professor unterzukommen.«

»Warum hast du unseren Vater umgebracht?«

»Er hat Homs geholfen, als dessen Frau krank wurde, und deshalb wusste er von Vesalius' Buch und von dem Geheimnis, aber er wusste nicht, wo es sich befand. Als er die Leiche des Mädchens untersuchte, fielen ihm zwar Ähnlichkeiten mit den Methoden seines ehemaligen Kollegen auf, aber auch die Unterschiede. Vater schöpfte Verdacht, und mit der Zeit wurden wohl seine Zweifel an meinem Ableben immer größer. Doch eines

Tages kam er der Wahrheit zu nahe.« Alec schnalzte mit der Zunge. »Sein Tod war unumgänglich, aber so gelang es mir, dich nach Barcelona zu locken.«

»Die Depesche! Die war von dir!«

»Genau. Unser Vater besuchte mich manchmal im Sanatorium Nueva Belén. Bei einer solchen Gelegenheit hat Homs, der wegen meiner Neugierde Verdacht geschöpft hatte, ihm das Notizbuch mit der Tabelle anvertraut. Ich musste davon ausgehen, dass er es dir geschickt hatte, also sah ich mich gezwungen, dich zurückkommen zu lassen.«

»Mich? Aber warum?« Daniel hielt inne. »Deswegen hast du mein Gepäck stehlen lassen! Aber du hast das Notizbuch nicht gefunden und deshalb auch noch mein Zimmer durchwühlt.«

»Ja, Daniel. Du bist immer sein Lieblingssohn gewesen. Insgeheim hat unser Vater bewundert, wie erfolgreich du dich der Laufbahn als Mediziner widersetzt hast. Selbst ich habe dich bewundert. Er hat all die Jahre deinen Werdegang an dem College in Oxford verfolgt, und er war sehr stolz auf dich.«

Daniel schüttelte den Kopf.

»Alec, aber warum? Warum hast du das getan?«

»Ich dachte, du könntest dir das inzwischen denken.«

Alec trat vor das Schaltpult und zog ein Tuch zur Seite, das einen verchromten Hebel verbarg. Seine Hand zitterte, als er ihn berührte und in Bewegung setzte. Ein Sauggeräusch ging dem Chor der Flaschenzüge und Ketten voraus. An der Basis der glänzenden Säule zischte es, und mit einem Knacken öffnete sich in der Metallverkleidung ein Spalt, der zuvor nicht zu sehen war. Die beiden entstandenen Teile glitten zur Seite und gaben den Blick auf eine Glaskapsel frei. Darin schwebte, in einer goldgelben Flüssigkeit, die Leiche einer nackten Frau.

Daniel erinnerte der Anblick sofort an eine der Illustrationen in dem Vesalius. Lange Nähte verliefen über das Fleisch, wo sein Bruder die Körperteile wie ein Puzzle zusammengefügt hatte. Arme, Beine und auch ein Teil des Rumpfes stammten zweifellos von verschiedenen Personen. Vom Gesicht der Leiche hingen verweste Fleischfetzen hinunter, die sich im Haar verheddert hatten, das um ihren Kopf trieb. Die Kabel, die die Gliedmaßen fixierten, ließen die Leiche wie eine alte Marionettenpuppe aussehen. Als er sie erkannte, konnte er seinen Brechreiz nur mit Mühe unterdrücken.

»Sobald ich konnte, habe ich selbst ihre Leiche aus dem Grab auf dem Montjuic-Friedhof geborgen«, erklärte Alec. »Doch leider hatte die Zeit ihrem wundervollen Körper schon recht zugesetzt.«

»Du hast die Mädchen benutzt, um sie zu rekonstruieren«, stellte Daniel entsetzt fest.

»Ich bin nicht das Ungeheuer, für das du mich hältst, Bruder. Es blieb mir nichts anderes übrig. Ich habe sie wegen ihrer Ähnlichkeit mit Ángela ausgewählt. Ich konnte mich noch genau an jedes ihrer Haare erinnern, an ihre straffen Arme, an ihre zarten Finger, an ihre Augen, ja, an ihre wunderschönen Augen …« Er seufzte. »Es war schwer, all diese jungen Frauen zu finden. Doch du wirst zugeben müssen, das Ergebnis hätte nicht besser ausfallen können.«

»Aber die furchtbaren Verletzungen der Leichen. Warum hast du sie auch noch foltern müssen?«

»Ich habe Vesalius' Apparat genau nach den Angaben gebaut, die ich Homs entreißen konnte, aber leider reichte das nicht aus. Ich habe viel Zeit investiert, um den letzten Schritt des Verfahrens herauszufinden. Ich musste experimentieren, das ist alles. ›So gelingt der Fortschritt der Wissenschaft‹«, rief er plötzlich. »Das hat unser Vater doch oft gesagt, erinnerst du dich? Der elektrische Strom hat die Verletzungen an ihren Körpern verursacht. Andererseits«, meinte er lachend, »war es natürlich mehr als günstig, dass man sie mit den Bisswunden eines teuflischen Tieres verwechselte.«

Daniel schloss die Augen und versuchte das Entsetzen zu beherrschen, das in seiner Kehle als Brechreiz hochkam.

»Ángela ist tot, was auch immer du unternimmst, daran lässt sich nichts ändern.«

»Du hast es immer noch nicht begriffen, oder? Vesalius hat mit seinen Studien tausende Jahre der Evolution des Menschen vorweggenommen. Deshalb wurde er von der Inquisition verfolgt. Es ist ihm gelungen, den Göttern die Gabe des Lebens zu entreißen, wie ein neuer Prometheus!«

»Du willst Ángela wieder zum Leben erwecken?«

Alec stellte sich neben Pau und streichelte ihren reglosen Körper, während er sich an dem verblüfften Gesichtsausdruck seines Bruders ergötzte.

»Deine junge Freundin hat das letzte Rätsel des *Liber octavus* gelöst. Darin verrät Vesalius den entscheidenden Schritt, das Vorgehen, auf das ich bei meinen Versuchen nicht von selbst gekommen bin … Da ist man so lange mit der Suche beschäftigt …« Er seufzte. »Sieh mal, unser Organismus verfügt über eine Vielzahl von Punkten, die die Energie von außen auffangen können und die mit dem Nervensystem, den endokrinen Drüsen und den verschiedenen Körperorganen verbunden sind. Die Illustration im *Liber octavus* zeigt sie alle ganz genau. Vesalius entdeckte eine Methode, um sie miteinander zu verbinden, und mit Strom als Katalysator konnte er die Essenz des Lebens von einem auf den anderen Körper übertragen.« Alecs Augen funkelten erregt. »Verstehst du? Ángela wird wieder lebendig.«

»Ich flehe dich an, du musst mit diesem Wahnsinn aufhören. Das ist alles sinnlos, du wirst eine Katastrophe auslösen. Dein Apparat verursacht im Elektrizitätswerk eine enorme Überlastung. Die Kettenreaktion wird zu einer Explosion führen, zu einer gewaltigen Explosion. Mit uns werden noch hunderte Menschen sterben müssen.«

Alec sah enttäuscht auf.

»Ich habe mehr von dir erwartet. Ich habe gedacht, dass gerade du es begreifen würdest. Deshalb wollte ich dich ja auch dabei haben.« Er sah auf seine Uhr. »Wir haben keine Zeit mehr. Vor drei Minuten wurden auf dem Ausstellungsgelände alle Lampen eingeschaltet. Das Elektrizitätswerk fährt auf voller Leistung. Das ist der Moment!«

»Bitte lass es.«

Alec wandte Daniel den Rücken zu. Als wäre sein Bruder nicht mehr existent, widmete er seine Aufmerksamkeit ausschließlich dem Schaltpult. Zuerst überprüfte er die Anzeiger und aktivierte eine lange Reihe Schalter, deren Leuchten aufflackerten. Dann hantierte er an einem Satz mit Hebeln und drückte in einer peinlich genauen Abfolge mehrere Stecker ein. Der Lärm der Generatoren über ihnen veränderte sich. Ein durchdringendes Ächzen übertönte jedes Geräusch. Die Lampen in dem unterirdischen Labor begannen intensiv zu leuchten, und ein leichtes Beben erschütterte den Fußboden. Die Kabel an dem Apparat zuckten, als der Strom floss, so als hätten sie ein Eigenleben. In der Glaskapsel stiegen rund um Ángelas Leichnam kleine Bläschen auf.

»Heute ist der zwanzigste Mai!«, schrie Alec so laut, dass Daniel ihn hören konnte. »Das ist doch ein unglaublicher Zufall, findest du nicht auch? Manche würden das als Schicksal bezeichnen.«

Ohne eine Antwort abzuwarten, veränderte er die Position von mehreren Schaltern, und die Erschütterung steigerte sich. Zwei Glasbehälter mit Proben fielen von einem Regal und zerbarsten in einem Splitterregen. Dampf wich stoßartig aus dem Apparat und verteilte sich allmählich über dem Boden.

Daniel zerrte an den Seilen, mit denen er gefesselt war. Er hatte das Gefühl, dass ihm gleich das Trommelfell platzen würde, denn das Wimmern der Generatoren wurde immer schriller. Während des Gesprächs mit Alec hatte er mit den Knoten gekämpft und sich dabei die Fingerkuppen aufgeschürft. Trotz des stechenden Schmerzes in seinem verletzten Arm war es ihm gelungen, eine Hand aus den Fesseln zu lösen, und in Kürze würde er auch die andere Hand freibekommen.

Der dröhnende Krach um sie herum veränderte sich kaum wahrnehmbar. Die Kabel über Pau zuckten in der Luft und hüllten sie in bläuliches Flackern. Der Körper der jungen Frau bäumte sich mehrfach auf, und schließlich strafften sich zwei Kabel und zogen Pau von dem Marmortisch in die Höhe. Sie verdrehte die Augen, sodass nur noch das Weiße zu sehen war. Der Knebel in ihrem Mund wurde fester und erstickte ihren Schrei.

Ein Blitz erhellte das Innere der Kapsel. Ángelas Körper begann zu zucken, und die Flüssigkeit, in der sie schwebte, trübte sich ein. Der Geruch nach Ozon wurde so intensiv, dass man kaum mehr atmen konnte. Ohne jegliche Vorwarnung wurde das Getöse noch lauter und das Licht schwächer. Die Bewegungen des Leichnams verlangsamten sich und hörten schließlich ganz auf.

Da öffnete Ángela die Augen.

Sie sah sich verwirrt um, als erwache sie aus einem tiefen Schlaf. Ihr Kopf bewegte sich ruckartig zur Seite, wie bei einem Automaten auf der Kirmes, bis ihr Blick auf Alec traf. Dann streckte sie schwerfällig einen Arm aus und presste ihre fleischlose Hand gegen die Glaswand.

Alec stürzte zu der Kapsel und umarmte die durchsichtige Oberfläche. Tränen standen in seinen Augen. Er flüsterte Worte voll Liebe und Wahnsinn.

76

Der Festsaal im Palast der Schönen Künste bot einen großartigen Anblick. Die Wände waren bunt geschmückt, und von der hohen Decke hingen weiße und gelbe Wimpel hinunter. Für das Zeremoniell hatte man einen schlichten Thron errichtet, vor einem weißen Banner, das mit Lilienblätterdekor sowie roten Plüschfransen verziert war. Das gestickte königliche Wappen prangte in der Mitte des Thronhimmels. An den Seiten standen für die Würdenträger Korbstühle bereit.

Es herrschte eine feierliche Atmosphäre, alle waren sich bewusst, Zeugen eines historischen Augenblicks zu sein. Die geladenen Gäste drängten sich im Saal und auf der umlaufenden Galerie. Im Hintergrund kämpften Journalisten aus dem ganzen Land und aus den wichtigsten Hauptstädten Europas um gute Beobachtungsposten. Auf dem Weg zu ihren Plätzen begrüßten Gadea und Mellado zahlreiche Kollegen.

»Sagen Sie, ist Ihnen auch aufgefallen, dass irgendetwas mit den Lampen nicht stimmt?«

»Wie bitte, Mellado?«

»Sehen Sie doch mal genau hin.«

Der Journalist zeigte auf einen imposanten Kristalllüster, dessen Glühlampen kurz flackerten. Einen Moment blieb er ganz dunkel, um nur eine Sekunde später wieder in vollem Glanz zu erstrahlen.

»Bei den beiden anderen dort drüben ist gerade das Gleiche passiert.« Gadea musste seinem Kollegen recht geben. Irgendetwas war mit dem Licht nicht in Ordnung. Doch niemandem sonst im Festsaal schien das aufgefallen zu sein, alle warteten gespannt auf die Ankunft der Königlichen Hoheiten.

»Das wird schon nichts sein.«

»Wenn es jetzt zu einem Stromausfall käme, im Beisein der königlichen Familie und der illustren Gesellschaft, dann wäre das eine peinliche Situation.«

»Gut, gut, mein lieber Mellardo, lassen wir uns nicht zu Spekulationen hinreißen. Wahrscheinlich war es nur ein kurzfristiger Spannungsabfall.«

In dem Moment spielte das Orchester, das man dem Thron gegenüber auf einer Tribüne platziert hatte, die ersten Takte eines Marsches, und die königliche Familie betrat den Festsaal.

»Hoch lebe der König! Hoch lebe die Königin!«, jubelten die Gäste und auch die Journalisten fielen ein.

Umringt von einer Gruppe Hellebardiere wurde der zweijährige König, gekleidet wie der Sprössling einer wohlhabenden Bürgerfamilie, von seiner Kinderfrau hereingetragen. Dahinter kamen seine weiß gekleideten Schwestern, die Prinzessin von Asturien María de las Mercedes sowie die Infantin María Teresa. Ihnen folgte die Regentin in einem dunklen Kleid mit Gold- und Seidenstickerei. Sie trug nur wenig Schmuck und grüßte freundlich in die Menge.

Seine Majestät, König Alfons, wurde auf einen Sessel gesetzt, seine beiden älteren Schwestern, die sich sofort um den Jungen kümmerten, setzten sich auf Kissen zu seinen Füßen. Die Regentin, Königin Maria Christina, hielt sich im Hintergrund und nahm links von ihm Platz. Neben ihr saßen die Prinzessin von Edinburgh mit dem Herzog von Genua, rechts vom König taten dies der Herzog von Edinburgh, Prinz George und der Prinz von Bayern. Die hochrangigen Vertreter des Palastes standen hinter ihnen, rechts die Minister, die Obrigkeiten und das Organisationskomitee der Weltausstellung, links die Botschafter sowie die Generalität und der Marineadmiral. Auch die Abgeordneten der Cortes, die Vertreter der katalanischen Provinzen sowie die Abgesandten aus anderen Städten hatten bevorzugte Plätze.

Endlich ließ das Rücken der Stühle und das Tuscheln der Gäste nach, und Bürgermeister Rius i Taulet erhob sich für seine Eröffnungsrede.

»Eure Exzellenz! Möge der Friede tausendmal gesegnet sein!« Der Bürgermeister strahlte über das ganze Gesicht und deklamierte überschwänglich. »Er ist ein Geschenk des Himmels, das dem Geist Ruhe und Gelassenheit schenkt und das Herz mit unbeschreiblicher Freude erfüllt. Diese guten Voraussetzungen sorgen dafür, dass sich die Wissenschaften entfalten, die Künste blühen, die Landwirtschaft gedeiht, die Industrie sich entwickelt, der Handel prosperiert und die Nationen mit festem und sicherem Gang den Weg des Fortschrittes beschreiten können. Deshalb dürfen wir dieses großartige Fest universeller Bemühungen begehen. Es stellt eine Zierde für das Jahrhundert dar, in dem wir leben, und es leistet einen bedeutenden Beitrag dafür, die brüderlichen Bande zwischen allen Völkern zu knüpfen und zu stärken. Barcelona strebt mit aller Kraft und Bescheidenheit einen ehrenvollen Platz in der Präsentation der universellen menschlichen Leistungen und des Fortschritts an.«

Nun folgten Hochrufe und stürmischer Applaus, dann erhob sich der Leiter des Organisationskomitees der Weltausstellung, Don Manuel Girona, bedächtig von seinem Platz, ging zum Pult vor und verlas seine Rede. Mellado beugte sich zu seinem Kollegen vor.

»Nicht schlecht, die Rede des Bürgermeisters. Kurz und knapp. Ein Loblied auf den Frieden.«

»Ja, wirklich eine durch und durch positive Rede. Hoffentlich glauben die hier Versammelten auch daran.«

Casavella wischte sich den Schweiß von der Stirn. Die Hitze, die ihm fast die Haut versengte, nahm er gar nicht wahr, ebensowenig wie die angsterfüllten Rufe seiner Männer und das

Pfeifkonzert der Dampfmaschinenventile, die in der Halle einen ohrenbetäubenden Lärm verursachten. Er konzentrierte sich ausschließlich auf die Manometer.

Es war schon wieder passiert. Dreimal hintereinander war die Spannung angestiegen, und obwohl er sofort das Heizen der Kessel unterbunden hatte, war der Druck weiter gewachsen. Er hatte angeordnet, die Sicherheitsventile von Hand zu öffnen, um Dampf entweichen zu lassen, und er hatte selbst den Transformator neu eingestellt, um die Energiezufuhr zu senken.

Trotz all dieser Vorkehrungen schrillten um sie herum die Alarmsirenen. Wenn das so weiterging, würde er den Stromkreis unterbrechen müssen, und dann würde es nicht nur auf dem Ausstellungsgelände, sondern in allen Straßen der Stadt stockfinster werden.

Er fürchtete den Zorn des Unternehmers, doch er sah keine andere Lösung. Er wünschte, Señor Adell wäre vor Ort. Schon vor einer halben Stunde hatte er einen Lagergehilfen mit einer Nachricht zu ihm geschickt, aber nichts von ihm gehört.

Plötzlich sprangen noch andere Sirenen an.

»Nicht schon wieder …«, brummte Casavella. »Schaltet den Alarm aus!«

Ein junger Mann, der längst seinen Arbeitskittel ausgezogen hatte und dem der Schweiß über das Gesicht rann, kam herbeigelaufen. Die Angst schnürte ihm die Kehle zu, und er bekam kaum Luft.

»Se… ñor Casa… vella, Señor …«

»Ganz ruhig, Junge.« Casavella legte ihm eine Hand auf die Schulter. »Jetzt atme zweimal tief durch, dann sagst du mir, was passiert ist.«

Der junge Mann gehorchte dem Werkmeister, blickte aber nervös nach links und rechts.

»Es geht um den Druck in den Kesseln, Señor Casavella. Zwei stehen kurz vor der Explosion, und ein dritter Kessel macht auch schon Schwierigkeiten.«

»Ich habe euch doch gesagt, dass die Öfen nicht beschickt werden dürfen.«

»Man hat Ihre Anweisungen auch befolgt, Señor.«

»Und trotzdem … Habt ihr die Dampfventile geöffnet?«

»Wir haben es versucht, aber es geht nicht, Señor. Sie sind blockiert!«

»Das kann nicht sein. Komm mit!«

Casavella lief durch die Halle mit den Akkumulatoren. Er stieg gar nicht erst in den gemächlichen Aufzug, sondern nahm gleich zwei Metallstufen auf einmal, sodass ihm der junge Mann kaum hinterherkam.

Die Männer im Kesselraum quälten sich damit ab, mit einem langen Eisenschlüssel die Dampfventile zu öffnen, ihre Gesichter waren vor Anstrengung verzerrt. Als sie den Werkmeister sahen, unterbrachen sie ihre Bemühungen für einen Moment.

»Sie klemmen. Bei allen Maschinen«, berichtete der kleinste von ihnen. »Nichts zu machen.«

»Zu viel Druck, Chef«, erklärte ein anderer Arbeiter.

»Das ist doch absurd. Die Ventile wurden dafür gebaut.«

Casavella lief zu dem riesigen Kessel. Seine Augen tränten vor Hitze, aber er rannte in die stickige Dampfwolke, um das Sicherheitsventil selbst kontrollieren zu können. Das Teil sah schlimm aus. Bei der ersten Hitze hatte sich der Anstrich, der den Rost kaschieren sollte, aufgelöst, und nun sah man, dass das ganze Metall völlig verrostet war. Der Druck und die hohen Temperaturen hatten es sozusagen verschweißt und daraus eine Falle gemacht. Der Dampf staute sich und baute einen immer größeren Druck im Kessel auf. Señor Adell hatte durch den Einbau von gebrauchten Teilen ein paar Reales eingespart und alle zur Höllenfahrt verurteilt.

Casavella fluchte leise. Er drehte sich um, ließ Kessel und Dampfwolke hinter sich und atmete einige Male tief durch. Es war sinnlos, den Energiefluss aufhalten zu wollen. Er brummte. Die Lage war verfahren. Seine Männer beobachteten ihn angespannt, sie erwarteten seine Anweisungen. Casavella dankte ihnen im Stillen für ihre Treue. Sie vertrauten ihm, aber verdammt noch mal!, er wusste doch selbst nicht, was sie noch unternehmen konnten. Es war ein einziger teuflischer Albtraum.

»Alle raus! Sagt euren Kollegen unten, dass alle rausmüssen!«

Die Männer ließen sich das nicht zweimal sagen, sofort eilten sie die Leiter hinunter. Der junge Arbeiter blieb bei Casavella stehen.

»Hast du nicht gehört? Hier fliegt gleich alles in die Luft. Raus hier!«

»Aber was wollen Sie machen?«

»Ich weiß es nicht, Junge, wirklich, ich weiß es nicht.«

77

Alec schluchzte und lachte gleichzeitig. Unablässig flüsterte er Ángelas Namen, während er die gläserne Kapsel umarmte. Daniel beobachtete die Szene wie gelähmt, er musste sich beherrschen, um die Nerven zu behalten.

Den Vesalius-Apparat umgab ein silbriger Glanz, der so blendete, dass man kaum hinsehen konnte. Durch die Kabel floss Strom, und sie waren vor Spannung so straff, dass sie zu zerreißen drohten. Paus Körper schimmerte in einer bläulichen Aura. Daniel war bestürzt. Mit jeder Sekunde, die tatenlos verstrich, wurde das Licht schwächer, das die junge Frau verströmte, so als würde es langsam erlöschen. Was auch immer mit ihr gerade geschah, es nahm ihr das Leben weg. Er selbst war hilflos, weil er seine eigenen Fesseln nicht rechtzeitig vollständig lösen konnte.

Plötzlich flackerten am Schaltpult mehrere Leuchtanzeigen gleichzeitig. Es knackte mehrmals hintereinander, dann folgte ein langes Ächzen, so als würde sich das verrostete Scharnier eines wuchtigen Tores bewegen. Die Kabel, die Pau in der Schwebe hielten, zuckten, und der Schimmer, der sie umgab, verglomm. Plötzlich ließ die Spannung nach, und die junge Frau fiel hart auf die Tischplatte zurück.

Alec, dem das Ganze bislang entgangen war, drehte sich beunruhigt um, doch noch bevor er reagieren konnte, verklang der Lärm der Generatoren mit einem schrillen Heulen, das Daniel die Haare zu Berge stehen ließ. Die meisten Lampen zerbarsten mit lautem Knall, und der Boden hörte auf zu beben. Dämmerlicht und eine unglaubliche Stille erfüllten die unterirdische Welt.

Ángelas Arm verharrte noch einen Moment, dann sackte er nach unten. Ihre Hand glitt über die durchsichtige Wand, als suche sie Halt an dem Glas. Der Ausdruck ihrer eingesunkenen Augen erlosch. Die Gestalt fiel in sich zusammen und schwebte wieder reglos in der Kapsel.

»Nein!«

Alec stürzte sich auf das Schaltpult. Hektisch überprüfte er die Kontrolllampen und hantierte an den Hebeln, doch sein Bemühen war vergeblich. Alle Anzeigen bestätigten den Totalausfall des Systems.

»Das ist unmöglich! Wie konnte das passieren? Warum? Warum?«

Als Antwort hörte man am anderen Ende des Labors ein Stöhnen. Fleixa stützte sich mit den Ellbogen auf den Fußboden und hob vorsichtig eine Hand zum Gruß. Bis zu der Stelle, zu der er sich geschleppt hatte, zog sich eine Blutspur hinter ihm her. In der anderen Hand hielt er ein Bündel herausgerissener Kabel.

»Idiot! Sie wissen gar nicht, was Sie angerichtet haben!«, brüllte Alec und nahm ein Skalpell von dem kleinen Metalltisch. »Sie sollten längst tot sein. Ich werde Ihnen den Rest geben!«

»Ich glaube nicht.«

Pau, von den Kabeln befreit und notdürftig in das Laken gehüllt, zielte mit einer der Pistolen auf Alec.

Daniel bemerkte, dass ihr Arm zitterte und dass sie blinzelte, offensichtlich fiel es ihr schwer, den Blick zu fokussieren. Sie schien sich kaum auf den Beinen halten zu können, doch sie kaschierte tapfer ihren erbärmlichen Zustand, indem sie sich an den Marmortisch lehnte, von dem sie soeben aufgestanden war.

»Meine Liebe, was für eine Überraschung, Sie auferstanden zu sehen«, stellte Alec mit aller Seelenruhe fest. »Aber ich wette, dass ich schneller bei Ihnen bin, als Sie schießen können.«

Pau streckte den Arm, und die Waffe erzeugte ein kaum wahrnehmbares metallisches Klicken.

»Stellen Sie mich auf die Probe.«

Alec betrachtete sie aufmerksam, lächelte und trat einen Schritt vor.

Der Schuss hallte in dem unterirdischen Raum wider. Alec hielt inne und verharrte an Ort und Stelle. Die Kugel hatte seine Schulter gestreift und sich hinter seinem Rücken in die Wand gebohrt. Ohne die Miene zu verziehen, beobachtete er Pau mit wachsender Aufmerksamkeit.

»Zugegeben, Sie können tatsächlich schießen. Aber das reicht nicht.« Aus seinem Grinsen wurde eine ernste Miene. »Ich kann einen Mörder erkennen, und Sie sind keiner.«

Er trat vor und stand nur noch drei Meter vor Pau. Die junge Frau taumelte.

»Sie haben recht«, sagte Pau schließlich und senkte die Waffe.

Alecs Augen blitzten triumphierend auf.

»Aber«, sprach sie weiter, »ich habe kein Problem damit, auf eine Leiche zu schießen.«

Pau hob erneut die Waffe, drehte sich nach links und schoss auf die Glaskapsel, in der Ángela schwebte. Alecs Aufschrei ging in der Detonation unter.

Die Kapsel barst in eine Wolke aus unzähligen Bruchstücken. Das Konservierungsmittel ergoss sich wie ein Wasserfall auf den Boden des Labors und überschwemmte ihn. Die Kabel, die Ángelas Körper fixierten, hielten ihr Gewicht nicht mehr, und die Leiche stürzte unter dem Knirschen von Knochen und Fleisch aus der Kapsel. Daniel sah zu den Überresten des Apparates: Die Metalldrähte hingen heraus und krümmten sich wie ein Haufen Würmer. Sie standen noch unter Strom, und auf einmal blitzten an den aufgerissenen Rändern Funken auf. Doch als Daniel begriff, was nun geschehen würde, war es zu spät.

Mit einem Lichtblitz wurde es im Labor schlagartig taghell. Pau und Alec waren aus Daniels Blickfeld verschwunden. Er war einen Moment geblendet, dann riss ihn die Druckwelle der Explosion mit dem Stuhl, an den er gefesselt war, in die Höhe und schleuderte ihn mehrere Meter fort. Flammen loderten auf und verschlangen alles, was sich ihnen in den Weg stellte.

Pau schwankte beim Aufstehen. Der Marmortisch hatte einen Großteil der gewaltigen Explosion absorbiert, und abgesehen von einem dumpfen Schmerz in der Schulter und dem anhaltenden Schwächegefühl war sie unverletzt. Doch die Pistole war ihr aus der Hand geglitten. Sie hielt nach Daniel Ausschau, aber das Chaos in dem Labor war unbeschreiblich. Nur dort, wo sie zuletzt Fleixa gesehen hatte, lag weniger herum. Sie wollte es dort versuchen.

Doch dann entdeckte sie den Journalisten. Fleixa saß reglos auf dem Fußboden, den Rücken an die Wand gelehnt. Die Augen hielt er geschlossen. Wie durch ein Wunder hatte die Explosion ihm nicht mehr zugesetzt, nur sein Hemd war vom immensen Blutverlust rot gefärbt. Pau befürchtete schon, zu spät zu kommen, und suchte am Hals seinen Puls. Als sie ein schwaches Pochen fühlte, atmete sie erleichtert aus. Plötzlich stöhnte Fleixa, er war also tatsächlich noch am Leben.

Mit einem Griff unter seine Schulter versuchte sie ihn hochzuziehen, insgeheim war sie dankbar, dass der Mann so schmächtig war. Zum Glück war so wenig Infusionslösung in ihren Körper gelangt, dass die Wirkung bereits seit dem Gespräch der beiden Brüder allmählich nachgelassen und sie schon fast ihre Beweglichkeit wiedererlangt hatte.

Fleixa kam zu sich und sah sie unter halb geschlossenen Lidern an.

»Pau? Was ist passiert?«

»Los, Sie müssen mithelfen. Ich glaube, allein packe ich Sie nicht. Wir müssen dorthin.«

Pau zeigte zu dem Lastenaufzug am anderen Ende. Das Feuer war noch nicht in diesen Bereich des Labors vorgedrungen, doch die Flammen fraßen sich immer weiter durch die Regale.

»Was ist mit Daniel?«

»Ich habe ihn seit der Explosion nicht mehr gesehen. Fleixa, das Feuer breitet sich rasant aus, es ist Selbstmord, hier unten zu bleiben. Wir müssen hier raus und Hilfe holen.«

»Lassen Sie mich hier, meine Liebe.«

»Wie bitte?«

»Ich störe doch nur. Mit mir auf dem Buckel kommen Sie nie hier raus. Los, gehen Sie. Noch ist Zeit.«

»Selbstverständlich, damit Sie sich dann beschweren können, weil ich Sie Ihrem Schicksal überlassen habe. Das können Sie vergessen.«

Fleixa versuchte zu lächeln, während ihm Blut aus den Mundwinkeln rann.

»So langsam glaube ich noch, dass Sie mich mögen.«

»Bilden Sie sich nur nichts ein. Ich halse Sie mir nur auf, weil mir nichts anderes übrig bleibt. Kriegen Sie endlich Ihren verdammten Hintern hoch, Sie verstockter Blödmann!«

Fleixa war verblüfft, doch Pau beachtete ihn gar nicht weiter, wutentbrannt packte sie ihn unter den Achseln und zog ihn unter Keuchen und Stöhnen hoch.

Als Daniel aufwachte, war er von Flammen umzingelt. Für einen Moment wähnte er sich in dem Albtraum, der ihn seit sieben Jahren Nacht für Nacht heimsuchte. Doch jetzt nahm er die Hitze mit einer solchen Intensität wahr, dass er das Gefühl hatte, seine Haut würde sich bei der geringsten Bewegung lösen. Neben ihm lagen die Überreste des Stuhles, an den er gefesselt gewesen war. Nach der langen Zeit waren seine Muskeln steif, er konnte kaum den verletzten Arm heben, und die alten Narben am Hals brannten wie offene Fleischwunden. Die Angst lähmte ihn, während ihn eine innere Stimme drängte, endlich zu fliehen.

Er schloss die Augen, holte tief Luft und stand auf. Ungeachtet des Flammenmeers musste er seinen Bruder suchen. Er wollte Alec nicht im Stich lassen. Diesmal nicht.

Wegen des dichten Rauches fand er sich kaum zurecht und kam

nur strauchelnd voran. Schon bald war seine Lunge erschöpft, und jeder Atemzug war die reinste Folter. Als er gerade aufgeben wollte, sah er sie: Neben den verbogenen Resten des Vesalius-Apparates saß Alec und hielt Ángelas Körper umschlungen. Die verweste Leiche war über und über mit Wunden und Pusteln übersät und verströmte einen entsetzlichen Gestank, den Alec nicht wahrzunehmen schien. Er lächelte und strich seiner Geliebten zärtlich über den Kopf, ohne zu bemerken, dass die Haare büschelweise an seinen Fingern hängen blieben.

Daniel packte ihn am Arm.

»Alec, wir müssen hier raus!«

Sein Bruder schaute zu ihm auf. Er klang aufrichtig erfreut.

»Daniel, was für eine Überraschung! Gerade eben haben Ángela und ich über dich gesprochen. Du hast doch in solchen Dingen immer einen guten Geschmack bewiesen. Was hältst du für angemessener, weiße oder rote?«

»Wovon redest du?«

Alec kicherte und flüsterte der verwesten Leiche etwas ins Ohr, dann drehte er sich wieder zu Daniel um und sprach mit nachsichtiger Belustigung:

»Die Blumen, Daniel, die Blumen für den Gottesdienst, Margeriten oder Rosen?«

»Es wird keine Hochzeit geben. Ángela ist tot. Alec, du musst sie hierlassen und mit mir kommen.«

Sein Bruder sah ihn einige Sekunden verwirrt an, dann lachte er dumpf. Daniel wollte insistieren, doch plötzlich war hinter ihnen eine Reihe von Explosionen zu hören. Die Flammen hatten die Glasbehälter mit den menschlichen Proben erreicht, es klirrte unaufhörlich, und ein ekelerregender Gestank von verbranntem Fleisch breitete sich aus.

»Alec! Ich bitte dich!«

Mit allerletzter Kraft gelang es Daniel, seinen Bruder von der Leiche zu lösen. Ohne Alecs Stütze sackte Ángela auf dem Fliesenboden in einer Lache zusammen.

Daniel sah sich nach dem Ausgang um, während er seinen Bruder stützte, der plötzlich erschöpft wirkte. Der Weg zum Lastenaufzug war von Trümmern versperrt, die Decke hatte dort schon nachgegeben.

»Sag, Alec, gibt es noch einen Ausgang?«

Alec blickte ihn verständnislos an und schüttelte den Kopf. Dann, als hätte er einen Geistesblitz, deutete er nach rechts. Daniel blickte in die gezeigte Richtung, doch er sah nur eine gewaltige Flammenwand.

»Du wirst sie mir nicht noch einmal wegnehmen.«

Ein Schlag traf Daniel völlig unerwartet zwischen die Schultern und zwang ihn in die Knie. Alec stand mit einem erhobenen Schemel direkt hinter ihm. Er war außer sich, und in seinen Augen funkelte der Widerschein der Flammen. Daniel konnte dem nächsten Angriff ausweichen, indem er sich zur Seite rollte. Die Glasscherben auf dem Fußboden bohrten sich in seinen Rücken, und als er aufstehen wollte, konnte er einen Aufschrei kaum unterdrücken. Alec griff ihn wieder an, und Daniel wehrte ihn mit seinem verletzten Arm ab. Er konnte den Schlag zwar parieren, doch der Schmerz vernebelte ihm fast die Sinne. Mit seiner Verletzung konnte er sich gegen seinen Bruder kaum zur Wehr setzen, wenn er auch nur einen Hauch einer Chance bewahren wollte, musste er unbedingt selbst angreifen. Noch bevor Alec wieder attackierte, kam ihm Daniel zuvor. Er packte Alec blitzschnell am Oberkörper und entwand ihm die improvisierte Waffe. Im Gerangel rissen beide ein Regal um und stürzten in einem Regen aus Glasbehältern, Laborgeräten und Büchern zu Boden. Ein herabfallender Koffer verteilte seinen Inhalt. Die Wucht der umstürzenden Regale nahm den Brüdern den Atem.

Alec erholte sich als Erster. Er stand auf und verzog seine Mundwinkel zu einem Grinsen. In seiner rechten Hand hielt er ein Skalpell. Daniel kam gerade rechtzeitig hoch, um der Attacke seines Bruders zu entgehen. Er wollte zurückweichen, doch er zögerte, die Flammen versperrten ihm den Weg, und er fiel auf den Diwan. Noch bevor er das Gleichgewicht wiedererlangte, spürte er in der Brust einen stechenden Schmerz, und auf seinem Hemd breitete sich ein Blutfleck aus.

In dem Moment hörte er ein Krachen, das das Knistern der Feuersbrunst sogar noch übertönte. Daniel sah nach oben. Die Decke mit der Metallschiene für die Kabel schien zu beben, und gleich darauf krachten Steine und Metall auf sie nieder.

Mit viel Glück konnte Daniel sich auf die Seite werfen und unter den Seziertisch flüchten. Er versuchte, in der Deckung zu Atem zu kommen, doch jede einfache Bewegung geriet ihm zur Qual. Die meisten seiner Wunden waren zwar nur oberflächlich, aber er verlor sehr viel Blut. Daniel holte Luft, um das Schwindelgefühl loszuwerden. Er blickte herum und fragte sich, ob sein Bruder den Deckeneinsturz überlebt hatte.

Er sah ihn nicht kommen. Der Fausthieb traf seinen Kiefer, und sein Kopf knallte gegen den Fuß des Marmortischs. Alec, über und über mit Staub und Blut bedeckt, stürzte sich auf ihn und drosch unablässig mit den Fäusten auf ihn ein. Daniel versuchte sich zu schützen, doch sein Bruder war stärker. Ein Hieb folgte auf den nächsten, und der Raum verschwamm in einem orangefarbenen Flammenmeer vor seinen Augen.

Alec saß rittlings auf ihm und drückte ihm mit beiden Händen die Kehle zu. Daniel fand keine Kraft, sich zu wehren, er brachte nicht einmal eine Kratzspur in Alecs Arme zustande. Er fühlte sein Ende kommen, dann nahm er kaum mehr etwas wahr. Ganz langsam wurde alles um ihn herum immer kleiner, als beträte er einen Tunnel.

Plötzlich ließ der Druck auf seinen Hals nach. Seine Lunge sehnte sich verzweifelt nach Luft. Ein Hitzeschwall verbrannte ihm die Kehle, und er musste unter großen Schmerzen husten. Er war fast erstaunt, noch lebendig zu sein, und versuchte sich aufzurichten. Vergeblich.

Sein Bruder wandte ihm den Rücken zu. Er betrachtete überrascht das Feuer, so als wäre er soeben aus einem Traum erwacht.

»A… lec, wir müs… sen … hier … raus«, brachte Daniel hervor.

»Zu spät.«

Der Tonfall veranlasste Daniel in die Richtung zu sehen, in die Alec blickte. Die Feuersbrunst hatte inzwischen das unterirdische Labor vollständig erfasst, die Flammen schlugen zur Decke hoch und näherten sich bedrohlich dem riesigen Bottich mit dem leicht entflammbaren Alkohol, in dem sie Bertomeu Adell gefunden hatten.

Daniel legte seinen Kopf auf den Fußboden, er war fast dankbar dafür, dass sein Geist vernebelt war. Vielleicht war das sein Schicksal. Das Feuer, das seinen Bruder um den Verstand gebracht hatte, das so viele Tote und so viel Schmerz verursacht hatte, das Feuer, das ihm vor sieben Jahren das Leben nicht genommen hatte … Diesmal würde es das Feuer schaffen. Daniel fühlte sogar eine gewisse Erleichterung, immerhin war nun endlich alles vorbei. Er schloss die Augen und war in seinen letzten Gedanken bei Irene.

Er nahm kaum mehr wahr, dass Alec sich über ihn beugte und ihn wachrüttelte. Daniel reagierte nicht, und Alec zog ihn an den Armen unter dem Tisch hervor und schleifte ihn von den Flammen weg, bis er ihn einige Meter weiter fallen ließ. Alles war sinnlos, er wusste nicht, warum Alec sich so anstrengte. Wenn nicht das Feuer, so würde die Explosion ihre Leben beenden.

Er hörte ein metallisches Ächzen, und plötzlich strich ein Luftzug über sein Haar. Sein Bruder richtete ihn mit seinen kräftigen Armen auf. Notgedrungen öffnete Daniel die Augen. Mehrere Meter tiefer donnerte ein gewaltiger Wasserstrom gegen die Wände. Im Blick seines Bruders spiegelten sich noch die bedrohlichen Flammen, der Wahnsinn jedoch, der war verschwunden. Daniel wollte etwas sagen. Alec schüttelte den Kopf und lächelte nur.

Im nächsten Moment stieß er seinen Bruder hinunter.

Daniel stürzte mit rudernden Armen ins Leere. Die Explosion über seinem Kopf verschluckte alle anderen Geräusche. Eine Feuerzunge loderte in der Öffnung des Schachtes auf und schlug ihm hinterher. Dann versank er im Wasser und wurde in die Finsternis mitgerissen.

78

Die Lampen flackerten, und sogar der Fußboden unter ihren Füßen schien zu beben. Die Gäste gerieten in große Unruhe. Dann war alles wieder normal.

»Mein Gott, Gadea, was ist das denn? Ein Attentat?«

Sein Kollege war aschfahl geworden, er blickte sich um, hatte aber keine Antwort parat. Er wusste genauso wenig wie Mellado.

Einige Anwesende sahen sich befremdet an. Schließlich wurde das Raunen im Festsaal so laut, dass Bürgermeister Rius i Taulet von seinem Platz aufstand und unter den Blicken der Gäste mit entschiedenen Schritten zum Podium eilte.

»Sehr geehrte Damen und Herren, bitte bewahren Sie Ruhe.« Seine besänftigende Stimme ließ das allgemeine Gemurmel verstummen. »Anscheinend hat man das Abschlussfeuerwerk ein wenig zu früh entzündet.«

Einige seufzten erleichtert, andere kicherten nervös.

»Nach diesem kleinen Zwischenfall schlage ich vor, zum geplanten Programmablauf zurückzukehren.«

Der Bürgermeister ging zu seinem Platz zurück, und eine ehrfürchtige Stille trat ein. Inmitten der erwartungsvollen Neugier der Gäste trat nun Seine Exzellenz Práxedes Mateo Sagasta in seiner Funktion als Präsident des Ministerrates ans Rednerpult, um die vom Protokoll vorgesehenen Sätze an Barcelona und die ganze Welt zu richten.

»Ihre Majestät, die Regentin, bittet mich im Namen von König Alfons XIII., ihres Sohnes …« – er lächelte – »… die

Weltausstellung des Jahres 1888 in Barcelona offiziell für eröffnet zu erklären.«

Beifall, Hochrufe auf Katalonien, auf den König und die Königin, die auch den Titel der Gräfin von Barcelona trug, begleiteten die letzten Worte der Ansprache des Regierungspräsidenten. Das Orchester unter der Leitung von Maestro Blasco setzte mit den ersten Takten der eigens komponierten Ausstellungs-Hymne ein und erfüllte den herrlichen Festsaal mit Musik. Von einem der Pavillons am Eingang des Ausstellungsgeländes stiegen zweihundert weiße Tauben mit rosa Schleifen in die Luft.

Der Auszug der Königlichen Hoheiten, der Würdenträger und der übrigen Ehrengäste aus dem Festsaal wurde von der Begeisterung der Besucher begleitet. Im Freien jubelte ihnen die wartende Menschenmenge zu. Dann folgte die Regentin dem Protokoll und begann mit der Besichtigungstour der Ausstellungspavillons.

Der Chefredakteur von *El Imparcial* sah seinen Kollegen erfreut an.

»Gadea, sehen Sie, jetzt hat doch alles wie am Schnürchen geklappt.« Der Journalist kritzelte noch ein paar letzte Sätze in seinen Notizblock und blickte auf. Seine Augen schimmerten vor Euphorie.

»Ja, werter Mellado. Wir können uns glücklich schätzen. Wir sind Zeugen eines historischen Moments geworden. An diesen Tag werden sich die zukünftigen Generationen noch erinnern. Diese Stadt geht den Weg des Fortschritts, ohne auch nur einen Schritt zurückzuweichen. Barcelona wird von nun an eine andere Stadt sein.«

»Sie haben so hohe Erwartungen an die Ausstellung?«, fragte der Journalist aus Madrid überrascht nach.

»Nein, werter Kollege, ich setze meine Hoffnung auf die Bewohner von Barcelona.«

Casavella saß neben einem Pfeiler auf dem Boden und betrachtete ungläubig seine Umgebung. Er wischte sich eine dicke Staubschicht von der Kleidung und suchte am Handgelenk seinen Puls. Er konnte es nicht fassen, dass er noch am Leben war. Um ihn herum wirbelten helle Rauchsäulen, die sich durch die zerstörten Glasfenster den Weg nach draußen suchten. Wie durch ein Wunder hatte das Gebäude des Elektrizitätswerkes standgehalten.

Mit wackligen Beinen stand er wieder auf und musste sich erst einmal an die Wand lehnen. Eine Ascheschicht fiel von seinen Schultern auf den Fußboden. Er suchte in seiner Hosentasche nach Tabak und drehte sich zitternd eine Zigarette, wobei ihm mehr Tabakkrümel auf den Boden fielen, als er in das Zigarettenpapier stopfte. Er steckte die fertige Zigarette zwischen die Lippen und zog daran. Plötzlich lachte er schallend: Er hatte nichts, um sie anzuzünden.

Mit der Zigarette im Mund machte er sich auf, den entstandenen Schaden in Augenschein zu nehmen. Die schrillen Sirenen hatten längst aufgehört, und eine merkwürdige Stille beherrschte das Gebäude, man konnte nur das vertraute Summen hören.

Er durchquerte einen Gang und betrat die Generatorenhalle. Irgendwo musste es doch eingestürzte Wände geben, Reste von explodierten Kesseln und geschmolzenen Generatoren. Irgendwo musste schließlich die Asche herkommen.

Verblüfft stellte Casavella fest, dass die Generatoren zwar unter einer dicken Ascheschicht lagen, aber störungsfrei zu funktionieren schienen. Das andauernde Surren klang für ihn auf einmal wie liebliche Musik.

Plötzlich hörte er im nächsten Gang, in der Nähe des Büros von Señor Adell, ein Geräusch. Er befürchtete zwar immer noch, das Gebäude könne jederzeit einstürzen, doch schließlich ging er in die Richtung.

Dort hatten sich die Dampfwolken noch nicht ganz verzogen,

und ein fürchterlicher Gestank verpestete die Halle, der immer strenger wurde, je näher Casavella kam. Bei dem Gedanken daran, wann er zum letzten Mal so etwas gerochen hatte, musste er schlucken. Das lag Jahre zurück, sie waren an den Mauern des Friedhofs von Poble Nou vorbeigefahren. Sein Vater hatte ihm damals erklärt, dass man gerade verweste Leichen verbrannte. Der Geruch des Todes.

Ja, schon zu Beginn der Bauarbeiten hatten unter den Arbeitern zahlreiche Gerüchte kursiert. Das Elektrizitätswerk war auf den Fundamenten des ehemaligen Krankenhauses der Zitadelle errichtet worden, in dem gewiss viele Kranke gestorben waren. Einige Arbeiter behaupteten sogar, manchmal Stöhnen und Stimmen zu hören.

Trotz der Hitze lief es Casavella eiskalt den Rücken hinunter. Er versuchte, seine Angst in den Griff zu bekommen, indem er sich einredete, das alles wären nur Hirngespinste. Er atmete tief durch und begab sich in den stinkenden Nebel. Je näher er kam, umso deutlicher konnte er die Überreste des Büros erkennen. Anscheinend war hier der größte Schaden entstanden: Die Decke war eingestürzt, und die Fensterscheiben waren geborsten. Alles war mit Asche bedeckt, und vom Fußboden stieg dichter Rauch auf, doch Casavella konnte kein Feuer entdecken. Plötzlich hörte er jemanden husten. Er erschrak. Holzbohlen krachten auf den Fußboden, und Casavella blieb sofort stehen. Aus der Rauchwolke kamen ihm zwei Gestalten entgegen. Er bekreuzigte sich und wich instinktiv zwei Schritte zurück. Ganz allmählich konnte er die beiden Gestalten besser erkennen, doch als sie die letzten Rauchschwaden durchschritten hatten, verschlug es ihm endgültig die Sprache. Vor ihm stand eine halbnackte junge Frau, auf deren Schulter sich ein blutüberströmter Mann stützte.

Casavella sperrte den Mund auf, und die Zigarette fiel zu Boden.

79

Das letzte Dämmerlicht fiel auf die Boote, die im Hafen lagen, und verhieß eine laue Nacht. Die Eröffnung der Weltausstellung, deren Gelingen überall in der Stadt gefeiert wurde, hatte dutzende Schiffe nach Barcelona geführt, und im Hafen waren alle Ankerplätze belegt.

Im Schutz von Frachtseglern, Passagierdampfschiffen und Packbooten waren drei Fischerboote unterwegs, winzige Nussschalen neben den Schiffsriesen. Die Männer an Bord hielten lange Stangen in den Händen, mit denen sie im Wasser stocherten.

Am Bootsanleger lief ein Junge nervös hin und her, mal hielt er inne und sah ins Hafenbecken, dann rannte er wieder auf und ab. Plötzlich blieb er zögernd stehen, doch dann war er nicht mehr zu halten.

»Dort! Dort!«

Guillems Rufe rüttelten alle anderen auf. Einige Männer liefen zusammen und blickten in die Richtung, in die der Junge zeigte. Inzwischen war die Dämmerung so weit fortgeschritten, dass man kaum mehr Umrisse erkennen konnte.

Ein Fischerboot fuhr zu der Stelle, und die Besatzung leuchtete die Wasseroberfläche mit Schiffslaternen ab. Schließlich zeigte einer der Männer auf ein regloses Etwas, das ein paar Meter weiter neben einem alten Schleppdampfer im Meer trieb. Es war ein Körper, den sie nun mit den Stangen zum Boot bugsierten und schließlich an Bord hievten.

Guillem lief vor lauter Nervosität wieder hin und her, doch plötzlich fühlte er einen leichten Stoß im Rücken.

»Jetzt bleib endlich stehen, Junge. Du kannst hier noch so herumwieseln, davon sind sie auch nicht schneller hier.«

Vidal sah mit leerem Blick und leicht gerecktem Kinn Richtung Wasser und versuchte mit dem Geruchssinn die Geheimnisse der Salzluft im Hafen zu ergründen.

Von seinen Männern umringt, thronte der blinde Patriarch auf seinem Stuhl und tändelte mit dem Spazierstock.

»Das da unten«, lobte er den Jungen, »das hast du gut gemacht.«

Guillem freute sich über das unerwartete Kompliment und stellte sich kerzengerade hin, er bemühte sich, ab sofort so still zu stehen wie die Straßenlaternen an der Promenade.

Vidal rief sich noch einmal die Absprache mit dem Journalisten in Erinnerung. Am Anfang hatte ihn dessen Bitte überrascht. Fleixa hatte ihn um Hilfe gebeten, um die Polizisten in der Kanalisation in die Irre zu führen. Der Journalist wollte dafür sorgen, dass sie sich überhaupt dorthin begaben, und er sollte sich um den Rest kümmern. Aus Fleixas Worten hatte tiefe Verbitterung geklungen, aber Vidal hatte weder nach dem Motiv für die Unternehmung gefragt noch weitere Erklärungen erbeten, sondern war der Bitte gern nachgekommen. Das Ergebnis war, dass Inspektor Sánchez und seine Leute nun seit einigen Tagen vermisst wurden und niemand in der Stadt sich ihr Verschwinden erklären konnte.

Schließlich kam das Fischerboot an den Anleger und wurde festgemacht, dann holten sie den Körper an Land. Die Kleidung hing dem Mann in Fetzen hinunter, das Hemd war auf der Brust mit Blut getränkt, ein Schuh fehlte, und sein rechter Arm war in einem merkwürdigen Winkel verrenkt. Der Mann verströmte einen Gestank wie alle Gullys der Stadt.

Guillem wollte gleich zu den Männern rennen, doch der Spazierstock des alten Blinden hinderte ihn daran.

»Ganz ruhig, Junge. Wenn es seine Bestimmung ist zu leben, dann hat er überlebt.«

Der Junge sah Vidal grimmig an, gehorchte jedoch.

Die Männer legten den Körper auf die Planken des Anlegers. Auf einen Wink von Vidal packten sie ihn am Schopf und zogen seinen Kopf hoch. Eine alte Frau hielt dem Mann einen bläulichen Glastiegel unter die Nase, aus dem der scharfe Geruch nach Riechsalz aufstieg. Der Mann zeigte keine Reaktion. Einige Männer schüttelten resigniert den Kopf. Die alte Frau trat zur Seite, doch Vidal forderte sie auf, nicht aufzugeben.

Beim zweiten Versuch bebten die Lider des Mannes. Alle schwiegen und beobachteten ihn angespannt. Plötzlich zitterte der Mann am ganzen Leib und stieß die Hände weg, die ihn stützten. Er beugte sich vor und riss den Mund auf, schnappte mühsam nach Luft, doch dann wurde er von einem Hustenanfall geschüttelt und krümmte sich zur Seite. Unter Keuchen und Stöhnen übergab er sich.

»Alle weg von ihm. Lasst ihn in Ruhe zu sich kommen.«

Sie ließen ihm Zeit, sich zu erholen. Die alte Frau hielt dem Mann einen Becher mit verdünntem Wein an den Mund, aus dem er gierig trank. Dann hob er aus eigener Kraft den Kopf und sah sich verwirrt um.

Vidal erhob sich von seinem Stuhl und trat näher, der strahlende Guillem hintendrein. Der Gnom lächelte.

»Señor Amat, das wurde aber auch Zeit. Wir haben auf Sie gewartet.«

Vergebung

Zwei Wochen später

80

Es sah so aus, als würden sich die dicht gebauten Wohnhäuser in dem Stadtviertel gegenseitig stützen und nur einen schmalen Streifen Erde als Gasse lassen. Fleixa fiel auf, dass sich die morschen Stützpfeiler fast durchbogen. Die Fassade hatte seit ihrem Erstanstrich keine frische Farbe mehr gesehen und erinnerte mit dem abgefallenen Putz an das Warzengesicht einer alten Frau. Die einzige Straßenlaterne weit und breit reichte nicht aus, um das abgeblätterte Schild der Pension zu beleuchten.

Der Journalist stellte einen Fuß in die halboffene Tür. Im Haus sah es keineswegs besser aus. Der Hauseingang war mit Gerümpel vollgestellt, das wohl noch aus den Zeiten der Ersten Republik stammte. Auf dem ersten Treppenabsatz, nach drei abgetretenen Stufen, stand ein windschiefer Tresen. Die Klingel hatte auch schon längst ihren Dienst aufgegeben. Anscheinend rechnete man nicht mit Gästen.

Fleixa hatte bis jetzt geglaubt, jeden üblen Geruch der Welt zu kennen, doch der Gestank, der sich ihm hier bot, war unübertrefflich. Er drehte sich noch einmal um, um sich zu vergewissern, dass man ihm auch folgte, dann humpelte er ins Haus. Er spürte seine Schulterverletzung, als er sich an den Aufstieg in den vierten Stock machte, ein Taschentuch vor die Nase gepresst. Dabei vermied er es, sich am Treppengeländer festzuhalten, denn das sah mindestens so einsturzgefährdet aus wie die Treppe selbst. Die Stufen ächzten unter seinen Schritten, doch niemand interessierte sich für seine Anwesenheit und lugte zur Tür hinaus.

Im obersten Geschoss ging er durch einen Flur, bis er vor einer Tür stand, die genau so schmierig war wie die restliche Pension. Fleixa klopfte an. Nichts passierte, nicht einmal hinter der Tür rührte sich etwas. Er versuchte es noch einmal, diesmal mit etwas mehr Nachdruck.

Die Tür ging so weit auf, wie es die Sicherheitskette zuließ. Aus dem Türspalt glotzten ihn ein Paar blutunterlaufene Augen an.

»Señor Malavell? Sie sind doch Albert Malavell, der ehemalige Hausdiener der Familie Gilbert, nicht wahr?«

Die zögerliche Stimme von der anderen Seite klang misstrauisch.

»Vielleicht.«

»Die Sorge um einen gemeinsamen Bekannten führt mich zu Ihnen.«

»Ihre Sorgen interessieren mich einen feuchten Kehricht.«

Malavell wollte ihm die Tür vor der Nase zuschlagen, doch Fleixa stellte rechtzeitig einen Fuß in die Öffnung.

»Ich denke, die Geschichte könnte Sie etwas angehen … Vielleicht aus finanziellen Gründen.«

»Ach, geht es um ein einträgliches Geschäft?«, fragte der Mann mit kaum verhohlener Gier und öffnete die Tür ein wenig weiter.

Fleixa trat einen Schritt zurück. Im düsteren Flur tauchte die Negra auf und machte wortlos eine kleine Handbewegung. Der kräftig gebaute ehemalige Zirkusathlet trat aus dem Schatten hervor und verpasste der Tür einen Stoß. Der Türrahmen zersplitterte, und die Metallkette flog durch die Luft. Malavell landete auf dem Rücken, die Flasche in seiner Hand krachte auf den Fußboden und zerbrach, und ihr Inhalt sprudelte über den Boden.

Die Negra spazierte einfach hinein, ihr Leibwächter hinterher. Malavell starrte sie mit großen Augen an.

»Sie … Sie können … Sie können nicht einfach …«, stammelte er.

Die Negra lächelte, dann flötete sie mit zuckersüßer Stimme: »Aber natürlich, Schätzchen. Natürlich können wir.«

Fleixa ging zum Treppenabsatz zurück und drehte sich in aller Ruhe eine Zigarette, als die Tür zuknallte.

Pau biss sich auf die Lippe, bis sie den Schmerz spürte.

Sie wartete jetzt schon fast eine Stunde vor der Tür zum Hörsaal. Wieder und wieder strich sie ihren Rock glatt und rückte das Korsett zurecht, sie fühlte sich äußerst unbehaglich. Wie gelang es anderen Frauen, so eingezwängt noch Luft zu bekommen? Nach all den Jahren in Hosen kam sie sich nun wie eine Pastete vor. Sie sehnte sich nach der gewohnten bequemen Kleidung zurück.

Sie hielt sich eine Hand ans Herz. Die Verletzungen durch die Nadelstiche waren zwar verheilt, doch die dünne Narbe, die über ihren Brustkorb verlief, würde ihr als lebenslängliche Erinnerung an den Albtraum in dieser unterirdischen Welt bleiben. Ihr Haar war ein wenig nachgewachsen, doch noch trug sie einen Hut, um ihren beinahe kahlen Schädel zu verbergen. Zum Glück hatte die Übertragung ihrer Lebensessenz an die Geliebte von Alec Amat nicht komplett stattgefunden. Fleixa hatte rechtzeitig den Energiefluss unterbrochen und ihr damit das Leben gerettet. Manchmal überfiel sie noch ein Schwächegefühl, doch im Großen und Ganzen war ihr Zustand passabel.

Sie seufzte. Ihre Hände schwitzten in den hübschen braunen Samthandschuhen. Die reizende Señora Adell hatte ihr einige Kleidungsstücke geborgt, doch Pau wären eine ordentliche Hose und ein Hemd lieber gewesen.

An diesem Morgen herrschte in der Fakultät ein geschäftiges Treiben, schließlich wurden die Abschlussprüfungen abgehalten. Unter anderen Umständen befände auch sie sich in einem der Hörsäle und würde ihr Examen als Chirurg ablegen. Stattdessen saß sie nun hier vor der Tür, den neugierigen Blicken ihrer ehemaligen Kommilitonen ausgesetzt. Sie versuchte, die Vorbeilaufenden nicht weiter zu beachten und sich darauf zu konzentrieren, weswegen sie eigentlich hier saß: den Grund ihrer Vorladung. Weil sich die Ereignisse überschlagen hatten, hatte man bislang keine Gelegenheit gefunden, ihr den Rauswurf offiziell mitzuteilen. Pau atmete noch einmal tief durch, sie hoffte, das Verfahren in ein paar Minuten hinter sich bringen zu können.

Plötzlich hörte sie, wie die Tür aufging. Im Türrahmen zeigte sich Fenollosa. Er war bleich, als hätte er soeben eine schlechte Nachricht erhalten. Als er Pau sah, schien er etwas sagen zu wollen, doch dann überlegte er es sich anders. Sie hielt seinem Blick stand, bis er den Kopf senkte und, ohne sich noch einmal umzudrehen, den Flur entlanglief. Verwundert stellte sie fest, dass sie keine Hassgefühle mehr gegen ihn hegte. Tatsächlich fühlte sie sich nach all den Ereignissen der letzten Tage nur noch befreit, und in ihrem Inneren gab es keinen Platz mehr für Groll. Als sie ihren Namen vernahm, schrak sie zusammen. Sie holte noch einmal tief Luft, strich den Rock glatt und betrat das Anatomische Theater.

Die Bankreihen waren diesmal nicht besetzt, nur die Professoren des Prüfungsausschusses saßen auf ihren hochlehnigen Holzstühlen. Fünf Männer mit ernsten Mienen musterten sie, als Pau in die Mitte des Hörsaales ging. Die meisten schienen durch ihre Anwesenheit irritiert zu sein, nur Dr. Segura winkte ihr freundlich zu.

»Señorita Gilbert.« Die Stimme des Dekans hallte in dem leeren Hörsaal. »Bitte, nehmen Sie Platz.«

Pau setzte sich und versuchte eine bequeme Sitzposition zu finden, doch mit dem Rock fiel ihr das nicht leicht. Sie rutschte unbeholfen auf dem Stuhl hin und her, bis ein Hüsteln sie innehalten ließ, und sie aufsah.

»Zuallererst möchte ich Sie um äußerste Diskretion bezüglich der Dinge bitten, die wir Ihnen sogleich erläutern werden. Nichts von dem, was hier besprochen wird, darf nach außen dringen. Sind Sie damit einverstanden?«

Pau nickte zögerlich.

»Gut. Vor drei Tagen erhielten wir ein Schreiben mit dem königlichen Wappen als Absender. Mit dem Schreiben unterrichtete uns der Sekretär Ihrer Majestät über die herausragende Rolle, die Sie in einer gewissen Angelegenheit gespielt haben, auf deren Einzelheiten aus Gründen der Geheimhaltung nicht weiter eingegangen wird.« Suñé hielt kurz inne. »Anscheinend haben Sie gemeinsam mit Ihren Gefährten eine größere Katastrophe verhindert, der sonst zahlreiche Menschen zum Opfer gefallen wären, darunter auch die königliche Familie.«

Pau nickte bedächtig, sie wusste nicht, was sie dazu sagen sollte. Der Dekan blickte von dem Blatt Papier auf, nahm die Brille ab und legte sie zur Seite.

»Ich begreife, dass es nicht in Ihrem Ermessen liegt, uns die Angelegenheit zu erläutern.«

»Das stimmt, Señor. Ich kann mich nicht dazu äußern.«

»Einverstanden.« Der Dekan setzte die Brille wieder auf. »Ihre Majestät fordert uns durch ihren Sekretär auf, ihr einen persönlichen Gefallen zu erweisen und in Ihrem Fall eine Ausnahme zu machen. Es ist der ausdrückliche Wunsch Ihrer Majestät, dass wir Ihnen die Möglichkeit gewähren, die Abschlussprüfungen abzulegen. Selbstverständlich unter der Voraussetzung, dass Sie damit einverstanden sind.«

Pau musste sich beherrschen, nicht vom Stuhl aufzuspringen.

»Außerdem«, fuhr Suñé fort, »lässt uns Ihre Majestät noch wissen, dass die Krone der Universität eine großzügige Zuwendung zukommen lassen wird. Sie will damit das Wissen, den Mut und den Einsatz, die Sie … die Sie so vorbildlich gezeigt haben, würdigen.«

Die übrigen Professoren schwiegen peinlich berührt.

»Wir haben den Fakultätsrat einberufen, und obwohl diese Bitte in der Tat überaus ungewöhnlich ist …« Der Dekan musste husten. »Also, wir haben beschlossen, der Bitte stattzugeben.«

Pau spürte, dass ihre Hände zitterten, und faltete sie im Schoß.

»Nun, möchten Sie die Prüfung ablegen? Sie müssen das Angebot nicht annehmen, auch das würden wir selbstverständlich akzeptieren.«

»Nein, nein, Señor. Ich bin bereit. Aber wann soll die Prüfung stattfinden?«

»Jetzt.«

»Wie bitte?«

»Jetzt. All die Zeit, in der Sie sich als Student dieser Fakultät ausgegeben haben, waren Ihre Noten exzellent. In Ihrem Fall haben wir entschieden, sogleich zum praktischen Prüfungsteil überzugehen.«

Der Dekan deutete hinter sich. Zwei Männer betraten den Hörsaal mit einer Tragbahre. Sie zogen das Tuch zurück, das die Leiche bedeckte, und legten sie auf den Seziertisch. Inzwischen verteilte ein Assistent Sägemehl auf dem Fußboden. Der vertraute Verwesungsgeruch überlagerte den Duft des frisch entzündeten Weihrauchs.

»Es ist keine Schande, wenn Sie sich nicht dazu in der Lage fühlen«, meinte einer der Professoren.

»Ja, selbstredend hätten wir dafür Verständnis«, sagte ein anderer.

»Wir sollten es der jungen Dame überlassen, ihre Entscheidungen selbst zu treffen, meine Herren«, schlug Professor Segura vor. Er zwinkerte und fügte noch an: »Wie immer.«

»Selbstverständlich«, stimmte der erste Professor zu. »Dennoch, es wäre wirklich keine Schande, wenn Sie ablehnen. Schließlich und endlich sind Sie eine Frau. Sie müssen sich das nicht antun.«

Pau kämpfte mit sich. Abgesehen von Dr. Segura und vielleicht noch dem Dekan wirkten die übrigen Professoren skeptisch. Die Männer hatten offensichtlich kein Vertrauen in ihr Können. Sie überlegte einige Sekunden. Jetzt wusste sie mit Gewissheit, dass das Ganze niemals aufhören würde. Selbst wenn sie die Prüfung bestand, würde man sie stets mehr in ihrer

Eigenschaft als Frau und nicht in ihrer Befähigung als Medizinerin beurteilen.

Sie seufzte. Schließlich stand sie vom Stuhl auf, hielt die gefalteten Hände vor den Schoß und musterte die versammelten Professoren, einen nach dem anderen. Ohne ein Wort zu verlieren, steuerte sie den Ausgang an. Hinter ihrem Rücken konnte sie hören, wie die Männer befriedigt tuschelten. An der Tür blieb sie stehen, streifte die Samthandschuhe ab und legte sie zusammen mit dem Hut auf einen Tribünenplatz. Sie nahm von einem Assistenten einen Kittel entgegen. Dann lächelte sie zum ersten Mal seit vielen Tagen.

»Wenn Sie möchten. Ich bin bereit.«

Pau und Fleixa gingen schweigend in der Abenddämmerung am Hafenbecken entlang. Möwen kreisten über ihren Köpfen und schrien. Bei jedem Wellenschlag strafften sich die Ankertaue an den Schiffen, die endlich wieder in See stechen wollten. Zu dieser Zeit kehrten die Fischerboote zum Anleger zurück, um ihren Tagesfang auszuladen.

Der Gang des Journalisten wirkte sichtlich steif, schließlich steckte fast sein ganzer Oberkörper in einem Verband, doch er verkniff sich seine üblichen Klagen. Pau trug einen kleinen Koffer. Selbstverständlich hatte Fleixa ihr angeboten, beim Tragen behilflich zu sein, doch die junge Frau hatte das rundheraus abgelehnt.

»Ich habe Ihnen noch gar nicht gratuliert.«

Pau nickte, und ihre Augen schimmerten.

Die Prüfung hatte drei lange Stunden gedauert. Die Fragen, die ihr die Professoren stellten, übertrafen bei Weitem den üblichen Schwierigkeitsgrad, und bei einigen Fragen ging es sogar um Fälle, mit denen sich sonst nur wirklich erfahrene Mediziner befassten. Dennoch hatte sie die Abschlussprüfung bestanden und durfte nun den Chirurgen-Titel tragen.

»Also, Sie wollen wirklich abreisen?«, fragte Fleixa.

Der besorgte Tonfall des Journalisten rührte Pau an. Erst jetzt wurde ihr klar, dass es auch ihr schwerfiel, von diesem griesgrämigen Männlein Abschied zu nehmen.

»Es ist eine gute Gelegenheit.«

»Hm, Marokko ist ein schwieriges Reiseziel.«

»Man hat mich zur Amtsärztin ernannt. Angesichts der Lage in der Region ist es letztendlich egal, ob ein Mann oder eine Frau die Wunden näht.«

Fleixa nickte schwermütig. Sie gingen weiter am Kai entlang.

»Sagen Sie, die Sache im Teatro Lírico, war das auch Alecs Werk?«, wollte Pau wissen.

»Ja, anscheinend. Amats Bruder sah in der Séance im Theater eine einzigartige Chance. Er wollte damit die Leute glauben machen, ein teuflischer Geist wäre für die Morde verantwortlich. Gleichzeitig wollte er jeglichen Verdacht von seiner eigenen Person ablenken. Er hatte mit Madame Palladino vereinbart, dass sie als Medium die Ankunft eines Dämonen verkünden und die bereits bestehende Panik vergrößern sollte. Doch sie konnte nicht wissen, dass Alec sie nur als Spielfigur für seine eigenen Machenschaften benutzte. Alec ging als Professor Gavet maskiert ins Theater und verschaffte sich mit irgendeiner Ausrede Zutritt zur Bühne. In einem unbeachteten Moment gab er eine Dosis Zyankali in den Wasserkrug, den sich Madame Palladino bei jeder Séance hinstellen ließ. Das Sterben des Mediums mitten in der Séance hatte auf das Publikum eine gewaltige Wirkung, denn natürlich dachten alle, der dämonische Geist wäre tatsächlich anwesend.«

»Mein Gott, was für ein Wahnsinn!«

»Ja, wirklich.«

»Sagen Sie, was ist eigentlich aus Ihrem Konkurrenten beim *Correo* geworden?«

»Llopis? Hm, die ganze Sache hat ihn natürlich in keinem guten Licht dastehen lassen, aber er wird es verkraften. Ich denke, wir werden bald wieder etwas von ihm zu lesen bekommen.«

Pau warf dem Journalisten einen besorgten Blick zu.

»Señor Fleixa, ich hoffe aufrichtig, dass Sie Ihre alte Stelle wiederbekommen haben.«

»Mehr oder weniger. Ja, der *Correo* hat mir tatsächlich meinen alten Posten angeboten.«

»Das ist ja eine großartige Neuigkeit!«

»Ich habe abgelehnt.« Bei der Erinnerung an Sanchís' Reaktion strahlte Fleixa über das ganze Gesicht. »Ich hatte noch ein besseres Angebot. Pau, Sie haben den neuen Chef des Nachrichtenressorts von *La Vanguardia* vor sich. Die Verleger der Zeitung haben dieses Jahr eine neue Linie eingeschlagen, und das scheint spannend zu werden. Außerdem« – Fleixa zwinkerte ihr zu –, »ist das Salär hervorragend.«

»Ich freue mich sehr für Sie.«

Der Journalist strich über seinen Schnauzbart. Plötzlich musste er an Dolors denken, und für einen Moment standen ihm Tränen in den Augen. Zu gern hätte er seine neue Glückssträhne mit ihr geteilt. Er vermisste Dolors, die Erinnerung an sie schmerzte ihn, und er hatte das Gefühl, dass er ewig darunter leiden würde, wie unter einer schlecht verheilten Wunde.

Inzwischen waren sie am Ende der Landungsbrücke angelangt. Zwei Seeleute schlenderten an ihnen vorbei und warfen der jungen Frau bewundernde Blicke zu. Pau sprach mit sanfterer Stimme weiter.

»Sagen Sie, haben Sie Daniel noch einmal gesehen?«

»Nein. Als ich aus dem Krankenhaus kam, war er schon von seinen Verletzungen genesen.«

»Sein eigener Bruder, wer hätte das gedacht?«

»Ja«, pflichtete ihr der Journalist bei. »Da hat er all die Jahre die Schuld für ein Unglück mit sich geschleppt, für das er in Wirklichkeit gar nicht verantwortlich war.«

Pau fiel der Brief wieder ein, den sie zu ihrem Gepäck gesteckt hatte. Daniel hatte ihr einige freundliche Zeilen zum Abschied geschrieben. Er wünschte ihr Glück, doch seine Widmung ging ihr besonders zu Herzen: *Wohin auch immer Sie gehen, lassen Sie sich nie davon abhalten, für Ihre Träume zu kämpfen!* Pau fiel das großartige Werk des Vesalius wieder ein. Anscheinend war es ein Opfer der Flammen in dem unterirdischen Labor geworden. Zumindest hatte Daniel ihr das berichtet. Das Verfahren, das der geniale Anatom entdeckt hatte, hätte für die Medizin einen unglaublichen Fortschritt dargestellt. Man hätte die Welt, wie man sie bislang kannte, grundlegend verändern oder in eine Katastrophe führen können. Womöglich war der Verlust das Beste.

Fleixa stieß einen Seufzer aus und unterbrach damit ihre Überlegungen.

»Ich möchte mich bei Ihnen dafür bedanken, dass Sie mir das Leben gerettet haben.«

»Danken Sie Ihrer Uhr«, erwiderte Pau.

»Ja, das stimmt.« Fleixa holte seine Taschenuhr hervor. Der Messingdeckel war an der Stelle eingebeult, an der die zweite Kugel getroffen hatte, nachdem ihn der erste Schuss an der Schulter verwundet hatte. »Immerhin haben Sie mich aus dieser Hölle gerettet.«

Pau zupfte als Antwort an seinem unversehrten Arm und zog ihn zu sich. Der schmächtige Journalist richtete sich kerzengerade auf, und dann gingen sie weiter, bis zum Fallreep des Dampfschiffes, das die junge Frau weit weg von Barcelona bringen würde.

Unten wartete ein Soldatentrupp darauf, an Bord gehen zu können, während Matrosen noch Frachtstücke verluden. Die Befehle der Offiziere vermischten sich mit den Stimmen und dem hektischen Hin und Her der Besatzung. Es roch nach Leder, nach Stahl und auch nach Tieren. Eine Glocke wurde geschlagen, und die Schornsteine des Schiffs spien Rauchschwaden aus.

»Ach, beinahe hätte ich das vergessen.« Der Journalist suchte etwas in seinem Mantel. »Das gehört Ihnen.«

Er übergab Pau einen braunen Umschlag. Die junge Frau

stellte den Koffer auf den Boden, nahm den Umschlag an sich und öffnete ihn. Verblüfft hielt sie ein Bündel Geldscheine in Händen.

»Das verstehe ich nicht.«

»Ich habe einen alten Bekannten von Ihnen besucht, in Begleitung von ein paar Freunden. Nach dem angeregten Gespräch kam er zur Vernunft und beschloss, Ihnen das Geld zurückzuerstatten, das Sie ihm notgedrungen aushändigen mussten. Außerdem zeigte er große Reue. Er wird Sie nie wieder belästigen, da bin ich mir ziemlich sicher.«

Instinktiv tat Pau etwas, was für beide unvorbereitet kam. Sie umarmte Fleixa und drückte ihm einen Kuss auf die Wange. Der Journalist fühlte plötzlich, dass er rot wurde, und zum ersten Mal in seinem Leben verschlug es ihm die Sprache.

»Vielen Dank, Bernat. Ich werde Sie wirklich vermissen.«

»Mir geht es genauso, meine Liebe, ich Sie auch.«

Daniel zupfte die Schlinge zurecht. Die Stiche an seinem Arm taten ihm immer noch weh, und beim Atmen schmerzten ihn die Rippen. Der Arzt hatte ihm Ruhe empfohlen, doch er musste unbedingt dem Friedhof noch einen Besuch abstatten, bevor er aus Barcelona abreiste.

Seit der Beerdigung seines Vaters waren nur wenige Wochen vergangen, doch er hatte das Gefühl, als wäre sehr viel Zeit verstrichen. Er stand vor dem Grab, wo man inzwischen auch den Grabstein aufgestellt hatte. Die Inschrift hatte sein Vater per Vermächtnis festgelegt: *Don Alfred Amat i Roures, bekannter Arzt und gestrenger Vater.* Darunter stand das Leitmotiv der Familie: *Vivitur ingenio caetera mortis erunt.*

Ein Haufen Erde kennzeichnete die Stelle, an der Alecs sterbliche Reste ihre letzte Ruhe gefunden hatten. Daniel beugte sich unter Schmerzen vor und griff in die Erde, die noch vom Regenguss des Vortages feucht war. Näher konnte er seinem Bruder nicht kommen.

Zusammen mit Alec hatten sie auch das Wissen um Vesalius' Buch beerdigt. Sie würden niemals erfahren, ob der Apparat, den der kluge Anatom entworfen hatte, tatsächlich funktionierte. Mediziner im Krankenhaus hatten ihm versichert, dass man mit einem starken elektrischen Impuls bei einer Leiche die unglaublichsten Wirkungen hervorrufen konnte: das Anheben der Beine, die Bewegung der Arme, sogar das Öffnen der Lider, doch sie wieder zum Leben zu erwecken, das war absolut unmöglich. Dennoch …

Daniel seufzte … Das alles war nicht mehr wichtig. Er strich noch einmal über das Erdreich. Im Krankenhaus hatte er unaufhörlich an das denken müssen, was vor der Explosion passiert war, die Alecs Labor zerstört hatte. Dadurch, dass er ihn zu der Falltür geschleift und ins Wasser gestoßen hatte, hatte Alec ihm das Leben gerettet. Daniel hätte gern geglaubt, dass in diesen letzten Momenten der Wahnsinn aus Alec gewichen und sein Bruder in Frieden gestorben war.

Er richtete sich wieder auf. Aus der Manteltasche zog er eine Zugfahrkarte. In zwei Stunden würde er Barcelona in Richtung Paris verlassen und dort in den Eilzug nach Calais umsteigen. Er hatte ein Abteil für sich reserviert, um während der Fahrt ungestört zu sein. Er musste über vieles nachdenken.

Nach einem letzten Blick auf die beiden Gräber bückte er sich zu seinem Koffer und wollte gehen. In dem Moment bewegten sich die Zweige der Friedhofsbäume im Wind, und ein sanfter Jasminduft wehte herbei.

Irene war ganz in Schwarz gekleidet, so wie es sich für eine Witwe ziemte. Unter ihren Schuhen knirschte der Kies, als sie langsam auf ihn zuging. Sie stellte sich zu Daniel und betrachtete die beiden Erdhügel.

»Du reist ab?«

»Ja, heute.«

Auf dem Friedhof war es so still, dass sie sogar die Blätter der Bäume rascheln hörten.

»Was wirst du jetzt machen?«, fragte Daniel.

»Ich weiß es noch nicht. Bertomeu war bankrott. Dein Freund, dieser Journalist, hat vor zwei Tagen einen Artikel in *La Vanguardia* veröffentlicht, in dem er den Betrug mit dem Geld der Investoren aufdeckt. Das Ansehen und die gesellschaftliche Stellung von Bertomeus Familie sind für immer dahin. Er ist nur durch seinen Tod dem Gefängnis entgangen. Ich selbst weiß es noch nicht, vielleicht bleibe ich in Barcelona, vielleicht kehre ich auch nach Kuba zurück. Es ist lange her, dass ich von dort weg bin.«

Daniel nickte, schlagartig wurde ihm der Verlust bewusst, und er verstummte.

»Du hörst bestimmt gern, dass ich mich wieder mit meinem Vater treffe«, erzählte Irene. »Wir brauchen nur noch etwas Zeit, das ist alles.«

Sie kam einen Schritt näher, und Daniel empfand die Wärme, die ihr Körper verströmte, als tröstlich.

»Es ist an der Zeit, dass du dir vergibst«, flüsterte sie.

Er stieß einen Seufzer aus. Das war nicht leicht, nach all der Zeit, die er sich schuldig gefühlt hatte.

»Hier.«

Irene gab ihm ein versiegeltes Dokument.

»Mir ist es gelungen, das mit meinen Anwälten zu klären, vor dem Zugriff der Gläubiger. Das ist die Besitzurkunde des Hauses. Es gehört wieder dir.«

Sie trat noch näher und streichelte sanft Daniels Wange. Dann glitt sie in aller Ruhe über die Narben in seinem Nacken. Sie standen einander nun so nahe, dass sich ihre Haare berührten. Daniel strich mit den Fingerspitzen über Irenes Lippen, er beugte sich vor, und ihre Münder verschmolzen. Als er die Augen schloss, verschwand sein Schmerz, als hätte es ihn nie gegeben. Sie lösten sich voneinander, und Irene lächelte Daniel an. Sie senkte den Blick, drehte sich um und schritt den Kiesweg zurück, über dem nun ihr Jasminduft schwebte.

Irene erreichte mit keuchendem Atem die Droschke. Sie gewährte sich noch einige Sekunden, dann öffnete sie die Wagentür und stieg ein. Im Gegenlicht zeichneten sich die Umrisse ihrer Tochter ab. Das Mädchen mit der braunen Haut und der schwarzen Mähne konnte seine Neugierde kaum verbergen. Die Kleine sah aus ihren großen grauen Augen erwartungsvoll zu ihrer Mutter.

»Mama, warum sind wir hierhergefahren? Wer ist der Mann?«

Irene sagte nichts. Sie streichelte ihrer Tochter über den Kopf und strich ihr eine widerspenstige Haarsträhne aus der Stirn. Mit ihren nur sieben Jahren zeigte die Kleine ein großes Interesse an allem, was sie umgab, so wie sie selbst damals in dem Alter. Beim Anblick der ungeduldigen Miene des Mädchens, das immer noch auf eine Antwort wartete, musste Irene lächeln.

»Ein guter Freund«, sagte sie schließlich.

»Ach so.«

»Komm, mach mir Platz.«

Irene lehnte sich gegen das Lederpolster, und mit einem Ruck setzten sich die Pferde in Bewegung.

»Sehen wir ihn noch einmal wieder?«, fragte die Kleine und beugte sich aus dem Fenster.

Die Wagenräder holperten über den Weg und übertönten die Antwort ihrer Mutter.

Das Mädchen beobachtete den Mann, der mit dem Koffer in der Hand vor den Erdhügeln stand. Hinter ihm zeichnete sich undeutlich die Silhouette von Barcelona ab. Nach der ersten Kurve kam plötzlich Wind auf und riss die Dunstwolken und die Rauchschwaden von den Fabriken auf. Nach vielen Tagen zeigte sich der Himmel strahlend blau, und die Sonne, die über Collserola stand, ließ die Dächer golden schimmern. Bevor der Wagen das Friedhofsgelände verließ, konnte das Mädchen noch immer den Mann sehen, der seinen Blick über die Stadt schweifen ließ. Dann ließ er den Koffer einfach fallen und suchte etwas in seinem Mantel. Schließlich zog er einige Blätter Papier hervor, zögerte einen Moment und warf sie dann in die Luft. Trotz der Entfernung konnte das Mädchen erkennen, dass der Mann im Nachmittagslicht lächelte und den Blättern nachblickte, die der Wind in Richtung Meer wehte.

S

Danksagung

Es sind zahlreiche Menschen, die mich bei der Arbeit an diesem Roman in einer Weise unterstützt und ermutigt haben, die ich gar nicht verdiene. Niemand hat mir vorher gesagt, dass dies das Beste am Schreiben ist: die Zuneigung so vieler Menschen zu erleben.

Deshalb möchte ich Antonio Penadés meinen Dank aussprechen, dessen Freundschaft und menschliches Vorbild nicht mit Gold zu bezahlen sind; Santiago Álvarez, Bruder im Traume, großartiger Geschichtenerfinder und bester Freund; Marina López, deren Talente mit ihrem großen Herz ebenbürtig sind. Beide haben nächtelang das Originalmanuskript gelesen, ohne ihre Hilfe wäre dieser Roman nicht das, was er ist.

Bernardo Carrión, dem Herrn der Kommata, dem Gefährten der Schimären, die Leben annahmen. Wie oft sind wir vom Weg abgekommen, anstatt zu arbeiten! Raúl Borrás, Sebastián Roa und Enrique Huertas, die auf unterschiedlichste Weise mit von der Partie waren. Josep Asensi, der half, den einen oder anderen Fehler zu vermeiden (falls es noch welche geben sollte, bin ausschließlich ich selbst dafür verantwortlich); ganz allgemein, alle Mitglieder der Gruppe *El Cuaderno Rojo*, eine Fabrik für literarische Utopien.

Maria Zúñiga, der das Verdienst gebührt, von diversen Kapiteln eine Version nach der anderen ertragen zu haben, für ihren unendlichen Optimismus und für ihre fantastischen und unglaublichen Ideen.

Gustavo Ten, einem beeindruckenden Fotografen. Danke, dass du immer da bist.

Ella Sher, meiner Agentin, meiner Freundin, meinen frühmorgendlichen *WhatsApp*-Nachrichten. Eine außergewöhnliche Frau, mit der man die Welt erobern kann.

Und Amaiur, der Gefährtin im Schatten. Die immer noch nicht weiß, ob sie mich dafür, dass ich diesen Roman geschrieben habe, umbringen oder mir dankbar sein soll.

Silvia Sesé, meiner Lektorin. Mir fehlen die Worte, um ihr Vertrauen in mich auszudrücken, an deiner Seite scheint alles möglich; Emili Rosales, meinem Lektor, die Begeisterung in seinem Blick, als wir über diesen Roman sprachen, bleibt mir unvergessen. Beide lieben diese Welt der Literatur so sehr, dass es ein Geschenk ist, mit ihnen arbeiten zu dürfen. Alba, Rosa Maria, noch einmal Alba … Schlussendlich dem gesamten Team beim Verlag Destino für seine großartige Arbeit und für seine unendliche Geduld mit mir.

Meinen wahren Freunden und meiner Familie, dem Ursprung meines Daseins und dem Sinn meines Lebens.

Barcelona, der Stadt meiner Mutter, in der sie nach wie vor lebt.

Belén, meiner Gefährtin für Abenteuer. Ohne dich gibt es keine Träume von Wert.

Und der kleinen Joana, die daran schuld ist, dass mein Herz jedes Mal einen Satz macht, wenn sie lächelt. Entschuldige bitte, dass ich dir so viele Geschichten nicht vorgelesen habe, ich werde mir eigens für dich hundert andere ausdenken.